Projekt Nighthawk

Clive Cussler
Graham Brown

Projekt Nighthawk

Ein Kurt-Austin-Roman

Aus dem Amerikanischen von
Michael Kubiak

Weltbild

Die amerikanische Originalausgabe erschien 2017 unter dem Titel *Nighthawk: a novel from the NUMA Files* bei G.P. Putnam's Sons, New York

Besuchen Sie uns im Internet:
www.weltbild.de

Genehmigte Lizenzausgabe für Weltbild GmbH & Co. KG,
Werner-von-Siemens-Straße 1, 86159 Augsburg

Übersetzung: Michael Kubiak
Umschlaggestaltung: Johannes Frick, Neusäß
Umschlagmotiv: © Johannes Frick unter Verwendung von Motiven von Shutterstock
(© DM7, © Ruslan Gi, © Fesus Robert, © Dudarev Mikhail)
Satz: Datagroup int. SRL, Timisoara
Druck und Bindung: CPI Moravia Books s.r.o., Pohorelice
Printed in the EU
ISBN 978-3-95973-807-1

2021 2020 2019 2018
Die letzte Jahreszahl gibt die aktuelle Lizenzausgabe an.

HANDELNDE PERSONEN

SPANISCHE EXPEDITION 1525

Diego Alvarado Spanischer Soldat und Anführer einer Expedition ins Innere Südamerikas um 1525, Zeitgenosse und Gegenspieler von Francisco Pizarro.

Costa Spanischer Adliger und Bankier, finanzierte Alvarados Expedition.

NATIONAL UNDERWATER AND MARINE AGENCY

Rudi Gunn Stellvertretender Direktor der NUMA.

Kurt Austin Chef der Special Projects Division der NUMA, erstklassiger Taucher und Bergungsexperte, arbeitete vorher für die CIA.

Joe Zavala Kurts rechte Hand, hervorragender Mechaniker, außerdem versierter Hubschrauberpilot und Amateurboxer.

Hiram Yaeger Für alle Probleme der Datenverarbeitung zuständiges Computergenie der NUMA, Inhaber zahlreicher Patente auf dem Gebiet der Computertechnik.

Priya Kashmir Hiram Yaegers Assistentin, sollte ursprünglich bei einem Kommandoteam der NUMA eingesetzt werden, ist jedoch seit einem Autounfall an einen Rollstuhl gefesselt und erhielt stattdessen eine Position in der Abteilung für Computertechnologie.

Paul Trout Mit fast zwei Metern größtes Mitglied der Special Projects Division, verheiratet mit Gamay. Promovierte in Meereswissenschaften. Stets die Ruhe selbst und in heiklen Situationen absolut zuverlässig.

Gamay Trout Meeresbiologin, verheiratet mit Paul, Fitnessfanatikerin, versierte Taucherin und hervorragende Schützin.

Ed Callahan Kapitän des NUMA-Schiffes *Catalina*.

NATIONAL SECURITY AGENCY

Steve Gowdy Chef der Abteilung für Ex-Atmospheric Projects, kurz Weltraumprojekte, der NSA, Direktor des *Nighthawk*-Programms.

Emma Townsend Ehemalige NASA-Wissenschaftlerin, Expertin in Astrophysik, Mitinitiatorin des *Nighthawk*-Programms. Mitarbeiter gaben ihr den Spitznamen *Hurricane Emma*.

Agent Hurns Agent der NSA.

Agent Rodriguez Agent der NSA.

UNITED STATES AIR FORCE

Colonel Frank Hansen Kommandant der 9th Space Operations Squadron, stationiert auf der Vandenberg Air Force Base, Kalifornien.

RUSSISCHE FÖDERATION

Konstantin Davidov Leitender Angestellter des FSB, Nachfolgeorganisation des KGB, dem Kreml unterstellt und verantwortlich für Technologiebeschaffung.

Konteradmiral Sergei Borozdin Mit Davidov eng befreundet und Kommandant der russischen 1. Bergungsflotte (Pazifik).

Victor Tovarich Kapitän des U-Boots TK-17 der Typhoon-Klasse.

Major Juri Timonovski Kommandant und Pilot des Schwenkflügel-Überschallbombers Tupolew Tu-160 *Blackjack 2.*

VOLKSREPUBLIK CHINA

General Zhang Höchstrangiger Offizier des chinesischen Ministeriums für Staatssicherheit.

Daiyu (Schwarze Jade) Spezialagentin des Ministeriums, eins der »Kinder, die nie geboren wurden«.

Jian Daiyus Partner, ebenfalls eines der »Kinder, die nie geboren wurden«.

Li Ying Verbindungsoffizier, Peking.

Leutnant Wu Offizier des Ministeriums für Staatssicherheit.

Falconer Codename eines anonymen Agenten mit Verbindung zum *Nighthawk*-Programm der NSA.

MS **REUNION**

Buck Kamphausen Kapitän der MS *Reunion.*

PERU

Urco Archäologe, der Ursprung und Untergang des Chachapoya-Volks erforscht.

Vargas Ein freiwilliger Helfer Urcos.

Reyes Ein weiterer freiwilliger Helfer Urcos.

WASHINGTON, D.C.

Collin Kane Bombenentschärfungsspezialist.

PROLOG

DER FEUERSTURM

Südamerika
Januar 1525

Der Speer prallte gegen Diego Alvarados Brust. Obwohl es ein schwerer Treffer war, der ihn zu Boden warf, konnte er die widerstandsfähige kastilische Rüstung, die Alvarado den ganzen weiten Weg von Spanien bis hierher getragen hatte, nicht durchbohren.

Er rollte sich über den Boden, kam auf ein Knie hoch und spannte seine Armbrust. Als er zwischen den Bäumen eine Bewegung wahrnahm, schoss er den Bolzen ab, der in das dichte Laubwerk eindrang und einen Schmerzensschrei auslöste.

»Zwischen den Bäumen auf der rechten Seite!«, rief er seinen Männern zu.

Eine Wolke blauen Pulverqualms wallte über dem schmalen Trampelpfad hoch, als mehrere großkalibrige Musketen, Arkebusen genannt, gleichzeitig feuerten. Die Geschosse rasten in den Wald hinein, rissen Zweige von den Bäumen und zerfetzten das üppig wuchernde grüne Laub.

Eine Woge von Pfeilen kam als Antwort auf sie zugeflogen. Zwei von Alvarados Männern brachen zusammen, und auch er selbst spürte einen stechenden Schmerz in seinem Oberschenkel, als sich die Obsidianspitze eines Pfeils in sein Fleisch bohrte.

»Sie haben uns umzingelt«, warnte einer seiner Männer.

»Haltet eure Position«, befahl Alvarado, drang humpelnd weiter vor, anstatt umzukehren, und ignorierte den Schmerz, während er seine Waffe lud.

Nach einem langen Marsch in die Hügellandschaft am Fuß des Gebirges waren sie in einen Hinterhalt geraten, auf einen

Pfad durch den dichten Dschungel gelockt worden und wurden nun von beiden Seiten angegriffen. Eine andere Truppe wäre unter der Attacke wahrscheinlich in Panik geraten und hätte kopflos die Flucht ergriffen. Alvarados Männer aber hatten früher als Soldaten gedient, und jetzt standen sie dicht gestaffelt wie eine Mauer und dachten nicht daran, ihre wertvolle Munition zu vergeuden. Mehrere zückten ihre Schwerter, während die anderen ihre Feuerwaffen in Anschlag brachten.

Die Eingeborenen sammelten sich, um abermals anzugreifen. Mit schrillem Geschrei brachen sie zwischen den Bäumen hervor, stürmten dann auf die Lichtung, wo sie von spanischem Donner aufgehalten und niedergestreckt wurden, als eine zweite Salve von Schwarzpulverexplosionen die Luft erzittern ließ.

Etwa die Hälfte von ihnen ging im konzentrierten Feuer der Spanier zu Boden, die anderen machten kehrt und rannten um ihr Leben. Nur zwei setzten den Angriff fort. Sie stürmten auf Alvarado zu und ließen sich vom Pulverqualm nicht aufhalten. Eine grelle Kriegsbemalung machte ihre rötlich dunklen Gesichter, in denen ihre weißen Augen hell leuchteten, zu furchteinflößenden Fratzen.

Alvarado traf den Ersten mit dem Armbrustbolzen, sodass er mitten im Lauf zusammenbrach, aber der Zweite war nicht aufzuhalten und schleuderte einen Speer. Die Spitze der primitiven Waffe prallte von der nach vorne spitz zulaufenden Brustplatte von Alvarados silbern glänzender Rüstung ab. Da ihm solche schlichten Klingen nichts anhaben konnten, warf sich Alvarado seinem Angreifer entgegen. Er packte den Mann, nutzte seinen Schwung und schleuderte ihn zu Boden.

Dann ließ sich Alvarado mit seinem ganzen Gewicht auf den Eingeborenen fallen und tötete ihn mit einem Dolch.

Als er sich aufrichtete, hatten die restlichen Krieger längst das Weite gesucht.

»Nachladen!«, befahl er seinen Männern. »Sie kommen bald zurück!«

Während die Männer mit der mühsamen Arbeit begannen, Pulverladungen in ihre langläufigen Schusswaffen zu stopfen, versuchte Alvarado, den Pfeil des Eingeborenen aus seinem Oberschenkel zu ziehen. Er stocherte mit der Spitze seines Dolchs in der Wunde herum und hebelte die Pfeilspitze behutsam heraus. Dann betrachtete er den Pfeil und warf ihn schließlich achtlos beiseite. Er lieferte keine neuen Erkenntnisse. Aus Berichten wusste er, dass sich diese »Wolkenmenschen« erheblich von den Inka und den anderen Stämmen in dieser Region unterschieden. Dass sie tapfere Krieger waren, stand außer Zweifel, aber sie hatten keine besseren Waffen als die anderen Eingeborenen. Das Einzige, was sie so gefährlich machte, war ihre große Anzahl.

Alvarado träufelte ein wenig Wein aus einer kleinen Flasche auf die Wunde. Er verursachte zwar ein heftiges Brennen, aber es überlagerte immerhin den Wundschmerz und betäubte ihn – und würde, wie Alvarado hoffte, Gift und Schmutz herausspülen. Danach umwickelte er den Oberschenkel mit einem Tuch und sah zu, wie das Blut den Stoff tränkte und sich von einem Punkt in der Mitte ausbreitete, bis der gesamte Verband blutrot glänzte.

»Wir müssen uns zurückziehen«, sagte er und bemühte sich, auf die Füße zu kommen.

»Wie weit?«, wollte einer seiner Männer wissen.

»Den ganzen Weg«, antwortete Alvarado. »Bis zum Dorf.«

Niemand widersprach. Tatsächlich waren sie sogar erleichtert, als sie den Befehl hörten.

Sie stellten sich in Reih und Glied auf und setzten sich in Marsch. Die ersten zwei Kilometer schaffte Alvarado noch aus eigener Kraft, aber die schwere Rüstung und die Schmerzen in seinem Bein wurden ihm bald zu viel. Einer seiner Männer kam ihm zu Hilfe und führte ihn zu dem kräftigen Packpferd, das ihren Proviant trug. Der Gurt wurde gelöst, und die Vorräte fielen auf den Erdboden. Zwei Männer hoben Alvarado mit vereinten Kräften auf das Pferd. Er suchte sich eine halbwegs bequeme

Position auf dem breiten Rücken des Tieres, und der gesamte Trupp setzte den Weg fort, eilte bergab und zum Lager zurück.

Nach mehreren Stunden erreichten Alvarado und seine Männer die Ansiedlung, von der aus sie am frühen Morgen des Tages aufgebrochen waren. Die Nacht war hereingebrochen, aber wärmende Feuer, die von den Soldaten, die er zurückgelassen hatte, angefacht worden waren, hießen ihn und seine Begleiter willkommen.

Ein Adliger namens Costa half Alvarado beim Absteigen vom Pferd. »Was ist geschehen?«, fragte er und erbleichte beim Anblick der Wunde.

Costa war ein Aristokrat mittleren Rangs. Er hatte sich bereiterklärt, die Kosten für die Expedition als Gegenleistung für ein Drittel aller Schätze zu übernehmen, die gefunden oder erobert wurden. Weshalb er persönlich an der Expedition teilnahm, wusste niemand zu erklären. Vielleicht aus Abenteuerlust oder, was eher wahrscheinlich war, um sicherzugehen, dass ihn niemand um seinen Profit betrog. Bisher hatte er allerdings wenig mehr zu dem Unternehmen beigetragen, als sich ständig zu beschweren.

»Wir wurden gründlich getäuscht«, sagte Alvarado. »Diese Wolkenmenschen sind uns ganz und gar nicht freundlich gesinnt. Eher würden sie uns töten, als sich mit uns zu verbünden, selbst wenn dies zur Folge hätte, dass sie weiterhin anderen Herren als Sklaven dienen müssen.«

»Aber was ist mit Pizarro?«, fragte Costa. »Wir sind seinen Zeichen gefolgt. Er hat diesen Weg genommen. Er sagte doch, wir würden Verbündete finden.«

Alvarado wusste über Pizarros Zeichen Bescheid. Der Möchtegernkonquistador hatte Inschriften in einige Baumstämme entlang des Pfades geritzt, sodass Alvarado und seine Hilfstruppen zu Pizarro und seinem Vorauskommando aufholen konnten.

Er kannte auch Pizarros weitere Pläne, andere Eingeborenenstämme gegen die herrschende Klasse aufzuwiegeln. In anderen Regionen war diese Taktik bereits aufgegangen, hier aber nicht.

»Irgendetwas muss ihm zugestoßen sein«, sagte Alvarado. »Entweder wurde Francisco getötet oder …«

Er brauchte den Satz nicht zu beenden, keiner von ihnen traute Pizarro über den Weg. Er redete ständig von Gold, von dem bisher niemand auch nur einen flüchtigen Schimmer zu Gesicht bekommen hatte, und versprach Reichtümer, die allerdings erst noch aufgestöbert werden mussten. Er war ein kleiner Mann mit fantastischen Träumen. Zweimal war er von dem Gouverneur abgewiesen worden, als er diesen um Unterstützung für seine Expeditionen gebeten hatte, und dann war er schließlich an Costa und an seinen unmittelbaren Rivalen, Alvarado, herangetreten.

Einerseits mochte Alvarado Francisco Pizarro ganz und gar nicht und vertraute ihm auch nicht im Mindesten, andererseits konnte er den Mann recht gut verstehen. Sie waren beide aus dem gleichen Holz geschnitzt. Beide waren von niederer Geburt, und beide hatten sich von Spanien aus auf den Weg gemacht, um sich Namen und Ansehen zu verschaffen. Aber nur wenige Monate zuvor hatten sie einander als Feinde gegenübergestanden, und so war es durchaus möglich, dass Pizarro eingewilligt hatte, sich mit ihnen zu verbünden, um sie in ihr Verderben zu locken.

»Wir müssen sofort zur Küste aufbrechen«, drängte Alvarado.

Costas Miene verdüsterte sich, als er den Vorschlag seines Schicksalsgenossen hörte.

»Ist mit diesem Befehl etwas nicht in Ordnung, mein Freund?«

»Das nicht«, sagte Costa. »Es ist nur so, dass …«

»Heraus damit.«

Costa zögerte. »Einige Männer sind erkrankt. Sie haben Fieber. Es könnten die Blattern sein.«

Alvarado konnte sich keine schlimmere Nachricht vorstellen. »Das muss ich sehen.«

Costa führte ihn zu der größten der Eingeborenenhütten. Sie war aus Lehm und Stroh erbaut und hatte möglicherweise als allgemeiner Versammlungsort gedient. In der Mitte brannte ein Feuer, dessen Rauch durch eine große Öffnung im Dach abzog. Darum herum lagen auf dem Lehmboden mehrere von Alvarados Soldaten in unterschiedlicher körperlicher Verfassung, aber ganz eindeutig waren sie nicht gesund.

»Wann hat das angefangen?«

»Kurz nachdem du aufgebrochen warst, um Pizarro zu suchen.«

Im flackernden Lichtschein des Feuers ging Alvarado neben einem der Männer auf die Knie hinunter. Der Soldat war kaum älter als ein halbwüchsiger Junge; er lag auf dem Rücken und hatte die Augen geschlossen. Sein Gesicht wies zu dem strohgedeckten Dach hinauf. Sein dünner Leinenkittel war mit Schweiß getränkt, und Hals, Gesicht und Brust waren mit kleinen roten Flecken übersät. Sein Fieber schien so hoch zu sein, dass Alvarado das Gefühl hatte, in nächster Nähe einer offenen Flamme zu knien.

»Es sind die Blattern«, bestätigte er die Diagnose. »Wie viele befinden sich in diesem Zustand?«

»Acht hat es heftig erwischt. Drei anderen geht es nicht ganz so schlecht, aber sie können kaum stehen. Auf keinen Fall würden sie es schaffen, zehn Leguas bis zur Küste zu marschieren.«

Wenn elf von seinen Männern krank waren, mehrere verwundet und zwei tot, so verfügte Alvarado nur noch über zwanzig Männer, die kampffähig waren. »Wir müssen sie zurücklassen.«

»Aber, Diego …«

»Sie sind zu schwach, um zu laufen, und zu schwer, um getragen zu werden«, sagte Alvarado eindringlich. »Zudem sind wir deutlich in der Unterzahl. Ich zähle dreißig Hütten auf dieser Lichtung, jede ist groß genug für eine vielköpfige Familie. Hier müssen mehr als zweihundert Menschen gelebt haben, bevor Pizarro vorbeigekommen ist. Selbst wenn die Hälfte Frauen und Kinder sind, werden wir uns nicht gegen sie behaupten können. Und wer weiß schon, ob es in der Nähe nicht noch andere Dörfer gibt, die sich mit diesem hier verbündet haben?«

Costa wollte sich mit dieser Einschätzung nicht zufriedengeben. »Vielleicht kehrt Francisco um und kommt uns zu Hilfe.«

»Es ist zu spät, um auf Rettung zu hoffen«, sagte Alvarado. »Du und die anderen, ihr müsst schnellstens aufbrechen, solange noch Zeit dazu ist.«

»*Ich und die anderen?*«, wiederholte Costa irritiert. »Du hast doch nicht etwa vor hierzubleiben?«

Alvarado legte eine Hand auf seine Stirn und wischte eine glänzende Schweißschicht ab. Sie mochte von der Hitze oder von der Wunde in seinem Bein herrühren, aber er hatte den Verdacht, dass sich auch bei ihm die Krankheit bemerkbar machte, die seine Männer heimgesucht hatte. »Ich würde euch nur behindern. Du solltest jetzt die Männer sammeln und sie zum Schiff führen. Nutzt die Gezeitenströmung, bis ihr weit genug von der Küste entfernt seid, dann nehmt Kurs nach Norden und kehrt nach Panama zurück.«

Costa starrte ihn einen Moment lang wortlos an, dann wandte er sich abrupt ab, um die restlichen Männer zusammenzutrommeln.

Alvarado hielt ihn derart kraftvoll am Arm fest, dass Costa schon glaubte, ihm würden jeden Augenblick die Knochen gebrochen. »Zahle meiner Familie, was du mir schuldest, sonst verfolge ich dich bis zum Ende deiner Tage.«

Costa nickte. Es war vermutlich das einzige Versprechen, das zu brechen er aus Angst vor dem Geist seines Geschäftspartners nicht riskieren würde.

Während die Männer das Dorf verließen, wurde Alvarado von einem heftigen Fieberschub heimgesucht. Er bewaffnete sich mit zwei geladenen Musketen und seiner Armbrust. An jeden der anderen Männer, die noch genügend Kraft aufbrachten, um eine Waffe festzuhalten, verteilte er jeweils eine geladene Pistole und mehrere Portionen Rum.

Beim Licht der Feuer, die sie in Gang hielten, und den dichten Rauchwolken, die sich zwischen den Hütten ausbreiteten, warteten sie und lauschten. Es kam ihnen wie eine Ewigkeit vor, aber schließlich wagten sich die Eingeborenen aus dem Dschungel.

Durch eine Lücke in der Lehmwand der Hütte sah Alvarado sie ins Dorf kommen. Als sie nahe genug waren, feuerte er auf die erste Gruppe.

Der Schuss trieb sie auseinander, aber die anderen kamen aus verschiedenen Richtungen. Von allen Seiten griffen sie die Hütten an.

Die Pistolen spuckten Feuer und Blei, und mehrere Krieger brachen tot oder verwundet zusammen, aber die nachdrängende Horde überrannte die Leiber ihrer gefallenen Gefährten, während andere in einem Sturmangriff durch die dünnen Wände der Hütten brachen.

Alvarado feuerte die zweite Arkebuse ab und schaltete zwei weitere Krieger aus. Einen dritten Angreifer schlug er mit dem Lauf nieder, aus dem sich noch der Pulverdampf kräuselte, aber dann wurde er selbst zu Boden gestreckt.

Noch hatte er seine Armbrust, mit der er nun mitten ins Gewimmel der Angreifer zielte. Und kaum hatte der Bolzen die Sehne verlassen, da griff Alvarado nach seinem Dolch. Aber eine Steinaxt traf seinen Arm und trennte seine Hand ab.

Er stieß einen heiseren Schmerzensschrei aus und griff mit der unversehrten Hand instinktiv nach dem Armstumpf. Doch ein Speer, der sich in seinen Rücken bohrte, lähmte ihn abrupt, schnitt seinen Schrei ab und warf ihn bäuchlings auf den Erdboden. Er war unfähig, sich zu rühren oder seinen Männern auch nur etwas zuzurufen.

Hilflos in dem blutgetränkten Gras liegend, musste Alvarado zusehen, wie die Eingeborenen seine kranken und sterbenden Männer niedermetzelten. In rasender Wut hackten und stachen sie auf die Spanier ein. Das Massaker wollte nicht aufhören, Blut, Schweiß und Speichel spritzten in alle Richtungen.

Als die Eingeborenen endlich von ihren Gegnern abließen, blieb Alvarado zurück, weil er für tot gehalten wurde. Während seine Augen trübe wurden, nahm er noch wahr, wie die Angreifer einige Überlebende in den Dschungel schleiften. Nie sollte er erfahren, was mit ihnen geschah.

Unsichtbar und unbemerkt in dem Tumult, waren die winzigen Krankheitserreger, die Blattern und Masern auslösten, mit jedem Blut- und Speichelspritzer verbreitet worden. Die Eingeborenen der Neuen Welt waren nie zuvor mit ihnen in Berührung gekommen. So verfügten sie über keinerlei Abwehrkräfte gegen diesen tückischen Feind.

Innerhalb einer Woche würden die meisten Krieger, die an diesem Kampf beteiligt waren, erkranken und im Sterben liegen. In einem Monat wäre dann das gesamte Dorf ausgelöscht. Am Ende des Jahres würden zahllose weitere Siedlungen von dem gleichen Schicksal heimgesucht werden, und zehn Jahre später wäre die ganze Region durch die Epidemie entvölkert.

Durch nichts gehemmt, würden die Blattern das gesamte Reich der Inka untergehen lassen, den Spaniern den Weg für ihren Raubzug ebnen und letztlich mehr als neun Zehntel der eingeborenen Bevölkerung Südamerikas töten. Ein gesamter Kontinent würde durch eine Waffe verwüstet werden, die niemand sehen konnte.

1

Vandenberg Air Force Base, Kalifornien
Gegenwart

Steve Gowdy saß in einem bequemen Sessel, der auf der obersten Ebene eines abgedunkelten Kontrollraums im Herzen der Vandenberg Air Base stand. Aufteilung und Einrichtung des Saals entsprachen den NASA-Kommandozentren in Houston und auf Cap Canaveral. Allerdings war das räumliche Angebot deutlich bescheidener, und das Personal bestand aus Angehörigen des Militärs anstatt aus Zivilisten.

Gowdy war Ende vierzig. Er trug ein graues Polohemd und eine schwarze Hose. Sein schütteres sandbraunes Haar war sorgfältig frisiert, aber zu dünn, um die nackte Kopfhaut darunter vollständig zu kaschieren. Er sah wie ein Golfspieler kurz vor dem Beginn einer Achtzehn-Loch-Runde in einem Country Club aus oder wie ein Tourist während einer Fremdenführung oder wie ein gelangweilter subalterner Manager während einer dieser sich endlos hinziehenden Routinekonferenzen. Nur die ausgeprägten Falten um seine leicht zusammengekniffenen Augen und das unbewusste Trommeln seiner Finger auf der Armlehne des Sessels verrieten, dass seine Sinne wachsam gespannt waren.

Gowdy war nicht nach Vandenberg gekommen, um die Einrichtung dort zu besichtigen oder sich an ihren technischen Glanzlichtern zu ergötzen, sondern um das letzte Stadium einer Mission zu überwachen, die so geheim war, dass überhaupt nur vierzig Personen auf der ganzen Welt von ihrer Existenz wussten.

Das Projekt trug den Namen *Ruby Snow*, was natürlich gar nichts bedeutete und keine Aussage über seine wahre Natur machte, aber die Wortkombination hatte einen poetischen Klang, der Gowdy gefiel. An dem Projekt beteiligt war ein von der National Security Agency finanziertes Flugzeug, und durchgeführt wurde es von der Air Force und anderen Abteilungen des Verteidigungsministeriums.

Flugzeug war das falsche Wort, rief er sich in Erinnerung. Die *Nighthawk* war ein hybrides Vehikel, teils ein Flugzeug, teils ein Raumschiff. Die jüngste Entwicklung einer langen Reihe von Plattformen, die aus der Raumfähre hervorgegangen waren. Sie war die höchstentwickelte Maschine, die je geflogen war, und gerade im Begriff, nach drei langen Jahren im Orbit zur Erde zurückzukehren.

Ein heftiger Sturm, der sich über dem Pazifik zusammenbraute, hatte die NSA zwar veranlasst, den Wiedereintritt in die Erdatmosphäre um eine ganze Woche vorzuverlegen, ansonsten aber verlief alles genau nach Plan.

Um den Wiedereintritt genau zu verfolgen, konzentrierte Gowdy seine Aufmerksamkeit auf die High-Definition-Bildschirme, die die vordere Wand des Raums bildeten. Auf einem dieser Schirme war eine Kolonne aus Zahlen und Symbolen zu sehen, die absolut keine Bedeutung für ihn hatten, außer dass alle angezeigten Werte grün leuchteten.

Ein zweites Display zeigte eine Karte mit einer Linie, die in scharfem Winkel von der linken oberen Ecke abwärts verlief, bevor sie in der Mitte des Bildschirms in die Horizontale überging, um danach zur rechten unteren Bildschirmecke weiter abzusinken. Mit der Bezeichnung *Nighthawk Descent Profile* versehen, hatte diese Karte etwas mit der Flughöhe, der Geschwindigkeit und der Entfernung des Flugkörpers vom Landepunkt zu tun. Aber Gowdys Interesse galt zu diesem Zeitpunkt ausschließlich dem mittleren Display, auf dem der Ausschnitt einer weltumspannenden Satellitenkarte mit Pazifischem Ozean und den Westküsten Nord-, Mittel- und Südamerikas zu sehen war.

Icons, die die *Nighthawk* darstellten, und Linien, die ihren Weg verfolgten, waren in hellen Farben gehalten. Da sich die *Nighthawk* in einem ungewöhnlichen polaren Orbit befand, begann der Anflug zum Wiedereintritt über der Antarktis und verlief in einem diagonalen Winkel quer über die Erdkugel. Sie hatte Neuseeland im Osten mit weniger als einhundert Meilen Abstand passiert und folgte von dort einem geraden Kurs über die Cook-Inseln nach Tahiti. Sie flog an der Südseite von Hawaii vorbei, und ihr Bildsymbol wanderte weiter in Richtung Vandenberg und der Gebirgswüsten von Kalifornien. Zwar musste sie noch mehrere tausend Meilen zurücklegen, aber bei einer Geschwindigkeit von über fünftausend Meilen in der Stunde würde es bis zu ihrer Landung weniger als vierzig Minuten dauern.

Ein mehrfach widerhallender Ruf drang aus dem »Loop« genannten Lautsprechersystem. »Fahrzeug hat Max Q überschritten«, sagte eine anonyme Stimme. »Hitzeschild intakt. Temperaturen sinkend.«

Max Q. Das war ein Begriff, den Gowdy kannte. *Ein Gefahrenpunkt – der Punkt der höchsten aerodynamischen Belastung des Vehikels. Ein Punkt, an dem jede Materialschwäche oder jede noch so geringe Beschädigung mit hoher Wahrscheinlichkeit in einem strukturellen Versagen und dem Verlust des Luftfahrzeugs resultierte.*

Die Meldung, dass die *Nighthawk* den Max Q unbeschadet passiert hatte, beruhigte Gowdy ein wenig. Nach wie vor konnte vieles schiefgehen, sogar katastrophal schief, aber die höchste Hürde war erst einmal überwunden.

Er schaute auf die mittlere Ebene des im Stil eines Amphitheaters angelegten Raums hinunter. Auf dieser Ebene befand sich das Reich des Flugdirektors. In diesem Fall war das ein Air Force Colonel namens Frank Hansen. Hansen, ein Veteran von dreißig Jahren, war ehemaliger Kampfflieger und Testpilot, der zwei Schleudersitzausstiege und einen Absturz überlebt hatte und nun Chef der 9th Space Operations Squadron war.

Hansen wandte sich um, stellte einen kurzen Augenkontakt mit seinem Besucher aus Washington her und nickte. So weit, so gut.

Unter allen Controllern, Systemspezialisten und technischen Experten war Hansen – abgesehen von Gowdy selbst – der einzige

Mann im Raum, der überhaupt begriff, welches enorme Risiko sie hier eingingen. Und wenn Gowdy ihn richtig einschätzte, dann war Hansen genauso nervös wie er selbst.

Hansen schaltete sein Intercom ein. »Ich brauche eine Statusmeldung«, hallte seine Stimme durch den Raum.

Auf der untersten Ebene des Raumes wurden die Controller aktiv, die die Funktion der einzelnen Systeme überwachten. Jeder war nur für einen einzigen Bereich wie Lenkleitsystem, Telemetrie, Antrieb usw. zuständig. Ihre Position, die mit der ersten Sitzreihe eines Kinos zu vergleichen war, machte einen Blick auf den Hauptbildschirm für sie zu einer Strapaze, die einem den Hals verrenkte. Aber da jede Information, die sie brauchten, auf kleinere Monitore direkt vor ihnen übertragen wurde, schauten sie kaum einmal hoch, ehe sie ihre Aufgabe erfüllt hatten.

Gowdy lehnte sich zurück, ohne den Trommelwirbel seiner Finger zu unterbrechen, während der Strom von Rückmeldungen aus den Lautsprechern des Loops drang.

»Telemetrie: Go.«

»Stromversorgung: Go.«

»Flugsteuerung: Go.«

So ging es weiter. Jeder Controller, ob männlich oder weiblich, gab seine Meldung ab und bestätigte einen ordnungsgemäßen Verlauf des Landevorgangs – bis auf eine Station, die stumm blieb.

Eine unbehagliche Pause entstand und dehnte sich weiter. Hansen wartete unten auf seinem Platz und aktivierte schließlich seinen Transmitter. »Lenkleitsystem, wie ist Ihr Status?«

Keine Antwort.

»Lenkleitsystem?«

Im Raum wurde es totenstill. Gowdys Finger hielten inne. Bei allen Simulationsdurchläufen war es niemals zu einer Verzögerung gekommen, nicht einmal von Sekundendauer. Er stand auf und blickte über das Geländer hinunter zur untersten Arbeitsebene, wo der Controller der Steuerung seinen Platz hatte.

Ein junger Soldat der US Air Force mit Bürstenhaarschnitt hatte eine hektische Tätigkeit entwickelt, tippte Befehle auf seiner Tastatur und schaltete zwischen Monitorbildern hin und her.

»Lenkleitsystem?«, rief Hansen. »Ich brauche eine Bestätigung.«

»Lenkleitsystem ist Go«, erwiderte der Soldat schließlich, »aber die Rückmeldung erfolgt verzögert. Das verstehe ich nicht, Sir.«

Da die *Nighthawk* ein unbemanntes Luftfahrzeug war und von Vandenberg aus ferngesteuert wurde, wiederholte das System jede erteilte Instruktion und sendete sie zum Kontrollzentrum zurück, bevor das entsprechende Manöver ausgeführt wurde, ähnlich wie ein Flugzeugpilot die Anweisungen der Luftverkehrskontrolle wiederholt, um sicherzugehen, dass sich jeder auf der gleichen Bildschirmseite befindet.

Gowdy drückte auf die Sprechtaste seines eigenen Intercoms und wurde über einen abgeschirmten Kanal direkt mit Hansen verbunden. »Was ist los? Was hat das zu bedeuten?«

»Eine verzögerte Rückmeldung kann alle möglichen Ursachen haben«, erwiderte Hansen. Seine Stimme klang professionell emotionslos und gleichgültig. »Es könnte ein Problem bei der Weiterleitung des Kommandos vorliegen, ein Fehler bei uns oder sogar …«

Ehe er seinen Satz aussprechen konnte, meldete sich der Telemetrie-Controller. »Telemetrie zeigt Gelb. Signal nicht konstant.«

Auf dem großen Bildschirm mit den Zahlenkolonnen blinkten zwei Felder in gelber Alarmfarbe, ein drittes Feld begann rot zu flackern.

»Kursabweichung registriert«, meldete der Flugbahn-Controller. »Zwei Grad nach Süden und zunehmend … Fünf Grad und zunehmend …«

Gowdy spürte, wie sich seine Kehle verengte und ihm das Atmen zunehmend schwerfiel. Abermals rief er Hansen. »Was ist los?«

Hansen war zu beschäftigt, um zu antworten, und Gowdy richtete den Blick wieder auf den Bildschirm. Der Kursvektor der *Nighthawk* zeigte eine leichte Krümmung nach rechts, weg von Kalifornien und in Richtung Mittelamerika.

»Elf Grad nach Süden und zunehmend«, sagte der Flugbahn-Controller. »Geschwindigkeit nimmt ab, Sinkflug gestoppt. Konstante Höhe neun-eins-tausend Fuß.«

Gowdy konnte kaum glauben, was seine Augen sahen. Anstatt wie geplant an Höhe zu verlieren, ging die *Nighthawk* bei einundneunzigtausend Fuß in den Horizontalflug und verlor deshalb an Geschwindigkeit. Da das Fahrzeug an diesem Punkt seines Landeanflugs ein Gleiter war, musste es unbedingt seinem vorausberechneten Sinkflugprofil folgen; anderenfalls würde es so viel Geschwindigkeit einbüßen, dass es Kalifornien nicht mehr erreichte.

Gowdys Knie drohten nachzugeben. Er umklammerte die Geländerstange vor ihm mit einer Hand, während er die andere Hand in seine Hosentasche schob und nach einem Schlüssel suchte.

»Kurswerte erneut eingeben«, befahl Hansen gepresst.

»Wirkungslos«, sagte der Controller.

»Neustart Kommandoprogramm.«

»Neustart eingeleitet … Stand-by.«

Gowdy eilte die Treppe zu Hansens Ebene hinunter und starrte auf den Bildschirm. Ihm brach der Schweiß aus, seine Hände zitterten, und seine Finger fanden den Schlüssel, von dem er gehofft hatte, ihn niemals benutzen zu müssen.

Wie konnte alles in diesem Moment nur so entsetzlich schiefgehen? Ein ganzes Jahrzehnt Forschung und drei Jahre im Weltraum. Wie konnten all diese Bemühungen mit einem Fehlschlag enden?

»Dreiundzwanzig Grad nach Süden«, sagte der Flugbahn-Controller. »Flughöhe noch immer neun-eins-tausend, Geschwindigkeit sinkt auf viertausend.«

»Was ist da los?«, wollte Gowdy mit rauer Stimme von Hansen

wissen und verzichtete auf das Intercom und seine bisher demonstrativ zur Schau gestellte Ruhe und Gelassenheit.

»Wir haben die Kontrolle verloren.«

»Das sehe ich«, erwiderte Gowdy. »Aber weshalb?«

»Momentan unmöglich festzustellen«, sagte Hansen. »Anscheinend fliegt das Fahrzeug eine weite Kurve. Die Ursache könnte eine Beschädigung der Tragfläche oder des Seitenleitwerks sein. Aber das würde nicht die Telemetrieprobleme oder die verzögerte Kommandobestätigung erklären.«

Gowdy betastete den Schlüssel in seiner Hosentasche und drehte ihn hin und her. Es lag in seiner Verantwortung, die Mission abzubrechen, wenn sie zu gefährlich würde. Es wäre seine Entscheidung. Zu früh zu reagieren, ehe sich jede Hoffnung auf ein gutes Ende zerschlagen hatte, wäre ein Fehler, aber zu spät zu handeln … könnte eine Katastrophe auslösen.

Er machte einen Schritt vorwärts in Hansens engsten Arbeitsbereich hinein. »Bringen Sie das verdammte Ding zurück auf Kurs.«

Hansen drängte sich ungestüm an ihm vorbei, wobei er Gowdy beinahe in einen Sessel stieß. Die beiden Männer hatten einander nie sonderlich gemocht. Hansen war der Meinung, dass Gowdys Kenntnisse in Physik und Astronautik bei weitem nicht ausreichten, um an einem solchen Projekt mitzuarbeiten, und Gowdy empfand den Air Force Colonel als arrogant und ihm gegenüber herablassend. Die hohen Tiere hatten verlangt, sie sollten miteinander auskommen, und für einige Zeit hatte es auch funktioniert, aber jetzt nicht mehr.

»Transponder-Datenübertragung nicht konstant«, sagte der Telemetrie-Controller. »Wir verlieren das Signal.«

»Neustart Transponder!«, rief Hansen. »Wenn der Transponder ausfällt, verlieren wir die Spur des Fahrzeugs. Es wird nicht per Radar überwacht.«

Gowdy ließ sich in den Sessel fallen, unfähig, sich zu rühren. Sein gesamter Körper wurde taub, und er verfolgte den verzweifelten Dialog wie in Trance. Es spielte keine Rolle, ob sie von einem

Radar überwacht würden – zur Konstruktion der *Nighthawk* gehörte ein Tarnkappenschutz. Im Gegensatz zu anderen Raumfahrzeugen war sie schwarz und für optische Teleskope unsichtbar. Sie war mit der leistungsfähigsten – Radarstrahlen absorbierenden – Beschichtung versehen, die je entwickelt worden war.

Er hob den Kopf und schaute auf den Bildschirm. Das Luftfahrzeug raste mit dreitausendfünfhundert Meilen in der Stunde auf die Küste von Südamerika zu. Die Kursabweichung schwächte sich ab, die Geschwindigkeit sank weiterhin. Der maximale Gleitweg, dargestellt durch einen orangefarbenen Kreis auf der digitalen Landkarte, schrumpfte mit jeder Sekunde und wanderte weiter nach Süden. Er reichte nicht mehr bis zur Landmasse der Vereinigten Staaten.

Gowdy wusste, was er zu tun hatte. Es gab keinen Grund, länger abzuwarten.

Er zog den roten Schlüssel aus der Tasche und steckte ihn in einen Schlitz auf der Instrumententafel vor ihm. Eine Drehung öffnete ein Abteil darüber, und ein kleiner Sockel stieg hoch und rastete in der ausgefahrenen Position ein. Er war mit gelben und schwarzen Winkelstreifen markiert. In der Mitte ragte ein roter Knopf heraus, geschützt durch zwei Metallbügel, die verhinderten, dass er unabsichtlich betätigt wurde.

Gowdy richtete den Blick auf den Bildschirm. Von dort erhielten sie nun fehlerhafte Positionsdaten, die anzeigten, dass sich die *Nighthawk* an mehreren unterschiedlichen Orten gleichzeitig befand. Markierungen blinkten und erloschen, aber die Hauptlinie verlief weiterhin nach Süden in Richtung der Galapagosinseln und der Küste von Ecuador jenseits der Inseln.

»Lenkleitsystem-Neustart abgeschlossen«, sagte der Controller.

»Und?«, fragte Hansen.

»Keine Antwort.«

»Das war's«, flüsterte Gowdy. Er drehte den Schlüssel nach rechts, und der rote Knopf leuchtete auf.

»*Self-destruct, armed*«, meldete eine Computerstimme.

Gowdy ließ den Schlüssel los und wollte auf den Knopf drücken.

Eine kräftige Hand hinderte ihn daran, legte sich um seinen Unterarm und zog ihn ruckartig weg.

Hansen war neben ihn getreten. »Sind Sie wahnsinnig?«, knurrte der Air Force Colonel.

»Sie ist vom Kurs abgekommen«, sagte Gowdy. »Wir können auf keinen Fall zulassen, dass sie in einer bewohnten Gegend aufschlägt. Das Risiko, dass es zum Schlimmsten kommt, ist zu groß.«

Hansen hielt Gowdys Arm weiterhin fest. »Das *Schlimmste* ist bereits geschehen. Es trat in dem Moment ein, als wir die *Nighthawk* und ihre Fracht in die Atmosphäre zurückgeholt haben. Sie jetzt zu zerstören würde die Katastrophe endgültig auslösen.«

Gowdy blinzelte verwirrt. Ihm wurde für einen kurzen Moment schwindelig. Er verstand nicht, was hier eigentlich los war. Aber genau darüber hatte sich Hansen von Anfang an beschwert. Dass Gowdy von den wissenschaftlichen Grundlagen des Projekts keine Ahnung hatte.

Plötzlich verschwand die *Nighthawk* vom Bildschirm. Die Kurve, die das Profil ihres Landeanflugs darstellte, verblasste, und sämtliche Zahlen auf dem Bildschirm froren ein und begannen rot zu blinken.

»Telemetrie ist ausgefallen«, meldete ein anderer Controller mit leidenschaftsloser Stimme. »Kontakt zur *Nighthawk* abgebrochen.«

Ein Raunen ging durch den Raum. Es klang besorgt, furchtsam. Gowdy starrte auf den Bildschirm, abwartend und voller Hoffnung, dass die Kurslinie wieder erschien. Er saß schweigend in seinem Sessel, während wiederholte Versuche, die Verbindung zwischen Vandenberg und dem Luftfahrzeug wiederherzustellen, fehlschlugen.

Schließlich erschien eine neue Zahl auf dem Bildschirm und begann einen hektischen Countdown in Richtung null.

»Was ist das?«, fragte Gowdy.

»Die Oberflächen-Interface-Zeit«, antwortete Hansen mit grausamer Sachlichkeit. »Die längstmögliche Zeitspanne, die sich die *Nighthawk* in der Luft halten kann, ehe sie auf Flughöhe null absackt.«

Die Zahlen tickten unbarmherzig abwärts von Minuten zu Sekunden und stoppten unerbittlich bei 0:00:00.

»Was nun?«, fragte Gowdy.

»Ich brauche sofort einen live gesendeten Satellitenstream«, befahl Hansen. »Weitwinkel. Vom Südpazifik und vom Westen Südamerikas.«

Die Controller lieferten das Verlangte. Niemand fragte nach dem Grund.

Nacheinander erschienen die Satellitenbilder auf dem Hauptbildschirm. Gowdy betrachtete das malerische Panorama. Wolken trieben über dem Pazifik. Die Westküste von Südamerika bildete einen scharfen Kontrast zum Blau des Ozeans. Die tropische Störung im Pazifik rotierte wie ein friedliches Kinderkarussell.

Alles erschien ruhig und unberührt.

»Nach was halten Sie denn Ausschau?«, wollte Gowdy wissen.

Der Air Force Colonel wandte sich mit ernster Miene zu dem NSA-Bürokraten um, den er so lange hatte ertragen müssen, und atmete aus. Es klang weniger sorgenvoll, sondern eher wie ein Seufzer der Erleichterung.

»Wenn von einer Bodenstation kein entsprechender Befehl erteilt wird, schaltet die *Nighthawk* in einen autonomen Modus um, denkt für sich selbst und trifft eigene Entscheidungen. Sobald das Flugobjekt seine Position errechnet hat und sich daraus ergibt, dass es Vandenberg nicht mehr erreichen kann, leitet es einen Notlandeprozess ein, verringert die Geschwindigkeit und kehrt sicher zur Erde zurück … per Fallschirm.«

»Woher wissen Sie, dass die *Nighthawk* nicht schon längst zerschellt ist?«, erwiderte Gowdy und bemühte sich um einen überlegenen Tonfall. »Woher wollen Sie denn wissen, dass das automatische Landesystem nicht ebenfalls ausgefallen ist wie alles andere?«

»Ich weiß es«, sagte Hansen, »weil wir noch hier sind.«

Es dauerte einen Moment, aber allmählich begriff Gowdy. Er blickte zu dem Bildschirm mit der Satellitenübertragung, die nichts zeigte, was den Rahmen des Normalen sprengte. »Wie viel Zeit haben wir?«

In Gedanken führte Hansen eine schnelle Überschlagsrechnung durch. »Sieben Tage«, sagte er dann. »Weniger, wenn die Treibstofftanks, die Solarzellen oder die Batterien beschädigt wurden.«

Gowdy konzentrierte sich wieder auf den Bildschirm und die Weite des darauf dargestellten Südpazifik. Sieben Tage, um den Ozean abzusuchen und eine Nadel in diesem nassen Heuhaufen zu finden. Sieben Tage, um eine tickende Bombe zu suchen und unschädlich zu machen – eine Bombe, die die Erde in ihren Grundfesten erschüttern konnte.

2

Kohala Point, Hawaii

Kurt Austin saß rittlings auf einem Surfbrett in den tropischen Gewässern eine halbe Meile vor dem Kohala Lighthouse auf Big Island, der größten der Hawaii-Inseln. Die kräftige Pazifiksonne wärmte seine gebräunte Haut, und die Dünung rollte unter ihm hindurch und wiegte ihn in einem beständigen Rhythmus. Seine Muskeln waren angespannt, während er einen fünf Meter hohen Wasserwulst beobachtete, der sich auf den Strand zuwälzte und zu einer vollendeten linkshändigen Welle hochbuckelte.

Weißer Schaum flitzte den Wellenhang hinab, um den Surfer einzuholen, der auf der Welle ritt, aber er steigerte sein Tempo, vollführte ein elegantes Lenkmanöver mit seinem Brett und nahm direkten Kurs auf den Strand, ehe sich der Wellenkamm zu einem Tunnel formte und mit lautem Getöse hinter ihm in sich zusammenbrach.

Die rohe Wucht der Welle entlud sich mit einem Donnerschlag, der sich an den Lavafelsen am südlichen Ende des Strandes brach, als Echo zurückrollte und zusammen mit dem Rauschen der Brandung die Luft vibrieren ließ. »Ich liebe diesen Klang«, sagte Kurt.

»Weil du ein *Kaikane* bist«, erwiderte der Surfer neben ihm mit einem deutlichen hawaiischen Akzent. »Schaumgeboren, ein Sohn des Ozeans.«

Kurt blickte nach rechts, wo ein athletischer Hawaiianer auf einem kurzen Surfbrett saß. Die Tätowierungen auf seiner Haut ähnelten dem Muster der Ornamente auf seinem Brett. Er hatte zotteliges schwarzes Haar, ein freundliches Lächeln und weiche Gesichtszüge. Sein Name lautete Ika, aber er wurde von allen nur Ike genannt.

Kurt grinste. »Da könntest du recht haben.«

Mittlerweile Mitte dreißig, war Kurt Austin in der nordwestlichen Region des Pazifik aufgewachsen und hatte den größten Teil seiner Freizeit mit Rudern, Segeln, Angeln oder Schwimmen ausgefüllt. In den Jahren der Mitarbeit in der Bergungsfirma seines Vaters hatte er bereits als Teenager das Tauchen erlernt. Seitdem hatte er unzählige Stunden unter Wasser verbracht, indem er für seinen Vater arbeitete, seinen Wehrdienst in der Navy absolvierte und anschließend in einer Spezialeinheit der CIA tätig war, zu deren Aufgaben die Tiefseebergung und die Erprobung von Unterwassertechnologie gehörte.

Seit seinem Ausscheiden aus der CIA war er bei der NUMA beschäftigt, der National Underwater and Marine Agency, einem Zweig der Bundesregierung, der für die Erforschung und den Schutz und Erhalt der Weltmeere zuständig war.

Seltsam war, dass ihn, je länger er seiner Tätigkeit nachging, eine sich rasant weiterentwickelnde Technologie zunehmend vom Element seiner Wahl, dem Wasser, abschirmte. Zuerst waren es Nass- und Trockentauchanzüge aus Neopren und anderen hochflexiblen Materialkombinationen gewesen. Danach folgten starre Tieftauchanzüge, die ihn vollständig einkapselten und wie einen ozeanischen Astronauten hatten aussehen lassen. Mittlerweile benutzte er vorwiegend Tauchfahrzeuge. Entweder waren es von der Wasseroberfläche aus gesteuerte Robotereinheiten oder bemannte U-Boote, in denen ein normaler Luftdruck herrschte und die außerdem beheizt wurden, sodass Shorts und T-Shirts als Dienstkleidung ausreichten. Aus diesem Grund hatte sich Kurt nach Abschluss eines Forschungsprojekts auf Oahu entschieden, den direkten Kontakt mit dem Wasser und dem Rhythmus des Meeres zu suchen.

Und den fand Kurt auf Hawaii am besten beim Wellenreiten. Die Wellen, an die sich Kurt in seinem unermüdlichen Bestreben, auch auf diesem Sektor einen hohen Grad an Perfektion zu erreichen, herantraute, wurden von Tag zu Tag höher.

Nach einigen Wochen war er fast so gut wie die einheimischen Surfguides, mit denen er sich angefreundet hatte. Auch seine Haut war von der Sonne entsprechend gebräunt worden, und wäre da nicht sein vorzeitig ergrautes silbern schimmerndes Haar gewesen, hätte man ihn für einen eingeborenen Hawaiianer halten können.

»Der Takt des Meeres verändert sich«, sagte Ike, drehte sich halb um und blickte auf die Wasserfläche hinter ihnen. »Kannst du es spüren?«

Kurt Austin nickte. »Die Dünung wird stärker. Die Wellen folgen dichter aufeinander.«

Weit draußen braute sich ein Unwetter zusammen. Sein Zentrum befand sich zwar noch hinter dem Horizont, aber es entwickelte sich zu einem Sturm von Orkanstärke. Die Wellen, die er vor sich herschob, gewannen zusehends an Höhe und Wucht.

»Bald wird die See zu rau sein, um zu surfen«, sagte Ike.

»Dann sollten wir das Beste daraus machen und uns beeilen«, erwiderte Kurt.

Er ließ sich mit dem Oberkörper auf sein Brett fallen und begann mit kräftigen Armbewegungen in Richtung der Zone, wo die Wellen brachen, zu paddeln.

Ike folgte seinem Beispiel, und sie näherten sich dem Strand, steigerten ihr Tempo und trennten sich dann. Eine starke Welle nach der anderen rollte unter ihnen hinweg, bis Kurt spürte, wie sich eine Monsterwelle hoch aufwölbte. Es war die größte des Tages.

Sie war genau das, was er sich wünschte. Eine Welle, die in gleichem Maß gefährlich war und zerstörerische Energie freisetzte. Er paddelte schneller, glitt auf dem Wellenberg aufwärts und setzte ein Knie auf das Brett. Er stemmte sich hoch, fand einen sicheren Stand, drehte das Brett in genau dem richtigen Moment quer zur Welle, stürzte sich in den Wellenhang und beschleunigte, während sich der Wellenkamm auftürmte und zu einem Tunnel einrollte.

Ike befand sich vor ihm, schnitt bereits eine weiße Kiellinie in die Woge, als ob sein Surfbrett von Raketen angetrieben würde. Kurt querte hinter ihm die Welle und musste unwillkürlich grinsen, als ihn das unglaubliche Gefühl durchströmte, mit der See zu verschmelzen und ihre Energie mit jeder Faser seines Körpers zu absorbieren.

Während er den Vorderhang der Welle hinabschoss und nach links schwenkte, blieb er dicht vor dem Wellenkamm, der sich weiter einrollte und nun hinter ihm einen Tunnel formte. Er ging leicht in die Hocke, senkte eine Hand, tauchte die Finger ins Wasser und drosselte das Tempo, bis er ringsum die blauen durchscheinenden Wände der Röhre sehen konnte, die in diesem Augenblick wie eine gewölbte Scheibe flüssigen Glases erschienen.

Die Welle brüllte wie ein lebendes Wesen und nahm ihn von beiden Seiten so in die Zange, dass er sich wie zwischen Skylla und Charybdis vorkam. Kurz bevor sie ihn zermalmte, manövrierte sich Kurt aus dem Tunnel heraus und glitt zurück ins Freie.

Ein Stück voraus entdeckte er Ike und einen anderen Surfer, der sich dieselbe Welle ausgesucht hatte. Sie kamen einander zu nahe, und Ike musste sich zurückfallen lassen. Sein Schwenk erfolgte zwar schnell genug, um eine Kollision zu vermeiden, aber der andere Surfer wurde von der Geschwindigkeit und der Wucht des Brechers überwältigt und ging unter.

Kurt schlug mit seinem Brett einen Haken, um ihm auszuweichen, doch dann hielt die See für sie alle eine Überraschung bereit, als die Welle plötzlich hochstieg und gleichzeitig überkippte.

Soeben noch ein lang gestreckter, sich majestätisch an Land wälzender Surfertraum, verwandelte sich die Welle nun in eine schäumende Wasserwalze. Ein wahres Gebirge entfesselten Ozeans ergoss sich auf Kurts Schultern, fegte ihn von seinem Surfboard und riss ihn mit sich.

Er wurde in die Tiefe gedrückt und pflügte durch den Sand. Ein aus dem Untergrund ragender Lavafelsen fügte seinem

Unterarm einen tiefen Schnitt zu, und er spürte einen scharfen Ruck, als die Schlinge der Leash um sein Fußgelenk aufriss und sein Brett sich selbstständig machte.

Die mächtige Welle presste ihn zwar auf den Untergrund, aber Kurts langjährige Tauchpraxis bewahrte ihn davor, in Panik zu geraten. Er verhielt sich vollkommen ruhig, während die Unterströmung wieder einsetzte und die aufgewirbelten Sandmassen verteilte, sodass das Tageslicht von oben bis zu ihm vordringen konnte. Er stieß sich mit beiden Füßen vom Boden ab, um aufzusteigen.

Als er durch die Meeresoberfläche brach, schaute sich Kurt sofort suchend um. Eine weitere Welle stürzte auf ihn herab, und sein Brett war in die Brandung und weiter auf den Strand geschleudert worden. Ike befand sich ebenfalls im flachen Wasser, zog sich auf sein Surfbrett und paddelte heftig, um in den Wellengang zurückzukehren.

Kurt erkannte schnell, weshalb: Der andere Surfer war nirgendwo zu sehen. Er war untergegangen und offenbar auf dem Meeresgrund geblieben.

Kurt holte tief Luft und tauchte ab, während die nachfolgende Welle über ihn hinwegschäumte. Er spürte, wie ihn die Wellenfront erfasste, ihn hochhob und wieder losließ, als ob er ein lästiges Stück Treibgut sei. Dann hörte er das gedämpfte Dröhnen der Wassermassen, die auf den Strand auftrafen, und versuchte, in den Sandwolken, die von der Unterströmung mitgerissen wurden und sich zu ihm zurückwälzten, etwas zu erkennen.

Im Halbdämmer vor ihm nahm er einen gelben und roten Farbschimmer wahr, gedämpft sowohl vom Blau des Wassers als auch durch die eingeschränkte Sehfähigkeit menschlicher Augen unter Wasser. Er führte kräftige Beinstöße aus, ruderte mit den Armen und warf sich vorwärts, bis er das Brett des Surfers erreichte. Es hatte sich in einer Lücke im Lavafelsen verkeilt. Indem er sich an dem Brett entlangtastete, fand Kurt die Leash und benutzte sie, um den bewusstlosen Wellenreiter zu sich herüberzuziehen.

Gleichzeitig riss er die Klettbandmanschette auf, die ihn ans Brett fesselte.

Die Unterströmung kam zurück. Die nächste Welle kündigte sich an. Kurt schlang einen Arm um den bewusstlosen fremden Surfer, stieß sich erneut vom Untergrund ab und tauchte hinter dem Wellenkamm auf.

Er schwamm in Richtung Strand. Die nächste Welle brach sich mit lautem Getöse hinter ihnen und schob sie in einer Wolke aus Gischt und schäumendem Wasser weiter vorwärts.

Während sie auf dem nassen Sand liegen blieben, näherten sich mehrere andere Surfer im Laufschritt, um ihnen zu helfen. Sie ergriffen den Verletzten an Armen und Beinen und zogen ihn vollends aufs Trockene.

Ike half Kurt auf die Beine und ging mit ihm den Strand hinauf, wo Kurt erst einmal stehen blieb, die Hände in die Hüften stemmte und mit tiefen Atemzügen Sauerstoff in seine Lunge pumpte. »Ist er okay?«

Wenige Schritte entfernt lag der gerettete Surfer jetzt hustend auf der Seite und spuckte Salzwasser. Einer der Männer, die sich um ihn kümmerten, nickte.

Grinsend hielt Ike das ausgefranste Ende von Kurts Sicherheitsleine hoch. »Sieh dir das an. Deine Leash ist gerissen. Jetzt bist du ein *richtiger* Big-Wave-Surfer.«

Er lachte über seinen Scherz und versetzte Kurt einen freundschaftlichen Rippenstoß.

»Das Ende dieses Ritts hatte ich mir eigentlich ein wenig anders vorgestellt«, sagte Kurt. »Was ist mit dieser Welle passiert? Erst sah die absolut großartig aus, und dann …«

Ike zuckte die Achseln. »Jede Welle ist anders, Bruder. Das ist Teil der Abmachung. *Moana*, die See, lässt dich gewähren, aber von Zeit zu Zeit ruft sie dir zu: *Ich bin gefährlich. Ich bin unberechenbar. Eines Tages wende ich mich gegen dich. Und in diesem Augenblick der Wahrheit wirst du erfahren, dass du mich nicht bändigen kannst. Du wirst begreifen, dass du mir auf Gedeih und Verderb ausgeliefert bist, und nur ich allein entscheide, ob ich dich festhalte oder freilasse.*«

Kurt fand so viel Gefallen an der Poesie dieser Erklärung, dass er gar nicht widersprach, sondern lediglich mit einem respektvollen Kopfnicken und einem Blick zurück auf den Ozean reagierte. Die Wellen türmten sich höher auf, der Wind frischte auf und kündigte das heraufziehende Gewitter an. Moana *würde sie heute nicht mehr gewähren lassen.*

Da wurde sein Gedankenfluss plötzlich unterbrochen. »Kurt Austin«, rief eine sonore Stimme vom oberen Teil des Strandes herüber.

Der Ruf, klar und akzentuiert, klang befehlend und wie an augenblicklichen Gehorsam gewöhnt. Es war ein Tonfall, der an einem Strand mit so viel malerischem Lokalkolorit vollkommen fehl am Platze war.

Kurt blickte hoch und sah einen Mann, der von der Uferstraße herunterkam. Er trug eine schwarze lange Hose, elegante Halbschuhe und ein weißes Oberhemd mit Button-down-Kragen. Er hatte schmale Schultern und schlanke Hüften, hielt sich kerzengerade und bewegte sich mit sicheren Schritten durch den weichen Sand. Offensichtlich war er mit einem weißen SUV eingetroffen, der hinter ihm am Straßenrand parkte.

»Kurt?«, rief der Mann noch einmal, während er sich näherte.

Ike beugte sich zu Kurt. »Wenn ich du wäre, würde ich nicht antworten«, flüsterte er. »Ich finde, er sieht aus wie Hawaii-fünf-null.«

»Schön wär's«, sagte Kurt. Er erkannte einen Regierungsvertreter auf den ersten Blick, und speziell dieser war ihm besonders vertraut. »Rudi Gunn«, sagte er und streckte der Nummer zwei der NUMA eine Hand entgegen. »Ich hatte keine Ahnung, dass Sie auf der Insel sind. Sonst hätte ich Sie zum Surfen eingeladen.«

»Ich bin erst vor ein paar Stunden gelandet«, sagte Rudi und schüttelte Kurts Hand, »aber nach diesem Wipeout werde ich solche Einladungen von vornherein ablehnen, weil sie für mich Teil eines Plans sind, mich loszuwerden und meinen Job zu übernehmen.«

»Und den ganzen Tag am Schreibtisch zu sitzen und Akten zu wälzen? Nein, vielen Dank. Was verschlägt Sie hierher?«

»Ich versuche schon seit längerer Zeit, Sie zu erreichen«, sagte Rudi. »Ich habe Ihnen mindestens ein Dutzend Nachrichten auf Ihr Smartphone geschickt.«

»Smartphones und Surfen vertragen sich von Natur aus nicht«, sagte Kurt. »Welcher Notfall liegt denn an?«

»Wer hat etwas von Notfall gesagt?«

Kurt sah ihn ungläubig an.

»Okay«, lenkte Rudi ein. »Es ist wahrscheinlich ein Notfall – andernfalls hätte man mich wohl kaum losgeschickt, um Sie aufzugabeln –, aber ich weiß nicht, um was es geht. Ich hatte nur das Glück, dass sich der Parkwächter Ihres Hotels daran erinnerte, dass Sie ein Surfbrett eingeladen hatten und hierhergekommen waren.«

»Damit kann der Typ sein Trinkgeld in den Wind schreiben«, sagte Kurt.

»Mit dem, was ich ihm gegeben habe, wird er es leicht verschmerzen können«, sagte Rudi. »Das können Sie mir glauben.«

Kurt Austin wusste, dass es an der Zeit war, seine Zelte abzubrechen. Er schaute zu dem Surfer hinüber, den er aus dem Wasser gezogen hatte. Der junge Mann lächelte jetzt. Er gab ihm das Hang-Loose-Zeichen: eine Faust mit abgespreiztem Daumen und kleinem Finger.

Kurt erwiderte die Geste und wandte sich zu Ike um. »Nicht nur die See ist unberechenbar. Sieht so aus, als ob eine Menge Arbeit auf mich wartet.«

Er streifte sich ein schwarzes T-Shirt über die Schultern und griff nach dem Rucksack, den er zum Strand mitgebracht hatte. Während sie durch den Sand zum SUV hinaufstapften, stellte er die offensichtliche Frage. »Was können Sie mir erzählen? Nun, da wir außer Hörweite sind.«

Gunn schüttelte den Kopf. »Nur das Übliche«, sagte er. »Dass die Zeit drängt.«

Kurt war zwar klar, dass Rudi mehr wusste als das, aber er war genauso verschwiegen wie jeder andere bei der NUMA. Diese Art von Selbstdisziplin war offenbar eine Grundeigenschaft eines jeden Einserkadetten in West Point. »Ich nehme an, dass ich nicht einmal mehr Zeit habe, um zu duschen und mich umzuziehen.«

Gunn schüttelte den Kopf. »Nein, ich glaube, die haben Sie nicht.«

3

Rudi lenkte den Wagen zum Upolu Airport, einem kleinen Flugplatz an der nördlichen Spitze der Insel. Eine glänzende türkisfarbene Gulfstream wartete mit laufenden Triebwerken auf dem Rollfeld. Die NUMA-Maschine war, wie Kurt erkennen konnte, ein Modell mit größerer Reichweite.

Die Einstiegsluke wurde geschlossen, sobald Kurt Austin und Rudi Gunn ihre Plätze eingenommen hatten. Sekunden später rasten sie schon über die Piste. Nach einem langen Startanlauf stieg die Gulfstream in den Himmel auf und nahm Kurs nach Osten.

Während des Steigflugs schaute Kurt aus dem Fenster. In der Ferne sah er die dunklen Wolken des tropischen Tiefdruckgebiets, das die Wellenfronten auf den Strand geworfen hatte. Nachdem er sich mit einem kurzen Fingertipp gegen die imaginäre Hutkrempe von dem aufkommenden Sturm verabschiedet hatte, wandte er Rudi Gunn seine Aufmerksamkeit zu.

Von allen leitenden Vertretern der NUMA war Rudi Gunn sicherlich das größte Rätsel. Mittlerweile Ende vierzig, hatte er nichts von der Intensität und Präzision eingebüßt, die von jeher seine Markenzeichen waren. Einerseits hitzköpfig, andererseits aber schweigsam und verschlossen, konnte Rudi heiter und zu Scherzen aufgelegt sein, und doch ließ er sich niemals in die Karten schauen. Sein Geist arbeitete ständig auf Hochtouren. Selbst in diesem Augenblick, während er sich schweigend durch den Kopf gehen ließ, worüber sie sich in Kürze unterhalten würden, konnte Kurt spüren, dass Rudi Dinge plante, aufeinander abstimmte und umordnete. Er war ein logistisches Genie mit der besonderen Fähigkeit, für komplexe Abläufe stets das wirkungsvollste Handlungsmuster festzulegen.

Kurt ließ ihn in Ruhe und fasste sich in Geduld. Zwanzig Minuten verstrichen, ehe einer von ihnen das Wort ergriff.

»Ist damit zu rechnen, dass sich irgendwann ein Flugbegleiter um uns kümmert? Ich würde gerne etwas trinken.«

»Sie wissen, dass in einem NUMA-Flugzeug kein Alkohol mehr gestattet ist«, sagte Rudi.

Kurt lachte verhalten. Streng nach Vorschrift, wie immer. »Ich dachte an eine Flasche Wasser oder an eine eisgekühlte Cola.«

»Oh«, sagte Rudi. »Sorry. Bedienen Sie sich.« Er deutete auf eine Kühlbox.

Kurt löste seinen Sitzgurt und ging zu dem Minikühlschrank. Er öffnete ihn und angelte zwei Flaschen Coca-Cola aus der hintersten Reihe, wo sie am kältesten waren. Glas-, keine Plastikflaschen, und er las den Aufdruck auf dem Etikett. Er war in Spanisch gehalten und verriet, dass die Vorräte der Maschine irgendwo südlich der Grenze aufgefüllt worden waren. Indem er die Flasche in der Hand hin und her drehte, fand Kurt die Adresse des Abfüllbetriebs und nickte, als er seine Vermutung bestätigt sah. Dann schloss er den Kühlschrank.

Er kehrte auf seinen Platz zurück, öffnete beide Flaschen und reichte eine an Rudi weiter. »Wir sollten miteinander reden«, sagte er. »Aus dem langen Startanlauf und dem langsamen Steigflug schließe ich, dass wir eine Menge Treibstoff an Bord haben. Unserem Kurs entnehme ich mit einiger Sicherheit, dass wir nicht nach Oahu oder Los Angeles fliegen – und Ihr zerknittertes Hemd verrät mir außerdem, dass Sie schon lange in dieser Maschine sitzen. Nur um mich abzuholen und zurückzubringen. Wo also liegt unser Ziel? Irgendwo in Südamerika?«

Rudi schenkte Coca Cola in ein Glas, während Kurt weitersprach. »Südamerika?«, sagte er. »Ist das Ihre Vermutung?«

»Das ist sie.«

»Ein ziemlich weites Feld«, erwiderte Rudi lächelnd. »Können Sie das ein wenig eingrenzen?«

Kurt druckste einige Sekunden herum, als dächte er angestrengt nach, obgleich er genau wusste, was er antworten würde.

»Ecuador.«

Gunns Augenbrauen ruckten hoch.

»Guayaquil«, fügte Kurt hinzu, »um genau zu sein.«

Gunn war sichtlich geschockt. »Mit allem gebotenen Respekt für den großen Johnny Carson, Carnac kann Ihnen nicht das Wasser reichen.«

»Wohl nicht, nein«, sagte Kurt grinsend und deutete auf die Colaflasche. »Diese Flaschen wurden in Quito abgefüllt. Aber das ist eine Binnenstadt, von Land umschlossen. Der größte Hafen von Ecuador befindet sich in Guayaquil. Und wir agieren gewöhnlich auf See.«

»Hmm«, sagte Gunn. »Ich weiß nicht, ob ich jetzt beeindruckt sein soll oder nicht.«

Ein rotes Telefon neben Gunns Sitz summte in diesem Augenblick. Er nahm den Hörer ab und lauschte einige Sekunden lang. »Wir sind bereit«, sagte er. »Stellen Sie durch.«

»Aber … wenn Sie nicht die Anweisungen geben, wer tut es dann?«

»Ein Kollege in der National Security Agency.«

»Arbeite ich jetzt für die NSA?«, fragte Kurt. Er war schon früher dorthin ausgeliehen worden.

»Nicht nur Sie«, erwiderte Gunn. »Sondern jedes NUMA-Schiff und jeder NUMA-Angehörige im Umkreis von fünftausend Meilen.«

Jetzt ruckten Kurts Augenbrauen in die Höhe. Das konnte nur einen einzigen Grund haben. »Sie haben etwas verloren.«

Weder bestätigte Gunn diese Vermutung, noch widersprach er ihr. »Ich überlasse ihnen die Erklärung.«

Ein Flachbildschirm an der Kabinenwand erwachte zum Leben. Zu sehen war das Innere eines Briefing Rooms mit zwei Männern, die an einem Tisch saßen. Der erste war ein Offizier der Air Force mit mehreren farbigen Ordensspangen an seinem blauen Uniformrock. Der zweite Mann war in Oberhemd und Krawatte gekleidet.

Der Mann mit der Krawatte redete als Erster. »Guten Tag«, sagte er. »Mein Name ist Steve Gowdy. Ich bin Direktor der

Abteilung für ExAt-Projekte innerhalb der National Security Agency.«

»ExAt?«, fragte Kurt.

»Extraatmosphärisch«, erwiderte Gowdy. »Im Grunde beinhaltet das alles, was oberhalb der Stratosphäre stattfindet. Inklusive unserer Satelliten- und Lenkflugkörperprojekte.«

Kurt nickte, um zu signalisieren, dass er verstand, was gemeint war, und Gowdy beugte sich zur Kamera vor wie ein Fernsehreporter während der Abendnachrichten. »Ehe ich anfange, müssen Sie sich darüber im Klaren sein, dass dieses Projekt von höchster Wichtigkeit ist und in verschiedenen Bereichen der strengsten Geheimhaltung unterliegt.«

Kurt hatte diese Erläuterung schon früher gehört. »Bei der NSA gibt es nicht viel, das nicht streng geheim ist. Aber ich verstehe.«

Gunns Miene verzog sich zu einem Grinsen, aber Gowdy fand diese Bemerkung offensichtlich gar nicht lustig.

»Unser augenblickliches Projekt ist im letzten Moment aus dem Ruder gelaufen«, fuhr Gowdy fort. »Und zwar geht es um einen experimentellen Flugkörper während des Wiedereintritts über dem Südpazifik.«

Kurt wusste in etwa über die Weltraumoperationen der NSA Bescheid. »X-37«, sagte er in Bezug auf den bekannten Flugkörper der NSA, der mit einer Rakete in die Erdumlaufbahn gebracht wurde und wie das Spaceshuttle im Gleitflug zur Erde zurückkehrte.

»Nein«, sagte Gowdy. »Hier geht es um einen Flugkörper, den wir *Nighthawk* genannt haben. Seine offizielle Bezeichnung lautet VXA-01. Er ist der erste seiner Art. In gewisser Weise war X-37B ein Prototyp, eine Testversion, die benutzt wurde, um bestimmte Technologien zu entwickeln. Der neue Flugkörper ist zweimal so groß wie X-37 und auch weitaus leistungsfähiger.«

»Ich bin beeindruckt«, sagte Kurt. »Davon habe ich noch nie gehört. Nicht einmal gerüchteweise.«

»Wir haben uns nach Kräften bemüht, es aus der Öffentlichkeit herauszuhalten«, gab Gowdy zu. »Indem wir mit der X-37 einige mysteriöse Flugoperationen durchgeführt haben, haben wir die Öffentlichkeit abgelenkt und den Leuten etwas gegeben, worüber sie sich den Kopf zerbrechen konnten. In der Zwischenzeit arbeiteten wir an *Nighthawk* und hatten sie über drei Jahre lang im Weltraum im Einsatz. Unglücklicherweise kam sie aber beim Wiedereintritt in die Atmosphäre vom Kurs ab und reagierte nicht mehr auf unsere Kommandos.«

»Müssen wir deshalb jetzt befürchten, dass uns die Klingonen die Warp-Technologie rauben?«, fragte Kurt.

Gowdys Miene versteinerte, und er starrte einige Sekunden lang schweigend in die Kamera, bevor er antwortete. »Es gibt keinen Warp-Antrieb«, knurrte Gowdy ohne den geringsten Anflug von Humor, »aber die *Nighthawk* ist das technisch höchstentwickelte Flugzeug, das je gebaut wurde. Es vereinigt in sich Materialien und Technologien, die allem, was in europäischen, chinesischen oder russischen Raumfahrtprogrammen eingesetzt wird, um mindestens zwei Generationen voraus sind. Die *Nighthawk* ist ein durch und durch revolutionäres Flugzeug. Ich sage Flugzeug, weil sie genauso aussieht wie eines, aber täuschen Sie sich nicht, wir haben es mit einem Raumschiff zu tun, das in seiner Umlaufbahn uneingeschränkt und selbstständig manövrieren und Missionen durchführen kann, von denen das Shuttle niemals auch nur träumen könnte. Sie hat zwar keinen *Warp-Antrieb*, verfügt stattdessen jedoch über ein *Ionenantriebssystem*, das im Pendelverkehr zwischen Erde und Mond eingesetzt werden kann und die Reisezeit zum Mars halbieren würde.«

Kurt nickte. »Und jetzt wollen Sie, dass wir danach suchen.«

»Sie werden Teil eines Teams sein, das einen genau bezeichneten Sektor des Suchgebiets unter die Lupe nimmt. Einheiten der Marine, die in Pearl Harbor und San Diego stationiert sind, sind in der Region ebenfalls im Einsatz und beteiligen sich an der Suche.«

Während Gowdy sprach, öffnete Rudi Gunn einen Aktenkoffer, nahm eine Dokumentenmappe heraus und legte sie auf die Ablage zwischen seinem und Kurts Sessel.

Kurt schob eine Hand unter die Deckelklappe und brach mit der Handkante das Siegel auf. In der Mappe fand er Informationen über die *Nighthawk*. Sie bestanden aus Angaben über Kurs und Flugbahn sowie Flugdauer und einer Land- und Seekarte.

»Wie Sie sehen können«, fuhr Gowdy fort, »ist sie uns auf halbem Weg zwischen Französisch-Polynesien und der Küste von Südamerika verloren gegangen. Aufgrund der letzten übermittelten Telemetriedaten und unter Berücksichtigung der Geschwindigkeit und Flughöhe des Flugkörpers nehmen wir an, dass er irgendwo östlich der Galapagosinseln heruntergekommen ist.«

Kurt studierte das Satellitenfoto, das mit roten Linien überlagert war. Die Linien bildeten eine sich verbreiternde trichterförmige Zone, die östlich der Galapagosinseln begann. Sie erstreckte und weitete sich dann zu einem seitwärts abzweigenden V in Richtung Ecuador und Peru. Eine Skala lieferte Wahrscheinlichkeitswerte für eine Landung der *Nighthawk* in jedem Bereich innerhalb des Trichters.

»Verfügt der Flugkörper über einen Peilsender?«, fragte Kurt, während er die Seekarte betrachtete.

»Ja«, antwortete Gowdy, »aber wir empfangen kein Signal.«

»Demnach halten wir Ausschau nach Trümmern«, schlussfolgerte Kurt.

»Nein«, erwiderte Gowdy mit Nachdruck.

Kurt löste den Blick von der Karte und sah den Mann fragend an.

»Wir haben Grund zu der Annahme, dass die *Nighthawk* unversehrt gelandet ist«, sagte Gowdy.

Gowdy beschrieb und erklärte das automatische Landesystem, dessen Prozessoren die Flugkontrolle übernahmen, sobald die Kommandoverbindung der Flugbasis in Vandenberg unterbrochen war. Er betonte dreimal die Zuverlässigkeit des Systems, lieferte jedoch keinerlei Begründung, weshalb das Landesystem fehlerfrei funktionieren sollte, während zahlreiche andere Systeme an Bord des Flugkörpers versagt hatten.

Kurt verzichtete darauf, diesem Widerspruch auf den Grund zu gehen. »Welche Hilfsmittel stehen uns für die Suche zur Verfügung?«

An diesem Punkt schaltete sich Gunn in die Unterhaltung ein. »Alles, was wir aktivieren konnten«, sagte er. »In der Region operieren drei NUMA-Schiffe. Eins nähert sich von der chilenischen Küste, und zwei kommen durch den Panamakanal aus dem Golf von Mexiko.«

Kurt erhielt ein weiteres Dokument. Es war eine Liste, auf der die Schiffe aufgeführt waren.

»Paul und Gamay Trout sind bereits auf der *Catalina.*« Damit nannte Gunn die Namen der beiden zuverlässigsten und fähigsten Mitglieder des NUMA-Teams, das für die Durchführung von Spezialprojekten zuständig war. »Sie hatten vor der Küste von Chile gerade umfangreiche ökologische Untersuchungen durchgeführt. In etwa fünfzehn Stunden dürften sie das in Frage kommende Landegebiet erreichen.«

»Ein echter Glücksfall«, stellte Kurt fest.

Rudi nickte. »Die *Jonestown* und die *Condor* benutzen den Kanal und treffen etwa sechsunddreißig Stunden später ein.«

»Sechsunddreißig Stunden klingt ein wenig optimistisch«, sagte Kurt mit einem Blick auf die Positionen der Schiffe. »Die reine Fahrzeit beträgt schon fast dreißig Stunden, und um diese Zeit herrscht im Kanal ein Verkehr wie auf einer Schnellstraße während der Rushhour. Schiffe müssen manchmal zwei Tage warten, bis sie mit der Durchfahrt an der Reihe sind.«

»Sie werden mit Vorrang abgefertigt«, sagte Rudi. »Seit die NUMA vor ein paar Jahren mitgeholfen hat, die Zerstörung des Kanals zu verhindern, hatten wir immer einen bevorzugten Status, wenn wir diese Wasserstraße benutzen wollten. Daran dürfte sich nichts geändert haben.«

»Aha«, sagte Kurt. Er erinnerte sich, dass Dirk Pitt selbst ihm einmal von dieser Operation berichtet hatte. Die Tatsache, dass der Chef der NUMA persönlich den Einsatz zum Schutz des Kanals leitete, hatte sich für sie alle bezahlt gemacht.

Gowdy ergriff wieder das Wort. »Die NUMA deckt den südlichen und den östlichen Teil des Suchgebiets ab. In drei Tagen erscheint eine Bergungsflotte der 131st Salvage Squadron der Navy aus San Diego, um die westliche Hälfte des Zielgebiets abzusuchen, während zusätzliche Schiffe der Pazifischen Flotte den westlichen Rand des Suchgebiets kontrollieren.«

Kurt überflog die Schiffsliste. Außer zwei Hilfsschiffen aus San Diego waren ausschließlich Kriegsschiffe genannt worden. Vorwiegend Zerstörer und Fregatten. »Weshalb so viel geballte Feuerkraft?«

»Eine unbeabsichtigte Folge der Logistik«, sagte Gowdy. »Diese Region des Pazifiks liegt weitab von allem. Viertausendfünfhundert Meilen von Pearl Harbor entfernt. Zweitausendneunhundert Meilen von San Diego. Dies waren die am nächsten operierenden, schnellsten Schiffe mit der entsprechenden technischen Ausrüstung für eine Unterwassersuche. Zusätzliche Bergungsschiffe folgen ihnen, sind jedoch zu langsam und erreichen das Suchgebiet erheblich später. Außerdem überfliegen P-3-Orion- und P-8A-Maschinen kreuz und quer das Suchgebiet. Sie werfen Sonarbojen und andere autonome Geräte ab, um die Suchmaßnahmen zu unterstützen.«

Die Maßnahmen waren durchaus logisch, aber sie signalisierten gleichzeitig eine gewisse Panik. »Das ist eine umfangreiche Flotte«, stellte Kurt fest. »Sind Sie sicher, dass dies die beste Vorgehensweise ist?«

»Wie meinen Sie das?«

Kurt klappte die Mappe zu und lehnte sich in seinem Sessel zurück. »Ich gehe davon aus, dass Sie das Ganze geheim halten wollen. Unter diesem Aspekt dürften ein Dutzend amerikanische Schiffe und ein Schwarm Flugzeuge bei und über den Galapagosinseln ziemlich verräterisch sein. Sogar die Schildkröten könnten glatt auf die Idee kommen, dass wir eine Invasion vorbereiten.«

Gowdy nickte zustimmend.

Kurt machte einen Vorschlag. »Wie wäre es mit einer Meldung, dass die NUMA ökologische Studien durchführt? Geben Sie das an die Presse weiter, und niemand würde sich darüber Gedanken machen, dass sich ein paar zusätzliche Forschungsschiffe in der Gegend aufhalten. Sobald sie sich in Position befinden, können wir ihre Helikopter und Vermessungsboote nach Herzenslust dort herumschwirren lassen. Und das alles, ohne gesteigerte Aufmerksamkeit auf uns zu lenken.«

»Keine schlechte Idee«, sagte Gowdy. »Außer dass wir annehmen, dass der chinesische und der russische Geheimdienst längst die Witterung aufgenommen und ihre Truppen in Marsch gesetzt haben. Innerhalb weniger Stunden nach dem Verschwinden der *Nighthawk* konnten wir bereits Kursänderungen bei mehreren Schiffen jeder der beiden Nationen aufzeichnen. Wir verfolgen sie. Was meinen Sie, wohin sie unterwegs sind?«

»Zu den Galapagosinseln«, sagte Kurt.

»Genau«, bestätigte Gowdy. »Mitten ins Zentrum unseres Suchgebiets.«

Dies legte den Schluss nahe, dass mit anderen Komplikationen zu rechnen war. »Erwarten Sie, dass sie mitmischen werden?«

Gowdy zuckte die Achseln. »Ich habe es aufgegeben, mir darüber den Kopf zu zerbrechen, was unsere chinesischen und russischen Freunde beabsichtigen. Mein Job ist es, sie davon abzuhalten, was immer sie vorhaben. Aber nach diesem Schlamassel in der Ukraine und angesichts der Probleme im Südchinesischen Meer gibt es nichts, was ich ihnen nicht zutrauen würde. Und wenn Sie begreifen, wie scharf sie auf das sind, was wir haben, werden Sie zur gleichen Schlussfolgerung kommen. Unseren Studien zufolge sind die Russen mittlerweile technologisch derart rückständig, dass sie in Gefahr sind, überrundet zu werden. Die Chinesen sind in einer nur geringfügig besseren Position, weil sie über ein Heer von Technikern und Spionen verfügen – aber ihnen mangelt es an Erfindungsgabe und revolutionären Ideen, und sie hinken um mindestens zehn Jahre hinter unseren jüngsten technischen Errungenschaften her. Wenn Sie sich darüber hinaus vergegenwärtigen, dass beide Nationen es vorziehen, den technischen Rückstand aufzuholen, indem sie sich bei uns schadlos halten, anstatt eigene Ideen zu entwickeln, können Sie sich vorstellen, dass sie alles daransetzen werden, sich diese Chance nicht entgehen zu lassen.«

Kurt kannte diese Taktik nur zu gut. Spionieren und Stehlen waren ein wesentlicher Bestandteil russischer und chinesischer Forschung. »Nicht ohne Grund sieht das russische Spaceshuttle *Buran* genauso aus wie die Raumfähre, die wir konstruiert haben. Und der russische *Blackjack*-Bomber ist von unserer B-1 fast nicht zu unterscheiden.«

»Genauso ist es«, sagte Gowdy. »Auf gewisse Weise kann ich es ihnen nicht mal übel nehmen. In ihrer Situation würde ich das Gleiche tun. Aber wir befinden uns eben nicht in ihrer Situation, und es darf unter keinen Umständen so weit kommen, dass sie sich dieses Fahrzeugs bemächtigen oder auch nur in seine Nähe gelangen.«

»Was ist denn, wenn sie es zuerst finden?«, fragte Kurt – und fragte sich gleichzeitig, ob Gowdy den Einsatz von Waffen beabsichtigte.

»*Unter keinen Umständen*«, wiederholte er.

Seine Stimme klang eisig und entschlossen, und Gowdy zuckte mit keiner Wimper, als er die Worte aussprach, aber dies führte zu einer weiteren Frage.

»Weshalb haben Sie den Flugkörper nicht einfach gesprengt?«, sagte Kurt und legte die Aktenmappe beiseite. »Und damit jede Möglichkeit ausgeschlossen, dass sie mehr als ein paar nicht näher zu identifizierende Trümmer aus dem Pazifik fischen.«

Gowdy sah Kurt gequält an.

»Ich denke doch, dass die Maschine über einen Selbstvernichtungsmechanismus verfügt, oder?«, sagte Kurt. »Warum haben Sie das gute Stück nicht einfach hochgejagt und diese Komplikationen vermieden?«

»Wir haben es versucht«, erwiderte Gowdy krächzend. »Der Befehl zur Selbstzerstörung wurde jedoch nicht ausgeführt. Die Telemetriedaten deuten auf einen totalen Zusammenbruch der Kommunikation kurz vor Übermittlung des Befehls hin.«

»Er verfehlte die *Nighthawk* um Haaresbreite«, fügte Rudi Gunn hinzu. »Oder genauer, um Sekundenbruchteile.«

Gowdy nickte.

Kurt kam auf das ursprüngliche Szenario zurück. »Und wie viele Schiffe haben die Chinesen und die Russen in Marsch gesetzt?«

»Wir zählen neun russische Schiffe, darunter einige Kriegsschiffe. Außerdem zwölf chinesische. Letztere sind ausschließlich Schiffe der Kriegsmarine. Inklusive des soeben erst fertig gestellten Flugzeugträgers.«

»Also dreißig Schiffe aus drei verschiedenen Ländern«, fasste Kurt zusammen. »Und alle verzweifelt auf der Suche nach demselben Objekt in einem ziemlich eng umgrenzten Sperrgebiet. Was kann schiefgehen?«

»So gut wie alles«, knurrte Gowdy. »Wir befinden uns in einem Rennen gegen die Zeit. Mit jedem Tag, den der Flugkörper weiter unauffindbar ist, wächst die Gefahr.«

Irgendetwas an Gowdys Tonfall kam Kurt seltsam vor, wie auch das beharrliche Schweigen des Air-Force-Offiziers, der bisher kein einziges Wort gesagt hatte.

»Wir sind am nächsten dran«, schaltete Gunn sich ein. »Die NUMA wird einige Tage vor allen anderen am Ziel eintreffen. Ich wette mit Ihnen um eine Flasche Don Julio Tequila, dass die NUMA die *Nighthawk* noch vor unserer Navy oder den Suchflotten der Russen und Chinesen lokalisiert.«

Gowdy nickte zuversichtlich. »Sie kriegen Ihre Flasche Don Julio, und ich lege noch eine Kiste Havannazigarren dazu, wenn Sie das Flugzeug finden, bevor unsere Gegner auftauchen.«

Kurt hörte aufmerksam zu und dachte gleichzeitig nach. Bei nur drei Schiffen, von denen zwei mindestens einen Tag nach seiner eigenen Ankunft eintreffen würden, waren die Erfolgschancen nicht allzu gut. Andererseits hatte Kurt in seinem bisherigen Leben kaum etwas anderes getan, als Möglichkeiten zu suchen, Risiken zu mindern und die Nase vorn zu haben. Während er die Seekarte studierte, schoss ihm eine Idee durch den Kopf, wie er seine Erfolgschancen verbessern und der russischen und der chinesischen Flotte ein Schnippchen schlagen könnte.

Als er hochsah, spielte ein verwegenes Grinsen um seine Lippen. »In diesem Fall sollte lieber jemand bei Fidel anrufen und ihn bitten, schon mal die besten Tabakblätter auf der Insel auszusuchen. Denn falls die *Nighthawk* irgendwo da draußen ist, werde ich sie finden. Und zwar noch ehe am Horizont eine der fremden Flaggen zu sehen ist.«

Gowdy verzog keine Miene und dachte wahrscheinlich, dass Kurts siegessichere Prognose nicht viel mehr war als reine Prahlerei. Aber Kurt hatte ein Ass im Ärmel. Ein Ass und einen Elefanten.

4

Peking, China

Konstantin Davidov saß auf dem Rücksitz einer Limousine aus amerikanischer Produktion, die auf einer verkehrsreichen chinesischen Schnellstraße durch eine Schlucht von wolkenkratzerhohen Bürotürmen rollte, erbaut aus brasilianischem Stahl, koreanischem Glas und australischem Beton.

Scharen von Menschen gingen auf den Fußwegen. Wie Krieg führende Bataillone sammelten sie sich hinter den Fußgängerampeln einer jeden Straßenkreuzung. Sobald das Ampelsignal wechselte, stürmten sie aufeinander zu, vermischten sich jedoch, eilten aneinander vorbei und strebten in zig verschiedene Richtungen auseinander.

Zu Hunderten versorgten fliegende Händler und Läden sie mit Speisen, die in einem nie versiegenden Strom vom Land in die Stadt gelangten. Kolonnen von Bauarbeitern rissen die Straße auf, um neue Versorgungsleitungen zu vergraben, die den ständig wachsenden städtischen Bedarf an Trinkwasser und Erdgas deckten, während der Smog aus Auspuffrohren und Schornsteinen von Kohlekraftwerken die Luft vergiftete und den strahlenden Glanz der Mittagssonne zu einem matten rötlichen Lichtschein verdunkelte.

»Wie können Sie das nur ertragen?«, murmelte Davidov vor sich hin.

Ein Chinese, der neben ihm saß, hörte die Bemerkung und reagierte mit angemessen beleidigter Miene. Li Ying war Verbindungsoffizier der Volksbefreiungsarmee. Er bekleidete den Rang eines Hauptmanns und trug eine erbsengrüne Uniform mit goldenen Sternen auf den Schulterstücken und einer Ansammlung von Ordensspangen auf der Brusttasche. »Das ist die Globalisierung«, sagte Ying. »Die Maschine, die die chinesische Wirtschaft antreibt und in Gang hält.«

Davidovs Miene verzog sich zu einem Ausdruck des Missfallens. Soweit er es beurteilen konnte, waren Globalisierung und die zunehmend engere Verflechtung der Wirtschaftsnationen eine Krankheit, die nach und nach die Zellen der Weltgemeinschaft infizierte. Alles, überall und zu jeder Zeit. Zumindest schien dies der Grundgedanke zu sein. Er selbst hingegen sehnte sich nach den einfacheren Zeiten zurück.

Der chinesische Offizier fuhr fort: »China hat in nur einer einzigen Generation den Aufstieg von einem provinziellen Hinterwäldlerland zu einem globalen Machtzentrum geschafft. Wir sind stolz auf das, was wir aufgebaut haben.«

»Hochmut kommt vor dem Fall«, warnte Davidov.

Seinem Gastgeber blieb der Sinn dieses Sprichworts offensichtlich verborgen. Und warum auch nicht? Weshalb sollte Ying sich Sorgen machen? Er war achtundzwanzig Jahre jung. Hauptmann in der Armee einer aufstrebenden Nation. Ebenso wie sein Land war Ying an diesem Punkt seines Lebens voller Energie und Vorwärtsdrang, unbelastet und nicht erschöpft durch jahrzehntelange Anstrengungen, die am Ende vielleicht nirgendwohin führten.

»Zumindest geht es mit uns vorwärts«, sagte Ying. »In Russland verläuft die Entwicklung zurzeit anscheinend nur noch rückwärts.«

Davidov konnte dem nicht widersprechen. Vierzig Jahre zuvor war er mit einer Gruppe sowjetischer Regierungsvertreter nach China gekommen. Sie hatten auf den Straßen keine Autos gesehen, nur wenige funktionierende Telefone vorgefunden und keinerlei angemessene Unterbringungsmöglichkeiten – noch nicht einmal nach Moskauer Maßstäben, die schon damals geradezu armselig waren.

Seinerzeit kauften die Chinesen russische Maschinengewehre und Patrouillenboote mit geliehenen Rubeln. Damals waren russisches Erdöl, russische Steinkohle und finanzielle Hilfen für

Maos abgeschottetes Reich überlebenswichtig. Aber inzwischen … Nun durfte sich sogar ein armseliger Jungoffizier gegenüber einem russischen Gesandten Unverschämtheiten erlauben.

Die Limousine hielt vor einem modernen Gebäudeklotz an. Wände aus grauem Beton, unterbrochen von schmalen, vertikalen Fensterreihen. Eine aggressive, bedrohliche Architektur, die mit vertikalen Schlitzen in den Mauern wie Schießscharten für Bogenschützen an eine mittelalterliche Festung erinnerte.

Ein Soldat, dessen Hände in weißen Handschuhen steckten, trat vor und öffnete die Wagentür. Er nahm Habachtstellung an, während Ying ausstieg und Davidov ihm folgte.

»Hier entlang«, sagte Ying.

»Ich kenne den Weg«, sagte Davidov. »Bleiben Sie beim Wagen.«

»Wie bitte?«

»Glauben Sie mir, es wird nicht lange dauern«, sagte Davidov. »Sie können sogar den Motor laufen lassen«, empfahl er und schaute zum bräunlichen Himmel hinauf. »Damit tragen Sie außerdem zu Ihrer wunderbaren Globalisierung bei.«

Sekunden später schritt Davidov durch den Eingang des Ministeriums. Das Klicken seiner Schuhe auf dem Betonboden hallte durch die Lobby des Regierungsgebäudes. Er wurde in einen Konferenzraum geführt. Der Mann, mit dem er verabredet war, wartete bereits.

»Sie können ganz offen reden«, sagte General Zhang vom Ministerium für Staatssicherheit.

»Danke, das beruhigt mich«, erwiderte Davidov mit einem Anflug von Sarkasmus. Er war überzeugt, dass der Raum abgehört wurde. Doch es war gleichgültig. Er hatte nicht die Absicht, etwas verlauten zu lassen, das General Zhang nicht schon längst bekannt war. »Wir haben Informationen über das amerikanische Flugzeug«, erklärte er. »Die erhoffte Bestätigung.«

»Und?«, fragte Zhang gespannt. »Was ist geschehen? Haben die Amerikaner es wieder unter Kontrolle bekommen?«

»Sie haben es versucht«, sagte Davidov. »Aber unser Sender war näher dran und stärker als ihrer. Wir haben ihre Kommandos überlagert. Unglücklicherweise gibt es Probleme, genau zu rekonstruieren, was danach geschehen ist.«

»Schwierigkeiten?« Zhang verschränkte die Arme vor der Brust. »Hat die *Nighthawk* nun Kalifornien erreicht oder nicht?«

Davidov erlaubte sich den Anflug eines Lächelns. »Sie wissen es doch ebenso gut wie ich, Zhang: Der Flugkörper hat es nicht bis zu seinem vorbestimmten Ziel geschafft. Aber unsere Leute konnten ihn nicht bis zum endgültigen Landepunkt verfolgen.«

Die beiden Männer standen einander schweigend gegenüber. Der hochgewachsene schlanke Russe auf der einen Seite und sein kleinerer, untersetzter Gastgeber auf der anderen.

Davidov war ein Pferdenarr, dessen Vorfahren einst zu Pferde durch die eisige Tundra gezogen waren. Er hatte lange, geschmeidige Gliedmaßen und verließ sich bei der Durchsetzung seiner Interessen lieber auf Geschwindigkeit und Schläue als auf gebündelte Kraft – es war die wirkungsvolle Kampftaktik des geborenen Kavalleristen.

Zhang war dagegen kleiner, gedrungener. Sein muskulöser Körperbau, der dicke Hals und die massigen Hände verliehen ihm das Aussehen eines lebenden Rammbocks, der jede Mauer zum Einsturz bringen konnte. Eine Bulldogge, die sich mit der Eleganz eines Panzers bewegte und langsam, aber unaufhaltsam alles, was sich ihr in den Weg stellte, zertrümmerte und pulverisierte.

Keiner war dem anderen über- oder untergeordnet, aber sie unterschieden sich so grundlegend voneinander, dass räumliche Nähe zueinander zu einer Explosion führen musste. Die Spannung zwischen ihnen war körperlich spürbar.

»Erwarten Sie, dass ich das glaube?«, fragte Zhang mit einem scharfen Unterton in der Stimme.

Davidov ließ sich in einen Sessel sinken. »Eigentlich nicht. Obwohl es die Wahrheit ist. Sie haben Schiffe entlang des Flugkurses stationiert. Außerdem lauern Spionageschiffe im Landegebiet.

Sie wissen genauso gut wie ich, dass die *Nighthawk* für jedes Radar unsichtbar ist.«

»Sie müssen doch über irgendwelche Daten verfügen«, sagte Zhang und versuchte, dem Russen Informationen zu entlocken. »Irgendeinen Hinweis auf den Verlauf und das Ende der Mission.«

Davidov zuckte die Achseln. »Möglich, dass darüber etwas bekannt ist. Aber bisher hat mir Moskau keine entsprechenden Informationen zukommen lassen.«

»Weshalb sind Sie dann hergekommen?«

»Um Sie darüber in Kenntnis zu setzen, dass unsere Partnerschaft beendet ist.«

Diesmal war Zhang sichtlich überrascht. Eins zu null für die Schnelligkeit der Kavallerie.

»Die Mission ist fehlgeschlagen«, fügte Davidov hinzu. »All unsere Bemühungen waren umsonst. Aus diesem Grund bin ich beauftragt worden, unser gemeinsames Unternehmen abzuschließen.«

»Aber es ist sicherlich nicht nötig, dass unsere Wege sich so schnell trennen«, sagte Zhang. »Wir könnten miteinander reden. Unsere Differenzen bereinigen. Bei einem Dinner vielleicht.«

»Es wäre mir ein Vergnügen«, sagte Davidov. »Nur dass in diesem Augenblick, während wir uns unterhalten, Ihre Bergungsschiffe mit voller Kraft zum möglichen Aufschlagpunkt unterwegs sind.«

»Ich weiß nicht, wovon Sie reden«, erwiderte Zhang.

»Dann empfehle ich Ihnen, sich mit dem Stabschef Ihrer Marine in Verbindung zu setzen.«

Zhang ging in Abwehrhaltung. »Vielleicht haben Sie recht. Es scheint, als ob dieser letzte Versuch einer Zusammenarbeit jeglichen Nutzen verloren hat.«

»Er war von Anfang an zum Scheitern verurteilt«, sagte Davidov. »Wenigstens gibt es jetzt keine Beute, über deren Verteilung wir uns streiten müssen.«

Zhang trat ans Kopfende des Tisches und schob einen Stapel Papiere in die Mappe. In Wahrheit war er mit dieser Entwicklung durchaus zufrieden. Befreit von den russischen Fesseln, könnten seine Männer sofort mit ihrer Arbeit beginnen, ohne sich im Schatten des russischen Bären verstecken zu müssen. »Damit steht jede Nation wieder für sich selbst«, sagte er. »Trifft meine Annahme zu, dass Ihre Schiffe nach dem Wrack suchen?«

»Natürlich.«

»Unsere ebenfalls«, erwiderte Zhang. »Ich kann nur hoffen, dass es deshalb nicht zu einem Konflikt kommt.«

»Damit ist nicht zu rechnen«, sagte Davidov, erhob sich aus seinem Sessel und richtete sich zu seiner vollen Größe auf. »Wenn Ihre Flotte südamerikanische Gewässer erreicht, wird die *Nighthawk* in einer Kiste mit einer roten Schleife drum herum auf direktem Weg nach Moskau sein.«

Zhang reagierte auf diese Prahlerei, indem er die Lippen zu einem schmalen Strich zusammenpresste, und drückte auf den Knopf des Intercom auf dem Konferenztisch. Er rief seinen Assistenten im Vorzimmer. »Genosse Davidov braucht ein Rückflugticket nach Moskau«, sagte er. »Sorgen Sie bitte dafür, dass er einen Platz in der ersten Klasse der China Air erhält.«

Davidov bedankte sich mit einer knappen Verbeugung und wandte sich zur Tür. Beide wussten, dass er nicht nach Moskau fliegen würde.

5

NUMA Headquarters, Washington, D. C.

Hiram Yaeger durchquerte den klimatisierten Computerraum im elften Stock des NUMA-Hochhauses, ehe er sich auf den Heimweg begab. Er führte jeden Abend die gleichen Kontrollen durch und kam sich wie ein Kapitän vor, der sein Schiff inspizierte, aber es war tatsächlich nur eine Angewohnheit aus den Anfangszeiten der Datenverarbeitung, als die Computertechnik noch nicht so zuverlässig war wie in der Gegenwart.

Damals, zu Beginn seiner Tätigkeit, hatte Yaeger große Magnetbandspulen von Hand überprüfen und Schaltverbindungen und Kontakte kontrollieren müssen. Wenn sie damals nach Schädlingen suchten, handelte es sich um echtes Ungeziefer, das sich mit Vorliebe in warmen, dunklen Winkeln aufhielt, Störungen in elektrischen Mikroschaltkreisen verursachte, was häufig zur Folge hatte, dass jene altertümlichen Vorläufer heutiger Rechenprozessoren durchbrannten.

Jahre später galt es dann nur noch, den reibungslosen Ablauf von Stapelverarbeitungsprozessen zu überwachen und mögliche Schwachstellen festverdrahteter Verbindungen aufzuspüren. Mittlerweile führten Computer diese Aufgaben selbstständig durch, kommunizierten per Wi-Fi miteinander und steuerten ihre Aktivitäten nach vorgegebenen Parametern. Alles, was Yaeger heutzutage noch zu tun hatte, war, sich zu vergewissern, dass niemand das System von der Energieversorgung getrennt oder, salopp ausgedrückt, den Stecker aus der Dose gezogen hatte.

Er sah trotzdem nach.

Beruhigt, dass alles in Ordnung war, ging er in Richtung Vorzimmer. »Gute Nacht, Max«, wünschte er dem Computer.

»Nacht und Tag sind für mich vollkommen gleich«, erwiderte der Computer. *»Im Gegensatz zu dir arbeite ich vierundzwanzig Stunden am Tag.«*

Hiram hatte Max und die restlichen Computer in dem modernen Rechenzentrum der NUMA selbst konstruiert. Jahre bevor Siri zu reden begann, war es Yaeger gelungen, Max mit einer Stimme und der Fähigkeit zur Interaktion mit seinem Benutzer auszustatten. Weshalb er ihm auch noch einen Sinn für Humor einprogrammiert hatte, war ihm nach wie vor schleierhaft.

»Niemand mag einen Computer mit frecher Klappe«, sagte Yaeger, legte sich eine leichte Sommerjacke über die Schultern und rückte die Nickelbrille zurecht.

»Ich habe keinen Mund«, stellte Max richtig. »Aber ich habe verstanden, was du meinst. Zu deiner Information: Im Vorzimmer hält sich ein Besucher auf. Meine Sensoren melden, dass Priya Kashmir soeben ihre Dienstmarke benutzt hat, um den Raum zu betreten.«

»Danke, Max. Wir sehen uns morgen.«

Hiram ging weiter zum Vorzimmer. Sein verhaltenes Grinsen verriet, wie sehr es ihn freute, Max aus dem Konzept gebracht zu haben, indem er sich auf eine Weise verabschiedet hatte, die Max nicht korrigieren oder kritisch kommentieren konnte. Ein kleiner Sieg für die menschliche Rasse.

Er trat durch die Tür, wo ihn eine Gestalt in einem Rollstuhl erwartete.

Priya Kashmir war Yaegers neue Assistentin. In Südindien geboren, in London aufgewachsen und am MIT ausgebildet – wo sie ihr Studium als Jahrgangsbeste abgeschlossen hatte – hatte Priya gerade einem der Einsatzteams der NUMA zugeteilt werden sollen, als sie in einen schweren Verkehrsunfall mit drei Fahrzeugen verwickelt wurde, nach dem sie von der Hüfte abwärts gelähmt war.

Die NUMA hatte trotz der Verletzungen an dem bereits abgeschlossenen Arbeitsvertrag festgehalten, die Kosten für die medizinische Behandlung übernommen und ihr die freie Arbeitsplatzwahl überlassen, darunter auch eine Tätigkeit im direkten Einsatz und die Garantie, alles zu tun, um ihr dies zu ermöglichen.

Zu diesem Zeitpunkt hatte Priya sich jedoch bereits für eine andere Laufbahn entschieden und die NUMA gebeten, sie in der Computerabteilung einzusetzen.

»Hallo«, sagte sie fröhlich. »Wie geht es Ihnen heute Abend, Mr. Yaeger?«

Ihr Akzent war eine Mischung aus Englisch und Indisch mit einer kräftigen Prise Bostoner Yankee.

»Hören Sie endlich auf, mich so förmlich anzureden«, verlangte Hiram. »Dabei komme ich mir immer so alt vor.«

»Weil Ihr Vater Mr. Yaeger war?«

»Nein, mein Großvater.«

Sie lachte, strich sich eine Strähne mahagonibraunen Haars aus dem Gesicht und reichte ihm ein Blatt Papier. »Das ist soeben hereingekommen.«

Hiram nahm die Notiz entgegen. Sie war in einer schwungvollen Handschrift verfasst, wie man sie von einem Kalligraphen erwarten würde. »Ihre Post-it-Notizen sollte man in einem Kunstmuseum ausstellen.«

»Ich hatte ein paar Minuten Zeit, während ich auf den Fahrstuhl wartete«, sagte sie.

Hiram las die Nachricht. Sie war knapper und schlichter als die Schrift – und kam von Kurt Austin.

»›Sie müssen Dumbo fliegen lassen‹«, las Hiram laut vor. »›Nutzen Sie die großen Ohren und finden Sie einen Aufschlagpunkt. Und zwar schnell. Anderenfalls kostet es Rudi Gunn eine Flasche Don Julio und eine Kiste von Hand gerollter kubanischer Zigarren.‹«

Verwirrt runzelte Hiram die Stirn. »Seltsam.«

Priya musste ihm beipflichten. »Ich habe auch nichts verstanden, als Kurt die Nachricht diktierte«, gestand sie. »Und ehrlich gesagt verstehe ich sie jetzt immer noch nicht. Aber Kurt bestand darauf, dass Sie wüssten, was er meint. Ich nehme an, es ist so etwas wie ein Code.«

Hiram seufzte, nahm die Jacke von den Schultern und legte sie über die Rückenlehne seines Sessels. »Das ist es. Es soll heißen: Können Sie eine Nachtschicht einlegen und ein Wunder vollbringen?«

»Wirklich? Was hat diese Dumbo-Anspielung zu bedeuten? Ist damit ein fliegender Elefant gemeint – aus den Disney-Cartoons?«

»Nein, sondern das *D*ynamic *U*nderwater *M*onitoring *B*and«, sagte Hiram. »Wir haben das *O* nur zum Scherz hinzugefügt. Es handelt sich dabei um eine Reihe hochempfindlicher Unterwasserlauscheinheiten, die die NUMA im Pazifik positioniert hat. Das System besteht aus mehreren hundert zentralen Stationen und fünftausend fix verankerten Bojen. Ihre Aufgabe ist die Aufzeichnung seismischer Aktivitäten.«

»P-Wellen und S-Wellen«, sagte Priya.

Hiram nickte. »Mit DUMBO können wir ein schweres Erdbeben viel früher aufspüren und sein Zentrum lokalisieren als mit dem vorhandenen Tsunami-Überwachungsnetzwerk. Wir können aber auch minimalste tektonische Bewegungen aufzeichnen. Zum Beispiel Tiefenerdbeben, die nicht einmal einen leichten Schläfer wecken würden, selbst dann nicht, wenn er neben einem Porzellanschrank läge. Auf diese Weise lernen wir eine Menge Neues über Tiefengeologie. Wir können sogar anhand winziger stattfindender oder ausbleibender Erschütterungen ein schweres Erdbeben vorhersagen.«

Priya nickte, war jedoch immer noch verwirrt. »Was hat es denn mit seiner Mission zu tun, und weshalb will er, dass DUMBO fliegt?«

»Das mit dem Fliegen ist typisch Kurt«, erklärte Yaeger. »Er findet es lustig. Ich warne Sie: *Lachen Sie nicht über seine Scherze.* Das würde ihn nur animieren, und Sie bekämen nichts anderes mehr zu hören. Aber die Idee, die dahintersteckt, ist wie üblich genial.«

Danach kam er auf die vermisste *Nighthawk* und auf die stetig anwachsende Schiffsflotte zu sprechen, die nach ihr suchte. Und schließlich erklärte er, inwieweit das DUMBO-Projekt in diese Suche eingebunden werden sollte. »Kurt bittet uns, die Bänder abzuhören für den Fall, dass die seismischen Sensoren irgendwelche Anzeichen für einen Absturz aufgefangen haben. Wenn sie nämlich tatsächlich etwas Derartiges aufgezeichnet haben, können wir per Triangulation eine Position bestimmen und eine Menge Zeit sparen, die wir sonst mit einer großflächigen Suche auf dem Südpazifik vergeuden würden.«

Priyas Augen leuchteten auf, als auf ihrem Gesicht ein Lächeln erschien. »Das ist brillant«, sagte sie. »Wenn es funktioniert. Können seismische Detektoren tatsächlich so empfindlich sein?«

Hiram hob warnend eine Hand. »Einzeln eingesetzt nicht, aber diese Netzanordnung ist weitaus empfindlicher, als wir erwartet haben. Kurz nachdem wir es eingerichtet und aktiviert hatten, konnten wir feststellen, dass auch noch andere Geräusche aus dem Ozean aufgezeichnet wurden. Tiefseebergbau vor der taiwanesischen Küste, Explosionen von Torpedos und Artilleriegranaten in militärischen Testgebieten überall auf dem Pazifik und sogar die letzten verzweifelten Lebenszeichen von sinkenden Schiffen. Wenn sie untergehen, zerbrechen sie gewöhnlich, häufig begleitet von kleinen Explosionen, wenn der Rumpf platzt und unter hohem Druck stehende Luft entweicht. Wir konnten während des ersten halben Jahres unserer Lauschoperation die Positionen von neun vermissten Schiffen bestimmen. Aber die *Nighthawk* ist erheblich kleiner als ein gewöhnliches seetüchtiges Schiff.«

»Besser als nichts«, meinte Priya lächelnd.

»Genau«, stimmte Hiram zu. »Aber einfach wird es nicht sein, vor allem nicht angesichts des engen Zeitrahmens.«

Sie bewegte ihren Rollstuhl ein Stück vorwärts. »Wie kann ich helfen?«

»Zuerst müssen wir alle gespeicherten Daten herunterladen«, sagte Hiram. »Dann sollten wir sie miteinander verknüpfen und mit Querverweisen versehen. Danach beginnt der mühsame Prozess, alles herauszufiltern, was wir als Hintergrundgeräusche, vulkanische und seismische Aktivitäten erkennen, die von den Sensoren aufgezeichnet werden sollen, oder auch als nicht aus dem Suchgebiet stammend. Danach müssen wir Schiffslärm, biologische Geräuschquellen wie Walgesänge und Delphinschwärme und mindestens hundert andere Formen unterschiedlichster Unterwasserschwingungen identifizieren und eliminieren.«

Die Beleuchtung des Büros wurde heller, und die Kaffeemaschine auf der Anrichte in einer Ecke des Raums schaltete sich ein und brachte das Wasser zum Sieden.

»Präziser ausgedrückt, er meint, dass ich all das erledigen muss«, verkündete Max über einen Lautsprecher. *»Es sieht so aus, als ob wir alle die ganze Nacht arbeiten werden.«*

Priya lachte. »Ich bin sicher, dass Sie ihr manchmal fehlen und sie Sehnsucht nach Ihnen hat«, sagte sie.

Hiram nahm einen Ausdruck von Schadenfreude in der Computerstimme wahr, von dem er hätte schwören können, dass er ihn niemals einprogrammiert hatte. »Du lauschst schon wieder, Max. Das ist schon wieder so eine deiner schlechten Angewohnheiten.«

»Alles nur im Namen gesteigerter Effizienz«, erwiderte Max. *»Seismische Daten wurden erfasst, Download beginnt. Du solltest Kurt außerdem darauf aufmerksam machen, dass maschinengerollte Zigarren in allen Belangen von Menschenhand gerollten Produkten qualitativ ebenbürtig – wenn nicht sogar überlegen – sind.«*

Priya lachte. »Hast du wieder geraucht, Max? Du weißt, dass es ein übles Laster ist.«

»Nein«, erwiderte Max. *»Ich habe lediglich einen nachprüfbaren faktischen Sachverhalt konstatiert.«*

Hiram lachte leise. »Du magst in den meisten Dingen eine absolute Expertin sein, Max, aber die Beurteilung von Zigarren und Spirituosen überlasse ich doch lieber Kurt.«

»Wie du meinst«, sagte Max. *»Audioanalyse wurde gestartet.«*

Hiram ging zur Kaffeekanne hinüber und füllte zwei Tassen. Sobald Max die Routinearbeiten erledigt hätte, müssten er und

Priya die letzte Auswahl treffen und entscheiden, welche Frequenzen der Aufnahmen erhalten bleiben müssten. Bis dahin gab es für sie nicht viel zu tun.

»Milch und Zucker?«, fragte er Priya.

»Zwei Stück, bitte. Und danke.«

Hiram ließ einen Würfel in das dunkle Gebräu fallen. Ein kaum wahrnehmbares Glucksen erklang. So wie er es sich vorstellte, dürfte beim Eintauchen der *Nighthawk*, die an einem Fallschirm hing, in etwa das Gleiche geschehen sein, allerdings wäre es eher so ähnlich, als ob man einen Zuckerwürfel in ein olympisches Schwimmbecken würfe. Er schätzte ihre Chancen, den Aufschlag zu hören – selbst mit Hilfe des ausgedehnten sensorischen Netzwerks –, auf zehn zu eins.

Er tauchte den zweiten Zuckerwürfel in den Kaffee und verfolgte, wie er zerfiel, sich beim Umrühren auflöste und verschwand. Wenigstens dies würde mit der *Nighthawk* nicht geschehen.

6

Guayaquil, Ecuador

Nach der Landung in Ecuador checkte Kurt Austin im Hotel ein und gönnte sich eine schnelle Dusche und einen Kleiderwechsel. Erfrischt und voller Tatendrang, hielt er ein Taxi an und nannte als Fahrtziel ein Speichergebäude in den Außenbezirken des betriebsamen Hafens von Guayaquil.

Nachdem er eine Sicherheitsschleuse passiert hatte, betrat er das höhlenartige Gebäude und fand nach kurzer Suche den Bereich, in dem sich die NUMA ausgebreitet hatte. Dort, versteckt hinter Türmen von aufeinandergestapelten Frachtcontainern, fand er ein Schwerlastregal mit Panzertauchanzügen, mehreren Stapeln torpedoförmiger Sonarsignalgeber, zwei kleinen ROVs und mehreren Schlitten, die mit Kameras und Suchlampen ausgestattet waren.

Im Zentrum dieser Kollektion war Joe Zavala zu sehen: wie ein verrückter Wissenschaftler inmitten seiner Schöpfungen.

Joe war einen halben Kopf kleiner als Kurt, hatte kurzgeschnittenes braunes Haar, südländisch markante Gesichtszüge und lebhafte braune Augen, deren Ausdruck je nach Situation von konzentrierter Nachdenklichkeit blitzschnell zu leidenschaftlich grimmiger Entschlossenheit wechseln konnte. Während Joe mit einer Checkliste in der Hand die Ausrüstungsgegenstände inspizierte, bewegte er sich zwischen den vollgestopften Regalen mit der ökonomischen Eleganz einer Katze. Kein einziges Mal von der Liste auf dem Klemmbrett hochblickend, ging er zwischen den Regalen hin und her, ohne einen falschen Schritt zu machen oder sich den Kopf an den aus den Regalfächern herausragenden starren Armen der Taucheranzüge, den ausladenden Steuerschwänzen der ROVs oder den Messingpropellern zu stoßen.

Innerhalb der NUMA war Joe seit Jahren Kurts bester Freund. Joe war Amateurboxer, das geselligste Mitglied des Special-Projects-Teams und bekennender Junggeselle. Zudem war er ein begnadeter Mechaniker und hatte zahlreiche der technisch höher entwickelten Tauchboote der NUMA selbst konstruiert und eigenhändig gebaut.

»Du kommst mir wie das sprichwörtliche Kind im Spielzeugladen vor«, machte Kurt sich bei Joe bemerkbar.

»In dem Sprichwort ist aber von einem Süßwarenladen die Rede, Amigo.«

»Ich war so frei, es für diese Situation umzuschreiben«, sagte Kurt. »Sieht so aus, als hätte sich Rudi tatsächlich ein Bein ausgerissen. Wo hat er diesen ganzen Kram aufgetrieben? Ich kann mich nicht erinnern, abgesehen von den Tauchanzügen, irgendein Teil der restlichen Ausrüstung jemals gesehen zu haben.«

»Das konntest du auch gar nicht«, erwiderte Joe. »Diese Tauchgeräte stammen von einer Ölbohrfirma. Die Sonarbojen wurden von der ecuadorianischen Marine ausgemustert – ich habe keine Ahnung, ob sie überhaupt noch funktionieren. Und diese Kameraschlitten da haben zum Inventar der Filmgesellschaft gehört, die *Mega Shark vs. Giant Octopus* produzierte.«

»Ein Klassiker, wie er im Buche steht«, sagte Kurt.

»Das habe ich auch gehört«, erwiderte Joe.

Kurt wurde wieder ernst. »Rudi hat angedeutet, er habe einen Schwarm Fischerboote gechartert, um die Suchflotte zu unterstützen. Ich nehme an, diese Ausrüstung ist für sie bestimmt.«

Joe nickte. »Und ich habe zwölf Stunden Zeit, um alles einsatzbereit zu machen und die Schiffe auf die Reise zu schicken. Wenigstens werden unsere eigenen Leute eingeflogen, um die Systeme zu bedienen, sobald sie an Bord installiert sind; andernfalls hätte ich alle Beteiligten noch unterweisen müssen.«

»Je mehr Schiffe wir im Wasser haben, desto eher haben wir das Suchgebiet durchgekämmt«, sagte Kurt. »Aber wir brauchen mehr als eine Fischerbootflotte, um eine reelle Aussicht auf Erfolg zu haben.«

Joe hakte ein weiteres Objekt auf seiner Liste ab und ließ das Klemmbrett sinken. »An was denkst du?«

»Was weißt du über das DUMBO-Projekt?«

»Das sind doch die großen Ohren im Ozean, nicht wahr?«, sagte Joe. »Meinst du, man kann hören, wie die *Nighthawk* runterkam?«

»Mir wurde versichert, dass diese Sensoren eine Stecknadel fallen hören«, sagte Kurt. »In diesem Fall ist es eine Fünfzig-Milliarden-Stecknadel, die aus dem Weltraum auf die Erde gefallen ist.«

»Klingt wie der Titel noch so eines Billigfilms«, stellte Joe fest.

Kurt lachte. »Wie ich es sehe, könnten wir vielleicht hören, wenn die *Nighthawk* hart genug auf der Wasseroberfläche aufgeschlagen ist. Selbst wenn sie an einem Fallschirm hing und dann versank, dürften aufgrund der zusammengepressten Luft einige Hohlräume in ihrem Innern implodieren. Der zentrale Kern, der das Frachtabteil umschließt, die Energiezellen und die Kontrolleinheit waren dafür ausgelegt, einem Druck von eintausend Atmosphären zu widerstehen. Damit sie eines schönen Tages zur Venus starten kann, glaube ich. Aber es dürften andere Hohlräume existieren, die möglicherweise platzen. In den Tragflächen und im Schwanz. Ich denke auch an die Radkästen, die das Fahrwerk aufnehmen.«

»Das wäre eine Möglichkeit«, sagte Joe Zavala. »Außerdem erwärmen sich Teile des Hitzeschilds kurz vor der Landung auf einige tausend Grad. Die Folge müsste ein deutlich hörbares Zischen und eine Wolke zerplatzender Luftblasen sein, wenn der Schild mit Wasser in Berührung kommt.«

»Daran hatte ich überhaupt nicht gedacht«, gab Kurt zu. »Deshalb bist ja auch du für Neuentwicklungen und Reparaturen zuständig.«

»Und wer hört die Tonbänder ab?«

»Hiram und Max. Ich habe ihm empfohlen, dich zu kontaktieren, wenn er weitere Informationen braucht.«

»Mich zu kontaktieren?«, fragte Joe. »Weshalb? Wo treibst *du* dich denn herum, während die Suche im Gange ist?«

»Ich bin mit jemandem von der NSA verabredet, der uns als Bewachung zugeteilt wurde.«

»Bekommen wir tatsächlich einen Aufpasser?«, fragte Joe.

»Sieht so aus.«

Joe griff wieder nach dem Klemmbrett. »Nun, das dürfte unser Tempo um mindestens fünfzig Prozent drosseln. Wie heißt der Typ?«

»Emily Townsend«, sagte Kurt.

Joes Augenbrauen ruckten hoch. »Seltsamer Name für einen Typ. Ich wette, er wurde als Kind ausgiebig gehänselt.«

Kurt lachte. »Der Beschreibung nach zu urteilen, die man mir hat zukommen lassen, glaube ich nicht, dass Miss Townsend überhaupt jemals gehänselt wird. Bei der NSA hat sie den Spitznamen *Hurricane Emma.*«

»Du weißt, was das bedeutet«, sagte Joe. »Entweder haben wir sie am Hals, weil wir die Problemkinder sind, oder wir kriegen sie zugeteilt, weil sie eins ist und die Navy sie nicht auf einem ihrer Schiffe haben will.«

»Um jemanden wie sie an Land zu ziehen, würde die NASA glatt einen Mord begehen«, sagte Kurt. »Von der Uni ist sie zu Rockwell gegangen, um Antriebssysteme zu entwickeln. Danach drei Jahre im Jet Propulsion Laboratory und die letzten fünf bei der NSA. Auf ihrem Gebiet ist sie definitiv eine absolute Expertin.«

»Eine Expertin«, sagte Joe sarkastisch, »okay? Damit korrigiere ich meine Schätzung und reduziere unsere Erfolgsaussichten auf zehn Prozent.«

Kurt sah auf die Uhr. »Ich werde meinen ganzen Charme spielen lassen, um sie zu einer Verbündeten zu machen, anstatt uns als Hindernis im Weg zu stehen. Mit ein wenig Glück und einer Flasche Wein müsste es eigentlich klappen. Verlass dich auf mich.«

»Du bist offenbar in Siegerlaune«, stellte Joe fest. »Nichts bringt das Blut so gut in Wallung wie eine Herausforderung.«

»Vor allem wenn jemand anderer die ganze Arbeit erledigt«, sagte Kurt. »Und ich nichts anderes zu tun habe, als eine schöne Frau zu becircen.«

»Viel Glück dabei«, sagte Joe und wandte sich wieder der Inspektion ihrer Ausrüstung zu. »Aber nimm dich in Acht. Es gibt Eisberge, die kann man nicht zum Schmelzen bringen.«

Kurt verließ das Lagerhaus und ging durch die Sicherheitsschleuse, ohne zu ahnen, dass er beobachtet wurde. Hoch oben in der Kanzel eines der riesigen Fahrkräne, mit denen die Frachtcontainer durch den Hafen bewegt wurden, saßen zwei Männer und hatten ihn im Visier, einer mit einem Fernglas.

Er ließ das Fernglas sinken. Außer einem dunklen Augenpaar war von seinem Gesicht nicht viel zu sehen. Eine Filtermaske, wie Sportler sie gelegentlich trugen, wenn sie in Gegenden mit einem hohen Grad von Luftverschmutzung trainierten, bedeckte seine Nase und seinen Mund. Seine Stimme klang gedämpft, als er durch die Maske sprach. »Wann sind sie angekommen?«

»Knapp sechs Stunden, nachdem die *Nighthawk* verschwunden ist«, sagte der Mann hinter ihm. »Sie tragen bereits Ausrüstungsgegenstände zusammen und chartern Schiffe, die bei der Suche helfen sollen.«

Der Mann mit der Atemmaske beobachtete das Geschehen tief unter ihm wie ein Schachspieler, der vor seinem Brett sitzt und über den nächsten Zug nachdenkt. Trotz der gefilterten Luft war bei jedem Atemzug in seiner Lunge ein leises Rasseln zu hören. »Die Amerikaner haben schneller reagiert, als sogar ich es erwartet habe.«

»Aber Sie wollten doch, dass sie hierherkommen«, sagte der zweite Mann. »War es nicht so?«

»Natürlich, aber es nützt uns nichts, wenn sie zu früh zu viel in Erfahrung bringen.«

»Wir könnten sie aufhalten«, schlug der zweite Mann vor. »Teile ihrer Ausrüstung beschädigen oder die gecharterten Schiffe abschrecken, sodass sie sich neue suchen müssen.«

Der Mann mit der Maske ließ sich diese Möglichkeiten durch den Kopf gehen, aber dann schüttelte er den Kopf. »Das ist nicht die Art von Verzögerung, die wir brauchen. Im Gegenteil, ich glaube, sie zum Handeln zu animieren, anstatt sie zu bremsen, würde unseren Plänen eher entgegenkommen. Stehen Sie noch mit den Chinesen in Kontakt?«

»Ja.«

»Informieren Sie sie über die Anwesenheit dieser Amerikaner und lassen Sie durchblicken, dass sie offenbar über wichtige Erkenntnisse verfügen. Erwähnen Sie die umfangreiche Ausrüstung, die sie zusammengetragen haben. Das wird die Fantasie der chinesischen Agentin auf Touren bringen und sie aktiv werden lassen.«

»Und wenn die Chinesin sie tötet? Was dann?«

»Dann wird die amerikanische Regierung Ersatzleute in Marsch setzen, und das Wettrennen beginnt von vorn.«

7

Emma Townsend saß in einer gemütlichen Nische im rückwärtigen Teil des Viersternerestaurants El Caracol, das Kurt Austin als Treffpunkt für ihre Verabredung ausgesucht hatte.

Entgegen Joes Einschätzung hatte sie wenig an sich, das an Eis oder Frost erinnert hätte. Tatsächlich war Wärme der erste Gedanke, der ihm bei ihrem Anblick durch den Kopf ging. Ihr kastanienbraunes Haar fiel glatt auf ihre Schultern und schimmerte in der gedämpften Beleuchtung kupferfarben. Ihre Augen, weich und haselnussbraun, waren grün gefleckt, die vollen Lippen hatten einen verführerischen Schwung, und ihr leicht gebräunter Teint brachte einige vereinzelte Sommersprossen so deutlich zur Geltung, dass man ihr die dreiunddreißig Jahre, die sie zählte, nicht ansah und sie für weitaus jünger halten konnte.

Da sie frühzeitig ins Restaurant kam und auf Kurt warten musste, hatte sie bereits eine reichliche Anzahl an verstohlenen wie auch unverschämt aufdringlichen Blicken auf sich gezogen. Ihr war die Aufmerksamkeit, die man ihr schenkte, zwar nicht entgangen, aber sie ignorierte sie. Schließlich war es nicht schlimmer als in Washington.

Das Restaurant selbst war ein architektonisches Schmuckstück. Die Stile, die in Bauweise und Inneneinrichtung zum Ausdruck kamen, waren mindestens ebenso vielfältig wie die Speisekarte, und die Gästeschar bildete eine Mischung aus hippen Vertretern der Studenten- und Kunstszene, offensichtlichen Touristen und eleganten Angehörigen der ecuadorianischen Oberschicht. Dies ergab sich möglicherweise aus seiner Lage in den Bergen von Las Peñas, einem vierhundert Jahre alten Stadtteil von Guayaquil, in dessen bunt bemalten Häusern sich Kunstgalerien, Restaurants und Weinstuben etabliert hatten.

Touristen und Einheimische strömten an warmen Abenden dorthin. Sie schlenderten über die Boulevards, streiften durch die Galerien und sammelten sich an den Aussichtspunkten mit Blick auf das Panorama aus Stadt und Küste unter ihnen. Als die Dunkelheit hereinbrach, flammten die Lichter des Malecón auf, einer aufwendig wiederaufgebauten Promenade, die in früheren Zeiten als Simon-Bolivar-Pier Teil des historischen Hafens gewesen war.

Bei einem Glas Mineralwasser harrte Emma der Dinge, die da in Gestalt Kurt Austins kommen würden, und überflog noch einmal die Kurzbiografie, die die NSA an ihr Smartphone gesendet hatte.

Den Informationen war zu entnehmen, dass Austin ein Mann der Tat war. Er und sein Stellvertreter, Joe Zavala, wurden als Hauptakteure in einer Reihe hoch gehandelter Missionen genannt. Sie hatten mehrere internationale Katastrophen abgewendet, das letzte Mal kurz zuvor in Ägypten, als sie ehemalige Angehörige des Mubarak-Regimes daran gehindert hatten, den Grundwasservorrat unter der Sahara anzuzapfen und umzuleiten und auf diese Weise ganz Nordafrika unter ihre Kontrolle zu bringen.

Trotz ihrer bemerkenswerten Erfolgsbilanz war es ihnen immer wieder gelungen, bei zahlreichen Repräsentanten verschiedener Regierungsorgane heftig anzuecken. Anscheinend hatten sie wenig für Obrigkeit und Befehlsketten übrig und hielten sich nur ungern an Verfahrensregeln. Vielleicht erklärte dies ihre besondere Position innerhalb der NUMA, dachte Emma Townsend. Seit dem Tag, an dem James Sandecker sie gegründet hatte, zog die NUMA es offensichtlich vor, aus der Hüfte zu schießen. Männer wie Kurt gediehen dort prächtig, während sie in anderen Behörden und Organisationen an die Kette gelegt und zurückgehalten wurden.

Das ist nicht das Schlechteste, dachte sie. Ihr waren Ergebnisse wichtiger als Regelwerke. Tatsächlich waren ihr Ergebnisse sogar wichtiger als alles andere inklusive persönlicher Freundschaften,

Bündnisse und Regeln. Das hatte sie während ihrer Jahre bei der National Security Agency zu so etwas wie einer Aussätzigen werden lassen. Es hatte sie in der Kommandostruktur aber auch genauso schnell aufsteigen lassen, wie es ihr Feinde geschaffen hatte. Sie kannte ihren Ruf. Kaum jemand in der Behörde wollte mit ihr zusammenarbeiten. Die meisten ihrer Kollegen waren von Angst beherrscht – vor allem der Angst zu versagen. Angst, die Initiative zu ergreifen. Angst davor, ein Risiko einzugehen. Nach ihrem Dafürhalten machte diese Haltung ihre Mitstreiter ineffizient. Weshalb es in jedem Fall besser war, mit jemandem wie Kurt Austin in die Schlacht zu ziehen.

Wenn sie die *Nighthawk* mit seiner Hilfe fände, wäre sie unantastbar. Sie könnte sich ihre nächsten Posten aussuchen, höchstwahrscheinlich sogar zur jüngsten Abteilungschefin in der Geschichte der NSA befördert werden. Und wenn sie versagte ... na ja, die Welt hatte sich ohnehin schon gegen sie verschworen. Und sie könnte dann immer noch die NUMA dafür verantwortlich machen.

Sie entdeckte Kurt, als er das Restaurant betrat und einige Worte mit dem Inhaber wechselte. Von dort kam er direkt auf ihren Tisch zu und erschien dabei größer und attraktiver als auf den Fotos. Nicht dass ein wesentlicher Unterschied zu erkennen war, aber er wirkte ein wenig gezeichneter, besorgter und irgendwie abgewetzt, so wie der Schutzumschlag eines Buchs, der von häufigem Gebrauch berieben und leicht zerknittert war.

Sie legte ihr Mobiltelefon beiseite und stellte sich vor. »Emily Townsend. Sie können mich Emma nennen. Freut mich, Sie kennenzulernen«, sagte sie. »Endlich«, fügte sie lächelnd hinzu.

Austin setzte sich. »Tut mir leid, dass ich Sie habe warten lassen«, entschuldigte er sich. »Ich musste mich um die Vorbereitungen kümmern.«

»Was steht uns denn an Ausrüstung zur Verfügung?«, fragte sie.

»Ich meinte damit die Küche«, sagte er. »Ich habe mich nur vergewissert, dass der Koch seinem Ruf gerecht wird.«

Er begleitete seine Bemerkung mit einem Lächeln, und Emma fand, dass diese lockere Selbstsicherheit seine Attraktivität auf reizvolle Weise unterstrich. Es war eine Eigenschaft, derer sie sich, wenn nötig, zu ihrem Nutzen bedienen konnte. Sie plauderten zwanglos, bis der Kellner erschien.

»Irgendwelche besonderen Wünsche?«, fragte Kurt, während er die Weinkarte aufschlug.

»Ich lasse mich gern überraschen.«

Er klappte die Karte zu. »Wir nehmen eine Flasche Opus One 2007.«

»Eine exzellente Wahl«, sagte der Kellner und entfernte sich, um die Bestellung auszuführen.

»Für unseren ersten Abend ist das aber ein extravaganter Tropfen«, stellte Emma fest. »Belasten wir Ihr Spesenkonto oder meins?«

»Diesmal zahle ich«, sagte Kurt. »Sie sind dann an der Reihe, wenn es richtig teuer wird.«

Sie konnte sich eines Schmunzelns über seine lässige Art nicht erwehren und musste sich in Erinnerung rufen, was der eigentliche Grund ihres Treffens war. Ehe sie weiterredeten, holte sie einen kleinen Apparat aus ihrer Unterarmtasche. Er hatte eine dreieckige Grundform und war mehrere Zentimeter lang. Sie legte ihn auf den Tisch, und nach einem Knopfdruck gab er ein deutlich hörbares elektrisches Knistern von sich.

»Aktive Geräuschunterdrückung«, sagte sie und schob den Apparat an den Tischrand. »Alles, was wir jetzt besprechen, wird aufgenommen und durch Störfrequenzen überlagert, sobald es unsere gemütliche Nische hier verlässt. Sollte jemand versuchen, unsere Unterhaltung mitzuschneiden oder uns zu belauschen, bekommt er nicht mehr zu hören als atmosphärische Störungen.«

»Was ist, wenn auf oder unter dem Tisch eine Wanze versteckt ist?«, fragte er.

»Habe ich bereits überprüft. Keine Sorge, wir können offen reden.«

Er schien nur halb überzeugt zu sein – und ihrer Unterhaltung während des Essens nach zu urteilen war er wahrscheinlich nicht einmal das.

Sie bemerkte, dass er sich ständig umschaute, jeden im Restaurant ins Visier nahm, vor allem ein chinesisches Paar, das kurz nach ihm hereingekommen war und nun an einem Tisch auf der anderen Seite des Gastraums saß. Jedes Mal wenn sie detaillierter auf den Grund ihres Treffens eingehen wollte, lenkte er das Gespräch auf etwas Belangloses. An einem Punkt, als sie endlich zur Sache kommen wollte, bot er ihr eine Kostprobe von seiner Vorspeise an und hielt ihr einladend seine Gabel hin.

Sie pflückte den Happen mit den Lippen von der Gabel und wechselte das Thema. Er musste wohl seine Gründe haben.

»Wie kam es, dass Sie nach Ihrer Tätigkeit für die Agency ausgerechnet bei der NUMA gelandet sind?«, fragte sie.

»Admiral Sandecker hat mich geschanghait«, sagte er. »So pflegte er sich seine besten Leute zu holen.«

Sandecker war zurzeit der amtierende Vizepräsident. Sie war beeindruckt, dass Austin ihn gut genug kannte, um über ihn zu scherzen. Und dass er seinen Namen nicht schon früher hatte fallen lassen.

»Und wie konnte eine eingeschworene Pazifistin den Weg zur NSA finden?«, fragte er.

»Offenbar haben auch Sie zuverlässige Quellen.«

»Aber nur in den unteren Rängen«, schränkte er ein.

»Ich bin tatsächlich Pazifistin gewesen«, bestätigte sie. »Und genau deshalb ging ich zur NASA. Um die Zukunft der Menschheit zu sichern, indem ich den Weltraum im Namen des Friedens erforschte. Unglücklicherweise verläuft das Leben nicht nach den Vorstellungen einer naiven Vierundzwanzigjährigen. Zumindest nicht sehr lange.«

»Ist im Paradies irgendetwas schiefgelaufen?«

»Passiert so etwas nicht immer?«

Sein leicht gequältes Lächeln, mit dem er auf eine Erklärung wartete, verriet, dass ihm diese Erfahrung nicht neu war.

»Nach einem Jahr bei der NASA wurde ich für ein neues Team ausgewählt«, berichtete sie. »Es ging um eine Fortsetzung des alten Daedalus-Projekts, in dessen Verlauf man versucht hat, Kernexplosionen oder eine andere exotische Antriebsart wie Antimaterieverbrennung als Energiequelle zu nutzen, um zukünftige Weltraumfahrzeuge auf besonders hohe Geschwindigkeiten zu beschleunigen. Und zwar auf höhere Geschwindigkeiten, als sich mit chemisch angetriebenen Raketen realisieren lassen. Es war aufregend. Mehr noch – berauschend. Feste Arbeitszeiten gab es nicht. Außerdem waren wir von der Außenwelt vollkommen abgeschottet. Wir waren zu acht, und wie Sie sich gewiss vorstellen können, haben wir, da wir die meiste Zeit des Tages gemeinsam verbrachten, ein ausgeprägtes Zusammengehörigkeitsgefühl entwickelt. Dann, vollkommen unerwartet, erhielten wir Drohungen.«

»Wegen Ihrer Arbeit?«

»Offenbar«, erwiderte sie. »Eine Randgruppe, von der wir noch nie gehört hatten, beschuldigte uns, die Militarisierung des Weltraums zu betreiben. Anfangs hielten wir es noch für kompletten Unfug. Aber die Drohungen häuften sich und wurden zunehmend persönlicher. Wir erhielten Fotos, auf denen wir sozusagen in verwundbarer Umgebung zu sehen waren – in unseren Häusern, in unseren Autos, mit unseren Kollegen in Restaurants. Wer immer diese Leute waren, sie verfolgten und beobachteten uns.«

»Ich nehme an, das FBI wurde eingeschaltet«, sagte Kurt Austin.

»Dies passierte, ja. Und sie konnten die Drohungen einer antiamerikanischen Gruppierung zuordnen, die in der Arktis zwei Wissenschaftler getötet und Briefbomben an mehrere Hightechfirmen geschickt hatte. Wir nahmen an, dass wir mit dem FBI im Rücken sicher seien. Zwei Wochen später kam unser Teamleiter und Freund – ein Mann namens Beric – zu Tode.«

Kurt nickte nachdenklich, enthielt sich jedoch eines Kommentars.

»Beric war ein unglaublich freundlicher und gütiger Mensch«, fuhr Emma Townsend fort, sichtlich erstaunt, wie nahe ihr diese Erinnerung nach all den Jahren immer noch ging. »Wenn irgendjemand etwas brauchte, sorgte er dafür, dass der Betreffende es erhielt. Das galt für jeden im Haus bis hin zum Personal der Cafeteria und den Hausmeistern. Kein Anliegen war ihm zu gering, um sich nicht dafür einzusetzen. Außerdem war er brillant. Ein Genie auf mehreren Gebieten von Softwareentwicklung bis hin zu Astrophysik. Vor allem anderen fühlte er sich der Friedensmission der NASA verpflichtet und kämpfte für eine Welt, in der die Menschen anständig und würdevoll miteinander umgehen.«

Sie atmete tief durch – es klang wie ein Seufzer –, sammelte sich dann und fuhr fort: »Dass ihn jemand ins Visier genommen und ihn beschuldigt hat, ein Militarist zu sein, und ihn deshalb tötete, das war eine schreckliche Ironie. Es löste irgendetwas in mir aus, riss mir die Scheuklappen von den Augen. Es bewies mir, dass eine pazifistische Grundeinstellung nichts anderes ist als ein kindischer Traum. Frieden ist etwas Zerbrechliches und kein naturgegebener Zustand. Er kann nur durch Stärke gesichert werden. Und wenn die Stärke nachlässt, wenn die Macht, die dahintersteht, versagt, dann kommt es zur Katastrophe.«

»In vieler Hinsicht stimme ich dem zu«, sagte er. »Darf ich erfahren, wie es geschehen ist?«

»Wie viele von uns bei der NASA flog Beric leidenschaftlich gern. Er besaß ein eigenes Flugzeug und nahm jede Gelegenheit wahr, es zu benutzen. Wenn wir eine Dienstreise machen mussten, flog er meistens selbst, anstatt sich in einen Jet zu setzen. Eines Tages, während des Flugs zu einer Astrophysikkonferenz, explodierte seine Maschine. Das FBI untersuchte die Trümmer des Wracks und stellte fest, was wir längst gewusst hatten: Die Explosion war durch eine Bombe ausgelöst worden. Drei Mitglieder unseres Teams hätten in der Maschine sitzen sollen. Aber wie sich herausstellte, war Beric allein gestartet.«

»Das tut mir leid«, sagte Kurt.

»Wie dem auch sei«, fuhr sie fort, »die Arbeiten an dem Antriebssystem wurden unterbrochen, und nur kurze Zeit später ist das gesamte Projekt endgültig gekippt worden. Ich kam mir regelrecht entwurzelt vor und machte mich auf die Suche nach einer anderen Aufgabe. Als die National Security Agency Wissenschaftler für ihr Raumfahrtprogramm suchte, ergriff ich die Gelegenheit und bewarb mich.«

Kurt Austin nickte verstehend und wechselte dann das Thema. Aber sie achtete nicht auf seine Worte, sondern war im Geiste noch immer bei Beric. Seit Jahren war er ihr nicht mehr durch den Kopf gegangen. Ihren Laufbahnwechsel hätte er niemals gutgeheißen.

Sie verdrängte diesen Gedanken und konzentrierte sich wieder auf Kurt. Sie setzten ihre zwanglose Unterhaltung fort und genossen ihr Essen. Nachdem er sein zweites Glas Wein zur Hälfte geleert hatte, hielt Kurt mitten im Satz inne und holte sein Mobiltelefon aus der Tasche, um eine Textnachricht zu lesen, die soeben eingetroffen war.

Emma quittierte Kurts Aktion mit einem missbilligenden Kopfschütteln. »Bin ich wirklich so langweilig?«

»Alles andere als das«, erwiderte er und verstaute das Mobiltelefon wieder. »Wie es der Zufall will, glaube ich, dass der Moment gekommen ist, um festzustellen, wie draufgängerisch Sie wirklich sind.« Er schob den dreieckigen Geräuschunterdrücker zu ihr hinüber, holte mehrere Einhundertdollarscheine aus der Brieftasche und gab dem Kellner ein Zeichen, der sofort an ihren Tisch kam. »Für das Menü. Und eine Besichtigung der Küche.«

Der Kellner warf nur einen kurzen Blick auf die fürstliche Geldsumme. Dann lächelte er und sagte: »Bitte hier entlang.«

Emma stand auf, bereit, bei allem mitzumachen, was Austin geplant hatte. Dabei war sie hauptsächlich daran interessiert zu erfahren, wie sein Geist arbeitete.

Sie folgten dem Kellner durch die Küche und den Hinterausgang, wo Kurt dem Kellner weitere Instruktionen gab. »Blockieren

Sie diese Tür so lange wie möglich. Sorgen Sie dafür, dass wir von niemandem verfolgt werden.«

Der Kellner nickte, und Kurt führte Emma Townsend hinaus in eine nur schwach beleuchtete Gasse hinter dem Restaurant.

»Ich glaube, Sie haben da irgendetwas verwechselt«, sagte sie. »Normalerweise schleicht man sich aus einem Restaurant hinaus, wenn man feststellt, dass man nicht zahlen kann, aber doch nicht, nachdem man mit Geld um sich geworfen hat. Und niemals vor dem Dessert.«

»Wir sind beobachtet worden«, sagte er und ging voraus durch die Gasse in Richtung Hauptstraße.

»Wir sind amerikanische Agenten, die ohne Tarnung in einem fremden Land operieren«, sagte sie, »natürlich werden wir beobachtet. Ich bin sicher, dass uns die ecuadorianische Regierung verfolgen lässt, vor allem angesichts unserer überstürzten Reisevorbereitungen und der überraschenden Ankunft.«

»Es war niemand von der ecuadorianischen Polizei, und es waren auch keine Regierungsagenten«, erklärte er. »Es war ein chinesisches Paar. Sie haben an der Tür gewartet und sich in die Nische uns genau gegenüber gesetzt. Sie haben ihr Essen nicht angerührt.«

»Ein chinesisches Paar«, wiederholte sie, als sie sich erinnerte. »Richtig, ich habe sie gesehen. Es hat mich nicht überrascht. Wir wissen doch, dass die Chinesen uns nachspionieren. Aber ich kann Ihnen versichern, dass niemand mithören konnte, worüber wir uns unterhalten haben, solange der kleine Störsender eingeschaltet war. Nicht einmal unsere besten Leute konnten ihn knacken.«

Er blieb stehen. »Sie brauchten gar nicht zu hören, was Sie sagten. Sie haben es von Ihren Lippen abgelesen.«

Sie erstarrte für einen kurzen Moment und versuchte, sich an irgendetwas zu erinnern, das sie unbedacht ausgesprochen haben mochte, und war ihm plötzlich dankbar, dass er sie ständig unterbrochen hatte, wenn sie auf den Zweck ihres Zusammentreffens hatte zu sprechen kommen wollen. »Ich hatte mich die ganze Zeit gefragt, weshalb Sie mir angeboten haben, etwas von Ihrem Teller zu kosten, obwohl wir das Gleiche bestellt hatten.«

»Dadurch wurde weniger geredet«, sagte Kurt und ging weiter zur Hauptstraße.

»Eigentlich ist mir nicht so richtig klar, weshalb wir gegangen sind«, sagte sie. »Wenn Sie doch wussten, dass sie uns beobachten, hätten wir vielleicht eine gute Gelegenheit gehabt, falsche Informationen zu streuen.«

»Keine schlechte Idee«, gab er zu, »aber ich halte mich lieber an echte Informationen, so wie die, die ich gerade eben erhalten habe. Und ich habe kein Interesse daran, sie in die Hände der Gegenseite gelangen zu lassen.«

»Welche Art von Informationen?«, fragte sie.

»Den Verbleib der *Nighthawk*«, sagte Kurt. »Ich weiß jetzt, wo sie gelandet ist.«

Sie musterte ihn zweifelnd. »Unmöglich.«

»Nicht die genaue Position, den Aufschlagpunkt. Aber ich kann das Gebiet bis auf weniger als einhundert Quadratmeilen eingrenzen.«

»Wie?«

Er blieb abrupt stehen, sagte jedoch kein Wort. Am Ende der Gasse waren plötzlich drei Männer aufgetaucht. Sie standen dort, angestrahlt vom Licht der Hauptstraße, die hinter ihnen lag, und versperrten den Weg.

Emma betrachtete sie. »Irgendetwas sagt mir, dass das keine Touristen sind.«

»Damit könnten Sie recht haben«, meinte Kurt und blickte sich um. »Und sie haben offenbar auch Verstärkung mitgebracht.«

Als sie hinter sich eine Bewegung hörte, drehte Emma sich um und blickte in die Gasse. Die Hintertür des Restaurants war aufgeflogen. Das chinesische Paar kam herausgerannt, während der Mann dem Küchenpersonal etwas zurief. Das Rededuell verstummte, als er eine Pistole hervorzog und auf die Türöffnung feuerte. Die Angestellten, die im Eingang standen, zogen sich eiligst in Sicherheit zurück, und die Tür wurde zugeschlagen.

»Ich hatte nicht mit Verstärkung gerechnet«, sagte Kurt, »und hätte wahrscheinlich auch nicht erwarten sollen, dass ein Kellner zwei bewaffnete Agenten daran hindern kann, auf die Straße hinterm Haus zu gelangen.«

»Sind Sie bewaffnet?«, fragte Emma.

»Ich fürchte, nein«, antwortete er.

»Ich auch nicht«, erwiderte sie. »Nicht gerade ein verheißungsvoller Beginn unserer Beziehung.«

In offenbar vielfach erprobter Kampfformation rückten die beiden Agenten hinter dem Restaurant und ihre drei Helfer am anderen Ende der Gasse gleichzeitig auf sie zu.

8

Kurt hielt Emmas Hand fest – die er nicht losgelassen hatte, seit sie sich in der Gasse befanden. Er hatte gehofft, die Chinesen abzuhängen und zum Boulevard zu gelangen und dort ein Taxi anzuhalten. Aber die zusätzliche Helfertruppe schnitt ihnen den Weg ab.

»Was nun?«, fragte Emma.

Die beiden Gruppen kamen langsam näher. Sie bewegten sich unaufhaltsam auf ihre Beute zu, als befürchteten sie, dass eine schnelle Aktion Kurt und Emma eine Möglichkeit zur Flucht eröffnen könnte.

»Ich wünschte, sie würden sich ein wenig beeilen«, sagte Kurt. »Dann ergäbe sich für uns wenigstens eine kleine Chance, sie zu überrumpeln.«

»Meinen Sie, dass sie auf uns schießen?«

Kurt schüttelte den Kopf. »Sicher nicht, um uns zu töten. Wahrscheinlicher dürfte sein, dass sie uns fangen und foltern, bis wir ihnen verraten, was wir wissen.«

»Wie tröstlich«, sagte sie. »Haben Sie vielleicht einen Plan?«

Kurts Blicke sprangen hin und her. Er entdeckte eine winzige Lücke zwischen zwei Gebäuden ihnen direkt gegenüber, aber sie war so schmal, dass er sich nur mit Mühe würde hindurchzwängen können. Und selbst aus dieser Entfernung konnte er Hindernisse und Leitungskabel erkennen, die ihnen im Weg wären. Würden sie aufgehalten werden, wären sie für ihre Gegner einfache Ziele.

Er blickte nach rechts, wo ein Müllcontainer mit geschlossenem Deckel im Schatten des Küchengebäudes stand. Es sah aus, als ob das Dach des Gebäudes von dort aus leicht zu erreichen sei. »Können Sie klettern?«

»Und rennen und um mich schlagen, wenn ich muss.«

»Ausgezeichnet«, sagte Kurt. »Dann folgen Sie mir.«

Kurt rannte mit Emma zu dem Müllcontainer. Er hievte sie hoch und kletterte neben ihr auf den Container. Unten auf der Straße zögerten die chinesischen Agenten für einen kurzen Moment, dann verfielen sie in Laufschritt.

»Tempo, Tempo«, befahl Kurt.

Emma streifte ihre Schuhe ab, streckte sich nach der tief herunterhängenden Dachkante und zog sich ohne Kurts Hilfe hinauf. Kurt folgte ihr.

»Gehen Sie nach vorn zur Straße und halten Sie Ausschau nach einem Taxi«, sagte er.

»Was haben Sie vor?«

»Ich versuche, unsere neuen Freunde aufzuhalten.«

Sie trennte sich von Kurt und eilte in geduckter Haltung zum Dachfirst hinauf, um den chinesischen Agenten kein Ziel zu bieten, falls sie entgegen Kurts Prognose von ihren Schusswaffen Gebrauch machten.

Kurt streckte sich auf dem Dach aus und wartete auf ihre Verfolger. Das laute metallische Poltern von jemandem, der auf den Müllcontainer kletterte, erklang wenige Sekunden später. Hände erschienen an der Dachkante und kurz danach, als einer der Chinesen einen Klimmzug machte, kam ein Gesicht zum Vorschein.

Ruckartig streckte Kurt ein Bein aus und rammte dem Mann den Absatz seines Schuhs ins Gesicht. Blut spritzte aus einer zertrümmerten Nase, und der Kopf des Mannes ruckte nach hinten. Er stürzte ab und riss seinen Partner, der ihm dichtauf gefolgt war, mit hinunter auf den Müllcontainer.

Ohne auf einen zweiten Versuch ihrer Gegner zu warten, machte Kurt kehrt, rannte die Dachschräge zum First hinauf und auf der anderen Seite wieder hinunter. Emma kauerte an der Dachkante und wartete auf ihn.

»Ich sehe nirgendwo ein Taxi«, meldete sie.

»Und um eins bei Uber zu bestellen, dürfte es zu spät sein.«

Sie wagten gemeinsam den Sprung hinab und landeten sicher auf dem verlassenen Bürgersteig. Fast im selben Augenblick tauchten die drei Männer, die sich am anderen Ende der Gasse postiert hatten, auf der Hauptstraße auf und sprinteten auf sie zu.

»Nichts wie weg!«, rief Kurt.

Sie überquerten die Straße im Laufschritt, und diesmal wurden mehrere Schüsse auf sie abgefeuert. Kein lauter Knall war zu hören, nur ein mehrfaches leises *Plopp!*, das von schallgedämpften Handfeuerwaffen herrührte, deren Treffer durch ein lautes Klirren zertrümmerter Autofenster auf der anderen Straßenseite markiert wurden.

Kurt hechtete über die Motorhaube eines klassischen BMW 2002 und ging in Deckung, während der gut erhaltene Motor als Kugelfang für eine konzentrierte Zimmerflaksalve herhalten musste.

Beim Klang der einschlagenden Projektile rannten die wenigen Passanten, die um diese Zeit noch unterwegs waren, auf der Suche nach Deckung in Panik kreuz und quer über die Straße.

»Sie meinten doch, die würden nicht auf uns schießen«, sagte Emma vorwurfsvoll.

»Sie müssen sich für Plan B entschieden haben: sofortige Eliminierung der Zielpersonen.«

Um die Lage peilen zu können, ohne sich dem möglichen Treffer eines perfekt gezielten Schusses auszusetzen, brach Kurt den Seitenspiegel des Wagens ab. »Ein wahres Sakrileg«, flüsterte er, während er einen der von ihm hochgeschätzten Oldtimer rücksichtslos misshandelte.

Indem er den Spiegel als Periskop benutzte, sagte er: »Sie haben uns schon wieder in der Zange.«

»Können Sie die Zündung eines Wagens kurzschließen?«

»Nicht im Handumdrehen«, erwiderte Kurt. »Vor allem nicht, während auf mich geschossen wird.«

Er blickte die Straße entlang. Zwei Autobusse standen mit laufenden Motoren an einer menschenleeren Haltestelle vor der nächsten Straßenkreuzung. »Was halten Sie von öffentlichen Verkehrsmitteln?«

»Zur Not tun die es auch.«

»Mal sehen, ob sie uns mitnehmen«, sagte Kurt.

Sie verließen die Deckung des betagten BMW, überquerten den Rasen vor einer kleinen Kirche und rannten zu den wartenden Bussen.

»Igitt«, stieß Emma hervor, während sie zu Kurt aufholte.

»Was ist los?«, fragte Kurt.

»Nasses Gras und nackte Füße.«

Zumindest wurde sie nicht langsamer.

Sie erreichten die Haltestelle, als sich der erste Bus in Bewegung setzte. Kurt platzte durch die Tür, und Emma war dicht hinter ihm. Der Fahrer trat instinktiv auf die Bremse.

Kurt streckte sich, zerrte ihn vom Fahrersitz und rammte gleichzeitig den Fuß aufs Gaspedal. Der Dieselmotor heulte auf, und der Bus ruckte vorwärts und nahm Geschwindigkeit auf. Kurt packte das Lenkrad und steuerte nach links.

Hinter ihm hatte der Fahrer eine Dose Pfefferspray hervorgeholt und richtete sie auf ihn. Kurt schloss die Augen, wandte sich ab und behielt den Fuß auf dem Gaspedal. Eine heftige Bewegung folgte, dann ein dumpfer Laut. Als Kurt hochschaute, hatte Emma den Busfahrer entwaffnet, zu Boden gestoßen und ihm die Spraydose abgenommen.

»Gute Arbeit«, lobte Kurt.

Sie richtete die Düse auf das Gesicht des Fahrers und deutete zur Seite. Der Fahrer blickte in die Richtung, dann wich er zurück und ließ sich auf den ersten freien Sitzplatz sinken.

»No vamos a hacerle daño a nadie«, sagte Emma in fließendem Spanisch. *»Estamos trabajando para el gobierno.«*

Kurt konzentrierte sich auf den spärlichen Verkehr und lenkte den Bus in einem weiten Bogen in die nächste Seitenstraße. Die Passagiere verhielten sich vollkommen ruhig. Das Gemurmel unter ihnen verstummte zwar nicht, aber niemand machte Anstalten zu protestieren. »Was haben Sie ihnen erzählt?«

»Ich sagte, wir würden niemanden verletzen und dass wir für die Regierung arbeiten«, antwortete sie. »Im Prinzip stimmt es ja auch, wenn man es sich genau überlegt. Ich habe nur nicht erwähnt, für welche Regierung.«

»Das ist vollkommen in Ordnung«, sagte Kurt, kurbelte am großen Lenkrad und manövrierte den Bus die Straße hinunter. Das große Vehikel ließ sich überraschend leicht lenken, solange Kurt geradeaus fuhr. Wie es dem Fahrer gelang, enge Straßen mit Kopfsteinpflaster zu durchfahren, ohne geparkte Wagen und Hausecken zu touchieren, war Austin allerdings ein Rätsel.

Nach etwa anderthalb Kilometern erreichten sie die Außenbezirke von Las Peñas. Kurt schätzte, dass sie die chinesischen Agenten weit genug hinter sich zurückgelassen hatten. Er verlangsamte die Fahrt, lenkte den Bus an den Straßenrand und hielt nach einem geeigneten Parkplatz Ausschau.

Ein heftiger Stoß von hinten ließ seinen Kopf gegen die Nackenstütze des Fahrersitzes krachen und den Bus erzittern. Die Passagiere schrien auf, und mehrere wurden von ihren Sitzplätzen gefegt. Emma prallte gegen die Windschutzscheibe und fand nur mit Mühe ihr Gleichgewicht wieder.

Reflexartig Gas gebend, schaute Kurt in den Rückspiegel. Das Problem war offensichtlich: Ein zweiter Bus hatte sich mit gelöschten Scheinwerfern und hohem Tempo von hinten an sie angeschlichen und sie gerammt. Er machte gerade Anstalten, sich neben sie zu setzen. Kurt vollführte einen Schlenker, um ihm den Weg abzuschneiden, und dann beschleunigte er, aber sie schafften es nicht, den anderen Bus abzuhängen.

»Modelo nuevo«, rief der Busfahrer in Kurts Richtung. *»Más rápido.«*

Emma übersetzte. »Er sagt, dass der andere Bus ein neues Modell und viel schneller sei.«

»Das Wesentliche habe ich verstanden«, sagte Kurt und bemühte sich verzweifelt, den anderen Bus daran zu hindern, sich neben sie zu drängen.

Die beiden rollenden Ungetüme steigerten stetig ihr Tempo, donnerten durch die dunkle Straße und ließen die hell erleuchteten Boulevards des städtischen Vergnügungsviertels Las

Peñas hinter sich. Andere Wagen verließen fluchtartig die Fahrbahn, um ihnen Platz zu machen, und Kurt räumte an einem engeren Straßenabschnitt mehrere Zeitungsautomaten auf dem rechten Bürgersteig ab, aus denen hunderte Exemplare *El Telegrafo*, *El Universo* und *El Metro* in die Luft gewirbelt wurden.

Begleitet von einem empörten Hupkonzert rasten sie über eine Kreuzung und dann noch weiter auf einen nahezu vollkommen verlassenen Abschnitt der Straße zu, die nun den Hügel abwärts und hinaus zur Küste führte. Das Gaspedal bis aufs Bodenblech durchgetreten und bergab rollend, begann der Bus zu zittern und zu beben. Für solche Geschwindigkeiten war er nicht gebaut.

»Sie kommen wieder näher!« Emma stieß einen Warnruf aus.

Ein weiterer Rammstoß ihrer Verfolger schüttelte den Bus durch. Und ein dritter Angriff beförderte sie fast von der Straße.

Bemüht, den Bus unter Kontrolle zu behalten, musste Kurt Gas wegnehmen. Infolgedessen holte der andere Bus auf, erschien neben ihnen und vollführte einen Schlenker. Beide Busse kollidierten, Fenster gingen zu Bruch, und die Fahrgäste stießen Angstschreie aus. Einige warfen sich auf den Boden, andere begannen zu beten.

Im Fall eines direkten Schlagabtausches zog Kurt es vor, lieber der Austeilende anstatt der Empfänger zu sein. »Alle auf die linke Seite!«, befahl er.

Emma gab den Passagieren mit einer Geste zu verstehen, was Kurt von ihnen verlangte. Sobald sie ihre neuen Plätze eingenommen hatten, drehte er das Lenkrad nach rechts. Die Busse gingen erneut krachend auf Tuchfühlung, wichen dann auseinander, und das neuere Modell fiel zurück.

Auf einem längeren geradeaus verlaufenden Straßenabschnitt kam es jedoch wieder näher und auf gleiche Höhe. Diesmal warf Kurt einen Blick auf den gegnerischen Fahrer. Hinter dem Lenkrad saß der Chinese mit der blutigen Nase.

»Festhalten!«, warnte Kurt in Erwartung einer weiteren Kollision.

Anstatt sie zu rammen, kam der andere Fahrer nur dicht an sie heran und hielt diese Position. Über ihnen auf dem Dach erklang ein zweifaches dumpfes Poltern.

»Wir wurden geentert«, sagte Kurt.

Zwei Dellen erschienen direkt über ihm, und Kurt wusste, was als Nächstes geschehen würde. Er schlängelte sich aus dem Fahrersitz, während mehrere Löcher im Blech über seinem Kopf erschienen und ein Kugelregen den Fahrersessel und das Armaturenbrett, hinter dem er gethront hatte, perforierte.

Sich zu Boden werfend, hämmerte er die Handfläche auf das Bremspedal.

Die Luftdruckbremsen blockierten die Räder mit vollem Druck, und der Bus geriet ins Schlingern. Der Mann wurde vom Dach geschleudert und landete auf den Spitzen eines schmiedeeisernen Zauns. Mehrfach durchbohrt und aufgespießt, geriet er außer Sicht.

Kurt kehrte auf den Fahrersitz zurück, während sich ein zweiter Mann vom Dach herunterschwang, wobei er sich am Dachgepäckträger festhielt. Er drang von der Seite in den Bus ein, nachdem er die Tür mit einem Fußtritt geöffnet hatte, und wollte Kurt die Hände auf die Kehle legen.

Emma rammte ihm jedoch ein Knie gegen den Oberschenkel und vereitelte seinen Angriff. Er sackte zurück, und sie blendete ihn mit einer dichten Wolke Pfefferspray. Er schlug die Hände vor die Augen und rollte sich auf dem Boden zusammen. Mit einem Fußtritt beförderte Emma ihn durch die offene Tür nach draußen.

»Cambio excacto«, sagte sie.

Zu Kurts Überraschung klatschten die Fahrgäste Beifall.

»Abgezähltes Fahrgeld«, sagte sie. »Hatte er nicht. Deshalb musste ich ihn aus dem Bus werfen. Haben Sie verstanden?«

Während er den Bus durch eine lang gestreckte Kurve lenkte, lachte Kurt schallend. »An einem höflicheren Umgang mit den Kunden müssen Sie noch arbeiten. Aber ansonsten gut gemacht.«

Während der nächsten zwei Kilometer konnte Kurt einen sicheren Vorsprung vor dem anderen Bus halten, aber als die Straße wieder geradeaus verlief, holte sein Gegner erneut auf. Ein weiterer Rammstoß von hinten katapultierte sie beinahe über die Böschung, während die Lichter des Malecón und ein Verkehrsschild mit der Darstellung eines Bootes, das von einem Autoanhänger aus dem Wasser gezogen wird, an ihnen vorüberhuschte.

»Die Straße endet bald«, sagte Emma. »Für den Fall, dass es Ihnen nicht gelingt, diese Karre schwimmfähig zu machen, brauchen wir in Kürze eine Ausweichstrategie.«

»Geniale Idee«, sagte Kurt.

»Nein, das war sie eigentlich nicht«, widersprach sie.

»Im Ernst, wirklich genial«, erwiderte Kurt.

»Aber Busse können nicht schwimmen.«

»Genau!«

Kurt wurde nach der nächsten Kurve langsamer und zog nach links. Der andere Bus kam heran und benutzte vorschriftsmäßig die rechte Seite. Er tauchte neben ihnen auf und rammte sie. Dann ein zweites Mal. Kurt hielt seine Position und wartete ab, bis er die Einfahrt zur Bootsrampe sehen konnte.

Sofort lenkte er nach rechts. Die beiden Busse schrammten aneinander entlang; Blechteile rissen sich los und schleiften über den Straßenbelag.

Einen Funkenschweif hinter sich herziehend, näherten sich die Busse der Straßengabelung und der Bootsrampe.

Kurt versetzte dem gegnerischen Bus noch einen letzten Stoß und riss dann das Lenkrad nach links. Während sich die beiden Busse voneinander trennten, rollte das von dem chinesischen Agenten gesteuerte Fahrzeug die Bootsrampe hinunter. Der Fahrer blockierte zwar noch die Bremsen, aber der Bus geriet auf der nassen, abfallenden Fahrbahn ins Schlittern und rauschte in die Bucht. Eine Wasserwand wurde hochgeschleudert und überschüttete ihn. Als der Bus endgültig stehen blieb, war er bereits zu zwei Dritteln gesunken.

Kurt brachte sein Fahrzeug unter Kontrolle und folgte weiter der Straße. Nach knapp anderthalb Kilometern stoppte er an einer Haltestelle am Malecón.

Mehrere wartende Fahrgäste wichen fluchtartig zurück, als sie den ramponierten Zustand des Busses bemerkten. Während Kurt den Wagen ausrollen ließ, platzte einer der Vorderreifen, und der gesamte Bus legte sich auf die Seite. Geborstene Fenster und Teile der Innenverkleidung schwangen hin und her, während Glasscherben auf den Boden regneten. Als sich die Luftdruckbremsen zischend lösten, gab der alte Bus vollends den Geist auf.

Kurt öffnete die Tür und machte eine Handbewegung, als sei er der turnusmäßige Busfahrer, der seine Fahrgäste wie jeden Tag am Zielort zum Aussteigen aufforderte. »Willkommen auf dem Malecón. Achten Sie beim Aussteigen bitte auf die Stufen.«

Die Passagiere starrten ihn mit leerem oder verwirrtem Gesichtsausdruck an. »Eine zähe Truppe«, sagte er und wechselte die Inschrift im Sichtfenster zu *Sin Servicio – Außer Betrieb.*

Er und Emma verließen den Bus gemeinsam und schlenderten zu den Touristenscharen hinunter, die die Promenade bevölkerten.

»Meinen Sie, die kommen zurück?«, fragte Emma und schaute zur Bootsrampe hinüber.

»Heute nicht mehr«, sagte Kurt. »Wenn sie nicht ernsthaft verletzt sind, werden sie wahrscheinlich flüchten und sich verstecken, was wir ebenfalls tun sollten. Aber ich nehme an, dass uns Ihre Freunde bei der NSA aus jeder Klemme heraushauen können, in die wir geraten.«

»Ich denke, uns wird nichts passieren«, sagte sie. »Und wie war ich?«

»Nicht schlecht für eine Anfängerin«, sagte er.

»Nicht schlecht?«, fragte sie entgeistert. »Ich habe Sie immerhin vor einer Ladung Pfefferspray ins Gesicht bewahrt. Und ich habe den Kerl abgeschüttelt, der wie Tarzan persönlich unsere Ausflugskutsche entern wollte.«

Kurt lachte schallend, und sie tauchten in der Menschenmenge unter und schlugen die Richtung zu einem abgelegenen Abschnitt am Hafenpier ein.

»Okay, Sie waren richtig gut«, gab Kurt zu. »Aber lassen Sie sich das bloß nicht zu Kopfe steigen.«

»Ganz sicher nicht«, versprach sie. »Solange ich in Ihrem Bericht angemessen gewürdigt werde.«

»Ich werde Sie gut aussehen lassen«, sagte er, »was nicht allzu schwierig sein dürfte. Aber wenn Sie auch noch ein goldenes Sternchen haben wollen, müssen Sie den Mut zu einem anderen Wagnis aufbringen. Und zwar zu etwas, an das auch nur zu denken für Ihre NSA-Kollegen einem Weltuntergang gleichkäme.«

Sie verengte die Augen zu Schlitzen und sah ihn misstrauisch und gespannt zugleich an. »Und das wäre …«

Kurt holte sein Smartphone hervor, las noch einmal Hiram Yaegers Nachricht und traf eine Entscheidung. »Wir müssen unsere eigene Ausrüstung stehlen und für einige Zeit sämtliche Dienstvorschriften vergessen.«

»War der Diebstahl eines öffentlichen Verkehrsmittels nicht schon aufregend genug für eine Nacht?«

»Wir werden beobachtet«, sagte er. »Die Bande, mit der wir heute Nacht aneinandergeraten sind, ist nicht der einzige Verein, mit dem wir uns herumschlagen müssen. Und unsere Probleme enden nicht, wenn wir auf offener See sind. Den wenigen Satellitenfotos nach zu urteilen, die ich mir vor dem Dinner ansehen konnte, sind bereits einige verdächtig aussehende Trawler dabei, die *Catalina* und unsere anderen Schiffe zu verfolgen.«

»Chinesische Spionagetrawler mit hohen Masten und einem Wald von Antennen«, sagte sie. »Darüber weiß ich längst Bescheid. Aber das alles ist bedeutungslos, wenn wir die *Nighthawk* finden und vom Meeresgrund heraufholen, bevor die Bergungsflotten unserer Gegner eintreffen.«

»Was wunderbar wäre, wenn sie dort zum Abholen bereitläge wie ein Teddybär in einer Schießbude. Ich habe jedoch Informationen bekommen, dass sie nicht in einem Stück herunterkam, wie

Ihre Leute es annehmen. Tatsächlich liegt sie wahrscheinlich in mehreren großen und tausend winzigen Bruchstücken im Teich.«

Sie verschränkte die Arme vor der Brust, und ihr in die Leere gerichteter Blick verriet, dass ihr etwas Wichtiges durch den Kopf ging. »Unsere Leute sind sich absolut sicher, dass die *Nighthawk* nicht auseinandergebrochen ist.«

»Und meine Leute verfügen über Audiosignale, aufgezeichnet von verschiedenen Unterwasserhorchposten, die einen Aufschlag um genau vier Minuten und siebzehn Sekunden, nachdem sie die *Nighthawk* verloren haben, registrieren konnten. Die einzelnen Klangsignaturen entsprechen einem Aufschlag mit hoher Geschwindigkeit, begleitet von Geräuschen im mittleren Frequenzbereich, die für die Erzeugung von Heißdampf typisch sind – was beim Eintauchen eines fast sechshundert Grad heißen Hitzeschildes in höchstens einundzwanzig Grad warmes Wasser zu erwarten ist. Anschließend aufgezeichnete Implosionen geringer Lautstärke lassen auf ein Wrack schließen, das unter dem Wasserdruck, der beim Absinken zunimmt, zerbricht.«

»Wo?«, fragte sie.

»Etwa fünfzig Meilen östlich der Galapagosinselkette«, sagte Kurt. »Genau im Zentrum Ihres Wahrscheinlichkeitstrichters.«

»Wie sicher sind Sie?«

»Sicher genug, um einen Karton Don Julio Tequila und eine Kiste echter kubanischer Zigarren zu riskieren«, sagte er. »Glauben Sie mir ruhig, diese Informationen sind nicht falsch. Unsere Überwasserhorchposten sind leistungsfähiger als das SOSUS-System der Navy, und unsere Computer und der Typ, der sie entwickelt und gebaut hat, sind … von der gleichen Machart.«

Zum ersten Mal reagierte sie verärgert. »Sie arbeiten für uns. Vergessen Sie das nicht.«

»Ganz bestimmt nicht«, sagte Kurt. »Aber was ist mit all den anderen, die für Sie arbeiten? Würden Sie darauf wetten, dass keiner von denen nebenbei noch irgendwelche Geschäfte macht?«

Ihrem Gesichtsausdruck war zu entnehmen, dass sie verstand, was er andeuten wollte. Sie presste die Lippen zusammen und starrte ihn mit funkelnden Augen an, und Kurt Austin fragte sich, ob Hurricane Emma jetzt kurz vor dem Ausbruch stand. »Worauf wollen Sie hinaus?«

»Wir sind erst seit sechs Stunden hier und wurden bereits verfolgt und angegriffen. Ein chinesischer Fischdampfer folgt der *Catalina*, die offiziell umfangreiche Untersuchungen in Verbindung mit einem Umweltschutzprojekt durchführt. So wie es aussieht, wissen die Chinesen über jeden unserer Schritte Bescheid, noch bevor wir ihn machen. Das sagt mir, dass es bei uns eine undichte Stelle gibt.«

»Sie muss nicht unbedingt bei der NSA sein«, wandte sie ein. »Wie können Sie sicher sein, dass innerhalb der NUMA kein Maulwurf sein Unwesen treibt?«

»Möglich wäre auch das«, gab er zu. »Deshalb informieren wir niemanden über unsere nächsten Schritte. Nicht die NUMA und auch nicht die NSA, einfach niemanden. Es ist der einzige Weg, um sicherzustellen, dass diese Informationen nicht im täglichen Briefing in Shanghai zur Sprache kommen.«

Sie sah ihm in die Augen. Nachdem sie sich seiner Logik angeschlossen hatte, war klar, wie es weitergehen musste. Ihr Mund verzog sich zu einem verschwörerischen Grinsen. »Okay«, sagte sie. »Vergessen wir die Dienstvorschriften. Ich muss zugeben, dass diese Vorstellung einen gewissen Reiz hat. Ich bin dabei.«

»Fantastisch«, sagte Kurt Austin. »Na gut … alles, was wir jetzt brauchen, sind ein Hubschrauber und ein Schiff, das groß genug ist, um es als Operationsbasis zu benutzen. Ein Schiff, auf dem sie uns niemals vermuten würden.«

9

An Bord des NUMA-Schiffes Catalina
Einhundert Meilen west-südwestlich von Guayaquil
22:00 Uhr

Das NUMA-Schiff *Catalina* folgte seinem nördlichen Kurs die ganze Nacht hindurch mit voller Kraft voraus. Bei knapp neunzig Metern Länge hatte die *Catalina* ein für ein Forschungsschiff ungewöhnlich schmales und schnittiges Profil, und sie meisterte die hohe Geschwindigkeit mit Leichtigkeit, pflügte elegant durch die Wellen und reagierte selbst auf schwerere Querseen nur mit einem leichten Rollen.

Gamay Trout registrierte dankbar die Stabilität des Schiffes, während sie von der Nachrichtenzentrale zur Kommandobrücke ging, um eine seltsame Nachricht zu überbringen.

Eins fünfundsiebzig groß und gertenschlank, hatte Gamay dunkelrotes Haar, dessen irisierender Schimmer je nach Lichteinfall ständig wechselte. Ihre wachen Augen und ihr lausbubenhaftes Lächeln ließen auf eine auch in ernsten Situationen stets vorhandene Unbeschwertheit schließen, die sie der Tatsache verdanken konnte, wie ein richtiger Junge aufgewachsen zu sein. Sie drückte sich stets direkt und präzise aus und ersparte sich jedes überflüssige Wort. Das war eine Kommunikationsweise, die, wie man ihr erklärt hatte, einen geordneten Geist voraussetzte, der sich durch besondere Wendigkeit auszeichnete.

Sie hatte ein untrügliches Gespür für die Dringlichkeit ihrer Arbeit. Dieses Gespür war bisher mit mehreren akademischen Graden belohnt worden, darunter auch ein Doktortitel in Meeresbiologie und ein Mastergrad in Meeresarchäologie.

Die meisten Männer fanden sie attraktiv, allerdings nicht auf eine oberflächliche Weise, die im Laufe der Zeit nachließ. Je mehr Zeit sie in ihrer Gegenwart verbrachten, desto nachhaltiger war der Eindruck, den sie auf sie machte, was zum Teil daran lag, dass sie ihnen das Gefühl vermittelte, nicht unter dem Zwang zu stehen, sich vor ihr beweisen oder sie beeindrucken zu müssen. Es war eine besondere Gabe, auf die sie nun zurückgriff, während sie sich der Kommandobrücke mit einer Anweisung näherte, die soeben von Kurt Austin übermittelt worden war.

Sie lächelte, als sie die Brücke betrat und Ed Callahan, den Kapitän der *Catalina*, seinen Ersten Offizier – oder kurz XO – sowie ihren Mann, Paul, neben dem Radargerät in ein Gespräch vertieft sah.

»Guten Abend«, sagte Callahan. »Tut mir leid, dass ich Paul so lange hier festgehalten habe. Wir unterhalten uns gerade darüber, was möglicherweise die Ursache sein könnte, weshalb wir unsere Pläne ändern mussten. Die Tatsache, dass wir von einer Studie abgezogen wurden, an deren Vorbereitung wir fünf Monate gearbeitet haben, stößt einigen wichtigen Leuten sauer auf.«

Sie hob eine Augenbraue zur Andeutung eines Stirnrunzelns. »Ihr hechelt hier den neuesten Büroklatsch durch, und ich soll nicht daran beteiligt sein? Schämt euch.«

»Es ist wirklich unentschuldbar«, gab Callahan schuldbewusst zu. »Betrachten Sie es als offizielle Einladung, sich unserem Kreis anzuschließen.«

Der Kapitän machte ihr Platz, und sie schob sich neben ihren Ehemann. Paul, der mit seinen fast zwei Metern Körpergröße jeden der Anwesenden überragte, machte einen vollkommen gelassenen Eindruck. Gamay hatte ihn in der Scripps Institution of Oceanography kennengelernt, wo er gerade im Begriff gewesen war, in Meereswissenschaften zu promovieren. Sie hatten kurz danach geheiratet und waren seitdem unzertrennlich. Nachdem sie gemeinsam zur NUMA gestoßen und am selben Tag ins Special-Projects-Team aufgenommen worden waren, kam das Gerücht auf, dass ihre Arbeitsverträge einen Passus enthielten, der ihnen garantierte, dass sie ständig zusammenarbeiten und ein autonomes Team im Team bilden durften.

»Haben Sie irgendeine Idee, was hier los ist?«, fragte Callahan.

»Nicht die geringste, aber …«

Paul Trout, stets die Stimme der Vernunft, ergriff das Wort. »Ich habe schon immer gesagt, dass man mit Überraschungen rechnen muss, wenn Kurt beteiligt ist. Wobei ich allerdings sicher bin, dass es nichts allzu Verrücktes sein wird.«

Gamay machte einen tiefen Atemzug. »Da wär ich mir nicht so sicher.«

Callahan bemerkte das Schriftstück in ihrer Hand. »Haben Sie etwas für mich?«

Sie reichte Callahan die ausgedruckte Nachricht und erläuterte die Anweisung so undramatisch wie möglich.

Sein Tonfall änderte sich augenblicklich. »Sie wollen, dass wir *was* tun?«

»Unser bestes Tauchboot zu Wasser und sich selbst überlassen – und dann unsere Fahrt fortsetzen«, wiederholte Gamay.

Callahan sah Paul hilfesuchend an. Paul hob beide Hände, als wollte er sagen, dass er damit nichts zu tun habe.

»Aber das ist doch absurd, wenn man es genau betrachtet«, sagte Callahan. Er war seit zwei Jahren bei der NUMA und hatte vorher in der Navy gedient und danach in der Handelsmarine gearbeitet. Er hatte schon des Öfteren seltsame und sogar fragwürdige Befehle ausführen müssen, aber dieser hier übertraf tatsächlich alles, was ihm bisher begegnet war. »Die *Angler* ist eine Dreißig-Millionen-Dollar-Maschine«, rief er jedem der Umstehenden ins Gedächtnis. »Sie ist kein altersschwacher Rosteimer, den man so mir nichts, dir nichts dem Meeresgott opfern kann.«

»Hat sich irgendjemand dazu geäußert, weshalb diese Aktion durchgeführt werden soll?«, fragte Paul. »Können wir das Boot möglicherweise von der Steuer absetzen?«

Gamay schüttelte den Kopf und las den Befehl Wort für Wort laut vor. »Per Kurt Austin, Direktor Special Projects. Handlungsanweisung. Tauchfahrzeug NSV-2 (*Angler*) im Schutz der Dunkelheit unbemannt zu Wasser lassen. Alle Systeme aufladen und Tauchtiefe auf 100 Fuß festsetzen. Autopiloten für Auftauchsequenz zwei Stunden nach Start programmieren. Unmittelbar nach Start der *Angler* soll *Catalina* Kurs nach Osten in Richtung Guaya-Mündung ändern, dort Position beziehen und auf weitere Befehle warten. Es ist davon auszugehen, dass die *Catalina* beobachtet wird. Daher sollte der Start der *Angler* so unauffällig wie möglich erfolgen. Vollzogenen Start der *Angler* nicht der NUMA-Zentrale melden. Außerdem muss jeder Verweis auf diesen Befehl auf den standardmäßigen Funkkanälen unterbleiben.«

»Können wir wirklich sicher sein, dass diese Depesche von Kurt gesendet wurde?«, fragte Callahan.

Gamay nickte. »Als ich um eine Bestätigung bat, erhielt ich als Antwort: *Achtet darauf, dass der Deckel fest verschraubt ist und die Sitzpolster nicht nass werden.*«

Paul lachte. »Das ist typisch Kurt.«

Der XO war noch nicht überzeugt. »Vielleicht sollten wir trotzdem Rudi Gunn um Bestätigung bitten. Nur um auf Nummer sicher zu gehen.«

Gamay schüttelte den Kopf. »Verlassen Sie sich ruhig auf mich. Ganz gleich, ob Sie sich an Rudi Gunn, Direktor Pitt oder Vizepräsident Sandecker persönlich wenden, Sie würden von allen ohnehin nur die gleiche Antwort erhalten: *Wenn es das ist, was Kurt sich wünscht, dann soll Kurt es auch bekommen.*«

Callahan warf einen Blick auf die Navigationskonsole und auf den Chronometer. Es war bereits kurz nach zweiundzwanzig Uhr. In einer Stunde würde der Mond aufgehen.

»Was du heute kannst besorgen, das verschiebe nicht auf morgen«, sagte er und wandte sich an den XO. »Lassen Sie Nachtsichtgeräte an die Männer verteilen und die Decksbeleuchtung löschen. Schlagen Sie im Betriebshandbuch nach und vergewissern Sie sich, dass die *Angler* nicht beschädigt wird, wenn wir sie bei unserer gegenwärtigen Geschwindigkeit über Bord gehen lassen. Anderenfalls müssen wir das Tempo drosseln, den Kurs ändern und können sie erst dann abwerfen.«

»Aye, aye, Sir«, sagte der XO. »Ich wage es kaum, mir vorzustellen, was sie als Nächstes von uns verlangen.«

»Das wird ganz bestimmt nicht verrückter sein als diese Operation«, erwiderte Callahan.

Weder Paul noch Gamay äußerten sich dazu, aber sie wechselten einen vielsagenden Blick. Wenn ihre Erfahrungen sie nicht allzu sehr täuschten, würde sich Callahans Einschätzung wahrscheinlich als falsch erweisen.

Während Gamay in die Nachrichtenzentrale zurückkehrte, schloss sich Paul der Deckmannschaft an, um den fliegenden Stapellauf – oder eher Abwurf – des Tauchfahrzeugs zu beaufsichtigen.

Auf dem Hecküberhang eines Schiffes zu arbeiten, das mit voller Kraft seinem Kurs folgte, war auch unter den günstigsten Umständen kein Zuckerschlecken. Bei Verdunklungsstatus und ausgerüstet mit Nachtsichtgeräten bot sich dem Betrachter ein surrealistisch anmutendes Szenario. Die Sicht war leicht verzerrt, und der Himmel erstrahlte im Licht tausender Sterne, die mit dem bloßen Auge nicht zu erkennen waren, während die See pechschwarz und kalt blieb.

Trotz dieser widrigen Umstände arbeitete die Mannschaft zügig und präzise, und Paul übernahm die Aufgabe, den schweren Kran zu bedienen.

Nachdem alle notwendigen Vorbereitungen abgeschlossen waren, trat der XO zu ihm. »Die Schnelllösehaken sind gesetzt. Sie können das gute Stück jetzt anheben. Soweit man sich auf die technischen Daten verlassen kann, dürfte der *Angler* bei dieser Geschwindigkeit ein Sturz ins Wasser nicht viel ausmachen.«

»Ich habe nichts anderes erwartet«, sagte Paul, »angesichts der Tatsache, dass Joe Zavala das Boot konstruiert und gebaut hat.«

Joe war ein hervorragender Ingenieur und neigte dazu, der Sicherheit seiner Schöpfungen besonderes Augenmerk zu schenken, indem er stets erheblich stabilere Bauweisen wählte, als sie im jeweiligen Fall nötig gewesen wären. Eine Gewohnheit, die NUMA-Teams schon bei mehr als einer Gelegenheit vor Katastrophen bewahrt hatte.

Knirschend erwachte der Kran zum Leben, und das weiß lackierte Tauchboot mit seinem breiten roten Streifen auf dem Rücken stieg vom Deck hoch. »Beim Absetzen müssen wir uns etwas einfallen lassen.«

»Warum?«

Paul deutete zur Reling. »Wenn Sie einen Blick über die Seite werfen, werden Sie sehen, dass der Sog die Bugwelle genau in unserer Position auf den Rumpf lenkt. Wenn wir die *Angler* senkrecht herablassen, könnte sie vom Sog erfasst und entweder gegen den Schiffsrumpf geworfen oder sogar in die Schrauben gezogen werden.«

Paul fuhr den Kranbalken auf seine maximale Länge aus und ließ ihn bis auf dreißig Grad in die Höhe steigen.

»Ich glaube nicht, dass damit viel gewonnen ist«, erklärte der XO. »Das Boot hängt zwar höher, aber auch näher am Rumpf.«

»Fliegenfischen gehört offenbar nicht zu Ihren Hobbys, oder?«, sagte Paul.

»Meinen Sie das ernst?«

Ohne darauf zu antworten, zog Paul den Kranbaum ein Stück ein und fuhr ihn wieder aus. Die *Angler* begann zum Schiff hin- und von ihm wegzupendeln, wobei sie immer weiter hinaus schwang, wenn Paul mit Hilfe der Kontrollen den Kranbaum auf seine volle Länge streckte.

»Ich weiß nicht, was Sie meinen«, sagte der XO.

»Vertrauen Sie mir«, sagte Paul und stimmte seine Manöver genau auf die Bewegungen des Tauchboots ab.

Mit einer Stablampe gab er einem der Deckhelfer ein Zeichen, der dann per Telefon die Kommandobrücke informierte. Mit dem Kapitän zusammen hatte Paul bereits einen Plan ausgeheckt. Sobald ihn der Anruf erreichte, würde Callahan die Propeller stoppen. Dreißig Sekunden später sollten sie wieder starten. Die Verringerung der Fahrtgeschwindigkeit wäre fast nicht wahrnehmbar. Aber da die Propeller nur noch im Leerlauf rotierten, würde sich das Wasser vor ihnen stauen, anstatt in sie hineingezogen zu werden.

Eine minimale Veränderung der Vibration des Schiffsrumpfs verriet Paul, dass die Propellerschaufeln in Segelstellung gedreht worden waren. Das Schiffsheck wurde leicht angehoben. Die Heckwelle schäumte nicht mehr.

Paul fuhr den Kranbaum abermals ein, und die *Angler* schwang wie ein vier Tonnen schweres Uhrenpendel auf sie zu. Der Kran ächzte, und der Baum bog sich fast unter der extremen Belastung, er war jedoch dafür konstruiert, das Dreifache seiner augenblicklichen Last zu tragen.

Paul wartete eine weitere Pendelbewegung ab und betätigte in dem Augenblick, als sich die *Angler* auf ihrer Auswärtsbahn befand, den Hebel, der die Schnelllösehaken entriegelte. Das stählerne Kranseil peitschte mit einem scharfen Knall durch die Luft, und das fischförmige Tauchboot flog hinaus, schien für einen Moment über dem Ozean zu schweben, ehe es senkrecht abstürzte.

Knapp zwanzig Meter vom Schiffsrumpf entfernt schlug es auf. Ein dumpfer Knall ertönte, und eine Wasserwand wurde hochgeschleudert und blieb hinter dem Schiff zurück.

Während die Gischtwolke herabsank und die Aufschlagzone hinter der *Catalina* verschwand, wurde das von den Maschinen erzeugte Vibrieren des Schiffsrumpfs stärker.

Der Erste Offizier hatte das Schauspiel mit einem vor Staunen geöffneten Mund verfolgt. »Sehr interessant. Verrückt, aber absolut eindrucksvoll.«

Paul grinste. »Dazu braucht man nicht mehr als ein lockeres Handgelenk. Wie beim Angeln.«

Sobald Paul den Kranbaum wieder eingefahren hatte, befand sich das Schiff bereits auf östlichem Kurs, und das mehrere Millionen teure Tauchboot, das sie abgeworfen und zurückgelassen hatten, war nicht mehr zu sehen.

Zwanzig Meilen hinter der *Catalina* stand eine Gestalt auf dem Oberdeck eines kleinen Schiffes, das als Fischkutter getarnt war. Obgleich sie nicht mehr als eins fünfundsechzig maß, war sie für eine Chinesin ungewöhnlich groß. Ihr schwarzes Haar fiel glatt auf ihre Schultern herab und war wie mit einem Lineal gezogen horizontal gestutzt. Ihre Augen waren fast genauso dunkel wie ihr Haar, und ihre hautenge Kleidung ließ die Konturen des durchtrainierten Körpers einer Langstreckenläuferin deutlich hervortreten. Ihr Name lautete Daiyu und bedeutete in Mandarin *Schwarze Jade*. Sie war achtundzwanzig Jahre alt und schon jetzt eine versierte und erfahrene Agentin des Ministeriums für Staatssicherheit. Außerdem war sie eins jener »Kinder, die nie geboren wurden«.

Es war ein widersinniger Euphemismus, mit dem sie und andere bedacht worden waren, die Opfer – oder vielleicht auch Nutznießer – der drastischen Bevölkerungspolitik Chinas waren. Infolge der berüchtigten »Ein-Kind«-Politik wurden die meisten Paare, die ein zweites Kind erwarteten, gedrängt, wenn nicht sogar gezwungen, Abtreibungen vornehmen zu lassen. Wenn sie gegen die staatlichen Vorschriften verstießen und die Schwangerschaft geheim hielten, mussten sie mit empfindlichen Strafen rechnen.

Als amtlichen Stellen in Guangdong zu Ohren kam, dass Daiyus Mutter zum zweiten Mal schwanger war, bestanden sie anfangs auf der üblichen Prozedur: Sie drohten mit einer Gefängnisstrafe wegen Volksverrats, sofern nicht in eine Abtreibung eingewilligt würde. Gnadengesuche trafen auf taube Ohren, bis ein geheimnisvoller Mann namens Zhang aus Peking mit amtlichen Papieren erschien und ihnen einen Ausweg zu einem sehr hohen Preis anbot.

Es war ein zweifelhafter Segen. Indem sie die Dokumente unterschrieben, wurde Daiyus Eltern die Geburt zwar gestattet, aber nur unter den schlimmsten vorstellbaren Bedingungen: Das Kind würde den Eltern im Alter von achtzehn Monaten weggenommen und anonym in einem Waisenhaus der Regierung aufgezogen werden.

In Ermangelung anderer Möglichkeiten hatten sich ihr Vater und ihre Mutter mit den Bedingungen schließlich einverstanden erklärt.

Ein Jahr später – sechs Monate früher als vereinbart – war Zhang in ihr Dorf zurückgekehrt und hatte Daiyu mitgenommen.

Man brachte sie ins Landesinnere zu einem Waisenhaus, das vom Militär betrieben wurde. Beobachter hätten es sicherlich als seltsam empfunden, dass sich vierschrötige Ausbilder und strenge Offiziere um Scharen kleiner Kinder kümmerten, aber das Waisenhaus stand in einem für die Öffentlichkeit nicht zugänglichen militärischen Sperrgebiet. Niemand gelangte dorthin, um beobachten zu können, was dort vor sich ging.

Daiyu wuchs unter Aufsicht des Militärs auf und erfuhr niemals den Namen ihrer leiblichen Eltern. Ihr wurde erklärt, sie sei etwas Besonderes. Ihre Mutter sei eine Athletin von Weltrang gewesen, die für China an den Olympischen Spielen teilgenommen hatte. Ihr Vater sei ebenfalls ein erfolgreicher Sportler und ein hochdekorierter Soldat. Nach seinem Militärdienst sei er einer der wichtigsten chinesischen Wissenschaftler geworden.

Ihr wurde erklärt, dass die speziellen Eigenschaften und Fähigkeiten ihrer Eltern der einzige Grund gewesen seien, dass ihre Geburt genehmigt wurde. In einem atheistischen Land war ihre Existenz ein Segen, der ihr vom Staat gewährt worden sei. Von Geburt an verdankten sie und die anderen dem Staat ihr Leben. Dieser Punkt wurde ihnen eingebläut, während sie von ihren Vorgesetzten ausgebildet wurden.

Mit zwanzig Jahren war Daiyu eine Meisterschützin. Außerdem beherrschte sie Überlebenstechniken, mittels derer sie sämtliche Möglichkeiten ihrer jeweiligen Umgebung zu nutzen verstand und zu einer absolut tödlichen Gegnerin im Kampf Mann gegen Mann wurde. Überdies war sie Elektronikexpertin und beherrschte fünf Sprachen fließend.

Weniger versiert war sie, was die subtileren Bereiche wie Charme und Täuschung betraf. Mit diesen rauen Kanten, die das Ministerium nicht abschleifen konnte, ganz gleich wie intensiv ihre Ausbilder auch auf sie einwirkten, wurde sie als aktive Agentin eingesetzt, anstatt in einer Botschaft als verdeckte Spionin tätig zu sein. Sie wurde vorwiegend mit Projekten betraut, bei denen ausgiebiger körperlicher Einsatz und tödliche Kampftechniken gefragt waren.

Nach einer Reihe von Missionen in Afrika und Europa wurde sie dann nach Südamerika versetzt, wo die chinesische politische Einflussnahme in Verbindung mit Investitionen ständig zunahm.

Nun, auf dem Oberdeck des Kutters stehend, blickte sie auf die Navigationslampen des NUMA-Schiffes, das sie verfolgten. Es war dunkel, und der Wind war eisig.

Der Mast, der hinter ihr in den nächtlichen Himmel ragte, trug eine Radarkuppel, mehrere Antennen und eine Batterie von Hochleistungskameras, die auf dem amerikanischen Schiff nach Dingen Ausschau hielten, die auf diese Entfernung kein menschliches Auge erkennen konnte.

Auf einem Videobildschirm in der Konsole links neben ihr erschien ein weißer Lichtfleck und verschwand sofort wieder. Für sie sah es wie eine Wasserfontäne aus, wie sie beim Eintauchen eines voluminösen Objekts entsteht. Aber sie wiederholte sich nicht, und alles andere auf dem Schiff erschien vollkommen normal.

»Bei den Amerikanern tut sich irgendetwas«, bemerkte sie.

Die Worte waren an einen Mann gerichtet, der im Dunkeln hinter ihr stand.

Jian Feng hatte eine stämmige, muskulöse Statur, ein breites Gesicht und kurzes schwarzes Haar. Abgesehen von seinem rechten Ohr, das Jahre zuvor bei einem Zweikampf teilweise abgerissen worden war, machte er einen vollkommen unauffälligen Eindruck.

Ebenfalls ein Mitglied der Gemeinschaft ungeborener Kinder, war Jian auf gewisse Weise ihr jüngerer Bruder. Ebenso wie sie war er dazu erzogen worden, dem Staat zu dienen. »Sie drehen«, sagte er.

»Sie drehen?«

»Schau aufs Radar.«

Daiyu konzentrierte sich auf einen anderen Bildschirm. Die

Amerikaner gingen tatsächlich auf Kurs nach Osten. »Das ergibt keinen Sinn. Das Suchgebiet befindet sich im Norden und Westen.«

»Vielleicht ist irgendetwas defekt«, sagte Jian. »Der nächste Hafen liegt östlich von hier.«

Daiyu konnte nur hoffen, dass das amerikanische Schiff mit einem technischen Problem zu kämpfen hatte. Vielleicht war dies auch die Ursache für den weißen Lichtblitz, den sie gesehen hatte. »Sie setzen ihre Fahrt mit voller Kraft fort«, stellte sie nach einem Blick auf die neuen Daten fest, die am unteren Rand des Radarschirms eingeblendet wurden. »Sie haben uns bemerkt.«

Jian schüttelte den Kopf. »Das glaube ich nicht.«

»Und warum nicht, Jian?«

»Wir liegen zu tief im Wasser, und unsere Signatur ist zu verschwommen. Das Schiff, das wir verfolgen, besitzt kein militärisches Radar, sondern nur eine Anlage zur Wetterbeobachtung. Bis auf das banale Geplapper, das anscheinend für die amerikanische Kultur typisch ist, gab es auch keinen Funkverkehr. Sie haben keine Ahnung von unserer Anwesenheit.«

Es gab noch andere Möglichkeiten, sie aufzuspüren. Daiyus Instinkt sagte ihr, dass die Amerikaner genau das getan hatten. Sie verzichtete aber darauf zu widersprechen und schaute stattdessen auf die Uhr. Ihre Wache war beendet. Sie hatte fast eine Stunde gedauert. Sie warf noch einen letzten Blick auf das amerikanische Schiff und machte dann kehrt, um ihr Quartier aufzusuchen.

Mit einem knappen Gutenachtwunsch überließ sie Jian seiner Ahnungslosigkeit, ging über das Deck des heruntergekommen erscheinenden Kutters und betrat durch eine Lukentür das Schiffsinnere.

Das ganze Schiff war schmutzig. Es stank nach Dieseltreibstoff und Fischinnereien – das waren jedoch Unannehmlichkeiten, denen sie kaum Beachtung schenkte. Nachdem sie das Ruderhaus durchquert hatte, betrat sie den Kontrollraum, wo hinter der Fassade des altersschwachen Fischdampfers ein modernes Kommandozentrum zum Vorschein kam, das aus zahlreichen flackernden Bildschirmen, Klimaanlage und einer Schar Techniker in Militäruniformen bestand, die hinter verschiedenen Steuerkonsolen saßen.

Sie überflog die jüngsten Meldungen und legte sie dann kommentarlos beiseite. Nur eine von ihnen war von Bedeutung: Die Agenten in Guayaquil hatten einen Tipp über den Amerikaner namens Austin erhalten. Etwas, das ihnen bei ihrem Einsatz hätte helfen sollen. Aber sie hatten weder Austin noch die – nach Daiyus Einschätzung – ziemlich unscheinbare Frau namens Townsend in ihre Gewalt bringen können.

»Rufen Sie General Zhang«, befahl sie dem Kommunikationsexperten. »Informieren Sie ihn über den neuen Kurs. Und wecken Sie mich, sobald sich irgendetwas ändert.«

Der Mann nickte, und Daiyu setzte den Weg zu ihrer Kabine fort.

Sie schloss die Tür und streifte ihre Oberbekleidung ab. Darunter kamen auf ihrem flachen Bauch eine Pistole in einem Holster, das um ihre Hüften geschlungen war, und mehrere Tätowierungen auf ihrem Rücken zum Vorschein.

Sie schob die Pistole unter das Kissen auf ihrem schmalen Bett, und dann legte sie das Holster auf ihre Kleider. Halb bekleidet baute sie sich vor dem fleckigen Spiegel auf und nahm ihre erste Position ein. Mit geradezu roboterhafter Präzision vollführte sie eine Reihe von Kampfkunstmanövern, die einfach nur schön, absolut ausgewogen, zugleich aber auch tödlich waren, sollten sie in einem Zweikampf gegen einen Gegner eingesetzt werden.

Während sie Position für Position durchging, veränderte sich die Farbe ihrer Tätowierungen im wechselnden Lichteinfall. Auf einem Schulterblatt trug sie das chinesische Symbol für Liebe, auf dem anderen das Symbol für Strafe. In der Mitte, auf ihrer Wirbelsäule, ein Paar aus ineinander verschlungenen schwarzen und weißen Zeichen – es war eine stilisierte Version des berühmten Yin- und Yang-Symbols.

In der chinesischen Mythologie waren Yin und Yang einander ergänzende Kräfte. Jede verfügte über Eigenschaften, die der anderen fehlten. Aber Daiyu lehnte diese Vorstellung ab. Für sie waren Yin und Yang Mächte, die miteinander im Widerstreit lagen. Yin würde Yang vernichten, wenn sich dazu die Gelegenheit böte, und Yang würde Yin töten, falls sie jemals gezielt aufeinanderträfen – denn das war es schließlich, was man von Gegensätzen erwartete. Deshalb hatte sie darauf bestanden, dass zwischen den beiden verschlungenen Symbolen eine nahezu unsichtbare Linie erhalten blieb. Ein Streifen ihrer eigenen natürlichen Hautfarbe war dort noch vorhanden, als wäre sie ein Puffer zwischen den beiden einander bekämpfenden Mächten und die einzige Barriere, die ihre Vernichtung verhinderte.

Während die Bewegungen und Manöver schneller und intensiver wurden, perlte Schweiß von ihrer Haut. Ein Tritt, eine Drehung, ein nach oben gerichteter Boxhieb mit der Faust, der einem Gegner das Genick brechen konnte. Ihr letztes Manöver war eine Körperdrehung und ein gerade ausgeführter Stoß mit der flachen Hand, der jeden Gegner augenblicklich getötet hätte. Sie verharrte einige Sekunden lang in dieser Position, wurde sich bewusst, dass sie ihr Spiegelbild ansah, und wandte sich dann ab.

Der Tanz war beendet. Sie befreite sich von ihrer restlichen Kleidung, warf sie in eine Ecke der Nasszelle ihrer Kabine und betrat die Dusche. Der Wasserstrahl, der anschließend auf sie herabprasselte, war eisig kalt.

10

Ecuador

Der verschlafene Flughafen an der Küste von Ecuador erschien um diese mitternächtliche Uhrzeit vollkommen verlassen. Ein Maschendrahtzaun mit Klingendrahtkrone und ein paar Scheinwerfer entlang der Grundstücksgrenze waren die einzigen Sicherheitsmaßnahmen. Gelegentlich erschien ein Wachmann in einem weißen Pick-up-Truck mit rotierender gelber Warnlampe auf dem Dach und fuhr Rollfeld und Startbahn ab. Aber das geschah eher aus Langeweile als aus irgendeinem anderen Grund.

»Nicht gerade Fort Knox«, stellte Emma fest. Sie saß hinter dem Lenkrad eines Wagens, den sie unter falschem Namen gemietet hatte.

»Was meinen Sie, weshalb ich gerade diesen Ort ausgesucht habe?«, erwiderte Kurt, stieg aus und ging zum Tor, das die Einfahrt versperrte. »Unter normalen Umständen gibt es hier nichts, das sich zu stehlen lohnen würde.«

Kurt stellte fest, dass das Tor nicht verriegelt war, und drückte es auf. Er winkte Emma hindurch, schloss es hinter ihr und stieg wieder in den Wagen ein. »Dort hinüber«, sagte er und deutete nach links.

Emma fuhr vorsichtig, da sie sich mit dem Mond als einziger Lichtquelle zufriedengeben musste, und hielt sich auf einer Seite des von Rissen durchzogenen Rollfeldes. Sie passierten einige kleine Flugzeuge – vorwiegend einmotorige Cessnas und Pipers –, die am Rand der Rampe geparkt waren. Dem Unkraut nach zu urteilen, das zwischen ihren Rädern wucherte, waren einige der Maschinen seit Wochen – wenn nicht gar seit Monaten – nicht mehr vom Fleck bewegt worden.

»Woher kennen Sie diesen Platz eigentlich?«, wollte Emma wissen.

Kurt deutete auf die andere Seite der Startbahn. »Hinter dem Zaun dahinten rollen die Wellen des Pazifik mit uhrwerkartiger Regelmäßigkeit auf den Strand. Dies ist einer der besseren Surfplätze von ganz Südamerika. Ich wollte in ein paar Monaten, wenn die Saison anfängt, für ein paar Tage herkommen.«

Sie fuhren weiter, rollten an einem kleinen Hangar vorbei und hielten neben einem riesigen orangefarbenen Helikopter an, der eher wie ein gigantisches mutiertes Insekt als wie eine von Menschenhand geschaffene Maschine aussah.

Der Hubschrauber ruhte auf spinnenartigen gespreizten Beinen. Wie die Flügel einer schlafenden Libelle hingen seine überlangen Rotorflügel an den Enden herab. Ein schlankes, spitzes Heck bohrte sich hinter ihm in die Dunkelheit, während sein wichtiger, runder Kopf sich zum Boden herabneigte und ihm das Aussehen einer grasenden Heuschrecke verlieh.

Der Erickson-Air-Crane war eine modernisierte Version des berühmten Sikorsky Skycrane. Er war einundzwanzigeinhalb Meter lang, besaß einen großen sechsflügeligen Hauptrotor und wurde von zwei Pratt-&-Whitney-Wellenturbinen angetrieben. Er konnte fünf Insassen und zehn Tonnen Nutzlast bewegen. Die meisten Maschinen wurden eingesetzt, um schwere Lasten zu Orten zu befördern, die für Lastwagen unerreichbar waren, oder um Waldbrände zu bekämpfen. Seine Fähigkeit, Schwergewichte zu tragen, und seine präzise Manövrierfähigkeit erlaubten ihm, tonnenweise Wasser oder Flammschutzmittel auf Berggipfeln, in Schluchten und an anderen räumlich begrenzten Orten abzuladen, wo herkömmliche Löschflugzeuge nicht eingesetzt werden konnten.

Seit Erickson die Produktion übernommen hatte, wurde jeder neu gebaute Helikopter mit einem eigenen Namen versehen. Ein Hubschrauber namens *Elvis* bekämpfte Wald- und Steppenbrände in Australien. Ein anderer namens *Jaws* transportierte Ersatzteile zu Ölbohrinseln im Golf von Mexiko. Die Maschine, die vor ihnen auf dem Rollfeld stand, trug den Namen *Merlin* und war am Bug mit der Karikatur eines Zauberers verziert worden.

Während Emma neben dem Hubschrauber parkte, flammte die Cockpitbeleuchtung auf, und eine Gestalt kletterte durch die Seitentür heraus.

»Wurde auch Zeit, dass ihr kommt«, sagte Joe Zavala. »Das muss Hurricane Emma sein.«

Emma sah Kurt argwöhnisch von der Seite an, dann schüttelte sie Joes Hand. »Ich wurde gerade zu einem Tropengewitter heruntergestuft. Aber bringen Sie mich nicht in Rage.«

»Zur Kenntnis genommen«, sagte Joe. »Wollen Sie nicht einsteigen?«

»Ich dachte, wir hätten noch einiges einzuladen«, sagte Kurt. »Konntest du alles beschaffen, was auf der Liste stand?«

»Natürlich«, antwortete Joe. »Ich habe es in den hinteren Frachtbehälter gepackt. Wir verfügen außerdem über einen Abwurftank mit Reservetreibstoff.«

Er deutete auf zwei Behälter, die am Heckausleger befestigt waren: Der Frachtbehälter war schwarz und hatte die Aerodynamik eines Ziegelsteins; der Abwurftank war schlank und spitz zulaufend und glich einer orangefarbenen Bombe.

»Bist du jemandem vom Sicherheitsdienst begegnet?«

»Natürlich«, sagte Joe. »Was glaubst du denn, wer mir geholfen hat, diesen ganzen Kram einzuladen?«

Kurt lachte. »Joe hat eine ganz besondere Technik, andere Leute um den Finger zu wickeln«, sagte er zu Emma Townsend. »Er wurde einmal wegen zu schnellen Fahrens angehalten, und anstatt einen Strafzettel zu bekommen, wurde er mit Polizeieskorte zu einem Konzert der Boston Pops gebracht.«

»Ich hatte mich zu einer Verabredung verspätet«, erklärte Joe Zavala. »Der Polizeibeamte war sehr verständnisvoll.«

Kurt sah auf die Uhr. »Hier wird es aber auch langsam spät. Wir sollten starten, wenn ihr bereit seid.«

Sie bestiegen den Air-Crane durch eine Tür im hinteren Teil des Cockpits. Um dorthin zu gelangen, mussten sie unter dem

Rumpf hindurchgehen, der die Ausmaße einer kleinen Brücke hatte. Selbst bei aufrechter Haltung betrug der Abstand zum Rückgrat der Maschine über ihren Köpfen mehr als einen Meter.

Joe Zavala nahm in dem erstaunlich engen Cockpit den Pilotensessel ein und begann schon, die vor dem Start obligatorische Checkliste durchzugehen. Er hatte fast eintausend Flugstunden in Hubschraubern verschiedenen Typs hinter sich, aber dies war das erste Mal, dass er eine Maschine dieser Größe lenkte.

»Bist du sicher, dass du weißt, wie man ein solches Ungetüm fliegt?«, fragte Kurt.

»Mehr oder weniger sind alle gleich«, erwiderte Joe.

»Es ist das *weniger*, das mir Sorge macht.«

»Vertrau mir«, sagte Joe. »Hab ich dich jemals hängen lassen?«

»Darauf gebe ich lieber keine Antwort«, antwortete Kurt Austin.

Er setzte sich in den Kopilotensessel und schnallte sich an, während Emma sich in den dritten Sitz direkt hinter ihnen sinken ließ. Nachdem Joe die Positionen der Checkliste abgehakt hatte, schaltete er die Navigationslichter ein, und ein flackernder roter Lichtschein erhellte die Dunkelheit. Er drückte auf den Starterknopf. Die Rotorflügel über ihren Köpfen setzten sich träge in Bewegung. Sekunden später erwachten die Maschinen mit einem kehligen Husten.

»Willkommen an Bord von Zavala Flug 251 ins Nirgendwo«, sagte Joe. »Bitte klappen Sie Ihre Ablagetabletts in senkrechte Position.«

»Sollten wir uns nicht noch beim Tower abmelden?«, fragte Kurt.

»Das Personal ist schon vor einer Stunde nach Hause gegangen«, erwiderte Joe.

»In diesem Fall würde ich behaupten: Du hast Starterlaubnis.«

Joe gab Vollgas und zog den Collective, der den Auftrieb steuerte, behutsam und stetig nach hinten. Das auf den Rädern lastende Gewicht verringerte sich, und der Helikopter rollte schon vorwärts. Dann hob er vom Boden ab und drehte in den Wind.

Beschleunigend und aufsteigend lenkte Joe den Air-Crane in Richtung Ozean. Sie überquerten den Strand und gewannen über dem Pazifik an Höhe.

Eine Stunde später näherten sie sich dem Punkt, an dem die *Catalina* das Tauchboot abgeworfen hatte.

»Ich hab's«, sagte Kurt, während er durch ein Nachtsichtfernglas schaute. »Zwei Meilen voraus, zehn Grad nach rechts. Es tanzt auf den Wellen. Genau dort, wo es sein soll.«

Ein gedämpftes Licht – nicht heller als eine Stablampe – markierte die Einstiegsluke der *Angler*. Durch das Nachtsichtgerät erschien es wie eine Magnesiumfackel.

»Ich sehe es«, bestätigte Joe, brachte den Helikopter auf zwanzig Meter herunter und ging genau über dem Tauchboot in Schwebeflug.

Kurt legte das Nachtsichtfernglas beiseite und verließ seinen Platz. Er schlängelte sich an Emma vorbei zu einem Sessel am hinteren Ende des Cockpits, der von einer transparenten Plexiglaskuppel umgeben war und an die Position eines Heckschützen in einem Bomber aus dem Zweiten Weltkrieg erinnerte.

Diese Station des Kranführers gestattete einen ungehinderten Blick auf den Bereich hinter und unter dem Air-Crane. Nach Betätigung eines Schalters flammten mehrere Suchscheinwerfer auf und erhellten die Zone direkt unter dem Hubschrauber. Das weiße Tauchboot mit dem breiten roten Rückenstreifen lag tief im Wasser und war von einem kreisförmigen Wellenmuster umgeben, das durch den Abwind der Air-Crane-Rotoren erzeugt wurde.

»Zehn Fuß zurück!«, rief Kurt.

»Verstanden«, antwortete Joe und korrigierte entsprechend die Position des Helikopters.

Nachdem er über ein Armaturenbrett die Winde aktiviert hatte, löste Kurt per Knopfdruck einen massiven Stahlhaken und ließ ihn zur *Angler* hinab. Sein Ziel war eine Stange, die zu einem Gerüst auf der Oberseite des Tauchbootrumpfes gehörte, das dem Überrollkäfig eines Geländewagens ähnelte. Der breite rote Streifen auf der Oberseite des Tauchboots markierte die Position des Heberings.

»Fünf Fuß nach rechts«, sagte Kurt. »Zwei vorwärts.«

Während Joe den Air-Crane in Position manövrierte, unternahm Kurt mehrere Versuche, die *Angler* an den Haken zu nehmen, aber dieses Unterfangen war nicht so einfach, wie es auf den ersten Blick aussah. Wenn das Tauchboot im falschen Moment vom Wellengang angehoben wurde, konnte es ein, dass der Haken gegen seinen Rumpf prallte. Befand sich das Boot in einem Wellental, schwang der Haken hin und her und verfehlte den Ring, der wegtauchte wie ein Boxer, wenn er einem Schlag seines Gegners ausweicht.

Kurt zog ernsthaft in Erwägung, seinen Platz zu verlassen und den Haken von Hand zu platzieren, als ein sattes Klicken und die plötzliche Spannung des Windenseils ihm meldeten, dass er seine Beute geschnappt hatte.

»Erwischt«, sagte er und holte so viel Seil ein, dass es bei jeder Wellenbewegung straff gespannt blieb. »Ich lasse das zweite Seil hinunter.«

Das zweite Seil wurde nicht am Tauchboot befestigt. Es war bereits mit dem ersten Seil und einem Haltepunkt unweit des Bugs verbunden. Es diente lediglich als Hilfe, um die Last zu fixieren und zu verhindern, dass sie im Abwind des Rotors hin und her geworfen wurde.

»Zweites Seil eingeklinkt.«

»Dann hoch damit«, sagte Joe. »Nicht dass man der NUMA vorwirft, sie würde den Ozean als Müllkippe missbrauchen.«

Kurt schaltete die Winde ein, und das geflochtene Stahlseil straffte sich. Die Last des vier Tonnen schweren Tauchboots machte sich sofort bemerkbar, und der Helikopter sackte um mehrere Fuß ab, ehe Joe den Auftrieb entsprechend steigerte. Während der Motorenlärm deutlich zunahm, ließ die *Angler* den Pazifik unter sich zurück und befand sich wenig später sicher an Ort und Stelle dicht unter dem Rumpf des *Merlin*.

»Einzigartig«, staunte Emma. »Niemand soll behaupten, dass die Männer der NUMA es nicht immer wieder schaffen, einen zu überraschen.«

»Das ist nun mal unser Tagesgeschäft«, erwiderte Joe mit einem Unterton gespielter Verwegenheit in der Stimme.

Kurt überprüfte ein letztes Mal die Kontrollen der Winde und drehte sich halb zur Pilotenkanzel um. »Auf geht's.«

Joe lenkte den Air-Crane abermals vorwärts, nahm Tempo auf und gewann an Flughöhe – nur diesmal um einiges langsamer – und nahm Kurs auf ihr nächstes Ziel.

»Wie weit ist es bis zum Schiff?«, fragte Joe.

Emma kontrollierte das GPS-Gerät, das sie mittlerweile eingeschaltet hatte. »Neunzig Meilen.«

»Damit bleibt uns genügend Zeit, um unser Verkaufsgespräch einzustudieren«, sagte Kurt.

»Haben Sie sich schon überlegt, was Sie denen erzählen wollen?«

»Ich dachte, ich appelliere an das universellste aller Begehren.«

»Ich glaube kaum, dass uns Liebe in diesem Fall weiterhelfen wird«, sagte Joe skeptisch.

»Ich dachte an das andere universelle Begehren«, sagte Kurt. »Geld. Jeder möchte reich sein.«

»Aber wir haben kein Geld, das wir ihnen anbieten können«, gab Emma zu bedenken.

Kurt nickte. »Wer sagt, dass es aus unserer eigenen Tasche kommen soll?«

Emma und Joe sahen ihn fragend an, aber Kurt äußerte sich nicht weiter dazu. Er musste sich noch überlegen, wie er die Angelegenheit am besten in Angriff nahm.

11

MS Reunion
Kühlfrachtschiff
Unterwegs von Chile nach San Diego

Die MS *Reunion* hatte sämtliche Lichter gesetzt, während sie mit elf Knoten nach Norden dampfte. Derart beleuchtet war das Schiff meilenweit zu sehen. Es war wie ein Leuchtfeuer in der dunklen Weite des Ozeans.

Nach einer kurzen Unterhaltung mit der Nachtwache der *Reunion* wurde dem Air-Crane erlaubt zu landen. Joe peilte den erhöhten Teller in Bugnähe an und setzte mit dem Hubschrauber genau im Zentrum seiner kreisrunden gelben Umrandung auf.

Einer der Offiziere des Schiffes beobachtete die Landung und konnte nicht anders, als vom Können des Piloten beeindruckt zu sein, zumal an Spielraum auf beiden Seiten nicht mehr als drei Meter zur Verfügung standen – und sich nur ein halber Meter zwischen dem Helipad und dem Boden von dem befand, was immer die orangefarbene Maschine unter ihrem Rumpf trug.

Nachdem *Merlin* an seinem Platz festgezurrt war, geleitete der Offizier die Neuankömmlinge zur Kommandobrücke und hatte Mühe, den Blick von der attraktiven brünetten Frau zu lösen.

Es kam nicht besonders oft vor, dass sich weibliche Gäste an Bord des Schiffes aufhielten, und er konnte sich kaum erinnern, jemals eine derart bezaubernde Besucherin gesehen zu haben.

Auf der hell erleuchteten Kommandobrücke machte man sich miteinander bekannt und tauschte Höflichkeiten aus. Dass der Kapitän der *Reunion* Amerikaner war, spielte ihnen in die Hände. Dass er mitten in der Nacht geweckt wurde, sprach eher gegen sie, aber das ließ sich nicht mehr ändern.

Kapitän Buck Kamphausen erschien in Boxershorts und T-Shirt sowie einem Jackett, das er sich über die Schultern geworfen hatte, auf der Kommandobrücke. Er maß knapp eins neunzig und hatte einen mit zahlreichen grauen Strähnen durchsetzten braunen Bart. Außerdem trug er eine Brille mit rechteckigen Gläsern, die er ständig auf seiner Nase zurechtrückte, wodurch er Gelegenheit hatte, Emma verstohlene Blicke zuzuwerfen.

Kamphausen war ein umgänglicher Zeitgenosse; er kannte die NUMA gut und betrachtete sich als einer ihrer Fans. Im Laufe ihrer Unterhaltung erweckte er den Eindruck, als sei er mit allem einverstanden, solange Emma versprach, lange genug an Bord zu bleiben, um mit ihm zu dinieren.

»Für uns wäre es ideal«, fasste Kurt zusammen, »wenn wir Ihr Schiff für einige Tage als schwimmende Basis benutzten könnten.«

Kamphausen kraulte seinen Bart. »Zu welchem Zweck?«

»Darüber darf ich nicht sprechen«, erwiderte Kurt.

Kamphausens Verhalten veränderte sich schlagartig. »Mal sehen, ob ich das Ganze richtig verstehe«, sagte er barsch. »Sie landen mitten in der Nacht auf meinem Schiff und bringen Gott wer weiß was mit an Bord; und dann verlangen Sie von mir, den Kurs zu ändern, ein technisches Problem zu simulieren und möglicherweise meinen Liefertermin platzen zu lassen – aber Sie wollen mir nicht verraten, welche Absichten Sie verfolgen. Und Sie erklären nicht genau, in was ich am Ende verwickelt bin.«

»Ich weiß, dass das ein wenig seltsam klingt«, gab Kurt zu.

»›Absolut verrückt‹ würde es besser treffen.«

»Die Sache ist die«, sagte Kurt und bemühte sich, konzentriert zu bleiben, »wir – und mit *wir* meine ich die Regierung der Vereinigten Staaten – können dafür sorgen, dass es sich für Sie lohnt.«

»Das tut es aber ganz sicher nicht, wenn ich gefeuert oder zum einfachen Matrosen degradiert werde«, erklärte der Kapitän.

»Was am Ende herauskommen wird, weiß ich natürlich nicht«, sagte Kurt. »Es hängt davon ab, wie viel wir bergen können.«

Ein Ausdruck von Interesse erschien in der Miene des Kapitäns. »Bergen?«

Kurt nickte.

Kamphausens Augen verengten sich. Er schob seine Brille ein weiteres Mal zurecht und fixierte Kurt. »Sprechen Sie weiter.«

»Sie kennen die NUMA«, sagte Kurt. »Und Sie kennen unsere Aktivitäten. Wir suchen nach Objekten, die auf dem Meeresgrund liegen. Auch auf die Gefahr hin, zu viel zu verraten: Dieses Gebilde, das unter dem Hubschrauber hängt, ist ein U-Boot, das eigens dafür konstruiert wurde, Dinge zu suchen, die extrem wertvoll sind.«

In diesem Punkt hielt er sich zwar nicht allzu genau an die Tatsachen, aber es musste so aussehen, als ob er sich seiner Sache vollkommen sicher sei.

»Und in diesem Fall geht es um etwas, das die Regierung der Vereinigten Staaten unbedingt finden will«, fügte Emma hinzu.

Kurt räusperte sich, um die Aufmerksamkeit und den Blick des Kapitäns wieder auf sich zu lenken. »Nach meiner Erfahrung können die Geldbeträge, die fällig werden, wenn man der Regierung behilflich ist, beträchtlich sein …«

»Wenn ich mich richtig erinnere«, schaltete Joe sich ein, »erhielt jeder, der uns bei der Suche nach dem verschollenen U-Boot geholfen hat, einen prozentualen Anteil der Diamanten, die wir bargen, oder, wenn man es vorzog, den entsprechenden Wert in bar.«

»Diamanten?«, fragte Kamphausen.

»Nur bei dieser speziellen Mission«, schränkte Kurt ein.

»Einen prozentualen Anteil?«, fragte der Erste Offizier begierig. »Wie hoch?«

»Wie zur Zeit der Piraten«, sagte Joe. »Einen Anteil für jedes Mannschaftsmitglied, zwei Anteile für Unteroffiziere, drei Anteile für Offiziere und vier Anteile für den Kapitän.«

Kurt bestätigte Joes Stegreiferklärung mit einem beifälligen Kopfnicken, als beschriebe er damit die gängige Praxis. Kapitän Kamphausen und der Erste Offizier wechselten einen vielsagenden Blick.

Emma ergriff das Wort, um ihr Anliegen noch schmackhafter zu machen. »Wie man in Regierungskreisen sagt, eine Milliarde hier, eine Milliarde dort, und auf den Helfer wartet ein warmer Regen. Bei solchen Summen reicht schon ein kleiner Anteil aus, um sich ein Sommerhaus auf Tahiti zu kaufen.«

»Aber Sie können uns nicht verraten, was das … ist, das Sie suchen«, wiederholte der Kapitän.

Kurt schüttelte den Kopf. »Das kann ich nicht. Aber überlegen Sie sich Folgendes: Wären wir hier, mitten in der Nacht, und bäten Sie um Hilfe, wenn es nicht um etwas äußerst Wichtiges ginge?«

Da er wusste, dass sein Plan am besten funktionierte, wenn die Mannschaft überzeugt war, das Richtige zu tun, hatte Kurt ihre Fantasie angekurbelt, bis eine Stimme der Vernunft ihre Träume von Reichtum und Luxus abrupt beendete.

»Einen Moment mal«, sagte jemand, der neu hinzugekommen war. »Ich bin auf dieser Fahrt der Frachtexperte. Wir haben frisches Obst geladen. Limonen, Äpfel, Orangen und Kiwis. Wenn wir uns um mehr als vier Tage verspäten, wird die Ladung zurückgewiesen. Meine Firma wird mehrere Millionen verlieren, und ich bin meinen Job los.«

Kurt sah Joe Zavala an. »Was denkst du?«

»Ich denke, das können wir schaffen«, sagte Joe.

Kurt nickte. »Wir brauchen nur zwei Tage«, sagte er und wandte sich an den Vertreter der Obstfirma. »Aber wenn wir länger als achtundvierzig Stunden aufgehalten werden, kauft die amerikanische Regierung die gesamte Ladung. Mit allem Drum und Dran.«

»Oder in diesem Fall Limonen, Äpfel und Orangen«, fügte Joe hinzu.

»Vergessen Sie die Kiwis nicht«, meinte der Firmenvertreter.

»Wie könnte ich?«

Der Kapitän strich sich durch den Bart. »Diamanten?«

»Das habe ich nicht gesagt«, rief Kurt allen Beteiligten in Erinnerung.

»Ganze Fässer voll«, sagte der Erste Offizier. »Ich hab es im Fernsehen gesehen.«

»Wir müssen das Ganze schriftlich festhalten und entsprechende Vereinbarungen aufsetzen«, erklärte der Kapitän.

Kurt deutete mit einem Kopfnicken auf Emma, als ob sie für derlei Dinge zuständig war.

»Natürlich«, nahm sie den Ball auf. »Außerdem müssen Verschwiegenheitserklärungen unterschrieben werden, und jegliche Funk- und Internetaktivitäten müssen unterbleiben, bis wir das Schiff wieder in Ihre alleinige Befehlsgewalt entlassen. Jede Verletzung dieser Vorschriften macht die Verpflichtung zur Zahlung eines Gewinnanteils hinfällig und hat außerdem ein Strafverfahren zur Folge.«

Emma machte plötzlich ihrem Namen alle Ehre, und es war, als wehe auf einmal ein eisiger Wind durch die Kommandobrücke. Er vermochte die euphorische Stimmung der Schiffsführung jedoch nicht zu dämpfen.

»Wir können das Ganze für zwei Tage unter der Decke halten«, meinte der Erste Offizier.

Der Frachtexperte der Obstfirma war nicht überzeugt. »Ich verlange, dass alles so schnell wie möglich schriftlich fixiert wird.«

»Ich rufe in Washington an und sorge dafür, dass die Papiere gleich morgen früh vorbereitet werden«, versprach Kurt.

Kamphausens Miene verzog sich zu einem zufriedenen Grinsen, und dann streckte er Kurt eine Hand entgegen. »Ich habe mir schon immer gewünscht, ein solches Abenteuer zu erleben.«

»Wenn frühere Unternehmungen dieser Art als Hinweis dienen können, bekommen Sie am Ende mehr, als Sie sich erhofft haben«, prophezeite Kurt. »In der Zwischenzeit sollten wir schnellstens an die Arbeit gehen. Zuerst muss der Kurs geändert werden.«

Der Kapitän schaute sich noch einmal in der Kommandobrücke um, als schwante ihm, dass er gerade die verrückteste Entscheidung seines Lebens getroffen hatte. Sein Blick fiel auf den orangefarbenen Helikopter, der auf dem Deck seines Schiffes stand, und auf das Hightech-U-Boot unter seinem Rumpf, und er rief sich alles in Erinnerung, was er über die NUMA wusste. »Steuermann«, rief er. »Gehen Sie auf einen neuen Kurs.«

»Und welchen?«

Kamphausen wandte sich an Kurt. »Das erfahren Sie von unseren neuen Partnern.«

12

Kurt nannte dem Rudergänger einen neuen Kurs, und das Schiff schwenkte nach Nordwesten. Im Interesse der absoluten Geheimhaltung hatte Kurt den AIS-Peilsender ausschalten lassen, damit ihre aktuelle Position nicht automatisch dem Satellitensystem gemeldet wurde, das alle seefahrenden Schiffe rund um den Globus überwachte. Danach kehrte er aufs Oberdeck zurück und benutzte ein verschlüsseltes Satellitentelefon, um Rudi Gunn anzurufen.

Rudi hielt sich noch immer in Guayaquil auf und suchte Kontakt zu den politischen Kreisen dort, und zwar in der Hoffnung, bei den ecuadorianischen Streitkräften Unterstützung zu finden, ohne offenbaren zu müssen, weshalb er um sie bat. Obwohl dort längst Mitternacht war, meldete sich Rudi bereits nach dem zweiten Klingeln. »Irgendwann sollten Sie mich mal während der üblichen Bürostunden anrufen«, knurrte er ungehalten.

»Dies sind übliche Bürostunden«, entgegnete Kurt Austin. »Die NUMA schläft nie.«

»Die NUMA nicht, aber ich«, sagte Rudi. »Was kann ich für Sie tun, mein armer, unter Schlaflosigkeit leidender Freund?«

»Ich wollte Ihnen nur ein Update geben«, sagte Kurt. »Ich habe Ecuador verlassen, Joe und Emma sind jetzt bei mir, aber erwähnen Sie dies in keinem Bericht. Die Chinesen haben überall Agenten, und wir sind uns nicht sicher, was die NSA betrifft. Möglich, dass auch dort ein Maulwurf sitzt.«

»Na super«, sagte Rudi. »Vielleicht sollte ich anfangen, Ihnen falsche Informationen zu senden.«

»Das wäre keine schlechte Idee«, sagte Kurt. »Auf jeden Fall sind wir auf uns allein gestellt. Und wir werden uns für eine ganze Weile nicht melden.«

»Warum rufen Sie mich an?«

»Damit Sie sich keine Sorgen machen«, sagte Kurt so gefühlvoll wie möglich.

»Wo sind Sie?«

»Auf einem Kühlfrachter. Aber schenken Sie sich die Mühe, uns zu suchen. Vorübergehend sind wir unsichtbar.«

Kurt hörte etwas, das wie eine Bewegung klang, und danach ein leises Klicken. Er stellte sich vor, wie Rudi seine Bettdecke zurückschlug, sich aufrichtete und die Nachttischlampe anknipste. Rudi Gunns Stimme klang schlagartig hellwach. »Haben Sie etwas gefunden?«

»Vielleicht«, antwortete Kurt.

»Verdammt«, knurrte Rudi. »Mit einer solchen Neuigkeit können Sie mich jederzeit wecken. Wie groß ist die Wahrscheinlichkeit?«

»Ziemlich groß. Holen Sie sich von Hiram die Details und halten Sie sich bereit. Sorgen Sie dafür, dass die restliche Flotte so weitermacht wie bisher. Je geschäftiger sie erscheint, desto geringer ist die Gefahr, dass jemand unser Verschwinden bemerkt. Vielleicht könntet ihr so tun, als wäret ihr auf etwas gestoßen. Es würde die Aufmerksamkeit in eure Richtung lenken.«

»Gute Idee. Ich leite etwas Entsprechendes in die Wege. Und schicke sogar einen Bericht an die NSA.«

»Ausgezeichnet«, sagte Kurt. Er war schon im Begriff, das Gespräch zu beenden und die Verbindung zu trennen, als ihm etwas einfiel. »Eine Sache noch … Falls Sie von der Malabar Shipping Line oder der Golden Fruit Company aus Valparaiso, Chile, angerufen werden sollten … Ich würde an Ihrer Stelle nicht sofort reagieren. Das ist dann wahrscheinlich nur ein Telefonverkäufer.«

Der düstere Unterton kehrte in Rudis Stimme zurück. »Möchte ich mehr darüber wissen?«

»Sagen wir so«, antwortete Kurt. »Wenn ich während der nächsten beiden Tage nicht finde, wonach wir suchen, brauchen Sie nicht zu befürchten, dass Ihnen die Limonen für Ihre Margaritas ausgehen.«

Rudi Gunn quittierte diese Information mit einem leisen Knurren und unterbrach die Verbindung. Kurt Austin schaltete das Telefon aus, wandte sich um und sah Emma auf sich zukommen.

»Die fressen Ihnen ja aus der Hand«, sagte sie. »Aber wie wollen Sie für das Schiff bezahlen? Ganz zu schweigen von der Fracht und der Piratenbeute, die Joe denen versprochen hat.«

Kurt zuckte die Achseln und steckte das Telefon in die Tasche. »Ich dachte, dazu könnten wir Ihr Spesenkonto benutzen. Ich habe schließlich das Abendessen übernommen, oder nicht?«

»Sehr lustig«, sagte sie. »Aber es war mein Ernst. Entweder gehen wir über die Planke, oder wir werden auf den Stufen des Kapitols gevierteilt.«

Kurt war anderer Meinung. »Zwischen hier und Malaysia, wo sich die Hauptverwaltung der Schifffahrtsgesellschaft befindet, gibt es eine Zeitdifferenz von zehn Stunden. Die Firma ist zurzeit geschlossen. Die Büros werden erst morgen früh, malaysische Ortszeit, wieder geöffnet. Dann wird es in D. C. längst dunkel sein, und die Telefone sind auf automatische Anrufbeantworter geschaltet. Angesichts dessen und bei dem üblichen Arbeitstempo der dortigen Bürokratie wird es mindestens eine ganze Woche dauern, ehe irgendjemand überhaupt damit anfängt, dieser Geschichte auf den Grund zu gehen. Bis dahin haben wir längst gefunden, was wir suchen.«

»Und wenn sich herausstellt, dass es keine Fässer voll ungeschliffener Diamanten sind?«

»Ich habe niemals von Diamanten gesprochen«, gab Kurt zurück.

»Nein, aber die Fracht, für die Sie sich verbürgt haben, ist fünfzig Millionen Dollar wert. Und der Wert des Schiffes dürfte doppelt so hoch sein.«

»Und wie viel hat die *Nighthawk* gekostet?«, fragte er. »Fünfzig *Milliarden*? Einhundert? Wie viel würde die NSA bezahlen, damit sie nicht in russische Hände fällt? Sie machen sich Sorgen wegen Pennys und vergessen die Tausenddollarscheine. Glauben

Sie mir, zu dem Zeitpunkt, wenn dies hier zu einem Problem wird, kennen wir die genaue Position der *Nighthawk* und haben die wichtigsten Teile des Flugzeugs sicher an Bord. Anstatt wegen der Kosten für dieses Schiff zu lamentieren, wird Ihnen jemand einen Orden an die Brust heften und Sie als Heldin und kühne Problemlöserin feiern und Kapitän Kamphausen und seinen Freunden ihr eigenes Schiff kaufen und eine Schar bildschöner Meerjungfrauen als Mannschaft noch drauflegen.«

Emma Townsend machte einen tiefen Atemzug und ließ den Blick über die dunkle See schweifen. »Sie sind wirklich verrückt«, flüsterte sie, ehe sie sich mit einem Lächeln zu ihm umdrehte. »Welche Büchse der Pandora haben Sie für mich geöffnet?«

»Das muss Ihre rebellische Natur sein«, erwiderte er mit einem Grinsen.

»Ich kann nur hoffen, dass Sie auch recht haben und wir nicht für den Rest unseres Lebens hinter einem Marktstand stehen und Obst verkaufen.«

»Es gibt sicher Schlimmeres«, sagte Kurt. »Aber vertrauen Sie mir. Alles wird gut ausgehen.«

13

NUMA-Schiff Catalina

Paul Trout vermutete, dass sich seine Frau einen Scherz mit ihm erlaubte, als sie die letzte Anweisung vorlas, die diesmal von Rudi Gunn stammte. Sie ergab genauso wenig Sinn wie die vorangegangene.

»Suchen Sie die angegebenen Koordinaten auf und bringen Sie auf einer von Norden nach Süden verlaufenden Linie in regelmäßigen Abständen Sonarbojen aus. Fahren Sie nach drei Stunden und siebenundzwanzig Minuten konzentrische Kreise. Etwa eine Stunde später kann der Kapitän die Maschinen stoppen. Danach treffen Sie offensichtliche Vorbereitungen für eine Tiefsee-Bergungsoperation inklusive des Einsatzes einiger ROVs. Verschlüsseln Sie Ihren Funkverkehr und setzen Sie die Bergungsmaßnahmen so lange fort, bis Sie weitere Anweisungen erhalten.«

»Was soll denn geborgen werden?«, fragte Paul.

»Das wird nicht mitgeteilt«, sagte Gamay. »Sondern nur, dass wir uns bemühen sollen, es überzeugend aussehen zu lassen.«

»Mit was?«, fragte er weiter. »Wir haben doch gerade unser einziges bemanntes Tauchboot über die Reling gehievt.«

»Ich nehme an, wir müssen improvisieren«, gab Gamay zurück.

Paul schüttelte den Kopf. »Wie heißt es bei Lord Tennyson: ›Es steht uns nicht an. Zu fragen warum‹«, sagte er. »Überbringen wir Callahan die Neuigkeiten. Und hoffen wir, dass ihm nicht der Schädel explodiert.«

Viertausend Meilen entfernt glaubte Konstantin Davidov, dass mit seinem Schädel genau dies jeden Augenblick geschehen würde. Er hatte fast einen ganzen Tag im Passagierabteil eines russischen Mi-14-Helikopters gesessen. Das große blau-grau lackierte Luftfahrzeug war das neueste mit höherer Reichweite ausgestattete Modell. Waffen und Panzerung waren entfernt und durch zwei voluminöse Reservetreibstofftanks ersetzt worden. Seine Piloten hatten den Hubschrauber *Brieftaube* getauft, weil er eingesetzt wurde, um Männer und Ausrüstung über weite Strecken zu transportieren. Die Bodenmannschaften nannten die Maschine dagegen *Tontaube*, weil sie so viel Treibstoff mit sich führte, dass sie massiv, schwer und träge war und ein leichtes Ziel abgab.

Alles, was Davidov wusste, war, dass neunzehn Stunden in einem solchen Flugzeug inklusive mehrerer Luftbetankungsmanöver als Folter zu bewerten waren und nach den Regeln der Genfer Konvention hätten verboten werden müssen.

Als die schwerfällige Maschine schließlich auf dem Oberdeck eines russischen Lenkwaffenkreuzers aufsetzte, sprang er fast aus seinem Sessel auf, um den Folterapparat so schnell wie möglich zu verlassen. Ohne auf eine ausdrückliche Erlaubnis zu warten, trat er durch die Tür hinaus in einen veritablen Wolkenbruch.

Das Wetter verschlechterte sich in allen Windrichtungen, während der Lenkwaffenkreuzer *Varyag* und mehrere andere Schiffe geradewegs in eine Sturmfront zwischen Hawaii und Südamerika hineinfuhren. Davidov machte es nicht das Geringste aus. Ein Schiff in einem Sturm der Kategorie fünf war einer weiteren Minute in diesem Ungetüm von Hubschrauber allemal vorzuziehen.

Während Matrosen den Mi-14 festzurrten, wurde Davidov ins Schiffsinnere geleitet und zu einer Kabine geführt. Als er geduscht und eine saubere Uniform angezogen hatte, stampfte das Schiff merklich. Er stellte fest, dass er sich am Geländer festhalten musste, um nicht aus dem Gleichgewicht zu geraten, während er durch den Korridor marschierte.

Er wurde durch den Offiziersbereich eskortiert und zum Quartier von Konteradmiral Sergei Borozdin gebracht, dessen

Tür von zwei Speznas-Soldaten bewacht wurde. Nachdem er sich ausgewiesen hatte, wurde er sofort eingelassen.

Borozdin saß hinter einem Schreibtisch und tat so, als bemerkte er von der Ankunft seines alten Freundes nichts. Es war ihr ganz besonderes Spiel. Die beiden Männer waren gemeinsam aufgestiegen, der eine bei der Marine, der andere im Parteiapparat – bei KGB, NKWD und im Konsulatsdienst. Mittlerweile trafen sie sich zwar viel seltener, aber wenn es zu einer Begegnung kam, dann floss der Alkohol.

Entgegen den stereotypen Wodka trinkenden Russen zogen beide Männer Scotch Whisky vor, insbesondere Single Malt aus dem schottischen Hochland, der mindestens fünfzehn Jahre alt sein musste.

Davidov hatte einen besonders edlen Tropfen mitgebracht. Er zeigte Borozdin die Flasche. »*Aberlour*«, sagte er. »Das ist Gälisch und heißt *Mund des plätschernden Bachs*. Er ist zwar nur zwölf Jahre alt, dafür wurde er aber in spanischen Sherryfässern gelagert.«

Borozdin betrachtete die Flasche beinahe ehrfürchtig. »Das ist das Mindeste, womit du dich dafür revanchieren konntest, dass du meine Flotte in diesen Wirbelsturm hineingeführt hast.«

Trotz der in barschem Ton hervorgestoßenen Worte war Borozdin erfreut. Lächelnd griff er nach zwei Gläsern und schenkte eine kleine Kostprobe ein. »Ich schwöre dir, Konstantin – würde Putin mir befehlen, Schottland mit einer Atombombe zu vernichten, ich würde mich weigern und das Risiko eingehen, dass das Erschießungskommando nicht danebenzielt.«

Davidov lachte schallend und füllte ihre beiden Gläser. Das Aroma war einzigartig, mit einem Hauch von Rosinen. Die ersten Schlucke waren himmlisch.

Sogar in diesem Augenblick glaubte Davidov hören zu können, wie die Rotorenblätter über seinem Kopf die Luft zerhackten, und zu spüren, wie sein Körper von der Nasenspitze bis zu den Füßen erzitterte. »Es ist schlimm, dass ausgerechnet jetzt so ein Unwetter heraufzieht«, sagte er, während sich die *Varyag* weit nach Steuerbord neigte.

Mit jeder schweren Dünung rollte das Schiff und tauchte mit dem Bug tief hinab und kam wieder hoch. Die Wellen trafen die Flotte von vorn, und sie wurden von Sekunde zu Sekunde heftiger.

»Würden wir nicht so weit zurückhängen«, sagte Borozdin, »würde ich den Sturm vorbeiziehen lassen und ihm folgen. Wir mussten bereits einen der Tender zurückschicken, weil der Sturm zwei seiner Luken beschädigte.«

Die *Varyag* führte eine Flotte von Bergungs- und Hilfsschiffen in das Suchgebiet. Sie war größer, breiter und schwerer als die anderen Schiffe. Infolgedessen kam sie mit den Wetterbedingungen weitaus besser zurecht.

»Wir müssen uns beeilen«, sagte Davidov. »Wenigstens bremst das Unwetter die Chinesen ebenfalls.«

»Aber was ist mit den Amerikanern?«, fragte Borozdin. »Sie sind doch unser eigentliches Problem. Dieser verdammte Zyklon hat nichts anderes getan, als ihnen zu helfen und unsere Pläne zu zerschlagen. Wenn er nicht aufgekommen wäre, hätten sie die *Nighthawk* nicht so frühzeitig zurückgeholt. Wir wären in der richtigen Position gewesen, um sie abzufangen, sobald sie vom Himmel fiel. Nun hält uns der Sturm sogar auf, während die Amerikaner bei gutem Wetter von Kalifornien aus nach Süden dampfen.«

»Ja«, sagte Davidov niedergeschlagen. »Ich weiß. Aber keine Sorge. Das spielt jetzt keine Rolle.«

Borozdin legte den Kopf auf die Seite und musterte seinen alten Freund argwöhnisch. »Warum nicht?«

»Es stimmt schon, dass dieser Zyklon den Amerikanern anscheinend hilft«, sagte Davidov grinsend. »Aber wir haben ein Typhoon in der Hinterhand.«

Es dauerte ein paar Sekunden, ehe Borozdin den Bezug herstellte. »Ein TK-17«, sagte er und nannte die Identifizierungsnummer des fraglichen Schiffes.

Davidov nickte. »Das U-Boot hat sich im Schutz des Unwetters angeschlichen und befindet sich schon fast in Position. Morgen um diese Zeit liegt die *Nighthawk* in seinem Frachtraum und ist nach Kamtschatka unterwegs. Die Chinesen und die Amerikaner werden niemals gewahr, dass wir sie und ihre wertvolle Ladung geschnappt haben. Sie werden weitersuchen … natürlich erfolglos.«

Borozdin nickte zufrieden, aber das Lächeln in seinem Gesicht verflog sehr schnell. »Weshalb rauschen wir dann mit voller Kraft mitten in einen Fünfer-Sturm hinein?«

»Um den Schein zu wahren«, sagte Davidov und leerte sein Glas Aberlour. »Er muss um jeden Preis erhalten bleiben. Andernfalls würden die Amerikaner und die Chinesen Verdacht schöpfen.«

Davidov schob sein leeres Glas zu Borozdin hinüber und wartete. Sein alter Freund zeigte grinsend die Zähne und spendierte großzügig eine zweite Portion des flüssigen Feuers. »Auf das Typhoon!«, sagte er und hob sein Glas.

Davidov folgte seinem Beispiel. »Auf das Typhoon.«

14

MS Reunion
Siebzig Meilen östlich der Galapagosinselkette

Kurt Austin stand auf der Steuerbordseite der Brückennock des zweihundert Meter langen Frachtschiffes und blickte durch ein starkes Fernglas. In der Ferne konnte er auf dem blauen Ozean vier rote Bootsrümpfe erkennen. Es waren Rettungsboote der *Reunion*, die für die Suche nach der *Nighthawk* umgerüstet worden waren.

Sich an Rudi Gunns Plan haltend, hatten sie vier Boote zu Wasser gelassen und in Formation nach Osten geschickt. In einem Abstand von jeweils zwei Meilen auf gleicher Höhe nebeneinander positioniert, deckte die kleine Flotte bei einer einzigen Überfahrt einen Streifen von acht Meilen Breite ab. Jedes der Boote zog ein Paar *Fische* hinter sich her: torpedoförmige Röhren, die mit der modernsten Sensortechnik im Ausrüstungskatalog der NUMA vollgestopft waren, darunter waren hochleistungsfähige Seitensonaremitter und ein hochempfindlicher Spezialdetektor für magnetische Metalllegierungen, den die NUMA erst kurz zuvor entwickelt hatte.

Die neuen Detektoren waren erheblich präziser als die alten Magnetometer, die lediglich eisenhaltige Substanzen aufspüren konnten. Laut Joes Versicherung konnten sie nicht nur identifizieren, welche Art von Legierung sie untersuchten, sondern auch, wo die Legierung hergestellt worden war sowie den Namen des diensthabenden Schichtführers während des Mischungsvorgangs.

Tatsache war, dass sie die technisch höchstentwickelte Ausrüstung der Welt benutzten und pro Stunde vierzig Quadratmeilen Meeresgrund absuchten. Diese Geschwindigkeit hatte Kurt zu der Prophezeiung verleitet, dass sie bis zum Mittag den verschollenen Flugkörper lokalisiert hätten, auch wenn sie nach dem halben Vormittag noch immer nichts gefunden hatten.

Während er eine wahre Engelsgeduld an den Tag legte, zumindest zu diesem Zeitpunkt, schaute Kurt zu Emma Townsend. Sie saß vor einem HD-Bildschirm und studierte die darauf übertragenen Ergebnisse. Während die vier Rettungsboote ihre Suchfahrten absolvierten, sendeten sie die Daten der Sonaremitter und anderer Instrumente zur *Reunion*, wo ein speziell darauf programmierter Laptop die Signale aller Sensoren verarbeitete und zu einem einzigen Bild zusammenfügte.

Dieses Bild bestand in einer umfassenden, detaillierten Darstellung des Meeresbodens, die weitaus schärfer war, als jedes standardmäßige Sonar sie liefern konnte. Die Qualitätssteigerung war vergleichbar mit dem Wechsel von einem alten Röhrenfernseher zu einem modernen HD-Display.

»Das ist unglaublich«, sagte Emma und bediente die Kontrollen, um verschiedene Bereiche des Bildes heranzuzoomen. »Kein Wunder, dass Steve Gowdy ausdrücklich verlangte, die NUMA hinzuzuziehen.«

Kurt ließ das Fernglas sinken und nahm neben ihr Platz. »Ich glaube eher, dass unsere Nähe und Verfügbarkeit mehr damit zu tun hatte als unsere Expertise. Wären die sieben armen Schwestern mit einem Fischerboot hier draußen gewesen, hätte er sie wahrscheinlich ebenfalls angeheuert.«

»Möglich«, sagte sie. »Aber für Sie spricht ganz sicher sehr viel mehr als Ihre Nähe zum Suchgebiet und Ihre kurzfristige Verfügbarkeit.«

Kurt akzeptierte das Kompliment kommentarlos, lehnte sich in seinem Sessel zurück und leistete ihr beim Betrachten des Bildschirms Gesellschaft. Er wusste, dass die Software alles aufspüren und hervorheben würde, das auf dem Meeresboden nichts zu suchen hatte, aber er wollte die Suche so intensiv wie möglich beaufsichtigen. Zum einen waren Computer nicht unfehlbar. Zum andern gab es, bis sie etwas aufgespürt hätten, nichts für sie zu tun.

Er streckte sich und bewegte den Kopf hin und her, um einen leichten Krampf in seinem Nacken zu lösen. Währenddessen kam Kapitän Kamphausen zu ihm herüber. Die Eintönigkeit der Suche zehrte offensichtlich auch an seinen Nerven. »Irgendwie hatte ich angenommen, dass die Jagd nach einem versunkenen Schatz ein wenig aufregender ist als dies hier.«

»Rasenmähen ist auch nicht eine meiner Lieblingsaktivitäten«, erwiderte Kurt. »Ich habe es als Kind nicht gemocht, und jetzt gefällt es mir auch keinen Deut besser.«

Der Kapitän lachte, ging zum Funkgerät und gab Anweisungen an seine Mannschaft. Unterdessen kam Joe Zavala herein, drei Tassen Kaffee balancierend. Eine stellte er vor Kurt auf die Konsole, die zweite reichte er Emma, und die dritte behielt er für sich. »Habt ihr schon was gefunden?«

»Nichts von Interesse«, sagte Kurt. »Das einzige aufregende Fundstück war ein alter Anker, der vor kurzem von einem Schiff heruntergefallen sein muss. Ansonsten gab es nichts als ein paar Lavaformationen, die aus der ozeanischen Einöde herausragten.«

»Das war zu erwarten«, sagte Joe. »Schließlich sind die Galapagosinseln vulkanischen Ursprungs.«

Kurt streckte die Hand nach der Kaffeetasse aus. Er prüfte vorsichtig die Temperatur, trank einige kleine Schlucke und schüttelte sich. »Wie viel Zucker hast du hineingetan?«

»Nur sieben Tütchen«, antwortete Joe.

»*Nur* sieben?«, erwiderte Kurt.

»Ich dachte mir, ein kleiner Zuckerschock würde dich ein wenig aufmöbeln.«

Kurt stellte die Tasse in einen Gefäßhalter am Rand der Konsole. »Wenn ich noch mehr von dem Zeug trinke, muss man mich in meinem Sessel festbinden, damit ich nicht herausspringe, als stünde ich unter Strom.«

Ehe Joe etwas darauf erwidern konnte, signalisierten ein leiser Summton und ein rotes Warnlicht auf dem Bildschirm, dass sie auf etwas Neues gestoßen waren.

»Was ist das?«, fragte Emma. Kurt beugte sich über die Konsole und benutzte ein Touchpad, um den markierten Bereich heranzuzoomen. »Ich weiß es noch nicht.«

Er veränderte den Blickwinkel und wartete ab, dass der Computer die Daten extrapolierte. Schon bald konnten sie die Fundstücke eingehender betrachten. Verteilt auf einer weiten Fläche lagen mehrere Objekte, und im Sediment des Meeresbodens waren einige kleine Krater und Schleifspuren zu erkennen.

»Sieht aus, als wäre da etwas von oben herabgeregnet«, äußerte Joe eine Vermutung.

Kurt nickte und warf einen Blick auf den Magnetometer. »Es ist nicht genau zu erkennen, was wir vor uns haben, aber es wurde definitiv von Menschenhand hergestellt.«

Emma war nicht so leicht zu überzeugen. »Wie können Sie sich dessen sicher sein? Ich sehe nichts außer ein paar Löchern im Meeresgrund.«

Kurt deutete auf die Anzeige des Metalldetektors. »Weil sich in diesen Löchern etwas befindet, das aus hochfestem rostfreiem Stahl und Magnesium besteht.«

Er betätigte eine Taste, und der Drucker erwachte aus seinem Stand-by-Modus und druckte das chemische Profil des fraglichen Bereichs aus. Es setzte sich aus etwa zwanzig Prozent Magnesium und fünfzig Prozent Aluminium mit geringeren Konzentrationen von Eisen und anderen Metallen zusammen.

Während die Boote ihrem Kurs folgten, veränderte sich das Aussehen des Meeresbodens allmählich. Weitere Objekte erschienen, aber sie waren zu klein und zu weit entfernt, um detailliert dargestellt zu werden.

»Kommen wir ein wenig näher heran?«, fragte Emma.

Kurt machte Anstalten, den Zoomfaktor zu verändern, als das Bild verschwamm und sich ein großer Teil des Bildschirms verdunkelte.

»Was ist passiert?«

»Offenbar ein Schatten«, sagte Joe hinter ihnen. »Das Seitensonar lenkt seinen Impuls in einem extrem flachen Winkel auf den Meeresboden, so ähnlich wie die Sonne, bevor sie hinter dem Horizont versinkt. Wenn etwas den Weg des Echos versperrt, entstehen lange Schatten, wie man sie häufig auf einer Straße am Spätnachmittag sehen kann.«

Kurt zoomte zurück, und ein vielfach gezacktes Gebilde erschien. Es war eine Rippe aus vulkanischem Material, die sich aus dem Meeresboden herauswölbte. Alles, was sich dahinter befand, war unsichtbar.

»Wir können die Boote umkehren und einen Scan aus einem anderen Blickwinkel ausführen lassen«, schlug Joe Zavala vor.

»Ich habe eine noch bessere Idee«, sagte Kurt. »Die Boote sollen weitermachen, bis sie den Rand der Suchzone erreichen, und dann können sie umkehren. Zur gleichen Zeit gehen wir in der *Angler* nach unten und sehen uns an, was wir gefunden haben. Falls es etwas Wichtiges ist, erhalten wir sofort Gewissheit, was es ist. Und wenn nicht, haben wir keine Zeit vergeudet, weil der Suchprozess inzwischen nicht unterbrochen wurde.«

»Das leuchtet ein«, gab Joe zu. »Und wir haben wieder was zu tun.«

Kurt grinste. »Sogar mein Wahnsinn hat Methode.«

»Hauptsache, du glaubst selbst daran«, witzelte Joe.

»Ich begleite Sie«, sagte Emma. »Wenn es sich als Müll entpuppt, dann dürfte er in ziemlich schlechtem Zustand sein: vorwiegend kleine Trümmerteile und zerfetzte und verbogene Fragmente. Ich bin die Einzige hier, die eindeutig identifizieren kann, auf was wir gestoßen sind.«

»Um das zu tun, brauchen Sie aber nicht zu tauchen«, sagte Kurt. »Ich schicke die Bilder nach oben, sodass Sie alles auf dem Monitor verfolgen können.«

»Ich sehe mir bestimmte Dinge lieber in natura an«, erwiderte sie. »Außerdem, wann bekomme ich noch einmal Gelegenheit, mit einem Hightech-U-Boot auf den Meeresboden zu tauchen?«

»Da hat die Lady nicht ganz unrecht«, sagte Joe.

Kurt hatte gegen die Gesellschaft nichts einzuwenden. »Okay«, sagte er. »Damit haben Sie ein Ticket für einen Ausflug auf den Grund des Ozeans.«

Zwanzig Minuten später saßen Kurt und Emma in den Pilotensesseln der *Angler*, während Joe das Boot mit dem Air-Crane vom Schiffsdeck anhob und in Richtung Zielgebiet trug.

Obwohl das Tauchboot sicher am Haken hing, geriet es unter dem Rumpf des orangefarbenen Hubschraubers in Schwingung.

»Ich glaube, ich bin froh, wenn wir im Wasser sind«, sagte Emma und schluckte krampfhaft. Sie war ein wenig blass um die Nase. »Wie weit ist es noch?«

»Wir nähern uns der Abwurfzone«, antwortete Joes Stimme über die Bordsprechanlage.

»Du meinst sicher den Punkt, an dem du uns sanft ins Meer hinablässt, oder?«, erwiderte Kurt.

»Natürlich«, bestätigte Joe. *»Ihr habt heute schon genug gelitten.«*

Während sie sich der Position näherten, bremste Joe den Hubschrauber ab, bis er auf der Stelle in der Luft stehen blieb, und brachte ihn bis dicht über die Wasseroberfläche hinunter. Gleichzeitig führte Kurt einen letzten Check durch, um sicherzugehen, dass die *Angler* wasserdicht verriegelt war und alle Systeme einwandfrei funktionierten.

»Bereit für unser Vollbad«, meldete Kurt.

»Verstanden«, erwiderte Joe.

Das Tauchboot sackte ruckartig ab, als das Tragseil von der Trommel abgerollt wurde. Der weitere Abstieg erfolgte glatt und gleichmäßig, dann tauchte es in die durchlaufende Dünung ein und stieg in den Wellen sanft auf und ab, als es von seinem eigenen Auftrieb getragen wurde.

Ein metallisches Klicken ertönte, als der Haken ausgeklinkt und das Seil eingeholt wurde.

»Entkoppelungssequenz abgeschlossen«, rief Joe. *»Jetzt seid ihr beiden euch selbst überlassen.«*

»Verstanden«, sagte Kurt. »Bringen Kommunikationsboje aus und beginnen Tauchsequenz. Wir sehen uns in zwei Stunden.«

Während Kurt die Ballasttanks flutete, kroch Meerwasser an der gewölbten Glasscheibe der Aussichtskuppel empor und füllte das Cockpit mit einem unwirklich blaugrünen Lichtschein. Sobald sie vollkommen untergetaucht waren, war von dem lauten Dröhnen der Helikoptermotoren nur noch ein dumpfes stakkatohaftes Pochen zu hören.

Kurt entlüftete die vorderen Tanks, und die Nase der *Angler* senkte sich abwärts, um die Fahrt des Tauchboots in die Tiefe einzuleiten. Es zog ein Glasfaserkabel, das an einer Schwimmboje befestigt war, hinter sich her. Die gesamte Funk- und Videokommunikation wurde durch dieses Kabel zum Schiff übertragen.

Das Wasser wurde dunkler, und die Neigung verstärkte sich, bis die Nase in einem Winkel von achtzig Grad in die Tiefe zeigte.

Obgleich sie angeschnallt war, stützte Emma reflexartig eine Hand auf das Armaturenbrett, um die Empfindung vornüberzufallen abzumildern. »Es ist so, als säßen wir in einer Achterbahn und hätten soeben die Spitze des Anlaufbergs überwunden.«

»Ich wollte Ihnen ein wenig Abwechslung bieten«, sagte Kurt.

»Ist es üblich, dass die *Angler* so steil abtaucht?«, fragte Emma Townsend.

»Im Prinzip ja«, sagte Kurt. »Das Boot ist kopflastig. Es wurde entsprechend konstruiert. Es taucht nahezu senkrecht ab. Auf diese Weise gelangen wir schneller in die Tiefe und sparen Energie und Sauerstoff.«

»Und müssen mit weniger Komfort zufrieden sein«, sagte sie, während der Sicherheitsgurt schmerzhaft in ihre Achselhöhlen einschnitt. »Wie schnell sind wir unterwegs?«

Kurt deutete auf den Tiefenmesser und ein digitales Zählwerk. »Etwa dreihundert Fuß pro Minute. Wir könnten noch schneller abtauchen, aber dies ist ein angenehmes, sicheres Tempo. Ich kann Ihnen versprechen, dass wir vollkommen sanft auf dem Meeresgrund aufsetzen.«

Das U-Boot drang weiter in die Tiefe vor. Abgesehen von einem seltsamen Knarren und Ächzen erstarben sämtliche Geräusche, die Welt außerhalb der Aussichtskuppel wurde schnell dunkler und wechselte von Meergrün zu Indigoblau und weiter zu einem tiefen Violett. Am Ende wurde das Boot von einer undurchdringlichen Schwärze umgeben.

Kurt dämpfte die Innenbeleuchtung, damit ihre Augen sich an die herrschenden Lichtverhältnisse anpassten, und schon bald reichte der Schimmer der Kontrolllampen und Anzeigeinstrumente auf dem Armaturenbrett aus, um sich im Innern des Tauchboots zurechtzufinden.

»Das Ganze ist ja richtig stimmungsvoll«, stellte Emma fest. »Fast wie Kerzenschein.«

»Und ich habe vergessen, eine Flasche Wein mitzubringen.«

»Meiner Meinung nach eine fast unentschuldbare Sünde«, erwiderte sie.

Während er den Tiefenmesser beobachtete, begann Kurt, die Lage des U-Boots zu trimmen. Mit Hilfe der Ballastkontrollen pumpte er Luft in die vorderen Tanks, sodass sich die Nase hob und die Sinkgeschwindigkeit gleichzeitig abnahm. »Wir nähern uns dem Meeresboden.«

»Wie wäre es, wenn wir die Terrassenbeleuchtung einschalteten?«

»Haben Sie Angst vor der Dunkelheit?«

»Nein. Ich habe nur die Befürchtung, in der Dunkelheit mit irgendwelchen Dingen zu kollidieren.«

Kurt reichte nach oben und betätigte mehrere Schalter über seinem Kopf. Eine Reihe Lampen an der Basis der *Angler* flammte auf. Anfangs erhellten sie nichts anderes als die Sedimentwolken, die an den Sichtfenstern vorbei nach oben stiegen.

Tatsächlich schwebten die Partikel reglos im Wasser oder sanken bestenfalls langsam auf den Meeresboden hinab, aber da die Tauchgeschwindigkeit der *Angler* erheblich höher war, erschienen die Sedimentpartikel wie Schneeflocken, die sich in die falsche Richtung bewegten.

Ein gelbes Licht begann zu blinken. *»Bodenkontakt, einhundert Fuß«*, meldete eine Computerstimme.

Kurt pumpte mehr Luft in die Tanks und bremste den Tauchvorgang stärker ab. Die graue Sedimentschicht auf dem Meeresboden wurde nach und nach im Lichtkegel unter ihnen sichtbar.

»Bodenkontakt, fünfzig Fuß«, sagte die Computerstimme.

»So viel zum Thema romantische Stimmung«, sagte er und suchte nach einer Möglichkeit, die künstliche Stimme abzuschalten. Er hatte noch nie etwas für sprechende Autos übriggehabt, und ein sprechendes Unterseeboot mochte er erst recht nicht.

»Bodenkontakt, dreißig Fuß«, sagte der Computer. *»Tauchsequenz gestoppt.«*

Sie hatten dreihundertfünf Meter Tauchtiefe erreicht.

Kurt betätigte die Sprechtaste des Funkgeräts. »Wir sind im Parterre angekommen«, gab er durch. »Nennt mir einen Kurs.«

Joes Stimme antwortete leicht verzerrt. »Das Ziel dürfte nicht mehr als dreihundert Meter von euch entfernt sein, und zwar in Richtung eins-fünf-null Grad.«

Kurt gab den Wert in den Bordcomputer ein, und das Trägheitsnavigationssystem der *Angler* übernahm die Steuerung. Die Batterien sorgten für die Energieversorgung, und kleine Druckstrahlruder an beiden Seiten des U-Boots wurden aktiv. Anstelle von Propellern am Heck, die ihnen ausschließlich eine Vorwärtsfahrt ermöglichten, besaß die *Angler* zwei kompakte Antriebsaggregate am Ende kurzer stummelförmiger Seitenflossen dicht vor dem Heck. Sie konnten nach vorn, nach hinten, nach oben oder nach unten gerichtet werden, sodass sich das U-Boot leicht und präzise in alle Richtungen dirigieren ließ.

In diesem Augenblick schoben sie das Gefährt über einen Teppich aus grauem Schlick, der sich unter ihnen ausbreitete: vollkommen unberührt wie ein schmutziges Schneefeld.

»Eintönig und trostlos«, sagte Emma, während sie ihre Umgebung durch ein Sichtfenster absuchte.

Zu sehen gab es nicht viel, keine farbenfrohen Korallenriffe, keine bunten Fischschwärme, nur gelegentliche Röhrenwürmer und bizarre Formationen vulkanischen Gesteins, die noch nicht unter dem »Schnee« des Ozeans begraben waren.

»Dieser Anblick erinnert mich immer an den Mond«, sagte Kurt, während er einen anderen Schalter betätigte und den Teleskoparm ausfuhr, der sich hinter der Beobachtungskuppel auf der Oberseite des Tauchboots in Ruhestellung befunden hatte.

»Was ist das?«, wollte Emma wissen.

»*Dies* ist der Grund, weshalb das U-Boot *Angler* genannt wird«, antwortete er. »Joe hat es nach dem Anglerfisch getauft. Ein wohlbekannter Bewohner der Tiefsee mit einer sehr speziellen Methode der Nahrungsbeschaffung.«

»Ich kenne diese Fische«, sagte Emma. »Sie locken andere Fische mit Hilfe einer leuchtenden Antenne in die Nähe ihres Mauls. Wenn ein kleinerer Fisch darauf hereinfällt, reißen sie ihr Maul auf und mampfen ihn runter.«

»Genau«, bestätigte Kurt. »Nur bin ich ziemlich sicher, dass Mampfen nicht der korrekte wissenschaftliche Begriff ist, den Meeresbiologen bei der Beschreibung dieser Jagdmethode benutzen.«

Sie lachte.

Draußen rastete der Ausleger mit einem gedämpften Klicken in seiner Endposition ein; die Spitze ragte nun etwa zwanzig Meter über die Nase des Tauchboots hinaus. Kurt legte einen Kippschalter um, und ein leises elektrisches Summen drang aus den Lautsprechern der Bordfunkanlage. Aber bis auf das Summen und eine nahezu unsichtbare Aura um den Ausleger herum war nichts Ungewöhnliches wahrzunehmen.

»Sieht so aus, als hätte jemand vergessen, die Glühbirnen auszuwechseln«, sagte Emma.

Kurt betätigte einen anderen Schalter, und zwei Kameras, die an einem der unteren Abschnitte des Teleskoparms befestigt waren, begannen aufzuzeichnen. Die Bilder wurden zu einem Flachbildschirm in der Mitte der Konsole zwischen den beiden Sitzen übertragen. Zu sehen war das Gelände, das sich mehrere hundert Meter weit vor ihnen erstreckte. Unebenheiten in der Sedimentschicht waren zu erkennen; hier und da ragte Vulkangestein vom Boden auf. Eine Tiefseekrabbe erzeugte einen weißen Lichtblitz und verschwand, als sie sich im Schlick eingrub.

Bei einem Blick durch die Plexiglaskuppel war für das nackte Auge nichts von alldem zu erkennen.

»Hochintensives Ultraviolettlicht«, erklärte Kurt Austin. »Es durchdringt Meerwasser weitaus besser als das Licht des sichtbaren Spektrums, aber da menschliche Augen UV-Frequenzen nicht wahrnehmen können …«

»… benutzen Sie Kameras zum Aufzeichnen«, beendete sie seinen Satz. »Die NUMA ist technisch offenbar absolut auf dem Laufenden.«

»Man findet sich damit in den Tauchtiefen, in denen die *Angler* gewöhnlich operiert, wesentlich besser zurecht«, sagte er. »Und falls Sie meinen, Sie seien ein wenig blass, ersetzt es einem auch noch einen Besuch im Sonnenstudio. Allerdings würde man sich in diesem Licht schon nach ein oder zwei Minuten einen schweren Sonnenbrand holen.«

Während sie ihre Fahrt über weitgehend vollkommen ebenen Untergrund fortsetzten, orientierten sie sich an dem, was ihnen der Bildschirm zeigte, und an dem, was sie durch das vordere gewölbte Fenster erkennen konnten. Als sie sich dem Ziel näherten, übernahm Kurt die manuelle Kontrolle des Tauchboots.

Das erste Fundstück, auf das sie stießen, war eine Metallplatte, die zerbeult und verbogen war. Auf dem Bildschirm war ein zweites Teil in der Nähe zu sehen. An seinem Rand befand sich ein Scharnier, und einige Drähte ringelten sich an der anderen Seite hoch.

Kurt manövrierte das Boot so in Position, dass sie die Trümmer im gewöhnlichen Scheinwerferlicht begutachten konnten.

»Sie hatten recht«, sagte Emma. »Ganz eindeutig von Menschenhand hergestellt.«

Kurt konzentrierte sich auf das erste Ziel und kompensierte mit Hilfe der Strahlruder die leichte Tiefenströmung. »Versuchen Sie doch mal, ob Sie es mit der Greifklaue erfassen können«, sagte er und deutete auf ein Paar Joysticks zwischen den Sitzen.

»Ich warne Sie«, entgegnete Emma Townsend. »Ich gewinne bei diesem Geschicklichkeitsspiel niemals etwas, wenn ich da auf dem Jahrmarkt mein Glück versuche.«

»Das schafft niemand«, tröstete er sie. »Deshalb sind die Stofftiere in diesen Glaskästen auch meistens mit einer dicken Staubschicht bedeckt.«

Probeweise bewegte Emma die zierlichen Hebel, die den Joysticks einer Fernsteuerung für batteriebetriebene Modellautos glichen. Indem sie die Hebel nach vorn drückte, fuhr sie einen stählernen Arm mit einem klauenähnlichen Greife an seinem Ende aus. Nachdem sie die Klaue direkt über eins der Fundstücke bugsiert hatte, zog sie die knapp anderthalb Meter lange und breite Metallplatte bereits beim ersten Versuch aus dem Schlick.

»Gut gemacht«, lobte Kurt.

»Was nun?«

»In die Tonne damit«, sagte er und deutete auf einen vier Meter langen Behälter an der Backbordseite der *Angler*.

Mit einer Drehung des Joysticks zog sie den Teleskoparm zurück und schwenkte ihn über den Behälter. »Gut so?«

Kurt nickte.

Sie drückte auf den Freigabeknopf, und die Metallplatte fiel aus der Klaue in den Behälter und schlug mit einem dumpfen Laut darin auf.

»Wenn Sie den Container gefüllt haben, gibt es an Steuerbord noch einen zweiten von der Sorte«, klärte Kurt sie auf. »Man kann sie abkoppeln und mit aufblasbaren Luftsäcken nach oben schicken, falls es nötig sein sollte. Wir können sie aber auch an Ort und Stelle belassen und als Handgepäck mitnehmen, wenn wir auftauchen.«

»Eine ausgezeichnete Vorrichtung, um den Meeresboden zu säubern«, sagte Emma.

Sie barg das zweite metallene Fundstück und stieß anschließend auf eine hydraulische Teleskopstrebe.

»Was halten Sie davon?«, fragte Kurt.

»Ich bin mir nicht sicher«, erwiderte sie. »Ich muss zugeben, dass diese Trümmer wie Teile eines Flugzeugs aussehen, aber ganz sicher bin ich mir nicht. Wir sollten weitersuchen.«

Kurt nickte und lenkte sie nach Süden, wobei er einer Spur von Kratzern und Schrammen im Sediment folgte.

»Könnten dies Aufschlagspuren sein?«, fragte Emma.

Kurt nickte. »Hier ist ein regelrechter Metallregen heruntergekommen. Die kleineren Bruchstücke sind eingesunken und haben diese Spuren hinterlassen. Nur die größeren oder diejenigen, die nicht so schnell sinken konnten, sind auf der Sedimentschicht liegen geblieben.«

»Dann dürfte dies ein Trümmerfeld sein, nicht wahr?«

Er nickte.

Emmas Miene wurde ernst. »Wenn das tatsächlich die *Nighthawk* ist, müssen wir die Kerneinheit finden. Dort verbirgt sich die gesamte Technologie, hinter der unsere Gegner her sind.«

Kurt schob den Fahrtregler nach vorn, korrigierte den Kurs und setzte die Suche fort. Sie passierten eine Ansammlung kleiner Trümmerteile und weiterer Schleifspuren im Schlick und hielten erst an, als sie ein zweites größeres Metallteil gefunden hatten, das wie zerrissenes und zerknülltes Papier aussah.

»Das gefällt mir gar nicht«, sagte Emma. »Es könnte zu einem Rumpfabschnitt gehören.«

»Seinem Zustand nach zu urteilen müsste der Aufprall auf die Wasseroberfläche mit hohem Tempo erfolgt sein«, sagte Kurt.

Sie schüttelte den Kopf. »Genau das hätte nicht passieren dürfen«, erwiderte sie. »Jede Simulation, die wir durchgespielt haben, ergab, dass der bordeigene Computer einwandfrei funktionierte. Demnach hätte er die *Nighthawk* während des Sinkflugs abfangen und die Fallschirme so auslösen müssen, dass sie sanft landete.«

Kurt hielt für einen Moment inne. Ihm kam es seltsam vor, wie unerschütterlich jeder Angehörige der NSA offenbar überzeugt war, dass der Flugkörper nicht zerschellt, sondern weitgehend unbeschädigt war. »Die Indizien sprechen eine andere Sprache«, sagte er, da er es leid war, ständig zu hören, *was nicht hätte passieren dürfen.*

»Die Kerneinheit *muss* noch intakt sein«, drängte Emma. »Suchen Sie weiter. Wir müssen sie finden.«

Nach Kurts Dafürhalten war dies reines Wunschdenken, aber er machte weiter und folgte dabei einem Zickzackmuster. Sobald er sich einen Überblick über Länge und Breite des Trümmerfeldes verschafft hatte, machten sie gute Fortschritte. Mehr und mehr Trümmer tauchten aus der Dunkelheit auf, und sie stoppten schließlich, nachdem sie mehrere große Bruchteile einer Flugzeugzelle sowie Kabelbündel und Reste einer Innenverkleidung, die in der Strömung hin und her schaukelten, sowie die Umrisse eines Rades entdeckt hatten, das immer noch mit einer hydraulisch gefederten Stütze verbunden war.

»Das gehört eindeutig zu einem Fahrwerk«, sagte Emma bedrückt.

Die Radnabe lag auf der Seite. Der Reifen war vollständig von der Felge heruntergefetzt worden, und die hydraulische Stütze war in einem Winkel von fünfundvierzig Grad verbogen. Dahinter lag ein gekrümmtes, feuergeschwärztes Blech, das wie eine abgerissene Rumpfplatte aussah.

»So viel zu der Frage, ob die Kerneinheit noch in einem Stück vorhanden ist«, sagte Kurt.

Darauf erwiderte Emma nichts. Sie starrte in die Dunkelheit. Ihr Gesichtsausdruck signalisierte Ärger und Verwirrung. Sie konzentrierte sich auf das Rad, betrachtete es mit zusammengekniffenen Augen, bis eine steile Falte auf ihrer Stirn erschien. »Können wir uns noch ein wenig näher herantasten?«

Kurt drückte behutsam gegen den Fahrtregler und brachte die *Angler* vorsichtig in die gewünschte Position, wobei er sich bemühte, möglichst wenig Schlick aufzuwirbeln.

Während sie auf das Rad zuglitten, das offenbar zum Stirnfahrwerk gehörte, rutschte Emma bis zur Sesselkante nach vorn. Ihre Miene entspannte sich. »Es ist zu groß«, entschied sie.

Kurt hatte es längst erkannt. »Wir können es kaum beim Auftauchen mitnehmen«, sagte er. »Aber wir können ein Seil daran befestigen und es mit der Winde ans Tageslicht hieven.«

»Nein.« Emma schüttelte den Kopf und wandte sich zu ihm um. »Es ist zu groß und stammt mit Sicherheit nicht von der *Nighthawk*. Um die Entwicklung des Flugkörpers zu beschleunigen, haben wir das Fahrwerk der kleineren X-37 verwendet. Dadurch gewannen wir mehr Platz im Inneren und konnten das Gewicht reduzieren, aber die *Nighthawk* sah damit ein wenig seltsam aus. Wie ein großer Hund mit zu kurzen Beinen.«

Sie deutete durch die Aussichtskuppel nach draußen. »Der Durchmesser dieses Rades ist zu groß. Und die Strebe ist zu lang, auch wenn ein Stück abgebrochen ist.«

»Wir sehen unsere Umgebung durch eine gekrümmte Glasscheibe«, gab Kurt zu bedenken. »Daher erscheint alles vergrößert.«

Emma ließ den Blick zwischen ihm und der Glaskuppel hin und her wandern. Aufmerksam begutachtete sie das einzelne Rad, dann wanderte ihr Blick weiter zu den Trümmern, die sich dahinter auf der grauen Sedimentschicht verteilten. »Es ist zu viel Schrott«, fügte sie hinzu. »Und zwar um einiges zu viel. Ich kann Ihnen versichern, das ist nicht die *Nighthawk*.«

»Was ist es dann?«

»Keine Ahnung«, gab sie zu. »Irgendein Flugzeug, das hier abgestürzt sein muss. Vielleicht sind es die Überreste der vermissten Maschine aus Malaysia. Vielleicht ein alter Militärtransporter, der hier vor Jahren ins Meer stürzte.«

Kurt schüttelte den Kopf. »Die Wrackteile sind vollkommen sauber und unberührt«, verwarf er Emma Townsends Theorie. »Sie sind noch … jung. Hätten diese Trümmer längere Zeit hier gelegen, wären sie verrostet und mit Meeresgetier bedeckt. Die kleinen Krater im Sediment, wo die einzelnen Teile aufschlugen, wären längst ausgefüllt, so wie Fußspuren nach einem Schneesturm. Außerdem haben wir gehört, wie dieses Flugzeug auf dem Wasser aufschlug – und zwar rund zwanzig Minuten nachdem Vandenberg den Kontakt mit der *Nighthawk* verloren hatte.«

»Ich glaube Ihnen ja«, sagte sie. »Aber Sie müssen mir ebenfalls glauben. Die Trümmer, die wir da draußen sehen, stammen nicht von unserem Flugkörper.«

Kurt hatte nichts von irgendwelchen Abstürzen in diesem Teil der Welt gehört. Aber es hatte wenig Sinn, ihr zu widersprechen. Er schaltete das Funkgerät ein. »*Reunion*, empfangen Sie alles einwandfrei?«

»Die Videoverbindung ist okay«, antwortete Joe Zavala. »Sieht so aus, als hättet ihr ins Schwarze getroffen.«

»Laut Aussage meiner Kopilotin trügt der Schein«, sagte Kurt Austin. »Ich sammle einige Trümmer ein, damit du sie inspizieren kannst; vielleicht hast du eine Idee, welchem Flugzeug sie zuzuordnen sind.«

»Klingt gut«, sagte Joe. »Versuch, etwas zu finden, das einen eindeutigen Hinweis auf seine Herkunft liefern könnte.«

Kurt hielt nach einem Trümmerteil Ausschau, mit dessen Hilfe sich Herkunft und Modell des Wracks bestimmen ließen. »Wie wäre es mit einer Leiterplatte?«, fragte er und deutete auf einige Drähte, die zu einer grünen Computerplatine führten.

»Gute Idee«, drang Joes Stimme aus dem Lautsprecher des Sprechfunkgeräts. »Anhand der Typenbezeichnung sollte man auf seine Herkunft schließen können.«

Kurt manövrierte die *Angler* in Position, schoss ein kurzes Stück darüber hinaus und schaltete dann den Antrieb aus, damit das Tauchboot langsam bis zum Zielobjekt zurücktrieb.

Mit ausgeschalteten Strahlrudern gab die *Angler* keinen Laut von sich. In der plötzlich herrschenden Stille bemerkte Kurt etwas, das ihm vorher nicht aufgefallen war: ein Vibrieren im Wasser ringsum. Es wurde von einem unterschwelligen Brummen begleitet, das aus größerer Entfernung zu ihnen drang.

Emma hörte es ebenfalls. »Was ist das?«

Kurt tippte auf ein Schiff. Er aktivierte das Funkgerät. »*Reunion*, habt ihr Fahrt aufgenommen?«

»Negativ«, antwortete Joe. »Wir haben gestoppt. Die halbe Mannschaft liegt auf dem Oberdeck und sonnt sich. Weshalb?«

»Seht ihr irgendwelchen Schiffsverkehr?«

Es dauerte einige Sekunden, ehe Joe sich wieder meldete. »Ebenfalls negativ. Nicht ein einziges Schiff lässt sich am Horizont blicken.«

Dennoch war Kurt überzeugt, dass sie eine Schiffsschraube hörten.

»Wenn es nicht an der Wasseroberfläche unterwegs ist …«, sagte Emma.

Sie brauchte den Satz nicht zu beenden. Kurt dachte das Gleiche. Er setzte ein Hydrophon ab. Es war kein klassischer Sonarempfänger, sondern nicht mehr als ein herkömmliches Mikrofon in einem wasserdichten Behälter, das dazu diente, Walgesänge und andere Laute von Meeresbewohnern aufzuzeichnen. Indem er es aber hin und her drehte, konnte er die Richtung bestimmen, in der das seltsame Summen erklang.

Der Ton, der aus den Lautsprechern drang, war tief und unheildrohend, und er nahm von Sekunde zu Sekunde an Lautstärke zu. »Was immer es ist, es befindet sich hinter uns«, sagte Kurt. »Und es kommt auf uns zu.«

15

Kurt Austin tippte die Kontrollen der Strahlruder an und drehte die *Angler*, bis ihre Nase in die Richtung des sich nähernden Brummens zeigte. Er löschte die Scheinwerfer und verließ sich ausschließlich auf das UV-System. Aber die Kameras lieferten keine brauchbaren Informationen. Der Bildschirm blieb dunkel.

»Vielleicht sollten wir lieber von hier verschwinden«, sagte Emma.

Ein schriller Laut drang explosionsartig durchs Wasser und hallte in den Hohlräumen der *Angler* wider. Es war, als bearbeitete jemand mit einem Vorschlaghammer den Rumpf des Tauchboots.

Emma hielt sich ein Ohr zu. Verblüfft beobachtete Kurt eine Turbulenz im Schlick, die von den unsichtbaren Klangwellen erzeugt wurde.

»Jemand hat uns gerade aufgespürt«, sagte Kurt und meinte damit das Sonarsignal, das sie gefunden hatte und wahrscheinlich von dem U-Boot aufgefangen wurde, von dem es gesendet worden war.

»Suchen sie auch nach einem Wrack?«

»Vielleicht, aber man braucht keinen derartigen Sonarimpuls, um versunkene Schiffswracks aufzuspüren«, erwiderte Kurt. Was er verschwieg, war, dass derart starke Sonarimpulse normalerweise eingesetzt wurden, um Ziele für Torpedos zu bestimmen.

Mit einem Joystickbefehl ließ er die *Angler* eine Drehung ausführen, um die Quelle des Pingsignals zu orten. Das pulsierende Dröhnen wurde lauter als ein Güterzug, der auf sie zuraste.

»Worauf warten Sie?«, fragte Emma nervös.

»Man sollte immer in beide Richtungen schauen, bevor man die Straße überquert«, sagte Kurt, richtete die Nase des Tauchboots nach oben und schaltete das UV-System auf volle Leistung, während er gleichzeitig den Monitor beobachtete.

Anfangs war nichts zu sehen. Dann erschien in großer Entfernung ein verzerrter Fleck, der wie ein Tor zu einer anderen Dimension aussah, das sich nach und nach in der Tiefe öffnete. Kurt wusste, dass es sich um Wasserwirbel und um winzige Sedimentteilchen handelte, die von einer Druckwelle beiseitegeschoben wurden. Hinter der Turbulenz schälten sich vertraute Konturen aus der Dunkelheit.

Riesig, breit und gewölbt – die Nase eines Unterseebootes. Kein kleines Tauchboot wie die *Angler* oder ein schlankes, schnittiges Angriffs-U-Boot kam in ihre Richtung, sondern ein wahres Monster der Tiefsee mit einem Bug, so wuchtig und erdrückend wie eine solide Wand aus Stahl.

Es machte langsame Fahrt und schwebte etwa dreißig Meter über dem Meeresgrund.

»Sie wollen uns offenbar rammen!« Ein Anflug von Panik schwang in Emma Townsends Stimme mit.

»Nein«, erwiderte Kurt. »Sie folgen nur derselben Trümmerspur, die auch unser Interesse geweckt hat.«

»Dann sollten wir ihnen schnellstens Platz machen.«

Kurt schüttelte den Kopf. »Wenn wir uns jetzt vom Fleck bewegen, verraten wir ihnen unsere Position. Solange wir regungslos an Ort und Stelle ausharren, sollten wir für ihr Sonar nichts anderes sein als eine Gesteinsformation oder ein Teil des Wracks.«

Kurt wurde durch ein weiteres ohrenbetäubendes Sonarping am Weiterreden gehindert. Das NUMA-Tauchboot ertönte wie eine Glocke, aber Kurt behielt die Position der *Angler* unverändert bei.

Eine wirbelnde Sedimentwolke wallte unter und vor dem fremden Schiff auf. Es schien, als glitte der Koloss auf einem Staubkissen heran.

»Halten Sie sich fest«, sagte Kurt.

Die Turbulenz erfasste die *Angler*, und das kleine Tauchboot wurde herumgewirbelt und zur Seite gefegt.

Kurt benutzte die Strahlruder, um das Tauchboot horizontal auszurichten, und beobachtete mit andächtigem Staunen, wie ein Berg aus rostbedecktem Stahl über sie hinwegwanderte und für Sekunden das Blickfeld der Aussichtskuppel vollständig ausfüllte. Das Monstrum brauchte eine halbe Ewigkeit, um sie zu passieren. Es war genauso breit und lang wie das Frachtschiff, das über ihren Köpfen auf dem Ozean trieb.

Schließlich kamen die Propeller in Sicht.

Die *Angler* wurde durch die mächtigen Wirbel vom Meeresgrund hochgerissen und von den rotierenden Antriebsschrauben angesaugt. Es näherte sich den Propellern fast bis auf Tuchfühlung und wurde dann hinter dem vorbeiziehenden Leviathan wieder ausgespuckt und von seinem Heckwirbel erfasst. Kurt hatte Mühe, die Reaktion des Tauchboots zu kontrollieren, denn er verfügte nur über begrenzte Möglichkeiten, sich gegen diesen Unterwassertornado zur Wehr zu setzen.

Die *Angler* rotierte und rollte und prallte gegen eine Gesteinsrippe. Mehrere Warnlichter flammten gleichzeitig auf und blinkten hektisch. Und dann versank alles um sie herum in bodenloser Schwärze.

Oben auf der *Reunion* verfolgten Joe Zavala und Kapitän Kamphausen die Ereignisse am Bildschirm, bis die Videoübertragung abrupt abbrach. Ohne Ton oder Kommentar war es schwierig zu erkennen, was sich auf dem Meeresgrund abspielte. Das letzte Bild, das aufgezeichnet werden konnte, zeigte die rotierenden Messingpropeller.

»Wurden sie gerammt?«, fragte Kamphausen.

Joe ergriff das Mikrofon. »*Angler*, erwarte umgehende Statusmeldung.«

Er wartete einige Sekunden lang, ehe er einen zweiten Versuch machte. »*Angler*, kommen. Kurt, hörst du mich?«

Als er keine Antwort erhielt, legte Joe das Mikrofon beiseite und spielte das Video abermals ab, um die Sedimentwolke und die letzte beunruhigende Bildsequenz eingehend zu studieren.

»Ich glaube nicht, dass die Propeller sie erwischt haben«, entschied er. »Sie wurden um Haaresbreite verfehlt, es hat sie nicht schlimmer erwischt. Aber offenbar wurde die Kommunikationsleitung gekappt.«

»Warum hat er sich nicht bewegt?«, fragte der Kapitän. »Er saß dort wie ein Kaninchen im Scheinwerferlicht eines großen Autos.«

»Kurt bleibt in solchen Situationen niemals untätig«, erwiderte Joe. »Er muss es für sinnvoller gehalten haben auszuharren. Eine Taktik, die ich in dieser Situation ebenfalls verfolgt hätte. Auf ein Schiff zu treffen, das derart dicht über dem Meeresboden operiert, dürfte für ihn eine Riesenüberraschung gewesen sein.«

Joe kontrollierte noch einmal die letzten Telemetriedaten, die die *Angler* übermittelt hatte, in der Hoffnung, ihnen mehr über das Schicksal des Tauchboots entnehmen zu können. Was er sah, bereitete ihm Sorgen. Eine ganze Reihe von Warnlampen hatte zu blinken begonnen, kurz bevor die Verbindung unterbrochen wurde.

»Die Batterien«, las er die Beschriftungen der Warnlampen vor. »Pumpen. Kreisel. Sie müssen ziemlich heftig mit irgendetwas kollidiert sein, weil all diese Systeme gleichzeitig ausfielen.«

Kamphausens angespannter Blick sprach Bände. »Was hat das zu bedeuten? Sind sie dabei … zu ertrinken?«

»Das bezweifle ich«, sagte Joe. »Die *Angler* hat einen stabilen Rumpf, daher gehe ich davon aus, dass ihre Insassen keine nassen Füße bekommen. Aber sie erleben möglicherweise in diesem Augenblick den schlimmsten Alptraum aller U-Boot-Fahrer.«

»Was könnte schlimmer sein als ertrinken?«

»Lebend auf dem Meeresgrund gestrandet zu sein«, sagte Joe. »Aufgrund massiver Probleme mit der Elektrik und nicht funktionierender Pumpen sind sie vielleicht nicht mehr in der Lage, aus eigener Kraft aufzutauchen.«

»Gibt es eine Möglichkeit, ihnen zu helfen?«, fragte Kamphausen. »Oder bleibt uns nichts anderes übrig, als abzuwarten und zu hoffen?«

»Unter normalen Umständen wäre das Ganze kein großes Problem«, sagte Joe. »Ich würde ein zweites U-Boot zu Wasser lassen, sie mit einem Seil auf den Haken nehmen und mit der Winde aus dem Wasser ziehen. Aber da uns nichts von beidem zur Verfügung steht, müssen wir improvisieren.«

»Was ist mit dem U-Boot, das sie beinahe gerammt hat?«, wollte Kamphausen wissen. »Dem Rost auf seinem Rumpf und seinem vernachlässigen Zustand nach zu urteilen tippe ich auf ein russisches Boot. Wäre die Vermutung zu weit hergeholt, dass sie das Gleiche suchen wie Sie?«

»Es wäre ziemlich dumm von uns, etwas anderes zu vermuten«, erwiderte Joe.

»Sind wir in Gefahr?«

»Ich bezweifle, dass sie ein Überwasserschiff wie die *Reunion* mit Torpedos angreifen würden«, sagte Joe. »Eine solche Aktion könnte einen Krieg auslösen und hätte ihre augenblickliche Vernichtung aus der Luft durch einen U-Boot-Jäger zur Folge. Aber was sich auf dem Grund des Meeres abspielt, ist eine ganz andere Geschichte.«

»Wie das?«

»Im Wesentlichen gilt doch: Was dort unten passiert, bleibt unten«, erwiderte Joe und zweckentfremdete den berühmten Werbeslogan *Was in Las Vegas geschieht, bleibt in Las Vegas.* »Sie könnten die *Angler* leicht eliminieren, indem sie sie rammen oder mit einem Torpedo abschießen oder sich auf sie setzen und sie in den Schlick stampfen. In all diesen Fällen würde niemand hier oben jemals erfahren, was geschehen ist. Und das kann ich nicht zulassen.«

Kamphausen kratzte sich am Kopf. »Aber wie können wir das verhindern?«

»Indem wir sie nach oben holen, bevor die Konkurrenz irgendetwas Drastisches unternimmt.«

Kamphausen schaute sich um, als dächte er intensiv nach, dann kehrte sein Blick zu Joe zurück. »Ich habe nichts, womit ich helfen könnte.«

»Glücklicherweise habe ich eine Idee«, sagte Joe. »Aber sie bedarf einiger Vorbereitungen. Auf diesem Schiff gibt es doch sicher Generatoren.«

»Mehrere sogar.«

»Zeigen Sie mir den größten, den Sie haben. Und bitten Sie Ihre Techniker, dort auf uns zu warten und alles notwendige Werkzeug mitzubringen.«

Kamphausen sah ihn argwöhnisch an. Offenbar schwante ihm nichts Gutes.

»Keine Sorge«, beruhigte ihn Joe. »Ich versetze alles wieder in seinen Urzustand, wenn ich die Aktion abgeschlossen habe.«

Neunhundert Fuß – oder dreihundert Meter – tiefer harrten Kurt Austin und Emma Townsend in vollkommener Dunkelheit aus. Das riesige Unterseeboot war über sie hinweggerauscht und in der Schwärze der See verschwunden. Während des wilden Ritts in seiner Heckwelle waren sie gegen eine aus dem Schlick ragende Rippe aus Vulkangestein geschleudert worden. Elektrische Sicherungen sprangen heraus, und Warnlampen ließen das Armaturenbrett für einen kurzen Moment aufleuchten wie eine Weihnachtsdekoration, bevor schlagartig sämtliche Lichter erloschen.

Mit Hilfe einer Stablampe fand Kurt die Hauptkontrolltafel, drückte die Sicherungen in ihre Fassungen und holte die *Angler* zurück ins Leben. »Nichts wurde ernsthaft beschädigt«, stellte er erleichtert fest.

»Hören Sie«, sagte Emma.

Das Hydrophon zeichnete noch immer das Geräusch der Propeller auf, aber die Intensität hatte inzwischen nachgelassen. Es dauerte nicht lange, bis das Geräusch vollständig verstummte.

»Sie haben gestoppt«, sagte Kurt.

»Das ist allemal besser, als dass sie zurückkommen.«

»Ich bin ganz Ihrer Meinung«, pflichtete Kurt ihr bei. »Aber was haben sie überhaupt hier unten zu suchen? Der Größe und Form nach dürfte es ein mit ballistischen Raketen bewaffnetes

Boot der Typhoon-Klasse sein. Nicht unbedingt spezialisiert auf Such- und Rettungsmissionen.«

»Vielleicht war es rein zufällig das in nächster Nähe operierende Schiff mit einer Sonaranlage«, meinte Emma.

Kurt war sich dessen nicht so sicher. Er justierte sein Headset und versuchte, mit Joe Zavala Kontakt aufzunehmen. »Joe, bist du da draußen? Ich hoffe, du hast dir die Nummer des Lasters gemerkt, der uns eben grade beinahe plattgemacht hat.«

Er erhielt keine Antwort. Nicht einmal ein atmosphärisches Rauschen war zu hören. »Ich glaube, das Typhoon hat unsere Kommunikationsleitung zur Boje gekappt, als es uns passierte«, sagte Kurt. »Wir haben keine Verbindung mehr mit der Wasseroberfläche.«

»Vielleicht sollten wir uns glücklich schätzen und aufsteigen«, sagte sie. »Unter Umständen kann Joe dieses Flugzeug identifizieren und alle Beteiligten wissen lassen, dass dies hier eine Sackgasse ist.«

Kurt zog diese Möglichkeit in Erwägung, aber ein wacher Geist und ein erhöhtes Misstrauen waren ebenso typische Merkmale seiner Familie wie das silbergraue Haar, das er bereits in jungen Jahren geerbt hatte. »Das wäre sicherlich in der augenblicklichen Situation das Klügste«, gab er zu. »Aber das ganze Szenario ergibt irgendwie keinen Sinn. Haben Sie vielleicht irgendjemandem die Position dieses Suchgebiets mitgeteilt?«

Sie schüttelte den Kopf. »Ich habe mit niemandem darüber gesprochen.«

»Ich auch nicht. Demnach dürfte es keine undichte Stelle geben.«

»Was ist mit unseren neuen *Partnern* auf der *Reunion*?«

»Ich kann mir nicht vorstellen, dass sich ein russischer Agent auf einem Kühlschiff versteckt, das landwirtschaftliche Güter befördert und das ich außerdem vollkommen willkürlich ausgesucht habe«, erwiderte er. »Und selbst wenn wir so viel Pech hätten, dass jemand da oben unsere Position an die Russen weitergegeben hat, stellt sich doch die Frage: Wie groß ist die Wahrscheinlichkeit, dass sich ein U-Boot der Typhoon-Klasse nur wenige Stunden von unserem Aufenthaltsort entfernt einsatzbereit hält?«

»Astronomisch gering«, sagte Emma. »Die wenigen Typhoons, über die sie noch verfügen, verbringen die meiste Zeit im Hafen, und wenn sie in See stechen, dann entfernen sie sich niemals allzu weit von ihren Stützpunkten.«

Kurt war dieser Umstand ebenfalls bekannt. Er wusste auch, dass die Typhoons nach und nach außer Dienst gestellt wurden. »Also – von Rechts wegen dürfte dieses U-Boot gar nicht hier sein.«

»Vielleicht sollten wir uns lieber zu einem späteren Zeitpunkt darüber den Kopf zerbrechen«, sagte Emma. »Sie haben das Trümmerfeld bereits mit ihrem Sonar abgesucht. Wenn wir Glück haben, holen sie ihre Bergungsflotte hierher und verbringen ein paar Tage damit, Flugzeugteile vom Meeresgrund heraufzuholen, bevor sie erkennen, dass sie nicht von der *Nighthawk* stammen.«

Kurt war mit seinen Überlegungen bereits einen Schritt weiter. »Genau das ist der Punkt«, sagte er. »Ich glaube, sie wissen es längst.«

Er streckte die Hand nach der Steuerkonsole aus und steigerte die Lautstärke des Hydrophons. Ein neues Geräusch drang aus der Dunkelheit zu ihnen. Es war ein Pulsieren, das wie Wasser klang, das durch eine Röhre gepumpt wurde.

»Bug- und Heckstrahlruder«, sagte er. »Sie haben da draußen in der Dunkelheit Posten bezogen. Ich schlage vor, wir versuchen in Erfahrung zu bringen, weshalb.«

16

»Befürchten Sie, dass sie uns sehen?«, fragte Emma nach dem Grund ihrer quälend langsamen Schleichfahrt.

»Unterseeboote wie das Typhoon haben keine Fenster, durch die man hinausblicken kann«, erklärte Kurt, »aber sie verfügen vielleicht über Kameras oder ROVs und eigene Tauchboote. Außerdem sind sie mit passiven Lauschsystemen ausgerüstet, die hochempfindlich sind. Wenn wir uns dicht über dem Meeresgrund bewegen, absorbiert der Schlick jedes verräterische Geräusch, das wir erzeugen.«

Für einige Zeit verstummte ihre Unterhaltung, und Kurt suchte den Weg zu ihrem Zielobjekt, indem er die Lauschrichtung des Hydrophons laufend korrigierte. Als auf dem Videoschirm eine Felsformation auftauchte, passierte er sie mit einem eleganten Schwenk. Und über einem Schräghang aus Sediment, das sich vor einem breiten Gesteinswall abgelagert hatte, ließ er die *Angler* aufsteigen.

Sie folgten dem Gefälle des Schräghangs und glitten über seine obere Kante.

»Sehen Sie mal«, sagte Emma.

Kurt blickte vom Bildschirm hoch. Ein gespenstisches blaues Leuchten war in größerer Entfernung zu sehen.

Da ausreichend viel Licht zum Navigieren vorhanden war, schaltete er das UV-System aus und fuhr den Namen gebenden Ausleger der *Angler* wieder ein. Nach Überqueren der oberen Kante des Schräghangs schwebten sie über dem Sedimentfeld auf der anderen Seite abwärts und näherten sich der erleuchteten Zone.

Von weitem betrachtet war das Leuchten nicht mehr als ein schimmernder Bereich im Wasser, dunkelblau und ohne besondere Details. Während sie sich näher herantasteten, wechselte das

Leuchten von Blau zu Grün und nahm am Ende einen gelblichen Schimmer an, der aussah, als würde er von natürlichem Licht hervorgerufen.

Wegen der totalen Dunkelheit, die sie umgab, und des scheinbar schwerelosen Zustands des Tauchboots kam es ihnen so vor, als näherten sie sich einem fremden Planeten in den Tiefen des Weltraums.

Während der Abstand zu der Erscheinung stetig schrumpfte, drosselte Kurt den Antrieb vollständig, sodass die *Angler* schließlich nur noch vom eigenen Schwung weitergetragen wurde. »Unsere Freunde haben dort offenbar ihre Zelte aufgeschlagen.«

Die leuchtende Blase war zu einem mehr als einhundert Meter langen Streifen Tageslicht angewachsen. Er wurde von mehreren Reihen starker Scheinwerfer an der Unterseite des Typhoon erzeugt. Die Masse des riesigen Unterseeboots blieb im tintenschwarzen Wasser zwar unsichtbar, aber der Meeresboden darunter war so hell erleuchtet wie ein Sportstadion während einer Flutlichtveranstaltung. Das reflektierte Licht erhellte die Unterseite des Typhoon-Boots und die kastanienbraune Farbe, die für die Unterwasserflotte der russischen Kriegsmarine charakteristisch war.

Mehrere roboterhafte Gestalten waren unter dem Bootskiel zu erkennen.

»Taucher in Panzertauchanzügen«, sagte Kurt.

Sie sanken auf den Meeresboden hinab wie winzige Sonden, die von einem Raumschiff auf einen fremden Planeten abgeworfen werden. Ihr Ziel war eine umfangreiche Ansammlung von Wrackteilen, darunter eine schräg aufragende Tragfläche und das T-förmige Schwanzleitwerk eines großen Flugzeugs.

»Ein Seitenleitwerk«, erklärte Emma. »Da drüben, das ist ein Rumpfabschnitt. Und dies dort sieht aus wie ein Motorblock. Ich sagte doch, dass diese Trümmer nicht zur *Nighthawk* gehören.«

Ein metallisches Klirren wurde vom Hydrophon übertragen, gefolgt vom Zischen austretender Gasbläschen.

»Eine Drucktür wurde geöffnet«, sagte Kurt. »Höchstwahrscheinlich die Luftschleuse, durch die diese Taucher das Boot verlassen können, oder ein spezieller Raum, von dem aus ein ROV ausgesetzt werden kann.«

Weitere Klirrgeräusche drangen durch das Hydrophon, und ein schmaler, hell erleuchteter Spalt öffnete sich an der Unterseite des Typhoon. Er verbreiterte sich, während zwei große Torhälften im Schiffsrumpf auseinanderglitten. Sie rasteten ein, nachdem sie eine Öffnung von etwa dreißig Metern Länge im Kielbereich des U-Boots geschaffen hatten. Staunend beobachteten Emma und Kurt, wie ein weit geöffneter Schaufelgreifer durch die Öffnung herabgelassen wurde.

Der Greifer wühlte sich in den Trümmerhaufen. Schlickwolken wurden aufgewirbelt, und als sich die hydraulischen Hälften schlossen, hallte das schrille Kreischen verbogenen Metalls durchs Wasser.

Kurt verfolgte aufmerksam, wie der Schwanzabschnitt des Flugzeugs durch die Öffnung im U-Boot verschwand. »Offenbar haben die Russen eine tauchfähige Version der *Glomar Explorer* gebaut.«

Die *Glomar Explorer* war das berühmteste Bergungsschiff der Welt. Von der CIA konzipiert und zur Tarnung von Howard Hughes in Auftrag gegeben, hatte es einmal – und zwar nur dieses einzige Mal – seine geheime Aufgabe erfüllt und im Jahr 1974 den größten Teil eines versunkenen russischen Unterseeboots vom Grund des Pazifik aufgesammelt.

Offiziell als Bergbauschiff für die Förderung von Manganknollen ausgewiesen, war die *Explorer* in Position gegangen, hatte einen Tragrahmen herabgelassen, drei Viertel des Unterseeboots K-129 aufgelesen und das Wrack durch ein Tor im Schiffsrumpf gehievt und in einem Raum versteckt, den die Ingenieure Moon Pool getauft hatten.

Auf russischen Spionageschiffen, die den Vorgang aus mehreren Meilen Entfernung beobachteten, ahnte zunächst niemand, was dort tatsächlich geschah. Als die Wahrheit endlich doch durchsickerte, schäumten die Russen vor Wut. Sie waren überdies bloßgestellt und mussten sich darüber belehren lassen, dass alles, was im Ozean gefunden wird, in das Eigentum des Finders übergeht. Seitdem unterhielten sie eine umfangreiche Bergungsflotte – von der ein nicht unbeträchtlicher Teil in diesem Moment zu den Galapagosinseln dampfte. Aber dieses Typhoon, dieses gigantische zu einem getarnten Bergungsschiff umgebaute Unterseeboot, war etwas Neues.

Zumindest für Kurt war es etwas Neues. »Wissen Sie und Ihre Leute bei der NSA irgendetwas darüber?«

»Es ist ganz sicher eine Überraschung. Aber es scheint mir durchaus logisch, wenn ich es mir genau überlege. Nach Ausbau der Raketenabschussvorrichtungen dürfte das Typhoon über einen enorm großen Lagerraum verfügen. Es kann vollkommen unbemerkt operieren, erreicht knapp eintausend Meter Tauchtiefe und ist in der Lage, alles Mögliche vom Grund des Ozeans aufzusammeln – und zwar vollkommen unsichtbar für jeden Satelliten.«

»Ich wünschte, wir hätten früher daran gedacht«, sagte Kurt. »Während wir ihre Überwasserflotte verfolgen und uns einreden, wir hätten mehrere Tage Zeit, ehe sie hier eintreffen, sind diese Kerle längst an Ort und Stelle. Was zu der Frage führt: Was befindet sich hier eigentlich? Wenn dieses Wrack nicht die *Nighthawk* ist, was haben wir dann vor uns? Und warum sind die Russen so brennend daran interessiert?«

»Vielleicht sollten wir uns noch ein wenig näher heranwagen und es in Erfahrung bringen«, sagte sie.

»Kaum zu glauben, wer da plötzlich bereit ist, ein so hohes Risiko einzugehen«, stellte Kurt mit einem süffisanten Grinsen fest.

»Ein Risiko, das einzugehen reichlich belohnt würde«, sagte sie. »Ein paar Fotos von diesem Typhoon würden die Enttäuschung, die *Nighthawk* hier nicht gefunden zu haben, ein wenig erträglicher machen.«

Kurt schob den Antriebsregler wieder nach vorn. »Welches Recht habe ich, mich schamloser Eigenwerbung in den Weg zu stellen?«

»Ich versichere Ihnen«, sagte Emma, »ich denke ausschließlich an das Wohl der Nation.«

Kurt unterdrückte ein Lachen – für den nahezu unwahrscheinlichen Fall, dass es durch die Wassermassen bis zu den Hydrophonen des Typhoon drang.

Je weiter sie sich dem Treiben näherten, desto lauter wurde das Getöse. Während sie das Geschehen aus der Dunkelheit beobachteten, wurde schnell deutlich, dass Eile offenbar von vorrangiger Bedeutung war. Sobald der Schaufelgreifer seine Schrottladung im Frachtraum des Typhoon deponiert hatte, wurde er herausgeschwenkt, über dem Trümmerfeld in Position gebracht und heruntergelassen. Die Arbeiten wurden ohne Sorgfalt ausgeführt, und es wurde kein Versuch unternommen zu schonen, was an Technologie von dem Schaufelgreifer zusammengerafft wurde.

Kurt erkannte schon bald den Grund für diese Arbeitsweise. »Sie versuchen gar nicht, irgendetwas vorsichtig zu *bergen*. Sie wollen die Trümmer so schnell wie möglich wegschaffen, ehe jemand anders sie findet. Was bedeutet …«

»Dies ist ein russisches Flugzeug«, sprach Emma seinen Gedanken aus. »Vielleicht ist es ein Aufklärungsflugzeug, das während der Suche nach der *Nighthawk* abgestürzt ist.«

Kurt schüttelte den Kopf. »Dieser Absturz fand nahezu gleichzeitig mit dem Verschwinden der *Nighthawk* statt.«

»Dann befand sich die Maschine auf einem Abfangflug«, vermutete Emma. »Die Russen haben so etwas schon früher versucht.«

Mittlerweile hatten sie sich nah genug herangeschlichen, um Zahnräder und Lenkgetriebe an dem innen liegenden Abschnitt der Tragfläche zu erkennen. Kurt Austin veränderte die Position der *Angler*, um einen besseren Blickwinkel für die Kamera zu erhalten, als er an der Seite einen kurzen Lichtblitz wahrnahm.

Kurt schaltete aus, was von der Innenbeleuchtung noch für einen Rest Helligkeit im Tauchbootcockpit sorgte, und wartete. Eine ganze Minute verstrich, ehe sich der Lichtblitz erneut zeigte.

Er war extrem kurz. Kaum wahrnehmbar. Ein grellweißer Funken im schwarzen Wasser des Ozeans.

»Ein mit separater Batterie gespeistes Stroboskoplicht«, sagte er.

»Die Black Box«, sagte Emma und meinte einen der nahezu unzerstörbaren Daten- und Stimmrecorder, wie sie von den meisten militärischen und kommerziellen Flugzeugen mitgeführt wurden.

»Mal sehen, ob wir an das Teil herankommen, ohne allzu viel Aufmerksamkeit auf uns zu lenken.«

Er bugsierte das Tauchboot beinahe zentimeterweise vorwärts, ließ die zertrümmerte Tragfläche hinter sich und verharrte über einem Riss im vorderen Teil des Flugzeugrumpfs. Die gekrümmte Hülle des Flugzeugs war aufgeschnitten und zurückgeschält worden. Der darunter befindliche Bereich lag frei und war ungehindert einsehbar. In seinem Innern blitzte das kleine Stroboskoplicht auf.

»Versuchen Sie doch mal, an die Box zu kommen.«

Emma kehrte zur Steuerkonsole zurück und fuhr den Teleskoparm auf seine maximale Länge aus. »Nein, dazu ist der Greifarm zu kurz«, stellte sie fest. »Können Sie das Boot näher heranmanövrieren?«

»Einen Moment«, sagte Kurt. Er ließ das Tauchboot ein kurzes Stück rückwärtsschweben und lenkte es sofort wieder vorwärts, indem er den Antriebsregler für einen kurzen Moment auf volle Kraft voraus drückte. Die *Angler* rammte das Wrack, schrammte daran entlang und schob einen Abschnitt der Flugzeugzelle aus dem Weg.

Als das Stroboskoplicht abermals aufblitzte, war es heller und deutlich näher gerückt. Gleichzeitig war die *Angler* teilweise ins Innere der Flugzeugzelle vorgedrungen. Emma fuhr den Teleskoparm erneut aus. Die Greifklaue an seinem Ende öffnete sich. Ihre untere Hälfte glitt unter einen Metallgriff auf dem Gehäuse des Datenrecorders, und Emma schloss die Klaue.

»Ich hab sie«, sagte sie und fuhr den Ausleger ein.

Die Black Box – die entgegen ihrem Namen orangefarben leuchtete und mit kyrillischen Buchstaben beschriftet war – ließ sich mit ein wenig Mühe aus ihrem Einschub herausziehen. Sobald der Behälter frei war, fuhr Emma den Teleskoparm ein und lud die Box in den Steuerbordbehälter.

»Gut gemacht«, lobte Kurt.

Er legte eine Hand auf den Antriebsregler und machte Anstalten, rückwärts aus dem Wrack zu manövrieren, hielt jedoch inne, als das Geräusch der Strahlruder des Typhoon, das durch das Wasser zu ihnen drang, seinen Klang deutlich veränderte.

Emma schaute von ihrer Steuerkonsole hoch. »Das Typhoon verschiebt offenbar seine Position.«

Kurt hatte es längst registriert. Die helle rechteckige Fläche auf dem Boden des Ozeans begann zu wandern und kam auf sie zu.

Er schaltete auf Umkehrschub und versuchte, sich rückwärts aus dem offenen Rumpfabschnitt hinauszustehlen, aber anstatt einem geraden Kurs zu folgen, wurde die *Angler* zur Seite gezogen und um ihre Mittelachse gedreht.

»Wir hängen an irgendetwas fest«, sagte er und reckte den Hals, um nachzuschauen, was sie am Fortkommen hinderte.

»Ich kann es von hier aus erkennen«, sagte Emma. »Der Rahmen des Bergungsbehälters hat sich mit dem Wrack verhakt.«

Kurt bewegte das Tauchboot vorwärts und wieder zurück, um es frei zu bekommen. Aber es hatte keinen Sinn. Die *Angler* hing fest.

Ein dritter Versuch endete genauso erfolglos, und im Wrack wurde es ständig heller, als sich der vom Typhoon erzeugte Lichtkegel dem Bereich näherte.

Kurt hatte keine andere Wahl. Er drehte die Strahlruder und lenkte die *Angler* zurück ins Wrack, ließ sie absinken und schaltete sämtliche Aggregate aus.

»Was tun Sie?«, fragte Emma sichtlich geschockt.

»Ich suche uns ein geeignetes Versteck«, antwortete er. »Es ist unsere einzige Chance.«

Das Licht des Typhoon drang durch die Lücken in der Flugzeugzelle wie die Strahlen der Morgensonne durch die Oberlichter eines Hauses.

Das dumpfe Pulsieren der Strahlruder des Typhoon wurde lauter, als das U-Boot direkt über ihnen erschien und sich langsam drehte, bis es wieder eine Position parallel zur Strömung einnahm.

Der braune Rumpf war mit langen Roststreifen und dichtem Algenbewuchs bedeckt, während die Öffnung des Frachtraums in sterilem weißem Licht erstrahlte.

Zwei Taucher in Panzertauchanzügen, die Netze mit kleinen Trümmerteilen gefüllt, stiegen zur Öffnung im Rumpf des Unterseeboots empor und verschwanden in dem überfluteten Frachtraum. Nur Sekunden später erschien die große Greifschaufel wieder. Sie bewegte sich auf Schienen unter der Decke des Frachtraums, stoppte fast genau über der *Angler* und wurde in dieser Position fixiert.

»Das sieht gar nicht gut aus«, flüsterte Emma.

Kurt konnte ihr nicht widersprechen.

Die Baggerschaufel rührte sich für eine gefühlte halbe Ewigkeit keinen Millimeter von der Stelle. Dann klappte sie langsam auf, bis die Greiferhälften einrasteten. Schließlich, begleitet von einem jämmerlichen Quietschen, sank die Schaufel herab.

Ihr Ziel und ihre Absicht standen außer Zweifel. Die Schaufel hatte den Schrotthaufen und das NUMA-Tauchboot, das sich im Gewirr der Flugzeugtrümmer versteckte, zum Ziel.

17

Die ausgestreckten Greifer der Baggerschaufel fielen nach unten und gruben sich in die Trümmer rings um die *Angler*. Metall ächzte und kreischte, als es verbogen und zerrissen wurde. Eine Schlickwolke wallte über der Baggerschaufel hoch, und die *Angler* kippte auf die Seite.

Als die Zähne der Baggerschaufel tief im Schlick unter den Flugzeugtrümmern steckten, wurde das hydraulische Hebelwerk aktiviert. Die Greifklauen wurden zusammengedrückt und wühlten sich durch den Schlick, bis sie sich unter dem Haufen Metallschrott schlossen.

Die starke Winde im Frachtraum des Typhoon setzte sich in Bewegung, und die Stahlseile spannten und widersetzten sich dem Sog der Sedimentschicht. Diese gab schnell nach. Mit einem unerwarteten Ruck wurde der Schrotthaufen vom Meeresboden angehoben und stieg aufwärts.

Die Taucher in ihren Panzeranzügen konnten nichts erkennen, was diese Schrottladung von den vorherigen unterschied. Für sie war der Inhalt der Baggerschaufel lediglich eine Ansammlung verbogenen Metalls, das weggeräumt wurde und auf seinem Weg eine Sedimentwolke hinter sich her zog, die sich in der Strömung nach und nach auflöste.

Der Weg der Baggerschaufel wurde kurz unterbrochen, ehe sie endgültig in den Rumpf des Typhoon hineingehievt wurde. Kurz vor der Frachtluke hielt sie an, und die Greifer öffneten sich einige Zentimeter weit. Das Seil wurde ein Stück abgelassen, und die Baggerschaufel sackte anderthalb Meter herab, ehe sie ruckartig gestoppt wurde.

Jedes Mal wenn der Kranführer die Schaufel auf diese Weise schüttelte, wallte eine frische Wolke Sediment durch die Lücke zwischen den Greifern. Nach mehreren dieser Manöver befanden sich nur noch geringe Sedimentreste in der Baggerschaufel. Die Greifer wurden geschlossen. Das Zugseil spannte sich, und die Schrottladung verschwand im Frachtraum.

Sobald sie die Öffnung passiert hatte, wurde die Baggerschaufel mittels einer Laufkatze unter der Decke der Ladebucht in Richtung Heck des Typhoon bewegt. An einer bestimmten Position entlud sie ihren Inhalt auf das innere Deck der Ladebucht.

Kurt und Emma wurden in der *Angler* hin und her geworfen. Da sie sich vorher angeschnallt hatten, blieben sie in ihren Sitzen. Als sie schließlich zusammen mit dem Flugzeugschrott im Typhoon abgeladen wurden, kam es ihnen fast wie ein Wunder vor, dass sie noch am Leben waren. Die Greifer hatten das Tauchboot vollständig umschlossen. Sein Rumpf war heil geblieben und hatte noch nicht einmal einen Kratzer abbekommen; die Aussichtskuppel aus Acrylglas wies keinerlei Risse oder Sprünge auf.

»Der Laderaum ist riesig«, stellte Emma nach einem Rundblick fest.

»Hier wurden die Raketen aufbewahrt«, sagte Kurt. »In ihrer ursprünglichen Konfiguration führten die Typhoons vierundzwanzig übergroße ICBMs mit sich. Seinerzeit waren sie die größten, die von einem U-Boot gestartet werden konnten.«

Während Kurt noch sprach, nahm er bereits seine Umgebung in Augenschein. Die Ladebucht war mit Wasser gefüllt, das hinausgepumpt werden konnte, sobald die schweren Rumpftore geschlossen waren. In diesem Augenblick zeigte die Nase des Tauchboots nach achtern, und das Boot selbst hatte eine Schräglage von etwa dreißig Grad. Um frei zu kommen, müssten sie das Boot aufrichten und durch die Ladebuchtöffnung hinausschlüpfen. Natürlich nur unter der Voraussetzung, dass die *Angler* einigermaßen ungehindert manövrieren konnte.

Kurt beugte sich im Cockpit vor und entdeckte das Trümmerteil, das ihre Bewegungsfreiheit einschränkte. »Ich glaube, ich kann uns losschneiden.«

»Dann beeilen Sie sich«, sagte Emma. »Viel Schrott liegt nicht mehr da unten.«

In die Greifklaue am Ende des Teleskoparms war ein Schweißbrenner integriert, den Kurt nun aktivierte. Auf Knopfdruck schoss eine bläuliche Flamme aus der Brennerdüse. Kurt richtete sie auf den Metallstab, der sich in der Basis der *Angler* verhakt hatte. Die Flamme traf auf die metallene Strebe, die sich schnell rot färbte, verformte und schließlich zu dicken Tropfen zerfloss, die zwischen den Trümmerteilen unter der *Angler* versickerten. Da es in der Ladebucht nahezu taghell war, blieb das blaue Leuchten der Schweißflamme außerhalb des Typhoon unbemerkt.

Während Kurt sich auf die Schweißflamme konzentrierte, suchte sich das Typhoon eine neue Position, und die Baggerschaufel sank erneut durch die Ladebuchtöffnung dem Meeresboden entgegen.

Emma konnte durch die Aussichtskuppel erkennen, wie sich die Seiltrommel der Winde über ihren Köpfen zu drehen begann. Das Seil wurde einige Sekunden lang abgerollt, dann stoppte die Trommel abrupt. »Jetzt wäre ein günstiger Moment«, drängte Emma.

Kurt richtete weiterhin die Schweißflamme auf die Strebe und verfolgte, wie sie sich allmählich auflöste. Es kam ihm wie eine Ewigkeit vor, so als bestünde die Strebe aus etwas anderem als Aluminium.

Die Trommel begann abermals zu rotieren, als das Seil aufgewickelt wurde, um eine neue Ladung Wracktrümmer an Bord zu holen.

»Beeilen Sie sich, Kurt«, feuerte Emma ihn an.

»Ich schneide schon, so schnell ich kann.«

Die Schweißflamme trennte die letzte Verbindung, und ein großes dreieckiges Metallteil sank herab. Die *Angler* war frei.

Kurt unterbrach die Gaszufuhr des Schweißbrenners und legte eine Hand auf den Fahrtregler, veränderte die Stellung der Strahlruder und schob den Regler auf volle Kraft. Die *Angler* stieg aus dem Schrotthaufen in die Höhe und schüttelte dabei metallene Trümmer und die Sedimentschicht ab, die sich auf ihrem Rumpf abgelagert hatten.

Sobald sie sich vollständig aus dem Trümmergewirr gelöst hatten, legte Kurt das Tauchboot in eine enge Kurve und lenkte es zur Öffnung am Ende des Frachtraums. Sie glitten über den Rand hinweg und tauchten unter der Baggerschaufel weg, als diese gerade eine dichte Wolke Schlick abschüttelte.

Für einen kurzen Moment geblendet, hielt Kurt den Fahrtregler in der Volle-Kraft-voraus-Stellung. Sekunden später ließen sie die Sedimentwolke hinter sich und retteten sich in die Dunkelheit des Ozeans, die ihnen Sicherheit vor möglichen Verfolgern verhieß.

In der Kommandozentrale des Typhoon verfolgte Kapitän zur See Victor Tovarich von der 1. Bergungsflotte der russischen Marine den Ablauf der Operation auf mehreren Bildschirmen, die mit Kameras auf der Unterseite des Typhoon verbunden waren. Ein zusätzlicher Bildschirm war in vier Quadranten unterteilt und lieferte die Bilder, die von Kameras an den Panzeranzügen der Taucher aufgezeichnet wurden.

Er war stolz auf seine Männer und sein großes Schiff, konnte es jedoch kaum erwarten, die Mission abzuschließen. Dann wandte er sich zu seinem Ersten Offizier um. »Wie weit sind wir?«

»Achtzig Prozent der Wracktrümmer wurden geborgen«, erwiderte der Offizier.

»Irgendeine Spur von der *Nighthawk*?«

»Ich fürchte, nein, Kapitän.« Der Offizier zuckte bedauernd die Achseln.

»Sie muss hier sein«, sagte Tovarich und ging zu dem Monitor hinüber, um das körnige Bild zu betrachten, das von den Außenkameras übertragen wurde. »Wir wissen, dass sie sie im Griff hatten.«

»Erlaubnis, offen zu reden?«, fragte der Erste Offizier.

»Natürlich.«

»Wenn die *Nighthawk* nicht bei dem Bomber ist, sollten wir aufhören, unsere Zeit mit dieser Bergungsaktion zu vergeuden, und stattdessen die Suche nach dem amerikanischen Flugzeug fortsetzen.«

Tovarich unterdrückte ein Lächeln. Sein Erster Offizier war ein altes Schlachtross. Er wollte den Ruhm einheimsen, der ihm zuteilwürde, wenn er das amerikanische Flugzeug vom Meeresboden kratzte. Mit dieser Absicht stand er nicht alleine da. »Ich denke genauso, Mikael. Aber in Moskau hat man entschieden, dass die Bergung dieser Maschine Priorität hat.«

Der Offizier nickte.

»Außerdem«, fügte Tovarich hinzu. »Sie könnte trotzdem hier sein. Es gab immer die Chance, dass die Piloten die *Nighthawk* auch dann noch im Griff behielten, als sie die Kontrolle über ihre Maschine schon verloren hatten.«

»Die Chance eines blinden Huhns, ein Korn zu finden.«

»Vielleicht«, pflichtete Tovarich ihm bei. »Nur ein Flieger konnte auf eine solche verrückte Idee kommen. Wir sollten ihrem Mut Respekt zollen. Wobei mir einfällt, dass wir die Trümmer in der Ladebucht durchsuchen und die Toten bergen müssen.«

Er streckte eine Hand aus und drückte auf einen Schaltknopf. Einer der Monitore lieferte daraufhin das Bild von einer der internen Kameras. »Einer der Taucher soll sich …«

Tovarich hielt mitten im Satz inne. Etwas auf dem Bildschirm hatte seine Aufmerksamkeit erregt. Ein flackernder Lichtreflex: *Feuer*. Seine erste Sorge – dass sie irgendetwas leicht Brennbares an Bord geholt hatten – verflüchtigte sich, als das Flackern erlosch, aber seine Verwirrung nahm zu, als er zwischen den Trümmern eine Bewegung wahrnahm. »Was, zum Teufel …«

Tovarich beobachtete ungläubig, wie ein weißes Tauchboot mit einem breiten roten Streifen auf der Oberseite aus dem Schrotthaufen aufstieg und sich um seine vertikale Mittelachse drehte. Es kam direkt auf die Kamera zu und schwebte dann durch die offene Ladeluke hinaus, aber nicht ohne dass Tovarich noch die Initialen NUMA entziffern konnte, die weithin sichtbar die Oberseite des Mini-U-Boots zierten.

Er verließ seinen Platz vor den Monitoren und eilte zur Sonarstation hinüber. Hier trat er hinter den diensthabenden Techniker und starrte über dessen Schulter auf den Sonarmonitor. »Wir haben da draußen ungebetene Gäste!«, knurrte er. »Ein amerikanisches U-Boot. Suchen und finden Sie es.«

Der Sonartechniker presste die Hände auf die Ohrmuscheln seines Kopfhörers und lauschte angestrengt auf verräterische Geräusche des winzigen elektrisch angetriebenen Tauchboots. Bei all dem Hintergrundlärm war nichts dergleichen wahrzunehmen.

»Es hat keinen Sinn, Kapitän. Zu viel Interferenz vom Bergungsteam und den Strahlrudern.«

Tovarich gab dem Navigationsoffizier ein Zeichen. »Strahlruder aus. Alles stopp. Bergungsaktivitäten einstellen.«

Die Strahlruder, die das Typhoon in Position gehalten hatten, wurden deaktiviert, und die Vibration, die sie erzeugten, ließ nach. Während die Typhoon zu treiben begann, kamen die Arbeiten in ihrer Umgebung zum Erliegen. Niemand rührte sich.

»Hören Sie etwas?«, fragte Tovarich.

Der Sonartechniker suchte weiter. Schließlich konnte er ein charakteristisches Geräuschprofil identifizieren.

»Ein kleines Boot«, sagte er. »Bei null-fünf-vier Grad. Tauchtiefe siebenhundertfünfzig und aufsteigend.«

»Ich brauche eine zuverlässige Feuerleitberechnung«, sagte Tovarich.

Der taktische Offizier hob überrascht den Kopf. »Käpt'n?«

»Das ist ein Befehl. Ziel auffassen und feuern!«

Draußen in der Dunkelheit mit voller Kraft unterwegs zur Meeresoberfläche, stellten Kurt und Emma dank des Hydrophons fest, dass hinter ihnen plötzlich gespenstische Stille herrschte. »Sie haben die Strahlruder ausgeschaltet«, sagte Kurt. »Das heißt, dass sie nach uns horchen.«

Er zog ebenfalls in Erwägung, alle Aggregate auszuschalten und das Boot mit der Strömung treiben zu lassen, aber in diesem Fall würden die Russen ihr aktives Sonar einsetzen und sie am Ende doch aufspüren. Die einzige Möglichkeit, sich vor ihnen in Sicherheit zu bringen, bestand darin, schnellstens aufzutauchen. Er bezweifelte, dass die Russen sich zu einer drastischen Aktion hinreißen ließen, wenn sie mit Zeugen rechnen mussten.

Er hob die Nase des U-Boots um einige Grad an und verfolgte, wie der Tiefenmesser Werte unter siebenhundert Fuß anzeigte. Sie hatten noch einen langen Weg vor sich, als das Maschinengeräusch der Typhoon wieder zu ihnen drang.

Das laute Pingsignal eines Sonars traf sie Sekunden später, gefolgt von dem typischen Geräusch, das Kurt einen eisigen Schauer über den Rücken jagte: ein Zischen komprimierter Luft. Also wurde ein Torpedo ins Wasser katapultiert, um ihnen zu folgen und sie zu vernichten.

18

Das NUMA-Tauchboot war zwar in jeder Richtung manövrierfähig, dafür aber nicht allzu schnell. Vor allem nicht verglichen mit dem Torpedo, der jetzt hinter ihm herjagte.

»Damit bedienen Sie das Hydrophon«, sagte Kurt und legte Emmas Hand auf einen großen Drehregler. »Halten Sie es auf den Torpedo gerichtet. Wir müssen hören, wenn er in unsere Nähe gelangt, falls wir auch nur den Hauch einer Chance haben wollen, ihm zu entwischen.«

»Torpedo?«

»Ich glaube, das hätte ich lieber nicht verraten sollen«, sagte Kurt.

Ein anderes Sonarsignal erklang mittlerweile: scharfe Klicklaute in schneller Folge und um einiges lauter und schriller.

»Er hat uns im Visier«, sagte Kurt.

Als sie aufgespürt wurden, betrug ihr Abstand zu dem Typhoon etwa eine Meile. Bei dieser Entfernung und unter Berücksichtigung ihrer unterschiedlichen Geschwindigkeiten blieben ihnen etwa vierzig Sekunden, ehe sie ausgelöscht würden.

»Bringen Sie ein Ausweichmanöver zustande?«, fragte Emma angespannt.

»Wir machen acht Knoten«, erwiderte Kurt. »Nichts, was wir tun, könnte man Ausweichen nennen. Aber vollkommen hilflos sind wir auch nicht.«

Er griff an Emma vorbei nach den Schalttafeln der Sammelbehälter.

Kurt hatte den Flugschreiber im rechten Container deponiert. Der linke Container war jedoch mit nichts gefüllt, das irgendeinen Wert hatte, sondern nur mit dem Schrott des abgestürzten Bombers. Mit einem Knopfdruck löste er die Klammern, die den Behälter an der Seite der *Angler* fixierten. Als er gleichzeitig zwei Ventile öffnete, füllten sich zwei gelbe Gummisäcke, die an dem Container befestigt waren, mit Druckluft. Das Zischen der Luftbläschen überlagerte sekundenlang jedes andere Geräusch, und die Säcke blähten sich auf wie Heißluftballons. Sie stiegen zur Wasseroberfläche auf und nahmen den Sammelcontainer mit.

Fast im selben Augenblick drückte Kurt die Luft aus dem Ballasttank und lenkte das Tauchboot senkrecht abwärts in der Hoffnung, dass die Wolke aus Luftblasen und der aufsteigende Lastbehälter den Torpedo von seinem Zielkurs ablenkten.

Mehrere Sekunden lang war die im Wasser herrschende Turbulenz zu heftig, um irgendetwas anderes zu hören, aber als sie sich beruhigte, korrigierte Emma die Position des Hydrophons. Die Sonarsignale, die der Torpedo aussendete, wurden leiser.

»Er verfolgt den Behälter«, stellte Kurt fest. »Offenbar hat er uns verloren.«

Er hielt die Nase des Tauchboots abwärtsgerichtet und den Fahrtregler auf volle Kraft, um den Abstand zum Torpedo so weit wie möglich zu vergrößern.

»Wenn er explodiert, werden wir trotzdem einiges mitbekommen«, warnte Emma.

Sie täuschte sich nicht. Zehn Sekunden später hellte ein weißer und orangefarbener Blitz das dunkle Wasser auf, als der Torpedo den Sammelcontainer zertrümmerte. Die Explosion löste eine Druckwelle aus, von der die *Angler* aus der Bahn geworfen wurde. Sich überschlagend taumelte sie richtungslos durch den schwarzen Ozean.

Mit einem schrillen Klingeln in den Ohren stabilisierte Kurt das U-Boot. »Nun müssen wir ihnen nur noch vorgaukeln, dass sie uns getroffen haben.«

Er legte die Strahlruder still und leerte die Ballasttanks. Das kleine U-Boot richtete sich auf und bewegte sich in Richtung Meeresoberfläche, ausschließlich vom eigenen Auftrieb gelenkt.

»Ich bediene mich eines alten U-Boot-Fahrertricks«, erklärte Kurt. »Sie ergriffen die Flucht, *nachdem* die Wasserbomben explodierten, weil das Wasser im Zielbereich derart aufgewühlt war, dass das Sonar mehrere Minuten lang lahmgelegt war und keine brauchbaren Signale aufzeichnen konnte.«

»Ist nicht damit zu rechnen, dass sie uns wieder aufspüren?«, fragte Emma.

»Möglich wäre es«, gab Kurt zu. »Aber ich wette, dass sie zuerst nach dem Wrack Ausschau halten. Und es dürfte eine Weile dauern, bis sich alles so weit beruhigt hat, dass sie irgendetwas hören können. Bis dahin sind wir hoffentlich aufgetaucht und schwimmen weithin sichtbar im hellen Tageslicht.«

Die Fahrstuhlfahrt nahm Tempo auf, als die letzten Tropfen Wasser die Ballasttanks verlassen hatten. Kurt und Emma saßen wie festgenagelt in ihren Sesseln, die Blicke angespannt auf den endlos erscheinenden Countdown – genauer Countup – des Tiefenmessers gerichtet.

»Können Sie etwas feststellen?«, fragte der Kapitän des Typhoon-U-Boots.

Der Sonartechniker lauschte, aber alles, was er hören konnte, waren die Luftblasen und die durch die Explosion erzeugte Kavitation. Sie hatten das Passivsonar vorübergehend neutralisiert.

Er wartete und lauschte und war sich der Gegenwart des Kapitäns, der fast auf Tuchfühlung hinter ihm stand, deutlich bewusst.

»Nun?«

»Luftblasen«, sagte der Techniker. »Ein mittelgroßes Volumen Luft, das an die Oberfläche steigt. Die Menge deutet auf einen Treffer hin.«

»Irgendwelche Trümmer?«, fragte Tovarich.

»Trümmer?«, sagte der Waffenoffizier. »Käpt'n, ein Torpedo dieses Kalibers soll Kriegsschiffe und amerikanische Angriffs-U-Boote ausschalten. Daher dürfte von diesem Tauchboot kaum noch etwas übrig sein, das als Trümmer bezeichnet werden kann.«

Tovarich verstand, was er meinte, aber er war ein vorsichtiger Mensch. »Tun Sie mir den Gefallen«, sagte er, »und versuchen Sie es mit dem Aktivsonar. Ich will ganz sicher sein.«

Das Sonar wurde justiert, ein weiterer Impuls wurde ausgelöst und das Echo eingehend untersucht. Das Ergebnis war für alle an Bord eine Überraschung. »Ziel bei null-sechs-eins«, meldete der Sonartechniker. »Tiefe einhundertzwanzig Fuß und aufsteigend.«

»Können wir sie erwischen, bevor sie ganz oben sind?«

Der Waffenoffizier stellte einige schnelle Berechnungen an. »Nein, Käpt'n«, sagte er dann. »Sie tauchen auf, ehe wir feuern können.«

Tovarich zögerte. Er hatte den strikten Befehl, keine Störung der Bergungsmission zuzulassen, aber er hatte auch noch andere – in diesem Fall widersprüchliche – Anweisungen, für strengste Geheimhaltung der Mission zu sorgen. »Sie wissen zu viel«, sagte er schließlich. »Laden und feuern. Und diesmal sollten Sie lieber ins Schwarze treffen.«

19

Joe Zavala saß im Cockpit des Air-Crane, den er auf dem Helipad dicht hinter dem Bug der *Reunion* geparkt hatte. Kapitän Kamphausen hatte den Platz des Kranführers eingenommen, betätigte die Kontrollen der Winde und rollte ein langes Stück Kabel auf. An seinem Ende war eine Apparatur befestigt, die Joe und die Techniker der *Reunion* eilig zusammengebastelt hatten, um die *Angler* vom Meeresboden ans Tageslicht zu holen.

»Sind Sie sicher, dass dieser Elektromagnet funktioniert?«, fragte Kamphausen.

»Ich habe die besten Spulen Ihres Hauptgenerators verwendet«, sagte Joe. »Mit dem zusätzlichen Strom des Air-Crane-Generators sollte er genug Tragkraft entwickeln.«

Immer noch in der Annahme, dass die *Angler* auf dem Meeresgrund festsaß, hatte Joe den Plan entwickelt, das Tauchboot mit dem Seitensichtsonar zu suchen, den Magneten an einem Seil hinabzulassen und ihn am stählernen Rumpf des Tauchboots anzudocken. Danach wollte er die beiden Pechvögel aufs Trockene ziehen.

Kamphausen, der während der Hälfte seiner Jahre auf See Kräne bedient hatte, kam diese ehrenvolle Aufgabe zu, während Joe den Air-Crane lenkte. Er schaltete die Winde aus, sobald sich der letzte Seilabschnitt um die Trommel legte und der Magnet an Ort und Stelle bereithing. »Jetzt brauchen wir sie nur noch zu finden«, sagte er.

Ehe Joe etwas erwidern konnte, drang ein dumpfer Knall von der Backbordseite an ihre Ohren. Joe wandte sich um und sah, wie sich das Meer an einer Stelle aufbuckelte. Der kreisrunde Wasserberg erhob sich und fiel zurück und erzeugte dabei eine Gischtfontäne, die aus seiner Mitte hochschäumte.

»Sieht so aus, als hätte sie jemand vor uns gefunden«, stellte Kamphausen fest.

Joe fuhr herum und führte den Vorflugcheck in Rekordzeit durch, drückte auf den Starterknopf und setzte die Rotoren in Bewegung. »Kurt und Emma müssen irgendwo da draußen unterwegs sein.«

»Woher wollen Sie das wissen?«

»Weil es sonst keinen Grund gäbe, sie unter Beschuss zu nehmen.«

»Wenigstens brauchen wir sie nicht vom Meeresgrund aufzuklauben«, sagte Kamphausen.

»Ich habe das Gefühl, als könnten sie trotzdem unsere Hilfe brauchen«, sagte Joe.

Während Kamphausen sich anschnallte und die Rotoren ihre Drehzahl steigerten, setzte Joe sein Headset auf und änderte die Frequenz des für die interne Kommunikation reservierten Sprechfunknetzes. Er hatte eins der kleinen Boote mit einem Seitensichtsonar ausgestattet. Es sollte die Position der *Angler* bestimmen, ohne sie den Russen zu verraten. »*Survey 1*, habt ihr das mitbekommen?«

Die Antwort war laut und deutlich. »Wir haben zwar die Gischtfontäne gesehen. Wir haben jedoch keine Ahnung, wodurch sie ausgelöst wurde.«

»Habt ihr noch das Typhoon auf dem Schirm?«

»Ja, aber die jüngsten Echos sind verschwommen.«

»Dann ist das Typhoon ebenfalls in Bewegung«, schlussfolgerte Joe. »Das wären sie nicht, wenn sie nicht jemanden verfolgten.«

Er konzentrierte sich wieder auf sein Armaturenbrett. Alles befand sich im grünen Bereich. Joe schob das Collective auf volle Kraft. Das Fahrwerk wurde entlastet, und der Hubschrauber stieg vom Deck auf. Mit einem entsprechenden Manöver des Seitenruders richtete Joe die Nase des Helikopters nach Steuerbord aus und beschleunigte in einem weiten Bogen in Richtung des sich vergrößernden weißen Schaumkreises auf der Meeresoberfläche.

Die *Angler* stieg mit zweihundert Fuß pro Minute zur Wasseroberfläche auf. Kurt beobachtete, wie das Licht um sie herum zunahm, und Emma versuchte, irgendetwas mit dem Hydrophon aufzufangen.

»Es ist durchgebrannt«, sagte sie.

Davon war Kurt nicht überrascht; seine Ohren fühlten sich an, als seien sie ebenfalls durchgebrannt. »Macht nichts«, sagte er. »Halten Sie sich nur bereit, schnellstens das Boot zu verlassen, falls sie einen weiteren Torpedo auf uns abfeuern.«

Sie streifte sich eine Schwimmweste über, während Kurt mit dem Lenken des Tauchboots beschäftigt war. Mittlerweile konnten sie die Wasseroberfläche sehen: ein schimmernder, wogender Spiegel aus gleißendem Silber, der Freiheit und Sicherheit verhieß.

Sobald das U-Boot ans Tageslicht gelangte, griff Kurt zum Mikrofon des Sprechfunkgeräts. »*Reunion*, hier *Angler*«, sagte er. »Wir sind aufgetaucht und müssen sofort aufgesammelt werden. Haben Sie verstanden?«

»Wir können nur hoffen, dass unsere Antenne nicht abgerissen wurde«, sagte Emma.

Kurt drückte abermals auf die Sendetaste. »*Reunion*, hier ist *Angler*, hören Sie uns?«

Joe Zavala jagte in etwa einhundert Metern Höhe über die Wasserfläche, als ihn der Funkruf erreichte. Sekunden später entdeckte er das weiß-rote Tauchboot, das in der Dünung auf den Wellen tanzte.

Er steigerte die Lautstärke. »Kurt, hier ist Joe. Ich habe euch auf dem Schirm. Wir sind in dreißig Sekunden bei euch.«

»Dreißig Sekunden?«, fragte Kurt. Er klang geschockt.

»Wir sind bereits in der Luft. Wir dachten uns, dass du vielleicht Hilfe brauchst.«

Joe brachte den Air-Crane auf den gleichen Kurs und traf Vorbereitungen, um die *Angler* aus dem Wasser zu hieven. Während er den Bogen beendete, bemerkte er etwas anderes: eine lange

Spur weißer Bläschen, die sich von Westen näherte. »Schaut nicht hin, aber ein Torpedo ist zu euch unterwegs.«

»Wir steigen aus«, erwiderte Kurt.

»Bleibt, wo ihr seid«, sagte Joe. »Ich glaube, ich kann euch rausholen, bevor er trifft.«

»Du schaffst niemals, uns rechtzeitig an den Haken zu nehmen«, sagte Kurt.

»Wir brauchen keinen Haken«, meinte Joe lakonisch. »Wir haben einen Magneten.«

Das Tauchboot machte Fahrt, aber es bewegte sich auf der Wasseroberfläche nur schwerfällig. Die weiße Blasenkette des Torpedos näherte sich zügig.

Joe setzte sich davor, ließ den Air-Crane weiter sinken. »Runter mit dem Magneten.«

Kamphausen ließ knapp zwanzig Meter Seil auslaufen. Der schwere, glockenförmige Magnet schwebte zur Meeresoberfläche hinab. Kamphausen visierte den roten Streifen auf der Oberseite des Tauchboots an.

»Aktivieren Sie den Magneten«, sagte Joe. »Volle Leistung. Wir haben nur diesen einen Versuch.«

»Die Spulen stehen unter Strom!«, rief Kamphausen. »Der Elektromagnet ist eingeschaltet!«

Aus dem Augenwinkel beobachtete Joe, wie der Kompass hektisch zu rotieren begann, als er in den Einfluss der neuen Magnetismusquelle geriet. Sie schwebten zehn Meter über den Wellen und kamen in einem flachen Winkel auf das Tauchboot zu. Die Torpedospur folgte ihnen auf der gleichen Achse. Kamphausen konnte sie sehen, für Joe war sie unsichtbar.

»Es wird verdammt knapp«, sagte der Kapitän.

Joe drosselte das Tempo, als er sich dicht hinter dem Mini-U-Boot und auf gleichem Kurs befand. Der Magnet tauchte ins Wasser ein, und das Seil rutschte über den Rücken des U-Boots. Der Magnet kam frei, stieß gegen das Heck des kleinen U-Boots und prallte davon ab.

Es sah so aus, als würde der Magnet über das Boot hinwegspringen, aber seine aktive Seite wurde von dem stählernen Rücken des Tauchboots angezogen. Mit einem dumpfen metallischen Laut saugte er sich am Bootsrumpf fest. Die Winde ächzte und ließ ein paar Meter Seil durchrutschen, ehe die Seilbremse zugriff. Der Air-Crane sackte abwärts, als die Spannung des Windenseils den Helikopter in den Ozean zu reißen drohte, aber Joe steuerte dagegen, und die *Angler* nahm Vorwärtsfahrt auf und schnitt durch eine Welle, ehe sie vollständig freikam. Sie schwang in Flugrichtung unter den Air-Crane und zog eine Wasserschleppe hinter sich her.

Joe war zu sehr damit beschäftigt, den Air-Crane zu stabilisieren, um auf den Torpedo zu achten. Kamphausen hielt unwillkürlich den Atem an, als er unter ihnen vorbeirauschte.

Nichts geschah. Keine Explosion. Keine Wasserfontäne. Er behielt seinen schnurgeraden Kurs bei und verschwand in der Ferne.

Kamphausen schaute ihm nach und salutierte spöttisch. »Und tschüss«, sagte er.

Joe lachte und kehrte zur *Reunion* zurück, mit der *Angler* als Anhängsel.

Dreihundert Meter tiefer warteten Kapitän Victor Tovarich und die Mannschaft des Typhoon auf eine Explosion, die nicht stattfand.

»Was ist passiert?«, fragte Tovarich schließlich.

»Nichts, Käpt'n«, antwortete der Sonartechniker.

»Das weiß ich auch«, sagte Tovarich mit mühsam gezügelter Wut. »Was ist diesmal schiefgegangen?«

»Nichts«, erwiderte der Waffenoffizier. »Der Torpedo folgt noch immer seinem Kurs.«

»Hat er demnach das Ziel verfehlt?«

»Nein, Käpt'n, … er hatte es genau im Visier … es ist nur …«, erwiderte er vollkommen verblüfft.

»Es ist *was*?«, wollte Tovarich wissen.

»Es ist nur so, dass das amerikanische Unterseeboot verschwunden ist.«

Der Kapitän starrte seinen Sonartechniker ungläubig an. »Was meinen Sie mit *verschwunden*?«

Tovarich zog den Mann aus seinem Sessel. Er hatte seine militärische Laufbahn auch als Sonartechniker begonnen. Er würde diesen beiden Amateuren zeigen, wie man das Gerät richtig bediente. Er stülpte sich das Headset über den Kopf und lauschte konzentriert, justierte die Einstellungen für Impulsfrequenz, Suchrichtung und Empfindlichkeit. Er hörte das Gleiche, was auch sie hörten: einen Torpedo, der in voller Fahrt war, aber kein Unterseeboot.

»Geben Sie mir einen aktiven Ping!«

Der Emitter sendete augenblicklich den Impuls, und das Echo folgte Sekundenbruchteile später. Der Torpedo war dort und entfernte sich, und da war der Frachter, von dem aus das NUMA-Tauchboot vermutlich abgesetzt worden war. Er hatte seine Position nicht verlassen. Aber das Mini-U-Boot selbst war verschwunden.

Tovarich riss sich das Headset vom Kopf. »Sprengen Sie den Torpedo«, befahl er. »Und kehren Sie zum Absturzort zurück. Sobald die Bergung der Trümmer abgeschlossen ist, gehen Sie auf Tiefseekurs. Ich bin in meinem Quartier. Allein.«

20

Ein paar Stunden später verabschiedeten sich Kurt Austin, Joe Zavala und Emma Townsend von der Mannschaft der *Reunion*. Zu ihrer Überraschung war es ein freundliches, warmes Lebewohl, auch wenn keine Diamanten geborgen worden waren. Da sich das Schiff wieder auf seinem ursprünglichen Kurs befand und seine Fracht nun pünktlich gelöscht werden konnte, hatten sich sogar die Bedenken des Vertreters des Obstlieferanten verflüchtigt. Er entsorgte sämtliche Papiere, die er für die Anwälte der NUMA hatte anfertigen lassen, indem er sie einfach über Bord warf.

Vor allem Kamphausen machte kein Hehl aus seinem Bedauern, sie das Schiff verlassen zu sehen. Er zerquetschte Joe beinahe, als er ihn umarmte. »Seit Jahren habe ich nichts annähernd Aufregendes wie dies erlebt«, beteuerte er.

Mit Joe auf dem Pilotensitz stieg der Air-Crane auf, wandte sich nach Osten und nahm abermals Kurs auf Guayaquil. Emma saß im Sessel des Kopiloten, und Kurt besetzte den Notsitz zwischen ihnen.

Während des Fluges wurde wenig gesprochen. Schon vor dem Start machte Emma einen nachdenklichen Eindruck und wurde während des Fluges noch stiller und blickte immer wieder für längere Zeitspannen aus dem Fenster.

Kurt tippte ihr auf die Schulter. »Alles okay?«

Sie drehte sich zu ihm um. In ihren Augen lag ein sorgenvoller Ausdruck, aber sie kaschierte ihn schnell. »Nur enttäuscht«, sagte sie. »Wir sind genauso weit wie am Anfang.«

Er nickte. »An einem einzigen Tag haben wir zwei streng geheime russische Projekte aufgedeckt. Das muss doch für irgendetwas gut sein – wenigstens für ein Lächeln.«

»Aber wir wollten eigentlich die *Nighthawk* finden«, sagte sie.

»Immer mit der Ruhe«, erwiderte er. »Das werden wir.«

Sie schaute auf die Uhr. »Es wäre besser, wenn es möglichst bald geschähe.«

Während sie sich wieder zum Fenster umwandte, dachte Kurt über ihr Verhalten nach. Sie tat zwar so, als sei sie enttäuscht, aber für Kurt sah es ein wenig anders aus. Eher machte sie einen gestressten Eindruck. Es sah aus, als lastete das Gewicht der ganzen Welt auf ihren Schultern und als würde die Welt von Minute zu Minute schwerer.

Er öffnete seinen Sicherheitsgurt, klappte den Notsitz hoch und schlängelte sich nach achtern. Dort lagen ihre Rucksäcke sowie ein Hartschalenkoffer, in dem sie den Flugschreiber des russischen Bombers deponiert hatten. Neben dem Koffer stand eine Faltkiste mit Erfrischungen und einem Abschiedsgeschenk der Mannschaft der *Reunion*: eine Schüssel voller Obst, die mit Frischhaltefolie zugedeckt war. Sie enthielt Limonen, Äpfel, Orangen und, natürlich, mehrere Kiwis.

Kurt suchte eine Orange aus und hielt dann inne. Er schaute über die Schulter zum Cockpit. Emma starrte immer noch aus dem Fenster, und Joe hatte genug damit zu tun, den Hubschrauber zu lenken, als sich für andere Dinge zu interessieren.

Er zögerte nur für einen kurzen Moment und führte dann aus, was seiner Meinung nach getan werden musste. Danach kehrte er ins Cockpit zurück – mit Erfrischungen für jeden.

Eine Stunde später landeten sie. Zwei Wagen erwarteten sie auf dem Rollfeld. Vor einem der Fahrzeuge stand Rudi Gunn. Aus dem anderen Wagen stiegen zwei Männer in dunklen Anzügen.

»Freunde von Ihnen?«, wollte Kurt von Emma wissen.

»Keine Freunde«, antwortete sie. »Kollegen. Den Mann links erkenne ich. Er arbeitet für Steve Gowdy. Er ist so etwas wie seine rechte Hand.«

Kurt hatte schon etwas in dieser Richtung erwartet. Er schnappte sich das Gepäck und schwang sich durch die Tür nach draußen.

Die drei Gruppen kamen auf dem Rollfeld zusammen. Namen wurden genannt und Dienstmarken blinkten, bis man sich miteinander bekannt gemacht hatte.

Emma übergab den Hartschalenkoffer. »Darin befindet sich der Flugschreiber eines russischen Überschallbombers. Den Trümmern nach zu urteilen ist es ein modifizierter *Blackjack*.«

Der leitende Agent – sein Name lautete Hurns – nahm den Koffer in Empfang. »Was wissen Sie über das U-Boot?«

»Ein umfangreich umgebautes Typhoon«, sagte sie und reichte ihm eine tragbare Computerfestplatte. »Darauf befinden sich Fotos und Videos. Wir konnten einige sehr gute Aufnahmen machen.«

Hurns nickte. »Die hohen Tiere werden sich freuen. Wenn Sie in diesem Tempo weitermachen, sind Sie eine Legende, noch ehe Sie ihren vierzigsten Geburtstag feiern.«

Seine Worte schienen Emma nicht im Mindesten zu beeindrucken. »Wir alle müssen unsere Jobs erledigen«, sagte sie. »Ich bleibe beim NUMA-Team, bis unsere Mission abgeschlossen ist. Bestellen Sie Steve, dass ich mich bei ihm melde, sobald ich mehr in Erfahrung gebracht habe.«

Hurns nickte. Er trug den Koffer zum Wagen und legte ihn in den Kofferraum. »Wie Sie vorgehen, bleibt Ihnen überlassen.«

Die beiden Agenten der NSA stiegen in den Wagen und verließen das Rollfeld. Rudi Gunn übernahm die Gesprächsleitung. Er lehnte mit vor der Brust verschränkten Armen und ernster Miene an der Fahrertür seines Wagens. Dann wandte er sich an Kurt. »Habe ich richtig gehört, dass die NUMA neuerdings ins Gemüsegeschäft einsteigt?«

»Obstgeschäft«, korrigierte Kurt. »Eine interessante Geschichte. Wenn Sie wollen, erzähle ich sie Ihnen während der Fahrt.«

»Während der Fahrt wohin?«

»Zum Konsulat«, sagte Kurt. »Wir brauchen eine Satellitenverbindung, damit wir eine Theorie überprüfen können, die ich entwickelt habe.«

Rudi blickte Joe an.

»Davon höre ich zum ersten Mal«, sagte Joe.

Emma musterte Kurt argwöhnisch, aber er grinste nur.

»Okay«, sagte Rudi Gunn. »Ich mache mit. Aber die Angelegenheit sollte Hand und Fuß haben. Wir stehen wegen unserer Methoden von Seiten der NSA ziemlich heftig unter Beschuss.«

»Geben Sie mir ein paar Stunden und urteilen Sie selbst«, sagte Kurt.

Misstrauisch hob Rudi eine Augenbraue und öffnete die Fahrertür. »Das werde ich.«

Im amerikanischen Konsulatsgebäude in Guayaquil sprach Rudi Gunn mit dem leitenden Beamten und erhielt sofort die Erlaubnis, die Kommunikationseinrichtungen zu benutzen.

Ein schneller Blick in den Raum enthüllte ein wahres Hightechparadies: Kommunikationskonsolen, wohin man sah, Flachbildschirme, Computer und Tastaturen, sogar ein Headset zur Erzeugung virtueller Realität. Alles verbunden und vernetzt mit Chiffrier- und Dechiffriermaschinen.

Kurt erklärte seine Absicht. »Während meines Gastspiels bei der CIA musste ich die jeweiligen Konsulate am Einsatzort mehrmals beanspruchen. Ich war schon damals immer von der Menge an Technologie beeindruckt, die sich in einem vergleichsweise kleinen Raum unterbringen ließ. Sie war häufig viel besser als das, was uns bei unseren Fronteinsätzen zur Verfügung stand, da es nicht tragbar sein musste.«

Joe und Emma ließen sich müde in freie Sessel sinken. Sie hatten anstrengende achtundvierzig Stunden hinter sich. Nur Kurt wirkte so hellwach, als machte ihm der Schlafmangel nicht das Geringste aus.

Rudi blieb wachsam. Er hatte ebenfalls nicht viel geschlafen. Wenn er nicht gerade Fragen nach der Übernahme eines Frachtschiffs durch die NUMA beantworten musste oder Forderungen von Steve Gowdy und der NSA abwehrte, Kurt an die kurze Leine zu nehmen, hatte er es vermieden, Anrufe der Obstfirma und des Firmenanwalts der NUMA anzunehmen. Irgendwann müssten Ordnung und Vernunft wieder die Oberhand bekommen, und wenn auch nur, um Rudis persönlicher Vorstellung von Disziplin gerecht zu werden.

Kurt stellte seinen Rucksack auf den Tisch in der Mitte des Raums und öffnete den Reißverschluss des Hauptfachs. Er holte ein zerkratztes und verbeultes Ausrüstungsteil heraus. Es war dunkelorangefarben und auf allen Seiten mit kyrillischen Symbolen beschriftet.

»Was hat dieses Ding hier zu suchen?«, fragte Emma alarmiert und sprang von ihrem Platz hoch.

»Ich habe es während des Fluges aus dem Koffer geholt«, sagte Kurt.

»Das sehe ich«, erwiderte Emma Townsend. »Aber weshalb? Ich hatte die Anweisung, es ins Labor zu schicken. Es ist jetzt Eigentum der NSA.«

Warnend hob Kurt einen Finger. »Tatsächlich ist dieser Flugschreiber nach den Gesetzen der Admiralität Eigentum der NUMA … Oder, vielleicht, der russischen Luftwaffe, da es sicherlich schwer zu beweisen sein dürfte, dass sie ihn freiwillig aufgegeben oder das Eigentumsrecht auf uns übertragen haben. Aber da wir den Schreiber nicht nach Moskau zurückschicken werden, habe ich es übernommen, dafür zu sorgen, dass die Ansprüche der NUMA erfüllt werden.«

Joe biss die Zähne zusammen und ließ sich ein wenig tiefer in seinen Sessel rutschen.

Rudi blickte seufzend zur Decke. Wahrscheinlich fragte er sich, weshalb die Götter ausgerechnet ihm Kurt Austin an die Seite gestellt hatten.

Emma starrte ihn an. »Gowdy wird völlig ausflippen.«

»Wir werden ihn beschützen«, sagte Kurt. »In seiner Abteilung gibt es eine undichte Stelle. Die Bomber und das Typhoon sind der Beweis dafür.«

»Und woher wollen Sie das wissen?«, fragte Emma.

»Überlegen Sie mal«, sagte Kurt. »Die *Nighthawk* kommt vom Kurs ab und verschwindet. Gleichzeitig, in derselben Region, fällt ein russischer Überschallbomber vom Himmel und stürzt ins Meer. Wir halten diesen Absturz irrtümlich für einen anderen und begeben uns schnellstens zum Absturzort, wo wir auf ein geheimes russisches U-Boot stoßen, das sich bereits dort eingefunden hat. Das ist doch kein Zufall.«

Emma lehnte sich zurück. »Nein, das ist es nicht. Aber ich kann nicht erkennen, dass dies auf ein Sicherheitsleck bei uns hinweist.«

»Wirklich nicht?«, fragte Kurt. »Um ausgerechnet jetzt ins Suchgebiet zu gelangen, musste dieses U-Boot Murmansk schon vor mehreren Wochen verlassen. Und es ist nicht das einzige Schiff, das zur rechten Zeit am richtigen Ort erschienen ist. Es gibt zwei Flottenverbände, einen russischen und einen chinesischen, die in diesem Augenblick mit Höchstgeschwindigkeit durch den Pazifik dampfen. Beide bestehen aus Tiefseesuch- und -bergungsschiffen, und beide sind nur einen Tag von einem Absturzort entfernt, von dem vor achtundvierzig Stunden noch niemand etwas wusste, obgleich sich ihre Heimathäfen zehntausend Meilen weit im Osten befinden.«

»Die Flottenbewegungen sind in der Tat verdächtig«, räumte Emma Townsend ein, »aber sie lassen sich erklären. Beide Einheiten führten Manöver oder Trainingsfahrten durch. Die chinesischen und russischen militärischen Presseabteilungen haben uns schon vor Monaten davon in Kenntnis gesetzt. Wir tauschen solche Informationen untereinander aus, um einen Dritten Weltkrieg zu vermeiden.«

Kurt gab sich nicht geschlagen. »Natürlich haben sie die NSA schon vor Monaten informiert. Weil sie schon vor Monaten wussten, dass die *Nighthawk* abstürzen würde.«

»Und woher sollen sie es gewusst haben?«

»Sie wussten es, weil sie es waren, die die Maschine herunterholten.«

»Sie haben sie heruntergeholt?«

Er nickte. »Indem sie das Steuer- und Kommandosystem der *Nighthawk* hackten. Sie verschafften sich Zugang zu Codes, die von Ihren NSA-Freunden in Vandenberg eifersüchtig bewacht werden. Was bedeutet, dass in der NSA ein Maulwurf sitzt, und zwar ziemlich weit oben, was wiederum mir jeden Grund liefert, ihnen oder anderen diese Flugdaten auf keinen Fall zugänglich zu machen.«

Sie verstummte. Kurt ließ seine Worte auf sie einwirken.

»Sie lehnen sich ziemlich weit aus dem Fenster«, sagte Rudi Gunn. »Selbst wenn einige dieser Vermutungen zutreffen sollten, heißt das noch lange nicht …«

»Nein«, schnitt Emma ihm das Wort ab. »Kurt hat recht.«

Alle Augen richteten sich auf sie.

»Es ist die einzige Erklärung, die einen Sinn ergibt. Wir haben keine logische Erklärung gefunden, weshalb die *Nighthawk* vom Kurs abkam. Unsere Techniker stellten fest, dass die *Nighthawk* damit Probleme hatte, einander widersprechende Kommandos zu verarbeiten. Damals ergab es keinen Sinn. Wir gingen von einem Computerfehler aus. Aber der Bomber, das Typhoon und die Bergungsflotten, die sich alle rechtzeitig am Ziel einfanden – das alles deutet doch daraufhin, dass die Russen und/oder die Chinesen die *Nighthawk* umprogrammierten und versuchten, sie in einem Teil des Ozeans abstürzen zu lassen, wo sie sich relativ einfach bergen ließ.«

Rudi meinte: »Aber wenn das wirklich der Fall ist, weshalb operieren ihre Flotten dann nicht direkt im Absturzgebiet, sondern mehrere Tage davon entfernt?«

»Weil wir sie vorzeitig aus dem All zurückgeholt haben«, sagte Emma. »Der Sturm vor Hawaii zog in Richtung der Küste von Kalifornien. Es war damit zu rechnen, dass er genau zum anfänglich errechneten Landezeitpunkt das Zielgebiet erreichen würde. Wir wollten nicht das Risiko eingehen, uns mit schlechtem Wetter herumschlagen zu müssen, daher zogen wir den Wiedereintritt um fünf Tage vor. Ohne diese Änderung hätten sich beide Bergungsflotten etwa einhundert Meilen von den Galapagosinseln entfernt aufgehalten und darauf gewartet, dass die *Nighthawk* ihnen vom Himmel herunter und direkt in die Hände fällt.«

»Sogar der Ort ergibt einen gewissen Sinn«, fügte Joe hinzu. »Abgesehen von der Region um die Galapagosinseln ist der Ozean in allen Richtungen zehntausend Fuß tief.«

»Und der Bomber?«, fragte Rudi.

»Wahrscheinlich ein Verfolgungsflugzeug«, sagte Emma. »Die *Nighthawk* ist mit Tarnkappenmaterial der dritten Generation beschichtet. Für das Radar ist sie vollkommen unsichtbar. Aber auf ihrem Weg durch die Atmosphäre heizt sich ihre Außenhaut bis auf fast eintausend Grad auf. Ein Überschallbomber mit Infrarotsuchsystem hätte ihr meilenweit folgen können, ihr Wärmebild anvisieren und sie beschatten, bis sie auf Landegeschwindigkeit abgebremst wurde und an einem Fallschirm sanft ins Meer sank.«

Kurt nickte. »Genauso habe ich es mir vorgestellt. Aber irgendetwas ging schief. Und obgleich der Bomber abstürzte, könnte auf dem Flugschreiber ein Hinweis auf den Verbleib der *Nighthawk* zu finden sein. Ein Hinweis, den wir weder Moskau noch Peking zugänglich machen wollen.«

»Und wenn jemand ihn bereits gefunden hat?«

»Das haben sie nicht«, sagte Kurt, »sonst hätten ihre Flotten längst abgedreht.«

Emma nickte. »Okay«, sagte sie. »Zaubern Sie. Schicken Sie die Daten zur NUMA und lassen Sie uns herausfinden, was die Russen getan haben.«

Kurt deutete auf die Black Box. »Kannst du sie anzapfen?«

Joe nickte. »Die Schnittstellen sehen standardmäßig aus. Ich führe ein paar kurze Tests durch und schicke Hiram die Informationen. Max dürfte sie viel besser dechiffrieren können als wir.«

Während sich Joe an die Arbeit machte, ging Rudi Gunn hinaus, um zu telefonieren, und Kurt nahm neben Emma Platz. Ihr vorher noch bleiches Gesicht hatte wieder Farbe angenommen. »Gefällt Ihnen das Spiel?«, fragte Kurt.

»Am liebsten gewinne ich«, erwiderte sie.

»Ich auch.«

Einen Moment lang schwiegen sie beide. Dann fragte sie: »Was haben Sie ihnen eigentlich gegeben?«

»Wem?«

»Meinen Kollegen – Hurns und Rodriguez. Als ich diesen Koffer hochgehoben habe, enthielt er etwas Schweres.«

Kurt lehnte sich in seinem Sessel zurück und legte die Füße auf den Tisch. »Ein sehr hübsches Abschiedsgeschenk. Ich bin sicher, dass sie es während ihres langen Heimflugs zu würdigen wissen.«

Die NSA-eigene Gulfstream befand sich auf halbem Weg nach Houston, ehe Agent Hurns sich von seiner Neugier überwältigen ließ. Bei dieser Mission war er ein Kurier mit dem Auftrag, ein Paket abzuholen und abzuliefern. Er sollte es zwar nicht öffnen und hineinschauen, aber er konnte nicht anders.

Genau darüber sprach er mit Rodriguez.

»Ich bin dabei«, sagte sein Partner.

Sie verließen ihre Plätze, gingen nach achtern und legten den Metallkoffer auf einen Tisch. Mit geschickten Fingern ließ Hurns beide Schlösser aufspringen und öffnete den Koffer.

Sein Gesicht wurde blass. »Was zum Teufel ist das?«

Rodriguez blickte ihm über die Schulter. »Sieht aus wie eine Schale Obst«, sagte er und griff nach einer reifen Kiwi.

Ein von Hand beschriebener Notizzettel war zwischen zwei Orangen eingeklemmt. Die Nachricht lautete:

Füttern Sie damit den Maulwurf.

Beste Grüße,
Kurt Austin

21

Washington, D. C.

Hiram Yaeger hatte während seiner Zeit bei der NUMA an vielen waghalsigen Operationen teilgenommen. Aber als er die Daten in der Black Box schließlich dechiffriert hatte, konnte er nicht umhin, an eine imaginäre Mütze zu tippen und den Russen auf diese Weise seinen Respekt für die Tollkühnheit dessen auszudrücken, was sie versucht hatten.

Nachdem er sämtliche Details entschlüsselt hatte, wartete er im Videokonferenzraum in der NUMA-Zentrale, während die Satellitenverbindung mit dem Konsulatsgebäude in Guayaquil hergestellt wurde.

Der Raum war eine Synthese aus Alter und Neuer Welt. Gemälde von riesigen Schiffen zierten die Wände, während der Mahagonitisch von einer Segelyacht aus dem neunzehnten Jahrhundert die Mitte des Raums ausfüllte. Er war auf drei Seiten mit komfortablen Sesseln umgeben, von denen einer für Priya entfernt worden war, weil sie den Raum in ihrem Rollstuhl aufgesucht hatte. Auf der freien Seite stand eine Reihe von Flachbildschirmen, auf denen nach kurzer Wartezeit das Team in Ecuador erschien.

»Es tut mal wieder richtig gut, euch alle zu sehen«, begrüßte Hiram seine Zuhörer.

»Ich kann es kaum erwarten, aufgeklärt zu werden«, erwiderte Rudi.

Hiram nickte. »Ich habe das Gefühl, Sie werden nicht enttäuscht.«

Er drückte auf eine Taste der Fernbedienung, und ein weiterer Flachbildschirm wurde hell. Er war in drei Fenster unterteilt. Das größte zeigte ein Videobild, das von dem Kamerasystem des russischen Bombers aufgezeichnet worden war; das zweite Fenster lieferte einen Blick auf eine Sand- und Seekarte, und im dritten Fenster war das Innere des Bombercockpits zu sehen sowie das Instrumentenbrett, aufgenommen von einer Kamera, die über der Schulter des Piloten angebracht war. Die Helme und Schultern der Crewmitglieder waren teilweise zu sehen.

»Sehen Sie dies auf Ihrem Bildschirm?«, fragte Hiram.

»Ja«, antwortete Rudi.

»Fantastisch«, sagte Hiram. »Die Russen benutzen einen Recorder, um alle wichtigen Informationen zu sammeln, anstatt zwei separate für Stimmen und Daten, wie die FAA es vorschreibt. Ihr System hat einwandfrei funktioniert, aber wir haben nur die letzten zwanzig Minuten des Flugs. Ich denke aber, sie reichen aus. Zum besseren Verständnis hat Max den gesamten Dialog ins Englische übersetzt.«

Die Beleuchtung erlosch teilweise, und die Präsentation begann. Die ersten Bilder gehörten zu einem Infrarotvideo, das ausschließlich Grautöne zeigte. Auf der rechten Seite lieferten Zahlen Informationen über Fluggeschwindigkeit, Flugkurs und Flughöhe. In größerer Entfernung flimmerte ein winziger weißer Punkt und verblasste ein wenig, während Nachführvektoren anzeigten, dass er sich oberhalb des Bombers und in dreißig Meilen Entfernung befand.

»Ziel aufgefasst«, sagte die ins Englische übersetzte Stimme.

»Geschwindigkeit des Objekts viertausendeinhundert. Aktiviere Scramjets.«

»Sagte er *Scramjets*?«, wollte Emma wissen.

»Das hat er gesagt«, bestätigte Hiram. »Wir haben die Übersetzung noch einmal überprüft. Sie benutzen ein anderes Akronym, aber die Funktion ist die gleiche. Der Bomber war mit Überschallstaustrahl-Triebwerken bestückt, die ihn bis auf Mach 6 beschleunigen können.«

Während die Scramjets den Antrieb übernahmen, begann das Videobild zu zittern, und ein Summen drang aus dem Lautsprecher. Die Mach-Angabe zählte hoch, und die Stimmen von Pilot,

Kopilot und Flugingenieur wurden von dem ständig anwachsenden Maschinenlärm überlagert.

Der Pilot las die Stufen laut vor. *»Passieren Mach 2 … 3,5 … Mach 4 …«*

Die Beschleunigung hielt für eine weitere Minute an und wurde langsamer.

»Geschwindigkeit wird bei Mach 5,1 konstant gehalten.«

Danach meldete sich die Stimme des Kopiloten. *»Oberflächentemperatur innerhalb der Toleranzgrenze.«*

»Er meint die Außenhaut des Flugzeugs«, kommentierte Hiram.

Emma nickte. Sie war die Flugexpertin und konnte die Information sofort einordnen. »Bei Mach 5 werden die Vorderkanten der Nase, der Tragflächen und des Heckleitwerks enorm erhitzt. Herkömmlicher Stahl würde schmelzen. Die Außenhaut des Flugzeugs müsste aus einer Speziallegierung hergestellt worden sein, und zwar mit einem hohen Anteil an Titan.«

»Was erklärt, weshalb sämtliche Metalldetektoren und Magnetometer zuerst die Räder und die internen Bauelemente aufgespürt haben«, sagte Joe. »Sie enthielten mehr Eisen und waren einfacher und schneller zu finden.«

»Genau.«

Die nächsten Videosequenzen folgten. *»Kurs angeglichen«*, sagte die Stimme des Piloten. *»Überlassen Steuerung dem Computer.«*

Der kleine Punkt, den sie mit der Kamera verfolgten, wurde größer, während der Abstand zu schrumpfen begann, bis offensichtlich wurde, dass sie die *Nighthawk* vor sich hatten. Aber sie holten nicht zu ihr auf, sondern ließen zu, dass sie den Bomber einholte.

»Zu diesem Zeitpunkt befindet sich der Bomber vor und unterhalb der *Nighthawk*«, erläuterte Hiram. »Max, ich brauche die Kursvektoren.«

Im zweiten Fenster des Bildschirms wurde das Satellitenbild vom Südpazifik und von der Küste von Südamerika aufgerufen. Zwei Symbole erschienen – ein rotes und ein grünes. Dünne Linien erstreckten sich hinter ihnen.

»Die rote Linie ist der russische Bomber«, sagte Hiram. »Die grüne Linie ist die *Nighthawk.*«

Die beiden Linien verschmolzen miteinander, wobei der russische Bomber einen minimalen Vorsprung vor dem unbemannten Weltraumfahrzeug hatte.

»Kurse deckungsgleich«, meldete die Stimme des Flugingenieurs. *»Entfernung zwei Meilen abnehmend.«*

Eine andere Stimme erklang vom Cockpitrecorder. *»Störung des Signals ausgeführt. Vandenberg ist jetzt blockiert.* Die Nighthawk *gehört uns.«*

»Roger, Blackjack 2.«

»Ein zweiter Bomber?«, fragte Joe.

Hiram nickte. »Etwa zwei Meilen vor dem ersten.«

In dem Infrarotvideo wurde die *Nighthawk* ständig größer und kam näher. Eine Entfernungsangabe und eine Reihe vertikaler und horizontaler Linien erschienen im Bild.

»Entfernung eintausend Fuß und abnehmend«, sagte der Kopilot.

Die *Nighthawk* näherte sich stetig und füllte mehr und mehr das Videobild aus. Die Kamera verfolgte sie, wie sie am Heckleitwerk des Bombers vorbeiwanderte und in eine Position genau über dem russischen Flugzeug gelangte. Bei dreitausendneunhundert Meilen pro Stunde in einer Flughöhe von einundneunzigtausend Fuß waren die beiden Flugkörper in vollendeter Formation unterwegs.

Die Stimme des Kopiloten klang ganz ruhig. *»Geschwindigkeit angeglichen. Kurse parallel. Wir sind bereit für Zugriff.«*

»Bringe Windschild aus«, sagte der Pilot.

Eine Reihe kleiner Stäbe schoben sich auf dem Rücken des russischen Bombers aus dem Rumpf. Sie erzeugten einen Wirbel und eine Niederdruckzone entlang der Längsachse des Bombers, die die *Nighthawk* nach unten zog. Sie sank langsam und setzte sanft auf dem russischen Flugzeug auf. Hier wurde sie sofort von einer Reihe Klammern erfasst, die aus dem Rumpf des Bombers heraussprangen. Sie legten sich um die Tragflächenkanten der *Nighthawk* und fixierten sie.

»Kontakt vollzogen. Halteklammern an Ort und Stelle«, sagte der Kopilot.

»Bringe zweiten Windschild aus«, kündigte der Pilot an.

Eine dreieckige Metallplatte schob sich vor dem eingefangenen Raumfahrzeug in die Höhe. Sie lenkte den Wind um die *Nighthawk* herum und davon ab. Eine Dampfspur entstand an der Spitze der Platte und glitt über die Nase des deltaflügeligen Luftfahrzeugs bis zu seinem Schwanzleitwerk. Der Bomber und seine Beute lagen vollkommen ruhig in der Luft.

»Sie haben sie geschnappt«, flüsterte Emma. »Sie haben sie regelrecht vom Himmel gepflückt.«

»Ich kann nicht glauben, dass sie durch keinerlei Turbulenzen behindert wurden«, sagte Kurt.

»In dieser Höhe ist die Atmosphäre so dünn, dass keine Turbulenzen entstehen können«, sagte Emma.

»Aber sie fliegen mit viertausend Meilen pro Stunde«, sagte Rudi Gunn.

»Aber nicht in Relation zueinander«, erwiderte Emma. »Wir führen im Orbit ständig Andockmanöver aus. Im Fernsehen sieht es aus, als bewegten sich diese Raumschiffe kaum vom Fleck, dabei rasen sie mit 17K um die Erde. In den Sechziger- und Siebzigerjahren haben die *Apollo*- und *Gemini*-Piloten diese Manöver nach Augenmaß durchgeführt. Ich bin sicher, dass den Leuten bei dieser Operation die am höchsten entwickelten Computer zur Verfügung standen, die man in Russland finden kann.«

»Andocksequenz abgeschlossen«, meldete der Pilot. *»Meldung nach Moskau, wir haben die Nighthawk.«*

Auf dem Tonband war zu hören, wie die Crew den Erfolg ihrer Mission feierte, und die nächsten Minuten waren reine Routine. Der zweite Bomber wurde gerufen. Tests wurden durchgeführt, Systeme wurden mehrmals überprüft. Währenddessen blieb *Blackjack 1* auf seinem Kurs und behielt seine unglaubliche Geschwindigkeit unverändert bei.

»Verringere Schub«, meldete der Pilot schließlich. *»Caracas informieren, dass wir nachtanken müssen.«*

»Wir sind nicht sicher, ob er Caracas in Venezuela meint«, sagte Hiram Yaeger, »oder ob es nur ein Codename für ein Tankflugzeug ist.«

»Ich tippe auf Ersteres«, sagte Rudi Gunn. »Die Russen haben dort, wo Chávez einst regierte, noch zahlreiche Freunde.«

Während das Flugzeug das Tempo drosselte, verminderte sich die Lautstärke des Hintergrundlärms deutlich. Die Geschwindigkeit sank unter Mach 4 und dann unter Mach 3. Bei Mach 2,5 begann der Bomber einen weiten Schwenk nach Norden, und zumindest für einen Augenblick schien es, als ob den Russen das spektakulärste Hijacking der Luftfahrtgeschichte gelungen wäre.

Das Video begann zu flackern, gefolgt von einer verzerrten Kommunikation.

Eine rhythmische Vibration machte sich bemerkbar, und das Flugzeug erzitterte. Nicht lange, und das Zittern erfasste auch die Kameras.

»Trägheitsdämpfer versagen«, meldete der Kopilot. *»Vibration erreicht kritischen Wert.«*

»Lässt sich die Ursache feststellen?«

»Die Halteklammern werden belastet«, rief der Flugingenieur. *»Es ist die* Nighthawk*; sie beginnt zu flattern.«*

Die nächste Antwort des Piloten war nicht zu verstehen. Er keuchte auf und atmete heftig, während er die Kontrollen bediente.

Ein Funkspruch wurde abgesetzt. »Blackjack 2*, wir haben ein Problem. Die* Nighthawk *wird aktiv. Ich wiederhole, die* Nighthawk *ist aufgewacht. Falconer, benutzen Sie die Alpha-Codes. Legen Sie sie still.«*

Die Antwort klang viel gelassener. *»Sind Sie sicher,* Blackjack 1*? Wir erkennen keinerlei Aktivität. Unsere Kontrollen leuchten grün. Sie dürften keine Probleme haben.«*

Als der Pilot antwortete, klang seine Stimme aufgeregt. *»Das verdammte Ding versucht sich loszureißen. Verstärken Sie Ihr Signal und geben Sie Befehl zum Abschalten – sofort!«*

Was immer *Blackjack 2* auch unternahm, es blieb wirkungslos.

Die Vibration wurde heftiger. Alarmsignale hallten durch das Cockpit. Auf dem Armaturenbrett flammten Warnlichter auf.

»Hydraulik«, sagte Priya Kashmir. »Seitenleitwerk … Trägheitsdämpfer.«

Der Pilot atmete hörbar mühsamer. Seine Durchsagen wurden von Flüchen und Verzweiflung untermalt. Im externen Videostream war zu erkennen, dass die *Nighthawk* in ihrer Verankerung heftig zitterte. Die Steuerelemente flatterten. Querruder bewegten sich auf und ab. Seitenruder rutschten vor und zurück.

Und dann löste sie sich.

Von einem Augenblick zum anderen riss sich das eingefangene Flugzeug los und schwenkte weg, wobei es einen Teil des Bomberrumpfs mitnahm. Hydraulikflüssigkeit und weißer Dampf strömten aus dem klaffenden Loch, das zurückblieb.

»Mayday! Mayday! Mayday!«, rief der Pilot. *»Wir haben einen Notfall!«*

Trotz seiner verzweifelten Bemühungen legte sich das Flugzeug auf die Seite und begann träge in Richtung Ozean zu trudeln. Gnädigerweise versagten die Kameras Sekunden später. Von diesem Moment an war nur noch die Audioaufzeichnung zu hören, die aus panischen Hilferufen und verzerrten Notfunkrufen bestand, bis sogar die Piloten verstummten und alles, was noch aufgezeichnet worden war, die Stimme des Flugzeugcomputers war, die wiederholt die Piloten aufforderte: *»Hochziehen … hochziehen.«* Und dann verstummte auch sie.

Vollkommene Stille herrschte in beiden Räumen.

»Wir nehmen an, dass sie das Bewusstsein verloren haben«, sagte Hiram.

»Warum haben Sie die Schleudersitze nicht ausgelöst?«, fragte Emma.

Niemand kannte die Antwort.

Zwar mochten die Russen ihre politischen Widersacher und Feinde sein, aber die Piloten waren einfach Männer, die ihre Jobs erledigten. Männer, die ein unerhörtes Risiko eingingen und beinahe erfolgreich gewesen waren, ehe sie mit ihrem Leben dafür bezahlt hatten.

»Man kann nicht umhin, ihren Mut zu bewundern«, brach Kurt das Schweigen. »Wenn es nicht unsere Maschine gewesen wäre, die sie zu stehlen versuchten, säße ich jetzt hier und wünschte ihnen, dass sie Erfolg gehabt hätten.«

Alle Anwesenden nickten zustimmend.

»Hat jemand irgendeine Idee, was schiefgegangen ist?«, fragte Emma Townsend.

Hiram hatte eine Vermutung. »Solange der Bomber dem ursprünglichen Kurs der *Nighthawk* folgte, lief alles nach Plan. Sobald der Pilot diesen Kurs aber verließ, wurde die *Nighthawk* wieder aktiv und versuchte, ihre anfängliche Flugrichtung einzuschlagen. Das setzte die Vibrationen in Gang, die schließlich zur Trennung der beiden Maschinen und zum Absturz führten.«

»Weshalb reagierte sie so?«, fragte Kurt.

»Wir nehmen an, dass die Russen das Navigationssystem gehackt haben«, erklärte Hiram. »Sie programmierten es um, damit die Maschine nach Süden flog und mit dem Bomber zusammentraf, aber dabei vergaßen sie wohl, das Trägheitsnavigationssystem stillzulegen, ehe sie den Schwenk nach Norden einleiteten.«

»*Alpha-Code* ist ein NSA-Kürzel für einen Neustartbefehl. Das Äquivalent für die Tastenkombination *Ctrl-Alt-Delete*, um den Neustart eines Computers zu erzwingen. Der Befehl soll jeden laufenden Vorgang unterbrechen und ein Reset des Betriebssystems auslösen.«

»Hat jemand eine Idee, was sie meinten, als sie *Falconer* riefen?«

Emma zögerte einen Moment. Dann gab sie sich einen Ruck. »Ich bin mir nicht sicher«, gestand sie, »aber vor mehreren Jahren erhielten wir die geheime Information, dass jemand ins Raumfahrtprogramm der NSA eingedrungen sein könnte. Entweder in Gestalt eines Maulwurfs in Vandenberg oder durch ein von einem Computer übertragenes Trojanerprogramm. Es gab keine Möglichkeit, diese Information zu verifizieren, und der

Hinweis selbst enthielt auch nur wenige Details. Es wurde vermutet, dass riesige Datenmengen entweder an die Russen oder an die Chinesen weitergegeben wurden. Davon abgesehen hatten wir nur den Codenamen.«

»Falconer«, sagte Rudi Gunn, »eine interessante Wahl. Ein Falkner richtet Raubvögel ab, sich frei durch die Lüfte zu bewegen und wieder zu ihm zurückzukehren.«

»Das Konzept, das dahinterstand, war jedem klar«, versicherte Emma ihm, »da wir genau das mit der *Nighthawk* versucht haben. Allerdings erbrachte eine gründliche Untersuchung keinerlei Hinweis, dass die NSA unterwandert wurde. Die ganze Geschichte wurde als Täuschungsmanöver betrachtet und nicht weiter verfolgt. Sie wären überrascht, wenn Sie erführen, wie viele schlechte und falsche Informationen weitergereicht werden. Das meiste mit voller Absicht. Und wir tun das ebenfalls. Es ist alles Teil des Spiels.«

»Ich nehme an, Ihr Chef könnte die Ermittlungen noch einmal aufnehmen wollen«, sagte Rudi.

»Das denke ich auch.«

Kurt warf einen Blick auf den dunklen Bildschirm und schaute dann zu Emma. »Nun, wer immer es war, er ist gescheitert. Die eigentliche Frage lautet: Weshalb? Alles schien genau nach Plan zu laufen.«

»Vielleicht hat ein Streusignal von Vandenberg das Desaster ausgelöst?«, meinte Joe.

»Das nehmen wir nicht an«, erwiderte Hiram. »Sie haben den zweiten Bomber als mobilen Transmitter benutzt und der *Nighthawk* aus nächster Nähe ein starkes Signal gesendet. Eine solche Taktik hätte alles neutralisiert, was die NSA zu senden versucht hätte.«

Emma pflichtete ihm bei. »Angenommen, die Zeit auf ihrer Uhr war korrekt, dann haben wir den Kontakt mit dem Flugkörper genau in dem Moment verloren, als sie ihn geschnappt haben. Das war nicht unser Werk. Es muss auf einen autonomen Programmiervorgang zurückzuführen sein. Nicht dass es zu diesem

Zeitpunkt überhaupt von Bedeutung ist.« Sie sah zu Kurt hinüber. »Wozu auch immer es gut sein mag, in einem Punkt hatten Sie recht: Die NSA und Vandenberg wurden angegriffen und geschwächt. Wenn die Russen die Alpha-Codes kennen, dann kennen sie alles.«

»Nicht alles«, rief Kurt ihr ins Gedächtnis, ehe er sich wieder an Hiram wandte. »Hast du irgendeine Idee, wohin die *Nighthawk* verschwunden ist?«

»Daran arbeiten wir soeben«, erwiderte er. »Aber es ist auf jeden Fall schwer zu sagen. Die Abfangaktion verändert sämtliche Berechnungen. Die Russen haben sie neun Minuten lang bei Mach 5 huckepack mitgenommen und sie mit Höchstgeschwindigkeit und bei über neunzigtausend Fuß in Trab gehalten, als sie eigentlich bremsen und in den Sinkflug gehen sollte. Dieser hilfreiche kleine Impuls hat den längsten möglichen Gleitpfad um siebenhundert Meilen verlängert. Kompliziert wird die Angelegenheit durch mehrere Videosequenzen, die die *Nighthawk* zeigen, wie sie den Kurs ändert und Kacheln verliert, was zu der Vermutung führt, dass sie beschädigt wurde, als sie sich losgerissen hat. All das könnte den Kurs, die Geschwindigkeit und den Gleitpfad beeinflussen.«

»Ich bin sicher, dass du irgendetwas in der Hinterhand hast«, bohrte Kurt.

Hiram nickte. »Max, zeig uns den Wahrscheinlichkeitskonus für den neuen Kurs.«

Ein Bild erschien auf dem Monitor. Diesmal erschien die ecuadorianische Küste um einiges größer und näher. Ein sich verbreiternder gelber Konus krümmte sich darauf zu, überquerte Südecuador und erstreckte sich landeinwärts über die Berge und die Urwälder von Peru.

»Sie könnte überall in dieser Region heruntergekommen sein«, sagte Hiram. »Oder auch an jedem anderen Ort, falls die Steuerelemente beschädigt waren.«

»Dann müssen wir also tatsächlich wieder von vorne anfangen«, sagte Emma.

»Nicht ganz«, widersprach Priya. Sie dirigierte ihren Rollstuhl zu einem Keyboard und ließ einige Sekunden lang die Finger über die Tasten fliegen. »Wir haben immerhin dies hier. Es ist ein Video, das im peruanischen Fernsehen gesendet wurde.«

Die Aufnahme konnte von allen betrachtet werden. Aufgezeichnet von einem Amateur, der offenbar Schwierigkeiten gehabt hatte, die richtige Schärfe einzustellen, zeigte sie ein leuchtendes Objekt, das den nächtlichen Himmel durchquerte wie ein Feuerball. Im Hintergrund ertönten einige laute Rufe, und dann verschwand das Objekt hinter dem Gipfel eines Berges, der in der Nähe des Standorts aufragte, von dem aus das Video aufgenommen worden war.

Die Kamera wurde herumgeschwenkt. Für einen kurzen Moment waren der Rand eines Sonnenkollektors und ein Haufen unregelmäßig geformter Steine zu erkennen, die wie die Trümmer eines Bauwerks aus der Jungsteinzeit aussahen. Abseits der Kamera erklang eine Stimme. *»Ein Zeichen der Götter«*, sagte sie in einem Englisch mit deutlichem Akzent. *»Das Ende muss nahe sein.«*

Über die Gesichter einiger NUMA-Vertreter huschte ein Grinsen, aber Emmas Miene blieb ernst. »Von wem wurde dieses Video aufgenommen?«, fragte sie. »Und wo?«

»Der Information des Fernsehsenders zufolge stammt es von einem peruanischen Archäologen namens Urco. Er arbeitet zurzeit in den Anden und leitet eine Ausgrabung, deren Funde den Chachapoya, den Wolkenmenschen von Peru, zugeschrieben werden.«

»Lässt sich das irgendwie verifizieren?«, fragte Kurt.

»Nein«, erwiderte Priya. »Es ist vor ein paar Stunden gezeigt worden. Aber aufgenommen wurde es angeblich kurz vor Tagesanbruch an dem Morgen, als die *Nighthawk* verschwand. Wir haben das überprüft. Der Zeitrahmen passt, und der Ort befindet sich tatsächlich im Bereich des verlängerten neuen Gleitwegs der *Nighthawk*.«

Rudi ergriff als Nächster das Wort. »Besteht eine Chance, dass dieses Video ein Scherz ist?«

»Ein Scherz über was?«, fragte Emma. »Niemand in der Welt draußen weiß doch, dass das Flugzeug vermisst wird.«

Priya spann den Gedanken weiter. »Vielleicht ist Ihnen aufgefallen, dass der Mann im Video nicht behauptet, ein Raumschiff gesehen zu haben. In dem begleitenden Text des Videos ist nur davon die Rede, dass ein Meteor beobachtet wurde.«

»Lassen sich aus dem Video Höhe und Geschwindigkeit ableiten?«, fragte Kurt.

»Nicht ohne weitere Informationen«, sagte Hiram. »Und selbst wenn wir einigermaßen genaue Schätzwerte erhielten, würden sie uns ohne eine genaue Flugrichtung wenig nützen.«

Joe meinte: »Wenn wir wüssten, wo er gestanden hat, und den Ort der Felsformation hinter ihm kennen würden, könnten wir die Flugrichtung einigermaßen genau festlegen.«

Kurt nickte, sah sich im Raum um und stellte dann die Frage, die jedem von ihnen durch den Kopf ging. »Haben wir weitere Hinweise?«

In beiden Räumen blieb es still.

»Dann sind wir uns einig«, sagte Kurt. »Sollen die Russen und die Chinesen doch im Pazifik suchen. Wir selbst gehen an Land und sehen nach, ob dieser Archäologe uns auf den richtigen Weg bringen kann.«

»Ich würde empfehlen, dass wir uns beeilen«, fügte Emma hinzu. »Wir sind schließlich nicht die Einzigen, die peruanisches Fernsehen empfangen können.«

22

Chinesischer Spionagekutter
Vor der Küste von Ecuador

Daiyu stand auf der Kommandobrücke des chinesischen Kutters. Die Dünung hatte sich beruhigt, und die See war pechschwarz. Alles war ruhig. Für sie *zu* ruhig. Nervenaufreibend.

Seit drei Tagen beobachteten sie das amerikanische Schiff *Catalina*. Während der letzten vierundzwanzig Stunden schien es, als ob die Mannschaft des Schiffes mit umfangreichen Such- und Bergungsaktivitäten begonnen hätte. Daiyu hatte mit der Planung einer Unterwasseraufklärungsmission begonnen, um nachzusehen, was sie gefunden hatten, als das Ministerium diese Mission stoppte.

General Zhang erschien auf einem Videobildschirm. »Die Bergungsaktivitäten des NUMA-Schiffs *Catalina* wurden als Ablenkungsmanöver eingestuft.«

»Demnach haben wir unsere Zeit vergeudet«, sagte Daiyu. In ihrer Stimme lag ein scharfer Unterton. Er war regelmäßig wahrzunehmen, sogar wenn sie mit einem Vorgesetzten wie Zhang sprach. Er war teilweise der Grund, weshalb sie an einem derart abgelegenen Ort eingesetzt wurde.

»So scheint es«, erwiderte Zhang. »Aber das ist nicht die einzige Neuigkeit. Wir haben weitere Informationen erhalten, die darauf hindeuten, dass die *Nighthawk* der Entführung durch einen russischen Bomber entging und nicht ins Meer stürzte. Sie wurde möglicherweise über den Bergen Perus gesichtet.«

»Demnach haben unsere russischen Freunde ihren Teil der Abmachung nicht erfüllt«, stellte sie fest. »Das überrascht mich nicht. Man kann sich nicht darauf verlassen, dass es ein Bär versteht, mit einem Spatzen zu tanzen.«

»Ebenso wenig kann man sich darauf verlassen, dass er seine Mahlzeit teilt«, fügte Zhang hinzu. »Im Grunde ist es ein Segen. Wären die Russen erfolgreich gewesen, hätten sie das amerikanische Flugzeug nach Hause mitgenommen und uns so wenig wie möglich zukommen lassen. Nun haben wir die Chance, uns alles zu holen.«

Daiyu nickte. »Wie es von Anfang an hätte versucht werden sollen.«

Sie wusste sehr wohl, dass General Zhang der gleichen Meinung war, dass er es jedoch niemals offen zugeben würde. Der Anflug eines Lächelns war alles, was sie als Reaktion feststellen konnte. »Ein Hubschrauber ist unterwegs«, sagte er. »Er wird in einer Stunde auf dem Deck landen. Halten Sie sich bereit.«

»Das werden wir«, erwiderte sie.

»Lassen Sie Ihr Land nicht im Stich«, sagte Zhang und meldete sich ab.

Jian stand neben ihr. Während Daiyu aufgekratzt reagierte, erschien er ernst und besorgt. »Ist etwas nicht in Ordnung?«

»Es wird nicht so einfach sein, die Amerikaner zu eliminieren«, sagte er. »Unsere Männer in Guayaquil hatten das Überraschungsmoment auf ihrer Seite, aber sie haben trotzdem versagt. Wenn wir uns wieder an sie heranmachen, werden sie wachsam sein.«

»Außer brutaler Gewalt gibt es auch noch andere Methoden«, sagte sie. »Wenn wir sie nicht auf direktem Weg ausschalten können, stellen wir ihnen eine Falle. Alle Ziele sind auf die eine oder andere Art manipulierbar. Sollten sie versuchen, uns beim geringsten Anzeichen unserer Anwesenheit abzuschütteln, lassen wir sie geradewegs ins Verderben rennen.«

23

Lenkwaffenkreuzer Varyag

Der Sturm hatte sich verzogen. Oder genauer gesagt: Der russische Kreuzer *Varyag* und die Bergungsschiffe, die ihn begleiteten, hatten sich durch sein Zentrum hindurchgekämpft. Niemand war glücklicher als Konstantin Davidov, dass die See sich beruhigt hatte. Zum ersten Mal seit Tagen nahm er wieder ein vollständiges Frühstück ein, ohne befürchten zu müssen, dass alles zurückkam.

Konteradmiral Borozdin saß ihm gegenüber und ertränkte sein Rührei in holländischer Sauce. Sie unterdrückte den Eipulvergeschmack und galt in der sowjetischen Marine als Delikatesse.

»Du siehst heute irgendwie anders aus«, sagte Borozdin zwischen zwei Gabeln voll Ei. »Ich kann es nur nicht genau erklären.«

»Doch, das kannst du ganz sicher«, sagte Davidov. »Ich bin nicht mehr so grün im Gesicht.«

Borozdin lachte. »Klar, natürlich, das ist es!«

Es klopfte an der Tür des Admirals. Ein Kurier steckte den Kopf herein. »Kapitän Tovarich meldet sich per Satellitenlink«, sagte der Marinesoldat.

»Lassen Sie ihn hierher durchstellen«, meinte Davidov.

Borozdin nickte dem Kurier zu, und Sekunden später meldete sich Tovarich.

Seine Stimme klang blechern und weit entfernt, aber die Verbindung war gut genug, um den Zuhörern seine Enttäuschung zu vermitteln. »Die Bergungsoperationen sind abgeschlossen«, erläuterte Tovarich. »Wir haben die Ladebucht leer gepumpt und die Trümmer durchgekämmt. Unglücklicherweise haben wir keine Spur von dem amerikanischen Flugzeug gefunden.«

»Wie kann das sein?«, fragte Davidov. »*Blackjack 1* meldete die *Nighthawk* lange vor dem Notruf als eingefangen und gesichert.«

»Das ist mir bewusst«, sagte Tovarich. »Aber eine erste oberflächliche Inspektion des Wracks hat ergeben, dass die Haltebolzen glatt durchtrennt wurden. Die *Nighthawk* muss sich losgerissen haben, als der Bomber außer Kontrolle geriet.«

Davidov lehnte sich verärgert zurück. Die Dinge liefen nicht nach Plan. Als er die Partnerschaft mit China aufgekündigt und Peking verlassen hatte, war es mit der Überzeugung geschehen, etwas in der Hand zu haben. In jenem Moment war er sich sicher gewesen, dass Russland – und zwar Russland ganz allein – über den Verbleib des amerikanischen Flugzeugs Bescheid wusste, weil nur Russland wusste, wo der Bomber abgestürzt war.

»Ich fürchte, da ist noch etwas anderes«, fügte Tovarich hinzu.

Davidov blickte auf. »Mehr schlechte Neuigkeiten?«

»So könnte man es nennen«, sagte Tovarich. »Während der Bergungsaktion trafen wir auf ein amerikanisches NUMA-Team in einem Mini-U-Boot. Offenbar waren sie schon vor uns am Absturzort gewesen und hatten sich dort umgesehen. Ihre Anwesenheit hat nicht nur die Existenz dieses U-Boots bekannt gemacht, sondern auch die Aufmerksamkeit auf die Flugoperation gelenkt.«

»Wie das?«

»Wir haben Grund anzunehmen, dass sie sich den Flugschreiber von *Blackjack 1* geholt haben. Wir haben die Trümmer durchgekämmt und das umliegende Gebiet abgesucht. Obgleich wir ein Signal empfingen, als wir dort eintrafen, ist der Recorder nicht aufzufinden. Die einzige logische Erklärung wäre, dass die Amerikaner ihn geborgen haben.«

»Verdammte NUMA«, knurrte Davidov. Es war nicht das erste Mal, dass diese amerikanischen Meeresforscher eine russische Mission vereitelt hatten.

Admiral Borozdin sah ihn von der anderen Seite des Tisches aus gespannt an. »Wenn die Amerikaner die Black Box haben, wird es ihnen nicht schwerfallen, sich die gesamte Mission zusammenzureimen. Sie werden erfahren, dass wir versucht haben, das Flugzeug aus der Luft zu holen.«

Davidov wischte die Bedenken seines hochrangigen Freundes mit einer Handbewegung beiseite. »Das dürfte keine weiteren Folgen haben. Sie können unsere Aktivitäten nicht publik machen oder sich beschweren, ohne ihre eigenen Geheimnisse aufzudecken. Die wichtigere Frage – eigentlich die einzige Frage überhaupt – ist doch die: Was geschah mit dem Weltraumfahrzeug?«

Der U-Boot-Kapitän vermutete, dass die Frage an ihn gerichtet war. »Dazu kann ich im Augenblick nichts sagen.«

»Setzen Sie die Suche fort«, befahl Davidov. »Verfolgen Sie den letzten bekannten Kurs. Ich erwarte Ihren stündlichen Lagebericht.«

Tovarich meldete sich ab, und Davidov stellte fest, dass ihm der Appetit vergangen war. Ein leises Klirren erklang, als er seine Gabel auf den Teller legte. »Wir hatten die Maschine«, sagte er. »Sie befand sich in unseren Händen.«

Borozdin legte ebenfalls Messer und Gabel nieder und trank einen Schluck Wasser. »Selbst wenn sich die *Nighthawk* losgerissen hat, muss sie nicht weit entfernt heruntergekommen sein.«

»Nicht unbedingt«, sagte Davidov. »Angesichts der Geschwindigkeit und der Flughöhe, in der sie sich befand, könnte sie im wahrsten Sinne des Wortes überall sein.«

Borozdin nickte. »Wie lauteten die Befehle für *Blackjack 2*?«

»Seine wesentliche Aufgabe bestand darin, das Signal aus Vandenberg zu überlagern«, sagte Davidov.

»Und für den Fall, dass etwas schiefgegangen wäre?«

»Die *Nighthawk* so lange wie möglich zu verfolgen und ihren letzten Kurs, ihre Flughöhe und ihre Geschwindigkeit zu melden.«

»Hast du Grund zu der Annahme, dass sie sich nicht an den Befehl gehalten haben?«

Davidov schüttelte entrüstet den Kopf. »Ich habe keinen Grund, überhaupt irgendetwas anzunehmen, Sergei. Wir haben nichts mehr von ihnen gehört.«

»Sie waren russische Offiziere«, sagte Borozdin. »Bestens ausgebildet. Zweifellos handverlesen aufgrund ihrer Effizienz, Loyalität und Tapferkeit. Solange du keine Kadetten bei der geheimsten deiner Missionen eingesetzt hast, können wir, glaube ich, davon ausgehen, dass sie ihre Befehle genau und so lange wie möglich ausgeführt haben. Bis zum Ende.«

Davidov entspannte sich ein wenig. »Gut. Ich stimme dir zu. Aber was nützt uns das? Wir wissen noch immer nicht, wo sie geblieben sind.«

»Aber wir wissen zumindest, wo sie nicht sind«, stellte Borozdin fest. »Sie sind nicht im Meer.«

Davidov erstarrte. Zum ersten Mal erkannte er, dass sich Borozdin kein harmloses Geplänkel mit ihm lieferte und ihm die Angelegenheit todernst war. »Wie kannst du dir dessen so sicher sein?«

»Weil die Amerikaner sie längst aus dem Wasser geholt hätten.«

»Ich denke, du überschätzt …«

Diesmal schnitt ihm Borozdin das Wort ab. »Wir geben es nur ungern zu, aber ihre Technologie ist der unsrigen weit überlegen.«

»Sergei, es hilft nicht …«

Borozdin ließ sich nicht unterbrechen. »Ich habe mir die ganze Geschichte jetzt eine Weile durch den Kopf gehen lassen«, fuhr er fort. »Ich weiß nicht, wie die Amerikaner so schnell auf *Blackjack 1* gestoßen sind, aber es ist nun mal geschehen. Sie haben den Bomber gehört oder gesehen oder ihn mit einer Drohne oder einem ferngesteuerten Sonar oder mit irgendeiner anderen Methode aufgestöbert, von der wir keine Ahnung haben. Wie auch immer, sie waren an Ort und Stelle und haben die Gebeine unserer Toten aufgesammelt, bevor wir dort eintrafen, und wir wussten genau, wo das Flugzeug herunterkam. Aber nun suchen sie wieder. Vor und zurück, im Osten und Westen. Falls *Blackjack 2* ins Wasser fiel, dürften sie ihn genauso schnell gefunden haben wie *Blackjack 1*. Aber sie haben ihn nicht gefunden, was mich zu der Überzeugung bringt, dass er nicht im Ozean gelandet ist.«

Davidov ließ sich diese Möglichkeit durch den Kopf gehen. »Demnach glaubst du, dass sie auf Festland heruntergekommen sind. Inwieweit hilft uns das?«

»Wenn *Blackjack 2* wie befohlen der *Nighthawk* folgte und dann über Festland abstürzte, kann man wohl davon ausgehen, dass es der *Nighthawk* ebenso ergangen sein wird.«

Es war eine gewagte Schlussfolgerung, aber eine gewisse Logik lag darin.

»Und wenn wir das Wrack von *Blackjack 2* finden«, fuhr Borozdin fort, »selbst wenn er irgendwo im Dschungel verbrannte, ist es doch trotz allem ein Hinweis darauf, in welcher Richtung wir nach der *Nighthawk* Ausschau halten müssen.«

Davidov erwärmte sich für diese Idee zum Teil nur deshalb, weil sie alles war, was sie hatten. »Wir brauchen Satellitendaten, und das so bald wie möglich.«

24

Irgendwo in den Bergen Perus

Ein langer, spitzer Kegel ragte horizontal unter einer Abdeckplane hervor. Der Abstand zum Erdboden betrug gut vier Meter, und es war unverkennbar die Nase eines Hochgeschwindigkeitsflugzeugs. Schwarze Oxydationsstreifen zogen sich von der Spitze über die Außenhaut des Kegels und weckten die Vermutung, dass er mit Feuer in Berührung gekommen war, aber die rußfarbenen Streifen waren durch Luftreibung und die Hitze verursacht worden, die entsteht, wenn ein Körper mit fünffacher Schallgeschwindigkeit durch die Atmosphäre rast.

Mehrere Männer mit rötlich brauner Haut zogen an Leinen und Stricken, die an der Abdeckplane befestigt waren, bis diese das gesamte Flugzeug verhüllte.

»Verankert die Seile im Boden!«, rief jemand. »Ich möchte vermeiden, dass ein starker Wind die Plane herunterreißt.«

Während die erste Gruppe Arbeiter die Plane stramm zog, rückte eine zweite Gruppe mit Vorschlaghämmern an. Sie schlugen lange Stäbe tief in den Erdboden. Anschließend wurden die Spannringe am Rand der Plane an den Stäben festgehakt und fixiert, damit sie nicht herunterrutschen konnten.

In der eisigen Bergluft strömte den Arbeitern bei jedem Atemzug weißer Dampf aus Mündern und Nasen. Sie trugen farbenfrohe Jacken aus Alpakawolle, während der Mann, der sie beaufsichtigte und ihnen Anweisungen gab, mit einem modernen schwarzen Anzug bekleidet war und sein Gesicht unter einem Halstuch verbarg.

»Zwei weitere Erdnägel hier vorn«, verlangte er.

Während der Abschnitt, auf den er gedeutet hatte, gesichert wurde, näherte sich ihm ein anderer Mann. Er hatte die Ärmel seines Oberhemds bis zum Ellbogen hochgekrempelt, sodass eine lange Narbe zu sehen war, die sich über seinen gesamten Unterarm zog. »Wir haben die Anzahl der Erdnägel verdoppelt«, sagte er. »Und die Männer sammeln mehr Baumäste, um sie auf der Plane zu verteilen.«

»Sie sollen außerdem Schlitze in die Plane schneiden«, befahl der Mann mit dem Halstuch. »Und zwar ganz oben.«

»Aber kommt unter der Plane dann nicht das Flugzeug zum Vorschein …«

»Dadurch wird verhindert, dass die Plane vom Wind erfasst wird. Reine Aerodynamik. Vertrau mir, mein Freund. Auf diesem Gebiet kenne ich mich aus.«

Der zweite Mann nickte. »Meinen Sie, man hat uns beobachtet?«

»Ich habe die Satellitenlisten überprüft«, sagte der Mann mit dem Halstuch. »Zum Glück befinden wir uns hier in einem abgelegenen Teil des Gebirges. Niemand schickt Spionagesatelliten über dieses Gebiet. Jedenfalls *noch* nicht. Aber wir können wohl davon ausgehen, dass sich das bald ändern wird. Eine weitere Sichtung könnte alles verderben.«

»Aber wollten Sie denn nicht, dass sie den Bomber finden?«, sagte der andere Mann unsicher und eilfertig darauf bedacht, die Wünsche seines Meisters zu erfüllen.

»O ja. Aber nach *unserem* Zeitplan, nicht nach deren.«

Der Mann mit der Armnarbe nickte, machte kehrt und ging zum Wald zurück. Er wedelte mit der Hand, und Kettensägen heulten auf, als die Männer begannen, Äste abzuschneiden und Bäume zu fällen, um ihren gelandeten Schatz damit später zu tarnen.

Der Mann mit dem Halstuch war zufrieden. Nachdem das Flugzeug wieder zugedeckt worden war und die Tarnbemühungen gute Fortschritte gemacht hatten, tauchte er unter die Abdeckplane und ging unter der scharf abgewinkelten Tragfläche des Bombers her. Er passierte die Triebwerksgehäuse und ging unter dem Rumpf zum Bug der Maschine, wobei er darauf achtete, nicht gegen eine der Antennen oder aerodynamischen Sonden zu stoßen, die aus dem Bauch des Flugzeugs herausragten. Mit seinen scharfen Kanten und dem gepanzerten Äußeren kam ihm das Flugzeug wie ein schlafender Drache vor. Ein Drache, der schon bald erwachen und Feuer atmen würde.

Er gelangte zu einer Leiter, die dicht hinter dem Bugfahrwerk aus dem Rumpf heraushing. Er stieg langsam auf ihr hinauf und erreichte das abgedunkelte Mannschaftsabteil. Ein anderer seiner Männer hielt sich dort auf. Er trug pelzgefütterte Stiefel und über den Schultern einen bunten Poncho.

»Was soll mit ihnen geschehen?«, fragte der Mann in seiner Muttersprache. »Noch eine Nacht wie die vergangene, und sie erfrieren.«

Er meinte die russischen Piloten, die gefesselt und geknebelt auf dem Boden der Flugzeugkabine saßen. Drei Tage in dem eisig kalten Flugzeug ohne etwas zu essen und nur mit wenig zu trinken hatten sie mürbegemacht. Neben ihnen diente eine Pfütze voll gefrorenem Blut, wo einem anderen Mannschaftsmitglied die Kehle durchgeschnitten worden war, als Warnung, nicht zu widersprechen.

»Sie bringen Krankheiten zu uns«, sagte der Mann mit dem Halstuch. »Aber wir brauchen sie, wenn die Zeit gekommen ist. Bringt sie zur Höhle.«

Der Mann im Poncho stieß einen schrillen Pfiff aus, und mehrere andere Männer erschienen, schafften die Gefangenen die Leiter hinunter und schleiften sie weg.

Wegen der Abdeckplane, die das Flugzeug einhüllte, war es im Cockpit trotz des hellen Tages draußen dunkel, aber noch dunkler wäre es für die Gefangenen in ihrer Höhle. Und noch dunkler für die zukünftige Welt.

»Sorg dafür, dass alle sich bereithalten«, sagte der Mann mit dem Halstuch. »Vieles wird sich sehr schnell ereignen. Der Köder wurde ausgelegt. Die Falle wird nicht lange leer bleiben.«

25

Ecuador

Im Flughafen trennten sich ihre Wege – Rudi Gunn buchte einen Flug nach Washington, um eine wachsende Zahl politischer Buschfeuer auszutreten, während Kurt und Emma die NUMA-Gulfstream für einen Neunzig-Minuten-Flug nach Cajamarca in Peru bestiegen, wo sie mit Paul und Gamay Trout verabredet waren.

Joe würde ihnen mit dem Erickson-Air-Crane folgen, aber die mäßige Geschwindigkeit des Hubschraubers und die Notwendigkeit, unterwegs Tankstopps einzulegen, hätten zur Folge, dass es neun Stunden dauern würde, bis der Air-Crane in Cajamarca einträfe. Die Wartezeit wäre beträchtlich, aber wenn ihnen das Glück hold war und sie die *Nighthawk* fänden – oder größere Teile von ihr –, würden sie ein Hilfsmittel brauchen, um sie aus dem Dschungel abzutransportieren oder von den Bergen herunterzuholen.

Kurz nach dem Start benutzte Emma die verschlüsselte Satellitenverbindung, um Steve Gowdy zu kontaktieren und ihn auf den neuesten Stand zu bringen.

Der NSA-Chef kam sofort zur Sache. »Was hat es mit dieser Obstschüssel auf sich?«

»Eine kleine Aufmerksamkeit«, sagte Kurt. »Wir schicken sie gewöhnlich allen VIPs.«

»Sie sind mir keine Hilfe«, sagte Emma.

Beschwichtigend hob Kurt eine Hand und blieb für den Rest des Gesprächs stumm, während Emma ihre neue Theorie erläuterte und sich für Kurts Vermutung aussprach, dass die NSA eine undichte Stelle hatte.

Auf dem Bildschirm war zu sehen, wie Gowdy die Stirn runzelte, aber anstatt ungehalten zu reagieren und einen solchen

Verdacht entrüstet von der Hand zu weisen, sagte er lediglich: »Falconer. Ich dachte, wir hätten diese Geschichte als Gerücht ohne den geringsten Wahrheitsgehalt zu den Akten gelegt.«

»Hören Sie sich die Aufnahmen der Black Box an«, empfahl Emma. »Wie heißt es so schön? Todgeweihte erzählen keine Lügen.«

Gowdy nickte. »Ich werde sofort eine Untersuchung einberufen. Aber falls hier wirklich ein Maulwurf sein Unwesen treibt, sollten Sie lieber vorsichtig sein. Die Nachricht von Ihrem Flug nach Cajamarca könnte längst die Runde gemacht haben.«

»Wir haben mit niemandem außer Ihnen darüber gesprochen«, erwiderte Emma. »Aber wir werden die Augen offen halten.«

»Sie werden noch mehr als das tun müssen. Ich setze Hurns und Rodriguez in Marsch, damit sie Ihnen helfen. Aber erteilen Sie ihnen diesmal nicht gleich wieder eine Abfuhr.«

Emma schüttelte den Kopf. »Auf keinen Fall«, sagte sie. »Wenn Falconer wirklich existiert und einen Kontakt innerhalb der NSA hat, könnte es praktisch jeder sein. Nach allem, was wir wissen, sogar einer von den beiden.«

»Sie sind aktive Agenten«, sagte Gowdy. »Und haben keinen Zugang zu Vandenberg. Sie waren bis kurz nach dem Verschwinden der *Nighthawk* noch nicht einmal an dem Projekt beteiligt. Sie sind sauber, das kann ich Ihnen versprechen.«

Emma seufzte und sah Kurt fragend an. Er zuckte die Achseln. Mit ein wenig Glück hätten sie die *Nighthawk* längst gefunden, wenn die beiden Agenten mal eintrudelten.

»Trotzdem gefällt es mir nicht«, sagte Emma.

»Und das ist mir egal«, sagte Gowdy. »Sie können sich in Cajamarca bereithalten für den Fall, dass sie doch gebraucht werden. Ich schicke sie zu Ihnen.«

Dem konnte sie nicht widersprechen. »Na gut. Sonst noch etwas?«

»Sie sollten sich beeilen«, sagte Gowdy. »Allmählich wird die Zeit knapp.«

Kurt bemerkte, wie zwischen ihnen ein Blick hin und her ging. Sogar auf einem Videobildschirm, sogar aus fünftausend Meilen Entfernung wirkte es offensichtlich und intim – die Bestätigung für etwas Unausgesprochenes.

Ohne ein weiteres Wort meldete sich Gowdy ab.

Während sich der Bildschirm verdunkelte, blieb Emma regungslos sitzen.

Kurt beobachtete sie. Es war jetzt offensichtlich, dass sie etwas verbarg – wahrscheinlich auf persönlichen Befehl Gowdys –, aber wie es im Volksmund heißt, eine Lüge ist eine Lüge ist eine Lüge. Und in diesem Gewerbe konnte ein Mangel an Informationen zur Folge haben, dass Leute getötet wurden, solche Leute wie Kurt und Joe.

Dreißig Minuten später landeten sie in Cajamarca, und Kurt trat aus dem Flugzeug in die frische Bergluft. Cajamarca lag in einer Höhe von zweitausendsiebenhundertfünfzig Metern. Um diese Jahreszeit bewegte sich die Mittagstemperatur bei zehn bis fünfzehn Grad. Ein deutlicher Unterschied zur feuchten subtropischen Hitze Guayaquils. Außerdem war der Himmel bedeckt, und wie jeder Skiläufer bestätigen konnte, war der Unterschied zwischen Wolken und Sonnenschein in hoch gelegenen Regionen erheblich ausgeprägter als in Meereshöhe.

Während er sich einen schwarzen Pullover über den Kopf streifte, ging Kurt die Treppe hinunter und unterschrieb den Mietvertrag für einen vierradgetriebenen dunkelorangefarbenen Range Rover Sport. Er stand auf dem Flugvorfeld neben dem Flugzeug, wo er bequem beladen werden konnte. Während Emma das Fahrzeug nach Abhörwanzen durchsuchte, begab sich Kurt in den kleinen Terminal, wo er ein freundliches Gesichterpaar erspähte.

Paul und Gamay Trout waren mit einem Lufttaxi von der *Catalina* abgeholt worden, in eine Linienmaschine umgestiegen und kurz vor dem NUMA-Jet eingetroffen.

»Schön, euch zu sehen, Leute«, sagte Kurt und umarmte beide freundschaftlich.

»Ich bin froh, wieder im A-Team zu sein«, sagte Paul. »Nicht dass es keinen Spaß gemacht hat, Ausrüstung im Wert von einigen Millionen Dollar über Bord zu werfen, aber wir freuen uns schon darauf, nicht mehr als Ablenkungsmanöver benutzt zu werden.«

»Können wir jetzt deine neue Freundin kennenlernen?«, fragte Gamay und schulterte ihren Rucksack.

»Noch nicht«, bremste Kurt sie. »Ich habe erst noch eine andere Aufgabe für euch.«

Ein misstrauischer Ausdruck erschien synchron in beiden Gesichtern. Gamay ließ ihren Rucksack auf den Boden fallen. »Was ist es denn jetzt? Sollen wir Alpakapullover für die gesamte Truppe einkaufen?«

»Ihr müsst einige Recherchen für mich anstellen«, sagte Kurt. »Bringt so viel wie möglich über die *Nighthawk* in Erfahrung, und damit meine ich nicht den oberflächlichen Kram, den man in jeder Zeitung nachlesen kann. Sie verbergen irgendetwas vor uns, und zwar etwas Großes, Bedeutendes.«

»Was bringt dich auf diesen Gedanken?«, fragte Gamay. »Abgesehen von deinem grundsätzlichen Misstrauen gegenüber der NSA.«

»Zum einen habe ich das Gefühl, dass die nackte Panik bei ihnen ausgebrochen ist«, erwiderte er. »So ist es mir schon von Anfang an vorgekommen. Die *Nighthawk* zu verlieren wäre bitter, aber schlimmstenfalls würden dem Finder Technologien in den Schoß fallen, an deren Entwicklung er möglicherweise zurzeit selbst arbeitet.«

»Es ist immerhin das technisch am weitesten entwickelte Flugzeug der Welt«, rief ihm Paul ins Gedächtnis.

»Das *war* es«, stellte Kurt richtig. »Das Ding ist drei Jahre lang durchs All gekreist. Und sie haben es nicht an einem Tag entworfen und gebaut. Bestenfalls ist es fünf oder sechs Jahre alt. Die Pläne sind wahrscheinlich schon vor zehn Jahren entstanden. Selbst wenn die Russen oder die Chinesen es in einem Stück gefunden haben, müssten sie es auseinandernehmen, jede Komponente analysieren und danach die Fabriken und Werkstätten errichten, um zu kopieren. Und darüber verfügen wir bereits. Und das schon seit Jahren. Mittlerweile müssten wir längst vor einem neuen technologischen Sprung stehen.«

Paul nickte. »Es ist genauso, als würde man ein Auto stehlen und dann miterleben, wie der Eigentümer ein vollkommen neues Modell erwirbt, um das gestohlene zu ersetzen.«

»Ich hätte es nicht besser beschreiben können«, meinte Kurt.

»Trotzdem ist es ein großer Verlust«, sagte Gamay mit Nachdruck.

»Wenn man ihre Gesichter gesehen hat, hätte man annehmen können, das Ende der Welt stünde bevor.«

Gamay nickte. Paul ebenfalls.

»Und es sind nicht nur unsere Freunde bei der NSA; die Chinesen und die Russen sind ebenfalls vollkommen aus dem Häuschen.«

»Wenn sich eine Gelegenheit bietet, Technik des Feindes in die Hände zu bekommen, dann ergreift man sie«, sagte Paul. »Das haben wir schon immer getan; ich kann ihnen in diesem Punkt keinen Vorwurf machen.«

»Das tue ich auch nicht«, sagte Kurt. »Aber es läuft nicht so wie in diesem Fall. In diesem Spiel gibt es ungeschriebene Regeln. Einschränkungen, Grenzen, die verhindern, dass ein Krieg ausgelöst wird. Aber nichts von dem ist in diesem Fall wirksam. Die Chinesen haben versucht, uns zu töten, ehe wir den ersten Schritt gemacht hatten, und die Russen haben zweimal versucht, uns mit einem Torpedo abzuschießen. Das zweite Mal sogar an der Wasseroberfläche, wo jeder es verfolgen konnte.«

»Demnach steht mehr auf dem Spiel, als man auf den ersten Blick annehmen würde«, sagte Paul.

»Was interessant ist, wenn man bedenkt, wie hoch der Einsatz von Anfang an erschien«, sagte Gamay.

Kurt nickte. »Und wir sind die Einzigen, die im Dunkeln tappen. Das muss geändert werden. Ich möchte wissen, was sie verbergen. Und ich möchte es schnellstens erfahren. Ihr müsst so viel wie möglich zutage fördern, indem ihr via Satellit mit Hiram und Priya Verbindung aufnehmt. Ich bin sicher, dass sie etwas ausgraben können.«

»Und was dann?«, fragte Paul.

Kurt sah auf die Uhr; es war eine lange Fahrt bis zur Ausgrabungsstätte. »Auf dem Weg hinauf in die Berge sind wir außerhalb der Satellitenreichweite«, sagte Kurt, »aber wir sollten wieder ein Signal empfangen, wenn wir dort sind. Das gibt euch vier Stunden.«

»Vier Stunden, um das Unmögliche zu schaffen«, sagte Gamay.

Kurt war bereits im Begriff, den Terminal zu verlassen. »Es ist mehr Zeit, als ich euch sonst gebe.«

»Das macht es nicht besser«, rief Gamay hinter ihm her.

Kurt ging durch die Tür und ließ sie hinter sich zufallen. Er überquerte den Vorplatz, erreichte den Range Rover und schwang sich hinters Lenkrad.

Emma hatte es sich bereits auf dem Beifahrersitz bequem gemacht. »Kommen Ihre Freunde nicht mit uns?«

»Sie müssen einige Nachforschungen für mich anstellen«, sagte Kurt. »Sie folgen uns mit Joe, sobald er hier eintrifft.«

»Demnach unternehmen wir nur zu zweit diesen romantischen Ausflug aufs Land«, stellte sie grinsend fest.

Kurt lächelte und drehte den Zündschlüssel. Der Motor sprang sofort an, und das gleichmäßige Blubbern der optimal abgestimmten Maschine war die reinste Musik in seinen Ohren. »Ich hoffe, Sie haben einen Picknickkorb mitgebracht.«

»So könnte man es nennen«, erwiderte sie und öffnete den Deckel einer kleinen Kunststoffbox.

Kurt blickte hinein. Er sah ein Nachtsichtfernglas, eine schwarze 9-mm-Pistole und einen Gurt mit mehreren Reservemagazinen. Darunter lagen ein Überlebensmesser und mehrere kleine Sprengladungen.

»Sie haben den Wein vergessen«, stellte er fest.

»Das ist Ihr Job«, witzelte sie.

Kurt lachte. Er hatte zwar keinen Wein mitgebracht, aber das

Gepäckabteil des Range Rovers war für alle Fälle mit Wanderzeug und anderen Ausrüstungsgegenständen vollgepackt. Außerdem hatte er seine eigene Waffe eingesteckt, eine Heckler & Koch HK45. Es war eine leichte taktische Kaliber .45 Pistole mit einem Magazin für zehn Patronen, einem integrierten Tactical Light auf der unteren Schiene und Tritium-Visierung.

Er hatte drei Reservemagazine eingesteckt, jedes mit einem anderen Munitionstyp gefüllt. Das erste enthielt Hohlmantelpatronen mit weicher Spitze; das zweite war mit Standard- und Minileuchtspurpatronen gefüllt, die von einem Büchsenmacher hergestellt wurden, mit dem Kurt befreundet war. Im dritten Magazin steckten solide Stahlgeschosse mit Titanbeschichtung und stärkerer Treibladung. Sie entwickelten eine höhere Geschwindigkeit, und die Titanbeschichtung verhinderte, dass das Projektil beim Aufschlag zertrümmert wurde.

Kurt hatte letztere Projektile noch nie benutzt, wusste jedoch aus zuverlässiger Quelle, dass sie zweieinhalb Zentimeter Panzerstahl und fünf Zentimeter herkömmlichen Stahl durchschlagen konnten. Er war außerdem gewarnt worden, dass die Pistole, wenn sie abgefeuert wurde, einen Rückschlag wie den Huftritt eines Maultiers hatte. Er hoffte, dies nicht am eigenen Leib erfahren zu müssen, aber sie waren bereits zweimal angegriffen worden, und er hatte kein Interesse daran, dass es ein drittes Mal geschah, ohne dass er zurückschlagen konnte.

Er schob den Ganghebel in Fahrposition und ließ die Gulfstream hinter ihnen zurück.

»Weshalb die Sprengladungen?«, fragte er, orientierte sich mit einem kurzen Rundblick und suchte die Abfahrt vom Flugvorfeld herunter.

Sie schloss den Deckel der Box und stellte sie auf den Rücksitz. »Sollten wir die *Nighthawk* zwar finden, sie aber nicht aus dem Dschungel herausholen können, habe ich den Befehl, die Elektronikeinheit und das Antriebssystem zu zerstören.«

Das erschien durchaus sinnvoll. Aber er nahm jetzt alles, was sie sagte, mit Vorsicht auf. Der Größe der Ladungen nach zu urteilen tippte er auf die Sprengwirkung einer Handgranate. »Damit sollte es klappen«, sagte er, während er durch das Tor kurvte. »Nächste Haltestelle La Jalca und die Festung in den Wolken.«

Daiyu stand auf einem flachen Hügel und beobachtete, wie das dunkelorangefarbene SUV den Flughafen verließ. Dank seiner Farbe und der Metalliclackierung war es leicht zu erkennen, vor allem auf der grauen Straße und im Staub der Berge.

Sie blickte dem Fahrzeug nach, während es durch das Haupttor des Flughafens rollte und sich nach Osten entfernte. Als es nach rechts abbog und auf die Bergstraße gelangte, ließ sie das Fernglas sinken und griff zu einem Sprechfunkgerät.

»Das Ziel ist gestartet«, sprach sie ins Mikrofon. »Route 6A, wie erwartet. Wir folgen in sicherem Abstand. Am Abfangpunkt bereithalten.«

»Verstanden«, antwortete eine Stimme.

Sie hängte das Sprechfunkgerät an ihren Gürtel und ging zu einem weißen Audi A8. Jian saß hinter dem Lenkrad. Seine breiten Schultern füllten das Innere des schlanken Wagens nahezu vollständig aus.

Daiyu schlängelte sich auf den Beifahrersitz, zog die Tür zu und nickte. »Los.«

26

Die Route von Cajamarca wand sich nach Osten und stieg in die Berge hinauf. Anfangs gepflastert, verwandelte sich die Fahrbahn nach einer Stunde in eine Kombination aus feinem Geröll und festgestampftem Lehm. Als die Festigkeit des Untergrunds abnahm, ging Kurt mit der Geschwindigkeit zurück. Dabei verlief ihr Weg stetig weiter bergauf, während sie sich durch steile Serpentinen tasteten und immer wieder in Nebelfelder eintauchten.

Je höher ihr Weg sie führte, desto kälter wurde es. Als sie die Zweieinhalbtausend-Meter-Marke hinter sich ließen, wurden sie von peitschendem Regen überschüttet. Bei dreitausend Metern befanden sie sich in den Wolken. Und bei dreitausendzweihundert Metern herrschte strahlender Sonnenschein.

Links von ihnen erstreckte sich ein langes Tal, dessen Sohle dreihundertfünfzig Meter unter ihnen lag. Dahinter erhoben sich tiefgestaffelte zerklüftete Berge. Die Sicht betrug dreißig Kilometer.

»Willkommen in den Anden«, sagte Kurt.

Von diesem Punkt an klebte die Straße regelrecht an den Bergschultern. Aus reiner Notwendigkeit wurde sie zusehends schmaler, und an einigen Stellen war sie so in die Felswände hineingeschnitten worden, dass die Fahrzeuge teilweise Überhänge aus solidem Fels passieren mussten, die wie eine Tunneldecke das Sonnenlicht abhielten.

Während sich das Aussehen des Geländes auf der rechten Seite häufig änderte, bot sich dem Blick des Betrachters auf der linken Seite nichts anderes als ein Steilabsturz.

»Man hätte hier ruhig ein Geländer anbringen können«, sagte Emma.

»Damit hätte man aber das Panorama ruiniert«, erwiderte Kurt und lächelte.

Anstelle einer Barriere wurde die Straße von einem niedrigen Bürgersteig begrenzt, der abwechselnd mit schwarzer und weißer Farbe gestrichen war. Nicht nur hätte er niemals etwas Größeres als ein Spielzeugauto aufgehalten, sondern auf ihn aufzufahren wäre das Gleiche gewesen, wie über eine Baumwurzel zu stolpern – eher wäre ein Fahrzeug in diesem Fall über die Kante gerutscht und in den Abgrund gestürzt.

»Seien Sie bloß froh, dass Ecuador keine englische Kolonie ist«, fügte Kurt hinzu. »Sonst hätten wir auf dieser Seite fahren müssen.«

Der Berg bauchte sich vor ihnen aus, und die Straße folgte der Wölbung und ermöglichte einen Blick zurück in die Richtung, aus der sie gekommen waren. Sie befanden sich auf der windgeschützten Seite, und die Abhänge waren mit gelbbraunen dornigen Büschen und vereinzelten grauen Felsbrocken gefleckt, während alles durch das verschlungene Band der Route A6 zusammengeschnürt wurde.

Kurt warf einen kurzen Blick zur Seite. Emma rutschte auf ihrem Platz hin und her und ließ sich nichts von dem Naturschauspiel entgehen.

»Was meinen Sie, wie viel Verkehr normalerweise auf dieser Straße herrscht?«, fragte sie beiläufig.

»Verschwindend wenig«, antwortete er. »Während der letzten Stunde sahen wir nur zwei Lastwagen und einen altersschwachen Jeep. Warum?«

»Ich zähle drei Wagen, die uns folgen«, sagte sie. »Zwei schwarze und einen weißen. Den Staubwolken nach zu urteilen, die sie aufwirbeln, würde ich meinen, dass sie schneller unterwegs sind, als es auf dieser Straße sinnvoll ist.«

Kurt biss die Zähne zusammen. »Ich hatte gehofft, dass wir all das hinter uns gelassen hätten.«

Emma griff in den »Picknickkorb« zwischen ihren Füßen. Sie holte die 9-mm-Beretta heraus, vergewisserte sich, dass sie geladen war, und entsicherte sie.

Kurt fuhr schneller, aber es gab keine Abzweigung, bis sie das Plateau erreichten. Wenn die Wagen hinter ihnen irgendeinen

Verdruss bedeuteten, dann müssten sie sich hier und jetzt mit ihnen auseinandersetzen.

Es dauerte mehrere Minuten, bis der Dreierkonvoi hinter ihnen schließlich im Rückspiegel erschien. Aufgrund der Vibration durch die raue Fahrbahn und des Staubs, der hinter ihnen in der Luft hing, war das Bild im Spiegel ziemlich verschwommen, aber Kurt reichte es vollkommen aus. Die beiden schwarzen Wagen befanden sich auf gleicher Höhe und bildeten eine Angriffsformation, während sich der weiße Wagen ein Stück hinter ihnen hielt. Über ihnen waberte eine Staubwolke, während sie die Bergstrecke in rasender Fahrt bewältigten.

»Da kommen sie schon.«

Emma befreite sich von ihrem Sicherheitsgurt und drehte ihr Seitenfenster herunter. Die Beretta im Schoß haltend, streckte sie den Kopf hinaus und riskierte einen Blick. Sie konnte im dunklen Wageninneren ihrer Verfolger nichts erkennen, aber als sich plötzlich ein Mann aus dem Seitenfenster beugte, wusste sie, was jeden Moment geschehen würde.

Er zückte eine Maschinenpistole und eröffnete das Feuer. Emma lehnte sich zurück, als eine Serie winziger Explosionen über den staubigen Berghang auf der rechten Straßenseite wanderte. Die ersten Schüsse gingen zwar noch weit daneben, aber eine zweite Salve erwischte schon den Außenspiegel auf der Fahrerseite und zerschmetterte ihn. »So viel zu unserer romantischen Landpartie.«

Kurt nagelte das Gaspedal aufs Bodenblech. Die Kompressormaschine reagierte sofort, und der Range Rover machte einen Satz vorwärts.

Für einen Augenblick schien es so, als würden sie ihre Feinde abschütteln, aber die Wagen, die sie verfolgten, waren ebenfalls mit Hochleistungsmotoren ausgestattet. Sie verfügten über die entsprechenden Pferdestärken, um zu reagieren, und holten zügig auf.

Kurt kauerte sich tief hinter das Lenkrad, als eine weitere Salve Projektile wütende Löcher in das Karosserieblech stanzte. Eine

Kugel zertrümmerte ein Rücklicht, während eine andere das Heckfenster traf und es in ein dichtes Netz von Rissen und Sprüngen verwandelte, durch das nichts mehr zu erkennen war.

Emma lehnte sich aus dem Fenster, um das Feuer zu erwidern. Sie traf den führenden BMW mit mehreren Schüssen, aber dann zog er auf Kurts Seite hinüber, und das Heck des Rovers versperrte ihr die Sicht auf den Verfolger.

Sie drehte sich auf ihrem Sitz um und zielte auf das Heckfenster. »Halten Sie sich die Ohren zu.«

Daran war zwar nicht zu denken, aber Kurt war trotzdem dankbar für die Warnung. Sie eröffnete das Feuer, sprengte mit dem ersten Schuss die Überreste des Heckfensters ganz aus dem Rahmen und leerte das Magazin dann mit einer kurzen Salve auf den nächsten Verfolgerwagen. Er ließ sich kurz zurückfallen, kam jedoch Sekunden später wieder näher.

Kurt Austin zog die .45er aus dem Schulterhalfter und reichte sie weiter. »Versuchen Sie es damit.«

Emma nahm sie und feuerte. Der erste Schuss stieß sie beinahe aus dem Sitz. Sie richtete sich wieder auf und feuerte noch dreimal.

Die panzerbrechenden Geschosse fanden ihr Ziel. Dampf und Rauch von verbranntem Öl quollen aus dem perforierten Motorblock des BMW, als sein Kühler explodierte. Der Wagen schlingerte zur Felskante und wieder zurück. Er rollte schräg den Steilhang hinauf, kippte um und wälzte sich aufs Dach. Dann rutschte er auf die Straße hinunter und kam dicht vor der Felskante zur Ruhe.

Die anderen Wagen passierten ihn und überließen ihn seinem Schicksal.

»Die gefällt mir«, rief Emma über den Lärm hinweg und hielt die Pistole hoch. »Darf ich sie behalten?«

»Schaffen Sie uns die beiden Verfolger vom Hals, und sie gehört Ihnen.«

Emma zwängte sich zwischen den Sitzen hindurch und kletterte nach hinten ins Wagenheck, um sich eine bessere Schutzposition zu suchen, während Kurt sich alle Mühe gab, ein flüchtiges Ziel abzugeben. Er behielt den Fuß so lange wie möglich auf dem Gaspedal, raste mit Höchsttempo auf jede Kurve zu und tippte dann auf die Bremse, ehe er das Lenkrad herumriss und sofort wieder Gas gab.

In einer Einwärtskurve prallten sie gegen einen überhängenden Felsen. Er hinterließ eine tiefe Delle im Wagendach. Daraufhin folgte eine scharfe Auswärtskurve schneller, als Kurt erwartet hatte. Während er auf die Bremse trat, drohte der Rover auszubrechen.

Kurt lockerte den Griff ums Lenkrad und trat wieder aufs Gaspedal. Er hatte des Öfteren in Geländewagen oder auf Motorrädern an Querfeldeinrennen teilgenommen, daher wusste er, dass Kurven wie diese nur dann zu überwinden waren, wenn der Antrieb der Räder nicht abriss.

Sie rutschten bis zur Felskante, schlingerten und schwankten und drohten abzustürzen. In seiner Position war der Steilabsturz alles, was er sehen konnte, neben ihm war kein Zentimeter Straße mehr übrig. Und dann fraß sich das grobe Profil der Reifen abermals in den Straßenbelag, die Räder schleuderten Geröll und Lehmstaub in die Luft, und der Rover schoss auf die Innenseite der Kurve zurück.

»Das war knapp!«, rief Kurt Austin. »Wir hätten beinahe herausgefunden, ob der Mensch nicht doch zum Fliegen geboren ist.«

Emma reagierte nicht. Es herrschte eine solche Lautstärke im Rover, dass sie ihn nicht hören konnte. Sie kniete auf dem Rücksitz und hielt die .45er im zweihändigen Polizeianschlag.

Die Wagen waren zurückgefallen, da sie die Kurven nicht mit vollem Tempo nahmen. Aber anstatt auf den halbwegs gerade verlaufenden Straßenabschnitten wie zuvor aufzuholen, blieben sie diesmal auf Distanz.

Emma beobachtete, wie der Beifahrer des führenden Wagens auf seinen Sitz stieg und aus der Dachöffnung auftauchte, bis sein halber Oberkörper zu sehen war. Er brachte eine lange, vorn spitz zulaufende Waffe an der Schulter in Anschlag.

»Schneller!«, rief Emma warnend.
»Mehr ist nicht drin«, erwiderte Kurt Austin.
»Geben Sie Gas, Kurt! Die haben eine Panzerfaust!«

Im weißen Audi konnte Daiyu beobachten, wie die Amerikaner beschleunigten und auf der schmalen Bergstraße hin und her pendelten, um ein möglichst schwieriges Ziel abzugeben. »Das ist gut«, murmelte sie. »Gebt Gas!«

Sie aktivierte ihr Headset. »Treibt sie«, drängte sie. »Greift sie an.«

»Wir haben keinen Schuss übrig«, meldete ein Angehöriger des Killerteams.

»Das macht nichts«, erwiderte Daiyu. »Rückt so dicht wie möglich zu ihnen vor. Wir sind fast da.«

Der Wagen vor ihr steigerte das Tempo, und Daiyu schaltete auf einen anderen Kanal um. »Achtung! Es ist gleich so weit.«

»Verstanden, alles ist bereit«, antwortete eine andere Stimme.

»Sprengt die Brücke, sobald sie aus dem Tunnel kommen.«

In dem Wagen an der Spitze war Kurt beinahe geschockt, noch am Leben zu sein. Unglücklicherweise erwartete sie ein langer, geradeaus verlaufender Tunnel, wo dieser Straßenabschnitt in die Bergschulter eingeschnitten worden war. Der überhängende Felsen auf der linken Seite hing tief herab und sorgte für zunehmende Dunkelheit.

»Sie kommen wieder näher«, warnte Emma, während der führende Verfolgerwagen aufzuholen begann.

»Das sehe ich«, sagte Kurt, der den Rückspiegel ständig im Augenwinkel hatte.

»Und die Straße verengt sich.«

»Das sehe ich ebenfalls.«

Emma legte die leere .45er auf den Rücksitz und griff zur Beretta, entfernte das leere Magazin und lud ein frisches nach. Kurt behielt den Fuß auf dem Gaspedal, während sie durch den Tunnel rasten. Das Dröhnen des Motors hallte von den Felswänden wider.

Scheinwerfer tanzten hinter ihnen, Tageslicht winkte in der Ferne. Emma rechnete jeden Augenblick damit, den Flammenschweif einer auf sie abgefeuerten Rakete auflodern zu sehen.

Aber sie gelangten ungehindert und weitgehend unversehrt in den Sonnenschein hinaus. Die Felswand zu ihrer Rechten ging in einen hügeligen Berghang über, und die Straße senkte sich zu einer Eisenbrücke hinab, die eine enge Schlucht überspannte und so aussah, als ob sie in den Vierziger- oder Fünfzigerjahren erbaut worden wäre. Während sie sich der Brücke näherten, kam es zu mehreren Explosionen entlang der Gitterkonstruktion, gefolgt von der Detonation massiver Sprengladungen an jedem Ende.

Eisen wurde verbogen, Nieten herausgesprengt, und die gesamte Brücke durchlief ein Ruck. Dann fiel sie in sich zusammen und stürzte in die Schlucht.

Mit hoher Geschwindigkeit auf dem rutschigen Untergrund bergab rollend, erkannte Kurt auf Anhieb, dass er den Wagen nicht rechtzeitig zum Stehen bringen würde.

Er rammte den Fuß aufs Bremspedal, verringerte ihr Tempo um die Hälfte und lenkte den Wagen die Böschung hinauf, wobei er den Range Rover ins Schleudern brachte und beinahe auf den Rücken warf.

Bergauf kletternd, wurde der Rover schlagartig langsamer, und Kurt bekam ihn wieder unter Kontrolle. Was zuerst ein verzweifeltes Manöver gewesen war, um einen Dreihundert-Meter-Schwalbensprung zu vermeiden, erwies sich nun als möglicher Ausweg aus ihrer prekären Lage.

Er schaltete in den Geländegang hinunter und lenkte den Wagen weiter bergauf. Mit dem gähnenden Abgrund auf der einen Seite querte er den Steilhang. Der Vierradantrieb hielt sie in Fahrt, ließ die Räder durch den weichen Untergrund pflügen, über Felsen hüpfen und dornige Büsche niederwalzen, die sich in den Steilhang krallten.

Emma klammerte sich an den Rücksitz. Sie fuhren derart steil aufwärts, dass sie schon befürchtete, aus dem Wagenheck zu stürzen.

Aber der Motor des Rovers befand sich vorn, wodurch der Wagen ausgesprochen kopflastig war. Immer wenn Kurt das Gefühl hatte, dass die Vorderräder den Halt verloren, nahm er für einen kurzen Augenblick das Gas zurück.

Sie krochen noch immer bergauf, als die Verfolger deutlich langsamer aus dem Tunnel kamen. Emma konnte beobachten, wie sie mitten auf der Straße anhielten und zu ihrer fliehenden Beute hinaufstarrten.

Anfangs erschienen sie verwirrt, und der Mann mit der Panzerfaust auf der Schulter suchte im Rahmen des Schiebedachs Halt und zielte auf sie.

Emma war jedoch schneller, hob die Beretta und überschüttete ihre Verfolger mit einem Kugelregen. Sie leerte das ganze Magazin, traf beide Wagen mit mehreren Geschossen und erwischte den Panzerfaustschützen in der Schulter.

Er wurde von dem Treffer herumgerissen und betätigte reflexartig den Auslöser.

Die RPG wurde gestartet. Die Rauchspur führte aufwärts über das steile Gelände und bildete eine gerade Linie von der Straße über das Dach des Rovers hinweg bis zum Berggrat über ihnen. Sie schlug in die verwitterte Felsformation ein und detonierte.

Der Berg erzitterte, ein breiter Abschnitt des Gipfelgrats zerbarst und stürzte auf sie herab.

Kurt kurbelte am Lenkrad, zog den Rover nach rechts und kämpfte gegen die Schwerkraft. Er konnte den Wagen nicht noch weiter herüberlenken, ohne zu riskieren, dass er umkippte, aber sogar dies wäre besser, als unter einem Bergrutsch begraben zu werden.

Faustgroße Steine regneten auf sie herab, prallten gegen die Türen und zertrümmerten die Windschutzscheibe. Eine Staubwolke hüllte sie ein. Doch als sich die halbe Bergschulter löste und hinter ihnen abwärtsrauschte, ließen sie die Wolke hinter sich.

Daiyu blickte vom Beifahrersitz des Audi hoch, als der künstlich erzeugte Donner durch die Schlucht rollte. Der Qualm der Explosion verzog sich, und sie nahm eine Bewegung wahr, aber es war nicht der amerikanische Range Rover, der da brennend hangabwärts taumelte – es war der Berg selbst. Mit zunehmender Geschwindigkeit wälzte sich eine riesige Masse von Geröll und mächtigen Felsbrocken auf sie zu.

»Gib Gas!«, befahl sie mit schriller Stimme.

Jian legte den Rückwärtsgang ein und blickte über die Schulter. Das Getriebe knirschte, während der Wagen einen Satz zurück machte. Dann prasselte das Geröll wie ein Hagelsturm auf die Motorhaube, und sie suchten Deckung im Tunnel.

Der BMW-Fahrer reagierte zu langsam. Anstatt rückwärtszufahren, versuchte er zu wenden, und sein Wagen hatte sich kaum vom Fleck bewegt, als die Hauptmasse des Bergrutsches, ein Tsunami aus Geröll und Sand, über die Straße hinwegdonnerte. Er hatte ein erstaunliches Tempo und katapultierte den Wagen über die Felskante wie ein Spielzeug, das verärgert von einem Kind vom Tisch gefegt wird.

Der Erdrutsch dauerte einige Minuten an. Die größeren Felsbrocken kamen zuerst zur Ruhe, aber der Sand und das Geröll strömten weiterhin herab und füllten die Tunnelmündung, bis sich dichter Staub auf das Geschehen herabsenkte und nur noch das verschwommene Licht der Scheinwerfer des Audi zu sehen war.

Hoch oben auf dem Berghang waren Kurt und Emma dem Bergrutsch ausgewichen und vor dem Schlimmsten verschont worden. Sie suchten sich einen Weg bergauf zum nächsten Straßenabschnitt und erreichten ihn schließlich auch.

»Ich habe nicht geglaubt, dass wir dies überleben würden«, gestand Emma Townsend.

Wieder sicher auf ebenem Grund stehend, hielt Kurt an und schaute zurück. »*Der* Gedanke ist mir zu keiner Sekunde gekommen.«

»Glauben Sie denn, dass dies das Ende unserer Freunde ist?«

Unten am Fuß der Böschung sah er eine undurchdringliche Staubwolke. »Keine Ahnung«, sagte er. »Im Grunde ist es egal. Selbst wenn sie von der Bildfläche verschwunden sind, dürften in Kürze schon die Nächsten bereitstehen, mit denen wir uns herumschlagen müssen.«

Während Emma zum Beifahrersitz zurück turnte, schlug Kurt mit der flachen Hand gegen die Windschutzscheibe. Sie fiel aus dem Rahmen. Endlich wieder in der Lage, ungehindert in Fahrtrichtung zu blicken, setzte er eine Sonnenbrille auf, legte den Gang ein und setzte die Fahrt fort.

Sie waren dreißig Kilometer von La Jalca entfernt, und jede Minute zählte.

27

Kurt legte den Rest ihres Wegs mit verringertem Tempo zurück, weil die Federung bei ihrer erzwungenen Kletterfahrt beschädigt worden war und bei jeder Unebenheit mitleiderregend ächzte. Eine Stunde später näherten sie sich dem Ruinenfeld.

»Dort ist die Abzweigung«, sagte Emma.

Kurt verließ die Straße. Die neue Piste bestand aus kaum mehr als zwei Spurrillen im Untergrund mit einem kniehoch wuchernden Graskamm zwischen ihnen. Sie führte sie in ein sich verengendes Tal und vorbei an kleinen Herden grasenden Viehs und in Terrassen angelegten Feldern, deren üppig gedeihende Früchte eine reiche Ernte versprachen. Beides deutete zwar auf eine größere Menschenansiedlung in der Nähe hin, aber Kurt sah nirgendwo Häuser.

»Ich dachte, dies sei eine archäologische Ausgrabungsstätte«, sagte er.

Emma nickte. »Dachte ich auch. Sieht aber eher nach einem landwirtschaftlichen Betrieb aus.«

Je weiter sie in das Tal vordrangen, desto höher wuchsen die Bergkämme und -gipfel in den Himmel und desto mehr verengte sich das Tal. Als in einiger Entfernung eine Ansammlung von Zelten auftauchte, lenkte Kurt den Rover von der Piste und unterbrach die Zündung.

»Ich schlage vor, dass wir uns von hier aus zu Fuß weiterbewegen«, sagte er. »Ich habe keine Lust, schon bei der ersten Begegnung den Zustand unseres Fahrzeugs erklären zu müssen.«

Emma lachte. »Es wäre eine gute Gelegenheit, um einzustudieren, was Sie der Autovermietung erzählen könnten, wenn Sie diesen Schrotthaufen demnächst zurückgeben.«

Sie stiegen aus dem ramponierten Range Rover, schulterten ihre Rucksäcke und starteten zu einem kurzen Fußmarsch.

Ohne das Dach des SUV über ihren Köpfen bot sich ihnen ein überwältigender Anblick. Die Ausgrabungen fanden am Ende eines geschlossenen, sackartigen Canyons statt. Drei hohe Berggipfel beherrschten die Landschaft und überragten das Gratsystem, das sie einrahmte. Die Felswände waren wabenartig durchsetzt mit Höhlen, an deren Ausbau stellenweise noch intensiv gearbeitet wurde. Sie versteckten sich außerdem hinter einer dichten Gerüstkonstruktion aus vertikal und horizontal verflochtenen Seilen. Schlanke Kabel verliefen hoch über dem Erdboden und spannten sich wie Stromleitungen von Berggipfel zu Berggipfel über den Canyon.

»Eine beeindruckende Anlage«, stellte Kurt fest.

Emma nickte, verzichtete jedoch auf einen Kommentar. Sie empfand den Canyon als eng und bedrückend – und kam sich dabei wie ein revolverschwingender Westernheld vor, der in einen Hinterhalt geraten ist und von allen Seiten bedroht wird. Sie hielt sich in Kurts Nähe und wurde sich schmerzlich bewusst, dass die Beretta in ihrem Rucksack nicht allzu schnell zur Hand wäre, sollte es irgendwelche Probleme geben.

Während sie auf die Zelte zugingen, kamen einige Männer heraus, um sie zu begrüßen. Sie versperrten den Weg, hatten die Arme verschränkt, die Lippen zu schmalen Strichen zusammengepresst und musterten sie mit zusammengekniffenen Augen.

»Hola«, sagte Kurt und streckte dem Mann, der ihm am nächsten war, die rechte Hand entgegen. »Mein Name ist Kurt Austin. Wenn es möglich ist, würde ich gerne mit Urco sprechen.«

Der Mann stand reglos wie eine Statue. Er war kleiner als Kurt, aber von athletischer Statur mit muskulösen Oberarmen und ausladenden Schultern. Seine Erscheinung unterschied sich deutlich vom Aussehen anderer Peruaner, die Kurt kennengelernt hatte. Er war breiter und untersetzter, hatte ein breitflächigeres Gesicht und wirkte fremdartiger, weniger europäisch. Seine Haut war dunkler, kupferfarben, und seine Augen erschienen größer.

Er gab weder eine Antwort noch ergriff er Kurts Hand.

Kurt ließ die Hand sinken und sah Emma auffordernd an. »Vielleicht sollten *Sie* es lieber versuchen.«

Sie wiederholte die Begrüßung auf Spanisch. Wobei sie hinzufügte, dass sie sich für Archäologie und die Chachapoya interessierten, und hinzufügte, Urco im Internet gesehen zu haben.

Dies löste einen erregten Wortwechsel innerhalb der Gruppe aus, und der stämmige Mann nickte. *»Me llamo Vargas«*, sagte er, streckte die Arme aus und deutete auf den oberen Rand der Felswand. »Urco«, sagte er, ehe er auf Englisch hinzufügte: »Dort oben.«

Vargas führte sie zum Fuß der Felswand. Mehrere Seile hingen von ihrem oberen Rand herab.

»Mit großen Höhen habe ich meine Probleme«, sagte Emma. »Vielleicht sollte ich lieber hier unten warten.«

Von der Aussicht auf eine zig Meter lange Kletterpartie war auch Kurt nicht allzu begeistert. »Dass er herunterkommt, ist offenbar nicht möglich, oder?«

Vargas starrte ihn nur wortlos an.

»Vergessen Sie's.«

Kurt wurde ein Sicherheitsgeschirr angelegt und zum nächsten Seil geführt, wo Vargas ihm ein Paar abgewetzter Arbeitshandschuhe reichte. Sie waren ein wenig zu weit und glatt gescheuert – nicht gerade ideal, um sich damit an einem Nylonseil hochzuziehen.

»Zum Klettern?«, fragte Kurt und machte eine Handüber-Hand-Bewegung.

Vargas schüttelte den Kopf. »Nein … zum Fliegen.«

Er legte Kurts Hände um das Seil und ließ dann den Sicherheitskarabiner in einen Haken mit einem schweren Lastkarabiner einrasten.

Kurt erkannte sofort, wie es weitergehen würde. Er umfasste das Seil, während Vargas eine schmiedeeiserne Klammer löste, die an einem zweiten Seil befestigt war.

Ein schweres Gewicht, das am oberen Rand der Felswand hing, fiel herab, und Kurt – dessen Seil über eine Umlenkrolle mit dem Gewicht verbunden war – wurde vom Untergrund hochgezogen und in die Höhe gehievt.

Nach einem ersten heftigen Ruck verlief der weitere Aufstieg langsamer und gleichmäßiger.

Er passierte mehrere Behausungen, die aus Öffnungen im Gestein herausgefräst worden waren. Offene Räume standen offenbar vollkommen leer. Zu sehen waren lediglich mehrere Leitern, die von einer Etage zur nächsten führten.

Darüber folgte eine Reihe von Steinfiguren, die in den gewachsenen Fels hineingeschnitten waren. Sie hatten Ähnlichkeit mit Vögeln, besaßen jedoch vergrößerte Köpfe sowie menschliche Körper und Gesichtszüge. Sie erinnerten ihn an ägyptische Hieroglyphen.

Weiter oben, in kleineren Nischen und Öffnungen, sah er Mumien und Waffen – und zwar vorwiegend Speere und Morgensterne. Offenbar war dies der Bergfriedhof der Chachapoya-Krieger.

Er näherte sich der Flaschenzugkonstruktion, die ihm diesen schnellen Aufstieg ermöglicht hatte, als Vargas die Himmelfahrt abbremste. Er stoppte etwa drei Meter unterhalb des Gipfelgrats. Eine Leiter, die rechts von ihm in der Felswand verankert war, reichte bis zur Felskante über ihm.

»Bis dorthin haben Sie es geschafft«, erklang von oben eine laute dröhnende Stimme. »Jetzt kommt der schwierige Teil.«

Kurt legte den Kopf in den Nacken und entdeckte ein Gesicht, das über die Felskante zu ihm herabschaute. Von zottigem schwarzem Haar überschattet und zur Hälfte hinter einem grauen Bart verborgen, so dicht wie die Wolle eines Schafsfells, war es nach Jahren in der Sonne faltig und wettergegerbt. Dunkle, sichtlich belustigte Augen musterten Kurt. Der Mann lachte verhalten, während er auf die Leiter deutete.

»Ich sehe es«, sagte Kurt.

»Und Sie erkennen das Problem?«

Auch dies blieb Kurt nicht verborgen. Die Leiter befand sich ein beträchtliches Stück außerhalb seiner Reichweite. Und selbst wenn er sie erreichte – wenn er sich nach ihr ausstreckte –, müsste er das Sicherheitsgeschirr vom Seil lösen, um auf die untersten Stufen der Leiter umzusteigen.

Für einen kurzen Moment blickte er nach unten und wünschte sich sofort, dies alles nicht getan zu haben. »Jetzt weiß ich, wie den Fensterputzern am Freedom Tower zumute ist«, murmelte er.

Er schwang die Füße zur Leiter, zog sie zurück und schwang sie erneut. Das Seil bewegte sich und glitt zur Seite. Beim dritten Schwung streckte sich Kurt und bekam den Stahlrahmen der Leiter zu fassen. Er zog sich hinüber, setzte die Füße auf eine Sprosse, schlang einen Arm um eine Sprosse in Brusthöhe und löste den Haken des Sicherheitsgeschirrs. Starr nach oben blickend, überwand er die restlichen Sprossen und zog sich auf festen Boden.

Der Mann mit dem grauen Bart deutete eine Verbeugung an. »Ich muss Sie beglückwünschen. Die meisten Leute brauchen mehrere Minuten, ehe sie erkennen, was sie tun müssen, um die Leiter zu erreichen. Und selbst dann haben manche noch Hemmungen, das Seil loszulassen. Ein Reporter, der im vergangenen Jahr hier aufgetaucht ist, um mich zu interviewen, hat sich strikt geweigert. Er hat in seinem Sicherheitsgeschirr nur ein paar Fragen gemurmelt und dann darum gebeten, so schnell wie möglich wieder hinuntergelassen zu werden.«

Der Mann lachte dröhnend.

Kurt quittierte die Schilderung mit einem flüchtigen Grinsen, wandte sich um und betrachtete das Panorama. Sie standen wie auf einer Himmelsplattform. Sie war für mehrere Meilen ringsum der höchste Punkt. Ein breites Tal erstreckte sich nordöstlich, während im Westen die gezackten Grate einer niedrigen Bergkette aufragten. »Dieser Reporter hat einiges versäumt«, stellte Kurt fest. »Unser Standort hier erinnert mich an einen Aussichtspunkt in Colorado, der Eagle's Nest heißt.«

»Es gab mal eine Zeit, als Adler diesen Gipfel bewohnten«, sagte der Mann. »Aber das ist lange her.«

Kurt fiel auf, dass der Mann die englische Sprache offenbar viel besser beherrschte als Vargas. »Da Sie hier oben der einzige Mensch sind, nehme ich an, dass ich Urco vor mir habe.« Er streckte eine Hand aus. »Ich bin Kurt Austin.«

Der Mann blickte auf Kurts ausgestreckte Hand und lächelte unbehaglich. »Ich bin Urco«, sagte er, ohne sich zu rühren. »Freut mich, Sie kennenzulernen.«

Zum zweiten Mal zog Kurt die Hand zurück. »Hier hält man wohl nicht viel vom Händeschütteln, oder? Ist das irgendeine Sitte, von der ich noch nichts gehört habe?«

Urco schüttelte den Kopf. »Ich fürchte, wir sind … so eine Art Mysophobier.«

»Tatsächlich?«, staunte Kurt. »Sie leben hier draußen in der Wildnis, wühlen in der Erde, graben Tote aus und haben Angst vor Bakterien?«

»Ich weiß, es klingt seltsam«, erwiderte Urco, »aber auf gewisse Weise sind es gerade diese Toten, die uns daran erinnern, wachsam zu sein. Diese Wohnungen und Bestattungskammern gehören zum letzten Rückzugsort des Chachapoya-Volks. Sie konnten sich Jahrhunderte lang gegen die Inka behaupten. Sie widerstanden sogar den Konquistadoren, nachdem Pizarro und seine einhundertsechzig Männer Atahualpa und seine sechstausend Inkakrieger besiegt hatten. Unglücklicherweise konnten sie sich gegen ihren nächsten Feind dann nicht mehr wehren.«

»Eine Krankheit?«, fragte Kurt.

Urco nickte. »Pocken. Sie grassierten in den Siedlungen und haben fast jeden getötet, den sie infizierten. Diejenigen, die geblieben sind, starben. Diejenigen, die flohen, trugen die Krankheit in sich und brachten sie in andere Dörfer. Ich habe Berichte gefunden, in denen von einem Reisenden die Rede ist, der in ein Dorf mit zweitausend Bewohnern zurückkehrte und keinen einzigen Lebenden mehr antraf. Die meisten hatten einen schrecklichen Tod gehabt und waren mit Pusteln bedeckt. Andere hatten einander im Streit getötet, nachdem das Chaos ausgebrochen war – wie es immer geschieht, wenn die soziale Ordnung zusammenbricht.«

Urco streckte die Arme aus und deutete mit einer ausholenden Bewegung in die Runde. »In dieser Gegend lebte früher einmal eine ganze Nation. Und eines Tages war sie verschwunden.«

Kurt nickte. Er kannte die traurigen Zahlen. Aus Europa eingeschleppte Krankheiten hatten die Neue Welt schwer getroffen. Südamerika hatte am schlimmsten gelitten. Laut Berechnung zahlreicher Experten löschten Pocken, Influenza und Masern fünfundneunzig Prozent der eingeborenen Bevölkerung aus.

Aber Urco war noch nicht fertig. »Die Männer und Frauen, die an diesem Projekt mitarbeiten, sind Nachkommen der Chachapoya. Einige sind nahezu reinblütig. Andere, wie ich, haben eine Mischung europäischer und eingeborener Gene in sich. Natürlich haben wir vor Krankheiten keine Angst mehr, aber indem wir den direkten Kontakt mit Fremden meiden, rufen wir uns ins Gedächtnis, was mit unseren Vorfahren geschah.«

»Ich kann Ihnen versichern«, sagte Kurt, »dass ich alle vorgeschriebenen Impfungen und Immunisierungen habe durchführen lassen.«

Urco starrte ihn sekundenlang wortlos an, dann brach er in schallendes Gelächter aus. Er winkte Kurt zu sich und setzte sich auf einen Felsvorsprung, der mit einer kleinen Erhebung dahinter wie ein natürlicher Lehnstuhl aussah. Neben Urco lag ein Laptop. Eine Drahtleitung führte von dem Computer zu einer Außenantenne, die in einem flachen Winkel nach Nordwesten ausgerichtet war.

Kurt erkannte die Antenne. Dieser Typ wurde ausschließlich für die Kommunikation via Satellit benutzt. »Rufen Sie Ihre E-Mails ab?«

»Ja, in der Tat«, sagte Urco. »Der Satellit, den wir benutzen, steht um diese Jahreszeit tief über dem Horizont. Unten im Tal kann man kein Signal empfangen. Daher komme ich jeden Tag hier herauf. Manchmal sogar zweimal. Den Arbeitern erzähle ich, dass ich mich mit den Göttern unterhalte. Sie erinnern mich daran, regelmäßig die Batterien zu überprüfen, sonst können die Götter mich nicht hören.«

»Ich bin von den Ausgrabungen tief beeindruckt«, sagte Kurt. »Ich nehme an, die Seile sollen verhindern, dass die einzelnen Ausgrabungsplätze nicht beschädigt werden.«

»Zum Teil«, sagte Urco. »Diese antike Anlage ist Eigentum der peruanischen Regierung, und sie will uns nicht gestatten, die Ausgrabungszonen zu betreten – womit ich durchaus einverstanden bin. Infolgedessen müssen wir unsere Erkenntnisse gewinnen, indem wir von außen hineinschauen. Das bedeutet, dass man manchmal wie ein Zirkusakrobat in der Luft hängt. Ich muss zugeben, dass es hin und wieder eine ziemlich heikle Angelegenheit ist, vor allem dann, wenn starker Wind aufkommt, was häufig geschieht. Aber nach einer Weile gewöhnt man sich daran, und es kommt einem sogar vollkommen normal vor.«

Kurt studierte die Anlage. Drei hohe Gipfel rund um das Tal erinnerten an die Spitzen einer gezackten Krone. Die Wand jedes der drei Berge war mit einem Seil- und Rollensystem ausgestattet, wie Kurt es soeben kennengelernt hatte, als er in die Höhe gehievt worden war. Die Gerüstseile waren von diesen abgesetzt, und ein drittes System straffer Taue spannte sich von einem Gipfel zum nächsten. Vom höchsten zum mittleren. Vom mittleren zum niedrigsten. Und von dort zum Lager unten im Tal.

Die dicken Taue erinnerten Kurt an die Seilrutschen, die überall auf der Welt die Touristen anlockten.

»Ihre Leute benutzen sie offenbar, um von Gipfel zu Gipfel zu gelangen«, sagte Kurt.

»Genau«, bestätigte Urco. »Sie gestatten einen schnellen Wechsel von einem zum nächsten Gipfel, ohne vorher ins Tal ab- und kurz danach wieder aufzusteigen. Ich selbst mache die Runde mindestens zweimal am Tag, um den jeweiligen Stand der Arbeiten zu kontrollieren. Die Reise geht natürlich immer nur in eine Richtung – da jene Gipfel niedriger sind als dieser. Aber so abenteuerlich es erscheinen mag, es ist trotzdem ein echtes Erlebnis.«

»Das kann ich mir denken«, sagte Kurt. »Ich würde es gerne einmal versuchen.«

»Sie sind dazu mehr als herzlich eingeladen«, sagte Urco. »Aber ich habe das untrügliche Gefühl, dass Sie den weiten Weg hierher nicht auf sich genommen haben, um mit mir über Seile und Seilrutschen zu sprechen.«

»Nein«, gab Kurt zu. »Ich bin auf der Suche nach bestimmten Informationen. Aber ich bin kein Reporter. Ich arbeite für die amerikanische Regierung, genauer gesagt für eine Agentur namens NUMA.«

»Ah, ja«, erwiderte Urco und nickte. »Ich kenne diese Organisation.«

»Tatsächlich?«

»Wenn man bei seiner Arbeit von Zuschüssen abhängig ist, dann kennt man sich schon bald mit den Regierungsorganisationen der ganzen Welt aus. Während der vergangenen zehn Jahre habe ich mich an jede Abteilung innerhalb einer jeden Agentur in jedem Land in Nord- und Südamerika gewandt. So kommt es mir jedenfalls vor. Ich habe die NUMA mehrmals um Spenden gebeten, aber ich fürchte, sie haben mich jedes Mal abgewiesen.«

»Das ist Pech«, knurrte Kurt.

Urco lachte. »Es gibt Schlimmeres. Das alles ist Teil dieses Geschäfts. Aber verraten Sie mir eins, warum sollte sich eine Organisation, die sich dem Schutz und dem Studium der Weltmeere verschrieben hat, plötzlich für die Gebirge von Peru und die Menschen, die dort gelebt haben, interessieren?«

»Es ist kompliziert«, sagte Kurt. »Vor kurzem haben Sie ein Video von einem Meteoriten, der vom Himmel fiel, ins Netz gestellt. Darüber würden wir gerne mehr wissen. Können Sie mir beschreiben, was Sie da gesehen haben? Wann ist es geschehen? In welche Richtung haben Sie geschaut, als Sie die Aufnahme machten?«

»Es war früher Morgen«, berichtete Urco. »Ich stehe jeden Tag vor dem Morgengrauen auf. Der Sonnenaufgang ist sozusagen mein natürlicher Wecker. An diesem Morgen wollten wir eine neue Kammer filmen, die wir am Tag vorher freigelegt hatten. Ich überprüfte die Kameras, um mich zu vergewissern, dass die Akkus vollständig aufgeladen waren. Während ich damit beschäftigt war, schaute ich hoch und sah ein Licht am Himmel. Zuerst hielt ich es für einen Stern, aber es bewegte sich mit hoher Geschwindigkeit. Ich hatte gerade die Kamera in der Hand, daher richtete ich sie darauf und begann zu filmen. Es war ein reiner Glücksfall. Ich bin noch nicht einmal sicher, ob die Kamera scharf gestellt war.«

»Das Video war ein wenig verschwommen«, räumte Kurt ein, »aber es war nicht so schlimm, wenn man die Umstände bedenkt, unter denen es zustande kam. In welche Richtung wanderte das Licht?«

Urco deutete nach Norden. »Es kam von dort, überquerte die Lichtung und flog weiter nach Süden.«

Der Zeitpunkt war richtig, aber die Flugrichtung wollte nicht passen. Obgleich Hiram darauf hingewiesen hatte, dass die rechte Tragfläche der *Nighthawk* offensichtlich beschädigt worden war. Sie könnte die Ursache für die Kursänderung gewesen sein.

Kurt wählte seine nächsten Worte mit Bedacht. Urco war offensichtlich ein hochintelligenter Mann. Er war weltgewandt, auch wenn die Menschen, die für ihn arbeiteten, relativ einfach gestrickt sein mochten. Kurt hatte gelernt, dass man bei solchen Menschen mit der Wahrheit weiterkam als mit den raffiniertesten Lügen. »Was würden Sie sagen, wenn ich Ihnen verrate, dass dieses morgendliche Licht am Himmel kein Meteorit war?«

Urcos Gesicht verzog sich, seine verwitterte Haut bekam noch tiefere Falten, sein Bart wallte, verbarg jedoch weiterhin jeden Ausdruck. »Ich müsste Ihnen zustimmen«, sagte er. »Hier oben kann man regelmäßig Sternschnuppen beobachten. Hier wird man nicht vom Licht hell erleuchteter Städte geblendet. Ich habe das Video zum Spaß ins Netz gestellt, aber im Laufe des Tages musste ich immer wieder daran denken. Tatsächlich muss ich zugeben, dass es mir später so vorkam, als wäre die Lichterscheinung größer gewesen und deutlich niedriger geflogen. Dichter über der Erde, meine ich.«

»Das glaube ich auch«, sagte Kurt. »Ich bin der Überzeugung, Sie haben ein experimentelles amerikanisches Raumschiff gesehen, das in die Atmosphäre zurückkehrte und dabei vom Kurs abkam. Wir – und damit meine ich die NUMA und die Regierung der Vereinigten Staaten – sind brennend daran interessiert, den Absturzort zu finden. Wenn Sie uns dabei helfen, kann ich

Ihnen mit einiger Sicherheit garantieren, dass Ihre Anträge auf finanzielle Unterstützung nie mehr abgelehnt werden.«

Urco nickte, als ließe er sich die daraus ergebenden Möglichkeiten durch den Kopf gehen. »Vielleicht können wir einander behilflich sein«, sagte er. »Haben Sie schon einmal von meiner Theorie gehört?«

»Ich fürchte, nein«, sagte Kurt.

Urco nahm es ihm offenbar nicht im Mindesten übel. »Sie heißt *Zivilisationswellen-Theorie* und wurde aus der sogenannten kataklysmischen Revolution abgeleitet, welche auf der Erkenntnis beruht, dass eine neue Form sich nur dann zufriedenstellend entwickeln kann, wenn die vorherige dominante Form sich zurückgezogen hat. Säugetiere, die den Planeten heute beherrschen, waren in den ersten einhundert Millionen Jahren ihrer Existenz nicht mehr als unbedeutende Kleintiere, die um ihre nackte Existenz kämpften und nur deshalb überleben konnten, weil sie von den majestätischen Dinosauriern nicht wahrgenommen wurden. Aber nach dem Aufprall des Chicxulub-Meteoriten gingen die Dinosaurier unter. Von einem Augenblick zum nächsten wurden gleiche Bedingungen geschaffen – Bedingungen, die kleine Tiere mit warmem Blut und pelziger Haut begünstigten. Und so begann der Aufstieg der Säugetiere.«

Kurt nickte.

»Meine Theorie besagt, dass sich die Zivilisation im Großen und Ganzen auf die gleiche Weise verändert. Nichts Neues kann sich entwickeln, bevor die alten dominanten Mächte nicht hinweggefegt wurden. Gewöhnlich geschieht dies durch eine Katastrophe, der wir hilflos ausgeliefert sind.«

»Zum Beispiel?«

»Als Meeresexperte sind Sie sicherlich mit dem Untergang der minoischen Kultur vertraut.«

»Natürlich«, sagte Kurt. »Nachdem sie das Mittelmeer Jahrhunderte lang beherrscht hatten, wurden die Minoer durch die Tsunamis, die ihre Inseln nach dem Ausbruch von Santorin trafen, entscheidend geschwächt.«

»Genau«, bestätigte Urco, »aber sie wurden nicht ausgelöscht. Sie existierten weiter. Sie hielten sich noch einige Jahrhunderte, wenn auch in geringerer Zahl und mit vermindertem Einfluss. Aber die Lebensbedingungen hatten sich verändert und erwiesen sich für andere Zivilisationen in der Region förderlich. Speziell für die mykenische Zivilisation. Wozu es niemals gekommen wäre, wenn die Katastrophe nicht stattgefunden hätte.«

Kurt nickte wieder.

»Das Gleiche sehen Sie hier«, klärte Urco ihn auf. »Ursprünglich waren die Chachapoya mächtiger als die Inka. Sie wurden jedoch von Katastrophen heimgesucht – nicht nur einmal, sondern gleich zweimal.«

Kurt setzte sich; für interessante Geschichtsvorlesungen hatte er immer ein offenes Ohr. »Wie das?«

»Am Ende waren es die Krankheiten«, gab Urco zu. »Aber lange davor wurden die Menschen von einer anderen Katastrophe heimgesucht. Den Beweis finden Sie in einem Gewässer mit dem Namen Kondorsee etwa fünfundsiebzig Kilometer entfernt von hier.«

Kurt war der Name Kondorsee begegnet, als er Urcos Website besucht hatte. »Dort wurden ebenfalls Ruinen der Chachapoya gefunden.«

»In der Tat«, sagte Urco. »Sogar in großer Zahl überall in den Bergen ringsum. Aber ich habe etwas ganz anderes gefunden. Nämlich Beweise dafür, dass eine umfangreichere Ansiedlung im Tal existiert haben muss. Sie füllte den gesamten Talgrund aus und reichte bis hinauf in die Bergausläufer.«

»Davon habe ich noch nichts gehört«, sagte Kurt.

»Nur wenige haben es«, sagte Urco. »Tausende lebten innerhalb der Mauern dieser Stadt, die für ihre Zeit eine besonders große Ansiedlung darstellte. Sie wurden von einer sehr mächtigen Kriegerkaste beschützt, die über einige der wirkungsvollsten Waffen der damaligen Zeit verfügte. Ich kann Ihnen versichern, dass diese Männer vor niemandem zurückwichen, und mehrere Jahrhunderte lang waren die Chachapoya die vorherrschende

Macht der ganzen Region und forderten Tributzahlungen von anderen Gruppen und Gemeinschaften. Aber dann traf sie das Unglück.«

»Was ist geschehen?«

»Die Stadt war in einer geschützten Zone zwischen den Bergen angelegt worden. Sie erhielt ihr Trinkwasser durch die Schneeschmelze und aus einem höher gelegenen Gebirgssee«, berichtete Urco. »Ein schweres Erdbeben im achten Jahrhundert ließ den gesamten Inhalt des Sees auf einmal zu Tal stürzen. Eine fast zwanzig Meter hohe Wasserwand überrollte während der Nacht die Stadt und überflutete sie. Die Menschen saßen in der Falle. Tausend starben. Es war wie die Sintflut, nur dass kein Gott sie gewarnt hatte. Pompeji ohne Ascheregen. Bei Tagesanbruch war nichts mehr übrig. Der Reichtum war auf der Stelle verloren; die Krieger waren verschwunden. Ja, die Stadt selbst existierte nicht mehr. Die Herrschaft der Chachapoya, bei Sonnenuntergang noch ungebrochen, war am Morgen hinweggefegt. Und in der Folge begann der geschichtenumwobene Aufstieg der Inka.«

Kurt konnte den Wahrheitsgehalt dieser Geschichte nicht beurteilen, aber er fand sie interessant. »Gab es Überlebende?«

»Ein paar hundert«, sagte Urco. »Diejenigen, die weiter oben in den Bergen wohnten. Als sie versuchten, ihre Zivilisation wiederaufzubauen, machten sie vieles anders und verlegten ihre Behausungen in die Felswände, wo sie sich vor jeder zukünftigen Katastrophe sicher fühlten. Sicherer als in den Tälern. Zuerst war es eine rein logische Entscheidung, aber ihm Laufe der Zeit wurde es ihre Art zu leben, ihre Religion. Sie wurden die *Wolkenmenschen*.«

»Ich kann es ihnen nicht verdenken«, meinte Kurt.

»Sie haben recht«, sagte Urco. »Wer könnte noch auf ebener Erde schlafen, nachdem er eine solche Nacht überlebt hat?«

»Es klingt, als hätten Sie die Antwort auf alle offenen Fragen schon gefunden«, sagte Kurt. »Wozu brauchen Sie uns noch?«

»Sie sollen mir helfen, die Beweise dafür zutage zu fördern.«

»Indem wir den See untersuchen«, vermutete Kurt.

Urco nickte. »Die peruanische Regierung hat mir dazu die Erlaubnis erteilt, aber sämtliche Bitten um finanzielle Hilfe abgeschlagen. Man hat großes Interesse daran, die Bedeutung der mächtigen Inka nicht zu schmälern, denn dies würde auch ihren touristischen Reiz mindern. Und mir fehlen die Mittel, um auch nur eine Tauchexpedition durchzuführen. Aber ich kann Ihnen versichern, auf dem Grund des Sees schlummert eine überflutete Stadt, wie noch niemand sie je zu Gesicht bekommen hat.«

Die Vorstellung, etwas ans Tageslicht zu holen, das die Geschichtsschreibung verändern könnte, reizte Kurt, aber sie hatten in diesem Augenblick eine dringendere Aufgabe zu erfüllen. »Ich bin sicher, dass sich in dieser Richtung etwas arrangieren lässt«, sagte er. »Helfen Sie mir, dann helfe ich Ihnen.«

Urco kraulte seinen buschigen Bart. »Ich hatte gehofft, wir könnten es *andersherum* machen.«

»Da gibt es ein Zeitproblem«, sagte Kurt. »Ich muss dieses verschollene Flugzeug finden, bevor ich etwas anderes in Angriff nehmen kann. Es ist keine simple Panikmache meinerseits – jeder hier ist in Gefahr, solange dieses Flugzeug nicht gefunden wurde.«

Urco sah ihn eindringlich an. »Weshalb sollten *wir* in Gefahr sein?«

»Weil die NUMA nicht die einzige Partei ist, die das vermisste Flugzeug sucht. Agenten anderer Länder sind ebenfalls hinter der Maschine her. Sie haben bereits mehrmals versucht, mich und meine Partnerin zu töten. Und das sogar auf dem Weg hierher.«

»Hier oben in den Bergen?«, fragte Urco zweifelnd.

»Wir wurden gerade auf der Straße angegriffen«, sagte Kurt.

»Sie könnten Sie bis hierher verfolgt haben.«

»Nur wenn sie fliegen können«, sagte Kurt. »Aber andere werden kommen. Und dies sind dann Leute, die nicht daran interessiert sind, irgendwelche Abmachungen zu treffen. Sie werden nicht zögern, jeden hier zu foltern oder gar zu töten, um sich zu holen, was sie unbedingt haben wollen.«

Urco seufzte und senkte den Blick. »Ich traue selbstsüchtigen Menschen alles zu«, sagte er. »Meine Forschungen haben immer wieder gezeigt, dass es in unserer Natur liegt, zu kämpfen und Zwang auszuüben. Aber wie sollte es uns schützen, wenn wir Ihnen helfen? Würden diese anderen Gruppen nicht noch viel eher zu gewalttätigen Mitteln greifen, wenn sie wüssten, dass wir auf Ihrer Seite stehen?«

»Alles, was sie interessiert, ist das verschwundene Flugzeug«, sagte Kurt. »Sobald wir es haben, gibt es für sie keinen Grund mehr, in diese Gegend zu kommen. Sie und Ihre Leute hier wären nicht mehr in Gefahr.«

Urco nahm sich eine Minute Zeit, um sich Kurts Worte durch den Kopf gehen zu lassen. Schließlich schaute er Kurt wieder in die Augen. »Nichts Gutes blüht kleinen Völkern, wenn sie sich starken Mächten in den Weg stellen. Es wäre besser, dieses Ding wird gefunden und weggeschafft, damit wir unser gewohntes Leben fortsetzen können.«

»Werden Sie uns also helfen?«

»Das werde ich. Was brauchen Sie?«

»Sie sollen mir nur zeigen, wo sie gestanden haben, als Sie das Video aufnahmen. Sobald wir die Berggipfel ringsum mit dem, was in Ihrem Video zu sehen ist, in Einklang gebracht haben, können wir die Flugrichtung der Maschine präzise bestimmen und annähernd genau ihre Fluggeschwindigkeit und Reisehöhe berechnen. Mit Hilfe dieser Informationen finden wir dann den Landeort innerhalb von Stunden und nehmen alles mit.«

»Und was geschieht danach?«, fragte Urco.

»Wir geben bekannt, dass wir den Flugkörper geborgen haben und dass er intakt ist«, versprach Kurt. »Ich teile der Welt außerdem mit, wo wir ihn gefunden haben. Sodass jeder, der den Ort besichtigen will, Sie nicht belästigt, sondern direkt den Absturzort aufsuchen kann.«

Urco strich sich durch den Bart. »Sehr gut«, sagte er. »Dann helfe ich Ihnen gerne. Aber vorher … lade ich Sie zum Essen ein.«

28

Die Gebirgsstraße nach La Jalca war blockiert. Die Brücke war verschwunden; ihr verbogener Stahlrahmen lag auf dem Grund der Schlucht, während die Straße selbst mit einer drei Meter dicken Schicht aus Geröll, Sand und großen Gesteinsbrocken bedeckt war – Überreste der Erdlawine, die von der fehlgeleiteten chinesischen Panzerfaustgranate ausgelöst worden war.

Der Mann, der die Rakete abgefeuert hatte, war ebenfalls verschwunden, aber Daiyu und Jian hatten sich retten können, indem sie mit ihrem Wagen in den Schutz des Tunnels zurückkehrten und dort ausharrten, bis das Poltern der abstürzenden Gesteinsmassen verstummt war. Sie saßen in der Dunkelheit, während sich der erstickende Staub legte und ein kleiner Lichtstreifen am oberen Rand der Tunneleinfahrt zu sehen war.

»Wir sollten zurückfahren«, empfahl Jian. »In Cajamarca steht ein Hubschrauber für uns bereit. Wir sollten Verbindung mit dem Oberkommando aufnehmen, um Unterstützung bitten und zu den Ruinen fliegen. Und die Amerikaner aus der Luft erledigen.«

Daiyu schüttelte den Kopf. »Wir fahren weiter«, beharrte sie. »Nicht zurück. Wenn wir zügig vorankommen, können wir um Mitternacht in La Jalca sein. Und sie im Schlaf beseitigen. Vergiss nicht, wie unser Auftrag genau lautet.«

»Wir sind jetzt im Nachteil«, widersprach Jian. »Das Killerteam wurde verschüttet. Und die Amerikaner wissen, dass wir sie verfolgen.«

»Im Gegenteil«, erwiderte sie. »Das verschafft uns einen Vorteil. Und vergiss nicht, unser Auftrag verlangt, dass wir die Amerikaner um jeden Preis daran hindern, die *Nighthawk* zu finden. Den ganzen Weg nach Cajamarca zurückzufahren, mit General Zhang Kontakt aufzunehmen und auf weitere Verstärkung zu warten würde viel zu lange dauern. Wir müssen weiterfahren. Sieh zu, dass du uns einen Weg freiräumst, während ich unsere Waffen und unsere restliche Ausrüstung einsammle.«

Jian musterte sie sekundenlang schweigend, dann schickte er sich an, ihren Befehl auszuführen. Er stieg aus dem Wagen, kletterte auf den Schutthaufen und begann, mit bloßen Händen zu graben. Das lose Geröll ließ sich leicht wegräumen, und die großen Gesteinsbrocken bereiteten ihm dank seiner enormen Kraft keine Mühe. Er schob sie leicht beiseite, und es dauerte nicht lange, da hatte er einen schmalen Tunnel geschaffen, durch den sie sich hindurchzwängen konnten.

Er gelangte ins Freie, von Kopf bis Fuß mit Staub bedeckt. Daiyu folgte ihm, reichte ihm einen Rucksack und zog einen zweiten aus der Öffnung. Während sie den Berghang nach einem sicheren Weg absuchte, tastete sich Jian zur Felskante und hielt nach dem anderen Wagen Ausschau.

»Erspar dir die Mühe«, rief seine Gefährtin. »Sie sind tot.«

Das wusste er. Aber er suchte sie trotzdem. Es war ein tiefer Abgrund. Er fand keine Spur von dem Wagen, nur einen Schuttkegel, unter dem ihre Helfer unten in der Schlucht begraben waren.

Während Jian in die Tiefe starrte, schaute Daiyu nach oben. Durch die Perspektive – und weil sie den Kopf in den Nacken legen musste – erschien der Berghang um einiges steiler, als er tatsächlich war. Obgleich sie diesen Effekt kannte, war sie beeindruckt, dass die Amerikaner es geschafft hatten, den Steilhang zu bewältigen, ohne mit dem Wagen umzukippen oder bergab zu rollen. Offensichtlich hatte sie sie unterschätzt. Diesen Fehler würde sie kein zweites Mal machen.

Sie wandte sich zu Jian um. »Bist du bereit?«

Er nickte.

Sie deutete auf einen Pfad rechts von ihr. »Dort finden wir wahrscheinlich ausreichend Halt. Bleib dicht hinter mir.«

Die Kletterpartie war zu Fuß gefährlicher als mit einem Wagen. Dornenbüsche und Hochgebirgskakteen hielten sie unbarmherzig mit ihren Stacheln fest. Loses Gestein gab unter ihren Füßen nach, sodass sie in Gefahr gerieten, sich die Knöchel zu verstauchen und wieder zur Straße hinabzurutschen, während die Luft in fast dreitausend Metern Höhe dünn genug war, um ein Gefühl der Benommenheit zu erzeugen. Als sie endlich die Straße erreichten, waren sie zerkratzt, bluteten aus einigen kleinen Wunden und rangen keuchend nach Luft.

Daiyu richtete sich auf und stemmte die Hände in die Hüften. Obwohl die Luft kühl war, schwitzte sie in der strahlenden Sonne.

»Ruh dich für eine Minute aus«, sagte sie, trank einen Schluck Wasser und reichte Jian die Feldflasche. »Ich erkunde das Gelände vor uns.«

Während Jian trank, wanderte Daiyu die Straße entlang. Sie verlief bergauf und beschrieb dann eine Linkskurve. Dahinter nahm das Gefälle ab. Sie befanden sich unweit des höchsten Punkts. Vor ihnen erstreckte sich das Plateau.

Während sie darauf wartete, dass Jian zu ihr aufschloss, drang aus der Ferne Motorenlärm an ihre Ohren. Indem sie die Augen zu schmalen Schlitzen zusammenkniff, um nicht von der Sonne geblendet zu werden, erspähte sie einen kleinen Kastenwagen, der auf sie zukam. Er war alt und ramponiert, ein echtes Arbeitspferd, dem man die zahlreichen strapaziösen Bergfahrten ansah. Stellenweise mit Beulen im Blech verunstaltet, hing er zu einer Seite leicht über. Qualm von verbranntem Öl wallte aus dem Auspuffrohr. Dennoch wäre eine Fahrt mit ihm weitaus angenehmer, als den ganzen Weg zu Fuß zurücklegen zu müssen.

Sie stoppte ihn mit einem Winken.

Mit ihrem langen Haar, das zu einem Pferdeschwanz zusammengerafft war, und einem Rucksack auf den Schultern sah sie wie eine harmlose Touristin auf einer Wanderung aus.

Der Lieferwagen hielt neben ihr an, und das Fenster auf der Beifahrerseite wurde heruntergekurbelt. Ein Mann mit widerspenstigem schwarzem Haar und einem dunklen Gesicht sah zu ihr heraus. Er hatte kleine, dunkle Augen. Ein Mann, der ähnlich aussah, saß neben ihm. Beide schienen eher Eingeborene als Europäer zu sein.

»Ist alles in Ordnung?«, fragte der Beifahrer auf Spanisch.

»Ich brauche Hilfe«, erwiderte Daiyu ebenfalls auf Spanisch. »Die Brücke ist verschwunden. Sie ist eingestürzt. Es muss ein Erdbeben stattgefunden haben, weil es auch zu einem Erdrutsch kam.«

Die Männer blickten über das Armaturenbrett hinweg. Unten am Ende der Gefällestrecke sahen sie den Geröllhaufen, der die Straße bedeckte, und dahinter die Lücke, wo eigentlich die Brücke hätte stehen müssen. Was sie nicht sahen, war, dass Daiyu eine Pistole chinesischer Produktion aus der Jackentasche zog.

Sie feuerte drei Schüsse ab, ehe einer von ihnen auch nur reagieren konnte. Alle drei trafen den Beifahrer.

Sie riss die Tür auf und zog ihn heraus. Er landete tot zu ihren Füßen, während der Fahrer die Hände hob.

»Aussteigen«, befahl Daiyu.

Der Mann tastete nach dem Türgriff, betätigte ihn und stürzte in seiner Hast beinahe aus dem Wagen. Er war nicht schnell genug. Daiyu schoss ihm eine Kugel in den Kopf, die ihn augenblicklich tötete.

Als Jian sie erreichte, hatte sie bereits beide Männer an den Straßenrand geschleift und schob sie über die Felskante. Sie stürzten ein kurzes Stück ab und rutschten dann den Abhang hinunter, bis ihre Körper auf halbem Weg zum Grund der Schlucht an einigen Sträuchern hängen blieben.

»Du hättest sie nicht zu töten brauchen«, sagte Jian. »Sie hätten nützlich sein können. Sie hätten vielleicht Informationen gehabt.«

Sie verstaute die Pistole in ihrer Jacke. »Sie mitzunehmen hätte uns behindert. Und wenn wir sie hier zurückgelassen hätten, wären wir das Risiko eingegangen, dass jemand sie findet und befreit.«

Sie setzte sich hinter das Lenkrad, während Jian den Beifahrersitz einnahm. Nach einer riskanten Wende in drei Zügen lenkte sie den Wagen nach La Jalca zurück.

Der armselige Lieferwagen schaffte bergauf nicht mehr als zwanzig Meilen pro Stunde, aber sobald sie sich auf dem ebenen Plateau befanden, nahm er Tempo auf, bis sie mit knapp vierzig Meilen pro Stunde unterwegs waren.

Daiyu sah auf die Uhr. Anstatt La Jalca gegen Mitternacht zu erreichen, wären sie schon bei Einbruch der Abenddämmerung dort. Vielleicht erwischten sie die Amerikaner trotz allem doch noch.

29

Cajamarca, Peru

Die Straßen von Cajamarca waren kalt und nass. Ein kurzer Regenschauer hatte Morast in die Gossen gespült und überall Pfützen hinterlassen. Der Regen in den Bergen war immer ein kalter Regen. Die Feuchtigkeit drang einem bis in die Knochen. Paul und Gamay Trout wäre Schnee lieber gewesen.

Während sie den Bürgersteig entlanggingen, verkroch sich Paul tiefer in seiner Wetterjacke und schlug den Kragen hoch. »Ich glaube, wir werden verfolgt«, flüsterte er.

»Der Typ in dem bunten Poncho«, sagte Gamay. »Seitdem wir den Flughafen verlassen haben, habe ich ihn schon dreimal gesehen.«

Es wäre eine gute Möglichkeit gewesen, sich unsichtbar zu machen, weil viele eingeborene Bewohner von Cajamarca in den kalten Monaten ähnliche Ponchos trugen, aber dieses Muster war einmalig, und Paul und Gamay hatten beide ein Auge für modische Details.

Als er die Erscheinung des Mannes als Spiegelbild in einem Schaufenster entdeckte, nickte Paul. Das Muster war dasselbe; desgleichen die pelzgefütterten Stiefel. Tatsächlich war es derselbe Mann.

»Was hältst du davon, wenn wir die Hauptstraße verlassen?«, schlug er vor.

»Wenn es bedeutet, dass wir ein warmes Plätzchen finden …«

»Wie wäre es damit«, sagte Paul und deutete auf ein hell erleuchtetes Internetcafé.

Gamay las die Reklame. »Starker Kaffee, schnelles Internet, 4k, Video. Nichts wie hin.«

Sie traten ein, beobachteten durch die Frontscheibe, wie der

Mann vorbeiging und nur einen kurzen Moment später zurückkehrte. Anstatt hereinzukommen, setzte er sich auf die Bank einer Bushaltestelle gegenüber und war offensichtlich damit zufrieden, sie im Blick zu haben.

Damit konnte Paul leben. Er und Gamay zogen sich tiefer in das schmalbrüstige Gebäude zurück, dankbar für die Wärme, die sie dort fanden.

Im Café herrschte reger Betrieb. Die Kaffeemaschinen, Computer und jungen Leute schufen eine beständige Geräuschkulisse. Paul und Gamay fanden einen Platz auf halbem Weg zwischen Vordereingang und Hintertür, setzten sich an einen Computer und surften einige Minuten lang durchs Internet.

»Meinst du, unser Freund schleicht sich irgendwann herein?«, fragte Paul.

»Das bezweifle ich«, sagte Gamay, »aber wenn er es tut, kriegen wir es mit.«

»In diesem Fall gehe ich kurz telefonieren.«

Paul verließ seinen Platz hinter der Tastatur, fand eine Leiter, die aufs Dach führte, und stieg hinauf. Er schlängelte sich durch eine Deckenklappe, kletterte hinaus aufs Dach und schloss die Klappe leise hinter sich. Er hatte nicht die Absicht zu verschwinden; er brauchte nur eine ungehinderte Sicht auf den Himmel.

Nachdem er sich mit dem Kommunikationssystem der NUMA verbunden hatte, wurde Paul zu Hiram Yaeger durchgestellt. Er kam sofort zu seinem Anliegen. »Kurt möchte, dass du und Priya euch in die Datenbank der NSA einhackt.«

Von allen hochrangigen Angestellten der NUMA war Hiram Yaeger derjenige, der sich am wenigsten davor fürchtete, sich mit Autoritäten anzulegen – dies war zum Teil der Grund, weshalb er sein Haar schulterlang trug und einen demonstrativ unkonventionellen Bekleidungsstil bevorzugte. Aber er war überrascht, diese Bitte von einem der zugeknöpftesten NUMA-Angehörigen zu hören. »Wer sind Sie?«, fragte er. »Und was haben Sie mit Paul gemacht?«

»Sehr lustig«, erwiderte Paul. »Ich meine es ernst. Kurt hat Grund zu der Annahme, dass sie im Zusammenhang mit der *Nighthawk* und ihrer Mission irgendetwas verbergen. Und zwar einen guten Grund. Und da er derjenige ist, der da draußen sein Leben riskiert …«

Er musste die Freisprechfunktion eingeschaltet haben, weil Priya sich zu Wort meldete. »Ich bin keine Expertin in solchen Dingen, aber wird so etwas nicht mit einem gewissen Stirnrunzeln betrachtet … oder ist es vielleicht sogar illegal?«

»Es wird nicht gerade empfohlen«, gab Hiram zu. »Aber wir haben es auch schon früher getan und uns damit nie mehr als einen Klaps auf die Finger eingehandelt.«

»Offenbar ist die NSA weitaus weniger nachtragend, als man ihrem Ruf entnehmen kann«, erwiderte sie.

»Weltweite Katastrophen mit den Informationen zu verhindern, die wir bei ihnen ausgeliehen haben, könnte damit zu tun haben«, sagte Paul.

»Ich habe damit kein Problem«, sagte Hiram. »Das wissen Sie. Aber wir sind gewarnt worden. Vielleicht sollte ich Rudi oder Dirk informieren.«

»Und sie zu Mitwissern machen? Lieber nicht. So können sie ihre Hände viel überzeugender in Unschuld waschen, falls wir erwischt werden.«

»Gutes Argument«, sagte Hiram. »Okay. Wir versuchen es.«

Paul wusste, dies bedeutete, dass es erledigt würde. »Kurt wünscht die Information so schnell, wie Sie an sie herankommen können. Vorzugsweise bevor sein romantischer Sonntagsausflug möglicherweise in einem Desaster endet.«

Hiram versprach, sein Bestes zu tun, und trennte die Verbindung. Paul sah sich um und entdeckte eine Krähe, die auf einem anderen Teil des Dachs saß und ihn aufmerksam anstarrte.

»Gott sei Dank, dass du kein Papagei bist«, sagte er.

Die Krähe stieß einen krächzenden Ruf aus und breitete die Flügel aus. Sie flog nach Süden, und Paul kehrte in die Wärme des Cafés zurück.

»Bist du durchgekommen?«, wollte Gamay wissen.

Er sagte nichts und warf einen Blick auf die Wanduhr. »Joe ist noch immer einige Stunden weit entfernt.«

Gamay hatte bereits eine dampfend heiße Tasse Suppe und eine Alpakamütze besorgt. »Okay«, sagte sie, setzte sich und bearbeitete eine Tastatur. »Sieht so aus, als wäre dieses Café unser vorläufiges Zuhause.«

In Washington blieb es Hiram Yaeger und Priya Kashmir überlassen, die Details ihres jüngsten Hacking-Auftrags zu klären.

»Ob wir es tun sollen oder nicht, ist die eine Sache«, sagte Priya. »Aber wie wir es tun sollen, ist viel wichtiger.«

»Sie machen sich keine Sorgen?«, fragte Hiram.

»Das Schlimmste, was sie mit mir tun können, wäre, mich nach Merry Olde England zurückzuschicken. Und während ich mich mit all dem Regen arrangieren muss, den ich kaum ertragen kann, wandern Sie und Rudi ins Gefängnis.«

»Das ist nicht sehr wahrscheinlich«, sagte Hiram. »Aber es wird nicht einfach sein, ihren Sicherheitscode zu knacken. Jedes Mal wenn Max und ich die NSA gehackt haben, haben sie reagiert, indem sie die Sicherheitsstufe erhöhten. Darin sind sie verdammt gut.«

»*Wir könnten sie mit brutaler Gewalt überwältigen«,* schlug Max über die Lautsprecher vor.

Hiram blickte auf – was er oft tat, wenn er mit Max sprach. »Versuchen wir lieber etwas, das nicht an Dschingis Khan erinnert.«

Priyas Finger tanzten bereits über die Tastatur des Computers. »Die NSA mag die *Nighthawk* unter höchster Geheimhaltung gebaut haben, aber sie haben sie nicht von der ersten Schraube an konstruiert. Teile ihrer Konstruktion wurden vom Spaceshuttle und von der X-37 übernommen. Miss Townsend hat sogar davon gesprochen, dass bei der *Nighthawk* Grundelemente der X-37 verwendet wurden. Wenn dies der Fall ist, dann hat die NASA wahrscheinlich während der Bauphase eigene Daten zur Verfügung gestellt. Und das heißt, dass wir vielleicht die NASA statt die NSA hacken können.«

»Gute Idee«, sagte Hiram.

»Ich ziehe den Begriff *brillant* in diesem Fall vor.«

»Dann eben *brillante* Idee«, korrigierte sich Hiram. »Um mit der NASA zusammenzuarbeiten, haben unsere Freunde bei der NSA gewiss eine sichere und authentifizierte Verbindung eingerichtet. Wenn wir Ihrem Vorschlag folgen und zuerst bei der NASA eindringen, gelangen wir durch die Hintertür in die NSA-Computer, während sie vielleicht annehmen, dass sie ihre Daten gerade mit dem Johnson Space Center teilen.«

Max schaltete sich ein. *»Ich räume dem Plan eine dreiundsiebzigprozentige Erfolgschance ein. Und wenn sie das Hacking bemerken, überprüfen sie zuerst die NASA, womit wir mehr Zeit gewinnen, das Weite zu suchen.«*

»Ohne Beine kommst du nirgendwohin«, sagte Hiram. »Ich fürchte, sie werden dich verschrotten und einschmelzen.«

»Ich sollte Räder bekommen«, schlug Max vor. *»Wie Dr. Kashmir.«*

Für einen kurzen Moment war Hiram peinlich berührt und schämte sich, aber Priya lachte. »Glaub mir, Max, Räder sind nicht alles, was man braucht.«

Diesmal lachte auch Hiram. »Über Mobilitätsfragen werden wir ein andermal diskutieren, Max. Brechen wir ins Netzwerk des Raumfahrtzentrums ein, und schauen wir nach, ob man dort immer noch zu einem Schwätzchen mit der National Security Agency bereit ist.«

Es dauerte fast den gesamten Rest des Tages, ehe Priya und Max sich Zugang verschaffen konnten. Am Ende mussten sie sich durch die Systeme von Cap Canaveral und des Jet Propulsion Laboratory schleichen, ehe sie auf einen Link zu den Datenbanken der NSA stießen. Kurz darauf erhielten sie erschöpfende Mengen an Informationen über die Konstruktion der *Nighthawk*, ihre Testflüge und die Missionsparameter.

Priya und Hiram sahen sich so viel wie möglich an, überließen es jedoch Max zu entscheiden, was wichtig war und was nicht, sobald sie ungefähr eintausend Seiten Daten und sonstige Informationen gesammelt hatten.

Während Max damit fortfuhr, die Beute zu sortieren und die Spreu vom Weizen zu trennen, inspizierte Priya die technischen Unterlagen, die die Konstruktion der *Nighthawk* betrafen. »Sehen Sie sich dies einmal an«, sagte sie und winkte Hiram zu ihrem Tisch herüber.

Er betrachtete das Bild auf ihrem Computermonitor.

»Das sind Blaupausen und Konstruktionsdetails der X-37.« Sie deutete auf die entsprechenden Punkte. »Und dies sind die Pläne für die *Nighthawk*. Sehen Sie irgendetwas Interessantes?«

Hiram nahm seine Brille ab, putzte sie mit einem weichen Mikrofasertuch und setzte sie wieder auf. »Sie sind einander sehr ähnlich. Sogar beinahe identisch.«

»Der einzige Unterschied liegt in der Größe«, sagte sie. »Wenn wir den Maßstab der ursprünglichen Pläne vergrößern, stimmen sie genau überein. Die gleiche Maschine, das gleiche Navigationssystem, das gleiche Tragflächenprofil, der gleiche Hitzeschild. Mehr noch, abgesehen vom Tarnkappenmaterial auf dem Rumpf und den Tragflächen, das beim Wiedereintritt verbrennt, unterscheidet sich der Hitzeschild nicht von dem Kachelsystem, das beim Spaceshuttle seit den Achtzigerjahren verwendet wird.«

»So viel zum technologischen Fortschritt, den sie immer für sich und ihre Arbeit in Anspruch nehmen«, sagte Hiram. »Diese neue Maschine ist nicht mehr als eine leicht modernisierte Version des alten Vehikels.«

Er stand auf und wandte sich an Max. »Bist du sicher, dass wir die korrekten Pläne vor uns haben?«

»Absolut sicher«, erwiderte Max.

»Und wie sicher?«

»Es besteht eine 99,98-prozentige Wahrscheinlichkeit, dass die Pläne, die Sie vor sich haben, dem Flugkörper entsprechen, der seinerzeit ins All gestartet ist und gegenwärtig in Südamerika gesucht wird.«

»Das ist ziemlich sicher«, gab Priya zu.

Hiram pflichtete ihr bei. »Es ergibt aber keinen Sinn. Die Russen sind ein großes Risiko eingegangen, die *Nighthawk* abzufangen. Sie haben ihr geheimes Typhoon-U-Boot bei einem Versuch enttarnt, ihr Wrack dort vom Meeresgrund heraufzuholen, wo sie ihrer Meinung nach abgestürzt ist. Und beide, sie und die Chinesen, scheinen gewillt zu sein, einen Krieg zu riskieren, um es weiter zu suchen.«

»Angesichts der Attacken auf Kurt und Miss Townsend würde ich sogar sagen, dass bereits erste Scharmützel stattgefunden haben«, fügte Priya hinzu.

Hiram nickte. Er betrachtete die Pläne noch einmal, überprüfte die Daten des Antriebssystems und die Konstruktionspläne der Kabine. »Wenn es nicht die Maschine ist, die als so wichtig eingestuft wird, dann muss es etwas anderes sein. Etwas, das mit der gesamten Mission in Verbindung steht.«

»Vielleicht hat die *Nighthawk* einen unserer Spionagesatelliten aus dem All mitgebracht. Oder einen der Gegenseite.«

»Vielleicht sogar je einen von beiden Parteien«, sagte Hiram. »Das würde sie ganz schön in Rage bringen.«

»Wenn wir wüssten, wohin die *Nighthawk* geflogen ist, würden wir auch mehr erfahren«, meinte Priya.

»Max, was kannst du mir über die Mission der *Nighthawk* erzählen?«

Die Computerstimme antwortete augenblicklich. *»Die NSA startet die Nighthawk von Vandenberg aus auf einem Titan-Booster. Das Fahrzeug wird auf einer polaren Umlaufbahn ausgesetzt und bleibt für einen längeren Zeitraum im All. Fünfundsiebzig Tage nach dem ersten Start, achthunderteinundfünfzig Tage während der letzten Mission.«*

»Und dennoch«, sagte Hiram, während er auf das Druckerzählwerk blickte, »haben wir weitaus mehr Daten über die erste Mission als über die zweite. Hältst du irgendetwas zurück?«

»Mission 1 war eine Testmission«, sagte Max. »Daten aus allen Phasen der Mission wurden der NASA uneingeschränkt zugänglich gemacht. Mission 2 war ein operatives Projekt. Absolut geheim.

Lediglich vorstartliche Daten und Flugbahninformationen wurden geliefert.«

»Kannst du die Flugbahn der *Nighthawk* mit den Flugbahnen bekannter Satelliten vergleichen?«

Eine kurze Pause setzte ein – ungewöhnlich für Max, wenn man berücksichtige, wie enorm ihre Rechengeschwindigkeit war. *»Die* Nighthawk *führte bis zum Wiedereintritt 14.625 komplette Orbits und einen Teilorbit aus. Zu keinem Zeitpunkt überschnitt sich ihre Flugbahn mit der Position eines bekannten Satelliten. Verfügbare Daten ergeben, dass Manöver der* Nighthawk *zum Ziel hatten, jegliche orbitale Konvergenz zu vermeiden.«*

»Ist an ihrer Flugbahn irgendetwas ungewöhnlich?«

»Während einundneunzig Prozent ihres Aufenthalts im Weltraum verharrte die Nighthawk *im Erdschatten.«*

»Demnach blieb die *Nighthawk* außer Sicht«, sagte Hiram. »Man kann keine anderen Satelliten entführen, wenn man sich in der Dunkelheit versteckt und ihre Nähe meidet wie die Pest.«

»Ich bin nicht sicher, ob sie etwas aufnehmen konnte, wenn sie es gewollt hätte«, sagte Priya. »Sehen Sie hier. Auf den ersten Blaupausen ist der Frachtraum so vollkommen leer wie der Frachtraum des Shuttles. Aber auf den letzten vor dem Start gespeicherten Schaubildern war der Frachtraum mit allen möglichen Apparaturen gefüllt.«

Hirams Neugier war geweckt. Er zog sich einen Sessel heran und ließ sich neben Priya Kashmir nieder. »Welche Art von Apparaturen?«

»Kryogenische Aufbewahrungsbehälter, Hochleistungslithiumbatterien und eine Reihe von Elementen namens *Penning-Fallen* – die offenbar mit starken Magneten ausgestattet sind, weil Kontrollzentrum und Antriebsgehäuse elektromagnetisch abgeschirmt wurden, um magnetische Störungen zu vermeiden.«

»Penning-Fallen«, sagte Hiram und versuchte, sich daran zu erinnern, wo er diesen Begriff schon einmal gehört hatte.

»Den Zeichnungen nach zu urteilen nehmen sie den gesamten Frachtraum ein.«

Hiram nickte. Er wirkte plötzlich sehr ernst und sehr besorgt. Die Wahrheit dämmerte ihm allmählich, und sie gefiel ihm nicht im Mindesten. »Max, kannst du den Orbit der *Nighthawk* mit dem Vorkommen von Nordlicht in Beziehung bringen?«

»Jawohl«, sagte Max. *»Die* Nighthawk *befand sich während aller starken Aktivitäten der Aurora borealis in einem nordpolaren Orbit. Und sie stand während des verstärkten Auftretens der Aurora australis, auch bekannt als Südlicht, über dem Südpol. Dabei entsprach ihre Position jeweils dem Vortexpunkt des Magnetfelds der Erde.«*

»Vortexpunkt?«, fragte Priya.

»Wo sich die Linien des Magnetfelds der Erde über dem Nordpol und dem Südpol bündeln, ehe sie in die Erde hineintauchen.«

Mittlerweile hatte Priya seinen angespannten Tonfall registriert. »Wissen Sie, was sie mit der Mission bezweckt haben?«

»Sie wollten eine Theorie testen«, antwortete er. »Eine sehr gefährliche Theorie.«

Sie blickte wieder auf die Zeichnungen und strich mit der Fingerspitze über die imaginären Penning-Fallen. Der Begriff selbst lieferte ihr die Antwort auf ihre Frage. »Sie brachten etwas mit zurück. Nicht wahr?«

Hiram Yaeger nickte. »Ich fürchte, ja«, sagte er. »Und es ist etwas weitaus Tödlicheres, als jeder Satellit es schlimmstenfalls sein kann.«

30

La Jalca Canyon, Chachapoya-Ruinen

Bei Einbruch der Dämmerung waren die Kochfeuer entfacht und mehrere lange Tische für ein Gemeinschaftsmahl aufgestellt worden. Urco machte Kurt und Emma mit den restlichen freiwilligen Helfern bekannt und bestand darauf, dass ihre Ankunft Anlass für eine kleine Feier war.

Ehe die Speisen aufgetragen wurden, stimmte Urco mit der Gruppe eine traditionelle Anrufung an. »Es ist ein Chachapoya-Gebet«, erklärte er. »Eine Ermahnung, mit dem Fest erst dann zu beginnen, wenn auch alle Gäste zugegen sind und begrüßt wurden.«

»Ist dies noch so ein Ritual, um der Menschen zu gedenken, deren Welt Sie ausgraben?«, fragte Emma.

»Genau«, bestätigte Urco. »Wir leben sogar wie sie. In früheren Zeiten gab es viel weniger Handel als heute. Jede Gesellschaft, jedes Dorf musste sich selbst versorgen können, musste autark sein. Und das sind auch wir. Wir fangen Regenwasser in Fässern auf, bauen Maniok im südlichen Teil der Lichtung an. Und wir halten Lamas als Vieh.«

»Liebenswerte Tiere«, sagte Emma.

»Ich würde an Ihrer Stelle keine allzu enge Beziehung zu ihnen aufbauen«, flüsterte Kurt.

»Weshalb nicht?«

»Ich glaube, Sie verzehren gerade eins.«

Für einen kurzen Moment sah sie richtig leidend aus.

»Man kann nicht in allen Bereichen autark sein«, sagte Kurt.

Urco widersprach. »Ich versichere Ihnen, wir sind es. Wie alle Dörfer, aus denen unsere Freiwilligen kommen. Ich sage Ihnen, die restliche Zivilisation könnte untergehen, und wir würden es nicht bemerken.«

»Ich kann den Wunsch verstehen, ein solches Leben zu führen«, sagte Emma. »Aber sollten die Energien, die darauf verwendet werden, Feldfrüchte anzubauen und Vieh zu halten und zu züchten, nicht lieber hier bei den Ausgrabungen eingesetzt werden? Wenn die Lebensmittel angeliefert würden, hätten Sie dann nicht mehr Arbeiter zur Verfügung, um die anderen Aufgaben zu erfüllen?«

»Der Weg zur Zivilisation ist lang und mühsam«, sagte er. »Und zwar sowohl im wortwörtlichen wie auch im metaphorischen Sinn. Selbstversorger zu sein hat zur Folge, dass wir nicht mehr von dieser Straße abhängig sind. Und da ich vor kurzem gehört habe, dass sie gesperrt wird …«

Kurt lachte und trank einen Schluck Wasser.

Wenig später wurde das Essen aufgetragen: Brot aus Maniokmehl, irgendein in Würfel geschnittenes Gemüse und etwas, das wie Wildbret aussah. Es schmeckte himmlisch.

»Greift zu, Freunde«, sagte Urco. »Sobald wir gegessen haben, zeige ich Ihnen, was Sie hier finden wollten.«

Kurt nickte, unterdrückte seine Ungeduld und genoss die wohlschmeckende und ungewöhnliche Abendmahlzeit in vollen Zügen. Während die Tische abgeräumt wurden, gingen Kurt und Emma zum Range Rover, um ein paar Dinge zu holen, die sie brauchen würden, und kehrten dann zu Urco zurück, der in der Nähe der Sonnenkollektoren stand. »Die benutzen wir, um unsere modernen Geräte zu betreiben.«

»Sie bestehen darauf, nicht von der Zivilisation abhängig zu sein«, sagte Emma, »aber Sie brauchen die Sonne.«

»Das ist wahr«, erwiderte Urco. »Aber die Sonne ist viel zuverlässiger. Fünf Milliarden Jahre und noch immer aktiv. Irgendetwas sagt mir, dass die moderne Zivilisation das niemals schaffen wird.«

»Ist dies der Punkt, von dem aus Sie das Licht am Himmel gesehen haben?«, fragte Kurt.

»Ja«, antwortete Urco. »Ich bin auf dem Fußweg von unseren Zelten heraufgekommen und habe die Scheinwerfer überprüft.

Wir wollten uns an diesem Tag eine neu entdeckte Höhle ansehen, daher brauchten wir so viel Licht wie möglich. Zufrieden, dass alles bereit war, kam ich herüber zu dieser Stelle, wo die Videokameras an ihre Ladegeräte angeschlossen waren.«

Er führte sie zu einem Gestell, an dem zwei Kameras lehnten und mit Kabeln an eine Solarkraftstation angeschlossen waren.

»Ich habe diese in die Hand genommen«, sagte er und ergriff die entsprechende Kamera. »Ich schaltete sie ein und wartete. Während sie startete, gewahrte ich ein helles Flackern am Himmel. Sobald ich erkannte, dass es kein Stern war, brachte ich die Kamera in Position und filmte das Licht.«

Er hielt sich die Kamera vors Gesicht und demonstrierte ihnen, wie er es gemacht hatte, und dann tat er so, als verfolgte er das lodernde Zielobjekt, während es über den Himmel wanderte. »Es zog von Norden nach Süden«, sagte er und zeichnete die Bahn mit einem ausgestreckten Finger nach. »Dann verschwand es hinter diesen Gipfeln.«

»War irgendetwas zu hören?«, fragte Emma.

»Was? Eine Explosion?«

»Irgendetwas«, sagte Emma. »Eine Explosion, ein Knall oder der Lärm von Düsentriebwerken.«

»Nichts«, sagte Urco. »Sie können sich die Audioaufnahme des Videos anhören. Da ist nur mein Atmen.«

Kurt studierte den Himmel, der schwarz und mit Sternen übersät war. Der matte Schein des Neumonds lieferte genug Licht, um die Umrisse der Berge erkennen zu können. »Versuchen wir es.«

Sie platzierte einen Laptop auf einem Tisch in der Nähe und begann zu tippen. »Können Sie bitte das Stativ aufstellen?«

Kurt faltete die Beine des Aluminiumstativs auseinander. »Wo genau haben Sie gestanden?«, wollte er von Urco wissen.

»Gleich hier«, antwortete Urco und ging einige Schritte nach rechts.

Kurt zog die Teleskopbeine des Stativs aus, befestigte die Kamera auf dem Stativkopf und kurbelte ihn hoch, bis sich die Kamera in

Urcos Augenhöhe befand. Danach verband er Emmas Laptop durch ein HDMI-Kabel mit der Kamera und schaltete diese ein. »Jetzt sind Sie an der Reihe.«

Emma nickte und tippte weiter auf der Tastatur. Kurt trat hinter sie und verfolgte, wie sie das ursprüngliche Video abspielte und mehrmals anhielt. Als es zu Ende war, ließ sie es noch einmal durchlaufen.

»Wir brauchen die genaue Distanz von hier aus bis zu dem Berg.« Sie reichte Kurt einen Laserentfernungsmesser.

Kurt schaltete ihn ein und richtete ihn auf den gezackten Berggrat, bis ein Wert angezeigt wurde. »Zweihundertsechsundzwanzig Meter.«

Sie tippte den Wert ein, und zwei Umrisse erschienen auf dem Bildschirm, einer, der die Berggipfel zeigte, wie sie durch die NUMA-Kamera erschienen, und der zweite zeigte die Gipfel aus Urcos Videoaufnahme.

Auf Emmas Anweisung hin bewegte sich die Kamera nach links und nach rechts und dann wieder nach links. Sie klickte auf den Aufwärtspfeil, und die Kamera kippte ein wenig. Dann übernahm der Computer und justierte das Bild millimeterweise, bis die beiden Konturen deckungsgleich waren. »Das ist es.«

Mit einem Tastendruck rief Emma den Kurs der Lichterscheinung auf, in der sie die *Nighthawk* vermuteten.

»Was ist mit Geschwindigkeit und Flughöhe?«, fragte Kurt.

»Um diese Werte zu erhalten, müssen wir dies hier mit dem neuen Sinkflugprofil in Einklang bringen, an dem Ihr Freund Hiram arbeitet.«

Emma versuchte, eine Satellitenverbindung herzustellen, hatte jedoch keinen Erfolg.

»Das sind die Berge«, sagte Urco. »Sie müssen auf sie hinaufsteigen.«

»Sie meinen, an diesen Seilen?«

»Es ist die einzige Möglichkeit, ein Signal zu erhalten«, erklärte Urco. »Was halten Sie von einer nächtlichen Kletterpartie?«

Sie seufzte. »Noch weniger als von einer bei Tageslicht.«

In der Dunkelheit zwischen den gleichen Sträuchern versteckt, die ihnen schon die nackte Haut zerkratzt hatten, beobachteten die beiden chinesischen Agenten das nächtliche Geschehen in der Nähe der Ausgrabungsstätte. Daiyu verfolgte Kurts Bewegungen durch ein Spektiv. Gerade unterhielt er sich mit der Frau und dem bärtigen Mann. Sie konzentrierte sich auf ihre Lippen und versuchte, von ihnen abzulesen, was sie sprachen.

»Was tun sie?«, fragte Jian.

»Sie berechnen irgendetwas«, antwortete die Chinesin. »Sie benutzen das Video, über das man uns informiert hat, um den Weg der *Nighthawk* zu bestimmen.«

»Das sollten eigentlich wir tun«, meinte Jian.

Sie und Jian waren kurz nach Sonnenuntergang eingetroffen, hatten den Kastenwagen neben einem der Felder abgestellt und die letzten Meilen zu Fuß zurückgelegt. Dann hatten sie sich das Lager genau angesehen und überlegt, wie sie am besten an die Amerikaner herankämen, ohne von den vierzig peruanischen Frauen und Männern des Ausgrabungsteams aufgehalten zu werden.

»Sie versuchen, eine Verbindung mit ihrem Satelliten herzustellen«, sagte sie und konzentrierte sich weiterhin auf Emmas Lippen, »aber sie empfangen kein Signal. Sie müssen sich einen höher gelegenen Standort suchen.«

Sie verstaute das Spektiv und sah Jian an. »Dies ist unsere Chance. Wir müssen uns diesen Computer holen.«

31

Urco führte Kurt und Emma an den Fuß des zweiten Berges und rief mit einem Pfiff mehrere seiner Leute zu sich herüber. »Ich gehe als Erster«, sagte er und schlängelte sich in das Geschirr für die Liftfahrt zum Berggipfel.

Während er über ihnen in der Nacht verschwand, sah Kurt Austin Emma Townsend prüfend an. »Sie müssen nicht dort hinauf«, sagte er. »Ich kann die Daten senden.«

Sie schüttelte den Kopf. »Das würde man mir nie vergessen.«

»Betrachten Sie es in diesem Fall mal folgendermaßen: Es ist so dunkel, dass Sie gar nicht feststellen können, wie hoch Sie sind.«

»Das hilft mir nicht«, erwiderte sie.

Ein zweifaches Lichtzeichen hoch über ihren Köpfen verriet ihnen, dass Urco den Berggipfel sicher erreicht hatte. Als das Liftgeschirr aus der Dunkelheit herunterkam, fing Kurt es auf. »Bereit?«

Emma nickte. »Da, nehmen Sie«, sagte sie und reichte ihm den Laptop. »Meine Hände zittern schon jetzt. Es würde uns wenig nützen, wenn ich ihn fallen ließe.«

Kurt nahm den Laptop, während sie sich anschnallte, und gab mit dem Daumen das Okay-Signal. »Oberste Etage, bitte.«

Emma wurde ins Dunkel hochgezogen. Weil sie leichter war, stieg sie schneller hoch. Aus Kurts Perspektive betrachtet, schien sie fast zu fliegen.

Er kam Sekunden später an die Reihe. Ins Geschirr geschnallt, hielt er sich mit einer Hand am Seil fest und trug den Computer in der anderen. Nach dem Start drehte er sich, um auf das Camp hinunterzublicken. Nur die Feuer in der Mitte des Lagers und ein paar vereinzelte Lichter brannten hier und da.

Er schaute hoch. Ein matter Lichtschein umhüllte die Rollenkonstruktion an der Bergspitze. Es stammte von den Stablampen, die Emma und Urco mitgenommen hatten, aber es war schwach und so weit entfernt wie ein Boot auf dem Ozean, das darauf wartete, dass er von einem nächtlichen Tauchgang zurückkam.

Als er sich der Bergspitze näherte, richteten sich die Lichtstrahlen auf ihn. Auf diesem Berg gab es keine Leiter, um die letzten Meter zu bewältigen, stattdessen stieg Kurt weiter auf, bis das Geschirr gegen die Umlenkrolle über ihm stieß und seine Füße sich auf gleicher Höhe mit der Plattform befanden. Er betrat sie ohne Schwierigkeiten, befreite sich von dem Geschirr und reichte Emma den Computer.

»Sie hätten den Reporter lieber hier auf diesem Gipfel erwarten sollen«, sagte er zu Urco.

»Dann wäre er vielleicht nicht mehr abgereist«, erwiderte Urco.

»Es hat durchaus Spaß gemacht«, sagte Emma zu Kurt. »Ich weiß nicht, weshalb Sie sich Sorgen gemacht haben.«

Kurt quittierte diese Bemerkung mit schallendem Gelächter und sah sich um. Zwischen diesem und dem Gipfel, auf dem er zuerst mit Urco zusammengetroffen war, gab es einen deutlichen Unterschied. Zunächst einmal war er kleiner – ein Tanzboden statt eines Fußballfeldes. Außerdem hatte man ihn ausgebaut. Holzplanken waren zusammengenagelt und im Fels verankert worden. Sie bedeckten den größten Teil des Gipfelplateaus. Obgleich an den Rändern noch Teile des Untergrunds sichtbar waren, reichte der Holzboden bis dicht an die Felskante, sodass ein Aufenthalt in diesem Bereich nicht ungefährlich war.

An Kurts rechter Seite waren zwei Vorratsfässer aus Kunststoff auf das Deck genagelt worden. Links von ihm befand sich ein solides Gerüst, an dem die Leinen der Seilrutsche befestigt waren, die zur Plattform hin- und von ihr wegführten. Dahinter war nichts als bodenlose Schwärze zu erkennen.

»Gefällt mir, was Sie hier zusammengebastelt haben«, scherzte Kurt.

»Das Gelände ließ uns keine andere Wahl«, erwiderte Urco. »Der Boden ist zu uneben und stark verwittert. Die Füße fanden darauf nur wenig Halt, daher haben wir diese Plattform gebaut.«

Kurt schritt über die knarrenden Bohlen zu Emma hinüber. Sie hatte sich bereits in der Mitte der Plattform niedergelassen, den Laptop aufgeklappt und den Computer eingeschaltet.

Während sie einige Befehle tippte, erschien eine schematische grafische Darstellung des Horizonts und der Bahnen mehrerer NUMA-Satelliten. Der Computer wählte den Satelliten mit dem stärksten Signal.

»Die Verbindung wurde hergestellt«, sagte Emma. »Übertragung wird gestartet.«

»Ich habe Ihr Fahrzeug gesehen«, sagte Urco plötzlich. »Sie haben anscheinend einiges durchgemacht, um hierherzukommen. Sie müssen sehr daran interessiert sein, dieses Flugzeug zurückzubekommen.«

»Das sind wir«, gab Emma zu.

»Das leuchtet ein«, erwiderte Urco. »Wir alle wollen zurückhaben, was wir früher einmal besaßen.«

Eine Meldung erschien auf dem Bildschirm. *Download komplett. Daten werden verarbeitet.*

Während der Computer begann, die Daten miteinander zu kombinieren, wanderten einige Berechnungen über den Bildschirm. Emma betrachtete die tanzenden Zahlen, aber Urco erschien vollkommen desinteressiert, und Kurt hatte plötzlich ein Gefühl drohender Gefahr.

Durch den Wind drang ein Laut an seine Ohren, und dann hörte er ein Knarren von der Verankerung neben ihm. Er wandte sich um und gewahrte, wie sich das Rutschenseil vom höheren Gipfel zu ihnen spannte und leicht schaukelte. Er blickte in die Nacht hinaus und entdeckte einen dunklen Schatten, der auf sie zuraste.

»Achtung!«

Ein untersetzter Mann mit breiten Schultern flog ihnen an der Leine entgegen. Er ließ die T-Stange los, während er über den Plattformrand schoss und gegen Urco prallte.

Eine weitere Gestalt erschien dicht hinter ihm aus der Dunkelheit. Diese, eine schlanke Frau, landete mit katzenhafter Eleganz. Sie zückte eine Pistole, zielte auf Emma und drückte gleichzeitig ab.

Der Schuss ging weit daneben, aber nur weil Kurt einen Satz vorwärts machte und ihren Arm zur Seite schlug. Mit einer Hand um ihr Handgelenk riss Kurt sie zu Boden. Mehrere Schüsse fielen, aber die Kugeln bohrten sich, ohne Schaden anzurichten, in die Holzplattform.

Die Frau ging zum Gegenangriff über und rammte Kurt ein Knie in den Leib. Das Knie traf mit erstaunlicher Wucht ins Ziel, aber Kurt interessierte sich ausschließlich für die Pistole. Er behielt das Handgelenk eisern im Griff und schmetterte den Arm auf die Holzplanken, bis die Waffe aus der Hand rutschte.

Mittlerweile rang Urco mit dem zweiten Angreifer. Sie rollten zum Rand der Plattform hinüber, nicht ahnend, dass sie nur noch Zentimeter von einem Sturz in den Abgrund entfernt waren, während sie einander umklammerten und wild aufeinander einschlugen.

Emma erreichte sie mit schnellen Schritten, schlang einen Arm um den Hals des Angreifers und zog ihn zurück. Er bäumte sich auf, streckte den Rücken und versuchte vergeblich, sie abzuschütteln.

Kurt achtete weiterhin ausschließlich auf die Frau. Sie hatte sich losgerissen, kam auf die Füße und zog mit nahezu übermenschlichem Tempo ein Messer. Er ließ sich zu Boden fallen, und sie benutzte das Messer wie ein Schwert, als sie ihn attackierte. Die Klinge zischte dicht über ihm durch die Luft, und er warf sich zur Seite und holte sie mit einem Sicheltritt von den Beinen. Sie landete hart auf dem Rücken, und ihr Kopf krachte auf die Plattform. Sie gab einen seltsamen Laut von sich und wurde schlaff, ließ das Messer fallen und rollte sich auf die Seite.

Da die Frau anscheinend bewusstlos war, wandte Kurt seine Aufmerksamkeit dem Kampfgetümmel am Rand der Plattform zu.

Mittlerweile hatte der athletische Mann Emma von seinem Rücken abgeworfen, sich aufgerafft und Urco mit einem wuchtigen Schlag gegen den Solarplexus vornüber einknicken lassen. Ein brutaler Stoß ließ Urco von der Plattform herab und auf den felsigen Berghang taumeln. Er rutschte aus, suchte verzweifelt Halt, aber seine Hände fanden nichts als loses Gestein.

Emma hechtete hinter ihm her und streckte einen Arm aus. »Nein!«, rief sie.

Sie verfehlte ihn um Meter, und Urco rutschte weiter, die Finger wirkungslos ins Geröll krallend, bis er über die Felskante verschwand.

Kurt wusste, dass er diese Abrissbirne von einem Mann ausschalten musste, wenn sie alle Urco nicht in den Tod folgen wollten. Er sprang dem Mann entgegen und erwischte ihn mit einem fliegenden Tritt. Beide Füße trafen den Rücken des Mannes in Gürtelhöhe, und er stolperte von der Plattform herab und verschwand in der Dunkelheit. Ein dumpfer Laut markierte Sekunden später sein Ende.

»Hilfe«, erklang eine Stimme von unten. »Bitte!«

»Urco!«, rief Emma.

Sie rannten zum Rand der Plattform. Kurt bemerkte, dass eins der Gerüstseile hin und her schwang. »Festhalten«, rief er. »Wir ziehen Sie herauf.«

Kurt fand eine Stelle, die seinen Füßen Halt bot, ergriff mit beiden Händen das Seil und warf sich nach hinten. Emma half ihm, und Urco kam Stück für Stück herauf.

Nachdem er sich über die Kante geschoben hatte, konnte sich der Archäologe mit Hilfe seiner Füße auf dem Abhang hochstemmen und wälzte sich zurück auf die Plattform. »Danke«, keuchte er und sackte vor ihren Füßen zusammen. »Den Göttern sei Dank.«

Er rollte sich schwer atmend auf den Rücken. »Miss Townsend, Ihre Angst vor großen Höhen ist durchaus begründet. Ich glaube, ich werde mir in Zukunft ein Beispiel an Ihnen nehmen und …«

Er verstummte mitten im Satz, unterbrochen von einer Bewegung und dem Geräusch rotierender Stahlrollen, als eine der T-Stangen an der Seilrutsche abwärtsschoss.

Sie fuhren gleichzeitig herum. Die Frau war verschwunden.

»Sie hat den Computer«, sagte Emma.

Kurt zögerte keinen Moment. Er packte die andere T-Stange, hakte sie ins Seil und stürzte sich hinter der Frau in die Tiefe.

32

Kurt verließ die Plattform und befand sich im freien Flug. Er hing an der T-Stange, zog die Knie hoch und spürte die Beschleunigung, während sich die Rollen schneller und schneller drehten.

Diese Leine führte vom mittleren Gipfel hinunter zum ersten. Die Entfernung betrug dreihundert Meter, der Höhenunterschied siebzig Meter. Das Gefälle war nicht allzu steil, was ihm einen Vorteil verschaffte. Da er schwerer und mit einem Anlauf gestartet war, holte Kurt schnell zu der fliehenden Computerdiebin auf.

Schließlich krachte er gegen sie und schlang die Beine um ihre Taille. Sie wand sich wie eine Schlange und befreite sich aus der Klammer, drehte sich dann und versetzte ihm einen Tritt gegen das Schienbein.

Da sein Schwung aufgebraucht war, bewegten sie sich nun mit gleicher Geschwindigkeit. Da beide kein Sicherheitsgeschirr angelegt hatten, wirkte die nächste Aktion der Frau geradezu selbstmörderisch. Sie löste eine Hand von der T-Stange und attackierte Kurt mit dem Messer.

Ihr erster Versuch hinterließ einen blutigen Schnitt in seinem Arm. Ein zweiter Versuch verfehlte ihn, und dann trat Kurt ihr das Messer aus der Hand, ehe sie ein drittes Mal zustoßen konnte.

Mittlerweile glitt sie rückwärts am Rutschenseil hinab und hielt ihren Verfolger mit Fußtritten auf Distanz. Sie sah das Ende des Seils nicht auf sich zukommen und krachte ungebremst mit einem hässlichen Laut auf die nächste Plattform.

Kurt landete ebenso heftig. Er schlug mit ausgebreiteten Armen auf, aber er stürzte auf sie, ehe sie sich rühren konnte. Sie auf der Plattform fixierend, drehte er ihr einen Arm auf den Rücken. »Ich habe Hemmungen, Frauen zu verletzen«, sagte er, »aber ich breche Ihnen den Arm, wenn Sie nicht aufhören, sich zu wehren.«

»Verdammt«, fluchte sie. »Ich töte Sie.«

»Sie hatten Ihre Chance«, erwiderte er und verstärkte den Druck auf ihren Arm.

Sie musste unglaublich gelenkig sein, denn obwohl sie auf dem Bauch lag, schaffte sie es, seinen Rücken mit der Ferse zu treffen.

In diesem Augenblick hatte Kurt genug von ihrer Gegenwehr. Er packte ihre Haare, stieß ihren Kopf nach vorn und rammte ihr Gesicht auf die Plattform. Sie streckte sich unter ihm und rührte sich nicht mehr.

Da er sich nicht darauf verlassen wollte, dass sie in diesem Zustand blieb, fesselte er sie. Wenig später glitten Emma und Urco an der Leine auf ihn zu.

»Sie haben sie erwischt«, sagte Emma erleichtert und öffnete ihr Sicherheitsgeschirr.

»Und den Computer«, sagte Kurt und klappte den Laptop auf, um nachzusehen, ob er beschädigt worden war.

Als die Scheinwerfer die Frau beleuchteten, sah Kurt, dass sie Asiatin war. Höchstwahrscheinlich eine Chinesin.

»Sieht so aus, als wurden alle drei Parteien ausgeschaltet«, sagte Emma.

Der Computerbildschirm hellte sich auf und illuminierte Kurts Gesicht, während das Programm den Rechenprozess fortsetzte. Er verfolgte, wie sich die Linien auf der Landkarte vereinigten, um den letzten Ruheplatz der *Nighthawk* zu markieren.

»Unmöglich!«

»Was ist los?«, fragte Emma.

Er drehte den Computer herum und zeigte Emma und Urco die Landkarte. Ein blinkender Punkt war über dem Absturzort zur Ruhe gekommen.

»Der Kondorsee«, sagte Emma.

Urcos Augen weiteten sich in der Dunkelheit.

Kurt musste grinsen, als ihm die Ironie dieses Augenblicks bewusst wurde. »Es scheint, als würden Sie viel früher als erhofft erfahren, was sich auf dem Grund des Sees befindet.«

33

Sich bei Nacht auf den Weg zu machen war zu gefährlich. Die Straße zum See war genauso tückisch wie die Strecke von Cajamarca in die Berge. Die Frau, die sie in ihre Gewalt gebracht hatten, drohte ihnen, dass andere kommen würden, um sie zu befreien.

»Wahrscheinlich blufft sie nur«, sagte Kurt. »Aber wir sind nachts auf einer Landstraße weitaus verwundbarer als hier.«

Urco und Emma stimmten ihm zu. Anstatt sofort loszufahren, fachten sie überall im Lager Feuer an und nahmen sich ein Beispiel an den Chachapoya. Sie begaben sich in eine taktisch überlegene Position in der Felswand und zogen alle Seile ein. Falls in der Gegend chinesische Agenten oder Attentäter lauerten, müssten sie die Bergwände mühsam aus eigener Kraft erklettern, um einen Überfall zu inszenieren.

»Eigentlich dürfen wir diese Höhlen nicht in Anspruch nehmen«, erklärte Urco seinen Freiwilligen, »aber sie wurden von euren Vorvätern angelegt, daher solltet ihr sie benutzen dürfen und nicht die Regierung.«

Kurt stieg höher und hatte den höchsten Berg im Auge. Allein auf dem Gipfel, telefonierte er per Satellit mit Rudi Gunn, der mittlerweile nach Washington zurückgekehrt war. Zuerst erfuhr er die gute Nachricht: Joe und die Trouts waren in Cajamarca eingetroffen. Dann folgte die schlechte Nachricht.

»Sie hatten recht«, sagte Rudi. »Die NSA hat etwas verschwiegen. Und es ist etwas Bedeutendes, wenn auch genau genommen winzig klein.«

Kurt hörte aufmerksam zu, als Rudi erklärte, was Hiram Yaeger und Priya Kashmir herausgefunden hatten. Seine Ausführungen waren detailliert, hochtechnisch und strotzten von physikalischem Kauderwelsch, aber Kurt verstand, worum es grundsätzlich ging. »Das ist schlimmer, als ich dachte.«

»Schlimmer, als jeder von uns dachte«, sagte Rudi. »Sollen wir Ihnen weitere Unterstützung schicken?«

»Nein«, sagte Kurt. »Es würde zu lange dauern, alles in Stellung zu bringen. Eine schnelle Reaktion und absolute Verschwiegenheit sind im Augenblick unsere besten Verbündeten. Wenn wir richtigliegen, was den Fundort der *Nighthawk* betrifft, können wir sie morgen bergen und ihre Fracht herausholen und dorthin transportieren, wo immer die NSA sie deponieren wollte. In der Zwischenzeit komme ich mir wie Humphrey Bogart in *Der Schatz der Sierra Madre* vor – misstrauisch allem und jedem gegenüber.«

»Ich will nicht behaupten, dass ich es Ihnen verdenken kann. Seit Sie und Joe wieder an Land operieren, haben wir nichts mehr von den Russen gehört, aber ich bezweifle, dass sie aufgegeben haben. Und ich bin sicher, dass wir unsere chinesischen Freunde nicht zum letzten Mal gesehen haben. Laut der CIA haben sie eine Armee von Agenten in Peru und Ecuador stationiert. Also seien Sie nicht überrascht, falls Verstärkung auftaucht, wenn Sie es am wenigsten erwarten.«

»Deshalb muss ich den Plan ändern.«

»Was hatten Sie im Sinn?«

Kurt dachte an die zahlreichen Missionen des Special-Projects-Teams. Und überlegte, wen er für eine besonders schwierige Aufgabe auswählen sollte. »Ich schicke Ihnen eine Liste technischer Spezifikationen«, kündigte er Rudi an. »Leiten Sie die Liste weiter an Joe und die Trouts und bestellen Sie Gamay, es tue mir leid, dass sie die Bergung der *Nighthawk* nicht miterlebt.«

»Verstanden«, sagte Rudi. »Ich warte auf Ihre Nachricht.«

Kurt verabschiedete sich, unterbrach die Verbindung und verstaute das Mobiltelefon in der Hosentasche. Er wollte schon nach unten zurückkehren, als die Rollen quietschten, weil jemand am Seil heraufkam. Sekunden später erschienen Hände auf der obersten Leitersprosse.

Er rechnete damit, Urco zu sehen, stattdessen erschien Emma

Townsends entschlossenes Gesicht über der Kante des Holzplateaus.

Kurt half ihr die letzten Leiterstufen herauf. »Das ist ja eine Überraschung.«

Sie trat zur Mitte der Bergspitze. »Es hat sich herausgestellt, dass in einer engen Höhle mit mumifizierten Leichnamen als Gesellschaft herumzusitzen noch etwas schlimmer ist, als nachts hohe Felswände zu überwinden.«

Kurt lachte. Auch er fühlte sich in Höhlen immer unangenehm beengt. »Ich glaube, es wird Zeit, dass wir anfangen, mit offenen Karten zu spielen«, sagte er. »Ich weiß, wie es läuft. Ich weiß, dass Sie nicht viel verlauten lassen dürfen, daher mache ich Ihnen keinen Vorwurf, aber zu diesem Zeitpunkt muss ich die Wahrheit wissen.«

»Sie kennen die Wahrheit«, sagte sie.

»Einen Teil vielleicht«, sagte Kurt. Er setzte sich, hob einen Stein auf und strich mit einem Finger über seine glatte Oberfläche. Auf der einen Seite war seine Farbe verblasst, während die andere Seite ein kräftiges Rot zeigte – zwei Seiten einer Geschichte. »Als wir uns kennenlernten, fragte ich mich, weshalb man Sie zu uns geschickt haben mochte«, erklärte er. »Es ergab im Grunde keinerlei Sinn. Sie haben einen Ruf als Unruhestifterin der NSA – eine Eigenschaft, die ich schätze und bewundere –, weshalb Sie jedoch eine seltsame Wahl sind, um der Gruppe zugeteilt zu werden, die so gut wie sicher das verschollene Flugzeug finden wird.«

»Bilden Sie sich bloß nichts ein«, sagte sie. »Oder stilisieren Sie mich nicht zu etwas hoch, das ich nicht bin. Sie hätten jeden geschickt, den sie finden konnten. Jeden, der verfügbar war.«

»Sicher«, sagte Kurt. »Aber wir waren drei Tage vor jedem anderen am Ort des Geschehens, wodurch wir einen großen Vorsprung hatten. Dies sowie unser wohlverdienter Ruf, verschollene Dinge im Ozean zu finden, war der Grund, weshalb man Sie zu uns geschickt hat. Denn falls wir es finden sollten, brauchten sie jemanden in unserer Nähe, der genau wusste, was wir bargen.

Und sogar in den schattigen Hallen der NSA wissen nur wenige, was hier wirklich los ist. Aber Sie mit Ihrem Doktortitel in Physik und Ihren Verbindungen zur NASA müssen zu diesen wenigen gehören.«

Sie leugnete es nicht. Allerdings gab sie auch nichts zu. »Zeit ist der entscheidende Faktor«, sagte sie. »Die Russen und die Chinesen …«

»… sind gar nicht an der *Nighthawk* interessiert«, sagte er. »Sie wollen die Fracht, die sie mit sich führt. Sie wollen das, was sie aus dem Weltraum mitgebracht hat.«

Sie wurde totenstill.

»Ich weiß von den Penning-Fallen«, sagte Kurt, »und auch von den Spezialbehältern, den Kühlaggregaten und dem gesamten System, das Sie entwickelt haben, um Antimaterie zu sammeln und zu lagern. Deshalb hat sich die *Nighthawk* auf einem polaren Orbit bewegt. Und deshalb hielt sie sich auch im Schatten der Erde, wo es dunkel ist und daher die Temperaturen im Weltraum bis fast zum absoluten Nullpunkt absinken. Deshalb war die *Nighthawk* drei Jahre lang da oben, weil es ein sehr langwieriger Prozess ist.«

Er ließ seine Worte einige Sekunden lang einsinken und fragte sich, ob er nachhaken müsste. Schließlich gab sie sich einen Ruck.

»Keine Antimaterie«, sagte sie. »Eine andere Art Materie. Einige Wissenschaftler verwenden dafür die ziemlich seltsame Bezeichnung Un-Materie. Wir tendieren eher zu *Mixed-State-Materie*: langkettige Moleküle, die aus gleichen Teilen regulärer Materie und Antimaterie bestehen.«

Das war etwas Neues. »Ich dachte, Materie und Antimaterie zerstrahlen einander, wenn sie aufeinandertreffen. Ich glaube, man nennt diesen Vorgang Annihilationsreaktion.«

»Normalerweise geschieht das auch«, sagte sie. »Aber bei Temperaturen nahe dem absoluten Nullpunkt zerfallen molekulare Strukturen. Materie hat keine physikalische Form und verhält sich stattdessen eher wie eine Welle und nicht wie ein solides Massepartikel.

In diesem Zustand können sich Materie und Antimaterie vermischen, ohne sich gegenseitig zu zerstören, ähnlich wie zwei Wellen unterschiedlicher Frequenz einander überlagern können. Unter Einsatz starker Magnetfelder und leistungsfähiger Kühltechniken, um diese in gemischtem Zustand befindliche Materie zu sammeln und unter Kontrolle zu halten, lässt sie sich unbegrenzt lange lagern. Es hat nicht lange gedauert, bis ein Mitglied unserer Forschungsgruppe die Vermutung äußerte, dass möglicherweise natürliche Ansammlungen von Mixed-State-Materie über den Polen anzutreffen seien und innerhalb des Magnetfeldes der Erde stabil erhalten würden.«

»Also haben Sie die *Nighthawk* gebaut, um dieser Idee auf den Grund zu gehen.«

»Und entdeckten relativ große Mengen dieses Stoffes.«

»Was verstehen Sie unter relativ großen Mengen?«

»Weitaus mehr, als wir erwartet hatten«, sagte sie. »Filamente dieses Materials, die sich in magnetischen Blasen gesammelt hatten. In den meisten Fällen sind es Mengen von wenigen Gramm Gewicht, aber genug, dass es sich lohnte, sie einzusammeln. Wir brauchten ein Jahr, um die *Nighthawk* entsprechend zu modifizieren, und füllten die Ladebucht mit einer weiterentwickelten Version von Penning-Fallen, die wir Containment-Einheiten nannten, und schickten sie ins All, um aufzusammeln, was wir finden konnten.«

»Und diese Ausbeute liegt gegenwärtig auf dem Grund eines Sees«, sagte Kurt. »Und diese Containment-Einheiten werden mit Batterien betrieben. Was geschieht, wenn die Batterien erschöpft sind?«

»Sie wissen genau, was dann geschieht«, sagte sie knapp. »Es kommt zu einer enormen Explosion.«

Das war ihm klar. Er wollte nur, dass sie es aussprach. »Wie enorm?«

Sie antwortete absolut sachlich. Klinisch kühl. Ihre Stimme hatte jetzt den Tonfall einer abgehobenen Wissenschaftlern. Auf keinen Fall klang sie wie jemand, der damit rechnete, jeden

Augenblick von einem Hitzeimpuls verdampft zu werden. »Zweihundert Gramm Antimaterie in Kontakt gebracht mit der gleichen Menge regulärer Materie lösen eine Explosion aus, deren Wucht einer Zehn-Megatonnen-Bombe entspricht. Laut unseren Schätzungen wiegt die Ladung der *Nighthawk* circa zweihundert Kilogramm. Fast vierhundert Pfund.«

»Vierhundert Pfund.«

»Annähernd«, sagte sie. »Wenn die gesamte Menge reagiert – und sobald nur ein kleiner Teil reagiert, wird alles reagieren –, beträgt die Explosionskraft nahezu achttausend Megatonnen oder acht Gigatonnen. Die Explosion wird fünfmal stärker sein als die Explosion jeder Atombombe auf dieser Welt, konzentriert an einem Punkt zur gleichen Zeit.«

Kurt starrte sie entgeistert an. Er wusste nicht, ob er über die grenzenlose Dummheit dessen, was sie getan hatten, lachen oder ihre grenzenlose Arroganz verfluchen sollte. »Und Sie haben diese Substanz bereitwillig auf die Erde heruntergeholt? Und an einem Ort zusammengetragen? Sind Sie und Ihresgleichen vollkommen verrückt geworden?«

»Was hätten wir denn tun sollen?«, fragte sie. »Sobald wir wussten, dass dieses Material da oben für jeden verfügbar existiert, war uns klar, dass es nur eine Frage der Zeit wäre, bis die Russen und die Chinesen die gleiche Entdeckung machen würden. Wäre es Ihnen denn lieber, wenn denen dieses Teufelszeug in die Hände fiele? Wollen Sie, dass die Erbauer von Tschernobyl mit diesem Zeug herumspielen? Oder die Erbauer des schon jetzt teilweise morschen Drei-Schluchten-Staudamms?«

»Natürlich nicht«, sagte Kurt. »Aber was sollte sie davon abhalten, einen eigenen Vorrat anzulegen?«

»Die Tatsache, dass wir alles mitgenommen haben«, sagte Emma. »Es sammelt sich nur sehr langsam an. Tausend Jahre wird es dauern, bis man da oben eine hinreichende Menge vorfindet, die auf die Erde zu holen sich lohnen würde.«

»Na wunderbar«, sagte Kurt. »Vielleicht hat sich die Gesellschaft bis dahin wieder aus der Steinzeit herausgekämpft.«

»Glauben Sie, ich kenne die Gefahr nicht?«, fragte sie. »Glauben Sie, dieses Wissen belastet mich nicht?«

Er blickte zum dunklen Nachthimmel hinauf. So weit von der nächsten Stadt entfernt, erschienen die Sterne am Himmel viel heller. Winzige Herde ständig ablaufender Kernfusionen, zu denen die Erde für einen kurzen Augenblick gehören würde, wenn sie die *Nighthawk* nicht fänden und die Containment-Einheiten funktionsfähig erhielten.

Er wandte sich wieder zu ihr um. »Wenigstens weiß ich jetzt, weshalb Sie sich so sicher waren, dass die *Nighthawk* in einem Stück herunterkam.«

»Wir wussten, dass der Kern intakt sein musste, sonst hätten wir längst die Folgen eines Defekts am eigenen Leib erfahren.«

»Wie viel Zeit haben wir?«

»Zweiundsiebzig Stunden«, sagte sie. »Vielleicht weniger. Es hängt davon ab, wie viel Licht zu den Sonnenkollektoren auf ihren Tragflächen vordringen kann.«

»Und wenn die Containment-Einheiten oder das Kühlsystem vorher versagen?«

»Dann haben wir ein Loch in den Anden, in dem ganz Nebraska Platz fände«, sagte sie. »Einhundert Trillionen Tonnen Gestein, in einem kurzen Moment verdampft und in die Atmosphäre geblasen. Ein neunzigprozentiger Rückgang der Photosynthese und anderer biologischer Aktivitäten. Niemand wird sich mehr Sorgen wegen der globalen Erwärmung machen müssen, weil die Erde für mindestens fünf Jahre in eisiger Finsternis versinken würde.«

Kein besonders einladendes Szenario, dachte er. »Und wenn wir das Zeug in die Vereinigten Staaten zurückholen?«

»Dann wird das Material in tausende winziger Proben aufgeteilt, keine größer als ein Gramm. Sie werden in einem Labyrinth unterirdischer Einrichtungen aufbewahrt, das die NASA während der vergangenen drei Jahre angelegt hat. Ein Defekt an einem der Lagerorte wäre nicht schlimmer als eine kleine Bombe, die in einer unterirdischen Testzone explodiert, denn es wird kein weiteres Material in der Nähe sein, mit dem es reagieren könnte.«

In diesem Augenblick begriff Kurt, dass er sich nicht mehr von Gefühlen leiten lassen durfte, sondern von jetzt an so emotionslos funktionieren musste wie eine präzise Maschine. Es gab in diesem Moment nur eines, das zählte. »Dann sollten wir dieses Teufelszeug verdammt noch mal schnellstens finden und sicher einschließen.«

»Genau meine Meinung«, erwiderte sie.

34

Ein dumpfes Stampfen hallte durch den Hochgebirgspass. In Bodennähe lebendes Getier blickte auf und ergriff die Flucht, als eine donnernde orangefarbene Maschine zwischen den Bergen vorbeiflog und ihr großer wirbelnder Schatten für Sekunden den Himmel verdunkelte.

Joe Zavala saß wieder an den Kontrollen des Air-Crane. Der große Helikopter mochte zwar langsam und behäbig sein, aber bei Querwinden war er nicht gerade leicht zu fliegen. Infolgedessen achtete Joe mehr auf seine Flugmanöver als auf die Landschaft. Wenigstens seine Fluggäste genossen die grandiose Aussicht.

»Ist das nicht ein Anblick für die Götter?«, erklang Urcos Stimme übers Intercom.

Joe sah für einen kurzen Moment nach hinten. Im Cockpit des Air-Crane herrschte dichtes Gedränge. Kurt nahm den Kopilotensessel ein, während sich Emma, Urco und Paul Trout die Notsitze hinter ihnen teilten.

»Schade, dass wir dieses Panorama nicht bei aufgehender Sonne betrachten konnten«, fügte Urco hinzu.

Tatsächlich hatte Joe die Berge sogar ausgiebig bei Sonnenaufgang bewundern können, da er einen weiteren Flug unternommen hatte, über den nur er, Kurt und Paul Bescheid wussten. Aufgrund dieses zusätzlichen Trips hatte sich ihre Ankunft in La Jalca verschoben. »Tut mir leid«, sagte Joe. »Wir wurden ein wenig aufgehalten.«

»Versuchen wir jetzt, die Zeit aufzuholen, indem wir einen Weg zwischen den Bergen hindurch suchen, anstatt über sie hinwegzufliegen?«, wollte Paul wissen.

»Frag Kurt«, sagte Joe. »Ich fliege nur, wohin man es von mir verlangt.«

»Die chinesische Agentin behauptete, sie habe da draußen irgendwelche Hilfstruppen in Bereitschaft«, sagte Kurt. »Falls das zutrifft, wäre der Air-Crane, der auf einer schnurgeraden Linie den Himmel durchkreuzt, so etwas wie ein riesiger orangefarbener Pfeil, der auf den Absturzort zeigt.«

»Ganz zu schweigen davon, dass er ein verlockendes Ziel wäre«, sagte Emma.

Joe legte die Maschine nach rechts, umrundete einen weiteren Berggipfel und überflog ein dahinterliegendes tiefes Tal. »Außerdem«, fügte er hinzu, »ist dieser Kurs abwechslungsreicher und macht viel mehr Spaß.«

Im Hubschrauber herrschte eine aufgekratzte Stimmung. Sie standen kurz davor, das verschollene Flugzeug zu finden und eine Katastrophe abzuwenden. Diese Aussicht hatte allen zu einem Adrenalinstoß verholfen und ihre Energiereserven geweckt.

»Und wenn sie uns entdeckt haben, werden sie auch noch eine halbe Ewigkeit brauchen, um hierherzukommen«, versprach Urco. *»Die Straße zum See hinauf ist sehr schlecht. Dagegen erscheint ein Ziegenpfad wie eine deutsche Autobahn. Sie wurde vor siebenhundert Jahren von den Inka angelegt und ist seitdem nicht mehr erneuert worden.«*

Sie konnten den Verlauf aus ihrer Position ersehen. Ein langer, dünner Bleistiftstrich auf den Gebirgshängen. Er schlängelte sich zwischen den Bergen hindurch und fiel von einer Hochebene ab bis ins Tal und führte schließlich bis zum See.

Der Kondorsee lag am Fuß eines Plateaus. Er wurde von einem Fluss gespeist, der sich aus den Bergen herabschlängelte, dann in der Lücke einer Felsbarriere verschwand und sich dahinter über eine Kante in den See ergoss.

Der Höhenunterschied betrug etwa sechzig Meter, was für einen Wasserfall nicht besonders groß war, aber er schäumte mit beträchtlicher Wucht über den Felsüberhang und füllte das schmale Ende des birnenförmigen Sees.

Aus der Luft erschien der Wasserfall statisch wie eine stehende Welle, teilweise verhüllt von einem Gischtschleier, der in der

Sonne funkelte. Felswände umrahmten den See wie Burgzinnen, von deren Fuß Steilhänge zum Seeufer abfielen und eine majestätische Schüssel bildeten.

Sie überquerten den See in einem so weiten Bogen, dass jeder einen Blick auf den Wasserfall werfen konnte. Die spiegelglatte Oberfläche des Sees reflektierte den blauen Himmel, das Grün der Berge und das strahlende Weiß der Wolken, aber das Wasser selbst war tintenschwarz.

»Der Wasserstand ist ziemlich niedrig«, sagte Paul. »Die untere Hälfte des Gewässers wird von einem breiten Strand gesäumt.«

Joe sah, was Paul als Strand bezeichnete. Es war ein etwa zwanzig Meter breiter Streifen, der aus getrocknetem Schlick und Steinen bestand und den See in diesem Bereich umrahmte. Dahinter sammelte ein Flussbett den Überlauf des Sees und lenkte ihn in tiefer gelegene Regionen hinunter und später weiter in den Pazifischen Ozean.

Urco, der den See schon früher besucht hatte, machte sie auf mehrere spezielle Eigenarten aufmerksam. »Dort drüben können Sie nicht landen«, sagte er und deutete auf einen ebenen Bereich. »Der Untergrund ist zu weich. Manchmal findet man dort nur Sumpf. Am besten landen Sie hoch oben auf den Felsen.«

Joe nickte und nahm Kurs auf die Berge. Er fand eine Hochfläche, die solide und hinreichend eben erschien, kreiste über ihr und brachte den Air-Crane genau in ihrem Zentrum herunter.

Dreißig Minuten später waren sie auf dem Wasser und pflügten in einem aufblasbaren Zodiac durch den See. Sie zogen einen kompakten Sonaremitter hinter sich her, während ein Empfänger, der den Peilstrahl der *Nighthawk* aufspüren sollte – falls er noch gesendet wurde –, über den Randwulst herabhing.

Während Joe das Boot lenkte, beobachtete Kurt das Sonardisplay. Der Scan zeigte einen See mit ebenem Grund, gefüllt mit Sediment – und etwa zwanzig Meter tief. Hier und da ragten Felsen aus dem Schlick, darüber hinaus war jedoch nichts zu erkennen, was darauf hingewiesen hätte, dass dort jemals eine Stadt existiert hatte.

»Ich sehe keine Wolkenkratzer«, sagte sie zu Urco.

»Die Ruinen befinden sich unter dem Schlamm«, erklärte er. »Wenn wir uns dem Wasserfall nähern, werden Sie einige Bauten aufragen sehen, an Stellen, wo die Strömung das Sediment weggespült hat.«

»Waren Sie schon mal unten?«, fragte Kurt.

»Ich tauche nicht«, erwiderte der Archäologe. »Dafür aber einige meiner Leute. Ich sollte es auch erlernen. Außerhalb des Sees haben Grabräuber und die Elemente vieles von dem, was wir entdeckt haben, bereits beseitigt und vernichtet. Aber dort unten, konserviert unter dem Schlamm, schlummern bislang unangetastete Schätze aus der Vergangenheit.«

Kurt nickte. Er interessierte sich zwar mehr für ein unberührtes Flugobjekt aus der Gegenwart, aber er konnte Urcos Erregung durchaus nachvollziehen.

Während Kurt und Urco das Sonar im Auge behielten, bedienten Emma und Paul den Unterwasserempfänger. Sie trug ein Headset und lauschte nach einem Signal. Paul dirigierte den Empfänger manuell.

»Hören Sie irgendwas?«, fragte er, während er das Gerät mit der Behutsamkeit eines Mannes bediente, der damit aufgewachsen war, die Zimmerantenne auf seinem Fernseher zu justieren.

Selbst mit den Kopfhörern auf den Ohren hatte Emma noch Mühe, das leise elektronische Piepen über dem Pfeifen des Windes und dem Lärm des Außenbordmotors auszumachen. »Noch nicht.«

Paul hielt das Gerät in Position und bediente einen Steuerhebel, der den untergetauchten Empfänger jeweils um fünf Grad drehte. »Was ist jetzt?«

Sie schüttelte den Kopf.

Kurt blickte kurz zu ihr hinüber. Tiefe Falten höchster Anspannung furchten ihr Gesicht. Wenn die *Nighthawk* nicht dort war, standen sie vor einem Riesenproblem, zumal ihnen auch noch die Zeit durch die Finger rann.

Er schaute wieder auf das Sonardisplay. Zum ersten Mal war an dem Unterwasserprofil des Sees eine Veränderung festzustellen.

Kleine Erhebungen wurden sichtbar, und dann ragten erste kantige Strukturen aus dem Schlick. Und die Tiefe nahm ebenfalls zu.

Kurt hob den Kopf; sie näherten sich dem Wasserfall. Seine Höhe und die Wassermenge des Überlaufs hatten an diesem Ende einen tieferen Tümpel ausgewaschen, während die Strömung das Sediment mitgenommen und weiter draußen im See abgelagert hatte.

»Sehen Sie das?«, sagte Urco und deutete auf rechtwinklige, kantige Strukturen auf dem Bildschirm. »Straßen, Alleen, Bauwerke – es ist eine Stadt. Eine ertrunkene Stadt.«

Kurt war sich nicht so sicher. Er hatte schon früher natürliche Fels- und Gesteinsformationen gesehen, die aussahen wie von Menschenhand geschaffen. Die Bimini Road vor den Bahamas kam ihm in den Sinn, desgleichen die Yonaguni-Ruinen in der Nähe Japans, ein Ort, den viele für eine versunkene Tempelanlage hielten, obgleich Geologen nachgewiesen hatten, dass es sich bei den vermeintlichen Bauwerken um Granit handelt, der sich in Schichtformation abgelagert hat.

Er entschied, Urcos Begeisterung vorerst nicht zu dämpfen. »Wir müssen hinuntertauchen, um uns einen besseren Überblick zu verschaffen«, sagte Kurt stattdessen. »Aber ich will nicht leugnen, dass es ziemlich interessant ist.«

Urco legte ihm beide Hände auf die Schultern und schüttelte ihn begeistert. »Sie werden nicht enttäuscht sein.«

Mittlerweile waren sie so nahe an den Wasserfall herangekommen, dass sie von der Gischtwolke, die auf dem Wasser lag, nass wurden. Kurt wischte den Bildschirm des Laptops ab und deckte die Tastatur zu.

Er gab Joe ein Zeichen. »Nichts während der Fahrt hierher. Kehr wieder um.«

Joe nickte und kurbelte am Ruder. Aber anstatt vor dem Wasserfall zu wenden, lenkte er das Zodiac dahinter. Aufgrund der überhängenden Felslippe hoch oben und der Geschwindigkeit, mit der das Wasser von dort herabstürzte, klaffte in Seehöhe eine zehn Meter breite Lücke.

Das Zodiac glitt in diese Lücke hinein und zwischen den Wasservorhang und die Felswand. Diese war dunkel und nass und mit Höhlen durchlöchert.

»Noch mehr Begräbniskammern«, sagte Urco und deutete über ihre Köpfe. »Ich würde es begrüßen, wenn sie auch in Zukunft unberührt blieben. Die Totenruhe war den Chachapoya heilig. Das sollten wir auch heute noch respektieren.«

Kurt inspizierte die dunklen Öffnungen, während sie an ihnen vorbeirauschten. »Das finde ich auch«, sagte er.

Sie ließen den Wasserfall hinter sich und hielten auf die Mitte des Sees zu. Sie waren noch nicht weit gekommen, als Emma eine Hand hob. »Langsamer«, sagte sie. »Ich fange etwas auf.«

Joe nahm Gas zurück, der Bug des Bootes sank herab, und alle Blicke richteten sich auf Emma.

»Zehn Grad nach rechts«, bat sie.

Paul drückte gegen den Joystick und hielt inne.

»Zehn mehr?«, fragte sie, und dann, als er ihr den Gefallen getan hatte, sagte sie: »Fünf zurück.«

Emma presste beide Hände gegen die Kopfhörermuscheln. Sie blickte über die Wasserfläche und streckte den Arm aus. »In diese Richtung. Langsam.«

Joe tippte gegen den Gashebel, und das Zodiac bewegte sich kaum merklich vorwärts. Auf Emmas Anweisung beschrieben sie einen weiten Kreis, danach einen kleineren, und so näherten sie sich dem Signal.

Schließlich hob Emma abermals eine Hand, und Joe stoppte das Zodiac.

Während das Boot vollends zur Ruhe kam, zog Emma den Kopfhörerstecker aus der Anschlussbuchse, sodass jeder das Signal aus dem Lautsprecher hören konnte … Piep … Piep … Piep … Leise, aber deutlich und gleichmäßig.

»Hier ist es«, sagte sie, und ein Ausdruck tiefer Erleichterung glitt über ihr Gesicht. »Wir haben die *Nighthawk* gefunden.«

35

In voller Tauchausrüstung glitt Emma zu Kurt und Joe ins Wasser. Sie würden den ersten Tauchgang gemeinsam absolvieren, aber sobald die *Nighthawk* gefunden wäre, würde sich Joe abtrocknen und den Air-Crane für den großen Lufttransport vorbereiten.

Während sie abtauchte, spürte Emma die Kälte bis in die Knochen. Das Wasser kam von den Schneefeldern und war eisige zehn Grad kalt. Trotz schwerer 3:5-Nasstauchanzüge, Gesichtshelmen, Stiefeln und Handschuhen war es deutlich zu spüren.

Während die Kälte etwas war, das eingeplant, bewältigt und ansonsten ignoriert werden konnte, war die Sicht ein anderes Problem. Das Wasser war voll von schwebendem Sediment, das vom Wasserfall aufgewirbelt wurde, und von verrottetem Pflanzenmaterial, das aus den höheren Gebirgslagen herabgeschwemmt wurde. Man konnte etwa drei Meter weit blicken, und bei einer Entfernung von zehn Metern sahen sogar die starken Handstrahler aus, als seien sie nicht mehr als brennende Kerzen.

Emma benutzte einen Belichtungsmesser, um die Intensität der Sonnenenergie zu messen. *»Das sieht nicht gut aus«*, verkündete sie über die Helm-zu-Helm-Sprechanlage. *»Bei diesem trüben Wasser lädt das System die Akkus nur mit fünfzehn Prozent Leistung auf. Das ist nicht besonders viel und hilft den Batterien kaum. Je eher wir die Maschine heben, desto besser.«*

»Vorher müssen wir die Maschine aber erst orten«, sagte Joe. *»Was nicht allzu schwierig sein dürfte, es sei denn, wir suchen nach einem schwarzen Luftfahrzeug, das auf dem Grund eines schwarzen Sees liegt.«*

Sie paddelten gemächlich mit den Flossen und sanken nur langsam tiefer.

»In die Oberfläche der Tragflächen wurden Reflexionsstreifen eingelassen«, sagte Emma. *»Wenn ein Lichtstrahl darauf trifft, wird niemand Schwierigkeiten haben, sie zu orten.«*

Der See war in der Mitte fast dreißig Meter tief, und unter dem Zodiac befanden sich mindestens fünfundzwanzig Meter Wasser. Emma hatte zwei Drittel dieser Strecke zurückgelegt, ehe der Lichtstrahl ihrer Tauchlampe den Seegrund fand.

Der Schlick war dunkel, beinahe kohlschwarz sogar, und hier und da blitzte verstreutes Quarzgestein wie schwarze Diamanten. Winzige Rillen im Sediment sahen wie die Papillarlinien eines riesigen Fingerabdrucks aus.

»Fächert euch ein wenig auf und lasst euch mit der Strömung treiben«, empfahl Kurt. Der größte Teil des Sees war zwar strömungsfrei, aber sie erhielten noch immer einen leichten Impuls von Seiten des Wasserfalls und waren aus diesem Grund oberhalb des Zielsuchgebiets ins Wasser gegangen.

Emma befolgte Kurts Rat und hatte plötzlich, als Kurts und Joes Lampen mit zunehmendem Abstand matter wurden, ein Gefühl beängstigender Isolation.

Sie konzentrierte sich auf ihre augenblickliche Aufgabe, bewegte ihre Lampe hin und her und hielt Ausschau nach den Konturen des Seitenleitwerks der *Nighthawk* oder den Reflexionsstreifen auf der Oberseite der Tragflächen. Aber die erste Spur war ein farbiger Fleck, orange und weiß, der einen Teil des Seegrundes bedeckte.

Emma spürte, wie sich ihr Herzschlag beschleunigte. *»Kontakt«*, sagte sie. *»Fallschirm.«*

Sie schwamm weiter und fand beide Fallschirme der *Nighthawk*. Sie waren halb im Schlamm vergraben. Was von ihnen frei im Wasser trieb, schwankte in der Strömung wie Seegras hin und her.

Während Kurt und Joe zu ihr hinschwammen, ergriff sie eine Nylonleine und zog probeweise daran. Sie straffte sich und gab nicht nach.

»Die Leine hat sich offenbar nicht losgerissen«, sagte sie. Sich daran vorwärts ziehend, glitt sie Hand über Hand an der Leine

in die Tiefe, bis ein wuchtiges Gebilde in Sicht kam. Kurt und Joe schwammen hinter ihr. Ihre Lichtstrahlen wanderten über eine nachtschwarze Wölbung. Zu erkennen waren die in mattem Grau gehaltenen Lettern *USAF*.

Als sich alle drei Lichtstrahlen vereinigten, war der Flugkörper in seiner Gesamtheit zu erkennen. Er ruhte in sicherer Lage auf dem Boden, Rumpf und eine Tragfläche auf der Sedimentschicht. Obgleich Emma die Maschine schon des Öfteren in natura gesehen hatte, kam sie ihr noch immer überraschend klein vor.

»*Endlich*«, sagte sie.

»*Wie sieht es aus?*«, fragte Kurt Austin.

Emma stieg auf, untersuchte ihren Fund oberflächlich auf Schäden. »*Rumpf und Ladebucht sind dicht, soweit ich erkennen kann«, sagte sie. »Die Tragflächen haben einige Dellen, wo die russischen Klammern sie fixiert haben, aber es sieht nicht allzu schlimm aus.*«

Sie schwamm weiter bis zur Nase. Mit einem Handschuh wischte sie eine Sedimentschicht von einer Schaltkonsole an der Seite des Flugzeugrumpfs. Zum Vorschein kam ein elektrischer Touchscreen, der durch ein transparentes Kevlargeflecht geschützt war.

Sie tippte auf das Bedienungsfeld und schaltete es ein. Sein Lichtschein hellte das schwarze Wasser ein wenig auf. Drei Lichtbalken gaben Auskunft über den Zustand des Tieftemperaturkühlsystems: Alle leuchteten grün. Ein anderes Fenster auf dem Bildschirm zeigte an, dass die Containment-Einheiten ebenfalls einwandfrei arbeiteten, während im dritten Fenster des Displays angezeigt wurde, dass die Energieversorgung sich im Gelbbereich bewegte.

»*Ein Batteriepack ist bereits ausgefallen, aber die anderen können den Verlust kompensieren*«, sagte Emma.

»*Ist das ein Problem?*«, fragte Kurt.

»*Nur wenn ein weiteres Batteriepack ausfällt. Aber sogar in diesem Fall hätten wir mindestens noch vierundzwanzig Stunden, um den Flieger nach oben zu holen, die Containment-Einheiten auszubauen und sie an die transportablen Ladeakkus anzuschließen.«*

»Dann sollten wir damit noch warten«, sagte Kurt.

Joe schwebte zu ihm hinüber. *»Wie wäre es, wenn wir die Ladebucht öffnen und die Containment-Einheiten herausholen, ohne das ganze Flugzeug zu heben? Es würde Zeit sparen und die Gefahr eliminieren, dass beim Heben etwas schiefgeht. Außerdem würde auf diese Weise vermieden werden, dass ein Satellit die* Nighthawk *aufspürt, sobald wir sie an die Wasseroberfläche geholt haben.«*

Emma schüttelte den Kopf. *»Unter Wasser wäre es zu riskant. Die gesamte Elektronik ist versiegelt und ein in sich geschlossenes System, aber wir wissen nichts über ihren augenblicklichen Zustand. Nach den Vibrationen während des Starts, während der drei Jahre im Weltraum, der Hitze während des Wiedereintritts und des russischen Versuchs, die Maschine aus der Luft zu holen, muss mit zumindest geringen Schäden gerechnet werden. Lose Verbindungen. Löcher in der Isolation. Wenn irgendwo Wasser eindringt, kommt es am Ende zu einem Kurzschluss …«*

»… und der See fliegt zusammen mit einem Teil Nordperus in die Luft«, beendete Kurt den Satz.

»Genau«, sagte sie. *»Keine Abkürzungen, keine Experimente. Wir müssen die* Nighthawk *heben und aufs Trockene bringen, ehe wir irgendwelche anderen Maßnahmen ergreifen.«*

36

Das Rattern des mit Benzin angetriebenen Druckluftkompressors, der im Heck des Zodiac seine Arbeit verrichtete, hallte über den See und störte die ansonsten friedvolle Szenerie.

Paul Trout saß daneben und überwachte den Kompressor und die Leitung, die sich über den Bootsrand schlängelte und im Wasser verschwand. In zwanzig Metern Entfernung war ein Kreis zerplatzender Gasbläschen zu erkennen. An dieser Stelle stieg die überschüssige Luft an die Oberfläche.

Im Augenblick war Paul Trout allein im Boot. Kurt, Joe und Emma waren wieder getaucht, um die *Nighthawk* für den Hebeprozess vorzubereiten, während Urco sich freiwillig dazu gemeldet hatte, an Land zu gehen, wo er einen Ort mit hinreichend festem Untergrund suchte, um das geborgene Flugzeug abzusetzen.

Als er mit zugekniffenen Augen über den See blickte, konnte Paul den Peruaner so eben noch erkennen. Er hatte sich schon ziemlich weit den Berghang hinaufgearbeitet und befand sich hinter einer Ansammlung hoher Gräser, wo er mit einem langen Stab im Erdreich herumstocherte, um festzustellen, ob der Untergrund das Gewicht der *Nighthawk* tragen könnte.

Über ein tragbares Sprechfunkgerät nahm Paul mit ihm Verbindung auf. »Urco, hier ist Paul.«

»*Ich höre, Mr. Paul*«, meldete sich Urco.

»Ich wollte mich erkundigen, ob Ihre Suche da oben erfolgreich ist?«

Er sah, wie Urco sich umdrehte und zu ihm herunterwinkte. *»Das Ufer ist zu weich und zu morastig, um eine schwere Last zu tragen. Und sogar hier oben, ein gutes Stück vom Rand des Sees entfernt, findet man hauptsächlich Sumpfland. Ich glaube, ich werde noch ein gutes Stück höher steigen.«*

»Verstanden«, sagte Paul. »Halten Sie uns auf dem Laufenden.«

Urco winkte noch einmal und kletterte weiter. Paul blickte ihm nach, bis er nicht mehr zu sehen war. Vielleicht gab es in der Nähe andere Augenpaare, die ihn ebenfalls beobachteten, schoss es Paul durch den Kopf. Er verfolgte den Gedanken aber nicht weiter und wandte stattdessen seine Aufmerksamkeit wieder dem Kompressor und dem Druckmesser zu.

Unten, auf dem Grund des Sees, hatte Kurt das Ende des Luftschlauchs in der Hand und schob es unter die *Nighthawk*. Die Luft, die unter hohem Druck aus dem Schlauch drang, hatte die Wirkung eines Bohrers und räumte den dunklen Schlick beiseite. Kurts Arme wirkten dabei wie eine Hydraulik, die den Schlauch dirigierte.

Mit jedem Vorwärtsruck wallte eine weitere Wolke Luftblasen und Sediment unter dem Flugkörper hervor. Während ihn die Schlammwolken einhüllten, stopfte Kurt mehr Schlauch in die Öffnung. *»Siehst du schon etwas?«*

Joes Stimme antwortete leicht verzerrt, als ob sie aus einem Tunnel hervordrang. Joe wartete auf der anderen Seite der Maschine darauf, dass der Luftschlauch erschien. *»Noch nicht. Mach weiter.«*

Kurt wedelte mit dem Schlauch hin und her und vor und zurück.

»Ich sehe Luftblasen«, verkündete Joe. *»Du bist fast am Ziel.«*

Kurt stieß den Schlauch noch einmal vorwärts und spürte, dass er sich plötzlich frei bewegen ließ. Die Wolke aus Luftblasen und Schlamm, die ihm anfangs entgegengewallt war, verzog sich nun und war im Begriff, sich aufzulösen.

»Ich habe den Schlauch«, meldete Joe.

»Phase eins abgeschlossen«, sagte Kurt daraufhin. *»Zeit für dich, an die Arbeit zu gehen, Amigo.«*

Auf der anderen Seite der *Nighthawk* ergriff Joe Zavala den Luftschlauch und zog daran. Mit einem Stück Draht befestigte er eine der Hubleinen an der Düse und vergewisserte sich durch einen kräftigen Zug, dass sie sich nicht davon lösen konnte.

»Der erste Gurt ist an Ort und Stelle«, sagte er. *»Damit ist mein Job erledigt.«*

»Das ging schnell«, sagte Kurt. *»Vielleicht sollte ich noch einmal über die Arbeitsteilung bei diesem Projekt nachdenken.«*

Joe lachte und verfolgte, wie der Schlauch und der daran befestigte Gurt Stück für Stück jeweils um Armeslänge unter der *Nighthawk* durchgezogen wurden.

Während Kurt und Joe auf diese Weise insgesamt vier geflochtene Nylongurte unter dem Flugkörper hindurchfädelten, inspizierte Emma die Tragflächen und nahm jede Blessur, die sie fand, unter die Lupe. Zahlreiche der äußeren Kacheln waren beschädigt. Sie fand Haarrisse und eine Menge Abplatzungen und Kratzer, sogar mehrere Stellen, wo die Kacheln vollständig abgerissen waren – vermutlich war das geschehen, als sich die *Nighthawk* von den Halteklammern ihrer russischen Entführer befreit hatte. Aber die hochfeste Metalllegierung darunter war unangetastet geblieben.

»Die Tragfläche scheint nicht beschädigt zu sein«, gab sie über das Intercom durch. *»Dort ist kein Wasser eingedrungen.«*

»Hört sich gut an«, erwiderte Joe erfreut. *»Wir bewegen uns ziemlich nahe an der Höchsttragfähigkeit des Air-Crane. Wir brauchen keine zusätzlichen Tonnen Wasser aus dem See, die alles nur um einiges schwieriger machen würden.«*

»Richtig«, sagte Emma. *»Ich überprüfe die Aufhängungen auf Rost und Verformungen. Wär doch schade, wenn irgendetwas ausgerechnet in dem Moment abbricht, wenn wir unseren Sieg feiern.«*

Während sie quer über das Flugzeug hinwegschwamm, brach der Luftschlauch abermals durch den Schlamm und ließ einen dichten Schwarm winziger Luftbläschen frei, die um sie herumtanzend in die Höhe stiegen. Für einen kurzen Moment kam es ihr so vor, als würde sie in einem Glas Champagner schwimmen. Sie wollte nicht voreilig sein, malte sich aber aus, dass sie schon in Kürze die Gläser heben und auf den Sieg anstoßen würden.

37

La Jalca Canyon, eine halbe Meile entfernt

In dem düsteren Schlund einer kahlen Höhle gab es keinerlei Siegesstimmung oder auch nur Hoffnung für die Männer, die dort gefangen waren. Nur bedrückende Dunkelheit, kalte, die Gliedmaßen lähmende Feuchtigkeit und Lärm. Ständigen, nicht enden wollenden Lärm.

Der größte Teil des Wasserfalls stürzte direkt vor dem Höhleneingang in die Tiefe. Die schäumende weiße Wasserwand verbarg alles, was sich hinter ihr befand, und erzeugte bei jedem, der zu lange darauf blickte, ein Schwindelgefühl und blendete jedes noch so markante Detail aus.

Was sie vor den Augen verbarg, verbarg sie auch vor den Ohren, da ihr unaufhörliches Getöse von den steinernen Wänden widerhallte und jedes leise Wort und jeden klaren Gedanken und sogar den Arbeitslärm der Leute auf dem See vollkommen zudeckte.

Die beiden Männer, die in der Höhle saßen, hatten den Anflug des Hubschraubers an diesem Morgen nicht gehört, sie hatten nicht den Motorenlärm des Zodiac und auch nicht die Freudenrufe über die Entdeckung gehört, die kurz danach erklangen. Noch nicht einmal das Rattern des Druckluftkompressors konnte die Lärmwand durchdringen, die sie abschirmte. Diese vollständige Isolation des Körpers, der Seele und des Geistes hatte bereits ihren Tribut gefordert.

Nach Tagen, die sie in diesem Zustand verbracht hatten, waren sie vollkommen dagegen abgestumpft. Sie saßen auf dem Boden, lehnten an der Felswand, hatten die Knie angezogen, die Köpfe gesenkt – das war eine aufrechte Version der fetalen Haltung. Ihre Hände waren im Schoß gefesselt. Die Fußfesseln waren mit schweren Gewichten versehen, die das Laufen erschwerten.

Bartstoppeln von mehreren Tagen wucherten in den Gesichtern, während Schmutz ihre Uniformen besudelte. Unter der Schicht aus getrocknetem Schlamm, Öl und Staub waren der doppelköpfige Adler der russischen Luftwaffe sowie das Abzeichen der Schwadron – die Klaue eines Raubvogels, die einen anderen Raubvogel im Griff hatte – zu erkennen. Ein Stern auf der Schulter eines Mannes verriet seinen Majorsrang. Schwingen, die mit einem Messzirkel kombiniert waren, identifizierten ihn als Testpiloten.

Er starrte in die Dunkelheit, geschwächt von Kälte und Hunger, während Rachegedanken seinen Geist erfüllten. Er war derart tief darin verstrickt, dass es einige Sekunden dauerte, ehe er einen Lichtstrahl wahrnahm, der im hinteren Teil der Höhle erschien.

Das Licht drang von der Erdoberfläche durch einen engen Schacht herab, durch den hinabzusteigen die beiden Russen am Vortag mit vorgehaltener Waffe gezwungen worden waren. Unten angekommen, waren sie von ihren Entführern, die anschließend durch den Schacht nach oben zurückgekehrt waren, das Kletterseil hochgezogen und eine Falltür geschlossen hatten, in Ketten gelegt und sich selbst überlassen worden.

Der Lichtschein verriet, dass die Falltür beiseitegeschoben worden war. Offenbar tat sich irgendetwas. Ob gut oder schlecht, Major Juri Timonovski empfand es auf jeden Fall als eine willkommene Abwechslung.

»Wir bekommen Besuch«, sagte er.

Der zweite Mann hob den Kopf, die Augen wirkten blutunterlaufen und umherirrend. »Vielleicht bringen sie uns etwas zu essen.«

»Oder sie wollen uns töten«, meinte Timonovski. »Ich rechne mittlerweile mit allem.«

Das Ende eines Seils fiel durch den Schacht herab, landete auf dem Boden der Höhle und ringelte sich wie eine Schlange. Der herabhängende Teil des Seils schwankte hin und her, als jemand daran herabstieg.

Timonovski erhob sich, gespannt, was ihn erwartete. Seine Beine und sein Rücken schmerzten, und er watschelte unbeholfen in Richtung des Besuchers, wobei er die Fußgewichte mitschleifte.

Die Gewichte hielten ihn zwar nicht davon ab, sich vom Fleck zu bewegen, aber sie hinderten ihn am Klettern. Und sie machten einen Sprung in den See zu einer Selbstmordaktion. Immerhin war es etwas, das er wahrscheinlich in Erwägung ziehen würde, wenn sich seine Lage nicht besserte.

Stiefel erschienen am Ende des Schachts, und ein drahtiger Mann mit dichtem Bart sprang das letzte Stück in die Höhle herab. Timonovski erkannte ihn sofort: Das war der Falconer, der Mann, mit dem sie seit dem ersten Tag zusammenarbeiteten. Der Mann, der versprochen hatte, ihnen die *Nighthawk* auf einem Silbertablett zu präsentieren, indem er ihr Steuerprogramm hackte und die amerikanischen Lenkbefehle aus Vandenberg überschrieb.

Timonovski wusste auch, dass er ein Betrüger war. Er war überzeugt, dass der Falconer in der letzten Minute irgendetwas getan hatte, das es der *Nighthawk* ermöglichte, sich von *Blackjack 1* zu trennen. Und als er Anstalten machte, die Verfolgung abzubrechen und den Rendezvouspunkt zum Auftanken anzusteuern, hatte der Falconer Timonovskis Kopiloten die Kehle durchgeschnitten, einen stupsnasigen Revolver gezückt und dem Major und seinem Flugingenieur mit dem Tod gedroht, falls sie seinen Befehlen nicht gehorchten.

Nachdem sie der *Nighthawk* bei ihrem Sinkflug gefolgt waren und beobachtet hatten, wie sie mit ihren Fallschirmen im See versank, hatte der Falconer sie zu einer schmalen Landebahn, sieben Meilen vom See entfernt, dirigiert. Dort wurden sie von einer Gruppe Männer erwartet und hatten, nachdem sie gefangen genommen worden waren, jegliche Hoffnung, fliehen zu können, aus ihrem Bewusstsein gestrichen.

»Aha, Sie sind wach«, stellte der Falconer fest, während er näher kam. »Hervorragend.«

Sie kommunizierten miteinander auf Englisch, ihrer einzigen gemeinsamen Sprache.

»Hier ist schlafen unmöglich«, sagte Timonovski.

»Einige Menschen empfinden Wasserfälle als beruhigend.«

»Aber nicht wenn sie einem praktisch auf den Kopf fallen.«

Der Falconer zuckte die Achseln.

»Wie ich sehe, sind Sie allein«, sagte Timonovski. »Sind Ihnen die Freunde ausgegangen?«

»Im Gegenteil«, widersprach der Falconer, »ich sammle sie scharenweise, so wie ich auch Sie eingesammelt habe.«

Major Timonovski vermochte die Arroganz seines Gegenübers kaum zu ertragen, aber er konnte nichts dagegen tun. »Was wollen Sie jetzt von uns, Vogelmann?«

»Ich bin gekommen, um Ihnen etwas zu essen zu bringen«, erwiderte der bärtige Mann, streifte einen Rucksack von den Schultern, öffnete ihn und stellte ihn vor seinen Gefangenen auf den Höhlenboden.

Der Major würdigte ihn keines Blickes, aber er konnte nicht verhindern, dass der Geruch, der dem Rucksack entströmte, von seiner Nase registriert wurde. Vielleicht schärfte der Hunger die Sinne.

Immer noch in Sitzhaltung, rutschte der Flugingenieur zum Rucksack hinüber und begann, seinen Inhalt auszupacken. Zuerst kam ein Plastikbehälter, der mit Suppe gefüllt war, dann folgten Flaschen mit Mineralwasser, das mit Elektrolyten angereichert war. Zuletzt kamen zwei in Zellophan eingewickelte Päckchen.

»Sandwiches«, sagte der Flugingenieur und befreite eins von seiner Verpackung.

Timonovski spürte, wie ihm das Wasser im Mund zusammenlief. »Ist das irgendein übler Trick?«

»Absolut nicht«, sagte der Falconer. »Sie müssen bei Kräften sein, wenn Sie uns von hier wegbringen.«

»Ich soll fliegen?«

»Sie können doch einen Hubschrauber lenken, oder etwa nicht?«

»Natürlich«, sagte der Major. Er hatte jede Maschine geflogen, die Russland in seinem Arsenal hatte. »Haben Sie denn einen zur Verfügung?«

»Meine neuen Freunde haben ihn«, sagte der Falconer.

Er deutete mit einem Kopfnicken in Richtung des Sees jenseits des Höhleneingangs. »Was Sie nämlich nicht sehen können – und es ist nur eins von vielen Dingen, die Sie nicht sehen können –, sind Amerikaner, die in diesem Moment im See tauchen und die *Nighthawk* sichern. Sie treffen Vorbereitungen, sie aus der Tiefe ans Tageslicht zu heben. Sobald sie das geschafft haben, nehme ich sie ihnen ab, und Sie werden sie zu der Startbahn bringen, wo *Blackjack 2* bereitsteht. Sie werden Ihre Mission abschließen, wie geplant über Venezuela nachtanken, den Atlantik überqueren und als große Helden nach Russland zurückkehren.«

Timonovski war vollkommen perplex. »Das verstehe ich nicht. Sie wollen, dass wir die *Nighthawk* nach Russland bringen? Aber sie befand sich bereits in unserer Gewalt. Sie waren es doch, der sie unserem Zugriff entzogen hat. Wenn Sie die *Nighthawk* nicht aktiviert hätten, nachdem *Blackjack 1* sie huckepack nahm …«

»Hätte ich Sie weitermachen lassen, hätte ich nicht erzielen können, was mir vorschwebte. Mittlerweile ist der Preis gestiegen und entspricht dem erlittenen Schmerz. Tatsächlich wird er noch höher, als Sie sich auch nur annähernd vorstellen können.«

»Blutgeld«, sagte der Major.

»Jeder Reichtum basiert auf Blutgeld«, sagte der Falconer. »In der einen oder anderen Form.«

Major Timonovski wusste nicht, was er darauf erwidern sollte.

»Wenn es Ihnen lieber ist, kann ich die Maschine den Amerikanern überlassen und Sie beide hier vergessen, wo Sie über kurz oder lang wegen des Lärms den Verstand verlieren dürften.«

»Wenn dies ein Trick ist …«

»… müssen Sie mitspielen, weil Sie keine andere Wahl haben.«

Timonovski raste innerlich vor Wut. Der Vogelmann hatte alles unter voller Kontrolle. Aber auch diese hatte Grenzen. Sogar dieser Meisterplaner musste sich der Schwerkraft beugen. »Die Startbahn ist zu kurz, und die *Nighthawk* ist zu schwer. Mit diesem Ungetüm auf dem Rücken werden wir es niemals über die Bäume hinwegschaffen.«

Der bärtige Mann grinste ihn an. »Überlassen Sie das mal mir.«

Er machte kehrt, ging zurück zum Seil, packte es mit beiden Händen und begann, sich daran hochzuziehen. Kurz darauf wurde das Seil eingezogen, und das Licht, das durch den Schacht fiel, erlosch, als die Falltür geschlossen wurde.

Triste Dunkelheit und quälender Lärm hüllten die Russen wieder ein.

»Sie sollten etwas essen«, sagte der Flugingenieur, »ganz gleich, was geschieht, wir brauchen unsere Kraft.«

Timonovski reagierte nicht und ließ sich ihre Situation durch den Kopf gehen, ehe er der Verlockung nachgab, die die Speisen auf ihn ausübten. Er glaubte kein Wort von dem, was der Vogelmann versprochen hatte; es war nur eine weitere Lüge, dessen war er sich ganz sicher. Aber eins wusste er: Es war allemal besser, mit vollem Magen zu sterben, als zu verhungern.

38

Vor der Küste von Ecuador

Die russische Bergungsflotte lag mittlerweile einhundert Meilen vor der ecuadorianischen Küste. Sie hatte jedoch weder von *Blackjack 2* noch von dem amerikanischen Weltraumflugzeug die geringste Spur gefunden.

Konstantin Davidov kam es so vor, als hätten sie das Rennen verloren. Der plötzliche Abbruch der amerikanischen Marineoperationen ließ vermuten, dass sie den Flugkörper gefunden hatten.

Allein in seiner Kabine dachte Davidov daran, nach Russland zurückzukehren und die Konsequenzen seines Versagens zu ertragen. Ein Klopfen an der Tür ließ ihn hochschrecken.

»Herein.«

Es war ein Angehöriger des Admiralstabs. »Wir haben eine Nachricht empfangen«, meldete er. »Der Admiral erwartet Sie in der Funkzentrale.«

Davidov beeilte sich, der Aufforderung des Admirals Folge zu leisten.

»Sie kommt vom Falconer«, sagte Borozdin.

»Er lebt?«

»So sieht es aus. Und da wir keine Spur vom Wrack des *Blackjack 2* gefunden haben, müssen wir wohl davon ausgehen, dass Mannschaft und Maschine wohlauf sind.«

»Wo waren sie dann die ganze Zeit?«, schnappte Davidov.

»Vielleicht liefert dir dies einen Hinweis.«

Borozdin reichte ihm einen Bogen Papier. Der Text war chiffriert. Mit dem Code des Falconers. Davidov übersetzte aus dem Gedächtnis und starrte ratlos auf die seltsame Nachricht. Sie blieb auch nach dem Dechiffrieren noch immer rätselhaft. »Ist das alles? Ist dies der gesamte Text?«

»Das ist alles, was wir empfangen haben«, erwiderte Borozdin. »Es trug die Identifikationszeichen des Falconers. Die Nachricht ist von ihm.«

»Das bezweifle ich nicht«, erwiderte Davidov. »Der Mann weiß genau, was er will.«

Abermals betrachtete er den Text. »Die Zahlen sind offenbar geografische Koordinaten«, sagte er. »Aber die Nachricht …«

Sie lautete:

Vollständige Lieferung.
Erwarte Gold. Nur Münzen.
Der Preis hat sich verdoppelt.
Vorsicht, Amerikaner beobachten.

RATO
Sie haben acht Stunden.

»*Vollständige Lieferung*«, sagte Borozdin. »Meint er damit die *Nighthawk* selbst?«

»Das vermute ich«, erwiderte Davidov.

»Da habe ich meine Zweifel«, meinte Borozdin. »Du selbst sagtest doch, die Amerikaner müssten sie mittlerweile gefunden haben. Er will das Geld einsacken, schlicht und einfach. Er lockt dich in einen Hinterhalt und holt sich von dir die Bezahlung für etwas, das er nicht liefern konnte.«

Davidov massierte nachdenklich sein Kinn. »Ich bin mir nicht so sicher«, sagte er.

»Weshalb nicht?«

»RATO«, murmelte Davidov. »Rocket Assisted Take Off. Dieser Plan stand zur Diskussion für den Fall, dass einer der Bomber die *Nighthawk* zwar einfing, jedoch gezwungen war zu landen. Eine Möglichkeit, die Maschine und die *Nighthawk* wieder zusammen in die Luft zu kriegen. Wenn er RATO fordert, dann hat er vielleicht trotz allem die *Nighthawk* in seiner Gewalt.«

Borozdin schüttelte den Kopf. »Nur du allein glaubst noch an ihn, mein Freund.«

»Ich glaube gar nichts«, widersprach Davidov. »Aber ich darf keinen Fehler machen, nicht jetzt, nicht nach all den Bemühungen. Ist die Satellitenaufklärung über Ecuador und Peru abgeschlossen?«

»So gut wie.«

»Und diese Koordinaten?«

Borozdin warf einen Blick auf die Zahlen und ging dann zu einem Computerterminal und tippte sie ein. »Die Reste eines Flugplatzes auf einem Hochplateau«, sagte er. »Vor drei Jahren angelegt von einer chinesischen Bergbaufirma. Mittlerweile aufgegeben.«

»Haben wir ein aktuelles Foto?«

Borozdin griff auf den Satellitenüberflug zu. »Ja«, sagte er.

»Ruf es auf und zoom es heran.«

Borozdin zeichnete mit dem Kursor eine Box um das Flugfeld und tippte auf die Entertaste. Die Auflösung veränderte sich, und das Foto erschien in größerem Format. »Keine Spur von der *Nighthawk*«, sagte der Admiral.

»Was ist das?« Davidov deutete auf eine verzerrte Erscheinung an dem einen Ende des Flugfeldes.

Borozdin zoomte den Bereich heran und zuckte die Achseln. »Schwer zu sagen.«

Davidov war anderer Meinung. »Das ist ein Flugzeug. Eine große Maschine mit Deltaflügeln, versteckt unter einer Abdeckplane. Das ist *Blackjack 2*. Für mich besteht kein Zweifel.«

»Falls es wirklich unsere Maschine ist, wo ist dann die Besatzung? Warum haben sie sich nicht bei uns gemeldet?«

»Wer weiß? Es ist eine extrem abgelegene Gegend«, sagte Davidov. »Es ist ein Wunder, dass sie diesen Flugplatz überhaupt gefunden haben, um darauf zu landen.« Er richtete sich auf. »Ich muss mit dem Quartiermeister sprechen. Und, Gott sei mir gnädig, ich brauche einen Hubschrauber, der mich nach Peru bringt.«

»Du hast doch nicht etwa ernsthaft vor, mit einem Koffer voll Gold dorthin zu fliegen?«

»Genau das werde ich tun«, sagte Davidov. »Und ich nehme vier Angehörige deiner Spezialtruppe als Begleitung mit.«

Borozdin machte kein Hehl daraus, dass er die Idee für zweifelhaft, wenn nicht gar für selbstmörderisch hielt. Aber er war ein Seemann, also jemand, der darauf trainiert war zu handeln, wenn die Bedingungen günstig waren, und sich zurückzuhalten, wenn sie es nicht waren. Der Geheimdienst arbeitete anders – er ging Risiken ein, enorme, manchmal sogar nahezu selbstmörderische Risiken. Es war typisch für die Leute und gehörte zu ihrer Natur, und es war letztlich der einzige Grund für diesen Versuch, das amerikanische Raumfahrzeug zu entführen.

Borozdin bot eine umständlichere Lösung an. »Wir haben eine Antonov 124 Frachtmaschine, die in Havanna bereitsteht«, sagte er. »Warum schicken wir sie nicht mit einhundert Mann an Bord auf die Reise? Sie ist speziell für den Transport großer Lasten und für kurze Start- und Landebahnen konstruiert. Sie wird ohne Probleme dort landen, die *Nighthawk* aufsammeln und abtransportieren können. Und du brauchst bei diesem Schwindel nicht mal persönlich in Erscheinung zu treten.«

Die Antonov 124 war ein viermotoriger Schwerlast-Lufttransporter. Sie wäre ideal für diese Operation. Aber dieses große Flugzeug unbemerkt die Grenze von Peru überqueren zu lassen war nahezu unmöglich.

»Du vergisst den Rest der Nachricht«, sagte Davidov. »Die Amerikaner beobachten alles. Ich habe keine Wahl. Ich werde mit einem deiner grässlichen Hubschrauber zur Küste fliegen. Wir können eine kleine Turboprop-Maschine chartern, die mich von dort ans Ziel bringt.«

»Und wenn der Falconer versucht, dich auszutricksen?«

»Andere werden sich an seine Fersen heften«, sagte Davidov. »Daran werde ich ihn erinnern, wenn ich mit ihm zusammentreffe.«

39

Kurt Austin und Emma Townsend waren wieder auf Tauchstation. Sie hatten vier Gurte unter der *Nighthawk* positioniert, zwei vorn und zwei hinten. Dabei war der Abstand der Gurte so gewählt, dass sich der Schwerpunkt des Flugzeugs genau zwischen ihnen befand.

Während Emma Hebesäcke an den Gurtenden befestigte, füllte Kurt sie mit Luft. Im Prinzip ähnelten sie Fallschirmen, weil sie am unteren Ende offen blieben, wenn sie gefüllt waren. Geliefert wurden sie zu kleinen Paketen zusammengefaltet, die sich dann jedoch zu tropfenförmigen, auf dem Kopf stehenden Luftsäcken ausdehnten, die so groß waren wie Mittelklasseautomobile.

Um eine gleichmäßige Belastung der Gurte zu gewährleisten und zu verhindern, dass sie nach vorn oder hinten verrutschten, schwamm Kurt von Sack zu Sack, um sie teilweise aufzublasen und für einen gleichmäßigen Auftrieb zu sorgen.

Als er diesen Prozess beendet hatte, wurde das gesunkene Flugzeug von acht gelben Säcken eingerahmt, die in der Strömung sanft gegeneinanderstießen. Trotzdem hatte sich die *Nighthawk* nicht gerührt.

»Die Hebesäcke sind gefüllt«, meldete Kurt. *»Die Gurte sitzen stramm an Ort und Stelle.«*

»Und sie hat sich nicht einen Zentimeter bewegt«, fügte Emmas Stimme hinzu.

Kurt hatte nichts anderes erwartet. *»Die Hebesäcke reichen nicht aus, um sie vom Grund anzuheben«*, sagte er. *»Aber sie unterstützen den Air-Crane, die Saugwirkung der Schlammschicht zu überwinden.«*

Bergungsteams nannten diesen zusätzlichen Widerstand Ausbrechkraft. Je nach Zusammensetzung des Sediments konnte sie ein kleines oder ein großes Problem bedeuten. Kurt erwartete Letzteres.

Zuerst hatte es ausgesehen, als ob die *Nighthawk* gelandet sei, ohne ihr Fahrwerk ausgefahren zu haben, und auf ihrer breiten, ebenen Unterseite zur Ruhe gekommen war. Eine schnelle Überprüfung ergab jedoch das Gegenteil. Als sie den Bereich unterhalb der Nase der *Nighthawk* untersuchte, hatte Emma feststellen müssen, dass das Fahrwerk nicht nur ausgefahren, sondern ins Sediment eingesunken war wie die Nägel unter den Sohlen eines Laufschuhs. Deshalb und aufgrund der relativ großen Oberfläche, die mit dem Schlamm Kontakt hatte, wäre die Ausbrechkraft enorm. Wahrscheinlich entsprach sie sogar dem Eigengewicht der *Nighthawk*.

»Ich hatte gehofft, sie hätte sich ein wenig aus ihrem Bett gelöst«, sagte Emma.

Sie schwebte über Kurt. Die Lampe an ihrer Schulter erhellte die Seitenfläche der *Nighthawk* und die Aufhängungen an der Nase. Gleichmäßig mit den Schwimmflossen paddelnd, dirigierte sie mit den Händen ein Stahlseil zu einem Aufhängepunkt, hakte es ein und prüfte seinen Sitz, indem sie mehrmals daran zog. Danach schwamm sie zur anderen Seite des Flugzeugs und brachte den zweiten Haken an.

Kurt schaute zur Wasseroberfläche. Der Air-Crane schwebte irgendwo über ihnen, unsichtbar hinter dem Schleier aufgewirbelten Schlamms. Kurt konnte das dumpfe Flappen des Rotors hören, das von der Oberfläche des Sees reflektiert wurde.

»Die Hebeseile sind an Ort und Stelle«, verkündete Emma, während sie aus dem Wald von gelben Hebesäcken heraustrat.

»Es scheint, als könnten wir loslegen«, stellte Kurt fest.

»Ich gebe Joe das Startzeichen«, sagte Emma.

Sie stieg zur Wasseroberfläche auf, vorbei an einem Bündel von Kabeln und Gurten, die das gesunkene Flugzeug umsäumten.

Als sie hinter den prall gefüllten Hebesäcken verschwand, blieb Kurt allein auf dem Grund des Sees zurück. »Der Augenblick der Wahrheit«, murmelte er vor sich hin.

Es wäre nur der erste von vielen. Aber wenn sie das Flugzeug nicht vom Boden lösen konnten, wäre alles andere bedeutungslos.

Mit dem Air-Crane über dem See schwebend, konzentrierte sich Joe abwechselnd auf seine Anzeigeinstrumente und auf die Wasseroberfläche unter ihm.

Er konnte die Wölbungen der gelben Luftsäcke im dunklen Wasser vage erkennen. Sie drängten sich aneinander und behielten ihre Positionen bei. Sie waren prall gefüllt.

»Bald wissen wir mehr«, sagte er. »Bist du bereit?«

Seine Frage war an Paul Trout gerichtet, der hinter ihm auf dem Platz des Kranführers saß. »Jawohl«, antwortete Paul. »Während der vergangenen Woche habe ich mich zu einem wahren Kranspezialisten gemausert. Ich habe sogar gelernt, ein Tauchboot abzuwerfen, so als ob ich mit einer Fliege einen Fisch zu überlisten versuche.«

Joe blieb der Unterton diebischer Freude in Pauls Stimme nicht verborgen. »Ich habe schon gehört, wie du die *Angler* vom Deck der *Catalina* ins Wasser befördert hast«, sagte Joe. »Ein hübscher Trick. Diesmal geht es nur darum, einen großen Fisch einzuholen und ihn nicht entkommen zu lassen.«

»Ich halte mich zurück, so gut es geht.«

Joe kontrollierte abermals die Anzeigeinstrumente. Die Motortemperatur stieg stetig an, befand sich jedoch noch nicht im roten Bereich.

Der Schwebeflug belastete die Turbinen in höherem Maß, weil er einen deutlich schwächeren Luftstrom erzeugte, um die Turbinenflügel zu kühlen. Und auch wenn sie sich nur fünfzig Fuß über dem See befanden, zeigte der Höhenmeter neuntausendvierhundert Fuß an. Das bedeutete, dass die Luft erheblich dünner war und die Rotoren daher geringeren Auftrieb entwickelten.

Joe hatte während seiner Ausbildung zahlreiche Abstürze analysiert, um aus den Fehlern anderer Piloten seine Lehren zu ziehen.

Soweit er sich erinnern konnte, kam es meistens zu Abstürzen, wenn *heiß, hoch,* hoch und *schwer* geflogen wurde.

Der Oldtimer, der ihn unterrichtete, hatte immer wieder betont, dass ein Pilot diesen Zustand unbedingt vermeiden solle, aber Joe hatte gegenwärtig keine Wahl. Der Air-Crane war bereits heiß und hoch, und sobald die *Nighthawk* aus dem Wasser aufstieg, wäre er gewiss auch noch sehr, sehr schwer.

Er tippte gegen die Temperaturanzeige, dankbar für die frische Brise, die zur Kühlung der Turbine beitrug. »Komm schon«, flüsterte er. »Lass uns diese Show erfolgreich beenden.«

»Siehst du irgendwelche Farbflecken?«, fragte Paul.

Zu Kurts und Emmas Ausrüstung gehörten Farbkapseln. Rot, um ein Problem zu melden; grün, um zu signalisieren, dass alles reibungslos ablief, und um Paul und Joe die genaue Strömungsrichtung des Seewassers anzuzeigen, damit sie sich daran orientieren konnten, während sie den Flieger anhoben.

»Nein«, sagte Joe. »Aber jemand kommt nach oben.«

Ein Taucher erschien an der Wasseroberfläche. In seiner Kombination und dem Helm war er unmöglich zu erkennen. Der Taucher knipste eine Lampe dreimal an und aus, machte mit dem Daumen das Okay-Zeichen und riss eine grüne Farbkapsel auf.

Joe antwortete, indem er den Landescheinwerfer mehrmals aufblitzen ließ. Der Taucher winkte zur Bestätigung und kehrte zur *Nighthawk* zurück. »Die Gurte sitzen fest«, sagte er. »Bereit zum Anheben.«

»Endlich«, seufzte Paul erleichtert. »Seile werden gespannt.«

Während Paul die Kontrollen der Winde betätigte, stiegen die Kranseile aus dem dunklen See in die Höhe. Eins war an der Nase der *Nighthawk* befestigt und eins an einem Punkt in der Nähe des Schwanzleitwerks.

Joe spürte das zusätzliche Gewicht, sobald die Seile nicht mehr schlaff durchhingen. »Jetzt fixieren«, sagte er. »Ich erledige den Rest.«

Während Paul die Windensperre einrasten ließ, steigerte Joe behutsam den Auftrieb. Dies war der heikelste Moment: das Anheben der Last. Indem er die Kontrollen mit den Fingerspitzen streichelte, zog er den Air-Crane hoch, wartete ab, bis er sich stabilisiert hatte, und ließ ihn weiter steigen.

Die Seile spannten sich und versprühten jedes Mal eine Wolke feinster Wassertropfen, aber auch nach mehreren Versuchen verharrte die *Nighthawk* weiter in ihrem Schlammbett.

»Komm schon, Baby«, flüsterte Joe. »Zier dich nicht so.«

Beim nächsten Versuch steigerte er den Auftrieb und zog kräftiger und länger. Über ihm donnerten die Rotoren. Die Turbinen heulten. Der Abwind zeichnete ein flirrendes Muster ins Wasser, aber trotz fortdauernder Bemühungen wollte sich die *Nighthawk* nicht aus der Umklammerung lösen.

Ein gelbes Warnlicht blinkte und meldete einen Temperaturstau in Turbine Nummer eins.

»Das sieht nicht gut aus!«, rief Paul von seinem Platz hinter Joe.

»Sie muss jeden Moment freikommen«, antwortete Joe.

Joe nahm Gas weg und verfolgte, wie die Temperatur unter die rote Linie sank. »Noch ein Versuch«, kündigte er an. »Diesmal mit voller Kraft.«

Unter Wasser konnten Kurt und Emma erkennen, wie sehr sich der Air-Crane abmühte. Die Kabel und Seile hatten bei jedem Hebeversuch deutlich hörbar geknarrt und geächzt, während sich das rhythmische Flappen der Rotoren zu einem Crescendo steigerte. Aber das schwarze Weltraumflugzeug bewegte sich keinen Millimeter.

»Kann es sein, dass sie an irgendetwas festhängt?«, fragte Emma.

»Das ist die Saugwirkung des Schlamms«, erwiderte Kurt. *»Tauchen Sie unter die Tragfläche und schaufeln Sie so viel Schlick wie möglich beiseite.«*

Emma schwamm zur Spitze der rechten Tragfläche und begann mit den Händen, die durch Handschuhe geschützt waren, zu graben, stieß sie in den Schlick und schleuderte ihn hinter sich.

Kurt paddelte zum Heck, rammte den Druckluftschlauch unter den Rumpf und öffnete das Ventil vollständig. Er schob weiteren Schlauch nach und versuchte, eine Luftblase zu erzeugen, die sich unter dem Flugzeug ausbreitete und der Saugwirkung des Untergrunds entgegenwirkte.

Als er den Schlauch so weit wie möglich unter die *Nighthawk* manövriert hatte, ließ er ihn los und schwamm zur linken Tragfläche.

Er zwängte sich darunter und begann, den schwarzen Schlick aus dem Weg zu räumen. Er wühlte sich tiefer und tiefer und befand sich schon bald unterhalb des Flugzeugs – wo er gefangen wäre, falls es hochstieg und wieder in seine alte Lage zurückfiel.

Der Lärm der Rotoren steigerte sich abermals, als Joe Vollgas gab. Die Kabel spannten sich wie Gitarrensaiten. Kurt schlängelte sich tiefer und tiefer unter den Flieger und schaffte mit seinen langen Armen beachtliche Schlickladungen beiseite.

Plötzlich quoll ein Schwall Luftblasen unter dem Flugzeug hervor. Sie stiegen erstaunlich schnell auf, und Kurt hörte ein schlürfendes Geräusch – wie in einer Badewanne, wenn der letzte Rest im Abfluss verschwindet.

Er und Emma wurden zusammen mit den Tonnen Wasser, die in den leeren Raum nachströmten, den das Flugzeug hinterließ, als es aus seinem Bett aufstieg, unter die *Nighthawk* gesogen.

In dem Strudel aus Luftblasen und Sediment war außer dem Lichtschein von Emmas Schulterlampe nichts zu erkennen.

Kurt ergriff ihren Arm und zog daran.

Kraftvoll mit den Flossen schlagend schwammen sie nebeneinander durch einen Strudel schwarzen Wassers. Nach dem ersten Aufwärtsruck sackte die *Nighthawk* wieder zurück. Kurt spürte, wie seine Flossen gegen die Rumpfunterseite des Flugzeugs schlugen, während er sich darunter hervorschlängelte. Als er sich umwandte, stieg das Flugzeug wieder hoch, schwebte durchs Wasser aufwärts, langsam, aber stetig. Eine Blasenfontäne aus dem Druckluftschlauch folgte ihm zur Wasseroberfläche.

»*Tauchen wir auf*«, sagte Emma. »*Ich möchte dabei sein, wenn sie landet.*«

Kurt nickte, und sie schwammen zum Ankerseil des Zodiac und zogen sich daran hoch.

Als sie in den hellen Sonnenschein gelangten, hatte das schwarze Schwanzleitwerk der *Nighthawk* soeben die Wasseroberfläche erreicht. Es sah für einen Moment wie die Rückenflosse eines überdimensionalen Hais oder Mörderwals aus.

Als Nächstes erschienen die gelben Luftsäcke. Sie legten sich auf die Seite und wurden allmählich schlaff, da die Luft aus ihnen entwich.

Über allem heulte der Air-Crane, während er die nächste Stufe der gigantischen Bergungsaktion einleitete, befreite das Weltraumflugzeug aus dem Wasser und hievte es in die Luft.

Die Nase erschien zuerst, dann der Rest der Maschine. Wasser strömte in breiten Schleiern von den Tragflächen herab, und Schlamm folgte in dicken triefenden Klumpen, die sich vom Fahrwerk lösten und mit lautem Plumpsen in den See zurückfielen.

Wassertretend neben dem Zodiac treibend, beobachteten Kurt und Emma gebannt, wie sich der Air-Crane langsam drehte und dann mit seiner Last Kurs auf ein höher gelegenes Gelände jenseits des Seeufers nahm, das Urco bereits als geeigneten Landeort ausgesucht hatte.

Emma deutete zur Mitte des Sees. Schlick und Schaum bildeten einen heftigen Wirbel, wo die *Nighthawk* ihr nasses Grab verlassen hatte. Zurück blieben die Luftsäcke, die sich auf der Wasseroberfläche ausbreiteten, während die letzten Luftreste herausströmten.

»Wir räumen später auf«, entschied Kurt. »Erst einmal gehen wir an Land, um zuzuschauen, wie das Ding landet.«

Emma streifte ihre Schwimmflossen ab und warf sie ins Boot, dann griff sie ins Frachtnetz, das sie als behelfsmäßige Leiter auf den Gummiwulst drapiert hatten. Sie zog sich hoch und wälzte sich erstaunlich schnell und elegant ins Boot.

Kurt hörte einen überraschten Ruf, als sie im Boot landete, und dann folgten die unmissverständlichen Geräusche eines heftigen Zweikampfs. Er zog sich ebenfalls am Gummiwulst hoch und erblickte im Boot einen Mann, der mit Emma rang.

Kurt schnellte sich vorwärts, gelangte halb ins Boot und griff nach dem Angreifer, aber ehe er nachfassen konnte, legten sich kräftige Arme um seine Beine und zogen ihn zurück ins Wasser.

40

Joe Zavala spürte eine seltsame Vibration in den Händen. Der Air-Crane schaukelte von einer Seite zur anderen, während er sich mit seiner Last dem Landeplatz näherte.

»Bewegt sich das Ding etwa?«, rief er.

»Zumindest macht es den Versuch«, antwortete Paul. »Es dreht sich nach rechts und schwingt wieder zurück nach links. Jedes Mal dreht es sich um einige Grad weiter.«

Joe erkannte auf Anhieb die Ursache. Der Abwind, der von den sechs Rotorflügeln erzeugt wurde, glich einem kleinen Tornado. Der Luftstrom traf auf das Seitenleitwerk der *Nighthawk*. Er drückte den Schwanz nach links, wodurch die Nase des Flugzeugs nach rechts wanderte. Sobald es sich aufgrund der Spannung in den Tragseilen nicht weiterdrehen konnte, rotierte es zurück in die andere Richtung. Es war eine Bewegung, die sich letztlich zu einer vollständigen Drehung aufschaukeln würde.

Die *Nighthawk* blieb weiterhin in Bewegung, während sie das Ufer und den anschließenden Moraststreifen überquerten. Hundert Meter weiter, auf höher gelegenem, solidem Untergrund, stand Urco und winkte Joe mit rudernden Armen.

Umringt von hohem Gras, war der Platz, den Urco gefunden hatte, eben, steinig und nahezu kreisrund. Er sah wie ein natürlicher Hubschrauberlandeteller aus.

Joe steuerte unbeirrt darauf zu, ignorierte das gelbe Temperaturwarnlicht, das wieder zu blinken begonnen hatte, und spielte mit den Seitenruderpedalen, um den Air-Crane in stabiler Fluglage zu halten.

Als er die vorgesehene Landezone erreicht hatte, drehte er die Nase des Air-Crane in den Wind und ging in den Schwebeflug.

»Ein Stück nach rechts«, sagte Paul.

»Wie weit?«

»Gut drei Meter.«

Joe drückte den Air-Crane nach rechts und blickte gleichzeitig durch die Plexiglaskuppel vor seinen Füßen auf den Grund unter der Maschine.

»So ist es gut«, sagte Paul. »Und jetzt lass sie langsam herab.«

»Dazu ist keine Zeit.«

Joe verringerte den Druck auf die Kontrollen und ließ zu, dass der Air-Crane sank. Dabei bemühte er sich, die *Nighthawk* so elegant und schnell wie möglich abzusetzen. Es gelang ihm jedoch nur teilweise. Das Flugzeug setzte knirschend auf und landete härter, als Joe gehofft hatte. Die Seile wurden schlaff, und die Belastung der Turbinen ließ schlagartig nach.

»Die *Nighthawk* steht auf solidem Untergrund«, meldete Paul.

»Mach sie los.«

Paul trennte die Verbindung, und Stahlseile fielen ins Gras.

Der Air-Crane stieg sofort hoch. Befreit von seiner zusätzlichen Last, fühlte er sich federleicht an. Joe nahm, so schnell er konnte, Gas zurück, aber das Blinken der gelben Warnlampen dauerte an. »Wir müssen schnellstens runter, sonst geht unsere Kaution flöten.«

Indem er ihn von der *Nighthawk* wegdirigierte, hielt Joe auf den Rand der Lichtung zu und vollführte mit dem Air-Crane eine Landung.

Die Räder setzten mit einem dreifachen Ruck auf. Joe schaltete die Turbinen auf Leerlauf, bis sie sich ausreichend abgekühlt hatten und die Temperatur sich wieder in einem erträglichen Bereich bewegte.

»Verdammt«, sagte Paul. »Sehen wir uns die Chose mal aus der Nähe an.«

Joe warf einen letzten Blick auf die Temperaturanzeige. Sie zeigte zunehmend beruhigende Werte an. Ein zweites Kontrolllicht, das Störungen in der Schmierung meldete, war nicht aktiviert worden. Die Maschinen hatten den Einsatz unbeschadet überlebt. Wenigstens in diesem Punkt hatten sie also Glück gehabt.

Er schaltete alle Aggregate aus, öffnete seinen Sicherheitsgurt und folgte Paul durch die Tür nach draußen. Sie überquerten die Lichtung und trafen Urco dabei an, wie er neben der Nase des Flugzeugs kniete und Schlamm vom Fahrwerk abwischte. Er blickte hoch, als sie sich näherten.

»Wie waren wir?«, fragte Paul.

»Hervorragend«, sagte Urco. »Genau so, wie ich es gehofft hatte.«

Seine Antwort klang irgendwie seltsam. Ehe Joe sich darüber klar werden konnte, was ihn daran störte, nahm er eine Bewegung im Gras wahr. Er tippte auf Kurt und Emma, die vom Ufer heraufgekommen waren, stattdessen drängte sich aber eine kleine Gruppe Männer durch das hohe Gras auf die Lichtung. Sie hielten Waffen in den Händen, Gewehre und Schrotflinten.

Joe wirbelte herum, um zu flüchten. Aber es war zu spät. Eine zweite Gruppe Männer näherte sich ihnen von hinten.

»Spielen Sie nicht die Helden«, sagte Urco und richtete eine Pistole auf Joe. »Ihr Tod würde niemandem nützen.«

41

Als er ins Wasser zurückgezogen wurde, war Kurt für einen Moment vollkommen überrumpelt. Er erholte sich jedoch schnell von diesem Schreck, führte reflexartig einen wuchtigen Tritt aus und befreite seine Beine. Kaum glaubte er, sich wieder ungehindert bewegen zu können, als sich etwas Schweres um seinen Hals legte und ihm die Luft abdrückte. Zuerst tippte er auf eine Stahlkette, erkannte jedoch bald, dass es der Bleigürtel einer Tauchausrüstung war.

Er packte den Gürtel und zerrte daran, aber er wurde von jemandem, der von hinten an ihn herangeschwommen war, wie eine Schlinge zugezogen. Während er sich gegen den ersten Angreifer wehrte, kam ein zweiter Taucher aus dem Schatten unter dem Zodiac. Dieser trug einen grauen Nasstauchanzug und eine rechteckige Maske. In der Hand hielt er ein zwanzig Zentimeter langes Messer, mit dem er Kurt angriff.

Indem er den Mann hinter sich wie einen Hebel benutzte, drehte sich Kurt zur Seite. Anstatt sich zwischen seine Rippen zu bohren, streifte die Klinge seine Tarierweste und setzte eine Wolke von Luftblasen frei. Ehe der Mann ein zweites Mal zustoßen konnte, versetzte ihm Kurt einen Tritt ins Gesicht, der seine Maske zerschmetterte und den Regulator aus seinem Mund fegte. Ein zweiter Tritt erwischte ihn zwischen den Zähnen und trieb ihn zur Flucht an die Wasseroberfläche.

Einer erledigt, dachte Kurt, *blieb nur noch einer übrig.*

Der Bleigürtel schnürte seine Luftröhre zu.

Während sie miteinander rangen, sanken Kurt und sein Angreifer schnell in die Tiefe. Sie attackierten einander, bis sie überraschend heftig auf der Sedimentschicht aufschlugen.

Mit festem Grund unter seinen Füßen gewann Kurt teilweise die Kontrolle zurück. Er rammte seinem Angreifer einen Ellbogen gegen die Brust. Der Griff des Mannes lockerte sich, aber dann packte er Kurts Luftschlauch und riss ihn aus dem Anschlussstutzen.

Kurt spürte, wie sein Helm zur Seite gezerrt wurde, sah eine zweite Wolke silbern glänzender Luftblasen und wurde in den Schlick hineingestoßen, ohne sich dagegen wehren zu können.

Kurt landete auf dem Rücken. Sein Gegner – Kurt erkannte Urcos Assistenten Vargas in ihm – hielt ihn fest und drückte ihn ins Sediment, als wollte er ihn darin begraben. Es war eine simple Taktik. Über kurz oder lang würde Kurt das Bewusstsein verlieren.

Während er den Atem anhielt, tastete Kurt nach seinem eigenen Messer, aber Vargas trat gegen sein Handgelenk, sodass ihm das Messer entglitt.

In seiner Verzweiflung feuerte Kurt einen Aufwärtshaken ab in der Hoffnung, Vargas am Hals zu treffen. Aber der Boxhieb wurde von einem der langen Arme des Mannes abgewehrt. Ein zweiter Haken traf Vargas' Solarplexus, bewirkte jedoch nicht, dass der Mann zurückwich.

Während Kurt sich verteidigte, bekam das Duell eine surreale Note: Sediment wirbelte aufwärts, und die Lampe, die Kurt sich ans Handgelenk geschnallt hatte, leuchtete hierhin und dorthin. Kurt spürte, dass seine Muskeln wegen des zunehmenden Sauerstoffmangels allmählich den Dienst quittierten. Er sah, wie Vargas sein eigenes Messer zückte und zu einem tödlichen Stoß ausholte. Es fuhr blitzartig herab. Im selben Augenblick riss Kurt ein Knie hoch und rammte es in den Unterleib des Mannes.

Beide Treffer fanden gleichzeitig ihr Ziel.

Vargas spuckte seinen Regulator aus und knickte nach vorne ein. Kurt spürte den Messerstoß und sah, wie sich das Wasser im Licht seiner Lampe rot färbte.

In einem letzten verzweifelten Aufbäumen reichte Kurt nach oben, packte das Mundstück von Vargas' Luftschlauch und riss es mit einer Drehung ab.

Vargas geriet in Panik. Er stieß sich mit beiden Füßen vom Seegrund ab, stieg zum Tageslicht auf und ließ Kurt in einem blutroten Wasserwirbel zurück.

42

Urco stand auf der Lichtung und hatte das Ruder fest in der Hand. Alles entwickelte sich genau so, wie er es geplant hatte.

Die *Nighthawk* war aus ihrem nassen Gefängnis befreit worden und stand vor ihm, während sich Agenten jeder der konkurrierenden Nationen in seiner Gewalt befanden; die amerikanischen Männer und Frauen; die überlebende chinesische Agentin in La Jalca, wo sie in Ketten lag, bis er entschied, dass sie zu ihm gebracht werden solle, und die russischen Bomberpiloten in einer der oberen Höhlen hinter dem Wasserfall.

Im Augenblick waren sie Gefangene, aber schon bald würden sie ihm helfen – allerdings wussten sie das zu diesem Zeitpunkt noch nicht.

Als er auf den See hinausblickte, konnte er seine Taucher im Zodiac sehen. »Gib mir das Sprechfunkgerät«, sagte er zu einem seiner Männer.

Ein Walkie-Talkie wurde ihm gereicht. »Vargas«, sagte er, während er auf die Sprechtaste drückte. »Hörst du mich?«

Es dauerte nicht lange, bis eine Stimme antwortete. *»Ich bin hier«*, knurrte Vargas.

Er klang, als habe er Schmerzen.

»Was ist geschehen?«

»Wir haben die Frauen«, sagte Vargas. *»Aber ich musste Austin töten. Er hat sich zu heftig gewehrt. Ich habe ihn erstochen und auf dem Grund des Sees zurückgelassen. Mir blieb keine Wahl.«*

Urco hörte die Neuigkeiten mit einem Anflug von Enttäuschung. In der kurzen Zeit, die sie einander kannten, hatte ihm Austin einiges an Respekt abgenötigt. Der Mann hatte ihm die Wahrheit über die *Nighthawk* erzählt, anstatt seine Intelligenz mit einer Lüge zu beleidigen; außerdem hatte er mit Einsicht und Verständnis reagiert, als Urco ihm von dem

Massensterben berichtet hatte, das durch die aus Europa eingeschleppten Krankheitserreger unter der eingeborenen Bevölkerung ausgelöst worden war.

»Na gut«, sagte Urco. »Bringt Miss Townsend zu mir. Sie muss etwas für mich tun.«

»*Wir sind schon unterwegs*«, erwiderte Vargas.

Urco hängte das Sprechfunkgerät an seinen Gürtel und wandte seine Aufmerksamkeit den Überlebenden zu. Sie knieten auf dem Erdboden und hatten die Hände im Nacken verschränkt. Urcos Männer standen mit gezückten Waffen hinter ihnen.

»Kurt Austin ist tot«, verkündete er.

Keiner der Männer zuckte mit der Wimper.

»Er hätte nicht sterben müssen, aber er hatte nun einmal den Kampf gewählt. Ich hoffe, das ist Ihnen eine Lehre.«

Er ging auf und ab und lauschte dem Motorenlärm des Zodiac, das sich mit zügiger Fahrt näherte. Als er bemerkte, dass Zavala jeden seiner Schritte genau verfolgte, trat er zu dem Hubschrauberpiloten hinüber und beugte sich vor, um ihn besser betrachten zu können.

Zavala strahlte eine gelassene Selbstsicherheit aus. Seine Gesichtszüge, sein Haar und seine Hautfarbe verrieten, dass er eine beträchtliche Menge mittelamerikanischen Erbguts in sich trug.

»Woher kommen Sie?«, fragte Urco.

»Aus New Mexico«, antwortete Zavala.

»Und Ihre Eltern?«

Zavala war nicht streitsüchtig oder aggressiv. Sein Selbstvertrauen kam von innen, und er machte sogar in dieser Situation nicht den Eindruck, als fühlte er sich bedroht. »Weshalb wollen Sie das wissen?«

»Nennen Sie es *angeborene Neugier*«, sagte Urco. »Ich finde, dass viele Menschen auf dieser Welt nicht wissen, wer sie wirklich sind. Sie brauche ich nur anzusehen und weiß sofort, dass Sie europäisches Blut in den Adern haben – ebenso wie ich –, und während Sie sich hier im tiefsten Peru offenbar wohlfühlen und gar nicht fremd vorkommen, sind Sie im Herzen Amerikaner. Insofern sind wir so etwas wie Vettern. Es würde mich nicht wundern, wenn in Ihrem Blut auch Anteile der Olmeken und der Maya zu finden sind.«

Weder senkte Zavala den Blick, noch widersprach er. Er hatte seine Emotionen vollständig unter Kontrolle. »Mein Blut ist rot«, erwiderte er. »Wie das Blut jedes anderen Menschen.«

Urco erlaubte sich den Anflug eines Lächelns und erhob sich. »Wir werden sehen.«

Mittlerweile hatte das Zodiac das Ufer erreicht. Emma wurde durch das hohe Gras auf die Lichtung geführt. Sie trug noch immer ihren Nasstauchanzug. Ihr Mund war mit Klebeband verschlossen.

»Nimm das weg«, verlangte Urco.

»Sie spuckt«, schimpfte Vargas.

Urco erwartete, dass sie Ärger machen würde. Er wusste, wie hitzig sie sein konnte. Er musterte sie vom Kopf bis zu den Füßen. Sie war … *anders.* Alter und Zeit hatten sie verändert, natürlich, aber da war noch etwas. Die Last, Bescheid zu wissen – die unsichtbare Bürde? Er trug sie ebenfalls. Vielleicht könnte er dies zu seinem Vorteil nutzen, aber zuerst musste er ihr klarmachen, wie machtlos sie im Grunde war.

Er wandte sich zu Vargas um. »Hol das andere Boot und fangt mit Phase zwei an.«

Als sich Vargas entfernt hatte, streckte Urco die Hand aus und entfernte behutsam das Klebeband von ihrem Mund. »Ich entschuldige mich für diese grobe Behandlung.«

Sie stand vor ihm, trotzig, forderte ihn mit den Augen heraus und schaute ihn zwar an, sah ihn aber nicht bewusst, sondern nahm eine Pose ein. Sollte sie das doch ruhig tun. Es nützte ihm, dass sie blind war vor Wut. Wenigstens noch für einige Zeit.

»Was hat das alles zu bedeuten?«, wollte Emma wissen. »Für wen arbeiten Sie? Für die Russen? Die Chinesen?«

»Natürlich sind Sie verwirrt«, sagte Urco. »Wie könnten Sie es auch nicht sein? In diesem Augenblick fragen Sie sich vielleicht, welcher Ihrer großen Feinde die kleine Dienerin korrumpiert hat, mit der Sie in La Jalca zusammengestoßen sind? Es muss einer von ihnen sein, nicht wahr? Da die restliche Welt nur mit Bauern bevölkert ist, die von den Ausführenden des großen Spiels hin und her geschoben werden. Ist es nicht das, was Ihre Zeit bei der NSA Sie gelehrt hat?«

Sie erschrak, und zwar ohne Zweifel deshalb, weil niemand von ihnen bisher die National Security Agency erwähnt hatte.

»Um Ihre Frage zu beantworten«, fuhr er fort, »ich arbeite weder für die Russen noch für die Chinesen, sondern für die gesamte Menschheit.«

Ihr Blick wurde eindringlicher, und die feinen Linien um ihren Mund vertieften sich ausreichend, um vermuten zu lassen, dass er sie zum Nachdenken gebracht hatte. Das war gut.

»Und an diesem Punkt«, fügte er hinzu, »braucht die Menschheit Ihre Unterstützung.«

»Ich werde Ihnen bei Ihren Plänen ganz sicher nicht behilflich sein.«

»Ja, natürlich«, sagte er und winkte ab. »Sie müssen das sagen. Gebührend zur Kenntnis genommen, aber ich versichere Ihnen, *Sie werden mir helfen*. Mehr noch, Sie werden sich förmlich danach drängen.«

Ohne auf eine Antwort zu warten, ging er zur *Nighthawk* hinüber. Noch immer tropfte schlammiges Wasser vom Fahrgestell des Flugkörpers herab. Auf der gerodeten Fläche erschien dieser größer, auch wenn er sich dank seiner kurzen »Beine« tief auf den Boden duckte.

Urco trat neben die Nase und fand die Schalttafel mit dem Touchscreen, die er gesucht hatte. Er tippte auf den Bildschirm und wartete darauf, dass er sich aufhellte, dann gab er einen alphanumerischen Code ein. Ein grünes Kontrolllicht flackerte, und eine kleine Klappe öffnete sich hinter der Schalttafel mit dem Touchscreen.

Er griff hinein und legte die Hand um einen versenkten Bedienhebel.

»Tun Sie das nicht«, sagte Emma.

Er ignorierte jedoch ihre Bitte und zog an dem Hebel, zuerst zur Seite, dann nach unten. Als er ihn losließ, war das Geräusch eines startenden Hydraulikantriebs zu hören. Ein Druckverschluss zwischen den Türen der Ladebucht zischte, als sie sich langsam öffneten.

Die Türen rasteten in geöffneter Position ein, Urco kletterte auf die Tragfläche und warf einen Blick ins Innere des Flugzeugs. Im Gegensatz zu der schwarzen Außenhülle erstrahlte der Frachtraum in einem sterilen Weiß.

»Sie wissen nicht, was Sie da tun«, warnte Emma. »Wenn Sie nicht vorsichtig sind, bringen Sie uns alle um.«

»Wollen Sie mir dann nicht alles zeigen? Um zu verhindern, dass ich einen Fehler mache?«

Ein Mann half Emma, auf die Tragfläche zu klettern. Gemeinsam blickten Urco und sie in die Ladebucht. Mehrere Energiezellen, Kabel und zylindrische Röhren füllten sie nahezu vollständig aus. Sie waren symmetrisch zueinander aufgereiht.

»Immer zwei und zwei«, sagte Urco und deutete auf identische Komponenten, die auf der Oberseite mit den Bezeichnungen *Cryogenic-Containment-Einheit* beschriftet waren.

»Ihnen ist überhaupt nicht klar, was Sie vor sich haben«, sagte sie.

»Machen Sie sich nicht noch lächerlicher, als Sie es bereits getan haben«, entgegnete er. »Wir beide wissen sehr gut, womit wir es zu tun haben. Mit Mixed-State-Materie. Das stärkste bekannte Reaktant, das zum ersten Mal in größeren Mengen zur Verfügung steht.«

Emma sah ihn beschwörend an. »Und ich rate Ihnen, die Finger davon zu lassen.«

»Das Gleiche habe ich schon vor zehn Jahren empfohlen«, schoss er zurück. »Aber dafür ist es jetzt zu spät, nicht wahr?«

Sie starrte ihn an, offensichtlich verwirrt. Er hoffte, dass diese kleinen Rätsel sie beschäftigten. Er musste sie unbedingt aus dem Gleichgewicht bringen.

»Sie wollten die erste Containment-Einheit abtrennen und an eine der Brennstoffzellen anschließen, die Sie mitgebracht haben«, sagte er. »Das sollte der nächste Schritt sein, nicht wahr? Das Flugzeug suchen, aber die Fracht herausholen und den Rest in die Luft jagen und in Schrott verwandeln.«

»Wir hatten niemals die Absicht, irgendetwas in die Luft zu jagen, nur um …«

»Ich bitte Sie«, sagte er. »Sie wollten doch zu keinem Zeitpunkt eine Acht-Tonnen-Last über die Berge und zurück nach Cajamarca schleppen. Das hätte den Hubschrauber völlig überfordert, ganz zu schweigen von der Gefahr, die Glaubwürdigkeit zu verlieren, wenn die peruanischen Behörden Wind davon bekämen. Sie würden wissen wollen, was Sie so brennend interessiert, weshalb es sich hier befindet und warum sie nicht von Anfang an darüber informiert wurden.«

Er wandte sich um und gab einer anderen Gruppe von Männern mit einem Pfiff ein Zeichen. Sie stiegen in den Air-Crane und kamen mit einem Apparat, groß wie ein Reisekoffer, wieder heraus. Es war eine der Energiezellen, die Joe und Paul in Cajamarca übernommen hatten.

Emma stand wie ein begossener Pudel da. Das war genau die Reaktion, die er sich erhofft hatte. »Wir wären zurückgekommen, um den Rest der Maschine zu holen«, sagte sie.

»Dazu haben Sie möglicherweise noch immer die Chance«, meinte er. »In der Zwischenzeit werden Sie den ersten Sicherheitsbehälter abtrennen, ihn an diese Energiezelle anschließen und dafür sorgen, dass er sicher genug ist, um einen Transport zu überstehen.«

»Einen Transport wohin?«

»Hören Sie endlich auf, überflüssige Fragen zu stellen«, sagte er. »Sie können sich sehr gut denken, wohin.«

Sie schüttelte den Kopf. »Das werde ich auf keinen Fall tun. Es wäre zu gefährlich. All dies hier ist viel zu gefährlich.«

Er hätte in diesem Moment ihre Freunde mit dem Tod bedrohen können, um sie unter Druck zu setzen und sich ihrer Bereitschaft zur Mitarbeit zu versichern, aber er wollte keine Zeit vergeuden.

Höchstwahrscheinlich wären sie alle eher bereit gewesen zu sterben, als zu kooperieren. Wie entsetzlich pathetisch und langweilig, dachte er. Nein, es gab einen viel einfacheren Weg.

Er blickte wieder in die Ladebucht und suchte nach einem Bauteil, dessen Form und Funktion ihm vertraut war. »Spannungskonverter«, sagte er. »Sie verbinden das Energiepack mit dem Sicherheitsbehälter, der Containment-Einheit. Sie erhöht die Spannung, um die Kryopumpe anzutreiben. Jeder Behälter verfügt über einen eigenen Konverter. Glücklicherweise funktionieren sie noch.«

»Ja, aber …«

Er ignorierte sie, zückte eine Pistole, streckte den Arm aus und feuerte einen einzigen Schuss ab. Der Spannungskonverter von Containment-Einheit 1 wurde durchlöchert.

»Nein!«, rief sie entsetzt.

Es war zu spät. Der Schaden war angerichtet. Warnlampen begannen in der Ladebucht und auf einer außerhalb gelegenen Instrumententafel hektisch zu blinken.

»Befreien Sie meine Hände!«, rief sie.

Er durchschnitt die Klebebandfessel um ihre Handgelenke, und sie schwang sich über das niedrige Sims in den Frachtraum. Sie ging neben Einheit 1 auf die Knie hinunter und kratzte den Reif vom äußeren Rand der Schalttafel. Trotz einer aufwendigen Isolationsschicht betrug die Außentemperatur des Gehäuses vierzig Grad unter null. Die Lichter zeigten an, dass der Behälter von der Energiezufuhr vollständig abgeschnitten war. Sie hatten sechzig Sekunden Zeit, um ihn an ein Ersatzpack anzuschließen.

»Bringen Sie mir eine der Energiezellen!«, rief sie.

»Nein«, sagte er. »Holen Sie den Behälter heraus. Wir schließen ihn hier draußen an die Energiezelle an.«

Sie starrte ihn an, in den Augen das nackte Grauen. Zu widersprechen war sinnlos. Sie wandte sich zu dem Behälter um und machte sich sofort an die Arbeit. Urco konnte verfolgen, wie sie in Gedanken eine Checkliste durchging. Eine Liste, die er kannte.

Auf interne Stromversorgung umschalten.

Spannungsregler entfernen.

Stromkabel abklemmen.

Wärmeaustauscher abschalten und fünf Sekunden warten, bis die Kühlflüssigkeit wieder zirkuliert.

Er konnte sie zählen sehen. Bei fünf fasste sie unter den Behälter. Er war mit vier Laschen an Ort und Stelle fixiert. Drei waren leicht zu erreichen. Die vierte war, wie Urco wusste, schwerer zugänglich.

Er reckte den Kopf, um zu beobachten, wie sie sich krümmte und wand, während sie versuchte, die Lasche mit den Fingern zu lösen. Mit einem Klicken schnappte sie auf. Als Emma die Hand hervorzog, blutete sie.

Sie ignorierte das Blut, erhob sich eilig und ging zur anderen Seite des Gehäuses.

»Helfen Sie mir!«, verlangte sie mit lauter Stimme. Jeder Behälter wog einhundertvierzig Pfund. Starke Magneten und Kryoröhren, die mit flüssigem Helium gefüllt waren, machten fast das gesamte Gewicht aus. Aber inmitten der Rohrleitungen und Magnete befand sich eine Menge der exotischen und tödlichen Materie. Fünfundzwanzig Pfund in jeder der acht Containment-Einheiten.

Auf ihre Bitte kletterte Urco selbst in die Ladebucht. Er streifte sich Handschuhe über und ergriff den Rahmen von Einheit 1. Gemeinsam hoben sie den Behälter an, hievten ihn in die Höhe und schleppten ihn zum Sims. Zwei seiner Männer übernahmen den Behälter und stellten ihn auf der Tragfläche ab.

»Bitte schließen Sie den Apparat wieder an«, sagte Urco mit ruhiger, entspannter Stimme.

Emma kletterte aus der Ladebucht heraus, sprang von der Tragflächenkante herab und eilte zu der Brennstoffzelle, die zu ihnen herausgebracht worden war.

Urco stellte sich vor, wie eine Uhr in ihrem Kopf tickte. *Aber sie hat noch reichlich Zeit.*

Sie betätigte einige Schalter an der Seite der Energiezelle und vergewisserte sich, dass sie betriebsbereit war.

Sie ergriff das Stromkabel und ging zum Sicherheitsbehälter, doch einen knappen halben Meter vor dem Konverter erreichte sie das Ende des Kabels.

Urco blieb vollkommen ruhig stehen, und auch von seinen Leuten rührte sich niemand. Dafür wurde Joe Zavala aktiv. Er sprang auf, rannte an dem Mann vorbei, der ihn bewachte, packte die Brennstoffzelle und trug sie näher zum Sicherheitsbehälter. Urco registrierte diese spontane Hilfe mit einem Grinsen.

Emma stöpselte das Kabel ein. In schneller Folge erloschen die gelben Warnlichter, und die Kontrolllampen der Schalttafel schalteten auf Grün um. Der Strom floss wieder, und die Kühlflüssigkeit begann ihren Kreislauf. Die Antimaterie blieb in ihren von Magneten umgebenen Flaschen, wo sie auf einer Temperatur nahe dem absoluten Nullpunkt gehalten wurde, unangetastet.

Urco lächelte und belohnte ihre Bemühungen mit kräftigem Applaus. »Hervorragende Arbeit. Ich denke, wir brauchen das Ganze nicht mehr zu wiederholen.«

Nach der Aktion ging Emmas Atem mühsam, und das Adrenalin hatte ihren Herzschlag auf Touren gebracht. Sie sah ihn an und schüttelte den Kopf. »Nein«, sagte sie. »Das möchte ich wirklich nicht.«

Er grinste. Eine weitere Schlacht war gewonnen. Jegliche Vorstellung, dass sie sich gegen ihn behaupten könnten, hatte sich verflüchtigt. War aus ihrem Denken getilgt. Es war nicht mehr von Bedeutung, was er mit der Antimaterie zu tun beabsichtigte. Ob er vorhatte, sie den Russen oder den Chinesen zu verkaufen oder sie im Rahmen einer weltweiten Aktion dem Höchstbietenden zu überlassen.

Es war auch gleichgültig, ob er versprach, sie freizulassen, sie zu töten oder sie bis ans Ende ihrer Tage gefangen zu halten. Nichts davon zählte mehr. Alles war einer Welt der Finsternis vorzuziehen, die sie erwartete, wenn die Mixed-State-Materie aus ihrem magnetischen Gefängnis befreit werden würde und explodierte.

Jetzt gehörten sie ihm. Mehr noch, ihm gehörte alles.

43

Um Daiyu herum herrschte Dunkelheit. Man hatte sie ins Heck des Kastenwagens eingesperrt, den sie auf der Bergstraße gekapert hatte. Ihre Hände und Füße waren mit Stricken gefesselt, stramm gezogen von Männern, die daran gewöhnt waren, Knoten zu binden, an denen das Leben von Felskletterern hing. Trotz mehrstündiger Bemühungen konnte sie weder ihre Fesseln lockern noch sich davon befreien.

Sie hatte sich die Handgelenke blutig gescheuert, ehe sie ihre Taktik änderte. Indem sie auf dem Holzboden der Ladefläche hin und her rutschte, hatte sie eine Stelle gefunden, wo ein Nagelkopf aus einer Planke herausragte.

Sie suchte sich eine bequeme Position für ihre Hände und begann, den Strick am Nagelkopf hin und her zu scheuern, bis ein Muskelkrampf sie kurzzeitig innehalten ließ. Sie ließ sich auf die Seite kippen und betastete den Strick. Er hatte gelitten und war zerfranst, aber sie konnte nicht feststellen, ob es ausreichte.

Sie entspannte sich und wartete darauf, dass sich der schmerzhafte Krampf in ihrem Rücken löste, damit sie weitermachen konnte.

Sie würde ausbrechen. Sie würden sie nicht aufhalten. Sie würde ihre Mission abschließen. Und wenn sich die Gelegenheit ergab, würde sie jeden der Amerikaner und ihrer peruanischen Freunde töten.

Tief einatmend, ansonsten aber keinen Laut verursachend, hörte sie den Klang von Stimmen, die sich näherten. Schwere Stiefel scharrten über den trockenen Belag der Gebirgsstraße.

Sofort verdoppelte sie ihre Bemühungen und scheuerte mit verbissener Intensität den Strick an dem Nagel entlang.

Er musste reißen. Sofort.

Sie hörte, wie der Schlüssel ins Vorhängeschloss gesteckt und der Bügel aufgeklappt wurde. Einen Moment später glitt die

Tür nach oben, und das weiße Licht des Tages drang herein und blendete sie.

Während sie geblendet die Augen schloss, kletterten zwei Männer ins Fahrzeug und ergriffen sie bei den Füßen.

»Nein«, knurrte sie und trat nach ihnen. Die Freiheit war so nah.

Die Männer zogen sie heraus und setzten sie auf den Boden. Nach einer kurzen Kniebeuge löste sich der Knoten ihrer Beinfesseln. Jeder Gedanke an Flucht verging, als sie aufzustehen versuchte und mit tauben Beinen, die ihr Gewicht nicht tragen konnten, wieder zu Boden sank.

Sie schaute blinzelnd zu den Männern hoch. Nur ihre Silhouetten konnte sie erkennen. Zwei standen vor ihr, ein dritter an der Seite. Ein vierter Schatten hielt sich dicht dahinter.

Der vierte Mann sprach Englisch. »Was ist mit ihr geschehen? Woher kommen die Verletzungen?«

Zu ihrer Überraschung klang die Stimme vertraut.

»Sie hat mit den Amerikanern gekämpft«, antwortete einer der Peruaner.

»Hebt sie auf.«

Sie ergriffen ihre Arme, zogen sie hoch und gestatteten ihr, sich gegen die Stoßstange des Lieferwagens zu lehnen. Der Mann, der vertraut klang, kam in ihr Blickfeld. Es war Leutnant Wu, General Zhangs Assistent.

»Schwarze Jade«, sagte er leise. »Der General ist betroffen, dass Sie so … schnell besiegt wurden.«

Scham überkam sie. Das Gefühl, versagt zu haben, war derart schmerzhaft, dass sie ihm nicht in die Augen blicken konnte.

»Nehmt ihr die Fesseln ab«, befahl Wu.

Weshalb diese Leute Befehle des Leutnants entgegennahmen, konnte sie sich nicht erklären. Aber nach einem Kopfnicken des dritten Mitglieds der Gruppe führten sie aus, was er verlangt hatte.

Dass ihre Hände plötzlich frei waren, brachte ihr große Erleichterung, erzeugte jedoch gleichzeitig eine neue Schmerzwoge, als sie zum ersten Mal nach Stunden die Arme wieder nach vorn strecken konnte.

Ihre Hände waren mit Blut verkrustet, ihre Handgelenke wund von ihren Bemühungen. Der Strick, der sie gefesselt hatte, war bis auf wenige Fäden, die ihn noch zusammenhielten, zerfranst. Die Peruaner beäugten sie misstrauisch.

Wu lachte. »Ihr könnt von Glück reden, dass ich hierhergekommen bin«, sagte er zu den Peruanern. »Sie hätte euch alle getötet.«

Sie grinsten spöttisch und ahnten nicht, wie zutreffend diese Bemerkung war.

»Können Sie laufen?«, fragte Wu.

Daiyu bewegte versuchsweise die Beine. Sie spürte ein schmerzhaftes Kribbeln darin, wie von tausenden Nadelstichen, aber sie würde sich keine Schwäche anmerken lassen. Sie nickte und stand auf.

»Kommen Sie mit«, sagte Wu, machte kehrt und ging den Pfad hinunter.

Sie folgte ihm mit unsicheren Schritten und hörte gleichzeitig, wie die Peruaner den Lastwagen hinter ihr schlossen. Die Rolltür ratterte herab und rastete mit einem lauten Knall ein. Zornige Worte flogen zwischen den Männern hin und her.

Daiyu holte zu Leutnant Wu auf. »Hat mich General Zhang freigekauft?«

»Ja und nein.«

»Ich habe versagt«, murmelte sie. »Ich bin es nicht wert, dass ein Lösegeld für mich bezahlt wird.«

Wu lachte. »Der General meinte, dass Sie genau so reagieren würden. Er bat mich auch, Ihnen zu bestellen, dass er Diamanten und Gold in der Erde finden kann; dass er beides entweder stehlen oder kaufen kann, wenn es nötig ist. Aber einen guten Agenten zu finden, jemanden wie Sie, das ist viel schwieriger.«

Stolz füllte ihre Brust nach diesem Kompliment. Aber es änderte nichts an dem, was geschehen war.

»Auf jeden Fall«, fügte Wu hinzu, »sind nicht nur Sie es, für die wir bezahlt haben, sondern auch für die Fracht der *Nighthawk.*«

Ihre Augen weiteten sich.

»Es gibt vieles, was Sie nicht wissen«, sagte er und folgte einer Straßenbiegung.

Dahinter stand ein schnittiger Hubschrauber mitten auf der Fahrbahn. Er wurde von zwei Männern mit Sturmgewehren bewacht. Es waren Männer aus der Heimat. Verbündete.

»Wie haben Sie mich gefunden?«

»Sie erinnern sich an den Namen Falconer?«

»Der russische Agent.«

»Unser Agent«, sagte Wu, »auch wenn die Russen glauben, dass er auf ihrer Seite ist. Falconer befand sich in dem zweiten russischen Bomber und setzte die amerikanischen Kommandos aus Vandenberg außer Kraft. Er sollte die Entführung der *Nighthawk* vereiteln und sie direkt zu unserer Flotte steuern. Wo wir sie aufgenommen hätten, sobald sie in den Ozean stürzte.«

»Offensichtlich hat er versagt«, stellte sie fest.

»Teils«, erwiderte Wu. »Ob es so geplant war oder ein unglücklicher Zufall gewesen ist, das können wir nicht sagen. Aber wie wir jetzt wissen, ist der Mann am Leben. Er hat sich bei uns gemeldet und uns darüber informiert, wo Sie zu finden sind – und wo die *Nighthawk.*«

»Aber die Amerikaner sind schon dort«, sagte Daiyu. »Mit dem Mann aus diesem Lager.«

»Ja«, sagte Wu. »Mit dem Falconer. Sie sind ein und derselbe.«

Während sie sich alles zusammenreimte, begann sie schallend zu lachen. »Und ich hätte ihn beinahe getötet.«

»Sie konnten es nicht wissen«, sagte Wu. »Der Mann hat als Dreifachagent gearbeitet. Aber den letzten Akt inszenieren wir. General Zhang hat Ihre Freilassung mit Gold erwirkt. Und jetzt, für ein Almosen in Rohdiamanten, übernehmen wir die Fracht.«

Das Almosen, wie Zhang es nannte, dürfte fünfzig Millionen Dollar betragen. Aber das war wirklich so gut wie nichts, wenn man bedachte, was sie dafür erhielten.

Sie erreichten den Hubschrauber. Die Seitentür wurde aufgeschoben. Ein mit einer Plastikplane zugedeckter Leichnam lag auf dem Kabinenboden.

»Jian«, sagte sie. Ihr Bruder unter den Kindern, die nie geboren wurden.

»Ein Opfer der Operation.«

Sie und Wu stiegen ein, die bewaffneten Soldaten folgten, und der Pilot begann mit den Vorbereitungen des Starts. Ein schweres Paket wurde einem der Peruaner zugeworfen, die ihnen gefolgt waren. Es klirrte wie ein Sack voller Kleingeld.

»Krügerrands«, sagte Wu.

Die Peruaner öffneten das Paket. Einer war zufrieden, ein anderer aber schien enttäuscht zu sein. Eine lautstarke Diskussion in ihrer Muttersprache entbrannte. Ihr zu folgen war nicht einfach, da alle durcheinanderredeten, aber sie verstand genug.

Sie hat sie getötet. Wir sollten sie nicht laufen lassen.

Es wurde so arrangiert.

Das gefällt mir nicht … verdient zu sterben …

Der Lärm des startenden Hubschraubers erstickte den Rest. Aber Daiyu konnte es noch an den Lippen ablesen. Sie konzentrierte sich auf den Anführer der Peruaner.

Natürlich verdienen sie zu sterben.

Keine Sorge. Das werden sie.

44

Kurts Gesicht war in gelbes Licht getaucht. Die merkwürdige Farbe und Intensität waren alles, was er wahrnehmen konnte, ganz gleich, in welche Richtung er blickte, aber es war nicht das Jenseits.

Mit unwiderstehlicher Kraft auf den Grund des Sees hinabgezogen, hatte Kurt eine drohende Bewusstlosigkeit nur deshalb vermeiden können, weil sein verzweifelter Gegenangriff im selben Augenblick erfolgte, als sein Gegner versuchte, ihm die Klinge seines Tauchermessers zwischen die Rippen zu stoßen.

Eine plötzlich aufwallende rote Farbwolke ließ scheinbar keinen Zweifel daran, wie der Kampf enden würde. Als sich Vargas vom Seeboden abstieß und zur Wasseroberfläche aufstieg, hatten er und Kurt jeden Grund anzunehmen, dass seine Klinge ihr Ziel gefunden hatte.

Kurts erster Gedanke war, dass sein Blut eine erstaunlich helle Farbe hatte. Da sein Hauptluftschlauch abgerissen worden war, galt es zunächst, den Hilfsschlauch ans Ventil seines Tauchhelms anzuschließen, anstatt eine Wunde zu suchen und die Blutung zu stoppen.

Er tastete nach der Reserveleitung und ließ ihr Ende am seitlichen Anschlussstutzen seines Helms einrasten.

Ein leises Zischen signalisierte, dass ihm wieder ausreichend Druckluft zur Verfügung stand, und er begann sofort in schnellen Zügen zu atmen, um das Kohlendioxid auszustoßen, das sich in seiner Lunge angesammelt hatte.

Dann erst begann er, die Wunde zu suchen. Als er sie fand, hatte sich die Wolke roter Farbe beinahe ganz verflüchtigt. Das Wasser nahm einen rosaroten Schimmer an und war wenige Sekunden später wieder vollkommen farblos, wenn auch weiterhin von Sediment getrübt.

Entweder hatte er sämtliches Blut verloren oder …

Wie sich herausstellte, war die Messerklinge nicht so eingedrungen wie beabsichtigt. Sie hatte ihn gestreift und lediglich seine Haut angeritzt. Zwar blutete er auch etwas, aber die rote Farbe stammte aus der roten Markierungskapsel, die die Attacke nicht überstanden hatte. Das Messer hatte sie praktisch halbiert, sodass sich genügend Farbe im Wasser verteilte, um einen Eindruck zu erzeugen, als sei eine Arterie aufgeschlitzt worden.

Kurt hatte die Reste der Farbkapsel gefunden, sie entfernt und nach oben geblickt. Undeutlich konnte er den Boden des Zodiac und zwei Gestalten erkennen, die sich daran festklammerten.

Das Adrenalin in seinem Kreislauf drängte ihn, sofort aufzutauchen, um Emma zu retten, aber die Umstände sprachen dagegen, dass er eine zweite Auseinandersetzung mit den beiden Tauchern überleben würde. Ganz sicher nicht mit nur einem kleinen Rest Sauerstoff in seiner Atemflasche. Und selbst wenn er sie überwältigte, war da noch immer der Mann im Boot mit Emma als Geisel.

Wenn eine Frontalattacke keinen Erfolg versprach, dann, so dachte er, könnte vielleicht der Zeitpunkt gekommen sein, es mit einer verdeckten Operation zu versuchen. Sie denken, dass ich tot bin. Sollen sie ruhig weiter daran glauben, bis wir unseren Gegenangriff starten.

Er hakte die Taucherlampe, die er bei sich hatte, los, platzierte sie im Schlick und entfernte sich mit schnellen Flossenschlägen vom Ort des Geschehens.

Falls jemand aus dem Zodiac herausschaute, war nur das Licht zu sehen, das sich nicht bewegte. Der Taucher in seinem schwarzen Nasstauchanzug wäre ebenso schwierig zu orten wie die *Nighthawk*.

Er bewegte sich ruhig und zielstrebig über den Seegrund, fand den Punkt, wo die *Nighthawk* gelegen hatte, und stieß sich vom Boden ab. Aufsteigend und gleichzeitig langsam ausatmend, tauchte Kurt direkt unter einem der gelben Hebesäcke auf. Der riesige Luftsack lag wie eine überdimensionale Portugiesische Galeere, die von der Brandung an den Strand gespült worden war, auf der Seite.

Versteckt unter der Nylonfolie, nahm Kurt den Helm ab, um frische Luft zu atmen, öffnete den Gleitverschluss einer wasserdichten Tasche am Ärmel seines Tauchanzugs und holte einen kleinen Funktransmitter heraus.

Darauf bedacht, das Minifunkgerät nicht mit Wasser in Berührung kommen zu lassen, schaltete Kurt es ein und wählte eine vorher vereinbarte Frequenz. Er drückte auf den Sprechknopf und brachte das Mikrofon dicht an seine Lippen.

»Gamay, hier ist Kurt«, sagte er.

Eine leise und dennoch unverkennbar vorwurfsvolle Stimme drang aus dem winzigen Lautsprecher. *»Kurt, ich dachte, sie hätten dich getötet. Ich war grade dabei, mich auf den Weg zu machen.«*

Da er es leid war, in entscheidenden Situationen in einen Hinterhalt zu geraten, hatte er entschieden, dass das NUMA-Team mit einem Schutzengel gut beraten wäre. Da Joe gebraucht wurde, um den Hubschrauber zu fliegen, und nur Paul und Gamay zur Verfügung standen, hatte Kurt aus mehreren Gründen Gamay ausgewählt.

Der wichtigste Grund war, dass sie eine Meisterschützin war. Schon mit einer Pistole besonders gut, mit dem Gewehr aber eine Expertin. Außerdem war sie kleiner, wendiger und athletischer als Paul. Eigenschaften, die es ihr erleichterten, unsichtbar zu bleiben und sich unbemerkt von Ort zu Ort zu bewegen.

Joe hatte sie am frühen Morgen eingeflogen und auf einem Gebirgsgrat abgesetzt, ehe er Kurs auf La Jalca nahm, um Emma, Urco und ihn selbst abzuholen.

Bekleidet mit einem Tarnanzug und mit einem Gewehr bewaffnet, befand sich Gamay in diesem Augenblick dort draußen in der Wildnis. »Was ist deine Position?«

»Ich bin auf dem zweiten Grat östlich der Landezone«, sagte sie. *»Ich kann die Lichtung, den größten Teil des Sees und den Wasserfall sehen.«*

»Was ist mit Joe und Paul?«

»Sie sind auf der Lichtung. Als sie landeten, wurden sie sofort umzingelt. Die Nighthawk *wurde unversehrt abgesetzt. Paul und Joe werden nicht weit davon entfernt gefangen gehalten.«*

»Und Emma?«

»Sie haben sie offenbar zu irgendetwas gezwungen«, sagte Gamay. *»Ich kann nicht genau erkennen, zu was. Aber sie haben die* Nighthawk *geöffnet und angefangen, sie zu entladen. Abgesehen davon erscheint da unten alles mehr oder weniger ruhig.«*

»Steckt Urco dahinter?«, fragte Kurt und war sich ziemlich sicher, die Antwort bereits zu kennen.

»Ja«, sagte Gamay. *»Woher wusstest du, dass man ihm nicht trauen konnte?«*

»Ich wusste es nicht«, gab Kurt zu. »Aber einige seltsame Situationen reichten aus, um sich Sorgen zu machen. Zum einen hatte er diese Satellitenantenne sehr niedrig und nach Nordwesten ausgerichtet. Es gibt für einen Archäologen, der in einem tiefen Canyon auf der südlichen Halbkugel Ausgrabungen durchführt, keinen Grund, für seine Telefonate und sonstige Kommunikation einen Satelliten auszuwählen, der derart tief über dem Horizont steht. Dem Winkel nach zu urteilen musste es ein Vogel sein, der auf der Nordhalbkugel über dem Pazifik steht. Außerdem behauptete er, er sei der Kameramann gewesen, der das Video von der *Nighthawk* während ihres Flugs über La Jalca aufgenommen hat, aber mir ist aufgefallen, dass er Linkshänder ist. Er schreibt mit links, isst mit links, und dennoch wurde die Sequenz von jemandem gefilmt, der die Kamera in der rechten Hand gehalten haben muss. Ich konnte mir keinen Grund denken, wegen so etwas zu lügen, aber es war auf jeden Fall verdächtig.«

»Deine Intuition hat auf den Punkt getroffen, wie üblich«, sagte Gamay.

»Nicht ganz«, schränkte Kurt Austin ein. »Ich hatte wirklich angenommen, wir wären sicher, bis wir die Containment-Einheiten aus der *Nighthawk* herausgeholt hätten. Ich hatte außerdem erwartet, dass du jeden bemerkst, der die Inkastraße hinunterfährt oder durch das Tal heraufkommt. Was ist passiert?«

»Dieser Teil des Plans hat nicht funktioniert«, antwortete sie. *»Ich habe stundenlang nicht zu blinzeln gewagt. Die Straße von La Jalca war leer. Ebenso die Straße nach Süden. Nichts und niemand ist zu Fuß oder auf Rädern oder mit Flügeln seit eurer Landung ins Tal hinein- oder herausgelangt.«*

Er verstand, was sich daraus ergab. »Was bedeutet, dass Urcos Männer bereits hier waren und auf den richtigen Moment zum Angriff gewartet hatten. Ich dachte heute Morgen, dass es nicht so viele sind. Sie müssen während der vergangenen Nacht hergefahren sein.«

»Ich habe unten auf der Lichtung sechs Männer gezählt und drei auf dem Wasser.«

»Zehn inklusive Urco«, stellte er fest.

»Meinst du, das ist der gesamte Verein?«

»Ich wüsste keinen Grund, weshalb nicht«, sagte er. »Sie haben ihre Karten aufgedeckt. Jetzt sind wir an der Reihe.«

»Wenn ich einen weiten Bogen nach Süden mache, habe ich freies Schussfeld auf jeden und alles auf der Lichtung«, sagte sie. *»Wenn du dich zur gleichen Zeit anschleichen kannst, haben wir sie in der Zange.«*

Es war ein guter Plan. Das Problem war das Seeufer. Bei so viel offenem Gelände vom Rand des Sees bis dorthin, wo das hohe Gras begann, wäre Kurt leicht auszumachen und würde erschossen werden, ehe er auch nur in den Kampf eingreifen konnte.

»Ich muss wohl ebenfalls einen weiten Bogen schlagen«, sagte Kurt.

»Einen Bogen um was oder wohin?«

»Zu der einzigen anderen Stelle, wo ich aus dem See steigen kann, ohne entdeckt zu werden«, sagte Kurt. »Leider bedeutet das einen Abstecher in die Waschmaschine. Ich bin nur froh, dass die *Nighthawk* nicht in Niagara gelandet ist.«

»Ich habe schon immer vermutet, dass du verrückt bist«, sagte Gamay. *»Dies ist der Beweis.«*

»Es ist die einzige Möglichkeit, um von hinten an sie heranzukommen«, verteidigte er sich. »Es müsste klappen, wenn ich mich am Rand halte.«

»Vielleicht solltest du dich beeilen«, sagte Gamay. *»Wenn du dort bist, wo ich dich vermute, dann kommt in diesem Moment ein Boot auf dich zu.«*

»Verstanden«, sagte Kurt. »Wenn sich die Lage verändert und sich die anderen in unmittelbarer Gefahr befinden, dann reagiere, ohne auf mich zu warten. Ich melde mich, sobald ich wieder an Land bin.«

Kurt schaltete das Funkgerät aus und verstaute es in seiner wasserdichten Ärmeltasche. Zur Eile getrieben durch den Motorenlärm des sich nähernden Bootes, stülpte er sich den Tauchhelm auf den Kopf und tauchte senkrecht abwärts, um die gefährlichste Schwimmstrecke seines Lebens in Angriff zu nehmen.

45

In fünf Metern Tiefe änderte Kurt die Richtung und schwamm horizontal unter dem Boot her, das ihm in hoher Fahrt entgegenkam.

Danach drehte er sich auf den Rücken und beobachtete, wie die Bugwelle des kleinen Bootes die Luftsäcke zum Schaukeln brachte und langsamer wurde. Die gelben Säcke begannen auseinanderzutreiben. Die Insassen des Bootes sammelten sie ein.

Indem er den Abstand zwischen sich und dem Reinigungsdienst stetig vergrößerte, setzte Kurt seinen Weg in Richtung des grollenden Wasserfalldonners fort.

Je näher er sich heranarbeitete, desto heftiger und unberechenbarer wurde die Wasserströmung. Die abstürzenden Wassermassen ergossen sich mit einer derartigen Wucht in den See, dass sie unter Wasser eine Säule bildeten, die auf dem Grund auftraf und sich in alle Richtungen ausbreitete. Sie fegte sämtliche Sediment- und sonstigen Schwebeteilchen in alle Himmelsrichtungen und bildete das, was als *Fallkolk* bezeichnet wurde und häufig mit schweren Felsblöcken gefüllt war, die auf hartem, solidem Fels ruhten.

Andere nannten diesen Tümpel *Waschmaschine*, weil das herabstürzende Wasser in seiner näheren Umgebung zahlreiche wirbelnde Strudel erzeugte. Was sie erfassten, wurde wie in einer gigantischen horizontalen Wäschetrommel herumgeschleudert.

Das Wasser strömte allgemein von den Fällen weg, aber wenn er zu nahe herankam, würde Kurt in die Waschmaschine hineingezogen und abwärts in den Fallkolk hineingedrückt werden.

Unglücklicherweise hatte sich für viele Draufgänger, die sich in verschiedenen Fässern, Kapseln und anderen Behältnissen die Niagarafälle hinabstürzten, die Waschmaschine auf dem Grund der Wasserfälle als tödlicher erwiesen als der eigentliche Sturz in die Tiefe. Einmal innerhalb des Wirbels gefangen, war es unglaublich schwierig, sich wieder daraus zu befreien. Mehrere Versuche endeten in einer Katastrophe, als die selbst gebastelten Vehikel den Sturz überstanden, nur um auf dem Grund festgenagelt und dort festgehalten zu werden, bis den Insassen der Sauerstoff ausging.

Kurt hatte jedoch nicht die Absicht, in die Waschmaschine zu geraten. Sein Plan war, um den Wasserfall herumzuschwimmen, sich weit genug auf Distanz zu halten, um Probleme zu vermeiden, und erst dahinter aufzutauchen. In der Theorie war es ein guter Plan. Aber der obere Teil des Sees verengte sich im Bereich des Wasserfalls so stark, dass sich seine Umsetzung als schwierig erwies.

Von dem schäumenden Wasser vorwärtsgeschoben, stellte Kurt fest, dass er auch nach oben gedrückt wurde. Trotz kräftiger Schwimmbewegungen machte er nur geringe Fortschritte und wurde immer noch fast genauso schnell zurückgestoßen, wie er sich vorwärtskämpfte.

Da er nicht länger auf diesem flüssigen Förderband festhängen wollte und sich gleichzeitig der Gefahr bewusst war, schon bald entdeckt zu werden, steuerte Kurt in gerader Linie auf den Wasserfall zu und drang in die halbkreisförmige Zone ein, in der das Wasser vom Seeboden aufstieg.

Jeden Muskel in seinem Körper anspannend, machte er erste Fortschritte. Auf einmal ließ der Wasserdruck, der ihm entgegenwirkte, nach, und er bewegte sich vorwärts.

Zu weit, zu schnell.

Er änderte die Richtung, kämpfte gegen den Sog an und versuchte, den Schwung, den er hatte, zu nutzen, um sich um die Zone herumschleudern zu lassen. Trotz seiner kraftvollen Schwimmzüge fing ihn der Strudel ein. Er wurde von der donnernden Wand herabstürzender Wassermassen angezogen und von einem Unterwassersturm mitgerissen.

Dem hatte er nichts entgegenzusetzen: Er musste mit dem Strom schwimmen. Umhüllt von wirbelndem weißem Schaum sank Kurt tiefer und tiefer. Selbst durch mehr als zwanzig Meter Wasser gebremst, schlug die Wassersäule mit überraschender Wucht auf dem Seegrund auf.

Kurt wurde nach unten geworfen und seitlich gegen die Felsen geschleudert. Zuerst mit einer Schulter, dann mit der Aluminiumflasche auf seinem Rücken.

Er wurde gegen einen mächtigen Felsblock gerammt und dann in die Gegenrichtung gedrückt, wo er unsanft von einem Haufen Steine aufgehalten wurde, die von der starken Turbulenz unter dem Wasserfall glatt geschliffen waren.

Er spürte, wie die Wassermassen auf ihn einhämmerten und gegen die Steine pressten. Die Schwimmflossen wurden ihm von den Füßen gerissen; Wasser drang durch einen Spalt in der Halsdichtung in seinen Helm ein, schnitt ihm die Luftzufuhr ab und umspülte mit eisiger Kälte sein Gesicht.

Kurt hatte an einem großen Felsklotz Halt gefunden – er klammerte sich an ihn und zog sich vorwärts. Das Wasser drückte ihn jedoch abwärts. An schwimmen war nicht mehr zu denken. Er konnte nur noch kriechen.

Er schrammte über die beiden Felsblöcke, dann wurde er gegen eine Felswand hinter dem Wasserfall gedrückt und geriet für einen Moment unter eine Felsleiste. Er sammelte seine Kräfte, um sich aus dieser Falle zu befreien, fand Halt für einen Fuß und stieß sich schräg nach oben ab.

Plötzlich befand er sich auf der anderen Seite des Wirbels. Anstatt ihn nach unten zu ziehen, trug er ihn erstaunlich schnell aufwärts.

Auf der Rückseite des Wasserfalls brach er durch die mit Schaum bedeckte Wasseroberfläche.

Kurt streckte sich und zog sich auf die Felsen. Er war zerschlagen, ramponiert und erschöpft, aber es hatte sich gelohnt, das Risiko einzugehen. Er hatte es geschafft, unbemerkt hinter die feindlichen Linien zu gelangen.

46

Joe Zavala war zu dem mit Steinen übersäten Seestrand hinuntergetrieben worden. Seine Hände waren mit einem Kabelbinder gefesselt, und während seine Füße frei waren, hatte man ihm seine Schuhe und Socken abgenommen, um eine Flucht zu erschweren.

Paul Trout saß links neben Joe. Er war auf die gleiche Weise gefesselt. Emma Townsend, ebenfalls gefesselt, saß zu seiner Rechten. Viele Gedanken gingen Joe durch den Kopf. Kurt Austins Tod stand jedoch nicht an erster Stelle. Joe hatte die Nachricht gehört und den Schmerz empfunden, den sie ausgelöst hatte, sie dann aber in einen fernen Winkel seines Bewusstseins verbannt. Nach so vielen gemeinsamen riskanten Abenteuern hatten beide gewusst, dass irgendwann ein Tag wie dieser kommen musste. An Joes Stelle hätte Kurt genauso reagiert.

»Wir werden aus dieser Geschichte herauskommen«, sagte Joe. »Ich weiß noch nicht wie, aber uns wird die Flucht gelingen.«

»Und was dann?«, wollte Emma wissen.

»Das hängt davon ab, wie wir von hier wegkommen«, sagte er. »Wenn wir es schaffen, unbehelligt zum Air-Crane zu gelangen, werden wir fliegen. Wenn nicht, schaffen wir es zu Fuß oder in einem Boot auf dem Fluss. Flussabwärts gibt es einige Stromschnellen, aber die lassen sich im Zodiac überwinden.«

»Irgendwann machen sie einen Fehler«, sagte Paul.

»Dazu wird es kommen«, versicherte ihm Joe. »Spart bis dahin eure Kräfte und tut alles, um sie glauben zu machen, dass sie gewonnen haben.«

»Es geht nicht um uns«, sagte Emma. »Ich weiß, dass Sie fliehen wollen, aber hier draußen droht eine viel größere Gefahr.«

»Aber eine Gefahr, die wir nicht bannen können, ohne vorher in Freiheit zu kommen. Sie dürfen nicht aufgeben«, drängte Joe.

»Um uns zu befreien, müssen wir kämpfen«, erklärte sie. »Und höchstwahrscheinlich auch schießen. Alles nur einen Steinwurf von dem tiefgekühlten Vorrat Antimaterie entfernt. Eine einzige verirrte Kugel könnte schon die Katastrophe auslösen. Wenn sich dies damit verhindern lässt, dann bin ich bereit zu kapitulieren.«

Einer von Urcos Männern kam aus dem hohen Gras, wo er sie wahrscheinlich belauscht hatte. Sein Auftauchen brach jede weitere Unterhaltung ab. Er trat hinter Emma, zerschnitt ihre Fesseln und machte einen Schritt rückwärts. »Kommen Sie mit«, sagte er. »Urco wünscht Ihre Beteiligung.«

Emma erhob sich und wurde weggeführt. Joe spürte, dass sie kurz davor war, den Mut zu verlieren; allerdings ahnte sie auch nicht, dass noch Hoffnung bestand. Sie wusste nichts von Kurts Notfallplan. Er hatte es so gewollt. Und nun, als er sah, wie viel Macht Urco über sie hatte und wie sehr die Angst vor einer Katastrophe ihr Denken lähmte, war Joe froh, dass Kurt ihn vor ihr verheimlicht hatte. Er konnte sich vorstellen, dass Emma dem Archäologen alles verraten hätte, um ein Desaster zu verhindern.

Während sich Emma und der Wächter entfernten, blickte Joe kurz zu Paul hinüber.

Paul nickte. Er war bereit. Joe ebenfalls; er hatte bereits den Kabelbinder bearbeitet und seine Hände hin und her gedreht, um das Plastikmaterial zu dehnen. Über kurz oder lang würde es zerreißen.

Dann würde Joe innehalten und auf den Knall eines Gewehrs warten, das irgendwo hoch oben in den Felsen abgefeuert würde.

Gamay würde mehrere ihrer Peiniger ausschalten, ehe die Männer begriffen, was mit ihnen geschah. Joe und Paul würden im selben Moment loslegen, und mit ein wenig Glück würde sich das Blatt wenden.

47

Sobald sich Kurt ein wenig erholt und seine Kräfte gesammelt hatte, suchte er sich einen Weg über den Felsen hinter dem Wasserfall. Da er nicht die Absicht hatte, ein zweites Bad im See zu nehmen, legte er die sperrige Luftflasche, den beschädigten Helm und die mittlerweile luftleere Tarierweste ab. Er band alles zusammen und warf das Bündel ins Wasser. Ohne ihren Inhalt wäre die Aluminiumflasche an der Wasseroberfläche geblieben, aber die entleerte Tarierweste mit ihren integrierten Bleigewichten zog sie und den Helm nach unten.

Die Tauchausrüstung verschwand, und Kurt, bereit, seinen Weg zu Fuß fortzusetzen, suchte nach einer geeigneten Stelle, um mit dem Aufstieg zu beginnen. Er müsste ein längeres Stück senkrecht aufwärtsklettern und einen Vorsprung überwinden, der dank des feuchten Nebels, den der Wasserfall erzeugte, dicht mit Laubwerk überwuchert war.

Die Felswand zu erklimmen stellte kein großes Problem dar, jedoch an ihren Fuß zu gelangen wäre schwieriger. Der Untergrund hinter dem Wasserfall war trügerisch. Um ein Ausrutschen auf dem glitschigen Gestein zu vermeiden, wählte Kurt jeden Schritt mit besonderer Sorgfalt. Auf halbem Weg fiel ihm etwas auf, das in einem reinen, klaren Bergsee nichts zu suchen hatte. Ein seltsamer Glanz lag auf dem Gestein, der nicht allein von der Nässe herrühren konnte, die sich aus der Nähe des Wasserfalls ergab. Sogar in dem sparsamen Licht konnte er erkennen, dass der Fuß der Felswand in allen Farben des Regenbogens schillerte.

Öl und Wasser, dachte er. Oder, was wahrscheinlich eher zutraf, Benzin.

Es verschwand dort, wo sich das aufgewühlte Wasser mit dem Benzin vermischte, klebte jedoch auf den Steinen und wies wie ein Hinweispfeil zur Öffnung einer großen Höhle.

Das zweite Boot musste von irgendwoher gekommen sein.

Kurt tastete sich bis zu der Höhlenmündung, schob den Kopf vorsichtig um ihren Rand und blickte in die Dunkelheit. Er sah nichts und hörte lediglich das Echo der herabdonnernden Wassermassen, aber das petrochemische Farbenspiel hatte seine Neugier geweckt.

Er ließ sich wieder ins Wasser gleiten und schwamm in die Höhle hinein. Je weiter er vordrang, desto dunkler wurde es um ihn herum, aber seine Augen passten sich an die Lichtverhältnisse an, und allmählich begann er, Details zu erkennen. Nach knapp dreißig Metern schwenkte die Höhle scharf nach rechts und verbreiterte sich. Dicht hinter der Biegung waren Anzeichen für ein Lager auszumachen.

Benzinkanister, Propangasflaschen und ein Kochherd standen neben einer Ansammlung von Plastikkisten, die den Kisten glichen, die er in La Jalca gesehen hatte. In einem höher gelegenen Bereich der Höhle waren Decken und Rollmatratzen auf dem Boden ausgebreitet. Reserveluftflaschen für die Taucher lehnten an der Höhlenwand. Daneben erhob sich ein Stapel kantiger Gegenstände, die mit Kunststofffolie beschichtet waren.

Das Lager stand leer. Das war angesichts der Aktivitäten auf dem See und auf der Lichtung, wo die *Nighthawk* abgesetzt worden war, nicht unbedingt eine Überraschung.

»Weitere Bestattungskammern«, flüsterte Kurt, als ihm Urcos Bemerkung einfiel, die er geäußert hatte, während sie sich dem Wasserfall genähert hatten. *»Ich würde es begrüßen, wenn sie auch in Zukunft unberührt blieben. Natürlich würdest du das. Dort haben sich deine Männer versteckt.«*

Kurt schwamm zum Rand des Höhlenkanals, stieg aus dem Wasser und untersuchte das Inventar. Er fand ein Fernglas und eine Stablampe, ließ jedoch beides an Ort und Stelle, da ihr Fehlen mit Sicherheit bemerkt würde.

Er öffnete eine der Kunststoffkisten und fand darin einen Container, der mit getrockneten Rindfleischstreifen gefüllt war. Als ihm bewusst wurde, wie hungrig er war, schob er sich eine

Kostprobe in den Mund und kaute darauf herum, während er die restliche Höhle durchsuchte.

Er fand weder Pistolen noch Messer, aber eins der Fässer enthielt mehrere Kartons Munition. Ein anderes war bis auf Abschnitte farbig codierter Drähte leer. In einem dritten befanden sich rechteckige Blöcke orangefarbenen Tons, die in transparente Plastikfolie eingeschweißt waren. Jeder der Blöcke war mit der Aufschrift *S-10* versehen.

»Semtex«, murmelte Kurt den Handelsnamen des Materials. »Wozu brauchen sie Semtex?«

Der orangefarbene Ton war ein Plastiksprengstoff. Hergestellt in der Tschechischen Republik, war S-10 dessen jüngste Version. Sie ähnelte dem C-4 aus amerikanischer Produktion. Jeder dieser Blöcke reichte aus, um ein ganzes Auto auszuradieren.

Kurt zählte den Vorrat. Unter der Voraussetzung, dass die Kiste vollständig gefüllt gewesen war, fehlte bereits mindestens die Hälfte des Sprengstoffs.

Da er keine anderen Waffen fand, holte Kurt einen der ziegelsteingroßen Blöcke hervor und verstaute ihn in einem Sammelnetz. Ohne Sprengkapsel oder einen elektrischen Zünder wäre es zwar schwierig, ihn zur Explosion zu bringen, aber vielleicht würde er sich trotzdem als nützlich erweisen.

Er klappte den Deckel des Sprengstoffbehälters zu, untersuchte den Inhalt einer anderen Kiste und ging dann zu dem mit einer Plastikplane bedeckten Gerätestapel hinüber.

Nachdem er einen Stein, der die Plane fixierte, beiseitegeschoben hatte, schlug Kurt die Plane zurück und blickte auf ein rechteckiges Element, das ihm unglaublich vertraut erschien.

Eine Brennstoffzelle.

Es war nicht nur eine Brennstoffzelle, die in Größe, Form, Design und Farbe mit denen identisch war, die Joe mit dem Air-Crane transportiert hatte. Sie war auch auf die gleiche Weise markiert worden: Die Aufschrift auf der Außenhülle lautete: *Type 3 Hydrogen Fuel Cell, Property of the United States Government.*

Kurt berührte die Kontrolltafel und strich mit den Fingerspitzen über eine Reihe Schalter, bis er den Einschaltknopf fand. Er betätigte ihn und erhielt augenblicklich ein Signal, dass die Zelle aktiv war und Strom erzeugte. Ein Display erwachte und zeigte an, dass Wasserstoff- und Sauerstofftank gefüllt waren. Die Menge reichte für vierundzwanzig Stunden ununterbrochenen Betrieb aus.

Unter der nächsten Plane befand sich ein identisches Aggregat. Dahinter lagen noch zwei weitere. Markierungen auf dem Boden verrieten, dass sich dort noch zwei andere Aggregate befunden hatten und nun verschwunden waren. In Schlingen zusammengelegte Anschlusskabel, ordentlich zusammengebunden, lagen in einer Kiste bereit, die neben den Zellen stand.

Weshalb waren sie hier?

»Sprengstoff ohne Zünder«, murmelte Kurt vor sich hin. »Nachgebaute oder gestohlene Brennstoffzellen – was führst du im Schilde, Urco?«

Das Geräusch eines sich nähernden Außenbordmotors drang durch die Öffnung der Höhle herein. Kurt schaltete die Brennstoffzelle aus, bedeckte sie mit der Plastikplane und legte den flachen Stein darauf.

Das Summen des Motors wurde lauter und verstummte dann, während ein Lichtstrahl über das Wasser tanzte. Kurt zog sich lautlos in den hinteren Teil der Höhle zurück und suchte sich ein geeignetes Versteck.

Aus der Deckung einer Felsformation heraus beobachtete er, wie ein graues Schlauchboot mit drei Insassen um die Biegung herumkam und ans Ufer trieb. Es stieß gegen die Felsstufe und stoppte neben dem Kochherd.

Zwei Männer stiegen aus. Sie schleppten die schlaffen gelben Luftsäcke und stopften sie nacheinander in einen Felsspalt. Danach gingen sie sofort zu den Brennstoffzellen.

»Cuántos?«, fragte der erste.

»Llevar todos«, erwiderte der zweite Mann und schlug die Plane hoch. *»Una para los americanos, una para el chino, los otros son para los rusos, y para los amigos de Rio.«*

Er lachte, nachdem er fertig gesprochen hatte.

»*Y los erxplosivos?*«

»*Estan dentro*«, entgegnete der Mann und sagte lachend: »*Boom!*«

Die anderen Männer stimmten in das Lachen ein. Sie suchten eine der Brennstoffzellen aus, testeten sie, so wie Kurt es getan hatte, und schalteten sie aus.

Der Mann im Boot wurde ungeduldig. »*Vamanos.*«

Die Männer an Land gehorchten. Sie schleppten alle vier Brennstoffzellen zu dem kleinen Boot hinunter, luden sie ein, stiegen an Bord und legten ab.

Sobald sie das Felsufer hinter sich gelassen hatten, wurde der Außenbordmotor ins Wasser geklappt und mit Hilfe der Starterleine angeworfen. Er hustete eine Wolke bläulichen Qualms aus, und die Männer gerieten außer Sicht, während sie Kurs auf die Höhlenöffnung nahmen.

Kurt wartete, bis er hörte, wie sie Gas gaben und sich entfernten, ehe er sich vorsichtig aus seinem Versteck herauswagte. Er beherrschte zwar kein Spanisch, aber die Bedeutung einiger Worte war offensichtlich gewesen.

Er dachte an das Semtex, das er gefunden hatte, und an den Scherz, der eine Runde Gelächter ausgelöst hatte.

»*Los explosivos*«, wiederholte Kurt im Flüsterton. »*Boom!*«

48

Emma folgte ihrem Wächter über den Strand, durch das hohe Gras und hinauf zu der Lichtung, wo die *Nighthawk* stand. Auf der anderen Seite, von dem Weltraumflugzeug halb verdeckt, wartete Urco zwischen den Sicherheitsbehältern.

Zwei der Einheiten waren entfernt worden. Sie lagerten jetzt auf dem steinigen Untergrund und waren an Brennstoffzellen angeschlossen.

»Sie müssen überprüft werden, bitte«, sagte Urco.

»Worauf soll ich achten?«, fragte Emma.

»Ich möchte mich vergewissern, dass sie ordnungsgemäß funktionieren und gefahrlos transportiert werden können.«

Es war reine Routine und schnell erledigt. Sie ging neben den Behältern auf die Knie hinunter, kontrollierte alle wichtigen Punkte und fragte sich die ganze Zeit, weshalb er es für wichtig befunden hatte, *bitte* zu sagen.

»Die Magnetflaschen sind dicht und stabil«, sagte sie. »Das Kryosystem funktioniert innerhalb der zulässigen Toleranzen. Die Brennstoffzellen produzieren den notwendigen elektrischen Strom.«

»Gut«, sagte Urco.

Sie erhob sich. »Ich nehme an, dass ich auch die anderen Behälter aus der Maschine herausholen soll.«

»Später«, sagte er. »Vorläufig sollten wir uns über Ihre Rolle in diesem Drama unterhalten.«

»Meine Rolle?«

Er lächelte nur und nickte. »Kommen Sie. Gehen wir ein Stück.«

Da sie kaum eine andere Wahl hatte, zuckte sie mit den Schultern. »Gehen Sie voraus.«

Sie ließen den Wächter zurück, gelangten auf einen Pfad, der durch ein kleines Wäldchen gebahnt worden war, das den halben Berghang bedeckte. Macheten hatten den größten Teil der Arbeit erledigt, frische abgeschnittene Äste und gekappte Grashalme lagen überall herum. Sie waren durch lebhaften Fußgängerverkehr niedergetrampelt worden.

»Ist das so etwas wie der Eingang zu einem Labyrinth?«, fragte sie.

»Man könnte sagen, dass wir längst mittendrin sind«, erklärte er. »Und herausfinden können wir nur, wenn wir zusammenarbeiten.«

»Wir hatten doch schon zusammengearbeitet«, erwiderte sie, »bis zu dem Zeitpunkt, als Ihre Männer uns angegriffen, Kurt Austin getötet und den Rest als Geiseln genommen haben.«

»Nicht als *Geiseln*«, widersprach er. »Sie sind *Gefangene. Gefangene Diebe*, genau genommen.«

»Wie bitte?«

»Ja, Sie haben richtig gehört. Sie sind Diebe«, bekräftigte er. »Elegant gekleidete, in Stanford ausgebildete Diebe. Ihre gesamte Organisation ist grundsätzlich räuberischer Natur, und das trifft auch auf die Nation zu, der Sie dienen. Aber Sie wurden ertappt – auf frischer Tat, wie es bei Ihnen so schön heißt – während des größten Raubs, den die Welt je gesehen hat.«

»Sie sind es doch, der …«

»Nein«, unterbrach er sie mitten im Satz. »Ich habe Sie nur um das Diebesgut erleichtert. Sie und Ihre Regierung waren an diesem Raub beteiligt. *Sie* haben entschieden, diese Maschine ins Weltall aufsteigen und die Mixed-State-Materie aus den Magnetfeldern herausholen zu lassen. *Sie* haben entschieden, sie in versteckten Bunkern in Vandenberg zu deponieren, wo Sie und Ihre Leute sie für Ihre eigenen Zwecke sammeln.«

»Das haben wir doch nur getan, um …«

Er ließ sie nicht zu Wort kommen. »Es gibt fünf separate Verträge, die die Aktivitäten im Weltraum regeln«, schnappte er erbost. »Die Vereinigten Staaten haben jeden Vertrag unterzeichnet. Drei dieser Verträge wurden von amerikanischen Staatsmännern aufgesetzt. Insgesamt verbieten sie Aktivitäten wie die, an denen Sie kürzlich beteiligt waren, von der Militarisierung des Weltraums bis zur nationalen Inbesitznahme eines Teils davon oder irgendeines Himmelskörpers wie des Mondes.«

Bei seinen Worten erinnerte sie sich an die ethischen Argumente während der Diskussion, die innerhalb der NSA vor Beginn der Mission geführt wurde. Argumente, die zwar ausführlich zur Sprache kamen, jedoch mit einer lässigen Handbewegung beiseitegewischt wurden. »Wir haben nichts in Besitz genommen«, sagte sie. »Wir haben lediglich vagabundierende Partikel eingefangen.«

»Wollen Sie mich in juristische Haarspaltereien verwickeln?«

Sie verstummte, und er ging weiter voraus, verließ den mit Gras bewachsenen Berghang und gelangte auf ein Plateau. Von dort aus konnten sie auf den See hinabblicken, der fünfundzwanzig Meter unter ihnen lag. An seinem Ende funkelte der Wasserfall, dessen Rauschen an das ständige Murmeln einer fernen Stimme erinnerte.

Urco wandte sich zu Emma Townsend um und fuhr fort, da er keine Antwort auf seine rhetorische Frage erwartete. »Wie alles andere im Weltraum sind diese vagabundierenden Partikel Teil des *gemeinsamen Erbes der Menschheit.* Sie sind das Eigentum aller Erdbewohner und nicht das von bestimmten Personen oder Regierungen.«

Der leidenschaftliche Unterton seiner Stimme überraschte sie. *Weshalb*, dachte sie, sind ihm solche Dinge so wichtig? Wie konnte er überhaupt davon Kenntnis haben? Oder über den Wortlaut irgendwelcher obskurer Verträge?

»Wer sind Sie?«, fragte sie.

»Erkennen Sie mich noch immer nicht?«, fragte er und klang beinahe enttäuscht. »Zu meinem Glück, nehme ich an. Ich befürchtete schon, Sie würden mich erkennen, als wir unterhalb der Felswände von La Jalca gemeinsam zu Tisch saßen.«

Er legte eine Hand seitlich an sein Gesicht, als wollte er sich am Ohr kratzen, aber anstatt sich zu kratzen, zog er an seinem Bart und nahm die rechte Seite seines Gesichts ab. Darunter war die Haut verbrannt, nicht unbedingt schrecklich verunstaltet, jedoch vernarbt und vollkommen haarlos.

»Die andere Seite meines Bartes ist echt«, erklärte er, »aber hier wächst nichts mehr.«

Eine Vertiefung an seinem Unterkiefer deutete darauf hin, dass dort der Knochen gebrochen, jedoch nicht wieder ganz zusammengeheilt war; möglicherweise war ein Stück operativ entfernt worden.

»Ich habe es dem Absturz und dem Feuer zu verdanken.«

Plötzlich setzten sich die Teile des Puzzles zusammen. Dieser Mann war daran beteiligt, als das Steuersystem der *Nighthawk* gehackt wurde. Er wusste über die NSA-Mission Bescheid und kannte sich mit Antimaterie aus. Außerdem war er mit den internationalen Verträgen vertraut, die die Nutzung des Weltraums regelten. Und er kannte sie, seine Gefangene. Er wusste, wer sie war.

»Beric?«, fragte sie.

»Also erinnern Sie sich doch.«

Auch jetzt erkannte sie ihn kaum wieder. Jahre waren vergangen. Alter und Narben hatten sein Gesicht verändert. In seinen Augen lag inzwischen nichts Freundliches mehr, nur noch Bitterkeit und Zorn. »Ich verstehe es nicht. Wie? Warum? Ihr Flugzeug explodierte doch. Uns wurde erzählt, eine Terroristengruppe sei dafür verantwortlich. Sie warnten uns, wir alle seien in Gefahr.«

»Ich war in Gefahr«, erklärte er mit Nachdruck und erhob die Stimme. »Und die Terroristengruppe saß in Washington, D. C. Ironischerweise arbeiten Sie jetzt für sie.«

»Die NSA?«, sagte sie. »Weshalb sollten ausgerechnet deren Leute hinter Ihnen her sein? Ich kann mir nicht vorstellen, dass Sie ernsthaft glauben, was Sie behaupten.«

»Ich habe Beweise«, sagte er in anklagendem Tonfall, während er einige Schritte auf sie zukam. »Und mehr noch – *sie hatten ein Motiv.* Wie Sie sich gewiss erinnern können, war ich an den ersten Studien beteiligt, bei denen es um die Möglichkeit ging, Antimaterie mit einem Magnetfeld einzufangen. Ich war es, der vermutete, dass es eine stabilere Form von Mixed-State-Materie sein könnte – sie müsse nur weit genug heruntergekühlt werden. Der Leiter des Programms kam zu mir, nachdem ich meine Forschungsergebnisse vorgelegt hatte. Er sagte, sie hätten mit dem Gedanken gespielt, nicht nur nach Antimaterie zu suchen, sondern sie auch gezielt einzusammeln. Ich widersprach aufs Heftigste. Sie beharrten darauf, dass ihre Absichten absolut friedlicher Natur seien, aber wenn Finanzierungsgelder ausgerechnet vom Militär und von der National Security Agency zur Verfügung gestellt werden, dann sind gewisse Zweifel erlaubt.«

Ihr schwirrte der Kopf, aber sie ließ sich kein Wort entgehen.

»Wir werden es für Antriebszwecke benutzen und zum Beispiel Raketen bauen, die den Mars innerhalb von acht Wochen erreichen können«, sagte er mit verstellter Stimme. »Die äußeren Planeten in weniger als einem Jahr. Aber es dauerte nicht lange, bis jemand auf seine mögliche Eignung als Waffe zu sprechen kam.«

Seine Stimme wurde lauter, und er schüttelte sichtlich angeekelt den Kopf. »Ich habe damit gedroht, mich an die Presse zu wenden. Diese Information frei zugänglich ins Internet zu stellen. Der ganzen Welt zu erzählen, wie man mich ausgetrickst hatte. Ich wusste schon damals, was Ihnen wahrscheinlich erst in diesem Moment klar wird: Wir haben einen Fehler gemacht und eine Büchse der Pandora auf die Erde heruntergeholt, die wir nur mit äußerster Not geschlossen halten konnten.«

Sie erkannte es in diesem Augenblick. Es war tatsächlich ein Fehler gewesen. Ein programmiertes Desaster. Sie wünschte sich, niemals daran beteiligt gewesen zu sein.

»Man drohte mir mit Deportation, falls ich etwas darüber verlauten ließ – dreißig Jahre in Isolationshaft. Ich versprach zu schweigen, aber sie beobachteten mich ständig. Es scheint, dass ihnen mein Wort nicht genügte. Während des kurzen Flugs nach New Orleans wurden sie aktiv. Meine Maschine explodierte über dem Golf von Mexiko. Das ist das Ergebnis. Ich klammerte mich an eine Ölbohrplattform, mein Gesicht war eine einzige blutige Masse. Am nächsten Tag fand ich eine Rettungsinsel und wartete auf die Flut. Im Schutz der Dunkelheit schaffte ich es an Land. Und ich beschloss, in der Versenkung zu bleiben. Ich wusste, wenn sie mich fänden, wäre ich ein toter Mann.«

Sie betrachtete das narbige Gesicht und fragte sich, wie er das alles hatte überleben können und wer ihn so dilettantisch zusammengeflickt hatte. Ein Arzt mit einer Pistolenmündung an der Schläfe möglicherweise. Oder vielleicht hatte auch er selbst es gemacht. Er sah grässlich aus, und er klang paranoid. Sie fragte sich, ob er sein Flugzeug nicht selbst in die Luft gesprengt hatte, um seinen Tod vorzutäuschen. War er so verstört, dass er den Unterschied zwischen Gut und Böse nicht mehr kannte? »Kamen Sie daraufhin hierher, um Ihre Rache zu planen?«

»Zuerst wollte ich nur überleben und verschwinden«, beteuerte er. »Also erschuf ich Urco. Und als ich mehr und mehr darüber erfuhr, wie die Menschheit nach und nach durch den Menschen zerstört wird, wurde mir alles klar.«

Er zögerte. Dann machte er einen Rückzieher und wechselte das Thema. »Weshalb verließen Sie die NASA und wechselten in die geheime Welt der NSA?«

»Aufgrund dessen, was mit Ihnen geschah«, flüsterte sie. »Nach Ihrem Tod und den täglichen Nachrichten über Terrorismus und Krieg in anderen Teilen der Welt wurde mir klar, dass der Planet vorwiegend vom Bösen beherrscht wird. Und dass man dieses Böse unbedingt bekämpfen muss, wo immer es sich zeigt.«

»Sie waren Pazifistin«, sagte er.

»Sie auch.«

Er nickte langsam und klebte sich den Bart wieder ins Gesicht. »Es scheint, als hätten wir beide die Wahrheit erkannt. *Pazifismus* ist in einer von Gewalt bestimmten Welt nur ein anderes Wort für *Selbstmord.* Nur ist es so, dass in Regierungsgebäuden und Elfenbeintürmen das Böse und die Gewalt residieren.«

»Zwischen Regierungen und Terroristen gibt es einen Unterschied.«

»Nur was die Wahl ihrer Mittel und das Ausmaß ihrer Gräueltaten betrifft«, sagte er. »Das zu begreifen war der Schlüssel zu allem. Zwar war ich von dem Wunsch beseelt, all das hinter mir zu lassen, als ich erfuhr, dass das *Nighthawk*-Projekt der NSA übertragen wurde und damit zu rechnen war, dass man das Undenkbare versuchen würde. Geradezu besessen habe ich begonnen, nach Möglichkeiten und Wegen zu suchen, dies bekannt zu machen, ohne mich selbst dabei bloßzustellen. Nach Wegen zu suchen, um zu verhindern, was Sie möglicherweise zu tun beabsichtigen. Acht lange Jahre haben zu dem hier geführt.«

»Und was genau ist *dies hier*?«, fragte sie. »Was ist daran besser? Das Schicksal der Welt aufs Spiel zu setzen, um uns die Mixed-State-Materie wegzunehmen und sie den Russen zu überlassen? Ist das Ihre Lösung? Die wirksamste, gefährlichste Substanz einer Nation zu übergeben, die in Nachbarländer einmarschiert, jede Form von Freiheit und jedes Menschenrecht unterdrückt und ihre Kritiker mit radioaktiven Isotopen vergiftet?«

Während er wieder auf Emma zuging, sagte er: »Sie sind so sehr darauf fixiert zu gewinnen. Sie sehen den Wald vor lauter Bäumen nicht. Sie begreifen meinen Standpunkt nicht, obwohl ich ihn doch gerade unmissverständlich klarmache. *Alle Regierungen sind böse. Jede Art von Macht korrumpiert.* Natürlich arbeite ich nicht für die Russen. Oder für die Chinesen. Oder für die Amerikaner.« Seine Stimme wurde lauter und eindringlicher. *»Alle Genannten – und Sie auch – arbeiten für mich!«*

Diese Feststellung klang derart größenwahnsinnig, dass sie kaum glauben konnte, sie aus seinem Mund gehört zu haben. »Von was reden Sie?«

Da er mittlerweile fast auf Tuchfühlung vor ihr stand, versuchte sie auf Distanz zu gehen, war jedoch wie gelähmt vor Entsetzen über das Ausmaß des Hasses in seinen Augen. »Ich brauchte Verbündete«, erklärte er selbstgefällig. »Ich habe ihnen ein Geschäft angeboten. Ich würde ins NSA-System eindringen und die *Nighthawk* in ihren Schoß lenken, wenn sie die Mittel bereitstellten, um sie in Empfang zu nehmen.«

»Sie sind der Falconer«, sagte sie.

»Aha, Sie haben den Namen schon einmal gehört.«

In diesem Augenblick wurde ihr alles klar. Es ergab einen Sinn. Sie hatten ihm in die Hände gespielt. »Sie haben das automatisierte Computersystem entwickelt, das die X-37 steuerte, und wir haben es praktisch unverändert für die *Nighthawk* übernommen. Kein Wunder, dass Sie es hacken und den Flieger umdirigieren konnten. Und auch kein Wunder, dass wir niemals einen Maulwurf gefunden haben. Sie haben die ganze Zeit von außen eingegriffen und alles ferngesteuert, und wir haben bloß nicht nach einem Toten gesucht.«

»Das war Ihr Fehler«, sagte er mit einem überheblichen Grinsen. »Einer von vielen.«

»Wie haben Sie es hinbekommen? Wie konnten Sie die Verschlüsselung umgehen?«

Er kam so dicht auf Emma zu, dass sie seinen heißen Atem spürte. »Die NASA hatte eine riesige Hintertür zu Ihrem Projekt offen gelassen«, sagte er. »Es war so einfach, dort einzudringen, dass ich schon angenommen hatte, es könnte eine Falle sein. Ich konnte aus jeder Abteilung nach Lust und Laune Daten abrufen. Wahrscheinlich besaß ich mehr Informationen über das Programm als jeder andere, der tatsächlich daran mitarbeitete. Und als Sie sich entschieden, die *Nighthawk* wegen des Sturms eine Woche früher zur Erde zurückzuholen, war ich der Erste, der davon erfuhr.«

Sie waren nach Strich und Faden verraten worden. »Aber warum? Zu welchem Zweck?« Sie zögerte. »Welcher Sinn steckt dahinter?«

Er erwiderte ihren Blick, sah sie an, ohne zu blinzeln. Sie erkannte es in diesem Moment. Er war derselbe, aber vollkommen verändert, getrieben von einem wahnsinnigen Wunsch. »Es geht um ein Gleichgewicht«, sagte er. »Ich ermöglichte den Russen eine Wahl. Ich habe den Chinesen die Möglichkeit der Wahl gegeben, und Ihnen biete ich das Gleiche an.«

»Und das wäre?«

»Sich gegen mich zu stellen«, meinte er mit leisem Spott. »Oder für mich zu arbeiten. Und damit auch gleichzeitig für das *gesamte Erbe der Menschheit.*«

Sie war zwar nicht sicher, wohin das führen sollte, aber es war sicher nichts, was sie auf Anhieb verwerfen sollte. Vielleicht ergab sich daraus eine Chance für sie, Hilfe zu suchen. »Ich habe keine Ahnung, worauf Sie hinauswollen.«

»Es ist ganz simpel«, sagte er rachsüchtig. »Ich habe die Absicht, ungeschehen zu machen, was Sie und Ihre Nation getan haben. Offensichtlich kann ich die Mixed-State-Materie nicht an alle Erdbewohner verteilen oder auch nur an jede Nation oder an jede größere Gemeinschaft. Nur wenige verfügen über die technischen Fähigkeiten, damit umzugehen. Daher geht ein Teil an die Russen, ein Teil an die Chinesen, ein anderer Teil an Ihre Regierung und der Rest an eine Gruppe meiner Wahl.«

Sie konnte kaum glauben, was sie hörte. Meinte er das alles ernst? Sie versuchte sich an den Beric zu erinnern, den sie früher gekannt hatte, an seine Ideen und Anliegen. Er war nicht nur ein Pazifist wie sie gewesen, sondern auch eine Art *Antinationalist.* Seinerzeit hatte er einen Artikel mit dem Titel *Die Pflicht zum Gemeingut* veröffentlicht, in dem er die Behauptung aufstellte, dass jeglicher Eigentumsanspruch eines Nationalstaats die Ursache für Kriege und Unfrieden sei. Das passte zu dem, was er jetzt vorschlug. »Wollen Sie, dass wir daran mitwirken?«

»Es ist weitaus besser, als wenn einem einzigen Land alles zugeteilt wird«, sagte er.

»Wer sind Sie, dass Sie eine solche Entscheidung treffen?«

Urco trat zurück und lächelte. »Der Einzige, der sie überhaupt treffen kann«, sagte er selbstgefällig, »da ich jetzt die gesamte vorhandene Menge kontrolliere.«

Sie hatte Mühe, die Situation zu verarbeiten und einzuordnen. Alles war zu neu. Er war psychisch instabil, wahnhaft und wahrscheinlich nachweisbar verrückt, aber er war auch brillant, verschlagen und zielstrebig. Und in diesem Moment befand er sich fraglos in einer besonderen Machtposition.

»Mit Ihnen zu kooperieren würde als Verrat gewertet werden«, erklärte sie.

»Besser lebendig im Gefängnis zu sitzen, als in einer Katastrophe zu sterben.«

Sie senkte den Blick. Sie wollte all das nicht. Wollte ihm in keiner Weise helfen. Aber ganz gleich, von welcher Seite sie es betrachtete, die Antwort war immer die gleiche: *Welche Wahl hatte sie?*

Sein Plan klang wahnsinnig, aber selbst das war dem Weltuntergang vorzuziehen. »Wie soll ich unseren Anteil nach Amerika transportieren? Gestatten Sie uns, ihn nach Cajamarca zu bringen?«

»Nein«, erwiderte er. »Sie werden Ihren Freunden erklären, was geschehen ist, und dann werden Sie einen Wagen benutzen, der mir gehört.«

»Wie kann ich dorthin fahren, wenn die Brücke verschwunden ist?«

»Es gibt noch eine andere Route«, sagte er. »Sie ist kürzer, verläuft nach Süden und führt über den Pass. Dabei meidet sie die höchsten Gipfel. Sie weist ebenfalls Steilstufen auf … aber ich verlasse mich darauf, dass Sie mit gebührender Vorsicht fahren.«

Sie blickte nach Norden, als das Geräusch eines Hubschraubers im Anflug erklang.

»Das werden sicher unsere chinesischen Agenten sein«, sagte er. »Ich brauche Ihre Antwort.«

Sie sah ihm noch einmal in die Augen. »Gut«, sagte sie. »Ich tue, was Sie verlangen. Ich habe keine andere Wahl.«

49

Das Motorengeräusch des Hubschraubers hallte über das Seeufer.

»Ein fliegender Abschleppwagen, um unsere *Nighthawk* auf den Haken zu nehmen?«, äußerte Paul eine Vermutung.

Joe suchte den Horizont nach der Quelle des Lärms ab – und entdeckte einen schwarzen Punkt in der Ferne. »Kein Schwerlastkran, dem Klang nach zu urteilen. Etwas Schnelleres und leichter Manövrierbares.«

»Hilfe vielleicht?«

»Noch unwahrscheinlicher«, sagte Joe. Er konnte hören, wie Urcos Männer durcheinanderrannten und Vorbereitungen trafen. »Aber wenn unsere Gegner dadurch abgelenkt werden, ist mir alles willkommen.«

Joe überlegte, ob dies der geeignete Zeitpunkt war, das Weite zu suchen, aber Emmas Auftauchen mit zwei Wächtern in ihrer Begleitung machte dem Gedanken ein schnelles Ende.

»Auf die Füße!«, befahl einer der Wächter und wedelte mit einer Pistole.

Joe stand mit müden Bewegungen auf. Paul ebenfalls.

Der schwarze Punkt wuchs stetig und ging – während er näher kam – in den Sinkflug. Er überquerte den See in sechzig Metern Höhe, schwebte über das Ufer hinweg und versetzte mit seinem Abwind das hohe Gras hinter ihnen in einen wilden Tanz. Er verfolgte seinen Kurs noch ein kleines Stück und landete schließlich einige zig Meter entfernt auf dem Plateau.

»Sollen wir noch länger in Habachtstellung bleiben«, fragte Paul, »oder sollen wir irgendetwas tun?«

Überraschenderweise antwortete Emma: »Urco wünscht, dass Sie und Joe die Sicherheitsbehälter aufs Plateau tragen.«

»Und wenn wir streiken?«, fragte Joe.

»Bitte«, sagte Emma. »Tun Sie ihm den Gefallen.«

Joe konnte die Anspannung in ihrer Miene erkennen. Er registrierte außerdem, dass sie *hinter* den beiden Wächtern stand, nicht vor ihnen. Es schien, als ob sie von ihr Befehle annähmen und nicht umgekehrt.

Widerstrebend streckte Joe die Hände vor. Der Mann zückte ein Messer, führte es zwischen Joes Handgelenke und zog die Klinge nach oben. Der Kabelbinder riss mit einem leisen Knall. So viel zu seinen Bemühungen, das Plastikmaterial zu dehnen und auszuleiern. Zweifellos müsste er nun von vorn anfangen.

Pauls Fesseln wurden ebenfalls durchgeschnitten, und die beiden Männer folgten Emma durch das hohe Gras zur *Nighthawk* hinauf. Urcos Männer ließen sich ein Stück zurückfallen.

»Sie haben aber ziemlich schnell ihr Vertrauen errungen«, flüsterte Joe. »Ganz ehrlich, gibt es dafür einen speziellen Grund?«

»Den gibt es«, antwortete sie. »Ich tue alles, was ich kann, um eine Katastrophe zu vermeiden.«

Sie fuhr fort, die Situation so schnell wie möglich zu erklären.

»Sie wissen, dass es ein schlimmes Ende nehmen könnte, nicht wahr?«, sagte Joe.

»Es gibt Abstufungen von *schlimm*«, sagte sie. »Aber zu diesem Zeitpunkt ist es das kleinere von zwei Übeln.«

Joe verstand zwar ihre Argumentation, aber er konnte sie nicht akzeptieren. Das kleinere aller Übel wäre, wenn sie fliehen könnten, diesen Irren vorübergehend aus dem Verkehr zogen oder gar töteten *und* die Mixed-State-Materie wieder in ihren Besitz brachten. Eine riskante Mission zwar, aber er war entschlossen, sie in die Tat umzusetzen.

Sie gelangten auf die Lichtung, gingen um die Nase der *Nighthawk* herum und trafen Urco, der vor den Sicherheitsbehältern stand.

Er deutete auf die erste Einheit. »Sie beide werden dieses Ding zum Helikopter auf das Plateau bringen. Sie, Miss Townsend, werden die Energiezelle tragen. Ich gehe davon aus, dass Sie wissen, was passiert, wenn Sie die Zelle fallen lassen.«

»Keine Sorge«, sagte Joe. »Wie wäre es, wenn Sie uns unsere Schuhe zurückgeben, damit wir uns auf dem Untergrund besser bewegen können?«

»Und Ihnen die Flucht erleichtert wird, vielleicht?«

Joe zuckte die Achseln. Einen Versuch war es wert gewesen.

Er und Paul trugen Schutzhandschuhe. Sie nahmen den ersten Behälter zwischen sich und umfassten die Tragegriffe. Joe spürte die Kälte, die von den mit Reif bedeckten Röhren abgestrahlt wurde, sobald er in ihre Nähe geriet.

»Ich bin bereit«, meldete Paul.

»Dann hoch damit«, erwiderte Joe.

Sie hoben gleichzeitig an. Der Behälter war klobig, aber das Gewicht schien gleichmäßig verteilt, und die Tragegriffe waren sehr klug positioniert. Sie brachten ihn ohne sichtbare Anstrengung vom Erdboden hoch und wurden zu dem frisch angelegten Verbindungsweg dirigiert.

Joe befand sich vor der Einheit, ging rückwärts und blickte über die Schulter, um zu sehen, in welche Richtung er sich bewegte. Paul befand sich am hinteren Ende des Behälters. Emma ging zwischen ihnen, schleppte die tragbare Brennstoffzelle und achtete darauf, dass sich die Verbindungsleitungen nicht verhedderten.

Eine Minute später erreichten sie das obere Ende des Pfades. Vier von Urcos Männern standen dort und umringten den Hubschrauber. Sie waren unterschiedlich weit von ihm entfernt. Drei waren mit Sturmgewehren bewaffnet, einer mit einer Schrotflinte.

Urco ging an ihnen vorbei und begann eine Unterhaltung mit einer kleinwüchsigen Frau. Selbst aus dieser Entfernung konnte Joe ihren muskulösen Körperbau erkennen.

»Das ist die Frau, die uns in La Jalca angegriffen hat«, erklärte Emma im Flüsterton. »Sie sagte, ihr Name sei Daiyu.«

Joe erkannte, weshalb sie eine so kleine Erscheinung war. Sie bewegte sich an der unteren Grenze des asiatischen Durchschnitts.

Nach einem Kopfnicken Urcos kam Daiyu herüber, um die Containment-Einheit zu inspizieren. Ebenso wie er hatte sie bewaffnete Begleiter. Einer stand im Helikopter, und die beiden anderen wichen ihr nicht von der Seite. Sie hielten kurzläufige Maschinenpistolen schussbereit in den Händen, um jeden Gegner mit einem Bleiregen niederzustrecken.

»Hier ist wohl grad ein krummes Geschäft im Gange«, stellte Paul fest.

»So viel zum Thema Ganovenehre.«

»Und das soll das sein, hinter dem wir die ganze Zeit hergerannt sind?«, fragte Daiyu und strich mit einem Finger über den Raureif auf der Außenhülle. »Woher weiß ich, dass dieser Behälter überhaupt irgendetwas von Wert enthält?«

»Sie können ihn öffnen und nachschauen«, schlug Urco vor. »Obgleich Ihre Gehirnzellen dann schon verdampft sein werden, ehe sie überhaupt verarbeiten können, was Ihre Augen sehen.«

Daiyu richtete einen drohenden Blick auf ihn. »Mein Land hält nicht viel von albernen Spielchen.«

»Wahrscheinlich weiß ich mehr über Ihr Land als Sie«, entgegnete Urco. »Ich weiß zum Beispiel, dass Sie von Zhang den Befehl haben, die Sicherheitsbehälter zu übernehmen und mir die Diamanten zu überlassen. Fünfzig Unzen erhalte ich jetzt und weitere fünfzig, nachdem Ihre Wissenschaftler festgestellt haben, dass sich die Antimaterie in den Behältern befindet. Wenn Sie feilschen wollen, dann nur zu, aber jede Minute, die wir hier vergeuden, erhöht das Risiko für uns alle. Wenn Sie irgendwelche Einwände haben, dann heraus damit, ansonsten übernehmen Sie die Lieferung und schließen Sie den Handel ab, oder Sie weigern sich und verschwinden.«

Sie sah ihn mit Augen an, deren Glut eine nur mühsam unterdrückte Wut signalisierte. »Wenn Sie gelogen haben, werde ich mich persönlich an Ihre Fersen heften.«

»Sie würden mich niemals finden«, sagte er. »Aber keine Angst. Sie werden erhalten, was Sie verlangt haben. Um sicherzugehen, dass auch ich erhalte, was ich bekommen möchte, wird Vargas Sie begleiten.«

»Einverstanden«, sagte sie. »Lassen Sie dieses Teil einladen und die zweite Einheit hierherschaffen. Je eher wir von hier wegkommen, desto besser.«

Joe und Paul erhielten ein entsprechendes Zeichen. Der Pilot half ihnen, die Containment-Einheit in den Hubschrauber zu wuchten und auf dem Kabinenboden zu fixieren. Emma vergewisserte sich, dass die Brennstoffzelle und die Verbindungskabel ebenfalls gesichert wurden.

Danach entfernten sie sich, um den zweiten Sicherheitsbehälter zu holen, mit dem sie fast im Laufschritt zurückkehrten.

Joes anfängliche Reaktion auf Emmas Kooperationsbereitschaft hatte sich nicht geändert, aber je eher die Chinesin und ihre Begleittruppe starteten, desto eher konnte er auch wieder an seinem Fluchtplan arbeiten. Und indem einer von Urcos gefährlichsten Schergen Daiyu begleitete, hatte ihm die Chinesin unwissentlich geholfen.

Nachdem der zweite Sicherheitsbehälter mitsamt der Brennstoffzelle verladen war, startete der schwarze Helikopter seine Maschinen und hob ab. Er hatte seinen Startplatz kaum verlassen, als Joe und Paul die Anweisung erhielten, einen weiteren Sicherheitsbehälter in einen alten Toyota Land Cruiser einzuladen, den Emma lenken sollte.

Sie befestigte Behälter und Energiezelle mit mehreren Gurten. »Ich gebe Urco sofort Bescheid, wenn sich diese Einheit sicher in der Luft befindet«, sagte sie. »Er hat versprochen, Sie im selben Moment freizulassen.«

Joe Zavala wusste, dass dies nicht geschehen würde. Und dem Klang ihrer Stimme nach zu urteilen wusste Emma es ebenfalls.

»Ich würde Ihnen empfehlen, sich anzuschnallen«, riet Joe ihr. »Aber ich denke, dass Sie ohnehin sehr vorsichtig fahren werden.«

Sie quittierte seine Fürsorge mit einem traurigen Blick, schloss die Tür und wartete, bis einer von Urcos Männern auf der Beifahrerseite eingestiegen war, um sie zu begleiten und zu gewährleisten, dass sie ausführte, was ihr befohlen worden war.

Joe trat zurück, als der Motor ansprang. Immer noch von Urcos Männern bewacht, verfolgten er und Paul Trout, wie sich der betagte Land Cruiser auf der Landstraße entfernte, die sich nach Süden schlängelte.

Drei von acht Sicherheitsbehältern waren unterwegs, vier befanden sich in der *Nighthawk*, und einer stand auf der Lichtung und wartete auf einen anderen Käufer.

Wichtiger war vielleicht, dass zwei von Urcos Männern ebenfalls unterwegs waren, und zwar zwei der größten und kräftigsten.

Während er und Paul unter Bewachung zum Seeufer hinuntergetrieben wurden, warf Joe einen Blick zur Sonne. Sie senkte sich bereits dem Horizont entgegen. Nicht mehr lange, und die Zeit zum Handeln wäre gekommen.

50

Der Aussichtspunkt, den sich Gamay auf dem Felsgrat gesucht hatte, lag günstig. Sie trug Wüstentarnzeug und hatte sich ein lohfarbenes Tuch um Kopf und Hals drapiert, um sich im Gelände so gut wie unsichtbar zu machen. Bewaffnet war sie mit einem modifizierten Heckler-&-Koch-Sturmgewehr. Es hatte einen verlängerten Lauf, ein Hochleistungszielfernrohr und zwei ausklappbare Stativbeine, um es bei Fernschüssen zu stabilisieren.

Diese Waffe stammte von einem begeisterten Scheibenschützen, den sie in Cajamarca aufgetrieben hatten. Es war kein Scharfschützengewehr, aber es war leicht, präzise und das Beste, was sie kurzfristig hatten beschaffen können.

Durch das leistungsfähige Zielfernrohr beobachtete sie die Ankunft und den Abflug des Hubschraubers; sie wurde Zeuge, wie der alte Toyota losfuhr und sich in Richtung Süden entfernte, und sie verfolgte, wie Paul und Joe zum Seeufer gebracht und weiter bewacht wurden.

Nicht lange danach schaukelte ein weißer Jeep Cherokee den Fahrweg hinunter. Er rollte an den Wegesrand, hielt an, und mehrere Männer stiegen aus. Sie trugen blaue Flugkombinationen. Nach einem kurzen Gespräch mit Urco wurden sie zum Air-Crane geführt.

Gamay spürte, wie mit jeder Minute, die verstrich, die Gefahr zunahm. Was auch immer Urco im Schilde führte, schon bald würde er für Geiseln keine Verwendung mehr haben.

Sie zog den Ärmel ihrer Tarnjacke hoch. Kurt hatte lange geschwiegen. Von jedem anderen hätte sie angenommen, dass er längst ertrunken wäre. Trotzdem konnte sie nicht viel länger warten.

»Komm schon, Kurt«, flüsterte sie. »Dies ist nicht der geeignete Zeitpunkt, um sich zu verspäten.«

Um eine günstigere Schussposition einzunehmen, hatte sich Gamay eine stärker ausgesetzte Stellung suchen müssen, aber sie hatte bislang nicht das geringste Anzeichen bemerkt, dass irgendjemand nach ihr Ausschau hielt.

Schließlich ertönte in ihrem Ohrhörer ein leises Knistern. *»Gamay, hier ist Kurt.«*

»Freut mich, dass du nicht ertrunken bist. Eine Menge ist passiert, seit bei dir Funkstille herrscht. So wie es aussieht, verteilt Urco Mixed-State-Materie portionsweise. Die Chinesen sind gelandet und mit zwei Behältern wieder abgezogen. Emma ist gerade mit dem Toyota und einer dritten Einheit an Bord gestartet.«

»Wenn es ihm um Geld ginge, hätte er einen Preis nennen können, und jedes der drei beteiligten Länder hätte ihn bereitwillig bezahlt. Stattdessen will er, dass wir alle bezahlen – mit Blut.«

»Was meinst du?«

»Ich habe in der Höhle, in der sich Urcos Leute versteckt haben, Kopien der Brennstoffzellen gefunden. Außerdem war da eine Kiste Semtex, in der einige Blöcke von dem Zeug fehlten, aber ich konnte keine einzige Sprengkapsel finden. Das sagt mir, dass sie sich zusammen mit dem Sprengstoff längst an Ort und Stelle befinden – höchstwahrscheinlich in den Brennstoffzellen.«

»In den Brennstoffzellen«, wiederholte sie verblüfft. »Aber wenn er sie sprengt …«

»Dann erlebt er eine Katastrophe«, sagte Kurt. *»Was genau das ist, was er sich wünscht. Eine Katastrophe für die Amerikaner, die Russen und die Chinesen. Oder, genauer gesagt, für die gesamte industrialisierte Welt.«*

»Welchen halbwegs denkbaren Zweck könnte er damit verfolgen?«

»Vergeltung«, sagte Kurt. *»Für das, was die Industriemächte den Eingeborenenstämmen von Südamerika vor fünfhundert Jahren angetan haben. Für das, was sie seiner Meinung heute noch immer tun. Indem er die Mixed-State-Materie auf die Art und Weise verteilt, wie er es offenbar tut, und sie dann zur Explosion bringt, kann*

er einen vernichtenden Schlag gegen China, Europa und Amerika und gegen jeden anderen führen, den er für das Schicksal der Eingeborenen verantwortlich macht. Er kann die Industrialisierung in den meisten Teilen der Welt um eintausend Jahre zurückwerfen, während seine Leute auf ihren Bergweiden ein sicheres technologiefreies Leben führen können.«

Gamay ließ sich Kurts Theorie durch den Kopf gehen. »Die Chinesen sind bereits verschwunden, und auch Emma ist nicht mehr zu sehen.«

»Zuerst halten wir Urco auf, und dann verfolgen wir die anderen.«

Aus dem Augenwinkel nahm Gamay einen Lichtreflex wahr. Leises Motorengeheul wurde vom Wind zu ihr herübergetragen.

Sie sah wieder durchs Zielfernrohr. Zwei Männer in blauen Flugkombinationen hielten sich noch immer im Air-Crane auf. Die Rotoren hatten sich in Bewegung gesetzt, kreisten träge im Leerlauf und reflektierten das Sonnenlicht.

Sie konnte erkennen, dass die Kabel, die zur *Nighthawk* führten, wieder angeschlossen worden waren. Die Ladebucht war geschlossen.

»Du solltest dich lieber beeilen«, sagte sie. »Ich glaube, die Russen sind gerade dabei, den Rest mit dem Air-Crane abzutransportieren.«

»Ich dachte schon, ich hätte ihn starten hören«, sagte Kurt. *»Ich bin unterwegs. Warte auf mein Signal, und dann gib Feuer. Nimm die Kerle, die Paul und Joe bewachen, zuerst aufs Korn. Danach schieß, auf wen du willst. Versuch, alle zu erwischen, aber sieh zu, dass du nicht die* Nighthawk *triffst. Und denk daran, der Typ im schwarzen Neoprenanzug, das bin ich.«*

51

Nachdem er seine Kletterpartie beendet hatte, überquerte Kurt den oberen Teil des Landefeldes auf dem Plateau und huschte geduckt und im Sprinttempo von einer Buschgruppe zur nächsten.

Er hatte den Bereich zur Hälfte gekreuzt, als der Air-Crane auf einer Staubwolke aufstieg, die jeden blendete, der dumm genug war, die Augen zu öffnen und hineinzublicken.

Während er an Höhe gewann, zog er dieselben Stahlseile hinter sich her, die im Wasser an der *Nighthawk* befestigt worden waren. Sie schlängelten sich über den staubigen Boden und ringelten sich langsam in die Höhe, bis sie straff gespannt waren und das schwarze Raumfahrzeug majestätisch hochgehievt wurde.

Die beiden durch das Windenseil verbundenen Luftfahrzeuge rotierten, bis ihre Nasen nach Südosten wiesen. Schließlich setzten sie sich in Bewegung, anfangs jedoch noch so vorsichtig, dass sie sich – wie es aussah – kaum vom Fleck rührten.

Da alle Augen auf das abhebende Flugzeug gerichtet waren und er nicht befürchten musste, dass er sich durch ein Geräusch verriet, startete Kurt durch.

Er wusste, dass das seine Chance war und griff den ihm nächststehenden von Urcos Handlangern an, holte den Mann mit einem bilderbuchmäßigen Tackling von den Füßen und warf ihn zu Boden. Die Gegenwehr des Mannes endete abrupt, als Kurt ihn mit einem Haken ins Reich der Träume schickte.

Er ergriff sein Sprechfunkgerät. »Ich bin auf der Lichtung und bewaffnet. Du kannst das Feuer eröffnen.«

Gamay Trout hatte auf einen Anruf gewartet und die Männer, die Paul und Joe bewachten, gleichzeitig im Visier gehabt. Nachdem sie schon in jungen Jahren bei ihrem Vater das Schießen erlernt hatte, waren Schusswaffen zu einem wichtigen Teil ihres Lebens geworden. Und obgleich sie jede Anwendung von Gewalt vermied, hatte sie während ihrer Jahre bei der NUMA des Öfteren auf Angreifer geschossen und war selbst häufiger beschossen worden. Das lag in der Natur des Jobs, den sie ausübte. Dennoch, während sie den Gewehrlauf zur Ruhe brachte und auf die Männer auf der Lichtung zielte, war ihr bewusst, dass sie im Begriff war, etwas zu tun, was sie noch nie zuvor getan hatte.

Das Unbehagen war allerdings wie weggeblasen, als einer der Männer eine Pistole zog und hinter Joe trat.

Gamay atmete langsam aus und drückte ab.

Das Gewehr zuckte, ein trockener Explosionsknall ertönte. Der Mann mit der Pistole sackte auf die Knie und kippte zur Seite. Ehe er auf dem Boden aufschlug, hatte Gamay erneut gezielt und geschossen und den Wächter getroffen, der ein paar Schritte entfernt neben ihrem Mann stand.

Sie sah ihn zusammenbrechen, drückte zur Sicherheit abermals ab und visierte dann ein drittes Ziel an. Mittlerweile rannten die Männer in alle Richtungen auseinander. Ihr vierter Schuss streifte einen von ihnen; ob ihr fünfter Schuss sein Ziel fand oder ins Leere ging, konnte sie nicht erkennen, da der Mann aus Urcos Bande im selben Moment mit einem Hechtsprung im hohen Gras verschwand.

Unten auf dem steinigen Seeufer hörte Joe den Gewehrschuss und dachte, dass es wie eine Rettung in höchster Not klang. Er zog und zerrte an dem neuen Kabelbinder, der um seine Handgelenke geschlungen worden war. Er war noch nicht so stark ausgeleiert wie sein Vorgänger, aber Joe hatte ihn ausreichend weich geknetet.

Ein weiterer Schuss fiel, dann ein dritter. Die Männer ringsum fielen tot um und rannten in Deckung, als Joe schließlich die Fessel zerriss.

Er hob sofort einen scharfkantigen Stein auf, der ihm schon vorher ins Auge gefallen war, und sprintete zu Paul hinüber.

Die scharfe Kante als Messerklinge benutzend, befreite er Paul. Dann ließ Joe den Stein achtlos fallen und ersetzte ihn durch die Pistole in der Hand des Toten.

Joe deutete zum Felsgrat hinauf, auf dem er Gamay mit ihrem Präzisionsgewehr vermutete. »Renn zum Fuß des Felsvorsprungs.«

»Wohin willst du?«

»Urco suchen.«

Paul drehte einen weiteren Mann, den Gamay erschossen hatte, auf den Rücken und versorgte sich selbst mit einer Waffe. »Dann nichts wie los.«

Während Gamay vom Felsgrat feuerte, näherte sich Kurt dem Zentrum des Geschehens im Laufschritt und nutzte jede Deckung aus. Er hatte bereits zwei von Urcos Männern ausgeschaltet, dabei eine Schrotflinte erbeutet und stürmte mit dieser im Anschlag weiter. Er wollte sich Urco schnappen, aber die Überlebenden seiner Truppe wehrten sich nach Kräften.

Kurt erschoss einen von ihnen, während der gerade ein ganzes Magazin in Richtung des Berggrats leerte, um den Heckenschützen zum Schweigen zu bringen.

Während er an dem Toten vorbeirannte, lud er die Schrotflinte durch und schoss auf einen Mann, der hinter einem dichten Gebüsch in Deckung gegangen war. Das Gebüsch wurde vom Bleischrot vollständig zerhäckselt, und der Mann wälzte sich blutend auf dem Boden.

Kurt war mit zwei schnellen Schritten bei ihm und trat ihm das Gewehr aus der Hand. »Urco?«

Der Mann deutete mit einem zitternden Finger auf den Pfad, der durch das hohe Gras führte.

Kurt blickte in die Richtung und nahm wahr, dass von irgendwo oben etwas auf sie herabgeworfen wurde. Er sprintete los und hechtete ins Gras, als auch schon der Block Semtex explodierte.

Der Knall hallte in Kurts Ohren nach, fegte die grünen Halme flach auf den Boden und ließ mehrere Sekunden lang einen Schauer aus Erdbrocken auf sie herabregnen. Kurt war weit genug von dem Explosionsherd entfernt, um vor ernsten Verletzungen verschont zu werden.

Der Mann, der ihm den Weg zu Urco zeigte, hatte nicht so viel Glück.

Kurt wollte seinen Weg fortsetzen, als jemand gegen sein Bein tippte.

Er wirbelte mit schussbereiter Waffe herum. Aber anstatt seiner Gegner gewahrte er das grinsende Gesicht von Joe Zavala. Paul Trout kauerte dicht hinter ihm.

»Für einen Geist bestehst du aus verdammt solidem Material«, sagte Joe.

Kurt lächelte. »Und leicht anzuschleichen«, sagte er. »Tut mir richtig gut, euch beide zu sehen. Ob ihr es glaubt oder nicht, aber ich denke, wir gewinnen diese Schlacht vor allem dank Gamays Zielsicherheit.«

»Es wird schwierig sein, weiter mit ihr zusammenzuleben, nachdem sie uns das Leben gerettet hat«, sagte Paul. »Aber da muss man durch.«

»Wie viele wurden ausgeschaltet?«

»Vier unten am See«, sagte Joe.

»Und ich habe drei von ihnen erwischt«, sagte Kurt.

»Damit bleibt nur noch Urco übrig«, sagte Joe. »Ihr könnt euch darauf verlassen. Ich habe genau mitgezählt.«

Kurt deutete hangaufwärts. »Er ist irgendwo da oben. Aber ich habe so eine Ahnung, dass er uns mit Bomben bepflastert, wenn wir ihm auf den Pelz rücken.«

»Vielleicht kann Gamay ihn aus ihrer Position erwischen«, sagte Paul hoffnungsvoll.

Kurt holte das Funkgerät hervor, gab Gamay einen kurzen Lagebericht durch und fragte sie nach ihrer Einschätzung.

»Er ist tatsächlich da oben«, bestätigte Gamay. »Und er ist allein. Aber nicht wehrlos.«

»Wir durften bereits von seinem Sprengstoff kosten«, sagte Kurt. »Ich bin nicht an einer zweiten Kostprobe interessiert. Kannst du ihn erwischen?«

»Möglicherweise«, erwiderte sie. »Aber es gibt ein kleines Problem.«

»Und das wäre …?«

»Er hat anscheinend mit dieser Entwicklung gerechnet«, sagte sie. »Er kauert hinter dem letzten Sicherheitsbehälter. Und er hat seine Pistole auf das Gehäuse gerichtet, als wäre es eine lebendige menschliche Geisel.«

In diesem Moment erklang über ihnen Urcos dröhnende Stimme. »Diese Gewalt muss ein Ende haben«, rief er. »Lassen Sie Ihre Waffen fallen, oder ich vernichte uns alle!«

52

Auf dem Schlachtfeld kehrte nach Urcos Worten erst einmal Ruhe ein. Kurt sah Joe fast entschuldigend an. »Offensichtlich kann von Gewinnen keine Rede sein … zumindest noch nicht.«

»Wir könnten ihn von drei Seiten aus überrumpeln«, bot Joe an.

»Das Letzte, was ich mir wünsche, ist, dass er in Panik gerät.«

Das Funkgerät erwachte mit Gamays Stimme aus dem Lautsprecher. »Ich könnte ihn mit einem Kopfschuss erwischen, wenn er sich bewegt«, sagte sie. »Aber wenn ich ihn verfehle …«

»Selbst wenn du ihn triffst, könnte er in einem Reflex abdrücken«, erwiderte Kurt. Sie mussten etwas anderes versuchen, also reichte er Joe das Funkgerät. »Ich werde mal raufgehen.«

»Er wird dich niederschießen.«

»Das hoffe ich«, sagte Kurt. »Und wenn er das tut, dann knipst ihr beiden ihn ab.«

Joe sah Kurt fragend an.

»Gib Gamay Bescheid«, sagte Kurt. »Sobald ich auf dem Pfad hinaufsteige, schleicht ihr euch durchs Gras an. Und ich versuche, ihn so lange wie möglich in ein Gespräch zu verwickeln.«

Kurt erhob sich langsam. Wie ein kapitulierender Soldat hob er die Schrotflinte mit beiden Händen über den Kopf. In dieser Haltung trat er aus dem hohen Gras, überquerte die Lichtung und folgte dem gewundenen Pfad bergauf.

Er erreichte die obere Lichtung und konnte Urco sofort sehen. Er kniete hinter der letzten Containment-Einheit, die Pistole auf eine der Kryoleitungen gerichtet.

Kurt ließ die Schrotflinte fallen, sobald der Augenkontakt zwischen ihnen zustande kam.

Urco starrte ihn an. »Austin«, sagte er leise. »Und in weitaus besserer Verfassung, als man mich glauben machte.«

»Enttäuscht?«, fragte Kurt.

»Überrascht. Es kommt nicht sehr oft vor, dass Vargas bei einer seiner Aufgaben versagt. Außerdem lügt er nicht. Jedenfalls nicht mir gegenüber. Er sagte, Sie wären auf dem Grund des Sees verblutet.«

»Seien Sie nicht zu streng mit ihm«, erwiderte Kurt Austin. »Er hat die rote Farbkapsel in meiner Tarierweste aufgeschlitzt. Offenbar hatte er angenommen, mich schwer verletzt zu haben. Eine zufällige Täuschung. Vollkommen anders als die, die Sie der Welt präsentiert haben. Eins muss man Ihnen lassen: Nicht viele Leute haben den Mumm, die drei mächtigsten Nationen zu manipulieren.«

»Ich habe nur die Gelegenheit genutzt«, sagte Urco. »Nicht mehr.«

Kurt schüttelte den Kopf. »Es ist ein wenig spät für falsche Bescheidenheit, meinen Sie nicht? Sie haben die Fäden gezogen. Wir haben getanzt. Sie wollten, dass die *Nighthawk* gehoben wird, und haben uns dazu gebracht, es für Sie zu tun. Sie brauchten jemanden, der sie für Sie aus der Luft pflückte, und Sie haben die Russen überredet, ein Paar Überschallbomber zu bauen, um die *Nighthawk* für Sie vom Himmel zu holen. Als Sie – wie immer knapp an Barmitteln – Geld brauchten, haben Sie die Chinesen in eine Partnerschaft mit Ihnen gelockt. Wenn ich mich nicht allzu sehr täusche, haben Sie kein Geld, keine politische Macht, keine Waffen, sondern nichts als Ihren brillanten Verstand.«

Urco war zu clever, um Kurts Schmeicheleien nicht als das zu durchschauen, was sie sein sollten. Er war jedoch auch zu sehr von sich eingenommen, um sich nicht an jedem Wort zu berauschen.

»Ich habe mich schon mit Terroristen, fremden Regierungen und sogar mit Milliardären herumgeschlagen, die private Armeen unterhielten und nach Gutdünken einsetzen konnten«, fügte Kurt hinzu. »Ich bezweifle, dass mir jemals eine gefährlichere Persönlichkeit begegnet ist. Respekt, Urco. Oder soll ich Sie Falconer nennen?«

Bei dem Klang des Namens ruckte Urcos Kopf hoch. Er fixierte Kurt mit einem Ausdruck neu erwachten Interesses. »Demnach wissen Sie auch so einiges. Verraten Sie mir eins: Wo haben Sie diesen Namen gehört?«

»Auf dem Audiorecorder im Wrack des *Blackjack-1*-Bombers«, antwortete Kurt. »Im Gegensatz zu den Piloten überstand er den Absturz. Sie waren an Bord von *Blackjack 2*; und Sie waren der Grund, weshalb die *Nighthawk* plötzlich aufwachte, als die Russen schon annahmen, sie sei stillgelegt worden. Und Sie haben ihre Bitte ignoriert, das System mit dem Alpha-Code zu rebooten. Deshalb wurde die Videosequenz von La Jalca von einem Rechtshänder gefilmt. Weil Sie nicht dort waren, um selbst zu filmen.«

Urco starrte Kurt für einen Moment sprachlos an, dann nickte er.

»Ein brillanter Plan«, fuhr Kurt fort. »Sie haben gerade genug Informationen durchsickern lassen, um uns an der Nase herumzuführen. Was ich bis vor kurzem nicht verstanden habe, war nur: *Weshalb*?«

»Gier kann sogar die befallen, die reinen Herzens sind«, erwiderte Urco.

Kurt hatte sein Interesse geweckt und ihn zum Reden gebracht. Nun entspann sich eine Unterhaltung zwischen beinahe gleichwertigen Partnern. Das war Kurts Vorteil. Er machte ein paar langsame Schritte, während er redete. »Habgier ist doch nicht Ihre Sache. Wenn sie es wäre, hätten Sie mit jeder der drei Nationen Kontakt aufnehmen und verlangen können, dass für die Bekanntgabe der Position der *Nighthawk* eine hohe Summe auf ein Nummernkonto überwiesen wird. Schließlich waren Sie der Einzige, der wusste, wo sie sich befand. Aber Sie taten es nicht. Sie köderten uns mit diesem Wissen und holten uns alle an einen Tisch. Wie Sie vor dem Dinner an jenem Abend meinten, könne das Fest nicht beginnen, bevor sich alle Gäste eingefunden und ihre Ansprüche angemeldet haben. Sie haben die Mixed-State-Materie nicht verkauft. Sie haben sie weitergegeben, eine Portion an jede Nation, die sie haben wollte.«

Urco reagierte zunehmend verärgert auf Kurts Anschuldigungen. »Ich wurde mit Diamanten bezahlt.«

»Alles war nur Teil der Inszenierung«, sagte Kurt. »Eine hübsche Note in Ihrem kleinen Vergeltungsdrama. Aber Reichtum nützt Ihnen nichts, wenn die Welt untergeht. Ich weiß, was Sie im Sinn haben. Ich habe die kopierten Brennstoffzellen in der Höhle gesehen, und ich habe Ihren Sprengstoff gefunden.«

Urco schien verunsichert, weil Kurt so viel herausgefunden hatte. Er drückte die Pistole gegen den Sicherheitsbehälter, aber sein Blick war auf Kurt gerichtet.

»Welchen Sinn hat es, die Wahrheit zu verbergen«, fragte Kurt und trieb sein Gegenüber weiter in die Enge. »Dies ist das Ende. Entweder das Ende Ihrer Welt oder das Ende der unsrigen. Wollen Sie tatsächlich weiterhin so tun, als hätten Sie das Ganze nur inszeniert, um sich zu bereichern? Um möglichst viel Geld zu scheffeln? Dies wäre die Motivation eines Industriellen oder eines Konquistadoren, die Motivation von Pizarro und Kolumbus und jedes anderen Europäers, der in die Neue Welt kam. Wollen Sie sich tatsächlich mit den Leuten gemeinmachen, die die Inka und die Chachapoya dezimiert haben?«

»Dezimiert haben …«, wiederholte Urco wütend mit erhobener Stimme. »Dezimieren heißt doch, dass *jeder Zehnte getötet wurde*. Die Europäer mit ihrem Schmutz, den sie in die Neue Welt brachten, haben nicht einmal jeden Zehnten am Leben gelassen. Ihre Seuchen rafften fünfundneunzig Prozent von denen dahin, die hier lebten. Den Rest vergewaltigten und versklavten sie. Verdarben unser Blut mit ihrem Blut. Seit einem Dreivierteljahrhundert bezeichnen wir die Gräueltaten der Nazis und die Säuberungsaktionen Stalins als Holocaust und Genozid, dabei waren sie nichts verglichen mit dem, was hier geschah.«

Urcos Zornesausbruch brachte ihn offenbar aus dem Gleichgewicht, wie Kurt gehofft hatte.

»Niemand von den heute Lebenden hat etwas damit zu tun«, sagte Kurt und kam schrittweise auf ihn zu.

»Aber es passiert auch heute noch«, schimpfte Urco. »Sie verweisen auf die Vergangenheit, als ob die Ermordung und Vertreibung Unschuldiger nur einmal geschehen ist und dann zu Ende war. Aber beides geschieht weiterhin, in diesem Moment. An jedem Tag, zu jeder Stunde. Nicht nur hier oder am Amazonas, sondern in Afrika, Asien, im Outback Australiens und in den Eiswüsten der Arktis. Die letzten Überreste der Urvölker werden von den *Kindern der Maschine* bedroht. Es besteht keine Hoffnung auf eine friedliche Koexistenz oder auf Duldung. Die industriehörige Bevölkerung breitet sich wie ein Virus aus. Bald gibt es für andere Lebensweisen keinen Platz mehr. Dieser Prozess muss gestoppt werden. Ich bin es, der ihn stoppen wird. Und dies ist der einzige Weg.«

»Eine Bombe für Amerika, eine Bombe für China, eine für jemand anderen und den Rest – die überwältigende Mehrheit –, um in Europa ein Inferno zu entfesseln, während der russische Bomber es überfliegt. Ist das Ihre Vorstellung von Vergeltung?«

»Von Gerechtigkeit«, schäumte Urco. »Es wurde schon viel zu lange hinausgeschoben. Auge um Auge. Genozid um Genozid.«

»Sie können unmöglich annehmen, dass Sie und Ihre Leute hier nicht davon in Mitleidenschaft gezogen werden.«

»Wir leben von dem, was das Land hervorbringt, wie alle Kinder der Erde. Sie und Ihresgleichen hingegen leben von der Energie der Automatisierung und der mechanischen Leistung. Ihre Abhängigkeit von der Industrialisierung wird Ihr Untergang sein. Ohne die entsprechenden Apparaturen, um ihre Befehle auszuführen, werden die Kinder der Maschine verhungern; sie werden verdursten, vor Hitze und Kälte eingehen. Sie werden sich beim Kampf um das, was noch übrig ist, gegenseitig vernichten. Die Kinder der Erde werden ganz einfach zu dem zurückkehren, was ihnen schon immer vertraut war.«

Urcos Wut legte sich, und das Gespräch endete.

Kurt wagte sich näher heran.

»Das reicht jetzt«, sagte Urco. »Noch ein Schritt, und ich töte uns alle.« Urco zog den Hammer seines Revolvers zurück und entsicherte ihn. Das Schicksal der Welt hing jetzt vom Abzugsfinger eines Mannes ab, der förmlich vor Wut zitterte.

»Nein«, sagte Kurt. »Ich glaube nicht, dass Sie dies tun werden.«

»Stellen Sie mich lieber nicht auf die Probe«, warnte Urco. »Ich bin bereit zu sterben – mehr als bereit sogar.«

»Oh, das sind Sie sicherlich«, sagte Kurt. »Aber Ihr Plan … na ja … Sie haben das Ganze nicht zu Ende gedacht. Sie können jetzt nicht abdrücken. Ihre anderen Bomben sind noch zu nah. Diese eine hier ist zu gewaltig. Sie ist eintausendmal so stark wie Hiroshima, wenn nicht sogar fünftausendmal. Wenn sie explodiert, erfassen die Druckwelle und der Feuerball die Russen in unserem Hubschrauber. Beides löst eine zweite Reaktion aus. Diese vernichtet Emma Townsend auf der Straße nach Cajamarca und löst eine dritte Explosion aus.

Selbst wenn die Chinesen es geschafft haben sollten, ihren Sicherheitsbehälter in einen Langstreckentransporter umzuladen, und dieser bereits nach Asien gestartet ist, können sie noch nicht weit gekommen sein. Ganz gewiss nicht weit genug, um den Auswirkungen dieser drei kleinen Sonnen zu entgehen, die in nur einhundert Meilen Entfernung gezündet wurden. Dieselbe Schockwelle, mit der Sie die industriellen Zivilisationen der Welt hinwegfegen wollten, wird das Flugzeug vom Himmel holen. Die Gammastrahlen und der elektromagnetische Impuls verbrennen die Schaltkreise und bringen den Sicherheitsbehälter zum Schmelzen. Auf die eine oder andere Weise wird Ihre vierte tickende Bombe hochgehen. Es wird tatsächlich eine Katastrophe stattfinden, aber Südamerika wird das meiste abbekommen – und die Kinder der Maschine, die kommen, um Hilfe zu leisten, werden die Opfer sein.«

Während Kurts Worten biss Urco die Zähne zusammen. Es war durchaus möglich, dass er all das bedacht hatte. Oder konnte es sein, dass er niemals an eine solche Möglichkeit gedacht hatte? Zumindest in diesem Moment sah er es genauso, wie Kurt es ihm geschildert hatte.

Kurt machte einen weiteren Schritt. Das Einzige, was er jetzt tun musste, war zu verhindern, dass Urco unabsichtlich abdrückte.

»Bleiben Sie, wo Sie sind!«

»Es ist aus, Urco!«

»Ich werde abdrücken!«, rief Urco. »Niemand kann die Katastrophe aufhalten. Und sie wird Ihre Gesellschaft viel schlimmer treffen als all jene, die in den Urwäldern, in der Tundra oder in den fernen Prärien leben.«

Kurt war jetzt nahe genug, um das Zittern von Urcos Nasenflügeln und die flackernde Wildheit in seinen Augen sehen zu können. Er beobachtete, wie ein Schweißtropfen an seiner Schläfe herabperlte und sich die Knöchel seiner Hand um den Pistolengriff weiß färbten.

»Ihnen bleibt nur noch eine Möglichkeit«, sagte Kurt. »Ein einziger Schuss. Entweder die Bombe … oder ich.«

Urco bebte vor Zorn. Ein zweiter Schweißtropfen rann an seinem Gesicht herab. Er sickerte durch seinen Bart und verharrte für einen winzigen Moment an der Kinnspitze, ehe er auf den Sicherheitsbehälter herabfiel. Er traf auf und gefror augenblicklich auf den Kühlröhren des Behälters. »Fahren Sie zur Hölle!«

Urco drehte seinen Oberkörper und riss die Pistole hoch, um sie auf Kurt zu richten.

Kurt duckte sich weg, während beinahe gleichzeitig zwei Schüsse fielen. Einer in seiner Nähe, der andere irgendwo in größerer Entfernung.

Urco wurde von dem Gewehrschuss, der unter dem ausgestreckten Arm seinen Brustkorb traf, zur Seite geworfen. Er sackte zu Boden und umklammerte weiterhin die Pistole. Mit wenigen Schritten war Joe bei ihm und schlug ihm die Pistole aus der Hand, ehe er versuchen konnte, abermals zu feuern.

Kurt rollte sich auf den Rücken. Urcos Schuss hatte ihn verfehlt. Der Lauf war für einen kurzen Moment auf der mit Raureif bedeckten Oberfläche des Sicherheitsbehälters festgefroren. Er kam Joe zu Hilfe, der neben Urco kniete.

»Er verblutet«, sagte Joe.

Sie versuchten, die Blutung zu stoppen, aber die Kugel war durch seinen Oberkörper gewandert. Dabei waren zu viele innere Organe getroffen und beschädigt worden. Zu viel Gewebe war zerrissen worden.

Kurt brach seine Bemühungen, Urcos Leben zu retten, ab und versuchte stattdessen, ihm noch eine letzte Antwort zu entlocken.

»Sie werden sterben«, sagte er. »Nehmen Sie nicht die halbe Welt auf diesen Weg mit. Das hat sie nicht verdient. Verraten Sie mir lieber, wie sich aufhalten lässt, was Sie in Gang gesetzt haben.«

Urco starrte Kurt mit leerem Blick an.

»Wir kommen hierher zurück. Wir helfen Ihren Leuten und den anderen Menschen. Sie haben recht mit Ihrer Klage über das, was geschehen ist und immer noch geschieht, aber zuerst müssen Sie uns helfen.«

Urco sah ihn an. »Ich … glaube Ihnen … beinahe«, flüsterte er kaum hörbar. Seine Augen brachen. »Es ist zu spät«, ächzte er. »Was begonnen wurde … kann nicht … rückgängig gemacht werden.«

53

Urco starb, ohne noch einmal den Mund aufzumachen und etwas zu sagen. Joe und Paul sammelten die Toten und die beiden Überlebenden ein. Gamay kam aus ihrem Versteck herunter und schloss Paul in die Arme.

»Meine besten Grüße an deinen Lehrer«, sagte Joe.

»Ich werd's meinem Vater bestellen«, versprach sie, dann wandte sie sich an Kurt. »Das war eine verdammt riskante Nummer.«

»Ich dachte mir, dass er derart viel Arbeit in seinen Plan gesteckt hat, dass er alles andere tun würde, als ihn abzubrechen.«

»Und wenn du dich geirrt hättest?«

»Ein einfaches Rechenexempel«, sagte Kurt. »Ein vernichteter Kontinent ist besser als vier.«

»Aber nur unwesentlich«, sagte sie.

»Dem kann ich nicht widersprechen«, erwiderte Kurt.

»Hat irgendjemand eine Idee, wohin dieser letzte Behälter geliefert werden sollte?«, fragte Paul.

»Wenn ich richtig gehört habe, sprachen Urcos Männer von Rio«, meinte Kurt.

»Bedenkt man, in welchem Ausmaß der Regenwald am Amazonas vernichtet wird, würde es Sinn ergeben, die größte Stadt auf dem Kontinent auszulöschen, um diesem Raubbau Einhalt zu gebieten«, sagte Joe. »Aber was geschieht jetzt?«

Kurts Miene war düster. »Wir haben die Schlacht gewonnen, sind jedoch offenbar im Begriff, den Krieg zu verlieren. Wir müssen die Chinesen und die Russen warnen und die NSA benachrichtigen.«

Sie durchsuchten das Lager und Urcos Männer nach irgendeiner Form von Langstrecken-Kommunikationstechnik. Alles, was sie fanden, waren Walkie-Talkies für den Nahbereich, ihre eigenen Satellitentelefone, die zerstört worden waren, und Urcos

Computer mit seiner vergleichsweise primitiven Satellitenantenne.

Nach zwanzig Minuten erfolgloser Bemühungen kapitulierte Paul. »Ich habe so etwas schon früher gesehen. Es ist ein mehrstufiges Sicherheitsprogramm. Selbst wenn wir die erste Schranke überwinden, gelangen wir höchstwahrscheinlich zu einer zweiten Verschlüsselungsstufe, die wir knacken müssen, bevor wir Zugriff auf das Satellitenkommunikationsprogramm erhalten.«

Sie löcherten die beiden Überlebenden mit Fragen nach entsprechenden Informationen, konnten aber nichts halbwegs Bedeutsames aus ihnen herausquetschen.

»Dafür haben wir jetzt keine Zeit«, entschied Kurt. »Wir werden auf die altmodische Art vorgehen müssen. Direkt und persönlich.«

»Uns steht aber nur ein einziges Fahrzeug zur Verfügung, und wir müssen drei Megabomben unschädlich machen«, gab Joe zu bedenken.

»Wir sollten uns trennen«, sagte Kurt. »Du und ich, wir hängen uns an die Russen, Paul und Gamay, ihr nehmt diesen Jeep Cherokee und versucht, Emma einzuholen.«

»Sie hat einen bewaffneten Aufpasser«, sagte Paul.

»Dann neutralisiert ihn.«

»Was ist mit den Chinesen?«, wollte Gamay wissen. »Sie müssten mittlerweile gestartet und in der Luft sein.«

Kurt sah auf die Uhr. Im Fall der Chinesen konnten sie im Augenblick nichts unternehmen. »Bis nach Peking ist es ein weiter Weg. Vielleicht fällt uns ein, wie man die Bomben entschärfen kann, und wir können mit ihnen reden, ehe sie landen.«

Ohne weitere Zeit zu vergeuden, schleppten sie den letzten Sicherheitsbehälter den Pfad zur schmalen Landstraße hinunter, wo der Cherokee parkte. Nachdem sie den Behälter eingeladen und gesichert hatten, starteten Paul und Gamay. Die Zeit reichte noch nicht einmal für eine Abschiedsszene. Es blieb bei einem kurzen Winken.

Während sich Paul und Gamay entfernten, nahmen Kurt und Joe die Verfolgung der Russen in Angriff. Das erste Problem war, in Erfahrung zu bringen, wo sie sich befanden.

»Sie sind genau über diesen Einschnitt im Gebirgskamm geflogen und dem Kurs weiter gefolgt«, sagte Joe. »Ich wüsste keinen einleuchtenden Grund, weshalb sie nicht direkt den Zielort hätten ansteuern sollen, den sie im Sinn hatten. Und wenn man das Gewicht und die Steuerprobleme berücksichtigt, mit denen ich beim Transport der *Nighthawk* zu kämpfen hatte, können sie eigentlich nicht ernsthaft damit rechnen, mit ihrer Last sehr weit zu kommen.«

»Ich glaube zu wissen, welches Ziel ihnen vorschwebt«, sagte Kurt. »Erinnerst du dich an die Tonaufnahme vom ersten Absturz? Der Pilot von *Blackjack 1* geriet in Panik, als sich die *Nighthawk* selbstständig machte. Er verlangte vom Falconer, dass er mit Hilfe der Reset-Codes das Steuersystem der *Nighthawk* neu startete. Er rief *Blackjack 2*.«

»Und Urco war der Falconer.«

Kurt nickte. »Woraus zu schließen ist, dass *Blackjack 2* nicht abgestürzt ist. Er landete sicher und wahrscheinlich irgendwo in der Nähe. Wir müssen nur den nächstgelegenen Flugplatz suchen.«

»So einen gibt es«, sagte Joe. »Etwa sieben Meilen von hier. Als ich unsere Route plante, habe ich ihn auf der Karte gesehen.«

»Ein langer Marsch«, sagte Kurt. »Wir sollten uns lieber sofort auf den Weg machen.«

»Wir brauchen nicht zu Fuß zu gehen«, meinte Joe. »Zumindest nicht die gesamte Strecke. Der Fluss passiert die Landebahn in etwa einer Meile Abstand. Wir können das Zodiac nehmen. Damit sparen wir Stunden.«

54

Der Sieben-Meilen-Flug des Air-Crane würde wohl sein letzter sein, dachte Major Timonovski von der russischen Luftwaffe. Der große Hubschrauber hatte Mühe, die Last durch die dünne Bergluft zu transportieren. Ehe sie die halbe Strecke bewältigt hatten, bewegte sich die Betriebstemperatur der Motoren bereits im gelben Bereich. Aber mit den neun Tonnen Gewicht der *Nighthawk* am Haken unter ihnen wagte Timonovski nicht, das Tempo zu steigern.

»Rotes Licht bei Maschine Nummer zwei«, meldete der Flugingenieur.

»Was ist die Ursache?«, fragte Timonovski.

»Metallspäne in der Ölwanne. Der Hauptrotor – das Getriebe löst sich allmählich auf. Wir müssen den Vogel auf festen Boden runterbringen.«

Timonovski hörte die Anspannung in der Stimme des Technikers, verdrängte sie jedoch. »Wir sind fast am Ziel«, sagte er.

Er konnte auf ihrem Kurs bereits die Umrisse der Landebahn erkennen. *Blackjack 2* stand dort bereit, nicht länger versteckt unter seiner Tarnung aus Netzen und Planen, die der Vogelmann darübergedeckt hatte. Ein anderes Flugzeug stand ebenfalls auf der Rollbahn. Eine kleine Turboprop-Maschine.

Die Warnlichter ignorierend, lenkte Timonovski den orangefarbenen Hubschrauber und das gestohlene amerikanische Flugzeug über die letzte Baumreihe und hinunter auf die festgestampfte Landepiste. Ein Mann stand am Rand dieser Piste und schickte ihnen mit einer Lampe Blinkzeichen im Morserhythmus.

»Offenbar sagt der Vogelmann wenigstens dieses eine Mal die Wahrheit«, bemerkte er. Nach so vielen Lügen und Tricks hatte Timonovski fast erwartet, von amerikanischen oder sogar chinesischen Agenten empfangen zu werden. »Melden Sie sich bei ihnen auf dem Niedrigfrequenzkanal.«

Der Flugingenieur wählte die korrekte Frequenz und begann eine Unterhaltung im Maschinengewehrtempo. »Sie wollen, dass wir die *Nighthawk* auf dem Bomber absetzen«, gab er an Timonovski weiter. »Können wir so lange in der Luft bleiben?«

»Lieber würde ich sie neben die Rollbahn stellen, aber sobald wir mit diesem Hubschrauber gelandet sind, wird er nicht mehr starten können.«

»Das denke ich auch«, sagte der Flugingenieur. »Was soll ich antworten?«

Timonovski zögerte nicht. »Wir riskieren es.«

Er näherte sich dem Bomber, setzte sich neben ihn und versetzte den Hubschrauber in einen seitlichen Gleitflug. Mit behutsamen Steuerimpulsen manövrierte er sie über den Bomber, bis sie genau über seiner Längsachse standen, und begann, das amerikanische Flugzeug herabzulassen.

Der erste Versuch schlug fehl, da der wirbelnde Abwind der Rotoren das am Windenseil hängende Flugzeug in Drehung versetzte. Der zweite Versuch war um keinen Deut besser.

»Ich kriege den Vogel nicht stabilisiert«, sagte Timonovski.

»Wir müssen sie vom Haken kriegen«, drängte der Flugingenieur. »Jeden Moment kann uns das Getriebe um die Ohren fliegen.«

»Ich mache noch einen Versuch«, kündigte Timonovski an.

Als er dieses Mal anflog, erschienen die Männer der Bodenmannschaft auf dem Rücken des Bombers. Sie packten die *Nighthawk* mit den Händen, warfen Leinen über Nase und Heck und stoppten mit ihrem kombinierten Körpergewicht die Drehung. Mit ihrer Hilfe zog Timonovski die *Nighthawk* in Position und spürte, wie sie mit einem leichten Ruck auf dem verstärkten Rückgrat des Bombers aufsetzte.

»In Position und fixiert«, meldete der Flugingenieur.

»Ich löse das Seil.«

Mit einem hörbaren Klicken wurden die Hubseile ausgeklinkt. Der Air-Crane reagierte, indem er augenblicklich einen halben

Meter aufstieg – begleitet von einer schwarzen Qualmwolke, die aus dem Getriebekasten quoll.

Ein grässliches Knirschen übertönte das Heulen der Turbinen, und Timonovski wusste, dass sie soeben das Getriebe verloren hatten.

»Festhalten!«, rief er und schwenkte vom Bomber, von der *Nighthawk* und der Bodenmannschaft seitlich weg.

Der qualmende Hubschrauber hielt sich mit dem geringen Auftrieb, den die Rotoren noch entwickelten, für einen kurzen Augenblick in der Luft, dann begann er abzusacken. Timonovski hatte alle Hände voll zu tun, den Verlust an Kontrolle auszugleichen, aber der Hubschrauber reagierte nicht mehr. Und dann hatten sie neben der Böschung der Landebahn Bodenberührung.

Dabei knickte die rechte Landekufe ein, und der Air-Crane kippte seitlich um. Die Rotorflügel wühlten sich ins Erdreich und wurden zu einem Hagel tödlicher Geschosse zertrümmert, die – glücklicherweise, ohne Schaden anzurichten – in eine nahe Baumgruppe einschlugen.

Während der Hubschrauber auf der Seite liegend zur Ruhe kam, schaltete Timonovski die Turbinen aus und unterbrach die Benzinzufuhr. Er drehte sich um und sah, wie der Flugingenieur durch die Seitentür ins Freie sprang.

Als Timonovski seinen Sicherheitsgurt geöffnet und seinen Ingenieur eingeholt hatte, stand ein halbes Dutzend Mitglieder der Bodenmannschaft bereit. Einer sprühte Schaum aus einem Feuerlöscher auf das Maschinengehäuse. Schwarzer Qualm wälzte sich aus den Auspuffrohren, aber keine Flamme loderte hoch.

»Schlimme Dinger«, sagte eine Stimme.

Der Major entdeckte Konstantin Davidov unter den Männern. Den Chef des Direktorats bei einer Mission persönlich an vorderster Front anzutreffen war in der Tat ein seltenes Ereignis. Das alte Schlachtross strahlte über das ganze Gesicht, als er näher kam.

»Schlimme Dinger?«, fragte Major Timonovski. »Was meinen Sie?«

»Hubschrauber«, erklärte Davidov. »Unnatürlich, laut und hässlich. Die reinsten Folterinstrumente, wenn Sie mich fragen.«

Der Major wusste nichts von Davidovs langem Flug in der *Brieftaube* von Kamtschatka zum Raketenkreuzer *Varyag*. Aber er war klug genug, dem Chef nicht zu widersprechen. »Wenn Sie meinen.«

»Das meine ich«, bekräftigte Davidov. »Aber sie haben ihren Nutzen.«

»Und ihre Grenzen«, erwiderte Timonovski. »Wie wir alle.« Er deutete auf *Blackjack 2* mit der *Nighthawk* auf dem Rücken. »Wir kommen niemals von der Rollbahn hoch. Sie ist viel zu kurz. Und die Bäume sind zu hoch. Das habe ich dem Vogelmann unmissverständlich erklärt.«

»Und er hat auf Sie gehört«, sagte Davidov. »Ich habe die RATO-Booster mitgebracht. Mit den Raketen als Unterstützung und ein paar gefällten Bäumen am Ende der Startbahn schaffen wir es vollkommen problemlos. Die Bodenmannschaft montiert bereits die Hilfsraketen.«

Timonovski folgte dem ausgestreckten Zeigefinger seines Chefs. Er konnte erkennen, wie die Bodenmannschaft die gedrungenen Raketengehäuse an den Aufhängungen auf der Unterseite der Bombertragflächen befestigte. Es war ein komplizierter Prozess, der einige Zeit in Anspruch nahm. »Scheint so, als hätte der Falconer tatsächlich an alles gedacht.«

»Ja«, stimmte Davidov zu. »Das hat er offenbar.«

55

Emma Townsends Route führte sie durch ein breites Tal zu einem engen Pass hinauf. Anfangs war die Straße eben und wurde auf beiden Seiten von Hügeln gesäumt, doch sobald sie die Passhöhe überschritten hatte, sah die Straße genauso aus wie die, auf der sie und Kurt in die Berge gekommen waren. Nur neigte sich jetzt der Tag dem Ende zu, und der abendliche Himmel wurde von Minute zu Minute dunkler.

Emma hatte das Fernlicht eingeschaltet sowie die kleinen Nebelscheinwerfer unterhalb der Stoßstange und zwei zusätzliche Scheinwerfer am Dachgepäckträger. Sie erhellten die Fahrbahn mehr als ausreichend, aber der Steilabbruch jenseits des schmalen Fahrbahnbanketts war nicht mehr als eine dunkle Leere.

»Wenn diese Sache vorbei ist, ziehe ich nach Kansas um«, schwor Emma.

»Was ist Kansas?«

Die Frage kam von Reyes, dem Aufpasser, den Urco ihr zugeteilt hatte. Er lümmelte an die Tür gelehnt auf dem Beifahrersitz und hielt eine 9-mm-Pistole in der Hand.

Wenn sie zu schnell oder zu langsam fuhr, musterte er sie wütend und machte seinem Unmut lautstark Luft. Momentan jedoch schien alles zu seiner Zufriedenheit zu laufen, da er sich ein wenig entspannt und die Beine ausgestreckt hatte. Die Beretta lag in seinem Schoß und zielte ungefähr in Richtung ihres Oberschenkels.

»Kansas«, antwortete sie, »ist eine flache, ebene Region in Amerika. Dort gibt es keine hohen Berge oder Felswände, von denen man abstürzen könnte.«

Seine Stirn legte sich in Falten.

»Vergessen Sie's«, sagte sie. »Ich kann mir vorstellen, wie das für jemanden klingen muss, dessen Heimat hier ist.«

Er schenkte sich einen Kommentar, beugte sich vor, um einen Blick auf den Tachometer zu werfen, und ließ sich wieder zurücksinken.

»Liegen wir im Zeitplan?«, fragte sie.

Er gab keine Antwort. Vielleicht taten sie es.

»Urco hätte Sie nicht mit mir auf diese Reise schicken müssen, wissen Sie.«

»Ich bin hier, um dafür zu sorgen, dass Sie tun, was Sie versprochen haben.«

»Weshalb sollte ich das nicht tun?«, fragte sie, während sie den Wagen um eine Kurve lenkte. »Es ist im Grunde das Einzige, was in dieser Situation getan werden kann.«

Er zuckte die Achseln.

»Und außerdem, was würden Sie tun, wenn ich mich weigerte? Oder es mir anders überlegte?«

Sie redete, um sich während der langen Fahrt die Zeit zu vertreiben und vielleicht auch in der Hoffnung, dass er sie als menschliches Wesen betrachtete anstatt als potentielles Ziel für seine Schießkünste. Offenbar waren ihre Bemühungen nicht vergeblich.

»Ich erschieße Sie und fahre selbst.«

»Tatsächlich?«, fragte sie überrascht, auch wenn sie diese oder eine ähnliche Antwort schon erwartet hatte. »Und was dann? Wollen Sie den Behälter einfach abliefern und meinen Kollegen erzählen, Sie seien ein barmherziger Samariter, der ihn zufällig am Straßenrand aufgelesen hat? Ganz abgesehen davon, wie wollen Sie die Empfänger ohne mich finden?«

Die Antwort fiel ihr ein, noch ehe sie die Frage vollständig ausgesprochen hatte. »Ach ja, Sie haben ein Telefon«, sagte sie. »Sie haben *mein* Telefon.«

Fast im selben Moment erkannten beide, dass sie sich verplappert hatte.

Ein Telefon bedeutete Hilfe. Es konnte ein Rettungsteam zum Kondorsee rufen und militärische Einheiten alarmieren, um Urco und seine Anhänger zu neutralisieren. *Ihr* Telefon könnte die gesamte Situation auf den Kopf stellen.

»Halten Sie an«, verlangte er.

»Nein«, widersprach sie. »Es ist okay. Wir fahren weiter nach Cajamarca.«

»Anhalten!«

Danach lief alles Weitere blitzartig ab. Reyes wiederholte seinen Befehl und richtete die Pistole auf Emmas Kopf. Sie erkannte, dass dies vielleicht die einige Chance war zu handeln, und trat hart aufs Bremspedal. Die plötzliche Verzögerung ließ seinen Arm in Fahrtrichtung nach vorne schwingen. Seine Hand prallte gegen das Armaturenbrett, die Pistole ging los, und die Kugel traf die Windschutzscheibe.

Während das Glas zerschellte und Splitter teils ins Wageninnere und teils auf die Motorhaube regneten, führte Emma mit dem rechten Arm einen Rundumschlag aus. Die Hand war steif wie ein Brett, die Finger waren ausgestreckt. Die Handkante prallte bilderbuchmäßig präzise genau in Höhe des Adamsapfels gegen seinen Hals.

Der Treffer klemmte kurzfristig seine Luftröhre ab, und Reyes ließ die Pistole fallen, als seine Hand reflexartig zu seiner Kehle zuckte.

Emmas Fuß fand das Gaspedal und rammte es aufs Bodenblech. Der Wagen vollführte einen Satz vorwärts, und Reyes wurde nach hinten geworfen, als er abermals aus dem Gleichgewicht geriet.

Während es ihn in seinen Sitz presste, griff Emma nach der Pistole und versuchte, sie vom Wagenboden aufzuheben. Ihre Fingerspitzen berührten sie, aber ehe sie zupacken und sie aufklauben konnte, tat Reyes etwas Unerwartetes. Er griff mit einer Hand ins Lenkrad und riss es nach rechts.

Die Räder wurden abrupt eingeschlagen. Der Toyota geriet ins Schleudern und kippte auf die Seite. Die Windschutzscheibe wurde herausgesprengt, und der alte Geländewagen rutschte zur anderen Straßenseite und bis auf den Felsvorsprung dahinter. Er schoss halb über die Kante und krachte frontal gegen einen verkrüppelten Baum, der am Rand eines Steilhangs aus dem Erdboden ragte, und blieb liegen.

Der heftige Aufprall schleuderte Emma wie eine Puppe durchs Wageninnere, und sie verlor das Bewusstsein. Ob für Sekunden oder eine Minute oder länger, konnte sie später beim besten Willen nicht rekonstruieren. Als sie aufwachte, lag sie auf der Seite, eingeklemmt vom Lenkrad. Ein zischendes Geräusch erklang in ihrer Nähe, und sie war eingehüllt in eine Dampfwolke, die aus dem geborstenen Kühlergrill des Toyota austrat.

Reyes war nirgendwo zu sehen. Und angesichts der zertrümmerten Windschutzscheibe nahm sie an, dass er hinausgeschleudert worden war.

»Das war idiotisch«, krächzte sie, wütend auf sich selbst. Aber auch wütend auf ihn, wo immer er sich in diesem Augenblick befand.

Sie drehte sich mühsam um, spürte einen stechenden Schmerz, der durch ihren Brustkorb zuckte, und richtete den Blick auf die Containment-Einheit. Mit Gurten festgeschnallt und gesichert, war der Behälter an Ort und Stelle geblieben.

Emma streckte sich so weit, dass sie das Armaturenbrett erreichte. Alle Kontrolllampen leuchteten grün. Die Stromzufuhr war nicht unterbrochen. Die Magnetflaschen waren intakt, und das Kryosystem war nach wie vor in Betrieb.

»Gott sei Dank haben sie diesen Lieferauftrag nicht an den niedrigsten Bieter vergeben«, flüsterte sie.

Aus Gründen, die auf der Hand lagen, waren die Behälter erstaunlich widerstandsfähig und nur mit minimalen Toleranzen angefertigt. Sie konnten Jahre im Weltraum überdauern – bei kosmischer Strahlung, extremer Hitze und Kälte, ganz zu schweigen von den Turbulenzen und den Vibrationen beim Wiedereintritt oder bei einer leichten Bruchlandung.

Glücklicherweise war dieser Autounfall glimpflich verlaufen.

Alles, was Emma jetzt tun musste, war, sich aus dem Land Cruiser zu befreien, ihren Wächter zu suchen und zu hoffen, dass das Telefon in seiner Tasche den Flug durch die Windschutzscheibe und die Landung auf der Straße unversehrt überstanden hatte.

Sie stemmte sich gegen die Lenksäule, die sich bei der Kollision mit dem Baumstamm gelockert hatte, bis sie nachgab und sich weit genug zur Seite schieben ließ, um ihre Beine zu befreien. Dann zog sie die Knie an und schlängelte sich in eine sitzende Position.

Da der Toyota auf der Seite ruhte und die Windschutzscheibe verschwunden war, bot sich dieser Weg an, um den Wagen zu verlassen. Neben dem Fenster auf der Fahrerseite sitzend, fädelte sie die Beine durch die Öffnung, wo sich die Windschutzscheibe gefunden hatte, und berührte … nichts.

Emma erstarrte. Ihre Beine baumelten ins Leere, als säße sie auf einer Schaukel oder auf einer Felsleiste. Sie blickte nach unten. Dort, wo sich das Seitenfenster befunden hatte, war solider Untergrund zu erkennen, der jedoch jenseits der Kante steil abfiel.

Sie beugte sich vor und fasste nach dem Sicherheitsgurt, um Halt zu finden. Während sich die Dampfwolken aus dem Kühler auflösten, drang das Licht der Dachlampen tiefer in die Nacht und wurde vom Erdboden einhundert Meter unter ihr reflektiert.

Der Land Cruiser neigte sich bereits weit nach vorn. Das einzige Hindernis, das ihn vor dem endgültigen Absturz bewahrte, war der verkrüppelte Baum, der ihre Talfahrt gebremst hatte.

Emma zog die Beine zurück und verlagerte ihr Gewicht, um nach oben auszusteigen. Ein deutlich hörbares Knacken aus Richtung des Baumstamms und ein heftiger Ruck, als der Toyota seine Lage veränderte, machten ihr klar, dass ein Positionswechsel in dieser Situation eine denkbar schlechte Idee war. Sie rührte sich nicht mehr und fragte sich, wie lange der Baum das Gewicht des Toyota und seines Inhalts noch tragen würde.

56

Kurt und Joe kamen mit dem Zodiac zügig voran. Der Fahrtregler stand auf Vollgas, und die Strömung spendete ihnen zusätzlichen Schub. Eine Reihe kleiner Stromschnellen hielt sie nur kurzfristig ein wenig auf, und schon bald hatten sie auf dem gewundenen Fluss zwölf Meilen zurückgelegt. Sein Verlauf gestattete ihnen eine Reisegeschwindigkeit von sieben Meilen in der Vogelfluglinie – oder, genauer gesagt, der *Nighthawk*-Fluglinie.

»Dies ist der Punkt, an dem wir dem Ziel am nächsten sind. Näher kommen wir nicht heran«, sagte Joe Zavala, der das Boot anhand dessen navigierte, was ihm von der Landkarte und ihrer Fahrtzeit noch im Gedächtnis haften geblieben war.

»Ich bin bereit«, sagte Kurt Austin. »Weiter geht's zu Fuß.«

Mittlerweile hatte sich Kurt umgezogen und trug reguläre Kleidung. Außerdem waren beide Männer wieder in ihre Schuhe geschlüpft. Sobald Joe das Zodiac vollständig an Land gezogen hatte, sprangen sie heraus und starteten zu einem Fußmarsch, der eher einem Dauerlauf glich.

Mittlerweile war die Nacht hereingebrochen, die Luft hatte sich empfindlich abgekühlt, und die Sterne waren herausgekommen. Sie funkelten am Himmel wie Diamanten auf schwarzem Samt. Die Sterne als Orientierungshilfen nutzend, eilten Kurt und Joe über das felsige Gelände und näherten sich dem Flugplatz.

Kurt, der sich hinter Joe ein wenig hatte zurückfallen lassen, spürte, wie seine Knie zu schmerzen begannen und ihn an diverse Verletzungen in seiner Zeit als Footballspieler seiner Universität erinnerten.

»Du wirst auf deine alten Tage ganz schön langsam«, stichelte Joe.

»Während einige von uns den ganzen Tag untätig herumsaßen, habe ich gearbeitet«, sagte Kurt.

»In einem mit Luft gefüllten Reifenschlauch auf einem See zu treiben zählt dort, wo ich herkomme, nicht als Arbeit«, sagte Joe.

»Ich habe mir meine eigene Art von Extremtriathlon geschaffen«, sagte Kurt. »Unter einem Wasserfall herschwimmen, eine Felswand erklettern und nun ein Zweitausend-Meter-Bergaufsprint durch die dünne Luft in dreitausend Metern Meereshöhe.«

»Unter einem Wasserfall her?«, fragte Joe. »Weshalb bist du nicht drum herum geschwommen?«

»Ich hab's versucht«, gestand Kurt. »Es war aber nicht so einfach, wie es klingt.«

Joe lachte. »Ich hoffe nur, dass sich diese Rennerei gelohnt hat und wir unseren Flug nicht verpasst haben.«

Kurt hoffte das ebenfalls. Genau Bescheid zu wissen war unmöglich, ehe sie an Ort und Stelle waren, aber da er während seiner Dienstzeit in der Air Force in der Nähe mehrerer Flugbasen gewohnt hatte, wusste Kurt, wie weit der Lärm militärischer Düsentriebwerke zu hören war. »Wenn sie nicht ausgerechnet in dem Augenblick gestartet sind, während wir uns durch die Stromschnellen gekämpft haben, glaube ich, dass wir es gehört hätten, wenn ein Überschallbomber aufgestiegen wäre. Ich bin sicher, dazu hätten sie einen Satz Nachbrenner gebraucht.«

Ein dumpfes Dröhnen, das über das Hochplateau rollte, unterbrach ihre Unterhaltung. Kurt und Joe wurden automatisch langsamer, um zu lauschen.

»Eine Turboprop«, sagte Joe und blickte in die Richtung, aus der sich das Geräusch näherte. Das Dröhnen wurde lauter und hatte, als ein zweiter Motor angelassen wurde, plötzlich ein seltsames Echo.

»Sie könnten die Flugzeuge gewechselt haben«, bemerkte Kurt.

Der Fußmarsch steigerte sich zu einem Sprint, und da sie sich am Geräusch der Turboprop-Maschine orientieren konnten, ergab sich die Laufrichtung automatisch. Sie hatten noch eine beträchtliche Strecke bis zur grasbewachsenen Start- und Landebahn zu überwinden, als die kleine Maschine in den Nachthimmel aufstieg, einen weiten Bogen nach Nordosten beschrieb und in der Dunkelheit verschwand.

»Wenn wir den Air-Crane erreichen«, sagte Joe, »können wir dessen Funkgeräte benutzen. Und sie zurückholen, ehe sie zu hoch aufgestiegen sind.«

Beide Männer rannten, so schnell sie konnten. Sie erreichten den Rand des Flugplatzes und gingen, in der dünnen Luft mühsam nach Atem ringend, hinter dem Stamm einer Kiefer in Deckung.

Der Air-Crane war auf der anderen Seite der Grasfläche zu sehen. Er lag auf der Seite, dichter Qualm stieg von ihm auf. »Die Funkgeräte dürften noch intakt sein«, sagte Joe hoffnungsvoll. »Aber die Antenne wurde wahrscheinlich abgerissen.«

Kurt deutete auf eine zweite Silhouette in der Dunkelheit, schwärzer als schwarz und von bedrohlicher Gestalt. *Blackjack 2* stand dort mit der *Nighthawk* auf dem Rücken.

»Sie hätten sich niemals die Mühe gemacht, sie so präzise aufzusetzen, wenn sie die Absicht gehabt hätten, sie hier zurückzulassen.«

57

Paul Trout fuhr so schnell, wie er glaubte, es mit dem Jeep Cherokee riskieren zu können. In Anbetracht der Fracht, die er transportierte, der Art und des Zustands der Straße und der vollkommenen Dunkelheit dieser mondlosen Nacht waren sechzig Stundenkilometer ein absolut waghalsiges Tempo.

Gamay, die neben ihm saß und ihre Aufmerksamkeit zwischen der tragbaren Weltuntergangsmaschine und der Straßenkarte teilte, wäre es anscheinend lieber gewesen, wenn er um einiges schneller gefahren wäre. »Ich kann nur hoffen, dass Emma ebenso vorsichtig ist wie wir«, sagte sie. »Und das aus den verschiedensten Gründen.«

Paul hatte schon vorher einen Blick auf die Karte geworfen. Er wusste, dass es ein Wettrennen war, das sie nicht gewinnen konnten. »Wir holen sie niemals ein. Die letzten sechzig Kilometer nach Cajamarca sind asphaltiert und relativ eben. Sobald sie diesen Abschnitt erreicht haben, bleiben wir abgeschlagen in einer Staubwolke zurück.«

»Vielleicht können wir einen anderen Pkw oder Lastwagen anhalten«, schlug Gamay vor. »Mit ein wenig Glück verfügt der Fahrer über ein Funkgerät oder ein Telefon.«

»Das müsste hier oben dann schon ein Satellitentelefon sein«, sagte Paul. »Aber vielleicht finden wir jemanden, wenn wir näher bei der Stadt sind.« Er warf einen Seitenblick auf die Karte. »Da sie von Süden kommt, muss sie, um zum Flughafen zu gelangen, fast die ganze Stadt durchqueren. Das könnte uns einen kleinen …«

Ein Warnruf von Seiten Gamays schnitt ihm das Wort ab. »Paul, Achtung!«

Pauls Kopf ruckte hoch. Der Körper eines Mannes lag auf der Fahrbahn, verkrümmt und offensichtlich mit gebrochenen Gliedmaßen. Paul trat auf die Bremse, wich dem menschlichen

Hindernis aus und brachte den Wagen sicher zum Stehen. Der Körper befand sich nun hinter ihnen, aber was sie vor sich sahen, war sogar noch überraschender. Ein Fahrzeug, das auf der Seite lag, das vordere Ende über den Abgrund jenseits des Straßenrands hinausragend und vor dem Absturz bewahrt durch einen Baumstamm, der sich in halber Höhe gabelte.

Paul schob den Fahrtregler in die Parkposition und fasste nach dem Türgriff. Während er die Tür aufdrückte, spürte er Gamays Hand auf seinem Arm.

»Wir befinden uns hier nicht auf einer harmlosen Spazierfahrt aufs Land, Paul«, sagte sie. »Wir haben keine Zeit für so etwas.«

Eisige Sachlichkeit lag in ihrer Stimme, aber nur weil sie nicht ahnte, was Paul längst erkannt hatte. »Es ist Emma.«

Gamays Augen weiteten sich. Sie betrachtete das gestrandete Fahrzeug genauer und nickte.

Paul und Gamay sprangen aus dem Cherokee und rannten zu dem umgekippten Toyota. Dessen vorderes Ende hing im Freien über dem Abgrund, vor dem Absturz allein bewahrt durch den verkrüppelten Baumstamm. Das Heck ragte ein Stück in die Höhe, und das gesamte Fahrzeug zeigte abwärts, als wollte es sich jeden Moment in die Tiefe stürzen.

Der Motor knackte und gab blecherne Geräusche von sich, während das Gluckern ausströmender Flüssigkeiten zu hören war. Der gesamte Balanceakt sah derart instabil aus, dass Paul instinktiv vermied, irgendetwas zu berühren.

»Emma!«, rief er. »Sind Sie da drin?«

»Hallo?«, antwortete eine weibliche Stimme aus dem Innern des Fahrzeugs.

»Emma, ich bin's, Paul!«, rief er und ging zur anderen Seite des Toyota. Die Lage des Wagens und die Beschaffenheit der Felskante machten es unmöglich, näher an das vordere Ende heranzukommen. »Gamay ist auch hier. Wir werden Sie gleich befreien.«

»Kümmern Sie sich nicht um mich«, sagte Emma. Ihre Stimme klang fest und entschlossen. »Holen Sie nur den Sicherheitsbehälter heraus. Ziehen Sie ihn durch die Hecktür nach draußen. Es ist ein Wunder, dass er nicht schon längst hochgegangen ist. Glauben Sie mir, ich habe den Abgrund vor Augen – kein schöner Anblick –, aber wenn wir in diese Schlucht stürzen, ist alles vorbei.«

Paul ging zum Heck des Geländewagens und öffnete die Klappe. Sie bewegte sich langsam und zentimeterweise, aber diese winzige Aktion hatte vergleichsweise drastische Konsequenzen. Das Fahrzeug schaukelte hin und her, bis es wieder zur Ruhe kam.

»Dieser Plan hat einen kleinen Haken«, sagte Paul und unterzog die Situation einer schnellen Analyse. »Wenn wir die Containment-Einheit herausholen, verschiebt sich der Schwerpunkt nach vorn, und das Wrack rauscht mit Ihnen in die Tiefe.«

»Das weiß ich«, sagte Emma. »Ich sitze hier schon seit längerer Zeit und hatte ausgiebig Gelegenheit, darüber nachzudenken. Aber es gibt keine andere Möglichkeit. Wir haben leider keine Wahl. Jedes Mal wenn ich mich rührte, rutschten wir ein winziges Stück weiter abwärts. Holen Sie bitte den Behälter heraus, ehe wir alle dran glauben müssen.«

Emma mochte bereit sein, ihr Leben zu opfern, aber Paul gab nicht so schnell auf. »Alles, was wir brauchen, ist mehr Gewicht im Wagenheck«, sagte er. »Ich wiege mindestens genauso viel wie der Sicherheitsbehälter und wahrscheinlich zweimal so viel wie Sie. Wenn ich mich auf die hintere Stoßstange stelle …«

»Der Baum ist das Problem«, unterbrach ihn Emma. »Er ist schon jetzt in der Mitte gespalten, und das zusätzliche Gewicht hat vielleicht zur Folge, dass er noch vollständig auseinanderbricht und den Wagen nicht mehr halten kann. Holen Sie bloß das verdammte Ding heraus, und kümmern Sie sich nicht mehr um mich.«

»Wir können das Wrack zurückziehen«, sagte Gamay. »Und zwar mit den Spannseilen, die unseren Sicherheitsbehälter fixieren, und mit den Starthilfekabeln, die wir im Werkzeugfach des Cherokee gefunden haben.«

»Das wird nicht ausreichen, um ein fünftausend Pfund schweres Vehikel bergauf zu ziehen«, sagte Paul. »Aber es könnte helfen, den Wagen vor dem Absturz zu bewahren.«

»Trotzdem muss jemand hineinkriechen, um die Stricke zu lösen, mit denen der Behälter gesichert ist«, erwiderte Gamay.

»Dieser Jemand ist schon drin«, sagte Paul. »Sie kann auf ihrem Weg nach draußen alles losmachen, was losgemacht werden muss.«

In dem Toyota hörte Emma aufmerksam zu, während Paul den Plan erklärte. Er sah vor, dass sie über die Sitze ins Wagenheck kletterte, das Nylonseil loshakte, mit dem sie die gefährliche Fracht fixiert hatte, und es stattdessen mehrmals um den Sicherheitsbehälter schlang. Danach sollte sie mit beiden Seilenden in den Händen durch die Heckklappe aussteigen.

Es klang einleuchtend und erfolgversprechend. Und es würde ihr einen Trip ersparen, auf den sie liebend gern verzichtete. »Da schaffe ich«, sagte sie.

Das Licht im Wageninnern veränderte sich, als Gamay den Cherokee in Position manövrierte. Sie rührte sich nicht, während Paul die Starthilfekabel und die Spannseile durch die leeren Fensterrahmen des umgekippten Fahrzeugs fädelte und das Gleiche bei der vorderen Stoßstange des Jeeps machte.

Emma spürte, wie der Land Cruiser langsam nach hinten kippte und seine Abwärtsneigung sich verringerte, während der Jeep rückwärtsrollte und das Seilsystem straffte.

Sie blickte durch das Fahrzeug zum Heck. Paul stand davor, angestrahlt von den Scheinwerfern des Cherokee und nur als Silhouette zu erkennen.

»Jetzt sind Sie an der Reihe«, sagte er.

Trotz des unwiderstehlichen Drangs, das dem Untergang geweihte Fahrzeug so schnell wie möglich zu verlassen, stellte Emma fest, dass sie gleichzeitig eine namenlose Angst verspürte, auch nur einen einzigen Muskel zu rühren. Eine halbe Stunde lang hatte sie dem Ächzen und Knirschen gelauscht, das Baum und Land Cruiser von sich gaben. Sich nicht zu bewegen war dabei ihr einziger Schutz gewesen. Und irgendein Teil in ihr wollte auf keinen Fall auch nur eine Sekunde lang auf diesen Schutz verzichten.

Sie atmete tief durch, wappnete sich für das, was vor ihr lag, und nickte Paul zu. »Los geht's.«

Sie wandte sich ein wenig, um nach hinten zu blicken. Ein schwaches Beben lief durch den Toyota.

Sie fand einen Platz für ihre Füße, stieß sich ab und schlängelte sich ins Heckabteil.

Der Toyota reagierte abermals, diesmal aber nicht mit einem Schaukeln, sondern er rutschte ein Stück weiter.

Emma hörte das Geräusch von splitterndem Holz und spürte, wie ihr Herz gegen ihren Brustkorb hämmerte. Durch die offene Heckklappe konnte sie beobachten, wie Paul sich an die Stoßstange klammerte und daran zerrte, als kämpfte er um den Sieg bei einem Tauziehduell.

Die Bewegung ließ nach und stoppte vollständig, und das einzige Geräusch, das zu hören war, wurde von den kleinen Steinen verursacht, die unter dem SUV herausrutschten und in den Abgrund rieselten.

»Alles okay«, gab Paul Entwarnung. »Wir haben alles im Griff. Machen Sie weiter.«

Sie schob sich vorwärts und tastete sich um den Sicherheitsbehälter herum. »Jetzt die Spannseile lösen.«

Die Seile aufzuknoten war ziemlich einfach. Und sobald die Enden frei waren, konnte Emma sie um den Behälter und die daran angeschlossene Brennstoffzelle legen. Eine Schlinge, eine zweite und noch eine dritte. Es musste ausreichen. Mehr Seillänge stand nicht zur Verfügung.

Sie zurrte das Seil fest, stemmte sich mit ihrem Gewicht probeweise dagegen und schaute zu Gamay und Paul hoch. »Bereit?«

»Jederzeit, wenn Sie es sind«, erwiderte Paul.

Emma atmete mehrmals tief durch. Um die Heckklappe zu erreichen, musste sie ihre Beine einsetzen. Sie schlängelte sich um den Sicherheitsbehälter herum, stemmte die Füße gegen die Rückenlehne des Beifahrersitzes, spannte die Muskeln und streckte die Beine.

Unter dem Druck klappte die Sitzlehne nach vorn.

Emma rutschte. Der Sicherheitsbehälter rutschte ebenfalls. Der Land Cruiser kippte steiler vorwärts, und dann hörte sie, wie der Baum in der Mitte auseinanderbrach. Sie ergriff den Sicherheitsgurt, um zu verhindern, dass sie nach vorn aus dem Wagen stürzte, und kroch wieder aufwärts.

»Schneller!«, trieb Gamay sie zur Eile an.

Emma bewegte sich, so schnell sie konnte.

Der Toyota rutschte vorwärts. Zwei der Spannseilschlingen rissen.

Der Wagenboden unter Emma hatte mittlerweile ein Gefälle von fünfzig Grad, und jede Bewegung des Wagens vergrößerte den Winkel. Als sie sich der Hecköffnung näherte, ließ Paul die Stoßstange los und griff mit seinen langen Armen ins Heckabteil. Sie wollte ihm die Seilenden reichen, aber anstatt sie zu ergreifen, legte er seine Hände um ihre Handgelenke und zog sie daran aus dem Wagen.

Sie rutschte im selben Moment über den Rand der Ladefläche ins Freie, als der Baum in zwei Hälften zerbarst.

Sie wandte sich um und sah, wie der Toyota von der Kante in die Dunkelheit der Schlucht rutschte. Nun stemmte sie die Füße auf den rauen Straßenbelag und zog mit aller Kraft an den Spannseilen.

Während das Heck des Toyota verschwand, landete der Sicherheitsbehälter auf dem Rand der Landstraße. Mit Pauls und Gamays Hilfe zog sie ihn auf festen, sicheren Grund.

Ein lautes Scheppern drang aus der Tiefe herauf, als der Land Cruiser auf einem schmalen Felsvorsprung aufschlug und weiter in die Tiefe rumpelte.

Die drei saßen auf der Straße, die Seile mit den Händen umklammernd wie die erschöpften Sieger eines epischen Tauziehens.

Erst in diesem Augenblick dämmerte es Emma, dass Gamay vorher gar nicht bei ihnen gewesen war. »Was machen Sie denn hier?«

»Ich bin gekommen, um die Jungs zu retten«, sagte Gamay.

Emma, die in diesem Moment mit einer solchen Antwort nichts anfangen konnte, ging neben dem Behälter auf die Knie hinunter, um ein weiteres Mal die Anzeigeinstrumente zu kontrollieren. Selbst nach dem letzten unsanften Kontakt mit dem Erdboden bewegten sich alle Werte im grünen Bereich. »Lassen Sie uns dieses Ding schnellstens in ein Flugzeug verfrachten und in die USA zurückbringen.«

»Aber nicht«, sagte Paul, »bevor wir die Bombe herausgeholt haben.«

58

Kurt Austin blickte mit großen Augen vom Waldrand auf die Start- und Landebahn. Er konnte ihr Glück kaum fassen. *Blackjack 2* war noch immer auf dem Boden, obgleich ein winziger Lichtpunkt unter dem Bomber hin und her wanderte und darauf hindeutete, dass er nicht mehr lange dort bleiben würde.

»Eine Stablampe«, sagte Joe. »Wahrscheinlich führt der Kopilot eine letzte Inspektion vor dem Start durch.«

Ohne Vorwarnung erwachte eins der Turbinentriebwerke, begleitet von einem schrillen elektrischen Heulen. Das Heulen vertiefte sich zu einem kehligen Grollen, und ein Schweif blauen Feuers erschien hinter dem Bomber.

Dann flammten die Zwillingslampen der Lande- und Rollbeleuchtung auf. Die vier strahlend hellen Lichtbalken stanzten eine weite Fläche des Flugfeldes vor und unter der Maschine aus der Dunkelheit.

»Wir müssen das Flugzeug am Starten hindern«, sagte Kurt.

»Wir kommen relativ einfach an die Maschine heran«, erwiderte Joe. »Aber was geschieht dann?«

»Wir diskutieren mit ihnen«, sagte Kurt. »Wir erklären ihnen Urcos Plan und machen sie auf die Gefahr aufmerksam, in der sie schweben.«

»Und wenn sie uns ignorieren?«

Kurt holte einen Block Semtex hervor. »Dann verleihen wir unseren Argumenten auf die gleiche Weise Nachdruck, wie Teddy Roosevelt es einst zu tun pflegte. Los, gehen wir.«

Sie verließen die Deckung der Baumreihe, näherten sich anfangs vorsichtig der Maschine und beschleunigten dann ihre Schritte, als der zweite der vier Motoren des Bombers angelassen wurde. Man konnte verfolgen, wie der Pilot auf dem Boden seine letzte Inspektion beschleunigte, dann zum vorderen Fahrwerk und zur Leiter rannte, die hinauf ins Flugzeug führte.

»Wir sind dabei, unseren Flug zu versäumen«, sagte Joe. Er verfiel in Laufschritt, als der Kopilot im Bauch des Flugzeugs verschwand.

Kurt sprintete los, um mitzuhalten, aber sein Energievorrat war nahezu erschöpft. Seine Muskeln reagierten nicht mehr.

Die Leiter wurde eingezogen und verschwand nach und nach in ihrem Schacht neben dem Bugrad. Joe erreichte sie mit einem Sprung, und die Leiter ächzte unter dem zusätzlichen Gewicht.

Kurt folgte ihm nur Sekundenbruchteile später, sprang und erwischte die letzte Sprosse.

»Das Ersteigen von Leitern kannst du deinem Ironman-Programm hinzufügen«, rief Joe ihm über den Lärm der Motoren zu.

Kurt zog sich Arm über Arm an der Leiter hoch, bis er sein Knie auf die unterste Sprosse stützen konnte. Gleichzeitig lief ein Ruck durch die Maschine, und sie rollte los.

Die Bewegung bewirkte, dass Kurts Knie von der Sprosse abrutschte und seine Arme wieder sein ganzes Gewicht halten mussten. Hinter ihm steigerten zwei der vier Triebwerke unter lautem Gebrüll ihre Leistung. Ihre quadratischen Ansaugöffnungen wirkten wie Raubtiermäuler, die bereit waren, ihn jeden Augenblick zu verschlingen, falls er den Halt verlor und abstürzte.

»Komm schon«, rief Joe Zavala. »Hör gefälligst mit den Faxen auf.«

Kurt zog sich abermals hoch, setzte sein Knie auf die unterste Leitersprosse und arbeitete sich höher hinauf. Sobald Joe ihn erreichen konnte, beugte er sich hinunter, fasste ihn unter den Schultern und hievte ihn ins Flugzeug.

Befreit vom Gewicht der beiden blinden Passagiere, fuhr die Leiter das letzte Stück hinauf bis in ihre Ausgangsposition, und der Schacht schloss sich hinter ihr.

Kurt und Joe befanden sich in vollständiger Dunkelheit, während sich der Bomber mit der Nase in den Wind drehte.

Gleichzeitig wurden die restlichen Triebwerke gestartet, und die Maschine begann zu rollen.

Schließlich sackte die Piste unter ihnen weg, die Nase kam hoch, und der riesige Bomber, die Tragflächen weit ausgestellt, schwang sich in die Luft.

»Wir müssen wirklich an deinem Lauftempo arbeiten«, rief Joe.

»Mein Lauftempo?«, rief Kurt zurück. »Ich hatte mich darauf verlassen, dass du mir die Tür aufhältst.«

Im Leiterschacht war es bis auf ein mattes Licht an der inneren Luke über ihnen dunkel. Dass es rot leuchtete, war wenig verheißungsvoll.

Joe drückte gegen die Luke und schüttelte den Kopf. »Sie ist von der anderen Seite verriegelt.«

59

Der Rest der Fahrt nach Cajamarca verlief ereignislos. Unterwegs hörte Emma Townsend von Paul und Gamay in allen Einzelheiten, was sie versäumt hatte. Es war die reinste Achterbahnfahrt der Gefühle. Zu wissen, dass Kurt Austin lebte, ließ sie innerlich himmelhoch jauchzen.

Am Ende war einzig und allein von Bedeutung, einen Weg zu finden, wie sich verhindern ließ, dass die Bomben in den Sicherheitsbehältern mit den Mixed-State-Materie-Proben explodierten. Ein Treffen mit den NSA-Agenten Hurns und Rodriguez war der erste Schritt.

»Wir haben zusätzliche Brennstoffzellen im Flugzeug«, sagte Hurns, »besteht denn die Möglichkeit, dass die Containment-Einheiten manipuliert wurden?«

Emma schüttelte den Kopf. »Die gesamte Einheit ist hermetisch verschlossen. Jeder Versuch einer Manipulation – wie zum Beispiel irgendetwas in den Behältern zu verstecken – hätte eine chemische Reaktion der Mixed-State-Materie zur Folge gehabt. Deshalb hatte Urco sich entschieden, die Nachbauten der Brennstoffzellen einzusetzen.«

»Dann brauchen wir nichts anderes zu tun, als sie auszuschalten und die Sprengladungen zu entfernen.«

»Außer dass wir die Sprengladungen brauchen«, erwiderte Emma. »Die Chinesen sind seit Stunden in der Luft. Und wenn uns nicht ein unglaublicher Glücksfall zu Hilfe gekommen ist, dürften die Russen mittlerweile ebenfalls zu ihrem Flug gestartet sein. Nach dem, was Urco Kurt gegenüber geäußert hat, sind die Sprengladungen entsprechend präpariert, dass sie explodieren, wenn die Flugzeuge in den Sinkflug gehen. Ihre einzige Chance, dem zu entgehen, besteht darin, dass wir zuvor noch auf irgendeine Weise in Erfahrung bringen, mit was für einem Zündertyp sie verbunden sind und wie und weshalb er hochgeht und, was noch wichtiger ist, wie man ihn lahmlegen kann.«

»Es ist nicht sehr wahrscheinlich, dass wir ausgerechnet in Cajamarca einen Sprengstoffspezialisten auftreiben«, meinte Hurns skeptisch.

»Ich weiß«, sagte Emma. »Aber wir könnten einen hierherholen. Alles, was wir dazu brauchen, ist ein 4k-Videokanal und eine schnelle Internetverbindung. Und jemanden, der uns Schritt für Schritt durch die Entschärfungsprozedur führen kann.«

»Wo wollen Sie um diese Uhrzeit ein solches Genie finden?«

Paul ergriff das Wort. »Wir kennen einen solchen Ort«, sagte er, »wo Koffein in Strömen fließt und das Internet zu jedem Zeitpunkt stark und schnell ist.«

Nachdem sie die Brennstoffzellen auf dem Flughafen ausgetauscht hatten und zusehen durften, wie die Gulfstream der NSA startete, fuhren Paul, Gamay und Emma in die Stadt. Telefonate waren geführt, Hilfstruppen engagiert und die Gebäude in der Umgebung des Internetcafés evakuiert worden.

Sie hatten sich in einem Raum im rückwärtigen Teil des Cafés eingerichtet, von wo aus sie den 4k-Video-Stream nach Washington, D. C., und in die NSA-Zentrale übertragen konnten. Ihre einzigen Schutzmaßnahmen bestanden aus einer großkalibrigen Schrotflinte und einem schmiedeeisernen Topf, in dem im Café Suppe zubereitet wurde.

Vor der Kamera nahm Emma die Brennstoffzelle auseinander. Ihr Publikum verfolgte das Geschehen im NUMA-Konferenzsaal, wo sich Rudi Gunn, Hiram Yaeger, Priya Kashmir und ein Bombenentschärfungsexperte namens Collin Kane versammelt hatten. Letzterer saß vor einem der HD-Bildschirme und erklärte ihnen, was als Nächstes zu tun sei.

»Verbinden Sie den grauen Draht mit dem stählernen Tischbein«, sagte Kane. »Vergewissern Sie sich, dass die gesamte Einheit geerdet ist. Was Sie jetzt gar nicht brauchen können, ist statische Elektrizität.«

Emma arbeitete langsam und führte seine Anweisungen mit größter Sorgfalt aus.

Paul und Gamay waren draußen und einhundert Meter von ihr entfernt, wo sie eine Videoübertragung verfolgten. Falls Emma sich selbst in die Luft sprengte, würden sie verwenden, was sie gesehen hatten, und die nächste Bombe zerlegen – und, wie sie hofften, aus ihrem Fehler lernen.

»Wo fange ich an?«

»Sie müssen hineingreifen und nachsehen, ob Sie den Sprengstoff vom Gehäuse trennen können oder ob er damit fest verbunden ist.«

Sie erdete sich selbst, indem sie das Tischbein mit einer Hand umfasste und dann die andere ins Gehäuse schob und auf die Semtex-Ladung legte. Sie begann, sie vorsichtig aus dem Behälter herauszuziehen, und hielt auf halbem Weg inne. »Die Bombe ist mit zwei Drähten verbunden.«

»Entfernen Sie die Drähte auf gar keinen Fall«, warnte Kane. »Höchstwahrscheinlich sind sie Teile einer Schaltung, die genau das verhindern soll, was wir gerade tun.«

Emma stellte fest, dass die Länge der Drähte ausreichte, um die Sprengladung aus dem Gehäuse zu nehmen und auf den Tisch zu legen, ohne die Drahtverbindungen trennen zu müssen.

»Was kommt als Nächstes?«

»Benutzen Sie ein scharfes Messer und schneiden Sie so viel Semtex ab wie möglich, ohne die Drähte zu berühren. Legen Sie jede abgeschnittene Portion separat beiseite. Wenn Sie den Sprengstoffblock auf diese Weise verkleinert haben, testen wir den Zünder.«

Emma nahm ein scharfes Messer zur Hand und befolgte die Anweisungen. Es fühlte sich an, als ob sie einen Apfel zerteilte.

Die Semtex-Abschnitte deponierte sie auf einem Tisch am anderen Ende des Raums.

»Jetzt müssen Sie den Zünder testen«, fuhr Kane fort.

»Wie?«

»Er verfügt offenbar über einen Touchscreen. Tippen Sie mit einem Finger auf die Vorderseite.«

Sie berührte den Zünder mit der Fingerspitze, und das Display hellte sich auf. Zahlen liefen über den Schirm, verschwanden dann, und ein Passwortfenster klappte auf.

Kane schlug einige Möglichkeiten vor, das Passwortfenster zu umgehen, aber jeder Weg war versperrt. Beim dritten Versuch verdunkelte sich der Bildschirm. Zwei Zahlen erschienen. Eine Zahl in Grün lautete 50.000, die zweite Zahl, die auf dem Display aufleuchtete, war eine stetige 2600.

Plötzlich wurde die erste Zahl kleiner und begann rückwärtszuzählen – wie eine Countdownuhr.

»Was ist los?«

»Eine zweite Vorsichtsmaßnahme ihrerseits«, sagte Kane. »Eine *Fail-Deadly*-Sequenz.«

Emma tippte hektisch auf das Display und versuchte rückgängig zu machen, was immer sie getan hatte, wodurch der Countdown gestartet worden war.

»Legen Sie ihn lahm«, sagte Kane.

Emma versuchte abermals, den Countdown zu stoppen.

»Sie müssen den Zünder sichern.«

»Er ist noch mit dem Gehäuse verbunden!«

»Benutzen Sie die Schrotflinte«, sagte er.

Emma griff zu der Waffe, richtete sie auf den Zünder und das Display mit den durchlaufenden Zahlen und drückte ab.

Die Schrotladung zertrümmerte das zerbrechliche elektronische Schaltelement und verstreute die Semtex-Reste und die Trümmer der Brennstoffzelle über den gesamten Raum.

Emma ließ die Schrotflinte sinken und seufzte erleichtert.

»Sind Sie bereit für einen zweiten Versuch?«, fragte Kane.

Emma nickte. »Wir sollten schnellstens den nächsten Behälter hereinholen.«

60

Konstantin Davidov saß auf dem Platz des Kopiloten und sah dem Piloten und seinem Flugingenieur bei den Startvorbereitungen zu. *Blackjack 2* funktionierte fehlerfrei. »Wie geht es unserer Fracht?«, erkundigte er sich.

Der Flugingenieur blickte über den Rand seiner Kontrolltafel auf den Bildschirm und rief die Videokameras auf, die auf die *Nighthawk* gerichtet waren. »Fracht gesichert. Kein Flattern feststellbar.«

Alle waren besorgt, dass sich wiederholen könnte, was *Blackjack 1* zugestoßen war.

»Neuer Kurs drei-fünf-null«, befahl Davidov.

Im Pilotensessel sah Major Timonovski zu ihm hinüber. »Drei-fünf-null? Dieser Kurs bringt uns nach Kuba. Ich dachte, wir tanken über Venezuela auf und fliegen nach Hause.«

»Das war der ursprüngliche Flugplan, aber diese Maschine ist in letzter Zeit erheblichen Belastungen ausgesetzt gewesen. Das Risiko ist zu groß. Wir landen in Manzanillo. Dort wartet eine Antonow-124-Transportmaschine. Sie ist groß genug, um die *Nighthawk* in ihrem Laderaum zu transportieren. Das ist sicherer. Und wir können uns bewegen, ohne dass die Amerikaner Verdacht schöpfen.«

Der Pilot nickte und programmierte den neuen Kurs.

»Ist einer von Ihnen schon mal auf Kuba gewesen?«, fragte Davidov.

»Ich nicht«, antwortete Timonovski.

Der Flugingenieur schüttelte den Kopf. »Ich auch nicht. Waren Sie schon mal dort, Genosse?«

»Mehrmals sogar«, sagte Davidov. »Das erste Mal als junger Mann. Es kommt mir vor, als sei es vor tausend Jahren gewesen.«

Auf diese Bemerkung reagierten sie mit einem Lachen. Und Davidov nahm erfreut zur Kenntnis, dass ihre Lebensgeister offenbar in alter Frische zurückkehrten. Beide Männer waren ihm bei seiner Ankunft so erschöpft und ausgelaugt vorgekommen, dass er sich fragte, ob sie überhaupt fit genug waren, um zu fliegen. Der Falconer hatte sie sehr schlecht behandelt. Sobald sie nach Moskau zurückgekehrt waren, müsste sich Davidov darüber klar werden, was er deswegen unternehmen sollte. In der Zwischenzeit wollte er die Männer für einen ordentlich ausgeführten Job belohnen.

»Sie bleiben zwei Wochen in Havanna und erholen sich. Dann bringen Sie *Blackjack 2* nach Hause, und wir stellen den Bomber ins Museum. Ich hoffe, dass Sie das Wetter und die Frauen genauso angenehm und erholsam finden wie ich seinerzeit.«

»Bleiben Sie mit uns dort?«, fragte der Pilot.

»Nein.« Davidov schüttelte den Kopf. »Ich fliege mit der Antonow, um unsere Beute sicher in ihre neue Heimat zu begleiten. Es wird höchste Zeit, dass wir diese Operation ...«

Davidov verschluckte die letzten Worte. Vielleicht lag es nur an seiner veränderten Haltung, aber er glaubte, ein dumpfes Pochen im Aluminiumboden wahrzunehmen. Während er innehielt und lauschte, spürte er das Vibrieren wieder und kurz darauf ein drittes Mal.

Nun, da er es identifiziert hatte, nahm Davidov es fortlaufend wahr: ... *Ffump* ... *Ffump* ... *Ffump* ... Ein paar Sekunden Pause nach jedem Schlag.

Er nahm den Schall schluckenden Kopfhörer ab, den er seit dem Start trug. Sofort war das Pfeifen der Luft zu hören, die über den Rumpf des Bombers strich, aber auch die dumpfen Stöße wurden prägnanter. »Ist die *Nighthawk* wirklich sicher?«

Der Flugingenieur führte sämtliche Checks ein zweites Mal aus. »Keinerlei Bruchbelastung der Bodenanker. Kein Flattern. Sie ist gesichert und verhält sich vorbildlich.«

Davidov ließ sich nicht beirren. »Spüren Sie das nicht?«

»Was soll ich spüren?«

»Irgendetwas hat sich gelöst und sich selbstständig gemacht«, sagte Davidov. Er streckte eine Hand aus und zog dem Flugingenieur das Headset vom Kopf. »Hören Sie genau hin!«

Der müde Flugingenieur legte den Kopf auf die Seite und lauschte angestrengt. Ein Leben in nächster Umgebung von Düsenflugzeugen hatte sein Gehör zwar abgestumpft, aber er nahm es trotzdem wahr. Er legte eine Hand auf die Kontrolltafel, dann bückte er sich und berührte mit den Fingerspitzen den Kabinenboden. »Es kommt von innen.«

Davidov nahm es ebenfalls wahr. »Wir können uns kein Systemversagen leisten. Jedenfalls nicht jetzt.«

Der Flugingenieur deutete auf seine Kontrolltafel. »Alles funktioniert fehlerfrei. Es muss etwas sein, das nicht von einem Sensor überwacht wird. Ich sehe mal nach.«

Der Ingenieur öffnete seinen Sitzgurt, ergriff eine Stablampe und ging zur Cockpittür. Er öffnete sie, ging hindurch und begab sich in den hinteren Rumpfsektor des Flugzeugs.

Davidov, der sich ebenfalls mit einer Stablampe bewaffnete, folgte ihm.

Das Flugzeug war riesengroß, größer als die amerikanische B-1, die ihr als Vorbild gedient hatte. Sie verfügte über einen höhlenartigen Bombenschacht und zahlreiche Zwischendecken und leere Räume.

Er beobachtete, wie der Flugingenieur eine Kontrolltafel nach der anderen überprüfte und dann neben einem kleinen Kran stehen blieb, mit dem gewöhnlich Material durch die Tore des Bombenschachts gehievt wurde. »Haben Sie irgendwas gefunden?«

Der Ingenieur drehte sich um und schüttelte den Kopf.

Das dumpfe Rumpeln klang jetzt so nahe, dass Davidov es durch die Sohlen seiner Schuhe hindurch fühlte. »Was ist mit dem Fahrwerk?«

Er blickte sich um und suchte nach einem Inspektionsterminal. Gleichzeitig erklang unter seinen Füßen abermals ein dumpfes Pochen, diesmal um einiges lauter als bisher. Er fuhr herum und wurde Zeuge, wie die Bodenklappe aufgesprengt wurde.

Er richtete seine Stablampe auf den Punkt und sah einen Mann mit silbergrauem Haar aus der Bodenöffnung auftauchen. Er hielt eine großkalibrige Pistole in der Hand. Eine amerikanische HK45.

»Beim heiligen Petrus!«, rief Davidov.

»Nett von Ihnen, aber eigentlich heiße ich Austin«, sagte der Mann und kletterte auf das Deck. Ein zweiter Mann erschien dicht hinter ihm. »Und dies ist Zavala.«

Davidov kannte die Namen. »NUMA!«

Austin nickte und richtete sich auf, während Zavala eine Metallstange, die er benutzt hatte, um die verriegelte Bodenklappe aufzubrechen, neben der Bodenöffnung ablegte und ebenfalls herauskletterte.

»Sie sollten sich angewöhnen, Türen und Luken auch auf der Innenseite mit Griffen auszustatten«, versuchte Austin die Situation mit einer scherzhaften Bemerkung zu entkrampfen. »Oder wenigstens mit einer Türklingel.«

»Was haben Sie in meinem Flugzeug zu suchen?«, platzte Davidov heraus.

»Wir sind erschienen, um Sie vor einem Riesenfehler zu bewahren«, erwiderte Austin.

Davidov spürte, wie eine Woge des Zorns in ihm aufbrandete, erkannte jedoch gleichzeitig die günstige Gelegenheit. Die Amerikaner hatten die ganze Zeit nur auf ihn geachtet. Sie hatten nicht bemerkt, wie sich der Flugingenieur von hinten an sie anschlich.

»Der Fehler liegt bei Ihnen«, rief Davidov.

Der Flugingenieur holte mit der Stablampe aus und griff sie an. Zavala bemerkte ihn jedoch im letzten Moment und wich dem Schlag aus. Gleichzeitig ging er zum Gegenangriff über und streckte den Ingenieur mit einem Volltreffer zu Boden.

Die Ablenkung reichte aus. Davidov kehrte im Laufschritt ins Cockpit zurück und schlug die Tür hinter sich zu. Ein Druckverschluss fixierte sie unverrückbar im Rahmen.

»Was ist passiert?«, wollte Timonovski wissen.

Davidov presste sein Gesicht gegen die Tür und lugte durch das kleine runde Guckloch in Augenhöhe. »Wir haben ungebetene Passagiere«, sagte er.

61

Kurt Austin rannte nach vorn und trommelte gegen die Cockpittür des Bombers, während Joe den Flugingenieur daran hinderte, aufzustehen und in den Kampf einzugreifen. »Hören Sie«, rief Kurt. »Wir sind nicht hier, um mit Ihnen zu streiten. Wir alle sind in Gefahr.«

An der Tiefe und dem geringen Durchmesser des runden Spions in der Mitte erkannte Kurt, dass er eine Drucktür vor sich hatte. Er hoffte, dass ihn die Männer auf der anderen Seite trotz des Triebwerklärms hören konnten.

»*Sie* sind ganz sicher in Gefahr«, rief eine Stimme zurück.

»Ich weiß, was Sie denken. Sie haben gewonnen«, sagte Kurt. »Sie haben die *Nighthawk* und die Mixed-State-Materie, aber glauben Sie mir, es erwartet Sie eine schlimme Überraschung. Ihre Beute ist ein Kuckucksei. Ein trojanisches Pferd. Der Falconer hat Sie belogen. Und nicht nur Sie – er hat uns alle ausgetrickst.«

Die nächsten Worte drangen aus dem Lautsprecher des Intercom. *»Was wissen Sie von diesem … Falconer?«*

Kurt sah sich suchend um, entdeckte das Intercom und drückte auf den weißen Sprechknopf neben dem Lautsprechergrill. »Dass er ein Lügner und gerissener Manipulator ist. Dass er Sie, uns und die Chinesen gegeneinander ausgespielt hat.«

»Natürlich ist er das«, bestätigte die Stimme beinahe amüsiert. *»So ist dieses Geschäft nun mal. Am Ende hat er uns das gegeben, was wir haben wollten.«*

»Nein, er hat Ihnen das gegeben, was *er* Ihnen geben wollte«, erwiderte Kurt. »Einen Strick, lang genug, um sich selbst und Milliarden andere daran zu erhängen. Die *Nighthawk* ist nichts anderes als eine riesige Bombe. Eine Mixed-State-Materie-Bombe, deren Explosionskraft ausreicht, um halb Europa auszulöschen und den Rest der Welt in die Steinzeit zurückzukatapultieren.

Sie wurde entsprechend präpariert, um zu explodieren, sobald Sie in den Landeanflug gehen und eine bestimmte Flughöhe unterschreiten.«

»Woher wollen Sie das wissen?«

»Er hat es mir gestanden, kurz bevor er starb.«

»Ein Totenbettgeständnis? Meinen Sie ernsthaft, dass ich so etwas glaube?«

»Es war kein *Geständnis*«, sagte Kurt. »Er war eine *Prahlerei*. Er hat sich damit gebrüstet und meinte, wir könnten es nicht verhindern. Was einmal begonnen wurde, kann nicht aufgehalten werden.«

Stille trat ein. Kurt blickte Joe an und dann den Flugingenieur.

Joe schüttelte den Kopf. »Daraus, dass wir gewinnen, wird wohl nichts.«

Kurt aktivierte wieder das Intercom. »Mit wem spreche ich?«

»Mein Name ist Konstantin Davidov«, antwortete die Stimme. *»Ich bin Chef des Direktorats für Technologiebeschaffung.«*

Ein Spion, dachte Kurt. Ein Dieb. »Hören Sie gut zu, *Genosse Davidov*«, sagte Kurt. »Wenn der Falconer gewollt hätte, dass Sie in den Besitz der *Nighthawk* gelangen, warum hat er sich nicht direkt bei Ihnen gemeldet, als er erfuhr, wo sie herunterkam? Er kannte diese Position von Anfang an.«

»Weil er Sie brauchte, damit Sie das Flugzeug für ihn heben«, erwiderte Davidov.

»Weshalb sollte er einen derart umständlichen Weg wählen? Übersteigt das Heben eines eher kleinen Luftfahrzeugs vom Grund eines nicht besonders tiefen Sees die technischen Fähigkeiten der russischen Bergungsflotte?«

»Die Probleme ergaben sich aus seiner Position«, erwiderte Davidov. *»Unsere Schiffe sind nicht dafür konstruiert, Berge zu überwinden.«*

»Wir haben es mit vier Leuten und einem Hubschrauber geschafft.«

»Herzlichen Glückwunsch«, erwiderte Davidov. *»Das beweist überhaupt nichts.«*

»Er hat Ihren Piloten und Ihren Flugingenieur gefangen genommen. Welchen Grund sollte er für einen solchen Schritt gehabt haben?«

Stille.

Kurt sah wieder zu Joe hinüber. Dieser hatte den Flugingenieur unter Kontrolle, und der Mann wehrte sich nicht mehr. Er machte überdies in diesem Moment den Eindruck, als stünde er auf ihrer Seite.

»Sagen Sie es ihm«, forderte Kurt den Russen auf.

»Was die Amerikaner erzählen, entspricht der Wahrheit!«, rief der Ingenieur. »Der Falconer hat in allen Punkten gelogen. Und zwar von Anfang an.«

»Ich werde ganz gewiss nicht auf den Rat einer Geisel hören«, rief Davidov.

»Dann brechen Sie wenigstens den Steigflug ab, während wir miteinander sprechen«, drängte Kurt.

»Tut mir leid«, sagte Davidov, *»aber Ihr Ruf als Meister der Täuschung und jemand, der durch nichts aufzuhalten ist, eilt Ihnen voraus. Sparen Sie Ihren Atem. Es gibt nichts, was Sie als Argument anführen könnten, um mich dazu zu bringen, die* Nighthawk *in Ihre Obhut zu entlassen.«*

»Sieht so aus, als ob die Diskussion für heute beendet sei«, stellte Joe fest.

Kurt stimmte ihm zu. Er griff in eine Tasche seiner Kampfjacke und holte den Semtex-Block heraus, den er aus Urcos geheimer Höhle hinter dem Wasserfall mitgenommen hatte. Er hielt ihn vor den Spion, sodass Davidov ihn sehen konnte.

»Sie wissen, was das ist«, sagte Kurt. »Entweder öffnen Sie die Tür, oder ich sprenge sie aus dem Rahmen.«

»Dann sprengen Sie den Planeten gleich mit in die Luft.«

»Das wird am Ende sowieso geschehen.«

Im Cockpit starrte Davidov auf den Sprengstoff in der Hand des Amerikaners. Durch den Fischaugeneffekt des Spions erschien der Block größer, als er tatsächlich war, aber auch die vorhandene Menge würde vollkommen ausreichen. Es gab nur eine einzige Alternative.

»Treffen Sie Vorbereitungen für einen explosionsartigen Druckabfall«, sagte er zu Timonovski. »Und dann öffnen Sie die Tore des Bombenschachts.«

»Sie werden aus der Flugzeugkabine gesogen«, sagte Major Timonovski. »Aber unser Ingenieur ebenfalls.«

»Ja«, bestätigte Davidov, »das ist die Idee.«

»Und was ist, wenn der Amerikaner recht hat?«, fragte der Pilot. »Der Falconer hat meinen Kopiloten ermordet, und er hat nichts unternommen, als *Blackjack 1* von der *Nighthawk* das Rückgrat gebrochen wurde. Nicht einen Finger hat er gerührt.«

»Tun Sie, was ich sage! Das ist ein Befehl!« Davidovs Tonfall duldete keine Widerrede.

Timonovski erwiderte seinen glühenden Blick, dann schüttelte er den Kopf.

»Dann mach ich es selbst.« Davidov trat von der Drucktür zurück und war mit wenigen Schritten vor der Kontrolltafel des Bombenschachts.

62

NUMA-Zentrale, Washington, D. C.

Rudi Gunn saß mit Hiram Yaeger, Priya Kashmir und Collin Kane in der Nachrichtenzentrale der NUMA. Sie waren jetzt Teil eines weltumspannenden Netzes von Satellitenverbindungen, erkennbar an mehreren großformatigen Flachbildschirmen, die vor der Stirnwand des Raums angeordnet waren.

Ein Bildschirm zeigte das Lagezentrum im Weißen Haus – den sogenannten Situation Room –, in dem der Präsident seinen Sicherheitsrat zusammengerufen hatte. Auf einem zweiten Bildschirm saßen Paul und Gamay Trout sowie Emma Townsend in ihrem Internetcafé in Cajamarca. Das Innere des Kontrollraums der Vandenberg Flugbasis, wo sich Colonel Hansen und Steve Gowdy bereithielten, füllte den dritten Bildschirm aus. Der vierte Bildschirm gehörte zur Verbindung nach China, wo General Zhang von den Streitkräften der chinesischen Volksrepublik finster in die Kamera blickte.

Während die Unterhaltung mit all ihren Argumenten und Gegenargumenten, Dementis und Meinungsverschiedenheiten hin und her wogte, setzte sich bei Rudi mehr und mehr das Gefühl fest, in einem führerlos dahinrasenden Zug mit fünf verschiedenen Maschinisten im Führerstand zu sitzen, von denen offenbar keiner bereit war, die Kontrolle zu übernehmen.

Schließlich schafften sie es doch, zum eigentlichen Anlass dieses Treffens vorzudringen. Zhang räumte ein, dass sich zwei der ursprünglich in der *Nighthawk* vorhandenen Sicherheitsbehälter an Bord eines Langstreckenbombers der chinesischen Luftwaffe befanden, und legte widerstrebend den Transponder-Code offen.

Was sich daraus ergab, war allen auf Anhieb klar. Sie mussten bereits eine längere Strecke zurückgelegt haben, als einer der Konferenzteilnehmer erwartet hätte.

»Sind Sie sicher, dass es sich um das richtige Flugzeug handelt?«, fragte jemand.

»Die Flugleistungen der HL-190 suchen ihresgleichen«, sagte Zhang mit kaum verhohlenem Stolz. *»Sie ist dazu in der Lage, lange Strecken mit Überschallgeschwindigkeit zurückzulegen.«*

Die Maschine befand sich fünfhundert Meilen nordwestlich von Hawaii. Ihre Flughöhe war mit einundfünfzigtausend Fuß angegeben, ihre Geschwindigkeit mit mehr als eintausend Knoten.

»Wir wissen alles über die HL-190«, sagte Gowdy. *»Seitdem Sie unsere Triebwerkstechnik gestohlen haben.«*

»Und weiterentwickelt haben«, sagte Zhang.

Der Stabschef des Präsidenten schaltete sich ein und versuchte, die Gemüter zu besänftigen. *»Gentlemen, wir müssen jetzt zusammenarbeiten, sonst kann es passieren, dass nicht mehr viel übrig ist, worüber es sich zu diskutieren lohnte. Miss Townsend, bitte erläutern Sie, was Sie herausgefunden haben.«*

»Wir haben beide Bomben in ihre Bestandteile zerlegt«, begann Emma. Sie war aufgestanden und nahm eine selbstsichere Haltung an, wirkte jedoch erschöpft. »Die erste hat eine Selbstzerstörungssequenz ausgelöst, nachdem uns bei der Demontage ein Fehler unterlaufen war. Der zweite Zünder wurde neutralisiert. Sobald er von der Sprengladung getrennt war, haben wir eine USB-Schnittstelle gefunden, mittels derer er programmiert wurde. Danach kamen Hiram und Priya zum Zuge.«

Hiram Yaeger räusperte sich. »Das Bauelement ist eine Kombination aus GPS-Empfänger und Höhenmesser. Es wird aktiv, sobald das Flugzeug eine bestimmte Grenzgeschwindigkeit und eine bestimmte Flughöhe überschreitet. Der Zünder explodiert, wenn sie wieder unter die Grenzhöhe absinken oder an ihrem Zielort eintreffen.«

»Von welcher Geschwindigkeit reden wir?«, fragte Zhang. *»Und von welcher Flughöhe?«*

»Einhundertzwanzig Knoten«, antwortete Hiram. »Sechsundzwanzigtausend Fuß.«

»Unglücklicherweise«, fügte Priya hinzu, »hat Ihre Maschine beide Werte bereits überschritten.«

Auf dem Bildschirm war zu beobachten, wie Zhang nickte. *»Das sehe ich. Wie können wir die Explosion aufhalten?«*

»Ihre Leute müssen die Bombe entschärfen, ehe sie den Landeanflug einleiten.«

»Warum kann man die Brennstoffzelle nicht einfach abwerfen?«, wollte Zhang wissen.

»Wegen der Energieanforderungen des Kryosystems und der magnetischen Flaschen, in denen sich die Mixed-State-Materie befindet«, sagte Emma. *»Dazu ist eine ungehinderte, ununterbrochene Energiezufuhr notwendig. Schon winzige Schwankungen in der Energieversorgung können katastrophale Folgen haben. Man kann die Einheit nicht einfach aus- und einstöpseln wie einen Zigarettenanzünder.«*

»Sprechen Sie nicht mit mir wie mit einem dummen Jungen«, schnappte Zhang. *»Es sind nicht meine Leute gewesen, die diese Bedrohung heraufbeschworen haben.«*

»Aber es waren Ihre Leute, die versucht haben, sie zu stehlen«, schoss Emma zurück. *»Wenn sie den Flug nicht unterbrochen hätten, wäre das Material längst in unterirdischen Spezialeinrichtungen eingelagert und stellte keine Gefahr mehr dar.«*

»Sicher«, sagte Zhang. *»Und zwar ausschließlich in Ihren Anlagen.«*

Abermals schaltete sich der Stabschef des Präsidenten ein. *»Bitte«*, flehte er geradezu. *»Nichts von all dem ist zu diesem Zeitpunkt von Bedeutung. Wir alle haben verdammtes Glück gehabt, dass die Sicherheitsbehälter nicht schon über Peru explodiert sind. Und wir können dankbar sein, General Zhang, dass sich Ihre Maschine noch über dem Pazifik befindet und nicht schon in Kürze zu einer Landung ansetzt. Damit haben wir Zeit gewonnen. Darüber, wem diese Mixed-State-Materie am Ende gehört, können wir später diskutieren. Vorher muss die Bombe entschärft werden, ohne die Brennstoffzelle in Mitleidenschaft zu ziehen.«*

»Wie lässt sich das bewerkstelligen?«

»Es ist ein recht einfacher Prozess. Wir sind bereit, die Funktionsdiagramme der Brennstoffzelle sowie alles, was wir über den Zünder, den Energiebedarf der Kryoeinheit und den Aufbau und die Funktionsweise der Penning-Fallen wissen, zur Verfügung zu stellen. Das Einzige, worum wir bitten, ist, dass Ihre Maschine ihren Kurs weiter nach Norden verlegt.«

»Weshalb?«

»Für den Fall, dass Ihre Agentin keinen Erfolg hat, sollte die Explosion so weit wie möglich von bewohnten Gebieten entfernt stattfinden.«

»Vielleicht gebe ich dem Piloten in diesem Fall den Befehl, Kalifornien oder Hawaii anzusteuern«, erwiderte Zhang herausfordernd.

»Eines kann ich Ihnen versprechen«, schaltete sich Colonel Hansen ein, *»wenn diese Maschine Kurs auf irgendeine Landmasse, sei sie nun amerikanischer oder anderer Nationalität, nehmen sollte, wird sie abgeschossen.«*

Zhang schüttelte den Kopf. *»Sie sind aber leicht aus der Reserve zu locken, Colonel. Natürlich habe ich nicht die Absicht, irgendetwas in dieser Richtung zu tun. Übermitteln Sie die Informationen. Ich habe nicht den geringsten Wunsch, dieses Thema noch einmal zur Sprache zu bringen.«*

»Dirigieren Sie zuerst Ihre Maschine um«, verlangte der Stabschef.

Ein kurzes, aber hitziges Blickduell entspann sich.

»Okay.«

Danach verdunkelte sich Zhangs Bildschirm. Und die vier restlichen Stationen des Netzwerks verstummten.

Es fiel Emma zu, das Schweigen zu unterbrechen. *»Was ist mit den Russen?«*, fragte sie von ihrem Bildschirm aus. *»Und was ist mit Kurt und Joe? Haben wir irgendetwas von ihnen gehört?«*

»Alles, was wir wissen, ist, dass der Blackjack *und die* Nighthawk *gestartet und in der Luft sind«*, sagte Colonel Hansen. *»Ein Satellitenüberflug vor vierzig Minuten hat ergeben, dass der ländliche*

Flugplatz verwaist ist. Wir haben AWACS von Pensacola und Corpus Christi auf die Reise geschickt, um die Radarsignatur des Bombers aufzuspüren. Mehrere F-22-Schwadronen halten sich für Abfangmanöver bereit.«

»Abfangmanöver?«, fragte Emma. *»Weshalb müssen wir ihn denn abfangen?«*

»Um uns zu schützen«, sagte Hansen. *»Wenn uns die russische Regierung keinen Glauben schenkt und deren Vertreter oder der Pilot überstürzt reagieren – so wie Zhang es vor einer Minute angedeutet hat … nun, dann haben wir es mit einem überschallschnellen Flugzeug zu tun, beschichtet mit einem Tarnkappenanstrich, das die Strecke von Südamerika bis nach Atlanta in zwanzig Minuten schafft. Das können wir nicht zulassen. Daher müssen wir die Maschine zuerst orten und Gegenmaßnahmen einleiten, bevor wir mit Moskau reden.«*

»Aber weshalb sollten sie überstürzt reagieren?«, fragte sie.

Rudi wusste weshalb. Jeder im Raum und im Weißen Haus und in Vandenberg wusste dies. Er nahm an, dass Emma den Grund ebenfalls sofort vermutet hätte, wenn sie nicht so erschöpft gewesen wäre.

Ehe ihm jemand zuvorkommen konnte, übernahm er die Erklärung. »Weil sie hinsichtlich der Fluggeschwindigkeit und der Flughöhe die Grenzwerte, jenseits derer die Zünder aktiviert werden, längst überschritten haben. Und anders als in der chinesischen Maschine hat die Bomberbesatzung keine Möglichkeit, direkt an die *Nighthawk* heranzukommen, um die Sprengladungen zu deaktivieren.«

In HD-Qualität huschte ein Ausdruck des Verstehens über Emmas Gesicht. Verstehen und tiefer Schmerz. *»Es gibt keine Möglichkeit, das Unglück aufzuhalten«*, flüsterte sie. *»Die Piloten sind dem Tod geweiht. Und wenn Kurt und Joe an Bord sind, müssen auch sie sterben.«*

63

Der HL-190 Lufttransporter entsprach dem aktuellen Stand chinesischer Luft- und Raumfahrttechnik. Anfangs als Flugzeug konzipiert, das Würdenträger durch die ganze Welt kutschieren sollte, wies seine Inneneinrichtung jeden denkbaren Luxus auf. Aktive Geräuschdämpfung sorgte für eine superleise Kabine. Die Luft wurde von einem Hightechsystem, das über zwanzig im ganzen Flugzeug verteilte Sensoren verfügte, bei konstanten zweiundzwanzig Grad Celsius und einundfünfzig Prozent relativer Feuchtigkeit gehalten. Die weichen Ledersessel und der dicke Teppichboden sollten die Leiber und Füße derer liebkosen, die daran gewöhnt waren, die meiste Zeit ihres Lebens zu sitzen und Befehle zu erteilen.

Daiyu hatte für all das keinen Sinn. Wäre da nicht die bemerkenswerte Reisegeschwindigkeit gewesen, mit der das Flugzeug unterwegs war, wäre sie lieber mit einer schlichten Militärmaschine nach Shanghai zurückgeflogen.

Zu ihrer Überraschung schien der Mann, der ihr am See als Begleiter an die Seite gegeben worden war, die gleiche Einstellung zu haben. Urco hatte ihn Vargas genannt. Er war genauso grob gesponnen wie alle anderen Mitglieder der Gruppe. Wäre er Chinese gewesen, hätte er in einem kleinen Dorf gelebt, einen Pflug geschoben und schwere Lasten auf Ochsenkarren auf- oder von ihnen abgeladen und damit herumhantiert, als wären sie federleicht.

Er war während des gesamten Flugs wach geblieben, und sie fragte sich, ob dies vielleicht das erste Mal war, das er überhaupt geflogen war. Seine Augen waren weit aufgerissen und leicht gerötet, als hätte er irgendein starkes Aufputschmittel geschluckt. Nach fünf Stunden in der Luft hatte er nicht mehr als höchstens ein Dutzend Worte von sich gegeben.

Erst als sich die Maschine in eine Rechtskurve legte, bequemte er sich, das Wort zu ergreifen. »Weshalb ändern wir den Kurs?«

»Vermutlich um einem Unwetter auszuweichen«, sagte sie. Eigentlich konnte dies nicht der Grund sein. In einundfünfzigtausend Fuß Höhe flog die HL-190 über jedes Wetter der Welt hinweg. »Möchten Sie etwas trinken?«, fragte Daiyu. »Es könnte Ihnen helfen, sich zu entspannen.«

Sie stand auf und ging zur Bar. »Reiswein? Oder vielleicht ist Ihnen Gouqi jiu lieber. Das ist ein Wein aus Wolfsbeeren.«

Er schüttelte den Kopf.

»Wasser.«

Sie reichte ihm eine Flasche Voss.

»Urco muss sehr viel Vertrauen zu Ihnen haben, dass er Sie allein losschickt, um Diamanten im Wert von mehreren Millionen abzuholen. Was werden Sie damit tun? Und damit meine ich, was wird er damit tun, weil Sie ihm offenbar das Paket übergeben werden, ohne für sich selbst etwas abzuzweigen.«

Die Fragen entsprangen einer Kombination aus Langeweile und Training. Sie verfügte über einen Instinkt, der ihr gestattete, Sklaven von ihren Meistern zu unterscheiden.

Er stand auf und funkelte sie an.

Sie erwiderte seinen Blick, ohne auch nur ein einziges Mal zu blinzeln, und er entschied sich zu einem kleinen Spaziergang durch das Flugzeug. Nach einigen Schritten blieb er stehen und blickte durch ein Fenster hinaus, dann ging er zur anderen Seite der Kabine und warf einen weiteren Blick nach draußen.

Daiyu brauchte nicht hinauszuschauen; er würde dort draußen nichts als undurchdringliche Dunkelheit sehen.

»Wie weit sind wir geflogen?«, fragte er.

»Wir haben mehr als die Hälfte der Strecke hinter uns. Sie sollten schlafen. Dabei vergeht die Zeit schneller.«

»Nein«, knurrte er.

»Wie Sie wollen.«

Das Intercom summte. *»Daiyu, kommen Sie bitte ins Cockpit. General Zhang möchte Sie sprechen.«*

Sie ging nach vorn, kam an Vargas vorbei und ignorierte seinen Blick.

Sie betrat das Cockpit und registrierte, dass sie sich noch immer in einer Kurve befanden und weiter nach Norden schwenkten. Dann ergriff sie ein Headset, das Leutnant Wu ihr reichte.

»Daiyu«, sagte General Zhang. *»Ich möchte dir zum erfolgreichen Verlauf deiner Mission gratulieren. Du machst mich stolz.«*

Für jemanden, der einen Glückwunsch aussprach, klang er sehr mürrisch. »Danke, General, aber wie Sie wissen, ist es nicht nötig«, erwiderte sie. »Ich führe meine Befehle zum Wohle der Nation aus. Sie ist für mich Vater und Mutter zugleich, wie Sie es mich gelehrt haben.«

»Ja«, sagte Zhang. *»Und nicht durch deine Schuld ist sie jetzt in Gefahr.«*

Er erklärte ihr, was er von den Amerikanern erfahren hatte. Zweimal fragte sie ihn, ob er sich sicher sei. Zweimal räumte er ein, dass er nicht sicher sein könne, dass die Amerikaner die Wahrheit sagten, er jedoch keinen Grund wüsste, weshalb sie lügen sollten.

»Unsere Ingenieure haben das Problem untersucht«, fügte er hinzu. *»Sie haben keine Möglichkeit gefunden, den Stromkreis des Flugzeugs zu nutzen, um den Sicherheitsbehälter in Gang zu halten. Spannung und Stromstärke passen nicht zueinander. Du wirst den Sprengstoff aus der Brennstoffzelle herausholen müssen, ohne sie zu beschädigen.«*

»Und dann?«

»Den Sprengstoff aus der Maschine entfernen.«

Das war leichter gesagt als getan, aber wenn der Druck aus der Kabine abgelassen würde, könnte es gelingen.

»Dabei gibt es vielleicht ein Problem«, sagte sie vorsichtig. »Urcos Kurier. Es ist möglich, dass er über diesen Plan Bescheid weiß. Er kommt mir äußerst misstrauisch vor. Vielleicht denkt er darüber nach, womit er rechnen muss.«

»Das tun Märtyrer immer«, sagte Zhang, *»Sieh zu, dass du ihn vorher loswirst. Wir können es uns nicht leisten, dass jemand den weiteren Ablauf stört.«*

»Wird erledigt«, sagte sie.

Zhang meldete sich ab. Leutnant Wu nahm das Headset an sich und bot ihr seine Pistole an.

Sie schüttelte den Kopf. »Geben Sie mir Ihr Messer.«

Sie versteckte das Messer im Ärmel ihrer Bluse und öffnete die Tür. Vargas stand direkt vor ihr.

Er griff zuerst an, packte sie mit beiden Händen, hob sie hoch und schleuderte sie auf den Boden.

Sie landete, sprang auf die Füße und rannte zum Cockpit zurück.

Vargas hatte sich bereits in die kleine Kabine gedrängt. Er schlug um sich und schmetterte Schädel gegen die Cockpitwand. Mit einem Hammerschlag seines massigen rechten Arms streckte er Leutnant Wu zu Boden und brach ihm mit einem wuchtigen Fußtritt das Rückgrat.

Er legte die Hände um den Hals des Kopiloten und brach ihn mit einer tödlichen Drehung.

Daiyu stürzte sich auf ihn und zielte mit dem Messer nach seinem Rücken. Trotz seiner Größe würde ihn eine durchtrennte Wirbelsäule unschädlich machen. Sie verfehlte jedoch ihr Ziel, traf den fleischigen Bereich rechts neben dem Rückgrat und stieß die Klinge so tief hinein, wie es ging. Sie drehte sie schnell und zog sie wieder heraus.

Heißes Blut strömte aus der Wunde, aber dieser Berg von einem Mann reagierte kaum.

Er fuhr herum, schmetterte ihr den Handrücken ins Gesicht und setzte einen Würgegriff an. Sie riss einen Arm hoch und drückte ihn als Schutz gegen ihren Hals. So verhinderte sie, dass Vargas ihr die Kehle zerquetschte oder die Luft aus ihrer Lunge presste, aber er hatte jetzt die vollständige Kontrolle über das Geschehen.

Mit der Kraft einer hydraulischen Presse drückte er ihren Arm und ihren Hals zusammen, bis sie spürte, wie ihr Ellbogen knirschte und auseinandersprang. Ein betäubender Schmerz raste durch ihren Körper. Sie ignorierte ihn und rammte ihrem

Gegner ein Knie in den Leib. Ebenso gut hätte sie jedoch eine Wand aus solidem Fels attackieren können.

Er reagierte kaum, hielt sie weiterhin fest und bückte sich nach dem Messer. Sie wand sich in seinem Schraubstockgriff und versuchte verzweifelt, sich zu befreien, sah plötzlich Leutnant Wus leblose Augen vor sich und erinnerte sich daran, dass er ihr seine Pistole angeboten hatte. Sie schlängelte ihre freie Hand in seine Uniformjacke, legte die Finger um den Kohlefasergriff der Waffe und …

Das Messer drang in ihren Rücken.

Daiyu versteifte sich von dem Stoß, spürte, wie die Klinge herausgezogen und ein zweites Mal in sie hineingestoßen wurde. Der zweite Stich war weitaus weniger schmerzhaft als der erste. Einen dritten spürte sie kaum noch, als sie erschauerte und zu Boden sackte.

Vargas schwankte – er blutete heftig aus einer Wunde, an die er nicht herankam. Aber das war nicht wichtig. Er wusste, dass sein Ende unmittelbar bevorstand – er wusste es seit dem Moment, als er den See hinter sich gelassen hatte. Er akzeptierte es und dachte, wenigstens würde er in den Wolken sterben, zu denen aufzufahren seine Vorfahren sich immer gewünscht hatten.

Er zog das Messer aus Daiyus Rücken, wandte sich zu dem verwundeten Piloten um und drückte die blutige Klinge gegen sein Gesicht.

»Ruf sie«, verlangte Vargas. »Sag ihnen, sie hat getan, was ihr befohlen wurde, und dann nimm Kurs auf Shanghai.«

»Aber?«

»Tu, was ich sage!«

Mit Vargas' Messer vor den Augen schaltete der Pilot das Funkgerät ein und gab die Nachricht durch. Dabei sagte er alles, was Vargas von ihm verlangt hatte. Der chinesische General beschränkte sich auf einen knappen Kommentar, dann befahl er ihnen ohne eine Gefühlsregung, wieder auf den alten Kurs zu gehen.

Vargas verfolgte, wie der Pilot die Richtung der Maschine änderte. Urco hatte ihm am Computer gezeigt, worauf er auf den Monitoren achten musste.

Als das Flugzeug seine waagerechte Fluglage wieder eingenommen hatte, grinste Vargas triumphierend und schnitt die Kehle des Piloten durch.

In einer Blutpfütze auf dem Cockpitboden liegend, hatte Daiyu einen Moment der Erkenntnis. Vargas befand sich auf einer Selbstmordmission. Und nun hatte er die einzigen Hindernisse überwunden, die ihn noch aufgehalten hatten: sie und Zhang. Sie war so gut wie tot, und da Zhang glaubte, dass der Sprengstoff und der Zünder unschädlich gemacht worden waren, würde die chinesische Regierung das Flugzeug in Shanghai mit offenen Armen empfangen.

Die Bombe würde explodieren, während sie sich im Sinkflug befanden, und Materie und Antimaterie würden sich vermischen.

Tödliche Gegensätze, dachte sie. Yin und Yang würden einander zerstören, so wie sie es immer geglaubt hatte.

Sie war die Barriere, das einzige Wesen, das den zerstörerischen Mix verhindern könnte. Aber sie würde wegen des Blutverlustes in wenigen Minuten tot sein. Selbst wenn sie es irgendwie schaffen sollte, Vargas zu töten, könnte sie keine drei Meter weit kriechen, ganz zu schweigen davon, die Brennstoffzelle auseinanderzunehmen und die Sprengladung unschädlich zu machen.

Vor ihren Augen verdunkelte sich die Welt, aber ihre anderen Sinne blieben noch für einen Augenblick hellwach, und sie begriff, dass sie etwas in der Hand hielt. Es war Wus Pistole.

Sie wusste, was sie tun musste. Zwar konnte sie die Explosion nicht mehr verhindern, aber sie konnte immerhin entscheiden, wo sie stattfand. Und draußen über dem Ozean wäre es immer noch besser als über ihrer Heimat.

Vargas stand hinter dem Pilotensessel, die Hände auf dem oberen Rand der Rückenlehne. Sie zielte auf seinen Kopf und drückte ab.

Die Kugel traf ihr Ziel und spritzte Blut auf die Frontscheibe.

Auf der Stelle tot, kippte Vargas nach vorn. Sein schwerer Körper landete auf dem Steuerknüppel. Durch den Aufprall wurde die Verbindung mit dem Autopiloten getrennt, da der Computer fälschlicherweise annahm, dass der Kapitän wieder selbst die Kontrolle über die Maschine übernahm.

Die HL-190 neigte sich abwärts und sank.

Daiyu konnte den Höhenmeter sehen. Schnell war die Maschine unter fünfzigtausend Fuß abgesackt. Der Countdown ging weiter. Neunundvierzigtausend … Achtundvierzigtausend … Siebenundvierzigtausend …

64

Kurt Austin beobachtete durch den Spion, wie Davidov eine abrupte Bewegung in Richtung Kontrolltafel machte. Er hatte jedes Wort mitgehört und wusste genau, welche Absicht Davidov verfolgte.

Es blieb keine Zeit mehr, eine Warnung auszustoßen, keine Zeit, irgendetwas anderes zu tun, als zu handeln. Entschlossen hob Kurt die HK45, zielte durch den Spion auf Davidov und drückte ab.

Die HK45 donnerte, und die panzerbrechenden Geschosse bohrten sich durch zwei Lagen Stahl und trafen Davidov zwischen den Rippen und im Oberschenkel. Der Regierungsvertreter wälzte sich vor Schmerzen auf dem Boden.

»Ich bitte Sie«, rief Kurt dem Piloten zu. »Stoppen Sie den Sinkflug und öffnen Sie die Tür.«

Über Davidov hinwegsteigend verließ der Pilot seinen Sessel und entriegelte die Tür. Sie schwang auf, und Kurt betrat das Cockpit. »Wie hoch sind wir?«

»Fünfunddreißigtausend Fuß«, antwortete der Pilot.

»Das ist zu hoch«, sagte Kurt. »So gut wie sicher zu hoch.«

Als wollte er die Richtigkeit dieser Feststellung bestätigen, hellte ein plötzlicher Lichtblitz den kohlschwarzen Himmel außerhalb der Cockpitfenster auf. Es begann mit einem zeitlich versetzten weiß-roten und weiß-blauen Flackern. Es blendete wie ein naher Gewitterblitz, war aber so entrückt und lautlos und weit entfernt, dass sich der gesamte westliche Horizont nach und nach aufhellte.

Während sich die leuchtende Farbe höher und weiter ausbreitete, wechselte sie zu einem dunklen Blau und dann zu einem grünen Schimmer, wie er für das Polarlicht typisch war. Konturen zeichneten sich ab, schlanke, lange Fäden, die sich in einem hypnotisierenden Auf und Ab umeinanderwanden.

Kein Laut erklang, keine Schockwelle rollte durch die Atmosphäre, aber die Funkgeräte begannen schon bald zu pfeifen, und die Bilder auf den Computermonitoren streckten sich seltsamerweise nach rechts. Auf der Tafel darüber sprangen reihenweise Sicherungen heraus.

Mittlerweile waren Joe und der Flugingenieur hinter Kurt ins Cockpit des Bombers gestiegen. Während der Flugingenieur die Sicherungen wieder hineindrückte, blickte Joe aus dem Fenster.

»Was ist das?«, fragte Davidov vom Kabinenboden herauf. Er hatte Schmerzen, war jedoch nicht tödlich getroffen. Die doppelschichtige Stahltür hatte einen Großteil der Wucht von Kurts Schüssen absorbiert.

»Das chinesische Flugzeug«, sagte Kurt leise.

»Das chinesische …«, wiederholte Davidov stöhnend und richtete sich halb vom Kabinenboden auf.

»Ich habe es doch gesagt«, meinte Kurt. »Er hat uns allen ein tödliches Geschenk hinterlassen.«

Weit hinter dem Horizont, draußen über dem Pazifik, dehnte sich ein Feuerball, wie noch kein menschliches Auge ihn je erblickt hatte, fünfzig Meilen und dann einhundert und schließlich zweihundert Meilen weit über den Himmel aus, bis er flackernd erlosch.

Blitze schossen aus diesem Inferno in alle Richtungen, in Kombination mit einem elektromagnetischen Gewitter aus Röntgenstrahlung, Gammastrahlen und anderen Formen ionisierter Emissionen. Die obere Atmosphäre wurde sofort mit Ionen angereichert, während tief unten ausreichend viel Wasser verdampfte, um den Eriesee zu füllen. Das Feuer und die Schockwelle hinterließen eine kreisrunde Vertiefung, die bis zu siebzig Metern in den Pazifik hinunterreichte.

Während sich die Schockwelle verlief und der Ozean seine glatte Oberfläche zurückgewann, strömte eine ringförmige Welle von allen Seiten in die Vertiefung, traf schäumend in der Mitte zusammen und wurde wieder nach draußen gedrückt.

Mehrere tausend Meilen entfernt sahen Kurt, Joe und die Russen lediglich die Reflexion der Ereignisse. Ein Effekt, *Lichtecho* genannt, durchdrang tausende Meilen Atmosphäre und wurde durch die Erdkrümmung verzerrt. Trotzdem konnte keiner der fünf Männer an Bord des russischen Bombers den Blick davon lösen.

»Irgendetwas muss schiefgegangen sein«, sagte Joe. »Sie können doch unmöglich China erreicht haben.«

Kurt half Davidov auf einen Notsitz. Die Wunde in seinem Brustkorb war zwar breit, aber nicht tief, und die Kugel, die den Oberschenkel getroffen hatte, war nicht mit lebenswichtigen Arterien in Berührung gekommen.

»Wie weit … wie weit entfernt?«, fragte Davidov.

»Fünftausend Meilen«, schätzte Joe. »Ungefähr.«

»Um uns aus fünftausend Meilen Entfernung zu erreichen …«, sagte Davidov, ohne seinen Gedanken abzuschließen.

»Die chinesische Maschine hatte zwei Einheiten an Bord«, sagte Kurt. »Fünfzig Pfund Mixed-State-Materie. Wir transportieren das Doppelte.«

Davidov nickte und legte die Hände um die Sitzkante. »Warum? Warum wünscht sich jemand so etwas? Was hat Russland ihm getan?«

»Die Einheit wird nicht über Russland explodieren«, sagte Kurt. »Sondern während ihr Europa überquert.«

Kurt erläuterte, was sie sonst noch wussten. Davidov schien von jeder neuen Enthüllung heftiger geschockt zu sein.

»Wir müssen Ihr Kommunikationssystem benutzen«, erklärte Kurt. »Wir müssen jeden unserer Leute erreichen und in Erfahrung bringen, ob es noch irgendeinen gangbaren Weg gibt, um zu verhindern, dass das, was wir eben gerade erlebt haben, noch einmal geschieht.«

65

Jemanden von dem Bomber aus zu erreichen erwies sich als schwierig. Jeder Satellit über dem Pazifik war außer Betrieb gesetzt, und obgleich sie sich über dem Karibischen Meer befanden, waren dort Auswirkungen der Explosion zu beobachten. Kommunikationsnetze brachen zusammen. Und die meisten aktiven Ressourcen der westlichen Welt waren damit beschäftigt, das Ausmaß des Schadens zu erfassen.

Schließlich, nachdem sie mit einem russischen Kommunikationssatelliten über dem Atlantik Kontakt aufgenommen hatten, wurden sie durch eine kommerzielle Telefonvermittlung in Polen geschleust und mit der Nachrichtenzentrale der NUMA verbunden.

»In welcher Höhe befinden Sie sich?«, fragte Rudi Gunn sofort.

»Fünfunddreißigtausend Fuß«, erwiderte Kurt.

Das Signal war wegen der Ionisation in der Atmosphäre und dem Missverhältnis zwischen russischer und NUMAeigener technischer Ausrüstung zwar nur schwach, aber Kurt konnte die Stille deutlich hören und interpretierte sie richtig. »Wir sind zu hoch«, sagte er und wartete nicht, bis Rudi sie darüber ins Bild setzte. »Das wissen wir längst. Welche Optionen haben wir?«

»Es gibt keine«, erwiderte Rudi.

Damit hatte Kurt gerechnet. Er wechselte mit den anderen Männern im Cockpit einige Blicke. »Auch das haben wir erwartet. Wir halten auf die offene See zu«, sagte er. »Sollen wir einem bestimmten Kurs folgen?«

»Das sollen Sie tatsächlich«, antwortete Rudi. *»Wir haben einen Punkt im Atlantik ausgewählt, der so weit wie möglich von jeder Landmasse entfernt liegt. Alle Flugzeuge wurden angewiesen, diese Region zu verlassen und so bald wie möglich zu landen. Schiffe sollen diese Gegend ebenfalls meiden, und wer in der Nähe ist, sollte*

mit Volldampf verschwinden, auch wenn viele gar nichts zu befürchten haben.«

»Wir schaffen es nicht bis zum Atlantik«, sagte Major Timonovski. »Dazu reicht unser Sprit nicht.«

»Aber … immerhin ist das ein Interkontinentalbomber«, gab Joe zu bedenken.

»Wir mussten das Gewicht verringern, um über die Bäume hinwegzukommen. Deshalb haben wir vor dem Start eintausend Gallonen Benzin abgelassen.«

»Wie weit kommen wir mit dem, was sich noch in den Tanks befindet?«, fragte Kurt.

»Knapp fünfhundert Meilen«, schätzte Timonovski.

»Was ist mit einer Luftbetankung?«, fragte Joe. »Wir hörten auf dem Audiorecorder von *Blackjack 1*, dass sie über Caracas auftanken wollten.«

»Ja«, bestätigte Davidov, »das war der ursprüngliche Plan. Aber als die Abfangmission fehlschlug, wurde das Tankflugzeug nach Russland zurückbeordert. Danach planten wir, auf Kuba zu landen. In zwanzig Minuten würden wir mit dem Landeanflug beginnen.«

»Können wir Verbindung mit einem amerikanischen Tankflugzeug aufnehmen?«

»Wir verwenden einen anderen Benzintyp«, sagte Major Timonovski. »Es ist ein modifizierter Sprit, mit dem auch Staustrahltriebwerke betrieben werden können.«

Kurt blickte auf die Landkarte. Sie befanden sich auf halbem Weg zwischen Kolumbien und Kuba. Fünfhundert Meilen in beiden Richtungen waren nicht genug.

»Wir können keine ausreichende Distanz zwischen uns und bewohnte Regionen legen«, sagte er. »Uns muss etwas anderes einfallen.«

Joe äußerte einen verzweifelten Gedanken. »Vor der *Nighthawk* befindet sich doch ein Windschutz. Wenn wir aufs niedrigstmögliche Tempo runtergehen …«

Major Timonovski schüttelte den Kopf. »Es gibt keine Luke, durch die man auf die Oberseite des Rumpfs gelangen kann.«

»Und wenn wir aus der Maschine den Druck ablassen und ein Loch in die Hülle schneiden?«

»Die Hülle besteht aus Titan«, erklärte Davidov. »In doppelter Dicke. Selbst wenn wir es schaffen sollten, wäre das, woran Sie denken, hoffnungslos. Ganz gleich, wie wir versuchen würden, Sie zu sichern, wir könnten niemals verhindern, dass der Luftstrom Sie von der glatten Oberfläche herunterfegt. Sie würden niemals bis zur Ladebucht kommen, geschweige denn hinein.«

»Wenn wir uns auf irgendeinem Weg aus dem *Blackjack*-Bomber herausschneiden können, vielleicht schaffen wir es auf ähnliche Weise, von unten in die *Nighthawk* reinzukommen«, überlegte Joe. »Als würden wir uns durch etwas hindurchgraben.«

Was die Männer im Bomber nicht wussten, war, dass ihre Unterhaltung im Weißen Haus, in Vandenberg und im Internetcafé in Cajamarca mitgehört wurde. Es wurde ihnen erst in dem Moment bewusst, als Emmas Stimme erklang.

»Man kann aber nicht von unten in die Nighthawk *eindringen«*, sagte sie. *»Die gesamte Konstruktion ist darauf abgestimmt, der Hitze und dem Druck beim Wiedereintritt standzuhalten. Selbst wenn Sie einen Hochleistungsschweißbrenner zur Verfügung hätten, könnten Sie dem Rumpf nichts anhaben.«*

Kurt ertappte sich bei einem Lächeln. Seltsam, dachte er, in Anbetracht der Situation. Aber er war froh, dass wenigstens sie und die Trouts sich in Sicherheit befanden. »Und wenn wir die Scramjets benutzen?«, schlug er vor. »Anstatt Sprit zu sparen, bringen wir die Maschine auf maximale Geschwindigkeit und Flughöhe. Wie hoch kann dieser Bomber steigen?«

»Einhundertzwanzigtausend Fuß«, antwortete Timonovski.

»Das Problem ist der Gammaausbruch«, klärte Rudi sie auf. *»Je höher man steigt, desto weiter breitet sich die Zone der Verwüstung aus. Bei dieser Höhe ist zwar mit geringeren physikalischen Schäden zu rechnen, jedoch erfassen die Strahlung, die Schockwelle und der elektromagnetische Impuls das Sechzehnfache der Fläche. Unsere Simulation empfiehlt, dass Sie mit Höchstgeschwindigkeit steil runtergehen.*

Dadurch konzentrieren sich die Schäden auf eine begrenzte Region, aber es dürfte auch dann noch ziemlich schlimm werden.«

»Wie schlimm?«, fragte Kurt.

»Der andere Ausbruch fand siebenhundert Meilen von Hawaii entfernt statt. Er schaltete sämtliche Seismographen auf der Erde aus. Auf Hawaii gingen alle Lichter aus. Auch auf den Aleuten wurde es zappenduster. Der gesamte pazifische Raum versank in Dunkelheit. Höchstwahrscheinlich muss mit Tsunamis und einer Hitzefront gerechnet werden. Würden wir über Satelliten in dieser Region verfügen, könnten wir in den meisten Küstenbereichen Großbrände und Verwüstungen beobachten, wie man sie von schweren Erdbeben kennt. Zu unserem Glück war das alles weit entfernt. Der größte Teil der Strahlung und der zerstörerischen Energie verflüchtigte sich, ehe sie das Festland erreichten.«

Kurts Blick glitt über die Gesichter vor ihm. Russen und Amerikaner machten einen ruhigen, gelassenen Eindruck. »Sie wissen, wie weit wir es schaffen können«, sagte Kurt. »Nennen Sie uns einen Ort, wenn Sie einen kennen. Bis dahin sparen wir so viel Treibstoff wie möglich.«

Noch während Kurt redete, schaltete Major Timonovski auf den effizientesten Flugmodus um. Die Tragflächen spreizten sich weiter, und die Leistung der Triebwerke wurde gedrosselt. *Blackjack 2* nahm die Nase hoch und wurde langsamer als ein Schiff, das von einer hohen, trägen Dünung gebremst wird.

Es wirkte friedlich, dachte Kurt, nahezu idyllisch. Wahrlich war das die Ruhe vor dem Sturm.

66

Emma stand in dem leeren Internetcafé und spürte, wie ihre Knie nachzugeben drohten. Nicht nur würden Kurt Austin und Joe Zavala den Tod finden, die Explosion würde auch weite Teile von Nord- und Südamerika und der Karibik verwüsten.

»Das darf nicht geschehen«, flüsterte sie.

Sie setzte sich auf den Fußboden, versuchte zu atmen und stellte fest, dass ihre Lunge keine Luft aufnehmen wollte. »Das darf nicht geschehen«, wiederholte sie.

Gamay kam zu ihr. »Langsam atmen«, sagte sie. »Sie reagieren hysterisch und hyperventilieren.«

»Ich habe sie alle umgebracht«, sagte Emma, das Gesicht nass von Tränen. »Kurt und Joe und hundert Millionen mehr.«

»Es ist nicht Ihre Schuld.«

»Aber ich war daran beteiligt!«, schnappte sie und wechselte übergangslos von Verzweiflung zu Wut.

Sie wusste, was Gamay beabsichtigte, aber sie wollte nicht, dass man sie damit tröstete, alles würde wieder gut. Ganz gewiss würde alles nicht wieder gut.

»Sie transportieren das Doppelte der Menge von Mixed-State-Materie, die sich im Flugzeug der Chinesen befand. Selbst wenn die Explosion mitten in der Karibik stattfindet, wird die Schockwelle den halben Süden treffen. Jede unschuldige Seele von Houston bis Tampa wird verbrennen oder verstrahlen oder in einer dreißig Meter hohen Flutwelle ertrinken. Zusammen mit halb Mexiko, Mittelamerika und jedem anderen lebenden Wesen auf jeder einzelnen Insel im Karibischen Meer.«

Gamay sah sie nur an. Es gab nichts zu sagen.

Emma stand auf und wandte sich ab. In ihrem dunkelsten Augenblick, als sie lieber gestorben wäre, als mit ansehen zu müssen, was schon bald geschehen würde, loderte der Trotz von

Hurricane Emma am hellsten auf. »Das lasse ich nicht zu«, sagte sie. »Niemals!«

Sie schlug Gamays Angebot, sich von ihr trösten zu lassen, aus und brachte ihren müden Geist wieder auf Touren. Es musste einen Weg geben.

Sie rief sich die Eigenschaften der Mixed-State-Materie sowie die Konstruktion und Wirkungsweise der Sicherheitsbehälter ins Gedächtnis und versuchte, die minimale Chance zu berechnen, dass sie überleben könnten, wenn das Semtex explodierte. Aber es gab keinen Weg, um die Reaktion zu stoppen; keinen bekannten Weg jedenfalls, abgesehen von der unvorstellbaren Kälte des absoluten Nullpunkts, um Materie und Antimaterie daran zu hindern, einander zu vernichten.

Sie ging im Café auf und ab und zermarterte sich das Gehirn mit der Suche nach einer Lösung. Dadurch so abgelenkt, dass sie nicht auf ihre Umgebung achtete, stieß sie gegen einen kleinen Tisch. In einem Wutanfall versetzte sie ihm einen Stoß, der ihn durch den ganzen Raum beförderte. Überraschend leicht und glatt rutschte er über den Fußboden, kippte um und kratzte eine Spur auf den mit einem Farbanstrich versehenen Beton.

Emma blieb abrupt stehen und betrachtete den langen Kratzer. Er war weiß auf Blau, wie ein Kondensstreifen an einem düsteren Himmel.

Paul machte einen Schritt auf sie zu.

»Stopp«, sagte sie, ohne ihn anzusehen. Irgendetwas war ihr in den Sinn gekommen.

Dampfspur... Kondens... Der Gedanke geisterte durch ihr Bewusstsein. Längliche Schwaden winziger Eiskristalle, hinterlassen von Flugzeugen, die in großer Höhe am eisigen Himmel vorüberflogen.

Der Gedanke traf sie mit einer derartigen Wucht, dass sie beinahe gestolpert und gestürzt wäre. »Es gibt einen Weg«, flüsterte sie. »Es gibt einen Weg!«

Sie fuhr blitzartig herum. »Holen Sie Rudi an die Leitung. Ich muss mit Kurt reden. Und zwar sofort. Ehe die Zeit endgültig abgelaufen ist.«

67

In der Nachrichtenzentrale der NUMA herrschte das nackte Chaos. Angesichts der drohenden Katastrophe und der Gewissheit, dass sie unabwendbar war, arbeiteten alle Regierungsabteilungen mit fieberhafter Hektik daran, die Bemühungen zu koordinieren, um die Schäden so gering wie möglich zu halten.

Laute Befehle schwirrten durch die Luft, Hilfstruppen wurden mobilisiert. Menschen wurden in unterirdische Schutzräume geleitet. Alles, was innerhalb von zwei Stunden in die Wege geleitet und getan werden konnte, wurde gleichzeitig in Angriff genommen.

Schnellstraßen wurden für jeglichen Verkehr in südlicher Richtung gesperrt. Flugzeuge wurden so weit wie möglich nach Norden umgeleitet und angewiesen, innerhalb eines zweistündigen Zeitfensters zu landen. Informationen wurden an mittel- und südamerikanische Länder weitergeleitet, allerdings ohne aktive Hilfe anbieten zu können, und am Morgen würde die Parole gelten: Jeder Mann, jede Nation und jede sonstige Gemeinschaft war auf sich selbst gestellt.

In diesem Durcheinander waren Emmas Kommunikationsversuche zum Scheitern verurteilt. Keine Leitung war frei, keine Satellitenverbindung verfügbar. Kein Ohr offen, um ihr zuzuhören. Jedermann war zu sehr damit beschäftigt, Anweisungen zu geben und Anfragen zu senden.

Jeder – mit Ausnahme von Priya, die sich unauffällig im Hintergrund hielt. Sie glaubte, dass sie in Sicherheit war und ihr nichts zustoßen könnte, musste am Morgen jedoch erkennen, dass sie keine Möglichkeit haben würde, mit ihrer Familie in London Kontakt aufzunehmen. Daher entschied sie, ihnen sofort eine E-Mail zu schicken, ehe es zum Schlimmsten käme.

Während sie den Rollstuhl vor ihren Computer dirigierte, teilte ihr ein blinkendes Briefsymbol mit, dass sie eine dringende Nachricht erhalten hatte. Sie kam von Paul Trout.

Emma meint, dass es noch eine andere Möglichkeit geben könnte, eine Katastrophe zu verhindern. Wir müssen mit Rudi Gunn und NASA Flight Dynamics reden. KOMME NICHT DURCH.

»Rudi«, sagte sie und winkte ihn zu sich herüber.

Rudi erledigte gerade fünf Dinge auf einmal und hörte zwei Mitarbeitern zu, die von beiden Seiten auf ihn einredeten.

»Rudi!«, rief sie.

Er wandte sich um.

»Emma muss mit Ihnen sprechen. Sie meint, es gebe einen Weg, das Desaster abzuwenden.«

In dem eisigen, dunklen Cockpit des Bombers konzentrierte sich Kurt auf jedes Wort, das von atmosphärischem Rauschen verzerrt wurde.

»Das Daedalus-Projekt«, sagte Emma. *»Sie können sich sicher daran erinnern, dass ich Ihnen davon erzählt habe. Wir verfolgten seinerzeit den Plan, eng begrenzte Nuklearexplosionen als Antrieb für Weltraumreisen zu nutzen. Wir glaubten, Raumschiffe auf diese Weise bis auf etwa ein Zehntel Lichtgeschwindigkeit beschleunigen zu können. Die Explosionen finden hinter dem Flugkörper statt. Die Druckwelle trifft auf eine sogenannte* Schubplatte *und schiebt das Raumschiff vor sich her, ohne es zu zerstören. Ich glaube, wir können etwas Ähnliches mit der* Nighthawk *versuchen, indem wir Mixed-State-Materie einsetzen. Es würde dann nicht eine einzige große Explosion stattfinden, sondern eine lange Reihe schwächerer. Wenn wir die richtige Menge Mixed-State-Materie durch die ursprüngliche Sammelöffnung hinausleiten, würde ein Energiestoß und eine kontinuierliche Welle erzeugt werden, die die* Nighthawk *beschleunigt und vor der großen Explosion in den Weltraum zurückkatapultiert.«*

»Wird die Mixed-State-Materie nicht in dem Augenblick explodieren, in dem sie mit Luft in Berührung kommt?«, fragte Kurt.

»Solange sie hinreichend gekühlt wird, dürfte nichts Derartiges passieren. Im augenblicklichen Zustand würde sie das Saugrohr mit 2,7 Grad Kelvin verlassen. Die Lufttemperatur in vierzig Kilometern Höhe beträgt etwa minus dreiundsechzig Grad Celsius. Das entspricht geradezu kochend heißen zweihundertzehn Grad Kelvin, und die Mixed-State-Materie würde nach weniger als einer halben Sekunde reagieren. Da die Nighthawk *jedoch mit mehr als viertausend Meilen pro Stunde unterwegs ist, reicht die in einer halben Sekunde zurückgelegte Distanz aus, um eine Welle entstehen zu lassen, anstatt den Flugkörper zu zerreißen.«*

Kurt hörte aufmerksam zu und versuchte, sich den Ablauf der Prozedur bildlich vorzustellen. »Eine Welle?«

»Eine schnelle und starke Welle«, bestätigte Emma.

»Max und das NASA-Flight-Dynamics-Team haben die Berechnungen durchgeführt«, sagte Hiram. »Es könnte funktionieren.«

Kurt quittierte die Information mit einem hoffnungsvollen Grinsen. Major Timonovski und der Kopilot nickten zuversichtlich.

»Noch sind wir nicht gestorben«, sagte Joe. »Ihr könnt euch gar nicht vorstellen, wie glücklich mich diese Auskunft macht.«

Sogar Davidov lächelte trotz seiner Schmerzen. »Wenn wir überleben, spendiere ich jedem von Ihnen eine Flasche zwanzig Jahre alten Scotch.«

»Was ist zu tun?«, fragte Kurt über Funk.

»Sie müssen den Bomber bis auf seine Höchstgeschwindigkeit beschleunigen, auf seine maximale Flughöhe aufsteigen und die Nighthawk *abkoppeln«*, erklärte Emma Townsend. *»Rebooten Sie das Kontrollsystem mit dem Alpha-Code und laden Sie eine Reihe von Befehlen herunter, die wir Ihnen gleich übersenden.«*

»Das klingt nicht allzu schwierig oder kompliziert«, sagte Kurt. »Wo ist der Haken?«

»Die Antennen der Nighthawk *befinden sich auf der Oberseite. Das müssen sie, weil sie sonst beim Wiedereintritt verglühen. Das heißt, dass Sie sich in eine Position über und vor der* Nighthawk *manövrieren müssen.«*

»Was zur Folge haben dürfte, dass wir ebenfalls von der Welle getroffen werden.«

»Wir können versuchen, einen Satelliten der Air Force zu benutzen«, sagte sie. *»Aber die Atmosphäre ist derart stark ionisiert, dass …«*

»Nein«, brach Kurt die Diskussion ab. »Wir haben nur einen einzigen Versuch. Wir sollten es richtig machen.«

Mit dem Daumen gab Joe das Okay-Zeichen. Davidov nickte begeistert. *»Da«*, sagte Major Timonovski.

Der Flugingenieur nickte ebenfalls und schaltete die Antennenschüssel ein, mit deren Hilfe sie eine Woche zuvor das Steuerungsprogramm der *Nighthawk* überlagert hatten. Nach einigen Checks nickte er Kurt zu. »Geben Sie ihnen Bescheid, dass wir bereit sind.«

Es dauerte einige Minuten, bis der Bomber Überschallgeschwindigkeit erreicht hatte und auf achtzigtausend Fuß aufgestiegen war. Danach schaltete er auf die Scramjets um.

Der Energieschub presste Kurt in den Sitz, und er konnte hören, wie Timonovski die Mach-Zahlen und Höhenangaben ins Cockpit rief. Da Joe über ausgiebige praktische Flugerfahrung verfügte, saß er auf dem Platz des Kopiloten. Kurt und Davidov nahmen die Notsitze hinter ihnen ein, und der Flugingenieur saß auf dem Kommandoplatz, den der Falconer Tage zuvor eingenommen hatte.

»Einhundertneunzehntausend«, meldete Major Timonovski. »Maximale Höhe und Maximalgeschwindigkeit in fünf … vier … drei …«

»Entkopple *Nighthawk*«, sagte der Flugingenieur.

Um das Schicksal von *Blackjack 1* zu vermeiden, flogen sie auf einer Parabelbahn und klinkten die *Nighthawk* aus, als sie sich auf dem Scheitelpunkt der Kurve befanden.

»*Nighthawk* getrennt«, sagte der Flugingenieur. »Höhenleitwerk intakt.«

Sobald die *Nighthawk* weit genug zurückgefallen war, dirigierte Timonovski den Bomber in die gewünschte Position über und vor dem unbemannten Flugkörper.

»Trennung, zwei Meilen«, sagte der Flugingenieur. »Initiiere Alpha-Code.«

Nach Betätigung einer Befehlstaste wurde die Information übermittelt. Nun warteten sie. Schließlich empfingen sie eine Antwort.

»*Nighthawk* in Betrieb«, meldete der Flugingenieur. »Neue Befehle werden übermittelt.«

Während Kurt verfolgte, wie die anderen ihre Aufgaben meisterten, überprüfte er zum dritten Mal seinen Hosenträgergurt und suchte am Handgriff neben seinem Notsitz Halt. Sonst gab es in diesem Augenblick nichts für ihn zu tun.

»*Nighthawk* bestätigt, Befehle empfangen und verarbeitet«, sagte der Flugingenieur mit vor Aufregung zitternder Stimme. »Einleitung der Startphase in dreißig Sekunden. Alle Systeme betriebsbereit.« Er gab Timonovski ein Zeichen. »Sehen wir zu, dass wir schnellstens von hier verschwinden.«

Timonovski zog den Bomber in eine Kurve und verließ den Kurs der *Nighthawk*. Aufgrund der unglaublichen Geschwindigkeit musste der Schwenk mit äußerster Behutsamkeit ausgeführt werden, aber je weiter sich die beiden Kurse voneinander entfernten, desto größer war ihre Chance, den Kontakt mit der Welle unbeschadet zu überstehen.

Blackjack 2 kämpfte gegen die Ruderbefehle an. Kurt wurde von den Gravitationskräften rücklings in seinen Sitz gepresst. Er hatte Mühe, einen Arm zu bewegen, um auf die Uhr zu schauen. Der schwarze Zeiger wanderte über das orangefarbene Zifferblatt, jedes Ticken dauerte eine halbe Ewigkeit. Und dann waren alle Sekunden verbraucht.

Ein blauer Lichtblitz füllte den Himmel. Kurt schloss die Augen und sah trotzdem das grelle Licht durch seine Augenlider.

»Achtung!«, rief Joe Zavala warnend.

Die Wellenfront traf den Bomber wie eine Brandungswoge. Trotz ihrer Geschwindigkeit und des Kurses, der von der *Nighthawk* wegschwenkte, war der Zusammenprall noch immer heftig, als der Impuls den Bomber erfasste und vor sich herstieß.

»Nicht dagegen wehren«, knurrte Kurt.

Timonovski befolgte Kurt Austins Rat und ließ den Bomber von der Welle tragen, anstatt gegenzulenken. Dennoch war der Ritt heftig, die Systeme im Cockpit fielen innerhalb von Sekunden aus, ein Zittern lief durch den Rumpf, und nachdem die Maschine zehn Sekunden lang von Turbulenzen hin und her geworfen worden war, klappte die linke Tragfläche nach hinten, das Flugzeug rollte herum und ging in den Sturzflug.

Für die Bomberbesatzung war nicht zu sehen gewesen, dass die *Nighthawk* die neuen Befehle ausgeführt und einen winzigen Strom Antimaterie ausgestoßen hatte. Die Reaktion setzte augenblicklich ein, doch anstelle eines gigantischen Feuerballs zog sie einen Schweif hunderter und tausender winziger Explosionsblitze, die den Nachthimmel erhellten, hinter sich her. An der Spitze dieser sich ausdehnenden Schleppe aus blauem Licht wurde das winzige schwarze Luft- und Raumfahrzeug mit einer Geschwindigkeit ins Weltall geschleudert, die einen menschlichen Insassen getötet hätte.

Vom Erdboden aus betrachtet, erinnerte der Lichtimpuls an leuchtende Kreiswellen in einem Teich, wobei jeder Lichtring in den nächsten überging, bis das Interferenzmuster ein verwirrendes Kaleidoskop irisierender Farben bildete, das sich von der Erde entfernte und nach Osten ausdehnte.

Von unten einen korrekten perspektivischen Eindruck zu gewinnen war schwierig. Und niemand, der das Ereignis mit bloßem Auge beobachtete, konnte das Band wirbelnder Lichtblitze verfolgen, als es sich streckte und auffächerte, bevor es nach einem blendend hellen Blitz über dem Planeten verschwand.

Das Experiment war erfolgreich verlaufen. In nur drei Minuten hatte die *Nighthawk* knapp fünftausend Meilen zurückgelegt und eine Geschwindigkeit von einhundertsiebzigtausend Meilen pro Stunde erreicht und war damit zum schnellsten von Menschenhand erbauten Objekt aller Zeiten geworden.

Die *Nighthawk* beschleunigte noch immer, als Hitze und Vibrationen ein katastrophales Versagen der Containment-Einheiten auslöste. Aber mittlerweile war der Flugkörper weit genug von der Erde entfernt, sodass nicht mehr von ihm übrig blieb als ein die Sinne verwirrendes Feuerwerk am nächtlichen Himmel.

Die Männer in dem abstürzenden Bomber sahen nichts davon; sie wurden unbarmherzig herumgeschleudert und rasten in die entgegengesetzte Richtung.

Im Cockpit wurde Kurt erst hierhin, dann dorthin geworfen. Er rechnete jeden Moment damit, dass die Maschine auseinanderbrechen werde. Doch wie durch ein Wunder blieb die Kabine in einem Stück erhalten, obgleich eine Tragfläche abgerissen worden war und sich der größte Teil des Seitenleitwerks selbstständig gemacht hatte.

Die Männer brauchten nicht lange, um zu begreifen, dass sie sich im Sturzflug befanden. Das Licht der künstlichen Sonne hatte zeitweise die Erde und den Ozean tief unter ihnen erhellt.

Sie rasten in Schraubenziehermanier abwärts wie *Blackjack 1* einige Tage zuvor. Wie eine Möwe mit gebrochenem Flügel fiel der Bomber vom Himmel.

Die ständige Drehung war schwindelerregend und desorientierend. Der Druckverlust drohte, Kurt ohnmächtig werden zu lassen. Er erinnerte sich an den langen Sinkflug der anderen Mannschaft, in dessen Verlauf allein der Computer gesprochen hatte.

»Wir müssen aussteigen!«, rief er zu Major Timonovski hinüber.

Der Pilot gab keine Antwort. Er war noch immer in seinem Sessel angeschnallt, wurde jedoch bei jeder Bewegung des Flugzeugs wie eine Lumpenpuppe hin und her geworfen.

»Joe, wir müssen aussteigen!«

Joe schien es nicht besser zu ergehen als Timonovski. Davidov sah aus, als wäre er zwar wach, jedoch zu schwach, um sich zu rühren, und der Flugingenieur hing schlaff in seinem Sicherheitsgurt und hatte eine tiefe Platzwunde an der Stirn.

Kurt hatte keine Vorstellung, wie hoch über dem Erdboden sie sich befanden, aber er hatte das Wrack des anderen Bombers auf dem Meeresgrund gesehen. Er wusste, dass sie einen solchen Aufprall nicht überleben würden.

Also hielt er nach einem Auslösehebel für die Schleudersitze Ausschau. Jedes Instrument, jeder Schalter, alles war mit kyrillischen Buchstaben beschriftet. Schließlich entdeckte er einen roten Stab mit zwei orangefarbenen Querstreifen.

Und streckte die Hand danach aus.

Ergriff ihn.

Und zog ihn mit einem kräftigen Ruck hoch und auf sich zu.

Eine Explosion erschütterte das Flugzeug, Feuer umloderte das Cockpit, und dann wurde alles schwarz.

68

Emma Townsend traf fünf Tage nach dem, was sie *Das Ereignis* getauft hatten, in Washington ein. Es hatte so lange gedauert, weil ein Großteil der Welt im Chaos versunken war. Die Hälfte aller Satelliten war außer Betrieb, die Hälfte aller Kommunikationssysteme war zusammengebrochen, Flugzeuge wurden von Hand überwacht und geleitet, und die meisten wurden gebraucht, um Hilfsgüter in den pazifischen Raum zu transportieren.

Als sie schließlich in D. C. ankam, stellte sie fest, dass Netztelefone vorübergehend wieder in Mode gekommen waren. Sie traf auf eine Schlange von zweihundert Menschen, die darauf warteten, einen von drei funktionierenden Münzfernsprechern benutzen zu dürfen.

Sie verzichtete darauf, sich ebenfalls anzustellen, fand ein freies Taxi und ließ sich in die Stadt fahren. Nach einer ausführlichen Rekapitulation der Mission in der NSA-Zentrale wanderte sie quer durch die Stadt zur Hauptverwaltung der NUMA. Dort traf sie Rudi Gunn, Hiram Yaeger und Priya Kashmir.

Sie hatten altmodische Landkarten auf einem Tisch ausgebreitet. Verschiedene Bereiche auf den Karten waren grün, gelb und rot umrandet.

»Wie schlimm ist es?«, fragte sie.

»Nirgendwo auch nur annähernd so schlimm, wie es hätte sein können«, sagte Rudi. »Hawaii und die Aleuten hat es am heftigsten erwischt, wobei die physischen Schäden nur minimal sind. Ein vier Meter hoher Tsunami hat Waikiki getroffen, aber die größere Welle ist nach Westen gelaufen. Ironischerweise wurde Japan durch die chinesische Küste geschützt, aber da sie sich seit dem Tohoku-Tsunami vor ein paar Jahren auf eine Wiederholung vorbereitet hatten, traf es sie nicht vollkommen unerwartet.«

Emma hatte entsprechende Berichte seit Tagen im Radio verfolgt und war dankbar für die Weitsicht der Verantwortlichen.

»Ich bin überrascht, dass die NSA Sie schon so früh Luft holen lässt«, sagte Hiram. »Ich dachte mir, dass man Sie rund um die Uhr mit der Mixed-State-Materie, die Sie nach Hause geholt haben, herumhantieren lässt.«

»Eine heftige Diskussion ist im Gange«, sagte sie. »Ich glaube, sie planen, das Zeug wieder in den Weltraum zurückzuschicken.«

»Unglaublich«, sagte Rudi.

»Wie dem auch sei, jedenfalls haben sie jetzt keine Verfügungsgewalt mehr über meine Zeit«, sagte sie. »Ich habe gekündigt. Seit einer Stunde bin ich von Amts wegen arbeitslos.«

»Tatsächlich?«, sagte Rudi. »Wollen Sie uns helfen?«

Er deutete auf einen freien Platz am Tisch.

»Was tun Sie?«

»Wir suchen Kurt, Joe und die Russen«, sagte Priya.

Sie blickte auf die Landkarte, die die östliche Karibik zeigte.

»Die Navy und die Küstenwache sind zurzeit ausreichend damit beschäftigt, Hilfsgüter in den pazifischen Raum zu transportieren, sodass wir dachten, wir sollten das lieber selbst in die Hand nehmen«, erklärte Rudi. »Wir haben NUMA-Agenten, Privatflugzeuge und Charterschiffe auf die Suche geschickt. Dies sind die Regionen, die wir bereits überprüft haben. Und dies sind andere mögliche Suchgebiete.«

»Aber gefunden haben Sie bis jetzt noch nichts«, sagte sie. Es war mehr eine Feststellung als eine Frage.

Rudi schüttelte den Kopf.

Emma setzte sich. »Ich helfe, so gut ich kann«, sagte sie. »Ich fände die Vorstellung schrecklich, dass sie irgendwo da draußen sind – ohne ein Dach überm Kopf, mit Haifischen kämpfend und halb irrsinnig vor Durst.«

»Aber sie sind zäh und bestens ausgebildet«, sagte Rudi. »Ich denke, nichts davon wäre ein Problem für sie.«

69

Vor der gleißenden Helle der Mittagssonne kniff Kurt Austin die Augen zusammen. »Die reinsten Haie«, sagte er mürrisch. »Alle, wie ihr da sitzt, verdammte Bande.«

Er warf seine Karten voller Abscheu auf eine ebene Fläche des verwitterten Holzbalkens, der ihnen als provisorischer Pokertisch diente.

Davidov, der ihm gegenübersaß, grinste, während er einen echten Goldpott aus der Tischmitte aufklaubte. »Ich versichere Ihnen, ich habe absolut ehrlich gespielt«, sagte er.

»Ein Spionagechef, der ehrlich spielen will«, sagte Joe auf der anderen Seite des Behelfstisches. »Das wage ich zu bezweifeln. So was gibt es gar nicht.«

»Streng nach den Regeln«, beharrte Davidov. »Ist es meine Schuld, dass Sie all Ihre Chips verspielt haben?«

Kurt lehnte sich zurück. Sie saßen auf einem unberührten weißen Sandstrand, der von den türkisfarbenen Wellen der karibischen See umspült wurde. Zu ihren wenigen Besitztümern gehörten ein Gummifloß, ein Kartenspiel, eine Flasche zwanzig Jahre alter Scotch, die fast leer war, und eine Million Dollar in russischen Goldrubeln, die Davidov seinerzeit mitgenommen hatte, nämlich für den Fall, dass der Falconer versuchen sollte, den Preis noch weiter in die Höhe zu treiben.

Sie hatten den Ausstieg aus dem Bomber überlebt, weil – im Gegensatz zu einem Jagdflugzeug – der *Blackjack* das gesamte Cockpit in einer rundum geschlossenen ballistischen Kapsel absprengte. An drei großen Fallschirmen hängend waren sie im Ozean gelandet und in ein aufblasbares Rettungsfloß umgestiegen. Nach einem ganzen Tag auf dem Meer waren sie dann ans Ufer der Insel gerudert und hatten ein kleines Lager aufgeschlagen.

Zwei Feuer brannten. Das erste war ein Signalfeuer; das zweite diente dazu, Wasser für eine notdürftige Entsalzungsanlage zu erhitzen, die Joe Zavala konstruiert hatte. Sie lieferte stündlich mehrere Becher Wasser. Genug, um sie am Leben zu erhalten, obwohl keiner von ihnen auch nur einen Tropfen davon trinken wollte, ehe der Scotch aufgebraucht war.

Mit einem langen, spitzen Stock, den er als Speer verwendete, hatte Kurt mehrere Fische erlegt, die sie enthäutet und entgrätet, dann gegrillt und schließlich mit großem Appetit verzehrt hatten.

Seitdem gab es für sie nichts anderes zu tun, als zu trinken, Karten zu spielen und darauf zu warten, dass jemand erschien, sie zu retten. Die Goldmünzen waren ihre Chips, aber nachdem sie mit gleichen Mengen angefangen hatten, war Kurts Spielkapital bis auf zehn Chips zusammengeschrumpft.

»Geben Sie schon«, sagte Kurt. »Und diesmal von oben weg.«

Davidov lachte und mischte.

Während Kurt darauf wartete, dass die Karten ausgeteilt wurden, griff er nach dem Scotch, setzte die Flasche an die Lippen und stellte sie dann wieder in den Sand. »Ich glaube, ich höre ein Boot«, sagte er.

»Unsinn«, sagte Timonovski. »Sie versuchen nur, uns vom Spiel abzulenken.«

Trotz der Zweifel des Russen wurde das Geräusch lauter, bis ein acht Meter langes Powerboot mit Glasfaserrumpf um die Inselspitze herumkurvte und in die leere Bucht glitt. Es kam direkt auf sie und das Signalfeuer zu und schob sich nur wenige Schritte von ihrem Pokertisch entfernt auf den Strand.

Ein junger Mann in rotem Polohemd und weißer Shorts stand am Ruder. Er sprang in den Sand hinunter. »Was machen Sie denn hier?« Sein amtlicher Tonfall vertrug sich nicht mit dem Aufzug und dem weichen Klang seines karibischen Akzents.

»Ich verliere beim Poker«, sagte Kurt.

Die anderen lachten. Der junge Mann war sichtlich verwirrt.

»Sie dürfen nicht hier sein«, sagte er. »Dies ist Privatgelände.«

»Wir hatten keine große Auswahl«, sagte Joe. »Unser Flugzeug ist abgestürzt. Wir sind ausgestiegen. Und hier sind wir gestrandet.«

»Aber warum sind Sie denn auf dieser Seite der Insel geblieben?«, fragte der Mann.

Kurt, Joe und die Russen sahen einander an, verwirrt über den seltsamen Verlauf der Unterhaltung.

»Ist die andere Seite der Insel gastfreundlicher?«, wollte Davidov wissen.

»Das sollte ich doch annehmen«, sagte der Mann. »Dort gibt es ein Ritz-Carlton.«

Kurt sah Joe an und brach in schallendes Gelächter aus. Die Insel war mehrere Meilen breit; ihre mittlere Region wurde von Bergen und Sanddünen beherrscht. Und bei Nacht war sie stockdunkel, ohne den geringsten Hinweis, dass sie bewohnt sein könnte.

»Hat das Ritz-Carlton kein Licht?«, fragte Kurt.

»Nach dem großen Blitz am Himmel sind alle Lampen erloschen.«

»Ach so«, sagte Kurt. »Na, daran sind in gewisser Weise wir schuld.«

Joe und die Russen lachten lauthals, aber der Mann im roten Polohemd fand es anscheinend nicht so lustig.

Kurt hielt die letzte seiner Goldmünzen hoch. »Ich biete zehntausend Dollar für eine Fahrt zum Ritz.«

Joe hob eine Hand, als wollte er bei einer Auktion mitbieten. »Und ich lege weitere zehntausend dazu, wenn Sie überall erzählen, Sie hätten uns aus dem Meer gefischt.«

»Gut mitgedacht«, lobte Kurt. »Und durchaus angemessen.«

Der Mann musterte sie, als hielte er sie für entsprungene Insassen eines Irrenhauses. Ihre sonnenverbrannte Haut, die schmuddelige zerrissene Kleidung und eine fast leere Flasche Scotch bestätigten offenbar seine Vermutung, aber er konnte sie nicht einfach dort zurücklassen.

Er ignorierte, was er anscheinend für Katzengold hielt, und kehrte zu seinem Boot zurück. »Kommen Sie«, sagte er. »Ich nehme Sie mit. Aber die Zimmer sind teuer. Möglicherweise verlangt man von Ihnen, dass Sie im Voraus bezahlen.«

Während sie ins Boot kletterten, grinste Kurt hinterhältig. Er hatte den Scotch. Joe, Davidov, Timonovski und der Flugingenieur hatten das Gold. »Ich bin sicher, auf die eine oder andere Art werden wir uns einig.«